OS VARÕES ASSINALADOS

O GRANDE ROMANCE DA GUERRA DOS FARRAPOS

Livros do autor publicados pela **L&PM** EDITORES:

O amor de Pedro por João
Perseguição e cerco a Juvêncio Gutierrez
A região submersa
Os varões assinalados

TABAJARA RUAS

OS VARÕES ASSINALADOS

O GRANDE ROMANCE DA GUERRA DOS FARRAPOS

L&PM
EDITORES

Texto de acordo com a nova ortografia

Este livro foi publicado em formato 14x21 cm em outubro de 1985. Em 2003 teve sua primeira edição na Coleção L&PM Pocket e em 2005 foi reeditado em três volumes (*O país dos centauros* – v.1, *A República de Anita* – v.2 e *A carga dos lanceiros* – v.3).

Capa: Ivan Pinheiro Machado
Mapa: Fernando Gonda
Revisão: Larissa Roso, Renato Deitos e Mariana Rennhack Pires

CIP-Brasil. Catalogação na publicação
Sindicato Nacional dos Editores de Livros, RJ

R822v

    Ruas, Tabajara, 1942-
        Os varões assinalados / Tabajara Ruas. – Porto Alegre [RS]: L&PM, 2023.
        496 p. ; 23 cm.
        ISBN 978-65-5666-449-1
        1. Ficção brasileira. I. Título.

23-85408   CDD: 869.3
                    CDU: 82-3(81)

Gabriela Faray Ferreira Lopes - Bibliotecária - CRB-7/6643

© Tabajara Ruas, 2005

Todos os direitos desta edição reservados a L&PM Editores
Rua Comendador Coruja, 314, loja 9 – Floresta – 90.220-180
Porto Alegre – RS – Brasil / Fone: 51.3225.5777

Pedidos & Depto. comercial: vendas@lpm.com.br
Fale conosco: info@lpm.com.br
www.lpm.com.br

Impresso no Brasil
Primavera de 2023

Sumário

Introdução 7

LIVRO 1 – O país dos centauros
Parte I – Pedras Brancas 17
Parte II – Porto Alegre 64
Parte III – A República 117
Parte IV – Os dois Bentos 140

LIVRO 2 – A República de Anita
Parte I – As fortalezas de pedra 197
Parte II – A Irmandade da Costa 263
Parte III – Aparados da Serra 309

LIVRO 3 – A carga dos lanceiros
Parte I – Marcha na tempestade 341
Parte II – Duelo de farrapos 401
Parte III – Ponche verde 454

Sobre o autor 493

Introdução

A epopeia que faltava

*Paulo Seben**

Épico desde o título, retirado do primeiro verso de *Os lusíadas*, de Luís de Camões, *Os varões assinalados*, de Tabajara Ruas, é o monumento literário que o leitor tem em mãos. Aí estão, de acordo com a clássica definição aristotélica, *os grandes feitos dos grandes homens*, numa narrativa de guerra como nunca se viu na literatura brasileira. Só encontro paralelo nas refregas de *Os sertões*, de Euclides da Cunha, e de *Grande sertão: veredas*, de Guimarães Rosa.

A narrativa recria o episódio histórico da Revolução Farroupilha (1835-1845), levante das classes dominantes do Rio Grande do Sul contra a autoridade política da Corte brasileira (dentro da série de movimentos regionais que espocaram em todo o País na primeira metade do século XIX), e chegou a envolver, durante um certo período, alguns setores catarinenses. A insurreição teve como ápice a proclamação, em 1836, da República do Piratini, da qual a República Juliana, proclamada em 1839 em Santa Catarina, foi um similar enfraquecido. Revisitando este panorama revoltoso, Tabajara fornece à literatura tipos inesquecíveis, como o breve padre Diogo Feijó, que, pela caracterização recebida, mereceria um romance só seu; os dois Bentos, o Gonçalves e o Manuel, dolorosas imagens num espelho deformado; os cavilosos David Canabarro e Vicente da Fontoura; o gigante Onofre; o dúbio Lucas de Oliveira; os idealistas Tito Lívio, Luigi Rossetti e Garibaldi; um novo e muito mais plausível Caxias; a impressionante existência coletiva do Corpo dos Lanceiros Negros, que inexplicavelmente ainda não foi enredo de escola de samba, com o morganfreemanesco sargento Caldeira; e, para meu gosto particular, Teixeira Nunes e Antônio de Souza Netto (os três últimos responsáveis também pela maravilha de *Netto perde sua alma*, romance que Tabajara publicou em 1995, já transformado, em 2001, em filme de sucesso, com direção do próprio autor e de Beto Souza).

---

* Paulo Seben é escritor e professor aposentado de Literatura Brasileira (UFRGS).

Só mesmo Tabajara Ruas poderia ter escrito *Os varões assinalados*. Basta ver a cena real de sua adolescência que adaptou no romance *Perseguição e cerco a Juvêncio Gutierrez* (1990): na varanda de sua casa em Uruguaiana, cidade na fronteira dos pampas gaúchos com a Argentina, lia ele *O continente* (a primeira parte da trilogia *O tempo e o vento*, de Erico Verissimo), emocionado com a figura do Capitão Rodrigo, quando, levantando os olhos, deparou-se com um gaúcho de poncho negro que troteava num cavalo fogoso pela rua vazia. Por um momento, ficção e realidade se misturavam, e o jovem, ao receber o seco e mudo cumprimento do desconhecido, sentiu um sopro épico envolvê-lo. Esta seria uma boa origem mítica para *Os varões*, se bastasse a psicologia do autor para explicar a emergência de uma obra. Como não basta, pelo menos para *nós, dos livros*, como dizia Paulo Francis, em 1994 defendi na Pontifícia Universidade Católica do Rio Grande do Sul (PUCRS) a tese de mestrado *A fundação da épica na literatura sul-rio-grandense: Os varões assinalados, de Tabajara Ruas*, buscando situar a obra no sistema literário do Rio Grande do Sul.

Parti de um palpite feliz de Luís Augusto Fischer, escritor, crítico literário e professor de Literatura Brasileira da Universidade Federal do Rio Grande do Sul (UFRGS), sobre a relação que os autores gaúchos (considerando aqui o termo como sinônimo de sul-rio-grandense) mantêm com seu passado histórico, enformado por guerras longas e cruentas, travadas no próprio Estado, desde o século XVIII, com o desmantelamento das missões jesuíticas, passando pela Guerra Cisplatina (1825-1828), a Guerra dos Farrapos, a Guerra do Paraguai (1864-1870), o episódio dos Muckers (1874) e a Revolução Federalista no século XIX, ou os movimentos federalistas na virada do século XIX para o século XX também em outras regiões, haja vista que foram predominantemente gaúchas as tropas que massacraram os rebeldes do Contestado (1912-1916) e de Canudos (1896-1897), que trilharam o Brasil na Coluna Prestes (1925-1927), que venceram a Revolução de 30 e a Revolução Constitucionalista de 32, com um pequeno intervalo para mais matanças internas na Revolução de 1923. A literatura gaúcha amargaria um *ressentimento* por ter sido derramado tanto sangue sul-rio-grandense à toa, sem que jamais seu povo obtivesse o reconhecimento nos outros Estados do Brasil, com o agravante de que a República de Piratini perdeu para o poder central do Império Brasileiro a maior de todas as guerras, a dos Farrapos.

Recenseando a narrativa literária gaúcha, constatei que, de fato, se descontarmos os ufanismos, ridículos e por si mesmos dispensáveis, os escritores do Extremo Sul, apesar de constantemente utilizarem material histórico em suas obras, para fugirem a um eterno presente de decadência política e desprestígio político, sempre preferiram se debruçar sobre o passado militar com uma atitude ressentida, quando não de franca denúncia de que as guerras não foram justas, de que os sacrifícios foram em vão, de que os heróis não são heróis, de que as lutas são carnificinas vulgares, não epopeias. Em *A divina pastora* (1847), por exemplo, e em *O corsário* (1849), ambos de Caldre Fião, os farroupilhas são apresentados como equivocados ou bandidos, e Garibaldi, como um reles pirata. Ainda no século XIX, na frase final de *Os Farrapos*, de Oliveira Belo (romance no qual vários dos farroupilhas são apresentados como ladrões e assassinos), um dos personagens afirma a respeito do derramamento de sangue e do sacrifício ocorridos na guerra: "Para nada, patrício! Imolação antes do tempo! muito heroísmo semeado no rochedo!". Já no século XX, entre tantos exemplos, o grande Simões Lopes Neto, no conto *Duelo de Farrapos*, faz o conflito entre Bento Gonçalves e Onofre Pires reduzir-se à disputa por uma mulher castelhana; há um general Canabarro ridicularizado por suas próprias tropas em *Os amores de Canabarro*, de Otelo Rosa (1935); a amargura de *O tempo e o vento*, de Erico, que, pacifista, foi bem pouco afeito à emoção das cargas de cavalaria ou aos monólogos interiores durante os ardores das batalhas; um homem que se esconde num poço ao lado do qual sua mulher é estuprada durante a Revolução Farroupilha, em *A ferro e fogo*, de Josué Guimarães; e "Filhinho", um pusilânime, incestuoso e covarde soldado de um Bento Gonçalves vaidoso e displicente em *A prole do corvo*, de Luiz Antonio de Assis Brasil. Outros nem tratam da guerra, como Cyro Martins, criador da chocante figura do "gaúcho a pé", escorraçado do campo pelo latifúndio.

Um dos nomes mais importantes da geração de autores brasileiros pós--regime militar a se debruçarem em uma reavaliação histórica sobre o passado (o recente e o mais distante) do País, foi Tabajara Ruas quem começou a romper com esse, digamos, "coitadismo" sul-rio-grandense (e brasileiro, no caso da literatura memorialista pós-ditadura) já em seus romances de estreia, *A região submersa* (1981) e *O amor de Pedro por João* (1982). Este, a propósito, foi a primeira obra da literatura brasileira da redemocratização a afirmar que a luta armada não foi um equívoco, mas um ato de bravura, que os guerrilheiros não eram um bando de filhinhos-de-papai distanciados da realidade, mas heróis derrotados militarmente. Em 1985, finalmente, Taba aproveitou uma encomenda do jornal *Zero Hora*, de Porto Alegre, que desejava um folhetim literário para comemorar o sesquicentenário da Revolução Farroupilha, e deu vida ao romance que já vinha preparando, tendo lido para tal todas as "partes de batalha" e as "ordens do dia" (relatórios militares), produzidos pelos dois exércitos em luta.

Os varões assinalados fornece uma identidade para todos os brasileiros sul-rio-grandenses e, aos brasileiros de outros Estados, explica por que os times de futebol e os políticos do Rio Grande do Sul sempre se notabilizaram pela combatividade: a guerra é fator constituinte do mito formador do homem da fronteira mais belicosa do Brasil. Enfim a mitologia gaúcha alcança a maioridade.

OS VARÕES ASSINALADOS

PARAGUAI

Rio Grande do Sul

Alegrete
Uruguaiana

Rio Jacuí

Dom Pedrito
Ponche Verde

Santa Fé

Bagé
Seival

Pirati

Pelota
Rio Gra

Rio Paraná

URUGUAI

ARGENTINA

Paraná
Santa Catarina
Desterro
Lajes
Vacaria
Imbituba
Laguna
Aparados da serra
quari
Torres
OCEANO ATLÂNTICO
Triunfo
Porto Alegre
Tramandaí
Fanfa
Brancas
ã
São José do Norte
BRASIL
BAHIA
RIO DE JANEIRO
N
100 km

LIVRO 1
O PAÍS DOS CENTAUROS

PARTE I
PEDRAS BRANCAS

Capítulo 1

A sentinela abriu a porteira e o grupo avançou num trote parelho através do pátio até o branco vulto da casa. Desmontaram. As esporas afundaram nas poças de água. Um peão afastou os cães que latiam, apanhou as rédeas dos cavalos e conduziu-os em direção ao potreiro. Os quatro homens subiram os quatro degraus da varanda em passos simultâneos. Os ponchos respingavam o chão de madeira.

O capitão de bigodes encerados recebeu-os.

— Por aqui, coronel Onofre.

Onofre Pires da Silveira Canto adiantou-se, enorme, o chapelão negro brilhante de água.

— Fez boa viagem, coronel?

— Pegamos chuva todo o caminho.

Atravessaram uma sala escura. O silencioso relâmpago nas vidraças revelou a mesa, a toalha, a baixela, o castiçal, as cadeiras de espaldar alto. Chegaram ao fim da sala. Sombra imóvel, o charrua montava guarda: cabelo negro, lenço vermelho ao redor da cabeça, lança de guajuvira.

O capitão de bigodes encerados, magro e de ar cansado, abriu a porta para Onofre passar. O trovão rolou sobre o telhado. Bento Gonçalves da Silva levantou a cabeça, rosto recém-barbeado.

— Onofre, enfim!

Abraçaram-se com força.

— Não paramos a noite toda.

O secretário de Bento Gonçalves estendeu a mão e Onofre apertou-a. O secretário do coronel era um italiano pálido, de maneiras gentis, esmaecidamente jovem.

— Vim assim que recebi o aviso — disse Onofre.

O major Gomes Jardim entrou na sala com um ar afetado de anfitrião, apertou a mão de Onofre e fez um sinal. Todos os gestos do major, mesmo os mais sutis, vinham revestidos de certa majestade. O escravo de doze anos avançou com um garrafão de aguardente. Encheu vários copos. O major Gomes Jardim levantou o seu.

– À nossa empresa. Salud!

Estavam amontoados ao redor da mesa. A sala era iluminada por um lampião. As paredes estavam tomadas pelas sombras. Beberam em silêncio.

Gomes Jardim depositou o copo na mesa.

– Chegamos ao extremo da tolerância. Esse Braga é um traidor. Assumiu o cargo de presidente da Província porque nós o indicamos, porque o coronel Bento Gonçalves pessoalmente levou seu nome até a Corte. Onofre, como vão as coisas?

– Estamos prontos. Quatrocentos homens.

Onofre olhava para a fina mão do secretário de Bento Gonçalves. Na mesa cheia de papéis a branca mão do secretário do coronel empunhava uma pena de ganso. Ao apertar aquela mão, Onofre sentira o desconforto de ter, na sua, dura, essa coisa frágil, quebradiça.

Bento Gonçalves apontou o dedo para Onofre.

– Tu és nossa peça mais importante. Tudo está arreglado.

Os olhos de Onofre brilharam.

– Tudo?

– Tudo. Olha o mapa.

Empurrou o mapa em direção a ele. Onofre apanhou-o com desconfiança. Era a primeira vez que segurava um mapa. Nas guerras da Cisplatina traçavam os movimentos de tropa e as rotas das marchas no chão, com a ponta das adagas. Examinou-o sem entender. O coronel Onofre Pires não era homem familiarizado com as letras. Bento Gonçalves arrebatou o mapa das mãos dele.

– Isto não conta.

O secretário do coronel Bento Gonçalves tomou o mapa e alisou-o cuidadosamente, desfazendo as rugas deixadas pelos dois. Trabalhara nele incansavelmente, com devoção e afinco religiosos desde que aportara por estas terras, há mais de três anos. O mapa gerava nele um orgulho oculto, sem meandros, liso como pedra, próximo do amor. (Seu pai saberia amá-lo.)

Capítulo 2

Lívio Zambeccari, o secretário de Bento Gonçalves, era geógrafo por vocação, naturalista por curiosidade e político pelo romantismo que ardia em seu temperamento. O romantismo (segundo as numerosas e esparsas notas que ficaram sobre sua juventude) obrigou-o ao exílio na Espanha, no verão dos vinte anos, e a escrever versos de furor incandescente, recheados de metáforas com pétalas e estrelas. A posteridade foi poupada destes. Tal sorte não tiveram seus colegas da Universidade de Bolonha, onde estudava diplomacia. Na universidade buscou contato com as organizações clandestinas que conspiravam pela unificação da Itália, ocupada e dividida por potências europeias. Em cerimônia secreta, num subterrâneo negro iluminado por archotes, recebeu o anel de ferro dos carbonários e solenemente jurou lutar pela liberdade dos povos do mundo. Lívio Zambeccari tinha vinte e dois anos, acreditava que era um poeta e percebia sua alma incendiada de amor.

Os carbonários organizavam-se em grupos denominados vendas. A venda onde o jovem conde conspirava foi descoberta pela polícia. Começou a ser seguido.

Aconselhado, fugiu para Sevilha, onde, por coincidência, também se conspirava. Foi recebido como irmão pelos rebeldes e nomeado ajudante de ordens no Estado-Maior do coronel Riego. Sua primeira missão foi levar uma mensagem a Gibraltar.

Durante a viagem permaneceu no tombadilho, aspirando a brisa morna do Mediterrâneo, olhando o enorme mar plácido com um princípio incômodo de medo, como se debaixo dele espreitasse uma ameaça horrível. Foi com esse pressentimento que penetrou na tarde saturada de doces perfumes africanos, pensando com certo consolo que era um poeta, que vivia o sonho humano da aventura, e que por isso era grato. Portanto, compareceu ao encontro marcado na hora exata e com o coração exultante. Acompanhava as contorções da dançarina do ventre através do véu da fumaça de haxixe, no café árabe entupido de gente, quando a voz desconhecida sussurrou em seu ouvido:

– Fuzilaram Riego. Foge.

Vagou deprimido pela Inglaterra e França, estudando mineralogia e botânica, matérias menos suscetíveis de pelotões de fuzilamento. Passava dias inteiros na cama, mãos sob a cabeça, olhando o teto da pensão, atormentado em descobrir se era um poeta, um nobre decadente ou um homem disposto a transformar a História com suas ideias.

Numa tarde de tédio, tomou um barco para o Novo Mundo.

Capítulo 3

Na manhã gelada de 1826, o conde Lívio Zambeccari desembarca no porto de Montevidéu sob escuro nevoeiro. Estranha a excessiva cautela dos funcionários da Alfândega. Aluga um quarto na Pousada dos Marinheiros.

Ao abrir a janela para a rua de pedras, antes de perceber os telhados escuros da cidade cinza, lembrou a distante manhã de Bolonha tomada por essa mesma luz, a distante manhã de Bolonha molhada de chuva, onde, à janela da biblioteca, no segundo andar do palácio, viu o conde Francesco passar voando entre as torres cinzentas, sacudido por uma alegria senil.

À noite, já discutia política no Café do Porto. Sentou numa mesa com vários italianos exilados como ele. Olhou ao redor com satisfação, examinou os rostos desconhecidos e escutou a algaravia que se espalhava no salão cheio de gente e de fumaça. Estava no Novo Mundo, mas tudo parecia igual ao velho. Era o ano de 1826, o ano em que a guerra estava no ar. Montevidéu estava sitiada: outra coincidência (ou talvez já não fosse mais uma coincidência, cogitou), um exército de patriotas sublevados exigia a retirada das tropas de ocupação do Império Brasileiro.

Ao ouvir as façanhas dos uruguaios, descobriu a inexorabilidade do seu destino. Sentiu-se irmão daqueles homens. Apertando com força o copo de tinto, propôs um brinde ao desmoronamento de todas as ocupações estrangeiras no mundo.

— Amigos, muitos homens na terra penam a mesma ferida e lutam contra o mesmo mal!

Abraçou com emoção o marinheiro sentado a seu lado, que se mostrou um tanto constrangido com as maneiras do conde.

— Itália, não és somente tu que sangras... — e bebeu o copo de tinto de um só gole.

Apresentou-se ao chefe do sítio, Don Manoel Oribe. O caudilho achou-o demasiado pálido. Estudou-o, sem pressa, sem desprezo.

— Que se presente al coronel Lavalleja, en Durazno.

Em Durazno, Lavalleja ofereceu-lhe o posto de oficial comandante da Artilharia. O conde recusou, consternado, e partiu para Buenos Aires.

No esplendor do verão, num teatro lotado ressoante de patriotismo (antes da apresentação da tragédia de Alfieri *Brutus Primeiro*, representada por um grupo francês em excursão ao Novo Mundo) declamou, com a voz oracular que calava os mais veementes, interminável poema louvando a liberdade dos povos, enquanto os portenhos, compenetrados em suas roupas impróprias para o calor, derretiam de transpiração e tédio.

Em 1829 foi visto combatendo na Legião Italiana da 6ª Companhia contra o aspirante a tirano Rosas. Rosas deixou de ser aspirante e tornou-se efetivamente El Tirano e Lívio Zambeccari fez novamente as malas. Foi bem recebido em Porto Alegre, onde já tinha amigos. Também na Província de São Pedro do Rio Grande a febre revolucionária acelerava o coração dos homens. Por toda parte conspirava-se contra o presidente da província, Braga. A propaganda republicana era ostensiva.

O conde tratou de ganhar a vida como agrimensor, fazendo medições de lotes rurais na colônia de São Leopoldo.

– Um homem com sua capacidade, meu caro conde, com seus ideais, com sua cultura, não pode perder tempo medindo terra para as ambições grosseiras de camponeses alemães – dizia o visitante, sentado à sombra do umbu, limpando o suor da testa com o lenço de seda branco.

A voz, insinuante, vinha dos lábios grossos de Pedro Boticário, e o conde se deixou seduzir pelo fascínio do gordo resfolegante, pela paixão sub-reptícia que o fizera viajar até ali, através de serras e penedos, no calor brutal.

Tito – assim chamavam o conde em Buenos Aires, assim começaram a chamá-lo em Porto Alegre – abandonou a régua de cálculo, as plantas e o teodolito e foi instalar-se na apertada e tonitruante redação de *O Continentino*. A pena de ganso, em português fluido, corria fácil sobre o papel, pregando reformas e condenando o governo imperial. Seus ruidosos colegas porto-alegrenses debatiam com alegre ferocidade, dia e noite, como iluminados. Sonhavam com a glória do combate e da morte. Era mórbido e era romântico. O conde Zambeccari estava em casa.

Capítulo 4

– Vosmecê está servido?

João Congo estendia-lhe a cuia de chimarrão. Recusou com um gesto. Achava estranho aquele negro forte e jovem sendo tão servil. Achava estranho Bento Gonçalves ainda ter escravos. Acha estranha a maneira como Bento Gonçalves sussurra para Onofre num canto da sala.

– Bento Manuel aderiu. Vai se encarregar de São Borja e Cruz Alta.

— Não confio nele.

Bento Gonçalves apanha a cuia que João Congo lhe estende.

— O João Antônio vai cortar ao meio a 1ª Linha de São Gabriel.

— Não confio no Bento Manuel.

— Eu sei. Não importa. Ninguém confia no Bento Manuel. Tu conhece alguém que confia no Bento Manuel? Deixa de ser bronco, Onofre. Isto é política! Ouve: Lucas de Oliveira e Teixeira Nunes tomam Piratini. Esses dois são de fé. Vão até o fim.

— E Bagé?

— Bagé fica com o Netto. Ele está pronto pra tomar a cidade. Lá ele é que canta de galo.

— Eu também não confio nesse tal de Netto.

— Eu gosto dele.

— Ele me parece que sempre tem uma carta escondida na manga.

— Onofre, me faz um favor, deixa de ser louco. A coisa não tem mais volta. O Vicente da Fontoura garante Cachoeira. Tudo está arreglado.

Aproxima o rosto da enorme cara barbuda de Onofre.

— Ao anoitecer atravessarei o rio.

Olha para aquele homem procurando ler em seus olhos. Tinham passado a infância juntos. Aprenderam juntos a andar a cavalo, a caçar, a nadar e pescar. Partilharam as primeiras mulheres debaixo das grandes figueiras murmurantes, nas arrastadas tardes de verão da adolescência. Eram primos mas pareciam irmãos.

— À meia-noite começaremos a deposição de Braga. Tu me espera na Azenha. Quero entrar em Porto Alegre contigo a meu lado.

O som de uma trovoada chega, distante e ameaçador. Contra sua vontade, Lívio Zambeccari aconchega-se na capa de veludo.

Talvez façam isso para iludir o medo. Talvez porque têm os hábitos, os ritos, a ilusão da lealdade. Talvez para se encorajarem, tornarem-se mais do que meros cúmplices, para lembrarem as inúmeras vezes em que já estiveram frente a frente com a morte e depois descobriram que isso também não significava nada, que não tinha importância, que não os uniu em nada.

O anel de ferro dos carbonários brilha em seu dedo médio.

Capítulo 5

Ao anoitecer, Bento Gonçalves atravessou o rio Guaíba em direção a Porto Alegre, numa barcaça com cem homens armados. O coronel ia na proa da embarcação, enrolado no poncho de lã, em pé, silencioso e solene. A seu lado, o conde Zambeccari disfarçava como podia o arrepio do corpo. Era o frio, mas também o movimento lento da embarcação; o chapear dos remos na água bronzeada, funebremente ritmados, a confusa luz rondando o perfil dos homens.

Havia uma cerração espessa.

A canhoneira imperial Dona Carlota rondava o abandonado porto de Pedras Brancas, na estância do major Gomes Jardim, reduto da conspiração. Crescia um crepúsculo sem sol, fruto do dia chuvoso. Bento Gonçalves tocou no braço do conde. Luzes alaranjadas brilhavam na neblina. A brisa trouxe relinchos da costa.

O conde Zambeccari levantou os olhos para o coronel de quarenta e oito anos que estava começando a desafiar um império.

A canhoneira foi ficando distante. O conde escutou um suspiro a seu lado. O capitão de bigodes encerados percebeu que suspirara e procurou esconder a demonstração involuntária. O conde pensou na idade do capitão de bigodes encerados. Vinte e cinco? Vinte e sete? Sabia apenas que se chamava Antunes da Porciúncula e tinha um deus: aquele coronel silencioso, imóvel na proa do barco.

O conde tem a sensação de que alguma coisa o chama, e volta a cabeça. Encontra o olhar do sargento Tunico Ribeiro. O sargento tem dentes enormes. Brilham no rosto escuro. O sargento é filho de escravos. Está no exército desde 1811. Aprendeu a profissão de corneteiro quando era um negrinho magricela, assustado com as vozes grossas e as botas pesadas dos oficiais.

Aproxima o rosto do conde italiano.

– Tô pensando num guisado de charque, conselheiro.

Lívio Zambeccari sorri. Bento Gonçalves olha para eles. Lívio Zambeccari sente o precário conforto da capa de veludo. *Na outra margem devem estar os soldados de Braga.*

– Vamos chegar – murmura Antunes.

A Itália está longe. Bolonha está longe. Seu pai, suas invenções desvairadas estão longe. Quem, de sua família, o imaginaria a esta hora neste barco repleto de homens armados, neste rincão perdido do mundo, indo para um levante?

Percebeu o cheiro do mato próximo. A canhoneira imperial era uma sombra na neblina. (Talvez houvesse soldados de Braga.) Os remos foram recolhidos. O conde Lívio Zambeccari olha rostos tensos, expressões decididas. Quem são estes homens? De onde vêm? O que buscam?

Sentiu súbito aperto no coração.

(Braga, em seu palácio iluminado, também estará com o coração apertado. Quando a barcaça tocar na margem, quando os cem homens se unirem aos quatrocentos de Onofre, quando a barra do dia iluminar o horizonte, o conde Zambeccari saberá que o coração de Braga irá diminuir, irá transformar-se num pedaço de gordura, como um pedaço de gordura será triturado pelos dentes de um cão.)

Capítulo 6

Antônio Rodrigues Fernandes Braga dá passos nervosos pela sala, espia à janela. Porto Alegre é uma cidade deserta e silenciosa. Todos conspiram. Ninguém em toda a maldita cidade é de confiança. A rua de pedras brilha. O lampião da esquina está envolto numa aura de neblina alaranjada. Ninguém vem acender as velas.

No espelho, vê o tique nervoso no canto da boca, a gargantilha engomada, a casaca bordô. Ninguém vem acender as velas!

Atravessa a sala em passos duros. Cada batida dos tacos no assoalho encerado ressoa em seu cérebro. Lembra tambores, cascos de cavalos. Abre a porta com ímpeto.

— Joaquim! Joaquim! (Onde andará esse negro desgraçado?)

O vulto no fundo do corredor, enfiado dentro do libré vermelho, ajeitando a peruca branca na cabeça, passos de urubu.

— Onde te meteste? Não vês que já escureceu? Não cumpres mais com tua obrigação?

O escravo passa rente a ele, encolhido. Braga toma-o pelo braço, exultante.

— Eu sabia! Estavas bebendo, negro sem-vergonha!

Passos no corredor. Escuta, ansioso. Larga Joaquim com um empurrão.

— Acende as velas.

Enfia o dedo no colarinho, alarga-o. É preciso sorrir... É necessário mostrar os dentes num arreganho forçado.

Já ouve os três homens se aproximando. O Prosódia não pode descobrir seu medo. Nem Camamu. Nem seu irmão. Não. Este já sabe. Sempre soube.

Atrás da grande mesa talhada empunha papéis, arma esse sorriso para os três homens.

— O doutor Hillebrand já veio?

A pergunta é de seu irmão Pedro, o chefe de polícia.

– Esteve aqui.

Joaquim começa a acender as velas. Prosódia apoia a ponta dos dedos na mesa.

– E Sebastião Barreto?

Ninguém responde. O comandante de armas da Província, Sebastião Barreto Pereira Pinto, está longe, com seus cavalos, suas armas, sua voz grossa.

– Onde está Menna Barreto? – pergunta Braga, procurando mostrar severidade. – Era para estar aqui.

– No rocio, com as tropas – diz Camamu.

– As tropas! – geme Braga.

(As tropas eram um diminuto piquete de cavalaria da 1ª Linha mais a Guarda Nacional permanente, ambas num total de setenta homens. A tentativa de reunir uma companhia de Guardas Nacionais a cavalo foi um fracasso. À tarde, entregou o comando geral à alta patente do antigo exército, o brigadeiro Gaspar Francisco Menna Barreto. O veterano estufou o peito, apertou o cinturão e saiu arrastando a perna endurecida pela artrite para inspecionar as tropas.)

– Atravessaram o rio. Estão se reunindo na Azenha – diz Camamu.

– Quantos? – A voz de Braga está trêmula.

– Ninguém sabe.

Pedro Rodrigues sorri com soturna suavidade.

– Mais de quinhentos, seguramente – diz Camamu.

– Quinhentos homens é uma força muito superior à que poderemos reunir até a madrugada.

Camamu dá passos nervosos, mãos às costas.

– Hillebrand prometeu alguma coisa quando esteve aqui?

– Diz que organizará a resistência em São Leopoldo.

– Esse alemão sabe o que diz.

É a primeira vez que a voz de Prosódia tem um acento otimista. Braga crispa o rosto. A visita do doutor Hillebrand o humilhara.

Capítulo 7

Cercado por dois compatriotas alemães, o médico destoava dos seus acompanhantes, camponeses rudes, com seu perfil de águia e maneiras afetadas. Foi em pé que leu a proclamação aos colonos de São Leopoldo, escrita momentos antes, numa antessala do gabinete de Braga.

– Convidado insistentemente pelo Presidente da Província e autorizado pelo Juiz de Paz deste Distrito, passo a comunicar aos meus Patrícios Alemães que um partido pela maior parte composto de Negros e Índios está ameaçando as Autoridades desta Província, legalmente constituídas, tendo por fito derrubá-las ou assassiná-las, conforme as circunstâncias, a fim de proclamar uma república ou governo extralegal, cujo plano já patentearam abertamente através dos passos que principiaram a dar.

Interrompeu a leitura de pronúncia confusa para examinar a reação de Braga. O doutor Hillebrand usava óculos redondos, pequenos, para defendê-lo da miopia. Os mesmos que cintilaram chamando a atenção das pessoas no cais, na manhã de primavera em que desembarcou do *Germânia*, dez anos atrás, junto com oitenta imigrantes. Era a segunda leva de colonos alemães e a Província estava alvoroçada com a novidade.

Quando pisou solo gaúcho, Johann Daniel Hillebrand ainda não tinha trinta anos. Ostentava, porém, a glória de ter participado da batalha de Waterloo, a 18 de junho de 1815. Mal saído da adolescência, seus olhos azuis viram a derrota definitiva de Napoleão Bonaparte. Trazia enrolado num canudo o título de Doutor em Medicina da Universidade de Goettinger e um longo e pomposo currículo, escrito em latim, que deixava as pessoas mudas de admiração.

Tornou-se o líder da Colônia. No dia anterior ao embarque – era natural de Hamburgo –, foi celebrado um concerto na igreja luterana do seu bairro. Na travessia do mar carregou na memória (com a intuição de que fora a última vez que a ouviria) a melodia tortuosa e dourada de um adágio de Bach.

– Está bem, doutor, não precisa ler o resto, confio no senhor.

Braga amava cerimoniais, mas estava ansioso. Lembra com ódio o ar superior com que o doutor Hillebrand disse "não concluí ainda, excelência" e leu em pé, rígido, sem piscar, o resto da proclamação.

Agora, cercado por Camamu, Prosódia e seu irmão Pedro, Braga perdoa o doutor Hillebrand. Braga sente a necessidade de mais homens como o doutor Hillebrand: transparentes, secos, fiéis.

– Farei uma excursão pela periferia – está dizendo Camamu. – Quem sabe se uma pequena surpresa nesses... farrapos... – escuta satisfeito o riso dos outros – não mudaria o ânimo dos nossos confrades.

– Não sei se o brigadeiro Menna Barreto terá condições de ceder-lhe alguns homens.

– Quero voluntários.

Prosódia perfila-se. Bate os calcanhares.

– Aqui tem um, major.

Suas palavras geram um burburinho de vozes que se animam, tropeçam, sobem sem direção. Fala-se em buscar armas e cavalos, encorajam-se mutuamente, acertam um encontro no rocio dentro de meia hora. Saem em tropel, pisando forte, falando alto, começando a rir.

Pedro Rodrigues é o último a encaminhar-se para a porta. Olha demoradamente para o irmão mais velho.

– É melhor reunir a família e fazer as malas.

Braga percebe: o tique volta.

– É assim tão grave?

Dá a volta na mesa, aproxima-se do irmão despindo as máscaras que utilizara para mostrar fortaleza, aproxima-se sem pudor ao desprezo, com a sensação de que poderá cair de joelhos e suplicar ajuda.

– É assim tão grave?

Pedro Rodrigues põe o chapéu novo, comprado na Corte.

– É melhor prevenir. Teu imposto sobre o sal está ficando cada vez mais amargo, meu irmão.

– Esse imposto não é meu e vosmecê sabe muito bem. Eu fui contra. Isso é coisa do regente.

– Foi um erro sério.

Afasta-se carregando o estranho poder que atormenta e fascina o presidente Braga. Outra vez, o tique. Encontra o olhar de Joaquim. Com falsa solenidade, vagarosamente, o negro fecha as duas folhas pesadas, sem o menor ruído.

Capítulo 8

A sombra – vela acesa na mão – deslizou pela parede amarela dos corredores e sussurrou algo à outra sombra, numa dependência secundária do palácio.

A segunda sombra enrolou-se no poncho e saiu para o ar úmido. Montou no cavalo e atravessou o rocio tomado pela tropa do brigadeiro Menna Barreto.

No portão foi parado pela sentinela.

– Sou o doutor Magalhães Calvet. Recebi um chamado urgente.

O sargento da guarda aproximou-se. Conhecia o doutor Calvet. Deixou-o passar e desejou-lhe boa viagem. O doutor agradeceu e fincou as esporas no animal, desaparecendo na neblina.

Magalhães Calvet tinha pressa. Se não ocorressem transtornos no caminho, levaria meia hora até o acampamento de Onofre. O gigante gostaria de saber da temerária sortida do visconde de Camamu. Afinal, o visconde era um homem famoso.

Desde que fora nomeado comandante da Legião da Guarda Nacional da comarca, José Gordilho da Barbuda, o visconde de Camamu, tudo fizera para mostrar-se digno do posto. (Um ofício de Braga chama-o *valoroso* e confirma sua presença constante nos subúrbios de Porto Alegre.)

À frente de um grupo de vinte ginetes entusiasmados e sem preparo, o visconde cavalga, pensativo. Conhece esse tipo de entusiasmo. É uma experiência inédita em sua carreira a liderança de um contingente composto de funcionários públicos, empregados do comércio e alguns veteranos há muito desligados do ofício. Quando o frio vencer as casacas, os ponchos improvisados, as calças de veludo e as botinas de passear na rua da Praia, o entusiasmo cederá. Começarão os resmungos. Algum mais atrevido perguntará se já não é hora de encerrar a ronda. Não conta com ninguém. Nem mesmo com Antônio José da Silva Monteiro, o Prosódia, seu braço direito na Legião.

Dono dum pasquim feroz e de façanhas noturnas, chegado há pouco de Lisboa, o Prosódia já estava metido de corpo e alma na política local.

A mão enluvada segura as rédeas, a outra pousa no punho da espada. (Não pensa que vai morrer.) Para seu desgosto relembra Lisboa: azulejos nas paredes, seges elegantes, gaivotas no porto fazendo assoada, damas cruzando o paço com sombrinhas coloridas.

O desgosto transforma-se em rancor quando seus olhos vasculham o mato diluído pela neblina. Aí pode estar oculto um batalhão inteiro, armas embaladas, esperando-os. Estão indefesos, vulneráveis. Os cascos dos cavalos produzem estrépito no pedregulho.

Bruscamente, alguma coisa irrompe na estrada e precipita-se na direção deles.

Sofreia a montaria que ergue as patas dianteiras, relinchando. Alguém perde o chapéu. O pânico propaga-se como aguaceiro.

– Calma, calma!

O ânimo mudou. Num segundo – e graças à lebre imprevisível que atravessou num relâmpago a estrada – os funcionários sentem a importância de voltar a seus lares, os veteranos descobrem a saudade do calor das cobertas, os caixeiros lembram que têm o dever de levantar cedo para atender seus armazéns.

A vontade do visconde vacila. Deveria sentir ódio. Deveria esbravejar. Deveria ameaçar com degredo na África, com outras penas terríveis, mas sua vontade se encolhe, se perturba; sua vontade é um trapo. Vê-se ridículo e só, à frente desses tolos bem-vestidos. Pensa que pode estar sendo observado, que podem estar rindo dele, que em seu acampamento esse selvagem do Onofre pode estar dando gargalhadas, preparando ordens devastadoras.

A manopla de derrubar touros desaba sobre as costas do doutor Calvet, que estremece ao receber o golpe.

– Bom trabalho, doutor.

Onofre estende um copo de canha para Calvet, observa-o beber um gole cauteloso, espera a respiração do médico começar a normalizar.

– Vamos fazer uma surpresa para esses voluntários, doutor.

Recebe de volta o copo de canha e torna a enchê-lo. Olha para o tenente Sebastião do Amaral, que segura o freio do cavalo de Calvet.

– Poeta, me manda chamar o Cabo Rocha. Tenho um servicinho feito na medida pra esse índio.

Capítulo 9

Em sua égua colorada, à frente dos seus trinta soldados, atrás do seu bigode negro, aquecido no poncho cinza, mastigando o palheiro apagado, marcha Cabo Rocha. A ordem de Onofre até que veio em boa hora. Estava começando a enjoar, olhando para aquele fogo mortiço. Quando os combates começavam esquecia de tudo e participava com alegria sangrenta. Por isso fora promovido. Os castelhanos lembravam-se dele, bastava perguntar. Tacuarembó, Cerro Largo... Nas guerrilhas de dez anos atrás, com os dois Bentos. Mas ficar parado, ruminando: dali a algumas horas poderia estar carneando alguém – ou pior –, sendo carneado por um ferro frio. Não. Não era coisa de cristão aguentar. Precisava mexer-se, dar ordens, revisar os arreios, verificar a munição, ensebar a lança. Cabo Rocha não era homem de ficar parado não senhor. Nos arredores da Azenha destacou três soldados.

– Venham comigo até a ponte. Os outros esperem aqui.

A ponte da Azenha era uma ponte de pedra lançada sobre o arroio e os alagadiços que circundam a cidade e deságuam no rio Guaíba. Foi construída em 1808, destruída e tornada a construir. Imprescindível para a passagem das carroças carregadas de sacos de farinha. A região era povoada por colonos que se dedicavam principalmente à cultura do trigo. Para transformá-lo em farinha construíam moinhos de água, ou azenhas, como diziam em Açores. A grande quantidade dessas azenhas deu nome à região, como até Cabo Rocha podia deduzir.

Cabo Rocha – capitão Manoel Vieira da Rocha – alisou amorosamente o pescoço da égua colorada e, gesto curto, exigiu silêncio.

A noite estava absolutamente silenciosa, com exceção do murmúrio onipresente do arroio. Sua percepção de rastreador dizia-lhe que alguém se aproximava. Tornou a levantar o braço e deixou-o no ar – recomendação aos três soldados.

As lanças emitiam efêmeros brilhos. Temeu que os vissem. Qualquer som se propaga com facilidade na beira da água. O soldado com cara de índio persignou-se. Cabo Rocha cuspiu o palheiro. Não tinha mais dúvida. Alguém se aproximava: cavaleiros.

Capítulo 10

Penando de solidão à frente de seus voluntários, o visconde de Camamu aproximava-se da ponte.

A marcha noturna tornava-se cada vez mais penosa. Depois do incidente com a lebre, o moral reduzira-se de maneira alarmante. Um dos veteranos percebera e tentara consertar as coisas, mas sua intromissão apenas acelerara o processo de desencorajamento do grupo.

O visconde – por fidalguia – não mandara o brigadeiro Alves Leite calar a boca. O brigadeiro passara há muito dos sessenta anos e participara de tantos combates que já perdera a conta. Isso é o que afirmava em voz bem alta e em tom fanfarrão.

Acalentava a boa intenção de inculcar ânimo aos demais. O visconde, contrafeito, notava os esforços do veterano produzirem resultado inverso. Quanto mais falava em cargas e degolas, mais silenciosa e soturna tornava-se a plateia.

O brigadeiro Alves Leite envergava uma vestimenta que o visconde, homem elegante, classificava, no mínimo, de ultrapassada. Botas até a altura das coxas, peitoril de metal oxidado recoberto por malha de aço, capacete espanhol disfarçado por uma barretina imperial. Na mão enrugada, a lança portentosa, a qual insistia em chamar alabarda.

O visconde media o moral da tropa pelo silêncio do Prosódia. Era a terceira vez que o brigadeiro proclamava que não era homem de morrer na cama e o português escutava a fanfarronice calado. Foi então que viram os vultos na ponte.

Eram três ou quatro ou muito mais. Como saber com esse nevoeiro? O visconde tem a consciência tranquila: estava começando a dar a ordem para que esperassem quando alguém disparou. O tiro explodiu quase a seu lado e cegou-o momentaneamente. Nunca pôde saber quem foi. Talvez o oficial de gabinete do chefe dos Correios, que tremia sem parar desde que saíram do rocio; talvez o ruivo caixeiro do armarinho da rua da Misericórdia ou até mesmo o duro brigadeiro, pensando em incendiar o ânimo da tropa. Seja como for, a distância era muito grande e o disparo foi inútil. O elemento surpresa – se é que podiam contar com ele – estava perdido. Percebeu os cavalos se agitarem contagiados pelo nervosismo dos homens. Puxou as rédeas, tentando dominar o mouro, quando viu, assombrado, num tumulto de tropel e gritos, surgirem do nevoeiro as lanças apontadas.

O visconde de Camamu era homem da corte. Afora os exercícios de ordem unida, as paradas em homenagem ao imperador-menino e o aborrecimento do Toque da Alvorada, nunca se envolvera em combate mais violento do que os travados nos saraus por uma valsa com a dama da moda. Naquele lugar escuro, naquele fim de mundo, naquela noite de bruma fria com cintilações de água gelada, o visconde se deparou com o ataque como com uma aparição. Aterrado, viu os vultos – que lhe pareceram gigantescos – avançarem gritando obscenidades; viu as lanças: grandes, negras, pesadas, brilhando sinistras; viu os cavalos, espantosos, selvagens, tão decididos quanto os seres que os montavam.

Mão enfraquecida buscando frear o pânico do mouro, entendeu que seria incapaz de conter isso que começava, fosse o que fosse.

Fechou os olhos e esporeou com toda força o animal. Esbarrou em alguma coisa dura, brusco arranco tirou-o da sela. Sua sincera coragem, seus dias de caserna, suas aulas com o oficial francês, sua equitação, sua esgrima, seu latim, sua elegância, suas damas perfumadas precipitaram-se num abismo escuro.

O Prosódia empunhou a espada e enfrentou o ataque. Porém, aquele não era um tipo de luta que conhecesse. Horrorizados, os caixeiros e burocratas viram-no ser atropelado e atravessado por uma lança afiadíssima, derrubado no chão com som de ossos partidos e pisado pelas patas ferradas.

A montaria do brigadeiro Alves Leite foi prensada contra a amurada de pedra da ponte, junto com outras duas. O brigadeiro esbravejou e intimou e deu ordens, mas era impossível dominar o cavalo. Sentiu cada vez mais que seria derrubado no arroio e pensou no peso de suas vestes, no frio que estava lá embaixo e num esforço supremo esporeou as ilhargas de seu apavorado alazão. Deu um tiro a esmo.

— Viva o imperador! — gritou. — Viva Dom Pedro II!

O brigadeiro descobriu, com a intuição refinada em anos de longas guerras, que os atacantes eram apenas quatro, que mergulhar na água gelada significava pneumonia e que a primavera aproximando-se poderia bem ser a última. Ouviu uma voz gritar.

— Abaixo os caramurus! Abaixo a galegada!

— Viva o Imperador! Viva o Brasil! — respondeu, porque era seu dever e porque precisava fazer qualquer coisa.

Os relinchos dos cavalos, o som dos cascos na pedra, as imprecações foram abafados quando mergulhou na água cintilante. Sobre ele desabaram também mais dois cavalos e respectivos cavaleiros.

Os imperiais, sem comando, recuaram, não sabendo que fazer, e desandaram num galope desesperado.

— Atrás deles! Não deixem escapar nenhum! — berrava Cabo Rocha.

O contingente do visconde de Camamu, que viera para surpreender os rebeldes, desfez-se como ovo ao cair sobre uma pedra. Cada um correu para um lado, esporeando as montadas com desespero, sumindo na escuridão. Foi assim que salvaram suas vidas e puderam aparecer em casa noite alta, entrando pelos fundos, batendo nas janelas, cautelosos, narrando, vozes trêmulas, enquanto bebiam chás fumegantes, as peripécias da terrível noite.

— Bento Gonçalves vem aí — afirmavam estremecendo. — São milhares!

Uma a uma, luzes acendiam-se nas casas. Pedia-se aos gritos mercúrio-cromo, erva-cidreira, folhas de malva. O medo completou seu ciclo quando o visconde pôde, finalmente, chegar ao palácio iluminado do presidente Braga.

Chegou depois da lança derrubá-lo do mouro e depois de correr na escuridão, tropeçando, caindo, levantando, atravessando banhados, sentindo a farda bordada em ouro esfrangalhar-se nos espinheiros, sentindo o rosto e as mãos esfrangalharem-se nos espinheiros. Chegou percorrendo vielas mal iluminadas, andrajoso, sem barretina, sem banda, sem espada, sem penacho. Foi necessário discutir com a sentinela, chamar o sargento, altercar com o tenente.

O homem pálido, de olhos febris, trêmulo de frio e sangrando de um ombro seria realmente o jovem e arrogante visconde de Camamu?

Com indescritível arrepio, Braga entendeu que aquela era uma visão que mudava definitivamente seu entendimento do mundo. Soube então que no destino do ser humano está também incluído um misterioso horror, sempre próximo de se tornar realidade. O tique no canto da boca se tornou definitivamente incontrolável, quando viu o visconde entrar em seu gabinete, amparado por dois escravos.

Capítulo 11

Bento Gonçalves da Silva entrou em Porto Alegre a 21 de setembro de 1835, à frente das tropas rebeldes, com Onofre a seu lado. Porto Alegre era, nessa época, uma próspera cidade de quinze mil habitantes. Crescia em direção ao Caminho Novo e à Floresta, devido aos moinhos de vento e ao estaleiro. Artigos do Código de Posturas exigiam calçamentos nas ruas e o fechamento de terrenos baldios. Havia uma urgência de progresso, de novidades, de civilização que angustiava e exaltava os cidadãos. As ruas eram largas, razoavelmente limpas. A rua da Praia separava as docas movimentadas das casas residenciais que pontilhavam a suave colina que atravessa a cidade.

Imponente, no topo da colina, erguia-se o palácio do presidente, com ampla visão do rio e dos telhados. Dali podia-se ver também os moinhos de vento e os morros verdes que cercam a cidade. A seu redor a Igreja Matriz e a Prefeitura, num ambicioso estilo neobarroco e o esplêndido solar do visconde de São Leopoldo, onde, às quintas-feiras, para amenizar as incessantes reuniões políticas que se faziam nos seus salões, bebia-se chá e escutava-se a legião de poetas locais recitar com voz dramática alexandrinos sobre corações feridos e donzelas loucas.

Tudo se fazia com voz dramática, principalmente discursos na Câmara dos Deputados. A política era um assunto à flor da pele. Os jornais eram lidos nos cafés com afã, e desencadeavam discussões nas esquinas, nas barbearias, nas farmácias.

Marinheiros percorriam a rua da Praia falando idiomas desconhecidos. No cais, diante do majestoso edifício novo da Alfândega, atracavam embarcações de grande porte, trazendo pedaços do mundo distante, certa coqueteria, certo sabor internacional.

No porto, os homens fumavam charutos e se sentiam importantes. Negros seminus carregavam fardos pesados. Fiscais do Império examinavam a papelada e verificavam se todos os impostos tinham sido pagos.

Grupos de colonos alemães, chegados há pouco, esperavam amontoados num lugar à sombra, olhando com admiração e receio a pele lustrosa dos escravos. Os primeiros colonos foram recebidos com festa pela população e pelo presidente da Província, dez anos atrás. Agora, já eram vistos com indiferença e esperavam dias intermináveis para que se lhes desse um destino qualquer.

O Teatro da Ópera abria suas portas para receber plateia solidária e entusiasta. Jamais representou uma ópera, mas os concertos dos artistas de passagem para Buenos Aires alentavam os corações.

Organizavam-se procissões acompanhadas piedosamente pela população. Cantavam-se hinos. Nas sacadas dos sobrados, ornadas com tapeçarias de seda e franjas esvoaçantes, as matronas debruçavam seus decotes para ver passar santos ricamente ornados. Procissões não faltavam: Porto Alegre tinha cinco igrejas, embora escasseassem padres.

Tinha também dois quartéis, uma alfândega, um hospital, um asilo de pobres e uma cadeia solidamente construída. Não havia nenhuma escola.

As chuvas intensas do outono e os alagadiços obrigaram a administração a construir pontes. A cidade era cortada por pontes e por boiadas que a invadiam regularmente, a caminho do matadouro. Os peões assustavam os moradores com seus gritos ásperos e suas gargalhadas obscenas. A Prefeitura baixou um decreto determinando o trajeto das boiadas, desviando-as do centro, o que deixou satisfeitos o comércio e a população em geral.

A população em geral não compareceu para ver a entrada vitoriosa dos conquistadores da cidade. Bento Gonçalves contava com isso.

As ruas desertas, as janelas fechadas, o silêncio apreensivo não o surpreenderam. Imaginava os acontecimentos dos dias anteriores e não se iludia com as consequências da propaganda feita por Braga antes de fugir.

O dia amanheceu com novo estremecimento de horror. Atrapalhado pelo peso da armadura, prisioneiro de um emaranhado de ramas à beira do arroio, o corpo do brigadeiro Alves Leite foi encontrado por agricultores que se dirigiam a seus moinhos. Levaram-no para a cidade, lívido, duro, no fundo de uma carreta puxada por quatro bois lerdos, seguido por uma multidão que engrossava à medida que chegavam às ruas principais.

Olhos insones, mão sobre a boca para ocultar o tique, Braga escutava a água do rio bater no casco do barco que o levava a Rio Grande. Antônio Rodrigues Fernandes Braga, antigo juiz de direito da comarca de Rio Grande, amava móveis pesados, perucas de rabicho, casacas, missas solenes e relatórios em letra caprichada. O cargo de presidente dessa província selvagem constituíra-se num suplício.

Estudara Direito em Coimbra. Da nobre cidade universitária não trouxera apenas a nostalgia das capas negras, das guitarras e do vinho verde. Envolvera-se com a Maçonaria; chegara a pertencer a uma loja chamada *A Gruta*; lera – sobressaltado – manifestos pela proclamação da república.

Coisa de rapazes, loucuras da juventude. Tudo isso ficara para trás. A monarquia era instituição secular, abençoada por Deus, justa nos princípios. E, agora – em seu governo! –, surgem esses estancieiros ignorantes, ladrões de gado, assassinos de índios, a conspirar, a ameaçar, a revoltar-se. E o pior de tudo: pregam algo tão inacreditável como uma república. Logo eles: escravistas, atrasados. Será que não entendem a gravidade de seus gestos?

No dia anterior tomara uma decisão, após a chegada de Camamu: mudara-se do palácio para o Arsenal de Guerra, rodeado por dezessete oficiais leais. À tarde, embarcara a família a bordo do brigue americano *Trafalgar*, para pô-la *"a salvo de algum insulto"*, conforme escreveu em ofício à Corte.

Às seis da manhã, exasperado pelo sorriso fixo do irmão, reconheceu que a derrota era completa. Só restavam nove oficiais. E estes eram irredutíveis: queriam unir-se ao comandante de armas Sebastião Barreto e sua tropa, na Campanha.

– Senhores, antes de partir, devemos destruir os canhões e a pólvora.

Embarcou quando os farroupilhas entravam na cidade.

Capítulo 12

No gabinete de Braga, à luz de suas velas, Bento Gonçalves escreveu longa proclamação explicando os motivos do levante. É um documento sóbrio, respeitoso ao imperador e aos princípios monárquicos, pleno de nobres intenções em relação ao futuro e forte no ataque aos detentores do poder na Província. Na época, com propriedade, estas pessoas eram chamadas de retrógradas. Bento Gonçalves era homem comedido e suas emoções ponderadas. Usou a palavra reacionário apenas uma vez no documento, o qual, por sua vez, tem citações em latim e referências a deuses gregos, o que faz supor o dedo delicado do conde Lívio Zambeccari na sua redação. Isso, entretanto, não é de todo matéria comprovada.

Bento Gonçalves, ao contrário da maioria de seus confrades – fazendeiros, militares, guerrilheiros do pampa, veteranos das guerras de fronteira –, tivera educação escolar num seminário e não guardava medo à cultura, nem vergonha de manifestar seus conhecimentos. Assim como o conde, escrevia versos; mas, ao contrário deste, não os publicava nem recitava para plateias aflitas. Usou seu talento literário, na maior parte, para escrever cartas.

Era um infatigável redator de cartas, que escrevia com correção e calor. Estava começando uma – meditada, importante – quando João Congo entrou.

– O senhor Domingos de Almeida está aí.

Bento Gonçalves descansou a pena de metal no tinteiro. Domingos de Almeida tinha o dom de fazer seus olhos se alegrarem. O comerciante mineiro estava na meia-idade e pesava menos de sessenta quilos, mas transmitia resistência e fortaleza. Apertaram-se as mãos.

À luz das velas de Braga, o crepúsculo da primavera invadindo as vidraças, Bento Gonçalves, com um sentimento que o embaraçou, descobriu o que o fascinava particularmente no atencioso mineiro de fala mansa e roupas escuras: o desenho da testa, longa e larga, somente apreciada nas iluminuras dos romances franceses que o conde Zambeccari costumava ler.

Domingos não tinha visão otimista dos acontecimentos. Sabia que era prematuro proclamar uma república e confiar nos vizinhos platinos, mas acreditava que essa possibilidade não deveria ser descartada. Ponderou com muito tato, pois sabia que Bento Gonçalves não era um adepto fervoroso da república. Domingos deixou-lhe a impressão nítida de que tinham posto a funcionar um mecanismo.

– E agora, meu amigo, esse mecanismo tem força própria.

Bento Gonçalves ouviu-o durante duas horas. Quando Domingos partiu, Bento aproximou-se da janela. Ficou olhando o rocio deserto. O mundo, lá fora, era hostil. Era isso que buscava nas enervantes noites de conspiração? Essa sala em penumbra, ressoante de ecos, de vozes alteradas ou sussurrantes, era o sonho que vislumbrara com os irmãos da loja maçônica?

A sentinela passa lentamente, a sombra comprida na rua de pedra.

Precisa escrever para Caetana. Precisa escrever para Bento Manuel. Precisa tomar providências: Rio Pardo ainda resiste. Sebastião Barreto e Silva Tavares estão em marcha com suas tropas. A cidade está apavorada. É preciso tomar as rédeas. É preciso, é preciso, é preciso.

Batem na porta.

– O major Vicente da Fontoura – anuncia João Congo.

– Tu disse que eu estava?

– Disse que não sabia. O major não acreditou.

Ficou olhando o escravo enquanto decidia. João Congo era grande, musculoso, calado, e, quando queria, mordaz.

– Eu não estou.

Vicente, Vicente... Esse homem sombrio. Não, não queria receber o major Vicente da Fontoura. E Caetana... Não sabia o que escrever a Caetana. Poderia falar de negócios, recomendar a venda de alguma ponta de gado, dizer que sentia falta dela.

Sentou-se à mesa, olhou demoradamente a folha de papel. Melhor não adiar mais. É pegar o touro à unha e quanto antes melhor.

Escreveu:

"Exmo. Cel. Bento Manuel Ribeiro.
Prezado tocaio e amigo."

Capítulo 13

Bento Manuel abriu a porta de lona. O filho mais velho dormitava sobre os pelegos. Cutucou-o com a ponta da bota.

– Levanta. Vamos fazer uma viagem.

Esperou, vendo o filho mover-se a contragosto, resmungando.

– Prepara as coisas, eu tenho o que fazer.

Atravessou o acampamento em passos vagarosos, curvado, defendendo-se do vento, ignorando as saudações dos soldados.

O palheiro no canto da boca continuava apagado. Aproximou-se de uma barraca onde um soldado montava guarda. Afastou com o braço a porta de lona.

O tenente Manuel Luís Osório estava estirado no catre, mãos sob a nuca, olhando a cobertura de lona, fumando.

– Boa tarde, tenente.

Ao vê-lo fazer o gesto de levantar-se acrescentou:

– Fique à vontade.

– Boa tarde, coronel.

Bento Manuel puxou um banco e sentou-se.

– Me dê fogo.

Osório estendeu-lhe a brasa do palheiro. Bento Manuel chupou com força até atiçar a pequena chama.

– Vou fazer uma viagem.

— Vai me levar, coronel?

— Não. Vou soltar vosmecê.

O tenente incorporou-se, vagaroso.

— Sem julgamento?

— Não será a primeira vez, tenente.

Bento Manuel era hábil em revolver feridas. Parecia a Osório que o coronel não o perdoava por ter-lhe salvado a vida em Sarandi.

O combate de Sarandi travou-se a 12 de outubro de 1825. Então, o alferes de cavalaria Manuel Luís Osório tinha dezessete anos, buço aveludado, olhos muitos claros. Bento Manuel comandava uma tropa de seiscentos cavaleiros contra os uruguaios. O mercenário – e traidor uruguaio – Bonifácio Calderón comandava a ala direita. O capitão Bento Gonçalves, a ala esquerda.

O combate foi uma imprudência, pois os brasileiros estavam em menor número e poderiam ter evitado o encontro. Após duas horas de luta, Bento Gonçalves é batido, Calderón foge e Bento Manuel é envolvido. Sem cavalo, cercado, está por cair prisioneiro ou ser morto quando o adolescente Osório irrompe à frente de poucos homens, com a fúria de um anjo. Bento Manuel consegue montar na garupa do cavalo de seu irmão José Ribeiro. Atravessam o arroio Gê em disparada. Bento Gonçalves cobre a fuga.

Nessa noite, no acampamento, depois de contar os mortos e cuidar dos feridos, Bento Manuel mandou chamar o alferes.

— Conheci teu pai. Combatemos juntos em Durazno.

Apanhou a pesada lança lavrada em marfim.

— É tua.

Dez anos depois, nesse acampamento batido de vento, o anjo salvador é seu prisioneiro. Bento Manuel desliza os olhos ao redor da tenda.

— E a lança?

— Prisioneiros não carregam armas, coronel.

Bento Manuel apagou o palheiro na unha do polegar.

— Vosmecê não é mais meu prisioneiro, tenente. Na verdade, vou deixá-lo no comando deste posto. É verdade, não ria. Ando mais atrapalhado do que cusco em procissão, tenente. Fico me perguntando o que é justo. Vosmecê apenas ajudou um amigo a fugir. Isso é traição? O que é traição?

Osório ficou calado.

— Eu não sei o que é traição. Lutar contra um Imperador de brinquedo? Ser herói numa guerra injusta?

— Nossas guerras foram justas, coronel.

– Pontos de vista, tenente. A Cisplatina foi cisma daquele gorducho demente, aquele rei depravado que vosmecê tanto reverenciava. Calma, tenente. Não precisa ficar branco de raiva. Bueno, vou a Porto Alegre. Querem que eu fique por aqui. Vou ver o que eles estão tramando. Vosmecê fica tomando conta.

– Sem julgamento.

– Esperei dez anos pra le pagar essa dívida, tenente. Agora estamos quites.

Capítulo 14

A carta de Bento Gonçalves, lida com dificuldade (não pedira a assistência do filho), permanecia na sua cabeça. Parecia que seu tocaio escrevia uma coisa, mas queria dizer outra. Não. Não poderia permanecer mais tempo afastado da capital. Dera seu apoio, participara, arriscara seus homens, ficara senhor de toda a fronteira oeste, pusera em jogo sua reputação, desafiara o Imperador. E os bundinhas da cidade – politiqueiros como Boticário, negociantes como Domingos de Almeida, oficiais bem falantes como Lima e Silva – se adonariam de todas as regalias.

O grupo cavalgava rijo. Falavam pouco. Cuidavam apenas das horas de marcha, do pouso para secar o suor dos cavalos. Bento Manuel e seu séquito – o filho mais velho, Sebastião, advogado formado no Rio de Janeiro, o tenente Gabriel Gomes e quatro lanceiros charruas – não eram dados a contemplações tais como a qualidade da luz sobre o pampa. (Nesse tempo não havia nenhum pintor importante na Província de São Pedro do Rio Grande. A luz do paralelo 30 jamais foi captada por pincel atento, mesmo pobre e sem inspiração.)

A primavera instalara-se precedida duma brisa fria, soprada dos Andes. Essa brisa chegava dissolvendo-se, tocava nas caras tostadas e barbudas.

Bento Manuel tinha nascido em São Paulo, de uma índia guarani com um comerciante português, e teve dezessete irmãos. A maioria morreu de inanição. Bento Manuel teve a intuição desse destino e fugiu de casa a pé, com doze anos de idade. Dormiu em pousada de aventureiros ou ao relento. Passou frio e fome. Caminhou através de trilhas e precipícios, vales e rios, até chegar ao Continente de São Pedro do Rio Grande. Trabalhou como peão até os dezesseis anos, numa estância na fronteira. Entrou no exército para lutar contra os castelhanos. E encontrou seu lugar. No exército, cada medalha, cada tira no braço, cada dragona no ombro significava um pedaço de terra, uma sesmaria a mais, campo verde com capim gordo para o gado. Um bom oficial, com o passar do tempo, seria estancieiro rico.

Naquele dia gelado de agosto, trinta anos atrás, o soturno adolescente, ao calçar botas pela primeira vez – direito adquirido como alferes dos Dragões da Cavalaria –, começou a sonhar com gado, escravos, mulher, filhos que seriam bacharéis...

– Vamos acampar embaixo daquele umbu.

Esteve calado, olhando os preparativos.

– Gabriel – disse de repente.

– Às suas ordens, coronel.

– Ainda estás matutando por que deixei o comando para o Osório e não para vosmecê?

O tenente era muito ruivo e muito jovem e ficou com o rosto vermelho e desamparado.

– Eu não estava pensando nisso, coronel.

– Eu sou meio bruxo, tenente.

Sebastião, o filho de Bento Manuel, aproximou-se.

– Ele lê pensamento, Gabriel.

– Me digam uma coisa, vancês que são moços e que leem livros. Quando tempo vai durar esta guerra?

Os dois se olharam.

– Guerra? – disse Gabriel. – Eu entendi que tudo já terminou.

– Eu tenho uma comichão bem aqui... – Bento Manuel tocou a testa com o dedo. – Esta vai ser uma guerra muito comprida.

Sebastião olhou para seu pai com atenção. À sua mente veio a consciência daquele homem enorme que atormentara sua infância e sentiu o mesmo medo de quando tinha sete anos e se refugiava embaixo da cama. Sorriu para disfarçar o pensamento, olhando para longe. Precisava fugir.

Capítulo 15

Na sala do pequeno sobrado colonial na rua do Ouvidor, onde vive só, Pedro Boticário percebe seus visitantes desconfiados. Estão em pé, metidos em trajes escuros.

– É uma proposta, digamos... – o deputado Francisco de Sá Brito, busca vocábulo que não ofenda o colega – ... temerária.

Boticário incha levemente.

– Temerário será não tomarmos nenhuma medida contra os galegos. Temerário será ficarmos de braços cruzados enquanto eles nos desafiam e insultam nossas ideias.

Arrastando o corpanzil pelas ruas empedradas, Pedro Boticário destilava seu ódio. Era tempo de acertar contas. Muito português safado o fez sofrer, submeteu-o a vexames, insultou-o e apedrejou sua farmácia.

– Nossas ideias, senhor Boticário, não incluem vinganças e retaliações – Lívio Zambeccari falava docemente, como se interpelasse uma criança. – Sua proposta é autoritária.

O lenço de seda branco varreu o alto da testa.

– É um momento de crise, conde Zambeccari. As ideias são muito bonitas no papel, mas precisam ser defendidas.

– Sua proposta é grave, senhor Boticário – Sá Brito assumiu uma postura solene. – Eu proponho que se forme uma comissão para discuti-la antes que se torne pública.

Um riso mau foi desenroscando-se do canto da sala. O padre Caldas mostrava os dentes estragados.

– Discutir, Sá Brito? Discutir até quando?

O padre era alagoano e o sotaque aumentava com o passar do tempo.

– Vamos ficar discutindo até que a galegada resolva nos derrubar. Aí vosmecês vão ouvir discussão.

– Essa proposta é indigna – disse num sussurro Sá Brito.

Boticário levantou-se, inesperadamente ágil.

– Retire essa palavra.

– Calma, senhores – interveio o conde. – Calma.

– Retire essa palavra.

– Expulsar quatrocentos cidadãos portugueses é um ato que nos desonra – Sá Brito começou a levantar a voz. – Uma ação deste tipo nos constrangerá ante as nações civilizadas.

– Nações civilizadas! – o padre Caldas abriu os braços. – Cita uma nação civilizada, Sá Brito. Uma. Uma. Uma só. Quero ficar constrangido diante dela. Que nação é essa? É rica? Ela pilha? Saqueia? Escraviza? Coloniza?

– Essa proposta vai gerar o terror na cidade.

– O terror! Isso mesmo que precisamos! O terror!

– Estranhas palavras para um servo do senhor, amigo Caldas.

Bento Gonçalves abria a porta e entrava na sala. Estava em roupas civis, apoiado numa bengala com castão dourado.

– Continuem, senhores, continuem. Não se preocupem comigo.

– Discutíamos algumas medidas, coronel – balbuciou Sá Brito. – Vosmecê traz alguma novidade?

– Na verdade, trago. A contrarrevolução no interior foi esmagada. Silva Tavares e Sebastião Barreto fugiram para o Uruguai. A Província toda é nossa. E outra coisa: temos novo regente. É um colega do nosso amigo Caldas. Espero que ele seja mais inclinado ao cumprimento dos preceitos cristãos do que nosso padre Caldas.

Alguns riram.

– O Feijó – disse Caldas. – Só pode ser ele.

– Ele mesmo. Padre Diogo Antônio Feijó.

– Os padres são problemáticos – resmungou Caldas.

– Qual era o tema da discussão, senhores, se me permitem a curiosidade? Ouvi algo sobre implantar o terror, se não me engano.

– Nosso amigo Caldas quer fazer uma revolução francesa *ipsis litteris* aqui na Província, coronel – disse Sá Brito.

– É uma pena, porque não sei francês, padre Caldas. E nem latim, deputado.

Elevou-se a voz angustiada de Pedro Boticário.

– Minha proposta é expulsar a galegada.

– Eu apoio – disse Caldas.

– Realmente, isso não é muito cristão... E quem são esses portugueses? Quantos são?

Boticário apanhou uma pilha de papéis e estendeu-a para o coronel. Bento Gonçalves guardou a bengala embaixo do braço e apanhou o maço de folhas.

– Quatrocentos – disse Boticário.

– Quatrocentas deportações, senhor Boticário?

Boticário confirmou com a cabeça.

Uma folha escapou das mãos de Bento Gonçalves e desceu fazendo curvas até o chão. O conde Zambeccari curvou-se para apanhá-la.

– Não é preciso, Tito – disse suavemente o coronel.

A sala tornou-se silenciosa.

– Isso não tem vez, senhores.

Deixou as folhas escorrerem de suas mãos e espalharem-se no assoalho. Boticário empalideceu. Bento Gonçalves apoiou-se na bengala.

– Meus amigos, passei por aqui para trazer essas boas notícias. E também para dar minha opinião sobre esses rumores que ouvi, rumores de deportações. Agora, com vossa licença, tenho muito que fazer. Mas, me permitam lembrar-lhes: a força já fez o que cabia. Agora compete aos senhores, como pessoas inteligentes, encaminhar o governo do país. Conde Zambeccari, o senhor me acompanha?

Capítulo 16

Os cavaleiros entraram pelo Portão assustando os vendedores de frutas, dobraram a esquina da rua do Arvoredo incitando a guaipecada a acuar as montarias, jogando a água das sarjetas sobre a calçada e recolhendo olhares rancorosos dos passantes.

Bento Manuel e seu séquito já estão em Porto Alegre, já percorrem a rua Formosa, já se aproximam do palácio do governo, já vão reconhecendo o pequeno júbilo de ver sobrados, palacetes, lampiões, coches puxados por cavalos, mulheres de sombrinha, oficiais em uniformes impecáveis, escravos carregando pacotes, caixeiros atrás dos balcões.

Bento Manuel era homem do campo. Frequentava palácios, discutia com nobres, abriam-lhe caminho quando surgia num salão repleto. Sabia, porém, que reverenciavam o soldado – os jornais, os malditos jornais! –, que o olhavam com mais admiração que respeito, com mais receio que amizade. Viam o assustador capitão de guerrilhas; olhavam disfarçadamente para as mãos que estrangularam índios e castelhanos; para o jeito truculento de mascar fumo e acertar escarradeiras com sonoras cuspidas.

O que verdadeiramente o ressentia era saber que carregava esse estúpido sentimento de admiração pela cidade e seus salões. Mesmo agora, entrando nesse âmbito de igrejas brancas e prédios baixos, sobrados e praças arborizadas, ruas de paralelepípedos e bicas d'água, sabe que um poder maior exerce ali seu domínio. Seu lugar é no campo, entre gado e índios.

Desmontam em frente à escadaria do palácio. Bento Manuel olha para o enorme edifício amarelo, para as dezessete janelas e as três águas furtadas onde bate o sol.

– Esperem aqui – ordena aos charruas.

Olha feroz para a pequena multidão que se forma para apreciar os índios.

Sobe os doze degraus de pedra entre o tenente Gabriel e o filho Sebastião. Passa por guardas perfilados sem olhar para eles. Entra pisando forte, com as botas enlameadas. Sabe que suas esporas irão arranhar o assoalho encerado... Funcionários e burocratas andam em todas as direções, carregando pastas e papéis. Bento Manuel carregava seus cinquenta e cinco anos de corpulência bovina sobre pernas curtas e delgadas. Queimado de minuano, sol e geada, o rosto era cortado de cicatrizes que as suíças grisalhas escondiam.

A maior estava sobre o nariz.

Deixava-o com ar indiático, apesar do azul dos olhos. Essa cicatriz tinha vinte e quatro anos. Em 1811, era peão do contrabandista Joaquim de Carvalho, El Lagarto, lugar-tenente do poderoso Dom Felipe Contucci, aventureiro internacional com ligações na alta nobreza espanhola e portuguesa. Sob as ordens de El Lagarto, com o irmão mais velho Domingos e doze mercenários, assaltou, em noite escura, o aquartelamento da coroa espanhola em Cerro Largo.

A missão era libertar dois contrabandistas, homens de Dom Contucci, portadores de documentos que comprometiam suas relações com a coroa portuguesa. No assalto, Bento Manuel teve o nariz esmagado e Domingos levou um tiro no pescoço. Morreu nessa madrugada, em seus braços, debaixo de uma figueira.

Durante dois anos Bento Manuel caçou o autor do disparo, sargento Rafael Iribarne, até encurralá-lo na tapera de uma curandeira em Entre Rios, onde fazia tratamento para doença venérea. Subornou a bruxa e esperou cinco horas atrás da cortina encardida sem mover um músculo. Degolou-o quando mergulhava o membro numa bacia com água quente e ervas medicinais.

Detém pelo braço um lacaio de peruca branca e libré.

– Em que biboca se esconde o coronel Bento Gonçalves?

O lacaio carrega uma bandeja com cristais.

– Lá, senhor. Naquele corredor. Uma porta com um selvagem montando guarda.

O corredor é largo e iluminado. Nas paredes quadros de generais, batalhas, paisagens bucólicas, santos. O coronel pisa duro. O palácio transpira limpeza. O coronel não olha para os quadros. O coronel aspira seu cheiro de suor, de poeira, de dias ao relento, de cavalo. Sente uma alegria estranha. As altas janelas são cobertas por cortinas de veludo vermelho. Numa porta, o índio monta guarda. Conhece o índio. É o índio do seu tocaio.

Para de repente. Aproxima-se da janela e olha para o pátio. Soldados fazem exercícios de ordem unida.

– Quero ver a cara do meu tocaio quando me vir.

Agarrou a cortina e passou-a no rosto, limpando o suor, espiando com um olho o índio imóvel. Caminhou em direção a ele, com o olhar duro. O índio abriu a porta de par em par.

Bento Gonçalves, Lívio Zambeccari e Antunes da Porciúncula, sentados em torno a uma escrivaninha cheia de papéis, ergueram os olhos.

– Aqui tô porque cheguei!

Bento Manuel arreganhou os dentes.

– Parece que o tocaio não está mui contente em me ver.

Bento Gonçalves largou os papéis na mesa.

– Me parece que é o caso de dizer: quanto mais me benzo mais assombração me aparece.

Levantou-se e estendeu a mão para o recém-chegado.

– Como le vai?

O aperto de mão foi rápido, sem cortesia.

– Quer dizer que sou uma assombração?

– Vosmecê sempre se pareceu com uma, tocaio, mas não é isso. É que estive pensando em vosmecê ainda hoje.

– Bom sinal...

Fez um gesto mostrando Sebastião e Gabriel Gomes.

– Acho que vosmecê já conhece meu filho e o tenente Gabriel.

– Conheço, conheço.

Bento Gonçalves apertou as mãos estendidas.

– Vejo que vosmecê ainda mantém este anarquista como acólito – disse Bento Manuel, olhando para Lívio Zambeccari.

O sangue subiu ao rosto do conde.

– Homens livres não se prestam para acólitos, coronel, e tampouco os têm.

– Isso são balelas que ensinam na Europa, conde, onde o senhor estudou. Não aqui por estas bandas. Por aqui, o dobrado é outro.

– Vosmecê recebeu minha carta, tocaio? – interpôs Bento Gonçalves.

– Carta?

Continuou olhando para o conde, procurando vagamente entender a razão de seu ódio contra aquelas mãos pálidas e aquele rosto de santo. Vagaroso, voltou-se para Bento Gonçalves.

– Carta. Sim. A carta. Recebi a carta. Li a carta. E não gostei da carta.

– E posso saber por que Vossa Excelência não gostou, ou é ferir seus sentimentos?

– Não gostei porque não gostei. Me diga por que eu tenho que ficar metido lá na fronteira e vosmecê aqui no bem bom, entre sedas e almofadinhas e não sei que mais.

– Isso de sedas e almofadinhas é vosmecê que sabe. Alguém tem que ficar por lá, Bento.

— Que seja outro.

— O posto é seu.

Bento Manuel tornou a mostrar os dentes amarelos.

— Eu também sou deputado, esqueceu, tocaio?

— É suplente de deputado.

— Não importa. Eu quero é ir lá na Assembleia e discursar. E na hora de dividir o poder eu quero estar presente e não lá na fronteira fazendo ordem unida.

— Dividir o poder? Que ideia estranha, tocaio.

— Vosmecê não me impressiona. É verdade que não nasci em berço de ouro como vosmecê, mas não é por isso que vou me deixar levar pelo nariz.

Bento Gonçalves era o décimo filho do estancieiro português e capitão de ordenanças Joaquim Gonçalves da Silva, natural da freguesia de Santa Marinha do Real, no bispado de Lamego, e de dona Perpétua da Costa Meirelles, continentina, natural de sesmaria do Morro de Santana, Porto Alegre, e as ironias de Bento Manuel a seu passado o enfureciam.

— Vosmecê faça o que bem entender. Já saiu dos cueiros há muito tempo. Mas não se esqueça, tocaio, quando estou no comando, todos me obedecem. Todos.

Aproximou-se de Bento Manuel e encarou bem fundo seus olhos cinzas.

— Eu vou me encarregar pessoalmente da disciplina neste exército. Como sempre fiz. E como, aliás, vosmecê sabe muito bem.

— Bonito discurso. Hasta la vista, tocaio.

Mão pousada no punho da espada, esperou que Sebastião e o tenente Gabriel tomassem a frente e saiu pisando forte, tentando descobrir se conseguira uma vitória, mesmo efêmera, e examinando a amarga alegria de empestar o palácio com seu âmbito xucro de curral, de pó, de pampa, de invernada, de boi.

Capítulo 17

A luz é uma forma de pecado. O padre Diogo Antônio Feijó olha demoradamente suas mãos brancas e compridas. *A luz, uma forma de pecado.* Acaricia o tom quase esverdeado de sua pele. (É à luz que se veem os corpos suados. Lençóis refletem a luz. Na luz há impudor. Na luz somos carne e osso.)

Levantou-se do oratório. Tateou, na penumbra, em busca da porta. Foi cegado pela luminosidade do pátio.

Uma escrava lavava roupa no tanque. Tinha o dorso nu. O padre contemplou o perfil curvo e tenso da espádua, os seios pendendo sobre a água do tanque, salpicados de gotas cristalinas.
– Bom dia, padre. Sua bênção.
– Deus te abençoe, minha filha.
O tal coronel Bento Gonçalves não pedira sua bênção na carta que enviara. Era uma carta atrevida, propositadamente mal escrita, seca. Irritara-o.

"Senhor: em nome do povo da Província de São Pedro do Rio Grande do Sul, depus o presidente Braga e entreguei o governo ao substituto legal doutor Marciano Ribeiro. E em nome do Rio Grande eu lhe digo que, nesta Província extrema, afastada dos corrilhos e conveniências da Corte, dos rapapés e salamaleques, não toleramos imposições humilhantes nem insultos de qualquer espécie. O pampeiro destas paragens tempera o sangue rio-grandense de modo diferente de certa gente que por aí há."

Apressou o passo, entrou no palácio pela porta do pátio. (Dois seios salpicados de gotas cristalinas.) Atravessou o corredor, foi absorvido pela sombra, bom dia, padre, bom dia, foi avançando, a água deslizava pelos dois seios, formava pequenas gotas, eram dois graciosos trabalhos de artesão, obras do Criador, boas de chupar, beijar, amassar, de encostar no peito cavo, tão macios seriam, bom dia, padre, bom dia meu filho, bom dia, regente, bom dia, deputado, bom dia, bom dia.

Rapapés e salamaleques. Teria razão o coronel atrevido? Será a desobediência uma forma de disciplina? Apertou a mão de outro deputado, entrou em seu gabinete. A carta enchia a manhã. Como a negra. Contradições, Senhor, só contradições.

"Nós, rio-grandenses, preferimos a morte no campo áspero da batalha às humilhações nas salas blandiciosas do Paço do Rio de Janeiro."

Blandiciosas. De onde será que ele tirou isso?

"O Rio Grande é a sentinela do Brasil que olha vigilante para o Rio da Prata. Merece, pois, mais consideração e respeito. Não pode e nem deve ser oprimido por déspotas de fancaria. Exigimos que o governo imperial nos dê um Presidente de nossa confiança, que olhe pelos nossos interesses, pelo nosso progresso, pela nossa dignidade, ou nos separaremos do centro e, com a espada na mão, saberemos morrer com honra ou viver com liberdade."

Um jato de luz feriu-lhe as retinas. Voltou-se bruscamente para os dois escravos que abriam as janelas.

— Não abram, deixem como está.

Esperou os escravos saírem. Essa aversão à luz não seria o indício de futura cegueira? Mas não. Cinquenta e um anos. Com a ajuda de Deus chegaria à velhice austero e inteiro, imune às pompas humanas e ao pecado da fornicação.

Ouviu a voz da negra no pátio, cantando canções de Moçambique. Era uma voz sensual, primitiva, fulva, caudalosa; defendeu-se do seu poder diabólico evocando a carta do longínquo coronel da Província que desafiava o Império.

"É preciso que V. Exa. saiba, Senhor Regente, que é obra difícil, se não impossível, escravizar o Rio Grande, impondo-lhe governadores despóticos e tirânicos. Em nome do Rio Grande, como brasileiro, eu lhe digo, Senhor Regente, reflita bem antes de responder, porque de sua resposta depende talvez o sossego do Brasil. Dela resultará a satisfação dos justos desejos de um punhado de brasileiros que defendeu contra a voracidade espanhola uma nesga fecunda da Pátria; e dela também poderá resultar uma luta sangrenta, a ruína da Província, ou a formação de um novo estado dentro do Brasil."

O padre Diogo Antônio Feijó pôs as duas mãos espalmadas sobre o rosto. *Reflita bem.* Constatou, satisfeito, que as palmas estavam secas e frescas. Contradições, contradições. Também não desobedecera? Não desafiara o Sumo Pontífice? Obstinadamente, lutou, no púlpito e através de missivas, pela abolição do celibato no Brasil. E isso que sempre vivera em continência, sem "comadres" nem "evas", como boa parte dos padres que se escandalizavam com suas propostas. Puxou o cordão da campainha. *Reflita bem*, dissera o atrevido. Reflita bem antes de responder.

Um escravo enfiou o rosto escuro na porta.

— Mande preparar a carruagem.

A voz da negra acompanhou-o durante o trajeto da sege pelas ruas da cidade.

O Rio de Janeiro estalava de sol. Guardas a cavalo. Cheiro de peixe. Cães perseguindo-se. Cheiro de café. Cheiro de cana moída. E havia gritos e um céu luminoso. A mão morna do calor já tocava todas as peles. A batina escura e grossa atormentava-o. (Jamais desonrara as vestes talares.) O cheiro, agora, tinha sabor mineral de bicho marinho.

Afastou a cortina. Ombros musculosos refletindo luz. Mulheres de sombrinhas verdes, saias faiscantes, rindo muito e abanando-se com leques de marfim. Acorrentados aos postes dos lampiões a gás, condenados do Presídio estendiam as mãos, implorando alguma coisa para comer. Vestiam farrapos, o sexo de muitos estava exposto. Fechou a cortina.

Apanhou o lenço de seda branco e estendeu-o sobre o rosto.

– Chegamos, excelência.

Somos criaturas do Senhor. A ereção demora. Concentra-se. Como termina o Cântico Quarto de *Os lusíadas*? *"Mísera sorte, estranha condição!"*

Duas batidas delicadas com o cabo do chicote.

– Chegamos, Excelência.

– Eu sei, eu sei.

A ereção cede. Não é um velho. Tampouco é moço. Mas o corpo está vivo e forte, mesmo com jejum, noites em claro, penitência.

Desce da sege, aproxima-se do sobrado de beirais recém-pintados. A mão protege o rosto, apesar do chapéu de aba negra que o isola da luz. A porta é aberta antes que bata. Um escravo, vestindo apenas calça de algodão, manda-o entrar.

– O senhor ministro já vem, excelência.

Capítulo 18

Diogo Antônio Feijó senta numa cadeira de palha, os pés juntos. O ministro que já vem na verdade é um ex-ministro. Está na casa do deputado José de Araújo Ribeiro, filho de ilustre família rio-grandense. O deputado já exerceu elevados cargos em vários estados e foi ministro plenipotenciário em Lisboa e Londres. Um homem difícil, amargurado, segundo falam. Vive solitário na casa imensa, afastado do centro. Na Câmara os colegas o apelidaram de Burro do Senado. Emprega palavras ásperas. Gosta de chocar. Feijó vislumbra tênue identificação com esse ser solitário.

Falou com ele poucas vezes, uma em Lisboa. Conhece sua conduta. Recebeu de bom grado a sugestão do seu nome para a presidência da Província de São Pedro do Rio Grande do Sul. Aquilo não era cargo para um homem como Braga. Deus o julgará. Deus não tolera os fracos. Nisso também se aproxima de Araújo: não são condescendentes com os fracos. A fraqueza é pecado.

– Desculpe fazê-lo esperar, padre. Estava aliviando as tripas.

Araújo Ribeiro está sem camisa, abotoando as calças, o cinto desafivelado. Feijó ergue a mão com o lenço branco até a testa e dá duas pancadinhas delicadas onde a transpiração transformava-se em coceira. *Ventrem exonerabat*, corrige mentalmente.

Araújo Ribeiro exibe uma barriga cabeluda. Induz qualquer coisa obscena que desliza pela memória do regente.

— Não tem importância, doutor Araújo. O único que precisamos é conversar com tranquilidade. Sua viagem já está com todos os detalhes resolvidos?

— Não falta mais nada.

— Muito bem. Vamos, então, repassar mais uma vez os pontos de sua missão.

Entram dois escravos carregando bandejas com refrescos de abacaxi. O regente Feijó sentiu-se bem. A sala era ampla e fresca. As janelas estavam fechadas. A luz cegadora ficara além das grossas paredes caiadas.

— Bento Gonçalves é um homem orgulhoso, difícil de lidar.

— Conheço essa laia, padre.

— Bento Manuel é mais fácil de conversar. Acho até que é mais inteligente, embora seja mais ignorante.

— Esse é meu primo por um ramo distante, padre. Não vale nada. Pode deixar que esse eu controlo.

— O Pedro Boticário...

— Esse, só matando, padre.

Feijó ergue os olhos.

— Isso se for a vontade de Deus, doutor.

— Claro, padre, se for a vontade de Deus e a necessidade do imperador.

— Ambas são a mesma coisa, doutor.

— Nisso estamos de acordo.

— O cérebro deles, doutor, é o Almeida.

— Domingos José?

— Esse mesmo, doutor, um homem ladino, maneiroso, sem escrúpulos.

— Eu o conheço, padre. É de Minas.

— Eu sei, eu sei.

— Esse também, padre...

Feijó ergue os olhos.

— Só matando.

O padre torna a dar duas pancadinhas delicadas na testa.

— Eu não quero discutir academicamente, doutor, e sei que o senhor, apesar de sua conceituada erudição, também não gostaria. Mas quero crer que os pontos nevrálgicos dessa ação no momento são não tanto os políticos, os homens de pensamento, os que lançam sementes de rebelião. Para esses temos tempo, doutor. O que me causa preocupação são os grandes fazendeiros como Bento Gonçalves. Esse homem tem poder, doutor, não só porque tem dinheiro e tem influência, mas, principalmente, porque tem um exército nas mãos. Um exército particular, doutor, porque tirar o comando da Fronteira de suas mãos é praticamente impossível no momento. E como ele temos o Bento Manuel, a família do Netto, o Gomes Jardim. Cada um desses homens, doutor, é, mal comparando, um proprietário feudal, um príncipe, um senhor da guerra. Em suas estâncias eles mandam mais que o imperador, que Deus me perdoe a heresia. E além de terem comando de tropas regulares, têm seus peões, seus agregados, seus escravos, seus índios. E a experiência, doutor! Esses homens lutam nessa região há mais de trinta anos sem parar. Se eles chegarem a formar um exército coeso, com um comando central unificado, teremos uma crise no Império sem perspectiva de solução.

O regente sentiu que sua voz ficara verberando no ar morno. Estalou o lenço de seda branco diante dos olhos.

– Exército coeso? Comando central unificado?

Araújo Ribeiro enfiou a mão no bolso traseiro e apanhou um naco de fumo em rolo.

– É um hábito que nunca perdi, padre, nem mesmo em Londres com todos aqueles charutos de Havana.

Apanhou uma faca de cabo lavrado e começou a picar o fumo na palma da mão em concha. O regente sentiu o aroma forte e adocicado. Imaginou essa terra distante, plana, ventosa... *"O pampeiro destas paragens tempera o sangue..."*

– O senhor tem razão em se preocupar, padre, com o cargo que tem. Mas, os dois Bentos... Dificilmente eles vão se acertar. São como água e azeite.

– E dizer que já foram julgados aqui na Corte e absolvidos. Que inépcia!

Araújo Ribeiro solta uma risada agressiva.

– Eles não são tão broncos assim quanto parecem, padre. Mas duvido que se unam. Dois bicudos não se beijam. Só ficam do mesmo lado numa coisa bem definida, contra um inimigo estrangeiro, como na Cisplatina.

– Tenho minhas dúvidas, doutor.

– Eu conheço essa gente, padre, sei como lidar com eles.

– Por isso que o senhor recebeu essa missão, doutor.

– Nunca me iludi a respeito.

– Outra coisa...

O regente enfiou a mão no bolso da batina e retirou de lá um envelope pardo, lacrado com o sinete do imperador. Estendeu para Araújo Ribeiro.

– O que é isso?

– Sua maior arma, doutor.

– Minha maior arma?

O regente confirmou com um fechar de olhos.

– O que esta carta contém, padre?

– Anistia.

Araújo Ribeiro parou de picar o fumo.

– Anistia para quem?

– Não está especificada. Para todos que a merecerem.

Araújo Ribeiro acomodou-se na cadeira, ganhando tempo para pensar. Deslizou a mão espalmada pela barriga cabeluda.

– Quem aprovou esta anistia, padre?

– O Imperador aprovou. O ministério todo aprovou. E eu aprovei. Mas é uma resolução secreta, doutor Araújo. Somente nós dois e os ministros a conhecemos. O senhor terá que ser extremamente judicioso para utilizar-se dela.

Araújo Ribeiro recomeçou a picar o fumo.

– Essa anistia vem muito depressa.

– Precisamos mostrar boa vontade, doutor. Creio que estamos conscientes do perigo que significa essa rebelião espalhar-se para outras províncias. O Império todo depende do seu êxito.

– Eu terei isso na maior conta.

Araújo Ribeiro observou a carruagem afastar-se, apanhou a carta que caíra no chão e ergueu-a à altura dos olhos, contra a luz. Sacudiu-a junto ao ouvido. Deixou-a sobre a mesa e dirigiu-se para a varanda. Jogou-se na rede. Retirou debaixo do corpo a pequena brochura em couro dos poemas de Ovídio e estendeu a mão para a mesinha onde brilhava soturnamente o cálice de licor de jenipapo.

CAPÍTULO 19

Na viagem para a Província de São Pedro – iniciada no dia 20 de outubro, a bordo do brigue imperial *Sete de Setembro*, comandado pelo primeiro-tenente Joaquim Medella e acompanhado da melancólica presença do deputado e juiz de direito Manuel Paranhos – Araújo Ribeiro, poemas de Ovídio sempre à mão, recordou muitas vezes a sigilosa visita do recém-empossado regente do Império. Recordou as mãos – longas, torturadas – amassando o lenço branco, apoiadas nos joelhos. Araújo Ribeiro sabia que o Império não teria dias fáceis e muito menos o regente, homem de escassa compaixão.

Chegaram ao porto de Rio Grande – O Sul, como era conhecido, terra natal de Araújo Ribeiro – a 20 de novembro. Na véspera, cotovelos apoiados na amurada, ranger dos velames no ouvido, notando a presença das primeiras gaivotas, percebendo impotente que sua solidão aumentava com o descaso monumental do sol a descer no horizonte, o doutor Araújo Ribeiro, obedecendo a um impulso, acrescentou outro mistério aos muitos do momento.

Enfiou a mão na pasta de couro de capincho e apalpou o envelope com a carta da Anistia. Como fez em todos os dias do transcurso a essa mesma hora, deixou a mão ficar ali, gozando o contato macio do papel. Nessa tarde, ao retirar a mão, trouxe o envelope. Rasgou-o em dois pedaços. Juntou-os e tornou a rasgá-los. Depois, foi rasgando-os por partes, sistemático, em pedacinhos ínfimos, e foi deitando-os ao mar, um a um, depois dois a dois, depois em quantidades maiores até que arrojou tudo e ficou a vê-los boiando na água crepuscular.

Capítulo 20

Pequena multidão de costureirinhas, empregados do comércio, soldados de folga e escravos de confiança apertavam-se à entrada do solar de Boaventura Rodrigues Barcellos, no centro de Pelotas.

O sobrado resplandecia como um candelabro. Cada carruagem que chegava e despejava um figurão acendia murmúrios de assombro, decepção, repúdio ou calorosa aprovação. Eram os grandes senhores – oficiais do exército, políticos, monsenhores – e também damas com finos vestidos importados do Rio, de Lisboa, talvez de Paris. A sociedade pelotense sempre escolheu bem seus fornecedores internacionais.

Aproximou-se uma carruagem puxada por quatro cavalos brancos. A única escolta era o índio de cabeleira negra e lenço vermelho atado ao redor da cabeça.

João Congo, apertado num fraque escuro, saltou da boleia e abriu a portinhola.

– É o João Congo, é o João Congo! Esse é o coche do Bento Gonçalves.

– É o coronel Bento Gonçalves – sussurrou uma voz.

– É o coronel Bento Gonçalves! – gritou outro. – Viva o coronel Bento Gonçalves!

Palmas, vivas, gritos. Bento Gonçalves acenou, retribuindo com um sorriso. Estendeu a mão para dentro da carruagem.

Caetana Garcia y Gonzales da Silva tinha trinta e oito anos, tez cor de mate e olhos densamente verdes. Era natural de Cerro Largo, República Oriental do Uruguai. Dera à luz sete filhos – quatro varões – para a estirpe do coronel Bento Gonçalves, com quem casara há mais de duas décadas, no favo dos dezesseis anos. Recebeu aplausos, sorriu com os grandes dentes mansos, acenou com a mão de bordadeira.

O conde Zambeccari, vestindo terno de veludo verde-escuro, desceu da carruagem displicentemente. Discreto, o capitão Antunes da Porciúncula também desceu da carruagem, ajustando o uniforme.

O dono da casa veio recebê-los.

– Coronel, que imensa honra.

Boaventura Rodrigues Barcellos, pequeno e agitado, era antigo sócio dos negócios de gado do coronel. Beijou a mão de Caetana, inclinou-se ante o conde italiano, apertou a mão de Antunes e deu demorado abraço em Bento Gonçalves. A mulher de Boaventura aproximou-se e o grupo entrou na sala repleta.

– Compadre, sei que está ansioso por cumprimentar o novo presidente, venha comigo.

Abriram espaço por entre o mar de casacas, babados, tafetás e perucas onde se enfiava a sociedade pelotense. Bento Gonçalves foi apertando mãos, retribuindo sorrisos, recebendo tapinhas no ombro, reconhecendo alguns, parando para receber um abraço mais demorado.

– O homem está na biblioteca.

Biblioteca era como Boaventura chamava a peça onde empilhava jornais velhos, guardava o catecismo com que fizera a primeira comunhão e um volume encadernado em couro de *Os Sermões* do padre Vieira, adquirido numa viagem ao Rio.

Araújo Ribeiro largou o cálice de licor na cômoda e estendeu a mão para Bento Gonçalves.

– Muito prazer, coronel.

– O prazer é meu.

Boaventura Barcellos esfregava as mãos, nervoso. Havia outro homem com o presidente.

– O senhor por aqui, tenente Gabriel, que surpresa. Não sabia que gostava de bailes.

O tenente enrubesceu. Em seguida, o coronel deu atenção a Araújo Ribeiro.
– Espero que tenha feito boa viagem.
– Excelente.
– Então, já descansou o suficiente. O senhor está há mais de dez dias em Rio Grande. E pelo que eu soube, ainda não se dignou a ir assumir seu posto em Porto Alegre.

Araújo Ribeiro perdeu a cordialidade.
– Eu sei o que me é conveniente, coronel.
– Espero que o que le seja conveniente seja conveniente também para a Província, doutor.
– O senhor espera bem.
– Ela está em paz. Quanto mais cedo o senhor assumir, melhor.
– O regente me falou no tom da sua carta.
– O regente jamais colocou os pés na Província, doutor.

Boaventura Barcellos tocou de leve em cada um dos homens.
– Vamos deixar a política para depois, senhores. A carne está pronta!

Capítulo 21

Bento Gonçalves e Araújo Ribeiro foram colocados lado a lado na grande mesa onde foi servido o churrasco. Não falaram mais de política, como de resto não falaram de quase nada. Portaram-se com civilidade, mas friamente. Um já estava no caminho do outro. A reunião, que deveria ter cunho conciliatório, terminou acentuando, embora de modo subjetivo, as diferenças entre os dois.

Lado a lado, eram bem diferentes. Araújo vestia terno escuro, fechado. Bento Gonçalves vestia-se como a maioria dos estancieiros presentes: chiripá preso à cintura por uma faixa de lã negra. Sobre a faixa, a guaiaca de duas fivelas. Longas ceroulas cobriam as botas. As extremidades das ceroulas apresentavam crivos e franjas. As botas eram russilhonas, lonqueadas, com nazarenas de prata. A camisa era branca, inteiriça, sem botões, de mangas largas e fofas e uma gola folgada, bem aberta. Sobre a camisa, o jaleco de veludo vermelho escuro, fechado por grandes moedas de cobre. Ao pescoço, o lenço de seda colorado. Chapéu de feltro de aba estreita e copa alta, preso à nuca por barbicacho de tentos.

Araújo Ribeiro mostrava dificuldades em esconder o mau humor, ao contrário de Bento Gonçalves. O coronel estava num dia de esplêndido controle e sorriu polidamente quase todo o tempo. Em nenhum momento sentiu a dor de cabeça que o acompanhava no último ano, apesar de ter bebido generosamente o vinho da Colônia. Só não gostou quando o anfitrião encheu seu prato com salada de cebola crua.

– Não como cebolas, amigo Boaventura. É um hábito que tenho desde piazito. Pra le dizer a verdade, nem sei como isso começou. Nunca fui homem de mimos.

Caetana acariciou a mão do marido.

– Não acredite nisso, compadre. Estou para conhecer criatura mais cheia de vontades do que esta. Parece uma criança.

O estancieiro deu uma risada exagerada, e olhou para o presidente nomeado procurando compartir sua alegria. Mas calou-se. O enviado do regente estava taciturno e evidentemente incomodado. Araújo Ribeiro não recebera bem a insinuação do coronel de que estava demorando na vila de Rio Grande.

A verdade é que, no porto de Rio Grande, sua terra natal – importante centro conservador –, podia mover-se à vontade. Ali, apesar das tempestades de areia, dos escravos varrendo sem parar as casas e as ruas, da igreja acanhada, do teatro patético, das três sociedades patrióticas arrogantes e pomposas, era o ventre onde o enviado do regente sentia-se seguro. Rio Grande estava bem fortificada. Era um lugar decisivo para quem quisesse tomar o comando da Província. O porto de Rio Grande era o único em boas condições, em todo o litoral. E era o único caminho de Porto Alegre para o mar, através da lagoa dos Patos. Em Rio Grande, Araújo recebia conselhos e informações, traçava seus planos sem pressa. Em Pelotas – tão próxima – tornava a encontrar o sentimento da solidão, recordava becos escuros de Londres onde vagara sem ousar reconhecer os motivos, tardes intermináveis na chácara da Quinta da Boa Vista, deitado na rede, abanado pelo escravo, garrafa de licor ao alcance da mão, versos de Ovídio tinindo sons em seu cérebro.

A sobremesa foi farta: pêssego em calda, marmeladas, requeijão. As danças iniciaram naturalmente. Bento Gonçalves arrastou Caetana para o centro da sala. Dançaram polcas, valsas, chimarritas.

Caetana trajava um vestido de seda verde-escuro, sem babados, com amplo decote. No pescoço fino, preso por fita negra, um broche de ouro. Recolhiam olhares de admiração de todos.

Havia gente das mais variadas facções. O coronel falou com todos, riu com todos, brindou com todos. Mudou as páginas da partitura para a filha do estancieiro, que executou ao piano duas valsinhas ágeis e foi calorosamente aplaudida. Improvisou trovas com o capataz quando resolveu tomar ar, no pátio. Aproximou-se da roda onde os peões ainda assavam pedaços de carne. Movia-se pleno de vitalidade, com uma facilidade de comunicação que a todos encantou.

Encontrou o conde Zambeccari sob a parreira.

– Sonhando, amigo Tito?

O conde ergueu um copo de vinho.

– Isto... e as parreiras. Lembrava meu pai...

Bento Gonçalves esperou pela confidência. Ela não veio.

– Hay moças mui lindas lá no salão, amigo Tito.

– Eu reparei, coronel. Na verdade, estou esperando coragem para me aproximar de alguma.

– Coragem é coisa que não lhe falta, conde.

– Hay vários tipos de coragem, coronel. – E mudando de tom: – Conversei com o tenente Gabriel. O tenente ficou vermelho como de costume e não conseguiu explicar o que anda fazendo aqui por Pelotas.

– Coisa boa não há de ser.

– Já sei que esteve encerrado um bom tempo com Araújo.

– Esse Araújo não é o homem que precisamos.

Tomou o braço do conde.

– Vamos lá para o salão, Tito. As moças não vão ficar esperando a noite inteira.

Capítulo 22

Uma porta bateu com estrondo na Assembleia Legislativa. O lacaio de peruca e libré correu e segurou-a pelo trinco. O vento entrava pelas janelas, enchia de poeira os móveis e as roupas, irritava a todos. Uma multidão se apertava no saguão de entrada.

Bento Manuel abriu caminho entre centenas de casacas escuras, cartolas e chapéus-cocos até a tribuna. As galerias estavam lotadas. Havia gente inquieta nos corredores, andando de um lado para outro. Com satisfação, Bento Manuel acompanhou o burburinho que sua presença causava. Esperou que fizessem silêncio.

– Senhores deputados: negar a posse do doutor Araújo Ribeiro será a mesma coisa que uma declaração de guerra ao governo imperial.

Apoiou as mãos no parapeito de madeira lavrada e inclinou-se para a plateia.

— Estou absolutamente convencido da sinceridade das intenções do presidente nomeado e do governo do padre Feijó.

Imediatamente começou um tumulto de aplausos e vaias. Bento Gonçalves, sentado no plenário entre Antunes da Porciúncula e Lívio Zambeccari, lembrou-se de seu primo Onofre: "Não confio nele".

— Estou absolutamente convencido, senhores!

Bento Manuel esperou que o tumulto diminuísse.

— Todos os senhores me conhecem, sou homem de uma só palavra. Entrei nesse movimento para ficar. Eu me submeto à deliberação da maioria, seja ela qual for.

Aplausos prolongados.

— Sou dos revolucionários de primeira hora, ao contrário de muitos que estão por aí, pleiteando cargos. Estou pronto a acompanhar os amigos na boa e na má fortuna.

Desceu rapidamente as escadas, agradecendo os aplausos e recebendo abraços.

Bento Gonçalves, Antunes da Porciúncula e o conde Zambeccari aproximaram-se dele.

— Bonito discurso, tocaio.

— Não sou homem de discursos.

— Mesmo assim escutei com toda a atenção. Quer dizer, Bento, que contamos contigo em qualquer circunstância?

— Tocaio, se escutou com tanta atenção como disse, não vai querer que eu repita tudo outra vez.

— Isso quer dizer que na votação de amanhã...

— Amanhã, coronel, é outro dia.

Abriu caminho entre Antunes e o conde Zambeccari e misturou-se aos deputados.

Capítulo 23

Nessa noite, Bento Manuel dormiu mal. Foi atormentado pelo sonho que o rondava quando vinha à capital: no auditório da Assembleia falava para o plenário vazio.

Levantou de madrugada. Estava acostumado a fazê-lo, na Campanha. Na cidade sempre despertava tarde, dolorido, coçando o nariz achatado, vagando pela casa de seu compadre como lunático, incomodando na cozinha, tornando a coçar o nariz. Ordenou ao escravo preparar o amargo. Seu hospedeiro Zé Brochado e a família ainda dormiam.

Tomou mate de olho parado. Viu passar a carroça do leiteiro. Viu passar as beatas de negro. A carroça do padeiro. Os primeiros trabalhadores do comércio. Só quando viu o sol firmar-se sobre a rua de paralelepípedos soube que sua decisão estava tomada.

– Pedro – disse ao escravo –, vai na casa do deputado Sá Brito e diz para ele passar aqui antes de ir à Assembleia. Diz pra ele que eu estou doente e não vou poder ir à votação. Mas que preciso falar com ele. É muito importante.

O doutor Francisco Sá Brito, 1º secretário da Assembleia Legislativa, encontrou o coronel Bento Manuel debaixo dos lençóis, um lenço enrolado na cabeça, a mesa da cabeceira atulhada de remédios e profundo ar de sofrimento no rosto.

– O escravo do Zé Brochado me informou que o senhor está doente. Espero que não seja grave.

Os grandes dentes amarelos foram surgindo.

– Praga de urubu não mata cavalo gordo, deputado.

– Mas... quer dizer que não está doente?

– Não, deputado. Não sinto nada. Como pode ver.

E arrancou o lenço da cabeça.

– Me alegro, me alegro muito, coronel – conseguiu dizer o espantado Sá Brito.

– Gostaria que o senhor dissesse lá na Assembleia que estou doente e que não vou poder ir votar.

– Não entendo, coronel.

– Essa é uma reunião de cartas marcadas, Brito! – Logo dominou o rompante, aveludou a voz. – O senhor não ignora isso. Mandei-o chamar porque o senhor é um velho amigo do doutor Araújo. Foram colegas de infância e depois de faculdade. Sei que são amigos. O senhor é um homem que preza suas amizades, não é mesmo, deputado?

Sá Brito apanhou um vidrinho da cabeceira, começou a examiná-lo.

– Não vou nessa fantochada – continuou Bento Manuel. – Já mandei recados para três deputados da minha confiança para que também fiquem em casa. A posse do doutor Araújo vai ser negada.

– A mim também me parece, coronel.

– Pois é isso, uma fantochada. O Boticário anda atiçando o populacho para ir às galerias. E irão. E armados de estoques, de punhais, de pistolas. O Onofre tem quatrocentos homens armados ali na Várzea. É fantochada demais!

Tirou o vidro das mãos de Sá Brito e recolocou-o na mesinha.

– Um homem de verdade não pode aguentar essa politicagem toda, não é mesmo, deputado?

Sá Brito ficou calado. A voz de Bento Manuel tornou-se íntima.

– Vou le pedir um favor. Cosa de homem para homem. – Adiantou o corpo. – Deputado, eu já contatei o novo presidente através dum oficial de confiança.

Esperou Sá Brito se acostumar com a revelação.

– Recebi dele uma proposta e disse que ia pensar para decidir. – Abaixou mais o tom da voz – Deputado, diga ao seu amigo que já decidi. Ele pode contar comigo.

Sá Brito olhava fascinado o distante vidrinho de remédio.

– Diga pra ele que eu vou partir para a Campanha. Vou reunir minhas tropas e sustentar a posse dele. Diga que vou assumir o comando do 3º Regimento de Cavalaria de Alegrete. Que tenho gente de confiança no comando das Missões. Vou alegar para os rebelados que o Sebastião Barreto está incomodando lá na Fronteira e vou fazer ele sossegar o pito. Diga ao seu amigo que comigo ele pode enfrentar esses anarquistas da capital sem medo. Mas, deputado...

A cabeçorra grisalha inclinou-se na direção de Sá Brito.

– Não esqueça: isto é um segredo entre nós dois. Um segredo de morte.

CAPÍTULO 24

O vento seco enlouquecia as matilhas de cães vadios que assolavam os portões de Porto Alegre, espalhava o cheiro dos esgotos a céu aberto até a sala de teto alto onde Bento Gonçalves exercia seu precário poder, obrigava as mulheres que desciam a rua do Comércio a caminharem apressadas, segurando as saias, com lenços no nariz.

Na esquina da rua do Ouvidor com rua da Praia, homens em ternos escuros liam panfletos revolucionários e discutiam Abolição, República, Anarquia, Deus e Justiça Social. Outros amontoavam-se nas vendas a beber canha e cuspir na calçada. Os comerciários apoiavam os cotovelos nos balcões das casas de armarinho, e bocejavam. Ainda outros dormiam longas sestas no cais, à sombra das velas dos barcos, embalados pelo sussurro do Guaíba.

De alguma maneira, com paixão ou indiferença, Porto Alegre pressentia a guerra crescendo no verão úmido e desconfortável.

A posse de Araújo Ribeiro foi negada pela Assembleia. Solene, mãos pousadas no ventre redondo, na varanda do solar do visconde de São Leopoldo, olhando as velas pontudas e brancas dos navios, murmurou para o grupo de homens que esperava com ansiedade:
– Tomarei posse em Rio Grande.
Deu uns passos pela varanda, verificou com a ponta do dedo o pó acumulado em uma baixela de prata, fez um gesto vago, um tanto afetado.
– Vim para cumprir uma missão do imperador e não para receber ordens de uma Assembleia dividida, amedrontada, incapaz de enfrentar Bento Gonçalves e seu bando de anarquistas.

Em Rio Grande, Araújo Ribeiro realizou um sonho obscuro: ficou residindo no *Sete de Setembro*, ancorado em frente ao porto. Confabulava com os políticos locais, intuiu alguma resistência em antigos domínios, percebeu que sua influência não era mais absoluta, começou a fazer alianças e distribuir promessas. Recebeu duas mensagens de Bento Manuel. Nessas ocasiões ficava irritadiço, bebia cálices e mais cálices de licor e apoiava-se à amurada do brigue, olho nas gaivotas.
Resolveu ir para São José do Norte – O Norte. Deixou o capitão Procópio de Melo com ordens de organizar uma força e tomar conta da vila de Rio Grande.
– De qualquer maneira, capitão.

Em São José do Norte, Araújo Ribeiro recebeu surpreendente ofício do presidente interino, deputado Marciano Ribeiro, presidente da Assembleia Legislativa.

"Ilmo. e Exmo. Sr.
Havendo a Assembleia Legislativa Provincial deliberado em sessão de ontem empossar a V. Exa. quanto antes na presidência desta Província, o que imediatamente fiz público pela proclamação junta, que nesta data dirijo a todas as Câmaras, tenho a satisfação de comunicar a V. Exa. rogando-lhe que haja de comparecer com urgência perante ela para tomar posse do cargo. Deus guarde a V. Exa.
Porto Alegre, 5 de janeiro de 1836."

– Meus patrícios são muito volúveis, capitão – disse Araújo.

O comandante do brigue ergueu um copo.

– Vamos brindar a isso.

– Agora é tarde. Em todo caso, vou responder-lhes.

A carta que Araújo Ribeiro ditou foi aberta duas semanas depois, no gabinete do presidente interino Marciano Ribeiro: meia dúzia de linhas onde alegava má saúde para viajar a Porto Alegre.

Em torno à longa mesa, Bento Gonçalves, o conde Zambeccari e o major Vicente da Fontoura, apertado no uniforme novo, observavam o ligeiro tremor nas mãos de Marciano.

– Má saúde? Bá! Isso é manha de zorrilho velho – disse Vicente. – Ele quer ganhar tempo.

– Nisso estamos de acordo – disse Bento.

Entrou no gabinete o deputado Mariano de Matos, com ar preocupado. Estendeu um papel com o timbre do imperador para Marciano Ribeiro. Olhou para as pessoas na mesa, e como o presidente interino se atrapalhasse com o envelope, disse com uma fúria contida na voz:

– Ele tomou posse em Rio Grande.

Marciano Ribeiro ficou gago.

– T-tomou posse?

– Agora temos dois presidentes, Marciano. Vosmecê e o Burro – e Vicente deu uma gargalhada curta, que desconcertou o deputado.

– Isso não pode ser.

– Não pode ser mas é – disse Bento Gonçalves. – Erramos em negar-lhe a posse.

– É um desacato que a Assembleia não pode engolir – Mariano de Matos, pálido, apoiou-se com as duas mãos na mesa e olhou um por um o rosto dos presentes. – Essa posse é ilegal e insultuosa. Só quem tem poder para elevá-lo ao cargo é a Assembleia da Província.

– M-mas... essa notícia é verdadeira? – tornou Marciano.

Vicente tomou com delicadeza afetada o envelope das mãos de Marciano e estendeu a carta na sua frente.

– Vamos já ver.

Passou os olhos no papel e soltou a gargalhada desagradável.

– O Burro foi muito delicado em mandar dizer que é o novo presidente em exercício – empurrou a carta para o meio da mesa. – Mas esqueceu de dizer que recebeu tropas e armamento. Um contingente de quinhentos homens e várias peças de calibre seis e dois obuses. É uma informação confirmada.

Marciano Ribeiro ergueu-se.

– A co-coisa está tomando um rumo complicado. O o-ofício que enviei era para reconciliação, para admitir que erramos ao negar a posse.

– Ele não confiou no seu ofício, deputado – disse Vicente, com sarcasmo.

– Não vamos tolerar esse insulto – disse Mariano de Matos. – Vamos fazer um ofício intimando-o a vir a Porto Alegre tomar posse. Devemos dar-lhe um ultimato. Hoje é 25 de janeiro. Três semanas bastam. Daremos prazo até 15 de fevereiro.

– A-acho q-que devo renunciar – murmurou Marciano Ribeiro num fio de voz.

– Quinze de fevereiro me parece uma data bonita pra começar uma guerra – disse Vicente.

– Más palavras, major – disse Bento Gonçalves.

Vicente irritava-o. Som de passos e vozes alteradas no corredor. Um pressentimento, um súbito medo, adivinhou que vinham más notícias. A porta se abre e irrompe Antunes da Porciúncula, seguido por um resfolegante Pedro Boticário e pelo padre Caldas, olhos alarmados, tentando acompanhar suas passadas largas.

– Perdoem a intromissão, senhores – disse Antunes –, mas soubemos que estavam reunidos aqui.

Todos os olhos voltaram-se para ele.

– Fale, homem! – disse Bento Gonçalves.

Antunes se perfilou.

– O coronel Bento Manuel lançou uma proclamação às tropas em São Gabriel.

– Sim?

– De agora em diante ele obedece somente ao presidente nomeado pela Corte.

A sombra que desceu sobre o rosto impassível de Bento Gonçalves não passou despercebida ao arguto Antunes, que a tornaria a ver outra vez, nove anos depois, no banhado de Ponche Verde, quando ordenou a retirada. Bento Gonçalves pensava em Onofre. Ele tinha razão. Onofre sempre tivera razão a respeito de Bento Manuel.

– Traidor – disse de forma quase inaudível –, maldito traidor.

PARTE II
PORTO ALEGRE

Capítulo 1

No horizonte surgiu um grupo a cavalo. Quero-queros faziam curvas, dando gritos espaçados. Os cavaleiros desceram a lomba da coxilha e pouco a pouco desapareceram dos olhos da sentinela. A manhã estava quente, ruidosa. Cigarras faziam ruído no capão próximo, uma garça que se elevou no ar batendo suavemente as amplas asas. O grupo apareceu. Galgava a coxilha seguinte no mesmo trote sem pressa. Começaram a descer a curva e suavemente desapareceram.

A sentinela olhou em torno. O acampamento do coronel Onofre Pires pulsava de uma agitação fora do comum. Durante a madrugada tinham chegado os principais chefes militares. O acampamento de Onofre – à margem sul do Jacuí – fora escolhido para local da reunião. Era uma honra e o taciturno gigante sabia muito bem.

O grupo reapareceu. Já formava uma figura mais nítida, já se distinguiam os contornos dos homens e dos cavalos, avançando, compactos. Onofre ergueu o binóculo.

– São os de Bagé. O Netto e sua gente. Ao lado dele, o Teixeira.

Passou o binóculo para Bento Gonçalves.

– Está montando um tordilho novo.

O grupo irrompeu no cimo da coxilha mais próxima e estacou. Sete cavaleiros. Bento Gonçalves olhou com o binóculo.

– Aposto que o Netto vai desafiá-los para uma carreira.

Dois cavaleiros afastaram-se do grupo e postaram-se lado a lado.

– Só o Teixeira aceitou – disse Bento Gonçalves.

Outros oficiais uniram-se a eles.

– Cinco mil réis no tordilho do Netto – disse o major Gomes Jardim.

– Isso não é vantagem. O Netto sempre ganha.

– Dou um corpo de luz.

– Topo – disse Onofre.

– Vão largar.

Na coxilha, um dos cavaleiros levantou um lenço vermelho. Os dois ginetes ficaram imóveis. O cavaleiro baixou o lenço.

– Largaram!

Despencaram pelo declive da coxilha, cortando a grama com os cascos afiados, espantaram um bando de perdizes escondidas nas guanxumas, entraram no acampamento dando gritos e fustigando o lombo dos animais com os palas de seda, precipitaram-se em direção ao rio assustando as lavadeiras e mergulharam na barranca, levantando cachos de água transparente.

Todos correram até a margem. Os dois cavalos nadavam, cabeças erguidas, olhos em pânico.

Teixeira buscava seu chapéu. Netto não aparecia. Os oficiais amontoavam-se na barranca, olhando a correnteza fluir. Netto emergiu de repente, de chapéu e pala, escorrendo água. Tirou o chapéu que pingava e curvou-se ante todos, numa reverência debochada.

– Buenos dias, senhores oficiais revolucionários. Pelas vossas caras parece que o banho não é um hábito muito popular nestas bandas. Coronel Onofre Pires da Silveira Canto! Vosmecê que é o dono da casa me diga: o que é que tem no seu fogão pra um republicano faminto e seus camaradas?

– A carne está na brasa.

– Macanudo.

Estendeu a mão para Onofre, que o ajudou a galgar o barranco.

– Um trago de canha vinha bem para evitar uma gripe, coronel Onofre.

– A disciplina não permite, coronel Netto – piscou o olho. – Mas isso se ajeita.

Lucas de Oliveira deu um demorado abraço em Teixeira.

– Vosmecê sempre apostando no cavalo errado.

– Apostei no ginete.

Netto sacudiu as roupas respingando água ao redor. Bateu com o chapéu na perna várias vezes.

– Tenente Teixeira, vosmecê perdeu a carreira. Vai engraxar minhas botas. E não é pra dar pra algum negro engraxar. Aposta é aposta.

Olhou para os oficiais, abriu os braços para Bento Gonçalves.

– E essa tal reunião, compadre? Quando é que começa?

Bento Gonçalves apanhou a lança de um soldado que olhava a cena e cravou-a no chão.

– Começa aqui! E agora. Vosmecê foi o último a chegar, coronel.

Capítulo 2

Os oficiais estavam sentados em círculo, à sombra de um grupo frondoso de figueiras, rente às barrancas do Jacuí. Houve algumas brincadeiras com os bigodes de Antunes e Teixeira, ambos torcidos e encerados para não desabarem. Eram dezesseis oficiais. A maioria tinha chegado no dia anterior. O major Gomes Jardim veio com seus filhos de Guaíba. O major Gomes Jardim era um dos mais notáveis veteranos das sangrentas campanhas da fronteira e um dos estancieiros mais ricos da Província. Na sua estância em Pedras Brancas se organizou a conspiração. O major João Manoel chegou acompanhado do capitão Corte Real. Ficaram numa barraca com o capitão Lucas de Oliveira. Com a chegada de Teixeira o Quarteto ficou completo. Onofre se referia a eles como "Aqueles Quatro". João Manoel, Lucas, Corte Real e Teixeira eram os republicanos mais apaixonados e os oficiais mais empenhados em estudar e entender a sociedade e o poder. Mariano de Matos e o coronel Domingos Crescêncio dividiram uma barraca com os primos Vicente e Paulino da Fontoura.

Bento Gonçalves ergueu-se e bateu palmas, Crescêncio e Vicente calaram a longa discussão sobre taxas de importação.

— Temos muitos negócios a tratar, senhores. O traidor não está perdendo tempo como nós. Ele já está formando seu exército e marchando em direção a Porto Alegre.

A notícia chegara cedo e seria o tema principal da reunião: neutralizar o exército de Bento Manuel. Mas havia muitos outros: o limite com a Banda Oriental, os acordos difíceis com os caudilhos platinos, desunidos e bem armados, as taxas, as famosas taxas para formar um exército forte, a defesa de Porto Alegre e, principalmente, como dominar a região Sul – Pelotas, Rio Grande e São José do Norte – onde Araújo Ribeiro se organizava. Mariano de Matos e Lucas coordenaram os debates, Antunes e o conde Zambeccari tomaram notas.

Ali perto, lavadeiras batiam uniformes na pedra. Soldados sem camisa lavavam cavalos.

— Acho que há aqui no nosso meio mais discordância do que concordância – continuou Bento Gonçalves –, mas temos algo em comum, algo principal, que é a de que seja qual for nossa corrente política, os agravos que sofremos por parte da Corte do Rio de Janeiro são os mesmos para todos, e isso nos une acima de todas as divergências. Essa é a nossa aliança e a nossa luta política. Neste encontro todas as opiniões serão discutidas.

– Precisamos esperar o prazo concedido a Araújo Ribeiro, antes de tomar qualquer atitude belicista – disse Onofre. – Se estourar uma guerra, não nos culparão depois.

Propôs enviar um mensageiro a Bento Manuel. Bento Gonçalves discordou. A discussão arrastou-se.

Seu ponto de vista venceu. Nessa mesma tarde redigiriam uma carta para Bento Manuel. Um estafeta levaria a mensagem com urgência.

– Se o prazo se esgotar e Araújo não vier a Porto Alegre, empossaremos o presidente da Assembleia – disse João Manoel. – Depois disso não aceitaremos mais trato algum com ele. Só com o regente.

Todos concordaram. O major João Manoel de Lima e Silva tinha trinta anos, mas já um longo caracol de cabelos brancos ornava o lado esquerdo de sua cabeça.

– Estamos esquecendo nossos amigos da Banda Oriental. Pedro, o irmão de Braga, está em Montevidéu fazendo contatos, visitando embaixadas. Precisamos tomar providências nesse sentido, e com urgência.

Lucas de Oliveira ergueu a mão.

– Como todos os camaradas sabem, não sou dos que acalentam o sonho de uma Federação platina, mas nada poderemos fazer sem uma política inteligente de aliança com nossos vizinhos.

O belo Lucas gostava de ouvir a própria voz e todos sabiam disso.

– Precisamos enviar alguém para estabelecer contatos permanentes. Nossas feridas ainda são recentes e a desconfiança é mútua, mas dificilmente o sonho da república na Província germinará sem o apoio, a solidariedade e a compreensão de nossos vizinhos.

– Que esse sonho não se transforme num pesadelo, capitão Oliveira – rosnou Gomes Jardim, de olhos fechados.

Lucas fez um esgar de ironia, João Manoel tocou no seu braço.

– Eu entendo o processo da História, senhores, e a necessidade das transformações – continuou o major, confortavelmente instalado numa poltrona que seus escravos carregavam para toda parte –, mas quero lembrar aqui o destino da Revolução Francesa, que de libertária e fraterna transformou-se num jugo mil vezes mais terrível do que aquele imposto pela monarquia, porque caiu na mão dos jacobinos, dos anarquistas, de homens cegos por paixões. Precisamos não esquecer que jamais na Província irmão derramou o sangue de irmão e que foi graças a um monarca, a um herdeiro de sangue azul, que somos hoje uma nação soberana.

O major José Gomes de Vasconcellos Jardim, o hierático caudilho de Pedras Brancas, de longos cabelos grisalhos, era um conservador tenaz, torturado por uma devoção ao monarca lentamente consumida pelo ódio aos seus representantes no Continente. O movimento precisava dele.

— Muito bem – apoiou Bento Gonçalves.

A reunião durou até o anoitecer, quando partiu o mensageiro em busca de Bento Manuel. O acampamento de Onofre tornou-se íntimo, cordial. Em torno ao fogo a conversa foi menos formal. Falaram das antigas guerras, de contrabando, do preço do gado. Lucas insistiu que precisavam de uma Constituinte, para discutir uma lei geral que unifique as necessidades legais da Província. Bento Gonçalves disse que o país já tinha uma Constituição, mas que só o futuro poderia responder a isso. E acrescentou:

— Na nossa pauta ainda está esse assunto dos negros.

Teixeira remexeu nas brasas com o espeto.

— É uma vergonha que ainda tenhamos escravos.

João Manoel inclinou-se para ele.

— Tato, meu amigo. Tato.

Capítulo 3

Havia pontos em que todos coincidiam. Não seriam tomadas medidas belicosas até 15 de fevereiro. Ainda ficariam um dia no acampamento estudando mapas, fazendo contas, redigindo proclamações e examinando minuciosamente a lista de oficiais para terem certeza de quem era aliado ou não.

— Tem muita gente que gosta de jogar com chapéu de dois bicos. Estamos começando uma operação de grandes proporções e é necessário ter bem claro quem é quem. Já temos um traidor e é suficiente. Precisamos ter cuidado. Tudo que foi discutido aqui constitui segredo militar – dissera Bento Gonçalves em tom sombrio ao finalizar a reunião da noite anterior.

Se houvesse guerra, o jogo de informações seria fundamental. Precisavam organizar um Centro de Inteligência imune a infiltrações, o que era muito difícil, levando-se em consideração que na Província todo mundo era amigo, ou conhecido ou parente.

No meio da tarde, Bento Gonçalves, Onofre, Netto e João Manoel estavam debruçados sobre um mapa, quando Antunes enfiou a cabeça na porta da barraca.

– A negrada está aí.

Todos ficaram um tanto surpresos.

– Chegou um mensageiro do tenente-coronel Joaquim Pedro. Ele acampou a meia légua daqui, com uns oitenta negros. É o que diz o mensageiro.

Bento Gonçalves olhou para Netto.

– Esse assunto é teu.

– É de todos nós.

– Essa brigada é ideia tua.

– Vou lá falar com o Joaquim.

– Sem promessas – disse Bento.

Netto e Joaquim tinham cavalgado juntos por toda a fronteira sul e lutaram na Cisplatina no mesmo batalhão. Gostavam de caçadas e cavalos de raça. Aproximando-se do acampamento, Netto percebeu como estava contente por rever Joaquim.

O acampamento estava junto a um capão e não tinha barracas. Os negros estavam sentados debaixo das árvores, descansando. No fogo, algumas latas de água. Era um acampamento pobre e triste.

Joaquim Pedro estava em pé, entre Teixeira Nunes e um negro alto, vestindo blusa do exército com as divisas de sargento. O negro estava descalço.

Netto desmontou e abraçou Joaquim. Joaquim Pedro indicou o negro.

– Vosmecê conhece o sargento Caldeira.

– Claro – trocaram continência. – O sargento Caldeira e eu estivemos juntos na Cisplatina. Temos muitas lembranças em comum, não é mesmo, sargento?

– Muitas, coronel Netto, nem todas boas.

– Não, nem todas boas.

– O sargento Caldeira reuniu estes homens, coronel. Há duas semanas eles andam pelo mato, a pé, desviando das tropas de Araújo para vir nesta reunião. Eles querem lutar.

– Querem lutar. Muito bem. Quem são esses homens, sargento?

– Meus irmãos de cor, coronel Netto. Muitos já foram soldados, pelearam pelo imperador branco.

– E agora querem pelear contra ele?

– Homens negros peleavam pelo imperador e recebiam comida, botas. Agora, querem pelear para serem livres, coronel.

– Quem são esses homens, sargento?

– Homens que buscam a liberdade, coronel. Desertores do exército do imperador, escravos fugitivos.

– Assassinos? Ladrões?
– São meus irmãos, coronel Souza Netto.
– E o que teus irmãos querem, sargento?
– A liberdade, coronel.
– Isso é uma coisa que eu não posso prometer, sargento. É uma coisa que eu desejo, como meu compadre o coronel Joaquim Pedro, como o tenente Teixeira Nunes, como muitos outros oficiais desejam, um país sem escravos, sem preconceitos de raças, um país onde todos sejam iguais. Mas ainda não é assim.
– Eu bem sei, coronel Netto.
– Conseguir isso faz parte de uma luta política. A liberdade, sargento, é um direito político que precisa ser conquistado.
– Coronel Netto, homens negros não têm direito a nada. Casa. Família. Trabalho. Botas. A nada. Nós sabemos disso. Mas queremos pelear.
– Um direito vosmecê e os seus terão. O direito de pelear pelo lado que escolheram. A guerra também é um fato político, sargento.
– Na nossa pobreza, isso é tudo o que nós queremos, coronel Netto: um fato político.
– O Estado-Maior aprovou a criação de um Corpo de Cavalaria de Lanceiros formado por africanos. Isso é um fato político. Assegurou que todo escravo que se alistar em suas tropas terá um tratamento de soldado. Isso é um fato político.
– Homens negros estão aqui porque têm esse entendimento, coronel Netto.
– Muito bem. O tenente-coronel Joaquim Pedro será vosso comandante. O tenente Teixeira Nunes, o instrutor principal.
Netto estendeu a mão para Caldeira. O aperto foi forte.
– Sargento Caldeira, nos esforçamos muito para criar esta Brigada. Lembre sempre duma coisa: todos os escravistas estarão de olho no Corpo de Lanceiros. Disciplina, sargento.
– Homens negros não têm medo da disciplina, coronel Netto. Homens negros sempre fazem tudo três vezes mais para mostrar o que valem. Homens negros são como pássaros.
Netto sorriu, um tanto desconcertado.
– Macanudo.
Montou no cavalo, tocou com dois dedos a aba do chapéu.
– Nos veremos à noite – disse para os dois oficiais.
E voltando-se para o negro:

– *Adiós*, sargento. Esta guerra tem dia marcado. É só esperar, tenha paciência.

Capítulo 4

Da janela do seu gabinete, Bento Gonçalves, braços cruzados, olhava a rua silenciosa. Seus visitantes estavam tensos. Tinham motivos para isso. Os portões de Porto Alegre receberam guarda dobrada desde a madrugada de 15 de fevereiro. Um bafo mortal deixava silenciosas e desertas as ruas. As centenas de casacas escuras que lotavam as galerias da Assembleia Legislativa estavam encharcadas de suor. Uma demorada salva de palmas, vivas à República e abraços eufóricos comemoraram a resolução de que o doutor Araújo Ribeiro tinha perdido o posto outorgado pelo Império. O toque de recolher começou a vigorar e o medo pairava no ar.

Onofre, à frente de todos, faz um aceno para Paulino da Fontoura. O deputado tem um imperceptível sorriso. Apanha com o polegar e o indicador a ponta do dedo mínimo.

– O Burro está reorganizando o Partido Restaurador e reunindo grupos armados.

Vicente da Fontoura olha para ele com aprovação, apertado no uniforme de major. Paulino apanha a ponta do anular.

– O Bento Manuel é um fantasma. Foi visto em Alegrete arrebanhando cavalhada. Foi visto em São Gabriel organizando um exército. Foi visto no Uruguai com seu compadre Rivera.

Apanha a ponta do médio.

– O deputado Américo Cabral, que tomou posse do governo hoje à tarde, é um advogado brilhante e um xadrezista superiormente dotado, mas será esmagado pela reação. Senhores: nós todos o vimos tremer ao assinar a demissão de Bento Manuel. São fatos.

Apanha a ponta do indicador.

– Precisamos processar Bento Manuel por subversão, precisamos discutir certas garantias civis que são entraves neste momento para a segurança da sociedade, precisamos ir para o Sul com um exército para dominar a região de Pelotas, Rio Grande e São José do Norte.

Bento Gonçalves detestava as maneiras teatrais de Paulino.

– Acho que essas medidas todas devem ser tomadas. Mas com a presença do novo comandante de armas, o major João Manoel.

— O deputado tem razão quanto à pressa – disse Onofre. – As distâncias são muito longas, o correio, demorado. Precisamos tomar decisões por nossa conta e responsabilidade.

— Se as distâncias são longas, a disciplina não precisa ficar curta, coronel Onofre. No que me diz respeito, já tenho minhas ordens. Vou para o Sul.

Bento Gonçalves marchou para o Sul à frente do seu exército, entre o capitão Antunes da Porciúncula e o conde Zambeccari, concentrado em algo que o remoía. Uma angústia pesada o deixava distante dos homens. Ficava longas horas calado, ante o olhar aflito de Antunes. À frente da tropa, imaginava Caetana de joelhos no oratório da virgem.

Na marcha para o Sul, foi engrossando o contingente com pequenas forças dos locais por onde passava. Acampou em Piratini Grande.

Nessa noite, chamou Mariano de Matos e Lucas de Oliveira. Sentaram com Antunes e o conde Zambeccari para redigir um ofício que enviaria a Araújo Ribeiro. Estava autorizado para redigir o documento, mas essa angústia que o paralisava o deixava vazio, sem ideias, e temia ser o responsável por detonar uma guerra que poderia ser evitada.

Tarde da noite, após muitas tentativas, decidiram por um documento seco, militar. O texto final intima a Câmara da Vila de Rio Grande a reconhecer o presidente empossado pela Assembleia Legislativa e a dissolver as reuniões organizadas em torno de Araújo Ribeiro; quanto a este, o documento é taxativo: que abandone a Província imediatamente.

Capítulo 5

Teixeira Nunes foi encarregado de levar a mensagem. O tenente de bigodes encerados agora era capitão, por ato do novo comandante de Armas. Decidiu que levaria uma escolta de quatro homens.

Tomou mate de madrugada, com os jovens oficiais que o acompanhariam, o tenente José Egídio e o alferes Figueira, um adolescente de olhos azuis.

Os dois soldados que completavam a expedição cuidavam dos cavalos e dos mantimentos.

Bento Gonçalves aproximou-se do grupo. Trazia uma bacia na mão, sabão de barba e navalha. João Congo vinha atrás, carregando um banco de campanha e um pequeno espelho.

— Ainda bem que tenho tempo de le desejar boa viagem, capitão.

Teixeira Nunes levantou-se com a cuia na mão.

– Também me alegro, coronel.

Lucas apareceu, as marcas do sono vincando o rosto. Apanhou a cuia que Teixeira lhe estendeu.

– É uma missão de suma delicadeza, meu amigo. Precisa ser enérgico sem ser arrogante. E, além disso... – Lucas procurou uma palavra.

– Pode ser perigosa.

Ambos olharam para o coronel Bento Gonçalves, mão estendida.

– Boa sorte, capitão. Firmeza.

O grupo todo montou. Teixeira olhou os quatro homens. Precisava ter confiança neles. Lucas avançou e apertou a mão de Teixeira.

– Desta vez não vá escolher o cavalo errado.

– Confie no ginete.

Deu um toque de esporas e começou a afastar-se entre as barracas, seguido pelos quatro homens. A última visão que teve do acampamento foi Bento Gonçalves sentado sob a copa do umbu, rosto coberto de espuma, sendo escanhoado pelo escravo.

Lucas ficou em pé, ao lado do fogo, cuia na mão, pensativo, observando até o pequeno grupo descer a primeira coxilha e desaparecer.

Cada homem da missão levava três cavalos. Ao meio-dia fizeram alto, comeram guisado de charque e dormiram uma longa sesta. Retomaram a marcha à noitinha. Não pararam até a madrugada, quando chegaram nos arredores de Rio Grande. Foram detidos por uma patrulha.

– Trago mensagem do coronel Bento Gonçalves para o doutor Araújo Ribeiro.

Foram escoltados até o centro da vila. Lançou o olhar em torno à praça cercada de casuarinas, percebeu que os grandes edifícios neoclássicos estavam com as janelas reforçadas com pranchas de madeira pregadas pelo lado de fora. Canhões eram instalados em posições estratégicas. Soldados cavavam trincheiras no meio das ruas, barricavam esquinas, pregavam tábuas nas portas das casas.

Teixeira viu os navios no porto, o mar brilhante, as gaivotas. Sentiu o cheiro forte de maresia, e percebeu que uma emoção estranha começava a se apossar dele.

Foi recebido por um capitão que mastigava alguma coisa.

– Trago uma mensagem do coronel Bento Gonçalves para o doutor Araújo Ribeiro.

O capitão parou de mastigar.

– Vosmecê está se referindo ao presidente desta Província, doutor José Araújo Ribeiro.

– O presidente desta Província, legalmente empossado, como o senhor deve saber, capitão, é o deputado Américo Cabral.

Teixeira estendeu-lhe o ofício e acrescentou com voz de seda:

– Qualquer outro que use o título de presidente é impostor.

– Obrigado, capitão – o oficial apanhou o ofício. – A propósito, o senhor está preso.

Deixou-se conduzir com um ar de afetado desprezo e nada disse quando penetrou na penumbra fresca, cheirando a mofo.

Estava afastado dos demais companheiros. Procurou o catre, experimentou-lhe a dureza e descobriu que o único problema que poderia resolver era o sono pela noite em claro.

Sonhou com Luzia sentada ao piano. Era sonho sempre bem-vindo, pelos tons claros, pela luz, pela canção açoriana. Depois, o sonho foi povoado por um arroio que corria na chácara em Canguçu, onde passou a infância, e aquele touro negro, que o perseguiu descampado em fora até o capão cerrado, onde subiu numa laranjeira selvagem.

Abriu os olhos, procurou a arma, o oficial desconhecido, o sarcasmo.

– Pesadelos, capitão?

Olhou ao redor.

– Isto não é estilo de boa guerra...

– Isto o que, capitão Teixeira?

– Aprisionar um mensageiro.

– O presidente quer le falar. Queixe-se para ele.

Passou a mão no rosto. Detestava ficar um dia sem fazer a barba.

Araújo Ribeiro estava queimado do sol, e o sorriso que ostentava era ainda mais enigmático. Recebeu Teixeira no apertado gabinete do *Sete de Setembro*. O brigue balançava suavemente.

Em pé, mãos às costas, olhando pela escotilha, estava o brigadeiro Eliseário de Miranda e Brito, comandante das tropas enviadas pelo regente.

– Capitão Teixeira, não é isso?

– Às suas ordens.

– Um dos rebeldes que quer cortar a cabeça do imperador.

– Nunca discutimos essa possibilidade, doutor Araújo.

– E a república? Não discutiram essa possibilidade também?

– Se a república for desejo do povo da Província, ela virá, com ou sem nossa ajuda.

O brigadeiro Eliseário voltou-se e olhou para Teixeira.

– Oficial de 1ª ou 2ª linha?

– Segunda, brigadeiro.

– Elementar.

– Elementar? – inquiriu Araújo Ribeiro.

– Um soldado profissional não trai seu imperador.

– Um dos líderes é um Lima e Silva, brigadeiro, não esqueça. – Ergueu os olhos para Teixeira. – Capitão, vai levar essa mensagem para seu colega, o estancieiro e contrabandista Bento Gonçalves.

– O coronel Bento Gonçalves é um homem honrado e um oficial de valor, doutor Araújo. Vosmecê sabe muito bem que o coronel foi absolvido na Corte de todas as acusações.

– Como vê, meus patrícios são gente orgulhosa, brigadeiro. O senhor vai ter muito trabalho por aqui. Capitão Teixeira, pegue esta carta e faça o favor de sumir da minha frente.

– Eu cheguei com uma escolta de quatro homens, doutor Araújo.

– Pois vai partir sozinho.

Os vinte e quatro anos do capitão Teixeira Nunes se eriçaram como um gato.

– Eu voltarei para libertar meus homens, doutor Araújo.

Fez continência para o brigadeiro Eliseário, deu meia-volta e saiu dando duro com os tacos no piso do barco.

Teixeira cavalgou o dia todo, trocando de cavalo de hora em hora. Mergulhou na noite mastigando pedaços de charque. Infiltrava-se em seu cérebro um fio de pavor, feito de lendas e causos, e no peito queimava a carta que levava sob o dólmã. A noite abria-se como um templo misterioso e nele penetrava o capitão de vinte e quatro anos, levando no peito aquela coisa pesada.

Pareceu-lhe que acabara de se despedir de Bento Gonçalves: debaixo do umbu, sentado à banqueta, João Congo raspava o rosto ensaboado do coronel.

– Os outros estão todos presos. Eu fui solto para trazer isto.

Bento Gonçalves leu o ofício duas vezes e só então olhou para o rosto de gavião jovem, ansioso e cansado.

– Estamos em guerra, capitão.

Capítulo 6

Por onde passava, Bento Manuel procurava aumentar seus efetivos. Abria os cárceres e dava liberdade aos detidos que se alistassem. Distribuía proclamações patrióticas concitando as populações a tomar armas em defesa do monarca. Nem sempre era atendido, coisa que não o aborrecia. Todo sujeito forte, capaz de empunhar uma arma, era maneado e arrastado de sua roça ou fazendola. O novo recruta aprendia ordem unida, o significado dos clarins, a montar e desmontar um fuzil e a dormir em bivaques. Também aprendia a acordar sobressaltado, boca seca, imaginando rebeldes, adaga na mão, esgueirando-se para dentro da tenda.

O exército de Bento Manuel estava engrossado de tropas e recursos enviados por ricos estancieiros monarquistas. Bibiano Carneiro da Fontoura mandou-lhe peões armados, duzentos cavalos gordos e cinco mil patacões em dinheiro. Desceu a serra com trezentos homens o tenente-coronel Antônio Melo de Albuquerque, o Melo Manso, irmão de Melo Brabo, republicano.

Bento Manuel acalentava o sonho de retomar Porto Alegre para o imperador. Com o exército de que já dispunha, era possível estabelecer o cerco. Numa encruzilhada perto de Rio Pardo foi interceptado por um mensageiro que chegou a galope.

— O coronel Zé Antônio marcha contra Alegrete, com duzentos homens!

José Antônio Martins era veterano da guerra contra Artigas, onde ganhou suas esporas de ouro sob o comando de Bento Gonçalves.

As boas surpresas para Bento Manuel não terminavam aí: nesse mesmo dia outro contingente veio reforçar suas tropas – o de Antônio de Medeiros Costa, de Bagé, inimigo mortal dos Netto.

Na manhã seguinte, próximo ao meio-dia, encontrou, esperando-o junto a um capão, com poucos homens, solene e carrancudo, o coronel Silva Tavares.

Tavares regressara do Uruguai depois de expulso por Netto. Também tratava de organizar tropas. Cavalgava a seu lado Pedro Canga, a lança mais hábil do Continente. Pedro Canga trazia uma guitarra presa à anca do tordilho.

Carnearam um novilho para celebrar a ocasião. A presença de Silva Tavares causou certa inquietação entre os mais moderados. Significava carnificina.

Um rastreador entrou a galope no acampamento, seguido de dois charruas.

— Rebeldes! A poucas léguas daqui – gritou, ainda longe.

Bento Manuel tirou a costela gorda da boca.

— Opa, bela novidade. E quem é o comandante?

– Isso não sei, brigadeiro, mas parecem dispostos a travar combate.
– Travar combate?
– Acho que o comandante é o Corte Real – disse Silva Tavares. – Pelas informações que tenho, deve ser ele.
– Um moço de muito boa formação – disse Bento Manuel, num tom que sempre desconcertava os oficiais que o acompanhavam. Não sabiam se era mais uma das ironias de Bento Manuel ou uma tosca admiração.

Examinou longamente a costela gorda entre seus dedos lambuzados e depois olhou para Silva Tavares.

– Que le parece?
– Vamos aceitar o combate.

Bento Manuel sorriu enquanto mastigava.

– Calma... Vosmecê está com ganas demais. É o tempo que ficou parado lá na Banda Oriental.

Silva Tavares sentiu o escárnio mas aguentou calado. Enquanto não se vingasse de Netto seria motivo de chacota.

– Não estamos prontos ainda – continuou Bento Manuel, imperturbável.
– Gabriel, manda aqui o capitão Demétrio Ribeiro.

Bento Manuel confabulou com o capitão Demétrio a um canto. O capitão afastou-se, chamou dois soldados. Os três montaram e se afastaram a trote.

Bento Manuel esperou até vê-los sair do acampamento, e depois tornou a sentar na banqueta ao lado de Silva Tavares.

– O capitão Demétrio Ribeiro está encarregado de uma missão. Demétrio vai negociar. Não podemos aceitar o combate. Eles estão melhor posicionados e têm mais gente.

Apanhou a costela e a examinou com ar astuto.

– Mas o mocinho lá não tem certeza disso. Mandei dizer que não quero ser o primeiro a derramar sangue rio-grandense. E que estou disposto a licenciar a tropa amanhã de manhã e retirar-me da Província, já que não sou filho daqui. Sou paulista. Peço apenas para acampar em paz esta noite.

– Ele não vai aceitar.
– Acho que vai. Eu conheço esses soldadinhos. Eles obedecem o Manuel.

Lançou um olhar para a tarde de verão.

– Mas eu fui criado guaxo. O que aprendi foi na prática. Esta noite vamos nos mover em silêncio.

Seus olhos tornaram-se sonhadores.

– Esse capitãozinho vai levar a maior surpresa da vida dele.

Capítulo 7

O capitão Corte Real levantou-se de madrugada para aprender sua primeira lição nessa guerra: Bento Manuel e suas tropas tinham desaparecido. Chegou a limpar a lente do binóculo, num gesto inconsciente. Fora ludibriado como uma criança. Acreditara no truque sujo. E antes de beber a caneca de café que o furriel lhe trouxe, percebendo o olhar alarmado do sargento Amâncio ao entrar na sua barraca sem pedir licença e ouvindo os tiros, os relinchos assustados e ordens cruzando o ar, Corte Real aprendeu a segunda lição: podia ser inacreditável, mas Bento Manuel assediava o acampamento, caindo pela sua retaguarda.

Saltou no cavalo. Não era um ataque. Batedores da tropa de Bento Manuel fustigavam as sentinelas do acampamento, causando a comoção.

– Todos os oficiais reunidos! Já! Agora!
– Posso saber o motivo, capitão?
– Vamos nos mover! Vamos procurar uma posição melhor.

O acampamento foi desfeito às pressas. Partiram em marcha acelerada. Os recrutas olhavam para trás e para os lados, temerosos dos ataques. Bento Manuel veio atrás deles. Assediava-o, incansável, mandando piquetes de índios missioneiros devastar os flancos das tropas de Corte Real. Corte Real se desesperava. Depois de estar numa posição estável, deixava-se cair nessa armadilha. Como Demétrio Ribeiro pudera servir de instrumento tão vil? Acreditara em sua palavra!

Tomaram distância dos perseguidores e em breve puderam cavalgar mais pausadamente. Chegaram num lugar de paz absoluta, como dentro de uma redoma invisível na manhã quente, perto do meio-dia, um lugar verde chamado Paço do Iruí. Ocuparam uma elevação com um bosque às costas e o arroio à esquerda. Ali poderia esperar pelo antigo comandante. E ele não se fez esperar. Lentamente, o exército de Bento Manuel foi ocupando a planície em torno da elevação e do bosque.

Corte Real mandou um mensageiro procurar o major Alves de Moraes, que andava por perto. Dispôs as tropas em posição para aguentar o ataque. Ergueu o binóculo.

Um grupo destacava-se das forças imperiais e avançava no descampado, com bandeira branca. Na frente, o próprio Bento Manuel.

– Ele é muito cínico. Vou ver a cara dele de perto.

Chamou dois oficiais, montou no cavalo e foi ao encontro da delegação, lenço branco atado na lança. Aproximaram-se e sutilmente Bento Manuel foi se deslocando até deixá-lo com o sol nos olhos. Ali estava Bento Manuel, com o sol nas costas, aquele misterioso bandido de quem tanto falavam na Escola Militar. Com surdo ódio achou-o sedutor. Intimamente tratou de se proteger. Bento Manuel derramava cordialidade.

– Como le vai, capitão? Dia quente, não é mesmo?

– Coronel, desta vez vosmecê não vai me enganar. Estou numa boa posição ali no passo e vou impedir sua marcha.

– Com certeza, capitão, com certeza. Mas le digo com toda sinceridade: não quero derramar sangue. Se começarmos uma luta agora, ela não vai mais ter fim. Eu le trago uma proposta, capitão Corte Real... – Bento Manuel acomodou melhor o corpo na sela. – Dissolver nossas tropas ao mesmo tempo.

– Não entendo as razões, coronel.

– São simples, meu capitão: exemplo para nossos camaradas. Seremos os primeiros a nos opor a essa guerra sem o menor propósito, a não ser, é lógico, a ganância e a vaidade de alguns estancieiros rebelados.

Corte Real puxou a rédea do cavalo.

– Nosso movimento tem um ideal político, coronel, como bem sabe vosmecê. Mas vou consultar meus oficiais.

No acampamento esperavam-no com uma notícia: a tropa do major Alves de Moraes recebera a mensagem e dirigia-se a seu encontro em marcha acelerada.

Corte Real tirou o chapéu e limpou-o minuciosamente da poeira de pólen que se grudara na aba.

– Vamos defender a posição. Vamos impedir a marcha do traidor.

O capitão José Afonso de Almeida Corte Real tinha vinte e sete anos e era natural de Rio Pardo. Andava na mesma missão de Bento Manuel – aumentar os efetivos das tropas. Não tivera muita sorte em São Gabriel, mas em Cachoeira uniram-se a ele trezentos guardas nacionais das circunscrições vizinhas. Com os que já contava, sua força chegava a oitocentos homens. Quando o major Alves de Moraes chegou, organizaram um conselho. O major tinha um jeitão tranquilo. Corte Real sentiu-se forte, recompensado. Pensou no seu oponente, pela primeira vez, com um sentimento de superioridade. Chegara sua vez de mostrar ao atrevido e debochado coronelete que também tinha competência.

– Vamos acertar um armistício. Todo o dia e a noite de hoje.

Bento Manuel concordou, mas colocou suas tropas em formação, diante do passo.

O dia transcorreu calmo. Corte Real não tirou o binóculo do acampamento imperial. Ao anoitecer, procurando ser cortês, enviou um oficial a perguntar quantas sentinelas disporia Bento Manuel, para ele colocar o mesmo número, conforme as disposições do armistício.

– A força dos meus piquetes não é da conta do seu capitão – respondeu Bento Manuel. – Diga-lhe que reforce o passo com o número que bem entender, porque para mim o armistício acaba à meia-noite.

Quando o mensageiro se afastava ainda gritou:

– Que seu capitão se prepare, porque esta noite eu ataco.

Corte Real passou a noite em vigília, fumando palheiro atrás de palheiro. Foi uma noite abafada, incômoda, saturada de mosquitos e grilos. Ouvia a voz de Pedro Conga rolar do acampamento de Bento Manuel: debochada, entoando quadras desafiadoras.

Alves de Moraes tocou em seu ombro.

– Vá dormir um pouco, capitão. Se houver combate, vai precisar estar em forma.

Estirou-se vestido. Talvez fosse pesadelo, porque Bento Manuel com seu sorriso malvado abria a porta da barraca e se aproximava pé ante pé do seu estrado e o cutucava com o dedo grosso.

Acordou assustado.

Era Alves de Morais que o chamava com energia. Saiu da barraca com o coração gelado. Uma luz branca espalhava-se no campo. O capitão Corte Real começou a entender as razões da fama do coronel Bento Manuel Ribeiro. Suas tropas, cerca de seiscentos homens e o dobro em cavalos tinham desaparecido durante a madrugada.

Capítulo 8

Corte Real admitiu que o sentimento que o comoveu nessa manhã foi algo muito próximo do ódio. Sabia que Bento Manuel agia por razões puramente militares, mas o capitão tinha a impressão de que o coronel fazia aquilo apenas para zombar dele.

Saiu em sua perseguição. Alcançou-o ao cair da noite, na estância do Pequiri, onde trocavam cavalos. Para alívio seu, desta vez Bento Manuel não tentou entrar em acordo. Na hora do rancho, o major Alves de Moraes abriu a porta de sua tenda.

– Visitas.

O vulto atrás dele era o comandante de armas, João Manoel de Lima e Silva. João Manoel trazia novidades. Fora promovido a coronel e Corte Real a tenente-coronel. Relataram detalhadamente os incidentes com Bento Manuel.

– Muito bem. Vosmecê agiu corretamente. Eu vim para assumir o comando destas tropas. Vosmecê irá unir-se a Netto em Rio Pardo.

– E Bento Manuel?

– Venho coletando informações sobre suas tropas e sei como agir. Ele recusa combate porque está mal preparado. A maioria das tropas que tem é de gente recrutada à força e que começa a desertar em massa.

– Ouvi falar em um crime.

– Mataram duas pessoas numa fazenda perto daqui, para roubar. O moral está baixo. Ele é obrigado a manter um cordão de sentinelas em torno do acampamento para que sua gente não deserte.

– Quando devo partir?

– Amanhã cedo. Levará também uma mensagem para Netto.

– E vosmecê?

– Eu vou caçar o traidor.

João Manoel de Lima e Silva encontrava certo encanto acadêmico no duelo com o experiente soldado que era Bento Manuel. Ambos representavam dois estilos bem diferentes de concepção e de prática dos valores militares. João Manoel era o quarto filho do marechal de campo José Joaquim de Lima e Silva e irmão do brigadeiro Francisco de Lima e Silva, do marechal de exército José Joaquim de Lima e Silva, visconde de Magé, do tenente-general Manuel da Fonseca Lima e Silva, barão de Suruí, e do marechal de campo Luís Manoel de Lima e Silva. Era tio do futuro duque de Caxias, de quem foi colega na Escola Militar. Era republicano. E era a ovelha negra da família.

Enquanto a guerra não rebentava, o caçula dos Lima e Silva era considerado um excêntrico. Agora, entretanto, a guerra era uma realidade. A família não ignorava que em breve os irmãos poderiam estar frente a frente no campo de batalha.

– Temos mil homens e cavalhada descansada. Bento Manuel não deve ter mais de quinhentos agora. E a cada momento vai ficar com menos. Vamos usar uma tática que ele conhece bem.

João Manoel olhou seus oficiais.

– Vamos atacar sem cessar, em grupos pequenos e separados, para que ele entre em desespero. Quando se descuidar, atacaremos com todos.

Os ataques começaram com o raiar do sol. Bento Manuel foi resistindo bem e conseguiu retirar-se em ordem. Mas sofreu um golpe que o atingiu com força: cinco charruas aproximaram-se rastejando dos cavalos de sua reserva e os dispersaram numa investida audaciosa. Bento Manuel sentiu um frio de desamparo. Acabara de perder um dos itens essenciais da sua cartilha de guerrilheiro – cavalos descansados para a troca.

João Manoel de Lima e Silva permaneceu a manhã toda no acampamento, acompanhando o desenrolar da ação pelas notícias que os mensageiros traziam. A última dizia que Bento Manuel retirara-se para o passo do Lajeado. Acampara junto ao arroio Capané; fora hostilizado toda a tarde e enfurnara-se num capão próximo. Tinha apenas trezentos soldados exaustos. Isso significava que a hora tinha chegado.

Reuniu os oficiais.

– Somos mil e cem homens. Vamos cercá-lo. E não esqueçam: é importante para a causa prender Bento Manuel. Quero o traidor vivo.

Bento Manuel descalçara as botas e refrescava os pés doloridos no riacho, longe do acampamento. Gabriel cortava fumo e enrolava cigarros, enquanto cuidava dos cavalos. Bento Manuel se afastara do acampamento, com uma dupla sensação. Por um lado, precisava parar para pensar. O exército escapava de suas mãos. Mas não era o momento do pelotão de fuzilamento.

Não tinha mais tanto poder diante da tropa. Por outro lado, precisava agir. Seus pequenos truques não funcionariam mais durante muito tempo.

Foi quando ouviu tiros.

– Estão atacando o acampamento – gritou Gabriel.

Bento Manuel apanhou as botas e começou a puxar os cavalos para dentro do capão. O rumor de patas de cavalos e imprecações era cada vez mais próximo.

– Estão debandando – gritou Gabriel.

Bento Manuel não pensou duas vezes.

– A mim é que não me pegam.

– Não podemos fugir, coronel.

– Venha comigo. É uma ordem.

Montou no cavalo e cutucou-o firme com os pés nus, sem olhar para trás.

Capítulo 9

Netto cortava fumo na palma da mão, observando a impaciência de João Manoel com as bolachas duras. João Manoel esfarelava-as contra o punho da espada e depois jogava os farelos para a boca, sorvendo pequenos goles de café sem açúcar.

Bento Gonçalves cruzou os braços.

– E então?

– E então o homem disse que não se rendia.

– O Tobias?

– O Tobias. Disse que não se rendia e não se rendeu – Netto fez um gesto. – Tocou o barco lagoa Mirim afora.

– Fez muito bem – disse Bento Gonçalves.

– Fez bem – repetiu Netto. – Seguiu lagoa em fora e foi perseguido por quatro ou cinco barcaças mais um navio grande.

– O *Oceano* – disse João Manoel.

– O *Oceano* – confirmou Netto. – Trinta e tantas peças de canhão. Chegou perto do Tobias e mandou que se entregasse.

– Quantos homens tinha o Tobias? – perguntou Bento Gonçalves.

– Dezoito tripulantes, mais quinze cavalarianos que ele transportava com cavalo e tudo. E a mulher e dois filhos.

– Mulher e dois filhos?

João Manoel confirmou com a cabeça.

– Isso parece irregular. Que fazia ele com a mulher e os dois filhos no barco?

– Me disseram que sempre que ele saía numa viagem mais demorada, carregava a mulher e os filhos.

– E então mandaram que ele se entregasse...

Netto começou a enrolar o fumo picado na palha alisada contra o fio da faca.

– Respondeu que não se entregava. Quem quiser que se entregue, mas ele, o marinheiro Tobias da Silva, não senhor.

– Os cavalarianos se renderam – disse João Manoel. – Acho que eles estavam enjoados de andar de barco.

Bento Gonçalves tamborilou na mesa.

– Bueno, pra encurtar o causo, os cavalarianos se borraram mesmo e desceram numa lancha – disse Netto. – Mas os marujos aguentaram e tirotearam com o tal navio e os barcos durante um bom tempo. Até que faltou munição.

– Faltou munição?

– Faltou. Mas tinha bastante pólvora no porão.

A barraca ondulou suavemente.

– Então, Tobias avisou a marujada que ia no porão meter fogo na pólvora e acabar com o barco.

Bento Gonçalves apanhou a caneca de café.

– Escaparam em botes?

– Desceu todo mundo para o porão – disse Netto.

– Explodiram o paiol – disse João Manoel. – Não houve sobreviventes.

– E a mulher e as crianças?

– Desceram também.

Bento Gonçalves procurou por Antunes, o ajudante de ordens tinha saído. Começou a sentir um pequeno ponto dolorido na testa.

– Falaram em mais notícias...

João Manoel colocou um envelope com o timbre imperial sobre a mesa.

– Estão aqui. E são piores, coronel... segundo o ponto de vista.

– Piores?

– Segundo o ponto de vista.

Capítulo 10

Bento Gonçalves apanhou o envelope com o timbre imperial, ainda pensando na tragédia que acabara de escutar.

– Os senhores conheciam esse Tobias?

Netto negou com a cabeça.

– É difícil explicar – disse João Manoel. – Um caso desses pode ser acidente... loucura... Como saber o que aconteceu realmente?

– Mas eram dezoito homens – insistiu Bento – Será que todos aceitaram o suicídio?

João Manoel tocou no envelope entre os dedos de Bento.

– Esta carta, coronel, é extremamente sigilosa. Gostaria que o conteúdo dela não saísse desta barraca. O coronel Netto e eu viemos para discutir o assunto pessoalmente com o senhor.

Bento Gonçalves olhou para o envelope como se apenas agora o visse.

– Esta carta foi tomada a um estafeta de Araújo Ribeiro que procurava Bento Manuel – disse João Manoel.

– Vamos a ela – disse Bento Gonçalves. – O senhor quer ler, coronel?

João Manoel apanhou-a e aproximou-a dos olhos.

– Para o coronel Bento Manuel Ribeiro, comandante das Armas da Província.

Netto e Bento sorriram.
– Os senhores não vão rir quando souberem de que se trata – avisou João Manoel.
E continuou:

Ilustríssimo e Excelentíssimo Senhor.
As circunstâncias em que me vejo são críticas e desesperadoras.
Forças mui superiores às minhas, comandadas pelos rebeldes coronel Bento Gonçalves, Netto e Crescêncio, ameaçam a segurança dos habitantes desta benemérita cidade de Rio Grande, Pelotas e São José do Norte.
Em Vossa Excelência unicamente confio; e espero que seu procedimento corresponda em tudo que Vossa Excelência me tem afirmado em seus ofícios.
Por este lado os malvados vão ganhar sem dúvida um completo triunfo, pela superioridade de suas forças e distância de Vossa Excelência deste ponto; mas espero que outro tanto não aconteça nessa comarca onde se acha Vossa Excelência à frente dos bravos defensores da legalidade. Estou disposto a perder o último homem da Província e a reduzi-la a um montão de cinzas...

João Manoel fez uma pausa.

... e a reduzi-la a um montão de cinzas, do que deixar de sustentar com dignidade o Emprego que me compete e para qual me nomeou o Excelentíssimo Senhor Regente do Império.
Seguro de que minha resolução merecerá a aprovação de Vossa Excelência, tenho a honra de indicar-lhe o que convém fazer, a bem do triunfo da legalidade e para que desapareça de uma vez desta Província esse infernal Partido Republicano.
Convém que Vossa Excelência, expedindo do ponto em que está acampado reforçadas partidas para o interior das povoações de São Gabriel, Alegrete, Missões, Caçapava, Rio Pardo, Cachoeira e Triunfo, todas sem força alguma presente, incumba aos comandantes das mesmas partidas, que devem ser pessoas de sua mais íntima confiança, que acabem de uma vez com os malvados João Antônio da Silveira, Francisco de Paula de Moraes Sarmento Menna...

João Manoel interrompeu a leitura.
– Segue uma lista de mais de setenta nomes.
Bento Gonçalves apanhou a carta e passou os olhos nela.
– Acabem de uma vez... Que tipo de homem é esse?
– Recomenda o assassinato de famílias inteiras, como os Carvalho, da vila de Cachoeira – disse Netto.
– Terminou? – quis saber Bento.
– Tem mais – João Manoel leu:

Da fiel execução deste dependerá a felicidade deste país, o restabelecimento da ordem, o triunfo da lei e o aniquilamento dos perturbadores do sossego público. Parece, pois, que Vossa Excelência o deve adotar com preferência de qualquer outro.

Recomendo-lhe muito encarecidamente que depois de tirar a limpo todos os nomes dos indivíduos mencionados, queira logo rasgar esta, pois assim nos pede nossa própria conservação e a segurança da causa pública. Deus guarde Vossa Excelência por muitos anos como necessita a causa da lei.

Os três homens ficaram em silêncio. Netto ergueu-se e abriu a porta de lona. O dia estava claro e ventoso.
– Netto e eu achamos que isto não deve transpirar.
Bento Gonçalves alisou a carta devagar, pensativo.
– Para que espalhar mais ódio? – ponderou João Manoel. – E alarmismo? O caso do Tobias já vai dar muito que falar. Esta é uma guerra entre irmãos. Devemos manter as leis da civilização.
– Isto ficará em sigilo – disse Bento Gonçalves –, mas devemos encontrar Bento Manuel. Ele deve se recuperar rápido da surra de Capané. Já deve estar por aí arregimentando tropa. O Araújo tem coragem de pensar uma coisa dessas, assassinatos em massa, porque tem um carrasco para cumprir essas ordens. Graças a Deus que ele não recebeu esta carta.
Empurrou a caneca com café para o centro da mesa.
– O traidor é a fonte de todo o mal. Nossa missão é aprisionar Bento Manuel. Eu quero cuidar disso pessoalmente, major. Eu quero Bento Manuel meu prisioneiro. Eu quero Bento Manuel na palma da minha mão, para que o possa ir esmagando, bem devagarinho.
Netto olhou-o dissimuladamente, com estranheza.

Capítulo 11

Bento Manuel meditou amargamente no revés imposto por João Manoel. João Manoel! No Rio de Janeiro, o elegante João Manoel sentava ao lado dele durante horas, para ouvir causos das guerrilhas contra os castelhanos. João Manoel fazia perguntas, propunha questões, afagava seu ego. Era como se tivesse sido derrotado por um discípulo. Mas, verdadeiramente, Bento Manuel ficou perturbado foi com a facilidade com que as tropas foram se dissolvendo ante seus olhos, com o surto rápido e ofegante das deserções em massa. Bento Manuel aprendera uma lição. A guerra não era no estrangeiro, onde ficava difícil para o soldado desertar. Esta era uma guerra caseira, e devia contar com a lealdade das tropas ou estaria perdido. Não poderia mais passar pela experiência de ver soldados abandonarem as fileiras em magotes desmoralizantes.

Cavalgara toda a noite, mordendo a humilhação, até encontrar abrigo de madrugada, num pouso de tropeiros. Manhã alta, chegou na estância de um monarquista conhecido. Conseguiu cavalos e recursos. Procurou informações sobre onde andavam seus oficiais.

Chamou Gabriel Gomes, e despachou-o para reunir-se com outros chefes das redondezas. Tinha suportado com estoica coragem o desprezo que havia no olhar do Burro, e deixou escorrer pelo corpanzil a humilhação que lhe impunha os olhares dos confrades. Nada importava, desde que tivesse a oportunidade de caçar Bento Gonçalves, de persegui-lo na serra e no pampa, de encurralá-lo, de devolver-lhe a derrota e recuperar o prestígio. Desta vez saberia organizar um exército unido e de confiança.

Trocou cartas e mensagens durante duas semanas, tempo suficiente para refazer-se das feridas – todas elas morais.

Marcou uma reunião perto da estância de Silva Tavares.

Foram chegando chefes veteranos, com tropas e cavalhada, como Melo Manso, irmão do republicano Melo Brabo; o potentado Gama; o calado Vidal. Solitário, Bonifácio Calderón, o uruguaio-brasileiro que servira sob suas ordens na Cisplatina, apareceu perto do meio-dia; veio o esquadrão de Santana, comandado por David Gomes de Carvalho; o de Pelotas, dirigido pelo capitão Jorge de Mazzeredo.

No meio da tarde, chegou da costa do Alto Uruguai uma tropa de cem índios missioneiros, armados de lanças e mosquetes, sob o comando de Manoel dos Santos Loureiro, ex-sargento da Guerra dos Pátrias.

Ao crepúsculo, os fogos do acampamento aqueceram o coração de Bento Manuel. Subiu numa pedra e ficou olhando a enorme extensão de fogueiras, o cheiro de carne assando, o murmúrio das vozes, os cantos e os risos. Perguntou-se por que esses homens vinham de tão longe para colocar-se sob suas ordens. Todo seu corpo se enchia de energia. Percebeu que outro grupo numeroso se aproximava.

Na frente, cavalgava o major Charão, em cuja estância trabalhara como peão na adolescência, e por quem fora encaminhado na vida militar. Antônio Adolfo Vidal Charão era filho dum imigrante alemão de sobrenome Scharamm. Seu filho, o alferes Cândido Adolfo, cavalgava a seu lado.

O feroz capitão Roque Faustino, conhecido como Índio Roque, foi o primeiro a desmontar.

— Mameluco — disse, tirando as luvas, e dirigindo-se a Bento Manuel —, durante todo o dia só comemos e bebemos poeira.

— Este é acampamento de gente pobre, Índio Roque, mas sempre hay um costilhar assando e uma guampa de canha p'a um soldado.

Abraçou Charão:

— Como vai, alemão velho?

— Com os ossos moídos como farinha. Vosmecê se alembra do meu filho?

— E como não vou me alembrar do patrãozinho Charãozinho! Mas claro. Como le vai, Cândido Adolfo, ainda servindo o fugitivo?

Estendeu a mão, mas o alferes a ignorou, fazendo uma continência formal.

— Com os cumprimentos do marechal Sebastião Barreto.

— Por onde anda esse porco? Já voltou do buraco onde se escondeu?

O louro alferes eletrizou-se como um gato, mas foi com afetação que retirou a luva da mão direita e jogou-a aos pés de Bento Manuel. A roda se abriu. No vácuo do silêncio ouviram um relincho, depois outro.

— Índio Roque, vassuncê, que é meio bugre que nem eu, vai me fazer um favor. Agarre essa luva, devolva ao alferes Cândido Adolfo e diga que eu aceito os cumprimentos do marechal Sebastião Barreto.

O capitão Roque Faustino fez o que Bento pediu. Sua mão ficou estendida no ar, com a luva. O alferes só a apanhou depois de trocar demorado olhar com o pai.

— Se ofendi alguém aqui, hoje, peço desculpas — disse Bento Manuel. — Todos sabem que eu fui criado guaxo. Minhas graças nem sempre são bem entendidas. E entre soldados, velhos rancores não devem ser lembrados. Quero todos os oficiais com um copo na mão.

Esperou que os copos fossem distribuídos e enchidos com canha.

– Proponho um brinde de reconciliação, senhores. Temos uma tarefa grandiosa.

Esperou que todos os olhos estivessem postos em sua pessoa, e então anunciou:

– Vamos marchar sobre Porto Alegre! Camaradas! Vamos marchar sobre Porto Alegre e devolvê-la para o imperador!

Capítulo 12

– Vamos cercar o traidor – sussurrou Bento Gonçalves. À luz do lampião seus olhos se ensombreciam.

– Estamos mais fortes. Vamos dividir nossas forças e dar uma volta pela retaguarda dele.

Estava debruçado sobre o mapa, com Antunes, Corte Real e o conde Zambeccari.

– Dividir? – intrigou-se o conde.

– Dividir, claro. Ele nunca vai esperar por isso. Eu levarei metade das tropas, a outra fica com vosmecê, coronel – e Bento Gonçalves olhou para Corte Real. – Na hora certa vamos cair sobre ele. De surpresa. Desta vez, não vamos deixar o peixe escapar.

Tocou no braço do conde.

– Precisamos nos mover com rapidez e em silêncio, antes que os batedores de Bento Manuel se deem conta do que estamos fazendo. Com rapidez, mas sem forçar a marcha para não cansar a cavalhada.

Tornou a olhar para Corte Real, agora com certa dureza.

– Vosmecê, coronel, vai cortar a frente dele, mas não deve aceitar combate até que eu me aproxime com meus homens. Vamos cercá-lo. Ele não sabe onde andamos. É nossa oportunidade.

Corte Real ficou pensativo, acariciando uma dobra do mapa.

O exército de Corte Real marchou em direção ao exército de Bento Manuel sem parar, desde o raiar do dia até perto do anoitecer.

Acampou às margens do rio Santa Maria. Mandando bombeiros, Corte Real confirmou: agora, estava à frente de Bento Manuel. E, com toda certeza, ele não sonhava com isso.

Bento Gonçalves fez marcha maior, mais lenta. Recebeu de madrugada a notícia que Corte Real já estava no caminho de Bento Manuel.

Despachou um mensageiro: evitar combate até as duas forças fazerem junção. Se Bento Manuel atacasse, deveria se retirar, fazendo muito fogo.

– Será o aviso para que eu acelere a marcha e caia pela retaguarda. Explique isso com clareza para o coronel.

O tenente-coronel Corte Real avaliou meticulosamente suas forças e as informações que tinha sobre o novo exército de Bento Manuel. Corte Real comandava oitocentos homens bem montados, com cavalos descansados e moral alto.

– Se atravessarmos o rio, vamos apanhar Bento Manuel de surpresa.

Bento Manuel lhe devia alguns maus momentos, além das brincadeiras cruéis dos camaradas.

– Vamos atravessar o rio – decidiu num impulso.

Os oficiais se entreolharam. Corte Real montou no cavalo.

– Marcha acelerada e silêncio. Vamos atacar de surpresa.

Atravessaram o rio sem dificuldade, embora quase perdessem um canhão. Começaram a subir a coxilha que margeia o Santa Maria. Corte Real incentivava os soldados, cavalgando dum lado para outro.

– Esta tarde vamos fazer História – disse aos oficiais.

Foi o primeiro a chegar ao alto da coxilha e foi o primeiro a ver, tão próximas que não deixavam possibilidade de manobra para posição mais adequada, as tropas de Bento Manuel em formação de ataque.

Era uma imponente massa de mil e trezentos homens, formada em esquadrões, e marchando em sua direção.

Ao sol da tarde, as armas rebrilhavam. Viu as bandeiras e os estandartes. Escutou o toque dos clarins. Era impossível recuar: tinha o rio nas suas costas.

Pensando em desonra e morte o jovem capitão desembainhou a espada, esporeou o ginete ajaezado de prata e, voz trêmula, comandou o ataque.

A parte oficial do combate, redigida por Bento Manuel, dá conta de cento e oitenta mortos entre os rebeldes. O correspondente de *O Jornal* reduz para vinte e oito mortos e sessenta feridos ou prisioneiros.

Corte Real foi estaqueado no centro do acampamento imperial. Isto é, foi deitado no chão, amarrado com tiras de couro pelos pulsos e calcanhares a pequenas estacas de madeira, e deixado ali, sem comer nem beber, ao sol do fim do verão.

Ao entardecer, uma sombra cobriu o prisioneiro.

– Vosmecê é um bárbaro, comandante.

Bento Manuel tirou o palheiro apagado do canto da boca e cuspiu rente ao corpo de Corte Real.

– Até acho que vosmecê, moço educado, tem razão. Mas, me desculpe, coronel, sem ofensa: como o senhor é bobo.

Capítulo 13

Bento Gonçalves jogou o lampião contra o chão. Quando o som dos estilhaços terminou de retinir na barraca, deu a impressão de que começaria a dar pontapés na banqueta de madeira, mas conteve-se. Olhou para as mãos: tremiam.

– Vamos atravessar o rio.

– Ele dividiu as forças, coronel – disse Antunes. – A que ficou sob seu comando subiu a serra do Caverá.

– Vamos atrás dele.

– Ele leva guias charruas. Não quer nos enfrentar.

– Vamos atrás dele.

– Coronel...

– Mas não vamos subir a serra. É estropiar a cavalhada à toa.

Retomou o controle da voz.

– Vamos acampar ao pé dela. Vamos esperar que ele saia da toca. Poderemos retemperar as forças... e ao mesmo tempo imobilizamos o traidor. Não é já que ele vai marchar sobre Porto Alegre.

Na segunda noite de sua perseguição a Bento Manuel, recordou as vezes em que cavalgaram juntos, em que estiveram lado a lado combatendo os castelhanos, como acabaram tendo um inimigo comum – o antigo comandante das armas da Província, Sebastião Barreto.

Monarquista ferrenho e carreirista sem escrúpulos, Sebastião os denunciara à Corte como contrabandistas de gado e militares relapsos. Foram levados ao Rio de Janeiro para a Corte Marcial.

O então capitão João Manoel de Lima e Silva foi junto e advogou a causa dos dois, com o prestígio de sua família e suas qualidades de orador. Foram absolvidos.

Voltaram festejados como heróis, e com um juramento comum de vingança contra Sebastião Barreto e Fernandez Braga, coniventes na trama.

Agora, as coisas tinham mudado. Sebastião Barreto e Bento Manuel – desejassem ou não – estavam outra vez do mesmo lado. E ele, aqui embaixo, montando guarda.

Examina com o binóculo o verde matagal que cobre a serra.

Ele está lá.

Talvez o esteja observando com óculos de longo alcance. Sabe que mais cedo ou mais tarde terão um encontro.

Caminha pelo acampamento. O índio segue-o silencioso. Os homens conversam em voz baixa. (A serra amedrontava.)

– Nesse monte Caverá o cacique Camaco perseguiu um cervo grande, de pelo fulvo, que se transformava em prata ao luar – disse o índio. – A mulher de Camaço, Ponaim, o advertiu: "Não vás bolear esse cervo. Ele não é um animal, é Anhã, é El Diablo". Cacique Camaco não deu atenção. Perseguiu o cervo até o interior duma gruta e jogou a boleadeira. No mesmo instante veio uma cerração e envolveu tudo. Quando a cerração terminou, Ponaim encontrou, à entrada da gruta, o cavalo de Camaco. Mas o cacique nunca mais foi visto.

Bento Gonçalves pensa: lá em cima, numa gruta qualquer do Caverá, está o velho Anhã com uniforme imperial, nariz quebrado e suíças grisalhas.

No terceiro dia levantou acampamento. A tropa começava a ficar inquieta e surgiam pequenas rusgas.

Deu um último olhar para a serra. Ele está lá, binóculo em punho, sorrindo como o demônio charrua, sabendo quem irá escolher o local do encontro onde medirão forças.

Capítulo 14

Acamparam no Passo do Barreto. Nessa noite, Bento Gonçalves recebeu um ofício do coronel Domingos Crescêncio, acampado a algumas léguas. Tinha problemas disciplinares.

Sete soldados foram acusados de roubo numa estância vizinha. Roubo pequeno: um poncho, dois chapéus, gêneros alimentícios.

Na manhã seguinte rumou até lá – lugar chamado Campo Seco. Foi um dia chuvoso. O verão terminava definitivamente.

Domingos Crescêncio presidiu o conselho de guerra numa grande tenda improvisada. Bento Gonçalves apenas assistiu. Os acusados eram três brasileiros, dois uruguaios e dois guaranis.

Foram fuzilados ao entardecer, em frente da tropa em formação, debaixo de aguaceiro. Estiou quando os corpos foram enterrados.

Nessa noite o acampamento esteve silencioso. Podiam ouvir corujas no capão próximo. A lua apareceu. Da roda em torno a uma fogueira começaram a flutuar coplas sibilinas na voz empoada de Liberato Gramacho, trovista popular do Serrito de Canguçu.

Na tenda, Bento Gonçalves olha a folha de papel em branco. Precisa escrever para Onofre, para o difícil Onofre, que desconfia de tudo e de todos, que sempre acha que querem lhe tirar alguma coisa. Pensa em Onofre, longe, na sua Mostardas, mergulhado nas obsessões que o atormentam. Imagina o acampamento rústico. A desolação. A areia.

Capítulo 15

Estão abrindo valas para os mortos. Onofre não quer ver. Escuta o som das pás, a terra negra jogada por sobre o ombro do soldado. A noite está escura – e começou a esfriar. Sente a barraca sacudir com breves lufadas de vento.

Olha para a bota. Lá está a mancha. É sangue de cavalo, mais grosso que sangue de gente. São três mortos. Custaram a morrer. Um deles gritava sem parar. Foi obrigado a pedir ao médico que desse um jeito nele. O médico recusou. Foi desagradável.

– Onde estamos?

O furriel recolocou os óculos, aproximou o nariz pontudo do papel.

– ... só tive notícia no dia 17, em que me pus em marcha.

Onofre pensa. Tem vontade de levantar-se, sua cabeça tocará no teto de lona, será obrigado a ficar curvado, as costas já doem.

– Me perdi. Leia o que escreveu.

– Tudo, coronel?

Onofre crava os olhos no furriel. Este torna a arrumar os óculos. Tem a voz fina.

Ilustríssimo e Excelentíssimo Senhor Doutor
Marciano Pereira Ribeiro, Vice-Presidente da Província.
Acabo de receber o ofício de Vossa Excelência datado de quinze do corrente, recebido a vinte e um às oito horas da noite junto à freguesia de Mostardas, lugar em que já me achava com uma força de cento e cinquenta homens de meu mando para o fim de repelir os facciosos comandados

pelos traidores capitães Francisco Pinto Bandeira, Juca Ourives e outros iguais perversos, de cujo plano só tive notícia a dezessete, em que me pus em marcha.

O furriel ergueu os óculos cintilantes para Onofre. Onofre repetiu baixinho:

– *Em que me pus em marcha...* – Elevou a voz. – *... e esta acelerada.*

Passeou os olhos no teto, como se as palavras estivessem grudadas nele.

– *Deixando o resto de minhas forças sitiando a vila do Norte para marchar no dia 19, o que com efeito efetuou-se; e tendo uma completa participação de meus bombeiros de que o inimigo se achava imediato à freguesia, e portanto distante de minha força uma légua.*

Pensa.

– *Tencionei com efeito atacá-los com meus cento e cinquenta bravos por conhecer o quanto se achavam possuídos de valor e bravura, como verdadeiros defensores da pátria. Porém...*

O furriel não se move. A mão sardenta segura a pena, pronta e nervosa.

– *Porém... porém, não o fiz por esperar fazer junção com o resto da força, que marchava na forma que já ponderei; contudo, às nove horas da noite, levantei o campo e fiz marcha para o Capão do Marcelino, distante do acampamento três léguas, não só para esperar a mencionada junção como para ganhar melhor posição.*

Onofre fecha os olhos. (A tropa está entre as árvores, os homens acalmam os cavalos, ninguém pode fazer o menor ruído. As lanças são cobertas com lenços para não brilhar.) Onofre abre os olhos, o furriel parece um duende de nariz agudo e óculos.

– *Com efeito, ao meio-dia de hoje se apresentou essa horda de escravos, compostas suas fileiras de quatrocentos e trinta degenerados; e fazendo eu marchar minha tropa sobre os mesmos, logo que achei posição, que me pareceu suficiente, fiz uma parada até que com efeito à uma hora da tarde se reuniu a força que esperava, ficando composta de trezentos e cinquenta homens o total da coluna a meu mando. Tendo disposto o ataque em campo próprio, havendo o inimigo feito o mesmo, este pediu falar-me.*

Fecha o punho sobre a mesa.

– Mandei dizer que a única mercê que lhes tinha a ceder era renderem as armas para desta forma pouparem o derramamento de sangue; e quando assim não o fizessem experimentariam o quanto lhes seria terrível as espadas dos livres, que defendem a liberdade.

Olha para o furriel, espera que termine de escrever.
– Responderam que não o faziam...

Ergue os olhos para o teto.

– Responderam que não o faziam, que estavam dispostos e que portanto iam principiar o fogo. À vista dessa resposta, conhecendo eu o incomparável entusiasmo que existia entre os bravos de meu mando, determinei a ação, dando vivas à nação e à revolução do dia vinte de setembro, e a todos os livres amantes de sua pátria.

Onofre tornou a olhar para o teto e nesse momento recebeu o silêncio do lado de fora. Já estavam debaixo da terra.

– Mandei avançar de espada na mão sobre os mesmos, havendo já aqueles facciosos atirado com cinco tiros de peça de metralha; e debaixo de mais três tiros de canhão e uma descarga de mosquetaria avançaram os dignos patriotas com decidido valor e brio próprio de guerreiros da liberdade.

Escuta a brisa empurrando a barraca.

– Conseguimos logo debandar completamente nosso inimigo apreendendo duas bocas de fogo com sua competente munição e grande porção de cavalhada. Ficaram prisioneiros duzentos e cinquenta e tantos e trinta e tantos mortos, entrando nesse número o capitão Pinto Bandeira, Joaquim Barcellos, juiz de paz de Miraguaia, José Joaquim Ferreira, capitão João Crisóstomo da Silva Salazar e José Caetano, escrivão do juiz de paz da

Costa do Miraguaia; e de nossa parte, com pesar o digo, morreram quatro bravos e três ficaram feridos, mas não mortalmente.

O furriel escreve. Lá fora, o silêncio. Lá fora, o acampamento; os fogos virando brasa. Pinto Bandeira está morto. Serviram juntos e uma vez beberam e cantaram, num batizado em Mostardas. Está morto. Está numa vala junto com outros, cabeça separada do corpo. Antes, durante ou depois do combate, que importa. Está morto. Os mortos não falam. Adeus, capitão.

– Ficaram na mesma ocasião...

O furriel estremece. Onofre espera que ele se componha.

– Ficaram na mesma ocasião restaurados os patriotas conduzidos presos por aqueles cruéis, o tenente-coronel Pedro Pinto de Araújo Correa, o juiz de paz Joaquim José Monteiro, Felisberto Henrique de Carvalho e seu irmão Clodoveu, ambos da vila de Santo Antônio e outros mais, que não menciono seus nomes.

Ergueu-se, a cabeça de cabelos negros e emaranhados, duros de terra, levantou ligeiramente a tenda. Onofre empurra o teto de lona com a mão.

– Posso afiançar a Vossa Excelência que foram aqueles perversos perseguidos em distância para mais de quatro léguas e, logo que se recolheram todas as forças que os perseguiam, fiz sair outra em número suficiente, não só para ver se apreendia mais alguns dos inimigos dispersos, como também ao facinoroso Juca Ourives, que me dizem escapou-se por uma lagoa a nado.

Esperou que o furriel escrevesse e trocasse de folha. Espiou a última frase, pensou um pouco.

– Amanhã pretendo fazer uma completa averiguação e do resultado dela serão alguns prisioneiros influentes remetidos a prisão dessa cidade, e o restante farei soltar; alguns ficarão na força e o restante mandarei para suas casas, bem como farei seguir uma força de cinquenta homens, comandados por Jerônimo José Castilhos, para avançar até a freguesia da Serra e Torres, a fim de me inteirar do ocorrido por aqueles lugares, e

mesmo prender alguns homens, que torna-se preciso suas capturas para a salvação de nossa causa.

Escuta o acampamento. O capitão Pinto Bandeira morreu de olhos abertos. Sua cabeça foi enterrada com os olhos abertos. Estende a mão em direção ao furriel que involuntariamente recua. Apanha a folha e lê a última frase. Devolve-a e começa a pensar numa maneira de terminar o ofício.

— *Quando Vossa Excelência julgue esta minha deliberação acertada, determinará sobre a força como julgar conveniente, podendo asseverar-lhe que pelos ofícios apreendidos a nossos inimigos, e que junto verá, Vossa Excelência achará criminoso, e como um dos cabeças da sublevação, o juiz da freguesia da Serra, Antonio Ferreira Marques.*

Lembra a mancha de sangue na bota. Precisa mandar o ordenança limpá-la, quando a tirar para dormir. Aponta o dedo para o furriel.

— Escreve: *Campo de Honra, vinte e dois de abril de mil oitocentos e trinta e seis.*

Retira o relógio do bolso do colete, consulta-o e torna a guardá-lo.

— Às onze horas da noite. Ilustríssimo e Excelentíssimo Senhor Doutor Marciano Pereira Ribeiro, Vice-Presidente da Província. Assinado Onofre Pires da Silveira Canto, coronel-chefe da Legião."

Tornou a escutar o acampamento. Nenhuma coruja piava.
— Dá aqui essa bosta pra eu assinar.

Capítulo 16

O tenente Heinrich Wilhelm Mosye foi oficial do 27º Batalhão de Cavalaria e comandou uma companhia no combate do Passo do Rosário, a 20 de fevereiro de 1827, apenas três meses após chegar ao Brasil e sem saber uma única palavra em português.

Foi ferido e ficou inconsciente à beira de um arroio. O exército em retirada recolheu-o. Terminada a guerra, o tenente deu baixa no posto de capitão e estabeleceu-se em Pelotas, onde encontrou-o o cerco de abril, imposto por João Manoel e Netto.

Para defender a cidade, uniu-se à força do coronel Albano de Oliveira Bueno. Albanesa em punho – a espada de aço mandada forjar pelo coronel e distribuída a seus homens de confiança –, caiu prisioneiro e foi mandado para o *Presiganga*, em Porto Alegre.

No porão do navio soube que o coronel Albano tinha sido assassinado no caminho para a capital. A notícia foi dada por seu companheiro de prisão, o comandante da guarnição de Pelotas, major Manuel Marques de Souza.

O alemão era falante e espontâneo, o brasileiro calado e circunspecto. O alemão corpulento, avermelhado, escasso cabelo dourado. O brasileiro, franzino, moreno, braços sempre cruzados, pitada de ironia nos olhos inteligentes ao escutar a algaravia confusa do estrangeiro.

As maneiras de Mosye trouxeram alguns benefícios. O carcereiro conseguiu tabaco, roupas mais quentes e enviou recados. O major Marques apanhou no porão um reumatismo que o supliciou pelo resto da vida. Se não fosse o cobertor de lã conseguido por Mosye, teria sido infinitamente pior.

Quando Mosye foi removido, o major sentiu a falta do companheiro. Mas, em breve, chegaram notícias. Sua prisão era no quartel do 8º de Infantaria na praça do Portão, onde gozava relativa liberdade de movimentos. No bilhete que o carcereiro trouxe havia um alerta, este enigmático aceno de esperança: *Esteja atento.*

O major Marques ficou atento. Sufocando os acessos de tosse e as lamentações dos companheiros, manteve assídua correspondência com Mosye. Ficou sabendo que a cidade estava quase sem tropas para protegê-la. E havia muitos legalistas dentro dos quartéis, esperando a oportunidade de virarem a sorte.

Mosye se entendera com o alferes Sampaio da Fontoura, que servia no próprio 8º de Infantaria, na praça do Portão. E com dois sargentos, Sizenando e Chaguinhas – adeptos da causa monarquista.

A guarnição da capital, embora em estado de guerra, mantinha, estranhamente, nos quartéis, a rotina dos tempos de paz. Os oficiais – inclusive o próprio comandante da guarnição, o capitão João José Pimentel – iam dormir em casa. Confiavam ser despertados pelo toque de alerta dos corneteiros, se houvesse alguma emergência.

Os dias começaram a tornar-se chuvosos e frios, aumentando o desconforto do porão. O major Marques enviou mensagem a Mosye – que buscasse apoio em São Leopoldo, com o doutor Hillebrand.

A sugestão era pertinente, mas Mosye não simpatizava com o doutor Hillebrand. Pediu Mosye que o major Marques escrevesse o recado, pois o doutor Hillebrand não aprovava a inclinação que o aproximou dos sargentos Sizenando e Chaguinhas – um copo de aguardente de cana, bem cheio.

O doutor Hillebrand custou a decifrar a letra retorcida do major, denunciando certa inquietação espiritual no prolongamento excessivo dos eles. Entendeu, entretanto, que deveria estar preparado para algo grandioso na noite de 15 de junho.

Reuniu seus colonos. A caravana de cabeças louras chegou aos arredores de Porto Alegre um pouco antes da meia-noite, apanhando uma garoa fina e gelada.

Não encontraram em todo o caminho sentinelas ou patrulhas. As notícias que recebera do major eram corretas. Não havia vigilância eficaz, a não ser nos portões da cidade. Esperou com seus homens junto a um moinho de vento, protegido da garoa.

À meia-noite deveria chegar o contato do major Marques.

O alferes Sampaio colocou o dedo indicador sobre os lábios.

– Chegou a hora.

Mosye apanhou a pistola que o alferes lhe estendia. O 8º de Infantaria estava silencioso. Todos dormiam. Caminharam com cuidado, rente à parede do corredor.

(Em Lubeck começava o verão. As moças vestiriam roupas leves; seriam organizados piqueniques e se beberia cerveja...)

Aqui começava o inverno; a bebida é essa aguardente que Chaguinhas lhe passa. Há uma garoa triste. E se morrer em Porto Alegre, ninguém de sua família virá a saber que lugar perdido é esse.

– A sentinela é nossa – sussurra Sampaio. – Mas vai ser preciso render o oficial de dia.

– E o Sizenando?

– Já foi ao encontro do doutor Hillebrand.

Capítulo 17

O doutor Hillebrand teve um lampejo de alegria. O homem que se aproximou no escuro, murmurando a senha, fora rigorosamente pontual. Mas recuou, com horror – o homem estava, também, rigorosamente bêbado.

A primeira reação foi voltar. Como se não bastassem as preocupações com o Menino Diabo que aterrorizava a colônia, ainda tinha que vir meter-se em complicações na capital. E com indivíduos em estado de completa embriaguez.

O vozeirão do sargento Sizenando, protestando, obrigou-o a mudar de ideia. O sargento era capaz de despertar todos que dormiam num raio de quilômetros. O doutor Hillebrand prometeu para si mesmo que, dando certo ou não a empreitada, proporia Corte Marcial para o sargento.

Entendeu precariamente o plano e achou-o de um primarismo atroz.

– Jamais vai dar certo – resmungou em alemão.

– Já, Já – bradava com veemência Sizenando. – Plano got, plano got!

O doutor calou-se, derrotado. Era inimaginável que esse ser grosseiro e seguramente analfabeto, intoxicado de álcool, entendesse e articulasse palavras no idioma de Goethe. Fosse o que o bom Deus quisesse. Resolveu segui-lo.

Evitaram os portões e avançaram pelas ruas enlameadas e escuras, tomadas de silêncio. Ouviam latidos de cães. O doutor Hillebrand acariciava morbidamente a convicção fria de que marchava para a prisão ou para a morte.

O doutor Hillebrand transpôs os pesados portões do 8º Regimento de Infantaria com desconfiança, mas encontrou-se com um alferes imberbe e sorridente, com um mulato completamente embriagado e fardado como sargento e seu compatriota – o tenente ou capitão reformado, ele não sabia ao certo, Henrich Wilhelm Mosye – que o abraçou efusivamente.

O doutor Hillebrand sentiu o hálito de Mosye. Os sargentos Chaguinhas e Sizenando trocavam vigorosas palmadas de boas-vindas.

– Os rebeldes já estão dominados, doutor – informou o alferes. – Agora precisamos prosseguir com o plano.

O plano – que consternara Hillebrand – era realmente simples. O corneteiro tocou o alarma. As notas rolaram na cidade silenciosa.

Em breve, ressoaram os passos apressados dos farroupilhas, saídos das camas quentes e correndo para o quartel. À medida que entravam, eram aprisionados.

Sizenando e Chaguinhas divertiam-se com as caras de sono e susto que os rebeldes mostravam. Chegavam apertando o cinturão, abotoando o dólmã, indagando o que teria acontecido, afobados.

Cordial, Mosye oferecia aos novos prisioneiros um gole do seu cantil. O clarim tornou a vibrar. Na cabeça do doutor Hillebrand dançou um raio dourado – o segundo movimento do Concerto de Brandenburgo.

– Vamos prender o Marciano e o Boticário – disse o alferes Sampaio. – Eles são os únicos capazes de tentar organizar alguma resistência.

— Eu irei ao *Presiganga* soltar os presos — avisou Mosye. — O senhor vem comigo, doutor?

Acompanhados por um grupo bem armado, caminharam pela rua da Praia em direção ao porto, pisando com cuidado nas pedras escorregadias.

O hálito do tenente deixava o doutor Hillebrand nauseado. Recordou outra madrugada: taróis rufavam quando o imperador Napoleão Bonaparte surgira da neblina montado no garanhão branco, a caminho de sua derradeira batalha. Chegaram ao porto.

As sentinelas não resistiram. O carcereiro do *Presiganga* trouxe as chaves com profundas reverências e exagerada alegria por encontrar Mosye em hora tão estranha.

Mosye e o major Marques trocaram um abraço. O major aceitou o cantil que o tenente lhe ofereceu, apertou com cerimônia a mão estendida do doutor Hillebrand.

— Vamos até a casa do marechal Menna Barreto. Ele tem o posto mais alto da cidade e é bom que assuma o comando — disse o major.

No caminho encontraram uma patrulha imperial. Tinha havido escaramuça no forte da Caridade, mas já estava sob controle. Também houve encontro com uma patrulha de rebeldes. Após ligeiro tiroteio, eles debandaram. Tudo indicava que Porto Alegre já estava de volta às mãos do Império.

— Apressemo-nos — instou o major. — Precisamos convencer o marechal. Ele será bem aceito pelos oficiais que estão se mantendo neutros.

Ecoavam gritos distantes. Luzes acendiam-se nas casas. Na rua da Praia encontraram um grupo ruidoso, comandado pelo sargento Chaguinhas.

— Veja quem temos aqui, tenente! Um peixe gordo.

Empurrou um indivíduo que quase caiu nos braços de Mosye. Era corpulento, vestindo sobretudo escuro sobre a camisola de dormir.

Pedro Boticário enfrentou com olhos ferozes os óculos redondos do doutor Hillebrand.

— Não pensa que isso vai ficar assim, alemão batata.

— Levem o prisioneiro para o *Presiganga* — ordenou o major Marques.

E voltando-se para Mosye e o doutor:

— Senhores, parece um sonho.

Capítulo 18

O veterano marechal do exército João de Deus Menna Barreto assumiu provisoriamente o comando. Incansável, rondando os muros, inspecionando as trincheiras – sem dormir e sem comer –, liderou a resistência aos primeiros ataques farroupilhas para retomar a capital.

Os rebeldes não tinham se descuidado de todo na defesa de Porto Alegre. Marciano Ribeiro manteve em constante funcionamento o Arsenal de Guerra, fabricando armamento, munição e uniformes para a tropa regular. Planejou e iniciou a construção de uma linha de trincheiras em torno da cidade, e levantou dois fortins à entrada do Guaíba.

Os legalistas deram continuidade a esses trabalhos. As grandes chuvas de inverno favoreceram na organização da defesa, já que os caminhos eram atoleiros intransponíveis onde os canhões inimigos afundavam.

Os alimentos começaram a escassear, mas a tarefa principal não foi nunca interrompida: a construção da linha de trincheiras, acompanhada do lado de fora por um fosso de três a quatro metros de largura. A trincheira era uma caixa de madeira com terra, para resistir a tiros de mosquete. O fosso, um pântano sinistro, atulhado de madeiras pontudas, ferros cortantes e chuços afiados. O fosso dificultaria a escalada das trincheiras.

A linha foi construída dia e noite, sob água e sol. Em certos trechos, havia bases para instalação de peças de artilharia; em outros, a trincheira e o fosso foram substituídos por andaimes, para propiciar melhor visão da várzea.

A trincheira partia da margem do Guaíba, a menos de cem metros da rua do Cordoeiro – hoje Senhor dos Passos –, passando a crista do morro e contornando por trás o prédio principal da Santa Casa, na rua da Misericórdia – hoje Professor Annes Dias. Orientava-se depois em direção ao Portão, de onde seguia pelo alinhamento da atual rua João Pessoa até o Beco do Israel, hoje rua Sarmento Leite. No alinhamento desta, seguia até o arroio Dilúvio, acompanhando seu curso até a atual avenida Borges de Medeiros.

Outra preocupação eram os ataques pelo rio. No fundeadouro em frente à praça da Alfândega, ficaram as naus de defesa do principal acesso fluvial. E da ponta da península – a oeste da praça da Harmonia – grossa corrente sobre boias estendia-se até a Ilha das Flores, fechando o porto a qualquer embarcação inimiga.

Aos sitiantes, não restava outra alternativa senão circular por trás das ilhas, e atacar pelo Caminho Novo.

Bento Gonçalves subiu a trêmula escada de madeira do moinho de vento, e apontou o binóculo para as casas tão conhecidas.

Ali, do alto, Porto Alegre parecia frágil e vulnerável. Era um sentimento amargo o que o acometia. Atacar a cidade onde vivera largos anos, onde tinha amigos e conhecia os moradores e cada rua e cada viela. Sitiar Porto Alegre não fazia parte dos planos da rebelião. Antunes o observava, preocupado.

Bento Gonçalves desceu o binóculo. A notícia da queda de Porto Alegre alcançou-o quando desmobilizava parte das tropas, depois da perseguição a Bento Manuel.

Desmobilizar as tropas era medida rotineira: os praças não eram profissionais e simplesmente não havia recursos para mantê-los reunidos durante longo tempo. Era preciso alimentos, roupa e oficiais para a disciplina. Impediu a desmobilização e precipitou-se em direção à capital.

No rio dos Sinos encontrou os colonos do doutor Hillebrand. Foi uma escaramuça rápida, seguida de perseguição. Oito colonos morreram. Zambeccari lamentou o destino desses homens que vieram em busca de paz e trabalho e encontraram a morte numa guerra que não entendiam.

— Esses galegos se meteram, agora que aguentem — retrucou Cabo Rocha. — Guerra é guerra.

No dia 27 de junho, Bento Gonçalves reuniu-se às tropas de João Manoel, que já cercava Porto Alegre. O cerco fazia-se também por água: cinco barcaças munidas de canhões, comandada por José Pereira da Silva. O conjunto formava uma força respeitável: mil e quinhentos homens entre infantaria e cavalaria, seis bocas de fogo, mais a flotilha.

Fizeram um rápido conselho. João Manoel entregou o comando do ataque a Bento Gonçalves.

— Quem está no comando da defesa? — perguntou.

— O general Francisco de Chagas Santos. Assumiu o comando da guarnição há apenas dois dias — informou João Manoel.

— Já vamos ficar sabendo quem é. Vou mandar um ultimato. Tem até o pôr do sol para depor as armas.

Capítulo 19

Ao pôr do sol, um oficial do Império entrou no acampamento farrapo com bandeira branca. Era muito jovem e de porte orgulhoso. Fez continência do alto do cavalo para Bento Gonçalves, João Manoel e Lucas de Oliveira, que se reuniram para recebê-lo.

– Tenente Andrade Neves, se apresentando, com vossa licença.

– O que o trás por aqui, tenente?

– Mensagem do meu comandante, general Chagas Santos. O general manda dizer ao coronel Bento Gonçalves que o privilégio do ataque cabe a vosmecê, coronel.

– E então, tenente?

– E então, o general manda dizer que foi desnecessária a gentileza de marcar hora para atacar, mas mesmo assim agradece. Qualquer hora é conveniente para o general.

Lucas sorriu e acariciou o pescoço do baio do tenente Andrade Neves.

– Mensagem recebida, tenente. Vamos ver se a ação confirma vossa pose.

– Não vai demorar muito para ver isso na prática, capitão Lucas. Talvez nos encontremos sem bandeira branca.

– Vou pedir por isso, tenente.

Andrade Neves tocou na aba do quepe.

– Com licença, senhores.

Deu meia volta e partiu a galope.

– Temos touro lá do outro lado – disse Bento. – O que acha, major?

João Manoel ficou pensativo.

– O general Chagas não é homem de gabinete.

– Nós também não. Vamos atacar ao amanhecer.

Às nove horas da manhã, no Caminho do Meio, um comando liderado por Antunes da Porciúncula conseguiu finalmente galgar a trincheira. A luta foi corpo a corpo: punhal, faca, chuço, lança. Os corpos foram ficando amontoados uns sobre os outros. Pisando cadáveres, Antunes foi subindo, espada na mão, até compreender que tinha conquistado aquele pedaço da muralha. Sentiu uma exaltação, uma vertigem. A linha de defesa estava rompida!

Tinham começado a atacar de madrugada, mas a trincheira parecia intransponível. Os que conseguiam passar o fosso eram mortos na tentativa de escalar a alta cerca de madeira. Foram três horas de fogo ininterrupto, por água e por terra. Atacada pelo Guaíba, Riacho e Caminho Novo, Porto Alegre resistiu. Quando o sol apareceu, o combate continuava sem solução. Mas Antunes, sangrando no rosto, a túnica em tiras, tinha aberto uma brecha. Com machados e picos, o comando farroupilha tratava de derrubar pedaços da muralha, abrindo espaço para uma carga de cavalaria.

Princípio de pânico entre os defensores.

– Estão entrando! Os farrapos estão entrando!

Cabo Rocha se coloca à frente dos seus cavalarianos e se prepara para a carga. A passagem ainda era estreita, mas bastava afastar mais algumas vigas e escombros e poderiam arremeter. O Cabo Rocha diz alguma coisa ao ouvido do cavalo. Todos os homens montados apertam as lanças: sabem que vão entrar em Porto Alegre.

No alto da trincheira Antunes percebe um tropel no lado imperial. Vê o major Marques irromper a cavalo na esquina da rua Bragança. Comanda um grupo determinado; dois canhões são arrastados por oito cavalos. Os artilheiros rapidamente começam a colocar os canhões em posição.

A cavalaria farrapa está pronta para a arremetida. Cabo Rocha ergue a espada.

– Vamos entrar em Porto Alegre, agora!

Dando gritos e apontando as lanças, a cavalaria se precipitou pela estreita passagem. Os canhões do major Marques despejaram uma carga atrás da outra. A cavalaria desmantelou-se. Dezenas de cavalos e homens ficaram no chão, em pedaços, mortos. Fumaça negra cobriu o ar. O cheiro da pólvora entrou em todos os pulmões. Antunes, chocado, olhava a paisagem distorcida como uma anamorfose gigantesca: homens, cavalos, sangue, fumaça e agonia.

Cabo Rocha se arrastava entre pedra e madeira estilhaçada, abraçado à cabeça do seu cavalo.

Capítulo 20

– Convoquem todos os comandantes para o conselho desta noite. Quero o comandante da frota aqui. E quero um mapa da cidade – disse Bento Gonçalves. – Atacando dessa maneira vamos perder muita gente. É necessário fazer outro plano.

– O muro de proteção foi bem construído – considerou Zambeccari. – Precisamos pensar melhor seus pontos fracos.

– Vamos suspender o ataque agora. Preparem o conselho. Vamos atacar com tudo – disse Bento Gonçalves.

– Por enquanto eles têm alimentos – disse João Manoel. – Um cerco prolongado tornará a resistência mais fraca.

– É importante montar um cerco que não permita a entrada de víveres nem armamentos – disse Antunes.

– Acho que devemos estabelecer o Estado-Maior em Viamão – continuou João Manoel. – O grosso das tropas ficará mantendo o cerco.

– Vamos tratar disso depois. Se vamos atacar, vamos atacar com tudo. E com planejamento. Tratem disso!

Ficou só durante uma hora, encerrado na barraca. João Congo foi levar-lhe o mate e encontrou-o sentado no catre, com a cabeça entre as mãos.

– A dor?

Bento Gonçalves não respondeu.

O anoitecer de 19 de julho foi fugaz: poucas luzes flutuaram no Guaíba, lilases e frias, e apagaram-se rapidamente. Começou a soprar um vento gelado da direção das ilhas. O toque de recolher soou na hora precisa. Os poucos retardatários, enrolados nos ponchos, apressaram o passo para chegar em suas casas. Apenas se ouvia o som das patas das patrulhas montadas que circulavam pelas ruas. Porto Alegre pressentia que se aproximava um acontecimento maravilhoso e terrível.

No Palácio do Governo, em torno à grande mesa, o general Chagas olhou com gravidade os rostos cansados e tensos do major Marques de Souza, do seu ajudante de ordens, tenente Andrade Neves, do doutor Hillebrand e do marechal do exército João de Deus Menna Barreto.

– Vamos defender esta cidade, senhores. Vamos defender a lei, a constituição e o Império, como é nosso dever. Esta cidade vai mostrar sua lealdade ao Imperador do Brasil, e não vai se render em nenhuma circunstância.

O primeiro tiro de canhão atingiu a torre de observação na trincheira atrás da Santa Casa, fazendo-a desabar pesadamente. Um estremecimento percorreu a cidade. Logo, sucessão de tiros abateu-se sobre o casario, disparados de vários pontos, causando princípio de pânico.

O bombardeio foi aumentando de intensidade. As famílias encolhiam-se nos quartos, as crianças tapavam os ouvidos e escondiam-se debaixo das camas. Os batalhões de combate a incêndios começam a correr pelas ruas, tentando abafar os fogos que se espalham. Nos hospitais, os voluntários de enfermagem e atendimento médico recebem os primeiros feridos.

Em pé, junto à janela, o tenente Mosye pensava em Lubeck. Morrer em Porto Alegre aos trinta anos de idade... Tão longe das mãos alvas das primas, das canecas de cerveja, das casas de pedra, das flores nas janelas.

O general Chagas compreendeu que havia chegado a hora do grande assalto dos rebeldes. O bombardeio era apenas uma ação preparatória.

– Senhores, a seus postos.

Colocou a capa negra sobre os ombros e, acompanhado do tenente Andrade Neves, desceu pausadamente as escadarias do palácio, observando os focos de incêndios.

À meia-noite em ponto, Bento Gonçalves chamou Lucas de Oliveira.
– Vamos pôr em ação o plano.
– É comigo, então.
– Pela liberdade, Lucas, manda tua brigada avançar.

E então a brigada de Lucas avançou pela estrada escura e enlameada. Archotes iluminavam rostos tensos. Os soldados empurravam carretas com grandes feixes de capim para atulhar as "tocas de raposa", armadilhas cavadas pelos defensores, onde não raro desapareciam grupos de cavaleiros ou magotes de infantes. O ataque do belo Lucas fazia parte de uma tática exaustivamente discutida no conselho dessa noite: chamar a atenção das defesas sobre o forte São João, enquanto o esforço principal seria concentrado na muralha da crista do morro, caminho mais curto para o Palácio do Governo.

Antes do ataque Lucas de Oliveira postou-se na frente da sua brigada.
– Nossa missão é abrir uma brecha naquela trincheira. Não há nada que um homem não possa fazer quando sua vontade o determina. Meus soldados, somos ungidos.

Pálido como um anjo, Lucas comandou o ataque à frente dos seus soldados. É bem provável que eles não soubessem o que significava "ungidos", mas sete vezes atacaram, sete vezes recuaram e sete vezes tornaram a arremeter. Dezenas afundaram no fosso, foram empalados na madeira pontuda, estraçalhados pelo canhonaço e pela metralha, mas já na madrugada dobraram a resistência do forte São João e abriram a brecha para penetrar na cidade. Compreendendo o perigo, o general Chagas deslocou para lá reforços da guarnição que ocupava o trapiche da Alfândega.

O forte foi bombardeado. O arsenal, atingido, explodiu. Os gritos de horror misturavam-se ao troar da metralha. O forte de São João ardia como uma fogueira incontrolável.

Lucas, o ungido, brilhava no meio do inferno.

Um estafeta chegou ao Estado-Maior farrapo e gritou do lombo do cavalo.
– O forte foi conquistado, coronel.
Bento Gonçalves consultou o relógio.
– Quando os navios abrirem fogo, invadiremos a cidade.

Pelos Moinhos de Vento descia a força principal dos farrapos. O combate travava-se corpo a corpo nos fossos da trincheira. Para proteger a artilharia atacante, sapadores cavavam trincheiras improvisadas.

Os infantes já escalavam, sabre em punho, os contrafortes da trincheira. Um canhão foi conquistado. A segunda brecha na muralha se abria.

– Já são três horas – exclamou Bento Gonçalves. – Por que os navios não começam o bombardeio?

Ao irromper no campo aberto além dos moinhos, as descargas de bateria paralisavam os atacantes. Outro incêndio irrompeu, num dos moinhos. A noite de inverno esplendia de luz e terror.

– A artilharia! Onde está a artilharia da frota?

O fogo dos navios deveria neutralizar o fogo dos defensores da cidade. Mas os navios estavam calados. Bento Gonçalves desesperava-se. Consultou o relógio.

– Mandei que abrissem fogo às três e já são quatro!

O ataque estava num impasse. Era impossível avançar mais em campo aberto, sem proteção da artilharia. As posições conquistadas não poderiam ser mantidas por mais tempo. Os soldados estavam exaustos.

Bento Gonçalves olhou para João Manoel.

– Acho que devemos recuar.

João Manoel concordou.

– As baixas já são muito grandes. O tempo é a nosso favor. Vamos tocar a retirada.

As tropas atacantes sustiveram o ímpeto quando ouviram o clarim, e logo começaram a retroceder. Gritos de vitória partiram dos defensores da trincheira.

Nesse momento a frota abriu fogo. Duas baterias imperiais saltaram em pedaços. Houve um princípio de confusão. Continuar o ataque ou recuar? Mas a ordem já tinha sido dada e a retirada já tinha começado.

Amanhecia. O combate durara a noite toda. A retirada foi em desordem. A luz cinzenta do amanhecer iluminou os homens cansados que se arrastavam de volta para o acampamento.

Havia uma cerração tênue. Os gemidos dos feridos brotavam dos cantos escuros. No campo, como estranhos animais adormecidos, ficou espalhada grande quantidade de material pesado, e cartuchos vazios, e corpos.

Por que a artilharia da frota se atrasara? Por que começara o bombardeio tão tarde?

João Congo estendeu um bilhete para Bento Gonçalves. Custou a ler na luz difusa.

– Vou me ausentar por uma hora – disse para Antunes.

Capítulo 21

Chegou à orla do riacho e desmontou. Avançou puxando o cavalo pela rédea, pisando com cuidado para não escorregar nas pedras limosas. A cerração desvanecia, revelando os pessegueiros selvagens. Bem-te-vis e pica-paus saltavam de galho em galho fazendo alarido.

Bento Manuel estava sentado num tronco sobre o riacho, enrolado no poncho de lã. A água corria rápida entre as pedras e o vapor subia acariciante.

– Buenas.
– Noite dura, tocaio.
– Não tenho tempo. O que vosmecê quer?

Bento Manuel apanhou um palheiro.

– Andava aqui por perto e achei que seria bom a gente dar uma proseada.
– Não posso me afastar do acampamento neste momento. De que se trata?

Bento Manuel acendeu o palheiro.

– Piedade.

Bento Gonçalves apanhou o saquinho de couro com fumo picado e palha.

– Piedade?
– Não sou daqui, nem da Província, mas essa cidade me dá pena.

Começou a enrolar o palheiro.

– Agora vosmecê é um homem com o sentimento da piedade. Isso sim é uma novidade, Bento Manuel.
– Vou ignorar o seu sarcasmo, tocaio. Tá morrendo gente buena e vai morrer muito mais. Se tem alguém que pode impedir isso tudo somos nós dois.
– De que jeito?
– Vosmecê pelo seu lado, eu pelo meu. Sem prosa, somos nós dois os que têm mais influência nos dois partidos.
– Um mecanismo foi posto em marcha, Bento Manuel, e tu ajudou a pôr em marcha.
– Não nego minha responsabilidade. Nunca neguei. Mas vou le dizer com toda sinceridade, tocaio: dessa guerra eu não entendo patavina.
– Agora, também a sinceridade. Hoje é um dia importante, Bento.

— Vosmecê está lutando por que, coronel? Pela república? Pelos negros?
Bento Gonçalves acendeu o palheiro.
— Boa pergunta.
— Eu sei por que luto.
— Deixe eu adivinhar.
— Luto por mim! Pela minha estância. Pelo meu gado.
— Agora sim.
— Começamos esta guerra juntos, contra o Braga e o Sebastião Barreto. Vosmecê não pode negar.
— Eu não nego.
— Sem querer ofender, coronel, eu não acredito nessa balela de lutar por uma causa ou não sei que desculpa.
— Vosmecê não me ofende, Bento Manuel.
— Não, não ofendo vossa excelência. Então?
— Lembra de Tacuarembó?
— Levei muita paulada na cabeça, minha memória tá ruim.
— Tinha um índio com uma lança. E eu no chão, sem nada pra me defender.
— Eu me alembro de Sarandi. Tinha um castelhano com uma lança.
— Eu não faria uma bobagem dessas, Bento Manuel. Foi o Osório.
Bento Manuel olhou para as árvores que pareciam flutuar no meio da cerração.
— Aquela foi uma guerra boa...
— Foi uma guerra injusta.
— Eram castelhanos.
— Mas foi injusta.
— E esta é uma guerra justa? Aquela pelo menos eu entendia. Fomos lá roubar as terras deles. E agora? Estamos lutando por quê? Me explique por que é justa agora!
Bento Gonçalves apagou o palheiro no tronco úmido.
— Vosmecê é monarquista, tocaio. Agora anda junto com esses anarquistas, lutando contra um imperador menino.
— Eu também tenho minha estância, Bento Manuel. E meu gado, minha família. Mas um homem tem outras responsabilidades.
— Coronel, aceite o conselho de um antigo camarada de armas. Estão chegando tropas que vão acabar com essa rebelião em poucos dias. Vosmecê vai ficar sem estância, sem gado, sem família e sem ideias.

– Tocaio, eu sou um veterano que aprecia um bom conselho. Mas isso me parece uma intimação.

Tocou com o dedo na aba do chapéu.

– Passar bem, coronel.

Capítulo 22

Araújo Ribeiro apareceu numa das sacadas do palácio e saudou a pequena multidão.

– Meus compatriotas e amigos, nossos dias de sofrimentos terminarão em breve. Um exército do imperador está marchando para a capital. Porto Alegre receberá um auxílio inestimável para ajudar-nos a sustentar o heroico feito de 15 de julho, golpe mortal na rebelião.

Bento Manuel comandava o exército que se aproximava. Eram mil e quinhentos homens bem armados. No rio dos Sinos o doutor Hillebrand reforçou-o com quinhentos colonos alemães. Os colonos chegaram debaixo de terrível aguaceiro, cantando sem alegria num idioma estranho e deixando pasmos de espanto os cascas-grossas de Bento Manuel.

Naquelas semanas, a chuva inundava os caminhos e atolava os canhões. O cerco a Porto Alegre continuava sem progresso.

Mas algo acontecia: se as tropas farrapas ficaram imobilizadas, buscando o segredo para entrar na cidade, os imperiais se moviam rapidamente na sua retaguarda, armando um exército forte e heterogêneo.

Bento Manuel agora era brigadeiro. Andava mais soturno do que nunca. Só exigia pressa. Precisava estender as tropas à retaguarda de Bento Gonçalves antes que este entendesse o que acontecia.

Reuniu o Estado-Maior. Acocorou-se ao lado do lampião, e riscou com a adaga a terra escura.

– Quero as tropas em linha, de Porto Alegre até aqui: Santo Antônio.

Ergueu o olhar para Juca Ourives.

– Vosmecê pega quinhentos homens e fecha o caminho da serra. Escolha uma posição que domine todos os caminhos e instale bocas de fogo. Que não passe nada.

Ergueu-se trazendo o lampião e depositou-o na mesa.

– Pelo Guaíba eles não podem passar. O Grenfell tem dezesseis barcas fechando as saídas do Caí, do Jacuí e do Gravataí.

Sobre a barraca começou a desabar um aguaceiro pesado. Havia cheiro de roupa molhada e fumo de corda. As grandes sombras curvavam-se nas paredes de lona.

Bento Manuel tinha o ar sonhador.

– Ele meteu a mão na cumbuca.

Capítulo 23

– Se a notícia se confirmar, estamos enredados. Vamos ficar entre dois fogos. Precisamos nos mover. E rápido.

Onofre olhou demoradamente para Bento Gonçalves.

– A notícia está mais do que confirmada, primo.

– Três bombeiros trouxeram a mesma informação – disse Lucas.

– Só nos resta a retirada por Torres – diz o conde.

– Os cavalos estão estropiados para dar uma volta tão grande. E como vamos arrastar quatorze bocas de fogo pela areia? – pergunta Lucas.

Bento Gonçalves abriu a porta de lona e estendeu a palma da mão para a chuva. Aquela água brilhando na sua pele caía sobre a tenda de Bento Manuel. Recolheu a mão.

– Vou escrever para ele.

Onofre tirou o palheiro da boca e se perfilou.

– Já mandamos uma mensagem quando podíamos evitar o conflito. Não me parece digno de nossa parte pedir arreglo com um traidor.

– Fique descansado, primo Onofre. Sua dignidade ficará sem mancha. Este assunto é decisão e responsabilidade minha.

O sombrio gigante apanhou o chapéu, o sabre, as luvas e saiu da tenda sem uma palavra.

Gabriel leu em voz alta:

Tocaio e amigo.

O maior bem que Vossa Senhoria e eu podemos fazer à nossa pátria na atual crise é promover-lhe a paz, evitando, assim, os novos males que a ameaçam; creio que a ambos nos sobram desejos disso. Eu não duvido que tudo se conseguirá uma vez que obremos conforme nossos corações, não prestando ouvidos a exigências exageradas.

Julguei conveniente fazer esta proposição preferindo a paz a uma batalha entre irmãos cujo resultado, a qualquer que seja favorável, custará muito derrame de sangue, e se Vossa Senhoria prefere o mesmo não nos faltarão meios de conseguirmos os fins a que nos propomos, contanto que eles sejam honrosos para ambos os partidos que estão em campo.
 A sua resposta decidirá ou o sossego da Província, ou a continuação de seus males.
 Sou com estima, seu amigo e tocaio,
    Bento Gonçalves da Silva
    Viamão, 5 de setembro de 1836.

Bento Manuel permaneceu calado, escutando a chuva.

 Ilmo. Sr. tocaio e amigo.
 Campo, 5 de setembro de 1836.
 Recebi sua comunicação e sinto já não poder anuir a nada. A tropa está desesperada e a sorte das armas decidirá.
 Sou com estima de V. S. tocaio e amigo.
    Bento Manuel Ribeiro.

 – Atacará de madrugada – murmurou Antunes, largando a mensagem sobre a mesa, e alisando vagaroso as marcas das dobras.
 – Essa também é minha opinião – disse Lucas.
Bento Gonçalves, olhos no chão:
 – Vamos preparar uma surpresa para o traidor.
O total das forças de Bento Manuel já beirava os três mil homens. A de Bento Gonçalves sofria um processo de esfacelamento. Os uniformes estavam em frangalhos. A chuva, o frio, a imobilidade foram enervando os homens que começavam a desertar.
Nos longos dias de acampamento em Viamão, uniram-se à tropa grupos de famílias dos soldados, formando pequena população à parte, composta de centenas de mulheres e crianças.
Bento Gonçalves sentiu o ponto dolorido no centro da testa.
 – Vamos mover a tropa imediatamente – disse. – Vamos esperar o ataque nas barrancas. Lá não terão facilidades.

 – Nas barrancas? Ele não é bobo...
Bento Manuel olhou para seus oficiais, postados em círculo diante da pequena mesa de trabalho.

– Não vamos inventar que não é hora. Vamos dispor as tropas em três divisões: ao centro, infantaria; nas duas alas, cavalaria. A cavalaria da ala esquerda sob seu comando, capitão Gabriel. A infantaria, ao centro, sob suas ordens, major Xavier da Cunha; a ala direita da cavalaria sob seu comando, capitão João Luís.

Bento Manuel olhou para o doutor Hillebrand.

– Doutor, seus quinhentos infantes ficarão ao lado do capitão João Luís Gomes.

Hillebrand perfilou-se e bateu os calcanhares.

– Perfeitamente.

– A cavalaria atacará primeiro, penetrando nas linhas rebeldes. A infantaria travará o combate nas barrancas que servem de trincheira para eles. O lugar é ruim para nós. É lá que eles esperam deter nosso ataque. Será no corpo a corpo, mas estamos em maior número.

Olhou para o teto da barraca. *Se derrotar Bento Gonçalves amanhã será o fim da revolução. Entrará na Câmara dos Deputados pisando forte, com um sorriso no rosto para os aplausos.* Baixou o olhar para os rostos graves e taciturnos.

– A chuva parou, senhores. Vamos atacar de manhã bem cedo, se não houver cerração. Alguma pergunta?

Capítulo 24

Bento Gonçalves viu o exército imperial aparecer lentamente atrás da névoa que se desmanchava, confiante, pronto para esmagá-lo. As enormes bandeiras do Império estavam erguidas bem alto, sombrias na neblina. Às nove horas da manhã viu Bento Manuel, abrigado pelo poncho, retirar a espada da bainha e erguê-la acima da cabeça, mantendo-a durante segundos à vista de toda a tropa. Estava montado num alazão nervoso, em elevação que dominava o cenário da batalha que se aproximava. De algum modo, aquela era uma batalha por Porto Alegre.

Eles sabiam muito bem: poder que não estivesse fundado naquele chão não teria legitimidade. Não podiam explicar isso. Era a magia daquela cidade. Quem a dominasse teria o poder.

Bento Manuel desceu a espada.

O clarim tocou: à carga!

E a cavalaria se precipitou.

Do bosque elevou-se um bando de pássaros assustados. Dois cavalos escorregaram no terreno enlameado e foram de roldão arrastando outros na queda. Os quatorze canhões dos farrapos, postados em linha numa elevação, abriram fogo. A descarga atingiu em cheio a carga de cavalaria, dizimando animais e cavaleiros. Nova série de disparos e o ataque foi detido. Dezenas de mortos ficaram estendidos na lama.

Bento Manuel acionou os alemães de Hillebrand – a missão deles era galgar a colina coberta de mato e tomar a linha de canhões dos rebeldes. Percebeu que havia cometido um erro. A infantaria deveria mover-se antes. Contava com a cavalaria mais para efeito psicológico. Só a infantaria ganhava terreno.

Vagarosa, a imponente massa de infantes foi tomando conta do terreno, galgando a encosta íngreme da colina. Os alemães de Hillebrand começaram a cantar num idioma estranho e triste, enquanto avançavam lentamente, expostos ao fogo.

Os rebeldes começaram a recuar. Elevou-se o alarido da luta corpo a corpo nas barrancas. Os canhões calaram-se com o recuo da cavalaria.

Bento Manuel sentiu que suava dentro do poncho. Pelo binóculo via uma brecha na defesa rebelde. Já pensava enviar ordem para os alemães abandonarem o ataque à colina e virem dar ímpeto à arremetida pelo centro, quando do mato próximo aos barrancos surgiu a figura enorme de Onofre, uma espada em cada mão.

– Vamos acabar com o carrasco!

Seguiam-no trezentos farroupilhas de baionetas caladas. Estiveram deitados no chão, cobertos pelo capim molhado, desde a madrugada, aguentando a chuva fria. Foi uma carga feroz: atiraram-se com raiva sobre os imperiais que, dobrados pela surpresa, começaram a recuar. O major Xavier da Cunha – elegante com seus finos bigodes retorcidos – aos brados impediu a debandada.

No momento em que os atacantes recuperavam o ânimo, novo grupo de rebeldes surge do mato. Comanda-os um Cabo Rocha enlouquecido, dando gritos e uivos. Ele incendeia os homens que o seguem. Descem o declive ululando, em alta velocidade, e penetram como dardo no flanco da infantaria imperial.

Os disciplinados infantes do doutor Hillebrand começam a dispersar-se em desordem. Escorregam na lama, são atravessados por espadas e lanças.

Começa a chover forte. Bento Gonçalves sente um arrepio de febre. Esporeia o cavalo e surge à frente da tropa.

– É agora o momento! – grita. – Vamos romper o cerco! Movam as carroças e os canhões!

As rodas atolam no barro. Os homens são obrigados a empurrar. As bestas relincham e empinam as patas no ar. Estalam os chicotes. Os canhões descem precipitadamente o declive, arrancando pequenas árvores no caminho.

Bento Gonçalves sente que poderão passar.

– Viamão vai lembrar deste dia para sempre!

Sabia muito bem que aquilo não tinha sido uma vitória, mas uma manobra de envolvimento bem executada. Tinha estragado os planos de Bento Manuel por uma batalha decisiva, e isso era muito. Ele estaria agora com o ego ferido, raivoso e humilhado. A chuva cai mais forte, cola seu cabelo ao rosto, disfarça a confusa sensação de triunfo e fuga, elimina a aura cruel da batalha, abafa os gritos.

PARTE III
A REPÚBLICA

Capítulo 1

Joca Tavares tem dezessete anos e é filho do coronel Silva Tavares. Joca Tavares preferia estar na estância em Taquari, correndo atrás das lavadeiras ou cavalgando sem rumo pelas coxilhas. Mas o coronel, batendo com o fuste do rebenque na bota, foi fulminante:

– Tá na hora desse guri aprender a ser macho.

Dona Eulália ficou na varanda, esfregando o olho com o avental. Joca também sentiu vontade de chorar, mas era melhor morder o choro porque se tinha coisa que o coronel não gostava era de ver macho chorando.

Naqueles dias de marchas e contramarchas, cujo rumo jamais entendia, Joca afeiçoou-se a dois oficiais. O primeiro deles tratou-o com natural paternalismo e Joca entendeu quando Caldwell falou da saudade das duas filhas que deixara em Jaguarão.

O major de brigada João Frederico Caldwell, filho de uma portuguesa de Santarém e de um coronel inglês, veio para o Brasil com menos de um ano. Seguiu a carreira militar como o pai. De sua folha de serviços consta a pacificação da Revolução Pernambucana de 1817 e a campanha da Cisplatina. Participou da batalha do Passo do Rosário como major subcomandante da 2ª Brigada de Cavalaria, ao comando de Bento Gonçalves. Em 1830, como todos os estrangeiros, foi dispensado do exército.

Sofreu necessidades e humilhações. Viveu do comércio pequeno e duro para criar suas filhas. A nova guerra restaurou-lhe a dignidade. Vestiu outra vez a farda, apresentou-se a Silva Tavares e tornou a respirar o ar do campo e da caserna.

Joca estava sempre em seu entorno. Admirava a maneira parcimoniosa como se expressava e agia bem diferente dos rompantes espalhafatosos de seu pai.

O outro oficial também tinha posto de major. Davi Francisco Ferreira era soldado de ofício.

Impressionou o rapaz pela transparência das atitudes e o modo franco e sem medo com que tratava o coronel Silva Tavares, de quem discordava com firme elegância e cautelosa dignidade.

Aos trinta e seis anos o coronel Silva Tavares tinha uma rígida visão do mundo.

— Macho é macho, mulher é mulher, inimigo é inimigo, negro é negro. E conversa fiada é bobagem!

No dia seguinte teria inimigos pela frente. E a grande maioria deles eram negros.

Fora alertado ao meio-dia: as tropas de Netto estavam acampadas perto de Seival. Cerca de trezentos homens, sendo cento e cinquenta cavalarianos do Corpo de Lanceiros Negros.

Há muito o coronel Silva Tavares esperava a oportunidade de desforrar-se de Netto. Ainda o feria a humilhação de um ano atrás, quando buscou refúgio no Uruguai.

Agora, estava tranquilo. As forças eram parelhas, mas estavam em excelente posição e poderia atacar sem medo de ser envolvido.

— Pedro Canga está chegando! — ouviu que gritavam.

Saiu da barraca. Mandara o vaqueano dar uma olhada no acampamento de Netto. Pedro era o homem ideal para isso. Viu quando ele entrava no acampamento, o violão batendo na anca do cavalo.

Joca aproximou-se.

— Então?

— Não são mais de trezentos, contando com a negrada.

— Então está para nós.

Pedro Canga retirou o violão da garupa do cavalo.

— Marcelino está com eles.

— Marcelino Nunes?

— Marcelino Nunes.

Marcelino Nunes era primo de Pedro Canga e seu companheiro de andanças pela fronteira. Os desafios em trova de Pedro Canga e Marcelino Nunes ficaram famosos. Podiam trovar horas a fio sem repetir versos. Eram sempre bem-vindos nos galpões e nas rodas de chimarrão. Nas salas de visitas das casas dos estancieiros suas presenças nem sempre eram toleradas, embora, às vezes, as damas se deleitassem com os causos que eles sabiam contar. Serviram juntos na guerra da Cisplatina. Dormiam na mesma barraca, protegiam-se nos combates, dividiam as mesmas chinas.

— Não há de ser nada — disse Silva Tavares, mas sabia que Pedro estava melancólico.

Pedro Canga era o melhor lanceiro de todo o exército imperial. Em sua juventude foi caçador de onças. Viveu com os charruas. Contrabandeou charque com Bento Manuel. Não fez fortuna porque gostava de canha, bailes e de tocar guitarra. Desmontou do cavalo em frente à barraca do Silva Tavares.

Foi distribuída farta munição e ordenou-se meticulosa limpeza do armamento. Os cavalos foram examinados e escovados. Silva Tavares bateu com o rebenque na bota e falou bem alto com seu vozeirão.

– Amanhã quero correr uma cancha reta com o parelheiro do Netto.

Capítulo 2

O Corpo de Lanceiros Negros era chamado pelos oficiais farrapos como a Brigada Ligeira de Netto, talvez por pudor de usar a palavra negros. Mas foi como Corpo de Lanceiros Negros que eles se tornaram conhecidos.

Suas lanças, endurecidas a fogo lento, eram mais longas que as lanças comuns. Carregavam poucas armas de fogo. Apenas os mais hábeis as possuíam. A especialidade do Corpo era o ataque frontal. Acicatando os cavalos com esporões de madeira – duas forquilhas aguçadas a facão presas aos pés por tiras de couro – eles buscavam o choque direto. Não usavam escudos de proteção. Quando em combate, enrolavam o poncho no braço esquerdo.

Eram mestres no uso da boleadeira com a qual derrubavam inimigos em fuga ou abriam claros nos entreveros. Adquiriram essa habilidade derrubando emas no pampa.

Os lanceiros não se misturavam aos demais soldados. Ficavam sempre à margem do acampamento. Não usavam tendas. Nas vésperas dos combates rendiam culto aos deuses africanos da guerra. O batuque durava horas inteiras, acompanhado de um coro de vozes em idioma estranho. Era canto lento, sincopado – noturno –, bem diferente das ágeis canções e do ritmo desarmante dos dias de festa.

Foi a sentinela do Corpo de Lanceiros que viu o grupo a cavalo aproximar-se. Vinha lentamente, num passo cansado, como quem chega de muito longe. Já estava escuro. A sentinela ordenou alto.

– Vengo para hablar con el coronel Souza Netto, por ordenes del coronel Lavalleja.

O castelhano foi levado à presença de Netto. Trocaram sonoros abraços. Era o coronel Saens Calengo, velho amigo de Netto. Estava comandando cem homens da Guarda da Fronteira.

Comeram um cozido com pirão. Calengo remexeu nas brasas com um graveto.

— Persigo Tavares desde la frontera.

— Acho que amanhã tenho um encontro com ele – disse Netto apanhando o graveto para acender o palheiro. – Se for do seu agrado, pode vir junto.

— Me gustaria verlo. Sabe? – apanhou o copo de cana que Marcelino Nunes lhe estendia. – Gracias. Tavares es mi compadre. Bautizó mi hija más vieja. Qué tiempos, hermano...

Joaquim Pedro aproximou-se. Pisava como gato. Sentou-se ao lado de Calengo.

— Redobrei a guarda.

— Não acredito que eles façam nada esta noite. Mas vamos dormir com um olho aberto.

— Eu estive espiando o acampamento – disse Marcelino Nunes. – Cheguei a ouvir a voz do meu primo. Cantava umas coplas que aprendeu na Banda Oriental.

— Amanhã vosmecê trova com ele à vontade – disse Netto.

Marcelino Nunes fechou o rosto, cortado por uma cicatriz.

— Amanhã não vai ser um dia de festa, coronel.

A roda ficou silenciosa. O fogo chiava. Netto deu-se conta de que fora inoportuno. Arrumou o poncho nos ombros e levantou-se.

— Tem razão. Vou dar uma olhada nos cavalos. Será bom dormirmos cedo, senhores.

Do lado de fora da tenda estava Venâncio, o veterano ordenança de Netto. Fez menção de segui-lo, Netto fez um gesto que queria ficar só.

— Vou tomar ar.

Teixeira aproximou-se a cavalo. Desmontou. Esfregava as mãos e soltava fumaça pela boca.

— A tropa deles está se movimentando.

— A que distância?

— Légua e meia.

— Não há de ser nada. Vamos ficar de prontidão. Vou ver os cavalos.

Netto caminhou lentamente. Havia fogueiras com gente acocorada ao redor. Os homens o cumprimentavam quando passava. Todos sabiam que o encontro seria inevitável no dia seguinte e em campo aberto. Não havia acidentes de monta na região.

A tropa de Netto era praticamente formada de civis voluntários, que tiveram seu batismo de fogo às ordens de Corte Real, em seus entreveros com Bento Manuel.

Eram gente da cidade – a maioria de Porto Alegre. Sofreram muito. Agora, começavam a endurecer o espinhaço, como dizia Marcelino Nunes, o instrutor de cavalaria.

Soldados profissionais havia apenas oito, ex-Dragões de Rio Pardo. Todos os outros eram civis, incluindo o Corpo de Lanceiros. Ainda bem que Calengo apareceu. Só contava com os lanceiros para um combate em campo aberto. Calengo era um reforço formidável.

Aproximou-se de onde estavam os cavalos.

– Estão nervosos, coronel – disse a sentinela. Era muito jovem, com uma penugem dourada no queixo.

– Eu também – disse Netto, alisando o pescoço dum baio. – Eu também.

A sentinela sorriu. Netto deu uma palmadinha na nuca do animal.

– Calma, amigaço, calma. Todos estamos nervosos.

Capítulo 3

O clarão no horizonte vai se espalhar e se transformar na manhã. O céu – às oito horas – se desnudará num azul triunfal. A tropa estará bem alimentada, tomada de inquietação. Os cavalos escarvarão o chão. Haverá relinchos contentes. As lanças estarão brilhando, afiadas, lustrosas de graxa de porco. (A dor estará esperando.)

Netto chamará os oficiais. Apontará o dedo para Joaquim Pedro.

– Pedro, tu que é milico vai me mostrar hoje o que sabe fazer. Tu é que vai botar a tropa em formação.

Joaquim Pedro esporeia o zaino.

– Mando a tropa avançar?

– Manda no más.

Joaquim Pedro levantou o braço silenciosamente com a espada na mão e apontou para o horizonte. Avançaram pela campina rasa durante vinte minutos.

Silva Tavares esperava-os no topo duma coxilha. Estandartes, homens, cavalos se contemplaram.

Joca Tavares pensou nas gravuras do livro de Histórias que tinha em casa. Magníficos exércitos multicores nos campos da Europa...

Silva Tavares entregara o comando da ala esquerda para o major Davi Francisco. Pessoalmente, dirigia a ala direita, assessorado por Caldwell. A seu lado, olhos arregalados de êxtase, os dezessete anos de Joca Tavares estremeciam: o exército inimigo aproximava-se.

Era estranho. Dois exércitos formados por homens da mesma pátria, carregando as mesmas bandeiras, falando a mesma língua. Fácil entender que se lutasse contra castelhanos ou índios. Mas, essa guerra... Simplesmente não a entendia. Seu pai os chamava de anarquistas. Como, então, levavam a bandeira do imperador?

Olhou para seu pai. O vento na barba dura, o barbicacho de couro cru trançado, os olhos cintilantes no inimigo. Ao lado dele, curvado sobre a sela, Caldwell. Parecia descansar, expressão alheia.

– Não creio que nos ataque – murmura Silva Tavares. – Acho que a iniciativa vai ter que ser nossa.

– Nossa posição é melhor. Netto sabe que daqui não vamos nos mover.

– Se ele pensa que vamos ficar aqui o dia inteiro olhando um para a cara do outro está muito enganado.

– O coronel Netto não é disso.

– Não. E nem eu, major.

Caldwell sorri. Joca olha em torno: o exército imperial perfilado, brilhante, mostrando confiança e orgulho. Bem diferente daquela tropa que andara dias e dias em marcha forçada, perseguida em recantos inóspitos. Agora estava descansada, bem alimentada, cavalos de sobra, munição farta, numa posição de nítida vantagem.

O major Davi Francisco é que se postara num local difícil. À sua frente havia uma sanga. Se a transpusesse quando atacado, ficaria em desvantagem. Os cavalos perderiam metade da mobilidade. Estaria à mercê das clavinas e das boleadeiras – e principalmente das lanças, arremessadas com eficiência pelos africanos. Tudo dependeria de sangue-frio e de decisão tomada na hora certa.

A posição de Silva Tavares era vantajosa em todos os sentidos. Se ordenasse a carga, tomaria impulso dobrado, por estar em lançante. A tropa de Netto dificilmente deteria tal arremetida. E se fosse atacado, era fácil de defender a posição, porque o avanço inimigo seria dificultado pelo aclive.

– Calengo está com eles – avisou Pedro Canga, chegando a galope.

– Calengo? Meu compadre Calengo?

Pedro Canga confirmou com a cabeça.

– Bueno. Vai pra teu posto.
– Marcelino também está.
– Vai pra teu posto.

Pedro Canga disparou num trote largo. Silva Tavares pousou a mão no punho da espada.

Essas guerras são as mais brabas. É a lei. Aperta o cabo da espada, começa a puxá-la da bainha, vagarosamente.

Pedro Canga junta-se a Davi Francisco.

– Que lhe parece?

Davi olha a formação rebelde, a menos de quinhentos metros. As bandeiras desfraldadas tremulam. Netto está na frente, montado no cavalo de sua coudelaria em Bagé, o alazão Fascínio, seu favorito.

Fascínio! Davi percebe que observa Netto com fascínio. Netto é jovem, tem uma expressão serena, todos seus homens confiam nele. Netto era um homem pelo qual Davi poderia morrer.

– Ele quer o triunfo – diz Pedro Canga.

– Nós também queremos.

Pedro inclina-se para o major como se fosse dizer algo reservado.

– Marcelino está com eles.

– Eu sei. Como está o guri?

– Joca? Está bem.

Joca está pálido: olha a cavalaria inimiga aproximando-se. De que vai adiantar isso tudo? Poderiam perfeitamente evitar esse combate. Poderiam cada um tomar um rumo diferente. A verdade é que estavam se procurando. Por quê?

Um toque de clarim o estremece. Ainda não aprendeu a decifrar os toques. Seu pai chama-o de burro. Os rebeldes estão mais perto. Já pode distinguir as roupas, o pelo dos cavalos, os negros, os índios, os brancos. O homem do centro é o tal coronel Antônio de Souza Netto. Inimigo do seu pai. Caldwell disse-lhe que o coronel Netto é um homem correto. Seu pai também é um homem correto. Bruto, é verdade, mas correto. Nunca roubou gado. O que tem é fruto do trabalho e da herança. Mas o coronel Antônio de Souza Netto é seu inimigo.

O coronel Antônio de Souza Netto desembainha a espada. Há um relâmpago do sol no aço.

Joca olha seu pai. Ele sorri! Viu Netto desembainhar a espada e sorriu! Talvez não saiba, mas sorriu. Agora, faz o mesmo: a espada, que esteve segurando demoradamente um palmo fora da bainha, tira-a com gesto rápido. Já não sorri. Taciturno e sombrio – sem a graça de Davi Francisco –, olha em seu entorno. Não está solene nem com medo nem enigmático. Apenas olha, constata e espera.

Os rebeldes continuam avançando, vagarosos. Os cavalos sacodem as cabeças. Relincham. Estão a menos de duzentos metros. São duas nítidas alas de cavalarianos. A da direita, comandada por Joaquim Pedro, é o Corpo de Lanceiros. A da esquerda é a de Netto, reforçada com os uruguaios de Calengo.

Joca já escuta o rumor das patas no pasto, o tilintar dos estribos.

– Atenção!

O coronel Silva Tavares, seu pai, ergue bem alto a espada.

– Apontar!

Há o movimento organizado de armas que se levantam, o som seco de gatilhos armados.

– Fogo!

O som de centenas de disparos se espalha no ar junto com a fumaça e o cheiro de pólvora e o voo em pânico dos quero-queros. Das filas rebeldes um cavalo sai em disparada sem cavaleiro. O cavalo negro de Netto ergue as patas dianteiras.

– Camaradas!

O redomão arremete dois metros para a frente. Netto o sofreia com dificuldade.

– Camaradas! Não quero um só tiro. É na espada e na lança!

Desce a espada.

– À carga!

Cravam as esporas. Meio segundo a tropa custa para mover-se. E de repente parte num movimento só, grande dragão urrando e fazendo subir do chão estrupido de tambor.

Silva Tavares aperta os dentes.

– Eles vêm, eles vêm! Eu sabia!

Vira-se para Joca.

– Te alembra que tu é meu filho!

Silva Tavares tem as veias do pescoço inchadas. Levanta o sabre.

– Viva o imperador Dom Pedro II!

Os rebeldes se aproximam, trovejantes.

– Viva o Brasil! Morte aos anarquistas! À carga!

Um clarim ressoa. Os dois exércitos arremetem um contra o outro, lanças apontadas.

Capítulo 4

Joca Tavares sente o vento no rosto. Esporeia seu cavalo e começa também a gritar. O som que sobe do chão só ouviu no estouro que destruiu o curral em Taquari. O que sente é medo.

Cavaleiros passam em disparada. Gritos roucos de viva o imperador. O inimigo está na sua frente, pode tocá-lo: é tão jovem quanto ele, e é ruivo e tem sardas e espada na mão e nos olhos um espanto que os arredonda.

O choque foi antes do que esperava e mais forte do que esperava. A espada tornou-se leve. O zaino chocou-se contra o malhado do inimigo ruivo. Os animais relincharam de dor e susto. O dólmã aberto do inimigo mostrava um peito branco, liso, onde apontava costelas: frágil. A espada entrou ali. Macia. Fácil. Abriu a mão e soltou a espada como se fosse ave a que se dá liberdade e a viu desaparecer no tumulto levada pelo inimigo ruivo e sardento. Um índio empurrava a lança contra seu rosto, esquivou e tornou a ver que o ataque recomeçava, a lança penetrou no pescoço do zaino e saiu do outro lado e só então viu o sangue. Espumoso. Em borbotões. A lança quebra. O zaino verga suavemente. As pernas dobram. Os pés de Joca tocam o chão. O índio avança, faca na mão, a espada, cadê a espada, o ruivo a levou, Joca Tavares não tem nada nas mãos, a pistola está no coldre, presa, e o índio ameaça com a faca e seu pé está no estribo, está em pé no cavalo agonizante e sem nada nas mãos, mas o índio está largando a faca, está expelindo sangue pela boca, está curvando-se, pega o cavalo dele, o quê?, pega o cavalo dele, pega o cavalo dele, grita Caldwell, amonta no cavalo dele, Joca pula para o lombo do cavalo do índio, Caldwell atravessara o índio com seu sabre inglês, não tem sela, não tem pelego, está sobre o lombo duro do animal selvagem e a rédea é uma tira de couro passando pela boca, não sai de perto de mim, o que, não sai de perto de mim, fica perto de mim, onde está meu pai? não sei, presta atenção, fica atento, não te distrai ou eles te ferram, súbita onda fervente se abate sobre Joca, um cavalo imprensa-lhe a perna, ouve o choque de dois aços estalando no ar, está sem espada, não tem nada nas mãos, lembra da pistola, o cavalo aperta cada vez mais sua perna contra sua própria montaria, apanha a pistola, o gatilho é duro, aponta contra a cabeça de grande boca aberta que solta impropérios, aperta o gatilho mas não acontece nada, o gatilho é duro, sua perna vai ser esmagada, o gatilho cede, o tiro explode, abre um buraco na cabeça do cavalo que salta, livra sua perna, o soldado que o monta empurra a lança contra seu peito, Joca desvia com o braço, vai ficar um vergão durante dias no local onde aparou o golpe, aperta o gatilho, agora já está macio, o nariz do homem desaparece, as duas mãos sobem até o rosto e encobrem a plasta sanguinolenta, ele cai junto com o cavalo, os gritos são dele ou são dos outros? Matei um! É júbilo e temor, matei um, matei um, apontei entre os olhos, acertei o nariz, vou contar para meu pai, agora sou macho! Olha ao redor: turbilhão de sons e movimentos que não sabe como se coordenam mas que intui que obedecem a uma lógica própria, uma lei secreta e da qual todos são servos. Joca estremece. Netto – o inimigo mortal – montado no alazão, espada ensanguentada na mão, está a dois passos dele. Tem o pala azul em farrapos, o chapéu desabado e uma determinação no olhar que gela o sangue de Joca. Joca aponta a pistola para ele. O gatilho obedece. A bala voa. Netto não se abala. Acertei nele, acertei nele, acertei o inimigo de meu pai! Netto avança em sua direção, está ao alcance do sabre de Netto, torna a apontar a pistola contra Netto e aperta o gatilho mas não há som nenhum – há um grande e silencioso vazio – porque Netto erguera bem alto o braço com o sabre e descera fulminante sobre sua cabeça. Não acertou com o fio – bateu com o punho de aço junto à fronte, abrindo grande sulco e inundando seus olhos de sangue e mergulhando-o numa escuridão povoada de largo e silencioso vazio.

Abre os olhos: pasto, formigas, sol. A mão tem uma coisa molhada. Se apalpa, se toca: sangue! Levanta a cabeça.

O coronel Antônio de Souza Netto está montado a cavalo quase em cima dele, espada ensanguentada na mão, o olhar que o assusta cravado em sua direção. O coronel Antônio de Souza Netto diz qualquer coisa que ele não ouve. O coronel Antônio de Souza Netto tem sua atenção despertada para outro lado.

– O Silva Tavares está fugindo!

Há súbito espasmo, súbita torção: Joca Tavares apoia a cabeça no chão e mergulha de vez na escuridão larga e silenciosa.

O cavalo de Silva Tavares dispara. Os inimigos suspendem por momentos o combate. O cavalo vai em disparada vários metros longe do círculo do combate.

Pedro Canga corre atrás dele, reboleando no ar o laço. A longa tira de couro trançado parte num voo preciso e cai na cabeça do cavalo em disparada. Pedro Canga sofreia seu animal. A montaria de Silva Tavares dá brusco repelão e interrompe a corrida. Pedro Canga se aproxima.

– O que houve, coronel?
– O freio! O maldito freio rebentou!

Salta na garupa de Pedro Canga.
– As coisas estão malparadas – diz o violeiro.
– Parece que o Davi resolveu atacar, está atravessando a sanga.

Davi Francisco observara o primeiro encontro: as alas de Tavares e de Netto penetraram profundamente uma na outra, e depois giraram como se tivessem um eixo no centro: giraram como gigantesco carrossel.

Com o cavalo de Tavares desenfreado, houve um princípio de desordem entre os legalistas. Calengo sentiu que era seu momento de intervir. Com uma carga rápida poderia desequilibrar o combate de vez. Ergueu a espada e olhou para os cem uruguaios que o seguiam.

– Soldados orientales! La lucha contra el Império es de todos los libres! Los impérios son nuestros enemigos desde siempre! Orientales, a la carga!

Os uruguaios arremeteram contra as hostes em desordem de Silva Tavares e a espalharam em várias direções. Davi Francisco achou que não podia mais ficar esperando. Seria bom se Pedro Canga estivesse a seu lado. Levanta a espada.

– Soldados! Em nome do imperador, vamos ao combate!

Entraram resolutamente na sanga e começaram a atravessá-la. Davi Francisco está consciente que nesse momento é vulnerável. Joaquim Pedro também.

– Está se oferecendo – diz a Teixeira. – Vai cair nas nossas mãos.
– Ele não podia fazer isso – diz Teixeira.
– Não podia, mas é só o que podia.

O cavalo de Joaquim Pedro avança e recua, contagiado pela tensão.

– Quando começarem a sair da sanga é a nossa vez.

Ergue bem alto a espada.

– Pelo ideal republicano!

Teixeira e Marcelino voltam-se para ele, surpresos. Têm ambos um clarão de alegria nos olhos. Os finos bigodes de Teixeira estão arrepiados. É a primeira vez que um chefe fala na república em pleno combate.

– Abaixo a monarquia! – grita Teixeira num impulso. – Viva a república!

Um clamor se ergue às suas costas. Os lanceiros negros sacodem as lanças acima das cabeças. O sargento Caldeira levanta o comprido chapéu escuro e dá um galope curto em torno de Joaquim Pedro. Joaquim Pedro puxa as rédeas, volta-se e encara a tropa.

– Guerreiros africanos! Meus camaradas! Não vamos lutar apenas por nós. Vamos lutar contra a escravidão em todas as formas! Não só pelas nossas vidas, não só pelo presente. Vamos lutar pelo futuro! Meus bravos... – ergueu a espada. – À carga!

O sargento Caldeira arranca na frente. As lanças longas, enceradas, formam um só ângulo como se fossem um só instrumento. O capim se dilacera ao furor dos cascos. As duas tropas se misturam com fereza: os ferros retinem, faíscam, trescalam, chispam. A carne se rasga, sangra.

– É a nossa vez! – grita Netto. – Vamos ajudar o Corpo!

Avançaram num trote largo, em direção ao novo confronto. Entraram pelo flanco direito da tropa de Davi Francisco, imprensando-a. Pedro Canga retornara e distribuía golpes com sua lança devastadora, feita de ferro torneado. Duas vezes a lança foi vergada. Duas vezes Pedro a endireitou na cabeça do lombilho com batidas frenéticas.

Então, Marcelino Nunes enfrentou-o. As lanças chocaram-se no ar. As montarias cruzaram-se uma pela outra. As rédeas frearam as marchas, deram meia-volta, tornaram a enfrentar-se dando gritos. Cruzam as lanças arrancando chispas.

Pela terceira vez se enfrentam. Um tiro de boleadeira voa. As patas dianteiras do cavalo de Marcelino ficam presas. O longo ferro cortante de Pedro Canga raspa o pescoço do animal, que cai de joelhos.

O peito de Marcelino Nunes está sem proteção. É pouco abaixo do colar de dentes de onça (um feiticeiro charrua lhe dera) que a lança de Pedro penetra.

O ímpeto arrasta Pedro, que não larga a lança. Em galope curto, um lanceiro negro atravessa Pedro com a lança e o arrasta triunfante durante vários metros. O combate abre uma clareira em torno da agonia de Pedro Canga e de Marcelino Nunes.

A tropa de Davi Francisco está imprensada entre Netto e Joaquim Pedro. A água da sanga fervilha de lama e sangue.

Um tiro de clavina desmonta Davi Francisco, que desaparece na água debaixo das patas do cavalo. O moral dos imperiais cede de uma só vez: começam a debandar em várias direções.

Silva Tavares olhou com horror o pânico e o caos nas suas filas e compreendeu que seria impossível reverter a direção do combate.

Ordenou ao corneteiro o toque de retirada.

Capítulo 5

O campo estava juncado de cadáveres e estandartes. Começaram a ouvir-se gemidos e lamentos. Ao entardecer desceu soturno silêncio. Grupos andavam a buscar feridos. Às vezes, um tiro assustava os homens, que se voltavam alarmados, mão no punho da espada.

Teixeira contornava a sanga, quando viu o oficial imperial arrastando-se na lama. Tinha o dólmã rasgado e perdera o capacete. A lama formava estranha máscara sobre o rosto. Teixeira aproximou-se.

– Major, está preso. Entregue sua espada.

– Nunca.

Teixeira viu dois olhos azuis atrás da máscara de lama. Encostou a ponta da espada no peito do caído.

– É inútil, major. Vosmecê foi derrotado numa boa luta. Entregue a espada.

– Já le respondi, capitão.

Teixeira retirou a espada.

– Vosmecê é Davi Francisco, não é mesmo? Eu sou o capitão dos Dragões Joaquim Teixeira Nunes. Vosmecê está ferido, major. Acho que quebrou a perna. Será tratado como merece um camarada de armas.

– Me desculpe, capitão, mas minha espada não le entrego.

Teixeira olhou ao redor com desânimo.

– Não me entrega sua espada porque meu posto é inferior?

– Não é por isso, capitão.

Teixeira montou no zaino e atravessou o campo a galope, em direção às barracas. Os mortos estavam estirados em filas. Aproximou-se de Netto, acompanhado de Venâncio, o ordenança.

– Coronel, o major Davi Francisco não quer render-se. Está caído lá na sanga, muito ferido. O senhor talvez o convença, o senhor o conhece.

– O Davi? Vamos lá.

Netto sofria os reflexos de um golpe de boleadeira nas costelas. Quando respirava, acometia-o dura rajada de dor. Chegaram à beira da sanga.

Davi Francisco procurava erguer-se, apoiado na espada. Com a chegada dos dois, tornou a sentar-se na lama. Netto apeou. Avançou pela água lodosa.

– Davi, me entregue essa espada.

– Não.

– Mas que homem mais custoso, meu Deus do céu. O combate já terminou, vamos tratar dessa perna.

Davi Francisco recuou no barro, arrastando-se.

– Bueno, fica com a espada – concordou Netto. – Bota ela na bainha e me dá o braço. Vamos sair deste charco.

– Não posso fazer isso, coronel.

– Não? E por que não?

– Vosmecê sabe.

Netto suspirou. Acompanhou o voo rasante de um pato que mergulhou na sanga. Teixeira esperava. Netto olhava na direção de onde o pato mergulhara. A sanga estava serena.

– Bueno... Fica aqui – disse para Venâncio.

Voltou ao cavalo e montou. Inclinou-se para Teixeira.

– Vamos buscar alguns dos prisioneiros para levantá-lo. Que homem mais custoso.

Afastaram-se a galope. Estacaram frente ao quadrado onde estava prisioneiro Caldwell. Netto desmontou e passou entre os soldados.

– Major, preciso de sua ajuda.

Caldwell juntou os calcanhares.

– Em que lhe posso servir?

– Davi meteu na cabeça que não se entrega. Está caído lá na beira da sanga, com um tiro na perna. O senhor pode me ajudar a convencê-lo.

Caldwell estava pálido. Sua mão inchara monstruosamente.

– Vou com o senhor.

Joca Tavares deu um passo em direção a Netto.

– Coronel, não me leve a mal, mas o major Davi é meu amigo. Posso ir junto?

Netto olhou para o adolescente. O filho do seu velho inimigo tinha a mesma arrogância dura, amenizada pela juventude e pela bandagem amarrada no ferimento da testa.

– Deem um cavalo para esse guri.

Escutaram um tiro distante. Olharam na direção da sanga. Montaram. Quando se aproximaram em trote acelerado, havia um grupo de soldados rodeando Davi Francisco. Caminharam fazendo ruído na água lodosa. Teixeira sentiu cheiro de churrasco, lembrou que não comia nada desde as seis da manhã. Afastaram os soldados que se amontoavam.

O major Davi Francisco tinha o rosto enterrado na lama. A mão direita empunhava uma pistola.

– Me distraí um pouquinho olhando os patos – explicou Venâncio. – Não pude fazer nada. Como ia saber que ele ia fazer uma coisa dessas?

– Está bem, está bem.
Ficaram olhando o corpo. Depois, abaixaram-se e procuraram erguê-lo. Sem muito esforço, as várias mãos carregaram-no até o cavalo de Joca. O rapaz saltou para a garupa e amparou o corpo cambaleante. Voltaram a passo lento.
Fogos ardiam com carne para assar. Os feridos ainda eram atendidos. Joca abraçava o corpo do major. Era um corpo frio, enlameado, exalando silêncio e vazio e em tudo alheio ao cheiro de assado gordo que os rodeava, aos pássaros retornando para o capão, ao cansaço dos animais, à inconsciente tenacidade dos homens em assegurar normalidade ao anoitecer.
Joca Tavares segurava as lágrimas. O coronel não gostaria de ver o filho chorar na frente do inimigo. Precisava honrar seu pai fugitivo. Precisava honrar seu amigo morto. E precisava honrar seu primeiro combate e sua primeira derrota.

Capítulo 6

Nessa noite, depois do Toque de Silêncio pelos mortos, Joca Tavares, com um lampião, iluminou a operação que amputou a mão do major Caldwell. No instante em que os gemidos do major inquietavam o acampamento, um cavaleiro varava a noite: Lucas, através de canhadas, Lucas, rebentando cavalos, Lucas, cravando as esporas, Lucas, trazendo o sonho.
Chega assustando as sentinelas, causando comoção nos grupos ao redor dos fogos, exigindo falar com Netto,
Palheiro entre os dentes, sem camisa, sentado num toco, Netto observava Calengo enrolar uma faixa em seu tórax. Joaquim Pedro e Teixeira assistiam. A porta da barraca se abriu.
– Lucas!
Lucas tira o poncho e arroja-o sobre um baú.
– Já soubemos do triunfo desta manhã. As notícias voam.
Teixeira abraçou-o. Lucas apontou a faixa em Netto.
– O que foi isso?
– Me acertaram com umas bolas no costilhar.
– Muitas baixas?
– Poucas, mas perdemos gente boa.
– Eu soube.
Calengo bateu no ombro de Netto.

— Pode vestir a camisa.

Joaquim Pedro estendeu a guampa com canha para Lucas.

— Toma um gole bem forte para contar as novidades.

— Trago uma mensagem do Almeida e do João Manoel.

Calengo apanhou seu sabre e as luvas sobre a mesa.

— Con permiso, caballeros. Necessito hablar com mi amigo Joca, vuestro prisionero.

Quando saiu, Lucas olhou um por um os homens presentes.

— Passei o dia de ontem com Domingos de Almeida e João Manoel. O João caiu numa emboscada. Levou um tiro no rosto. O tiro atravessou o rosto. Tem dificuldades para falar. E sempre uma febrícula. Mas vai ficar bom.

Bebeu um gole fundo na guampa.

— O Almeida, o João Manoel e eu estudamos demoradamente a situação, avaliamos ponto a ponto todos os acontecimentos. Achamos que chegou o momento da separação.

Nenhum se mexeu.

— Não podemos continuar combatendo contra a mesma bandeira que carregamos. O abismo entre a Corte e nossos desejos é cada vez maior. Precisamos dar um passo decisivo. E esse passo é a proclamação da República. E o momento é agora.

Todos respeitavam a coragem de Lucas, e todos tinham um certo temor da prepotência intelectual de Lucas, da inteligência de Lucas, da audácia de Lucas, mas todos olharam para Netto.

Netto soprou a cinza do palheiro.

— Todos os senhores são republicanos. Suponho que todos concordam com isso.

As cabeças de Joaquim Pedro e Teixeira se inclinaram.

— O líder do nosso movimento é o coronel Bento Gonçalves – continuou Netto. – Todos sabemos que o coronel não é republicano e nunca vai ser republicano. Os senhores pensaram nisso?

— É hora de correr riscos – disse Joaquim Pedro.

— Separar... – murmurou Netto. – Isso é sério.

Seguiu-se demorado silêncio.

— Depois que se libertar a primeira Província, as outras seguirão o exemplo – insistiu Lucas. – Formaremos uma grande Federação de Repúblicas Independentes. É a única maneira de trazermos o progresso para nossa terra. Veja a França e os Estados Unidos.

— Não é hora de proselitismo político, Lucas.

O belo Lucas se inclinou para Netto, febril.

– Tem razão. Mas é hora de política, coronel! É hora de fazer política! Eu quero fazer política. Eu quero mover as coisas. Eu quero empurrar a História. Eu quero pensar o segredo da organização das pessoas e das sociedades. Eu quero um mundo organizado, um mundo justo, um mundo sem privilégios, sem escravos. Nós temos a oportunidade em nossas mãos, Netto. Isso é uma dádiva. Nós somos abençoados.

– Somos soldados, Lucas.

– Soldados e revolucionários, coronel.

– Nossas tropas são praticamente civis, Netto – disse Joaquim Pedro numa voz pausada. – Não somos um exército formal. Somos um exército popular. É o povo armado que saiu para defender seus direitos, Netto. Eles têm o direito de romper com tudo. Arriscaram suas vidas para isso.

– Outra coisa – disse Lucas. – O João Manoel me autorizou a dizer que, se for a vontade das tropas, vosmecê poderá ser aclamado general, amanhã. General por aclamação das tropas. O primeiro general da república popular.

– Não quero ouvir uma só palavra mais sobre isso.

– Netto, não pense que... – começou Joaquim Pedro.

– Não estou pensando nada. Mas esse assunto não quero discutir. Se nos separarmos do resto da nação, será um caminho sem volta.

– Já estamos num caminho sem volta – disse Lucas.

– Não me parece.

– Nós somos rebeldes. Estamos do outro lado. Pegamos em armas contra o Império e tudo o que ele representa. Depois do sangue que já correu, nunca seremos admitidos outra vez como iguais. Netto, nunca haverá perdão para nós. Nunca.

Netto aconchegou o poncho aos ombros. Seu palheiro estava apagado. Acendeu-o no lampião.

– Separação... Isso é grave.

Levantou-se.

– Senhores, vou tomar ar. Joaquim, convoque uma reunião de todos os oficiais para dentro de uma hora.

Saiu para a noite fria.

Capítulo 7

A faixa que Calengo lhe enrolara no tórax fazia-lhe bem, dava-lhe sensação de conforto e calor. Caminhou entre as barracas, ouvindo murmúrios em voz baixa. Apesar da vitória, pairava sobre o acampamento o peso do sangrento ritual de que tinham participado.

Chegou ao quadrado formado por soldados armados de lanças e mosquetes, onde estavam confinados os prisioneiros. Viu Joca Tavares, sentado na grama úmida. Sentiu vontade de dar o poncho para o rapaz, mas achou que ele recusaria.

No dia seguinte, Joca seguiria com as tropas de Calengo. O uruguaio pedira para levar o rapaz e entregá-lo para sua mãe na fazenda em Taquari. Concordara. Devia antigos favores a Calengo e sabia que, no fundo, ele prezava Silva Tavares. Devolver o filho seria uma maneira de Calengo não romper de todo com o antigo compadre.

Aproximou-se do curral e ficou contemplando os animais. A cavalhada estava inquieta. O combate fora duro para eles também. Ergueu os olhos para o céu. Não viu a lua. Federação, apoio oriental, estopim da revolta em outras províncias...

Já ouvira tudo isso em discussões intermináveis. Concordava – os republicanos tinham razão. As coisas não podiam mais continuar como estavam.

Mas, e Bento Gonçalves? Não seria uma deslealdade proclamar a república sem prévia discussão com ele?

– Boa noite, coronel.

Era a sentinela.

– Tudo em ordem, soldado?

– Tudo em ordem, coronel.

– Como foi o combate?

– Bom. O combate foi bom.

– Nas terras da África se combate assim, soldado?

– Vim da África deste tamanho. Mas meu pai me contou que na África não tem cavalo. Africano é bom na infantaria.

Netto riu.

– Os continentinos são ruins na infantaria. Mas, agora, os africanos são bons na cavalaria.

– Sim. O Corpo é bom. Muito bom.

– Tu combateu com Joaquim Pedro?

– Com o tenente-coronel Joaquim Pedro e o capitão Teixeira Nunes.

Ficaram olhando os cavalos.

– Bueno – disse Netto. – Buenas noches.

– Coronel – disse o soldado. – Ponha isto no sombrero.

Tirou do bolso da jaqueta um punhado de penas e estendeu três para Netto.

– Cacei hoje ainda, depois da peleia. É pena de caburé. Traz sorte. Uma para o amor, uma para o jogo, uma para a guerra.

Netto tirou o chapéu e prendeu as três penas na tira de couro.

– Gracias.

Uma sombra apareceu ao lado de Netto.

– Boa noite, coronel Netto.

– Boa noite, sargento Caldeira.

– Sentinela, talvez seja bom oferecer mais uma pena para o coronel Netto. Uma pena para um fato político.

– Vosmecê é um homem persistente, sargento.

– Na minha pobreza, é tudo que eu tenho, coronel Souza Netto.

– Boa noite, sargento.

Voltou à barraca em passo lento. Estava com trinta e dois anos. Talvez já fosse tempo de fazer alguma loucura.

Rostos barbudos o aguardavam. Mãos lívidas o aguardavam, cigarros de palha fumegantes o aguardavam. O lampião espargia a luz amarela e criava sombras redondas.

Lucas apanhou o relógio do bolso do colete.

– Uma hora.

Netto pensou que seria feliz numa pequena estância na fronteira, criando parelheiros de raça.

– Se a gente proclamar a tal república, depois não tem mais arreglo. Os senhores entendem isso?

Teixeira percebeu certa amargura na voz de Netto.

– Coronel – disse Lucas. – Nós estamos jogando nossas vidas, nossas propriedades, nossas famílias, nossa honra.

– Eu sei, Lucas, eu sei.

Por um instante pareceu longe, inacessível.

Tenho trinta e dois anos. Tudo que quero é uma noite de sono tranquilo.

Apanhou a guampa lavrada e bebeu um gole.

– Bueno, senhores, se vamos proclamar a república, precisamos escrever uma declaração ou coisa parecida.

Capítulo 8

Montado em Fascínio, Netto vem ladeado por Joaquim Pedro e Calengo. O sol da manhã brilha na prataria dos jaezes. Os três passam em galope curto diante das tropas e depois retornam, postando-se frente a elas.

Joaquim Pedro dá ordem de desmontar. Em seguida, dispõe os soldados em quadrado. Os oficiais passam ao centro. Estão todos perfilados, imóveis, esperando a notícia que paira no ar desde a madrugada, que comoveu silenciosamente o acampamento, sussurrada de barraca em barraca, entre os estalidos dos fogos que se apagavam e os gemidos dos feridos, os gritos de alguém com febre.

Joaquim Pedro tira da faixa vermelha enrolada na cintura uma folha de papel.

— Camaradas, vou passar à leitura da ordem do dia do nosso comandante, coronel Antônio de Souza Netto.

— General! — grita Calengo. — Que Netto sea general!

Uma aclamação eleva-se da tropa.

— Camaradas! — ergue a voz Joaquim Pedro. — Estamos aqui não como um exército comum, mas como legítimos representantes de nosso povo! Não somos profissionais das armas.

Fez uma pausa e olhou com fervor para a tropa imóvel na sua frente.

— Somos estancieiros, somos artesãos, somos comerciantes e agricultores. Nosso exército popular não tem general. Se for vossa vontade, o coronel Souza Netto será nosso primeiro general!

As lanças foram erguidas bem alto junto com o brado de "viva o general Netto!".

Joaquim Pedro volta-se para Netto.

— Agora vosmecê é general, por aclamação do povo armado.

— Leia esse papel e pare de conversa fiada, Joaquim.

Joaquim Pedro deu um toque de esporas no cavalo, adiantando-se.

Desenrolou a folha de papel.

— *Bravos companheiros da 1ª Brigada de Cavalaria.*
Ontem obtivestes a mais completa vitória sobre os escravos da Corte do Rio de Janeiro, a qual, invejosa das vantagens locais da Província, faz derramar sem piedade o sangue dos nossos compatriotas para, deste modo, fazê-la presa de suas vistas ambiciosas. Miseráveis! Todas as vezes que seus vis satélites se têm apresentado diante das forças livres, têm sucumbido, sem que este fatal desengano os faça desistir de seus planos infernais.

O silêncio era completo. O vento agitava as bandeiras, os cabelos, as crinas dos cavalos.

– *São sem número as injustiças feitas pelo governo: seu despotismo é o mais atroz. E sofreremos calados tanta infâmia? Não!*

As lanças mais uma vez subiram aos céus.

– *Nossos compatriotas, os rio-grandenses, estão dispostos como nós a não sofrer por mais tempo a prepotência de um governo tirano, arbitrário e cruel, como o atual. Em todos os ângulos da Província não soa outro eco que Independência, República, Liberdade ou Morte!*

Nova aclamação sobe das tropas. Os cavalos escarvam o chão.
– *Este eco majestoso que tão constantemente repetis, como uma parte deste solo de homens livres, me faz declarar que proclamamos nossa independência provincial, para o que nos dão bastante direito nossos trabalhos pela liberdade e o triunfo que ontem obtivestes sobre estes miseráveis escravos do poder absoluto!*

– *Camaradas!* – A voz de Joaquim Pedro agora estava deformada pela emoção. – *Nós que compomos a 1ª Brigada do Exército Liberal devemos ser os primeiros a proclamar, como proclamamos, a independência desta Província, a qual fica desligada das demais do Império e forma um Estado livre e independente, com o título de República Rio-grandense, e cujo manifesto às nações civilizadas se fará competentemente.*

Um murmúrio percorreu a tropa.

– *Camaradas!* – Joaquim Pedro desembainhou a espada. – *Gritemos pela primeira vez: viva a República Rio-grandense! Viva a independência! Viva o Exército Republicano Rio-grandense!*

As aclamações sobem novamente. Os vivas se repetem. Netto tira o chapéu e faz uma saudação aos soldados. O alazão levanta as pernas dianteiras, ensaia curto galope.
– Preciso terminar – diz Joaquim Pedro. – Ainda falta um pedaço.
A custo controla o cavalo. Ergue o papel para mais próximo dos olhos.

– *Campo dos Menezes. Onze de setembro de 1836.*
Assinado: Antônio de Souza Netto, coronel comandante da 1ª Brigada de Cavalaria.

As últimas palavras são sufocadas pela torrente de vivas e aclamações. Chapéus e lenços são jogados para o ar. Tiros de clavinas espantam perdizes e quero-queros que levantam voos assustados. O cheiro de pólvora se espalha.

– Miren – diz Calengo apontando o horizonte.

Um ponto aproxima-se rapidamente, aparecendo e desaparecendo nas ondulações das coxilhas. É um cavaleiro e vem a toda brida.

– É o Teixeira – diz Joaquim Pedro.

Já está bem perto. Vem esporeando o cavalo. Abrem-lhe passagem: irrompe no quadrado e desfralda subitamente uma bandeira. Mais tiros para o ar são disparados. O capitão Teixeira Nunes tem o rosto iluminado. A bandeira que fora buscar é a bandeira da República Rio-grandense – verde, amarela e vermelha – desenhada pelo conde Zambeccari e tecida pelas mãos de suas primas nos longos serões do último inverno.

Capítulo 9

Sentia que o empurravam, o sacudiam, que uma mão de dedos grossos, paciente e bonachona, deslocava-o do universo fechado por paredes de algodão do sonho.

– Netto proclamou a República.

Abriu os olhos, vagaroso. O rosto de Onofre.

– Netto proclamou a República.

Bento Gonçalves esfregou os olhos demoradamente. Os últimos dias tinham sido duros. Acossado por Bento Manuel, retirava-se sem parar, sofrendo baixas incessantes e vendo os homens desertarem continuamente.

O exército que se propusera a reconquistar Porto Alegre estava reduzido a seiscentos homens em fuga. Carregavam os canhões – quatorze peças – por orgulho profissional. E para não evidenciar o total fracasso diante de Bento Manuel, sabia muito bem.

Sentou no catre.

– Que horas são?

– Cinco.

– Não dormi nada.

– Netto proclamou a República.

– Não sou surdo.

Lavou o rosto numa bacia. Secou-o demoradamente com a toalha, tomando tempo, não querendo ainda pensar.

– Quem sabe disso?

– Só eu, por enquanto. O Tito Lívio também sabe. E o Antunes.

– Ninguém mais deve saber, até sairmos deste aperto.

Fez um gesto irritado para João Congo, que entrava com os apetrechos de barbear.

– Hoje não.

Saiu da tenda. O acampamento estava adormecido.

Antunes aproximou-se.

– Já soube da notícia?

– Estou mais interessado no Bento Manuel. Vamos aproveitar o escuro. Vamos dar uma espiada no campo deles.

Olhou para o céu estrelado.

– Ainda bem que a chuva parou...

Afastou-se para urinar.

Netto. Só poderia ser ele. Nenhum outro teria coragem.

PARTE IV
OS DOIS BENTOS

Capítulo 1

Do alto da barranca, ocultos pelos grossos troncos das figueiras pingando água, cuidando para não escorregar na terra transformada em lodo, Bento Gonçalves, Antunes e o sargento Tunico Ribeiro espreitavam o acampamento de Bento Manuel. Viam canhões sendo posicionados, trincheiras cavadas, armadilhas preparadas. A cinta de ferro crescia. E para piorar, os campos estavam alagados. Há duas semanas chovia sem parar. Todos os fios d'água e ribeiros transbordavam. Os grandes rios extravasavam suas margens, deixando confusos os guias.

— Ele recebeu mais reforços — sussurra Tunico. — Vamos ficar cercados outra vez.

— Vamos sair daqui. Agora.

Bento Gonçalves mal terminou sua frase. Instantaneamente com o tiro, sentiu a fisgada no ombro, a dor da carne dilacerada.

Antunes e Tunico arrancaram as pistolas e fizeram fogo. Avançava sobre eles um piquete de cinco imperiais. Correram para os cavalos. Bento Gonçalves percebeu o sangue descendo pelo braço, viu-o aparecer no fim da manga, manchando a mão. Pulou para o cavalo.

Os tiros de Antunes e Tunico seguraram o ataque. Os imperiais buscaram abrigo entre as árvores. Os três farrapos deram firme com as esporas, as patas esparramavam água e lodo.

Sentado numa banqueta, mal-humorado, deixava o cirurgião Duarte examinar seu ombro.

— A bala saiu, graças a Deus, mas há perigo de infecção. Aconselho o senhor a buscar a segurança da Campanha, onde pode ser tratado melhor. Meus remédios escasseiam.

— Não vou abandonar meus homens.

— Desculpe, coronel, os homens são importantes, sim — murmurou o conde Zambeccari —, mas o movimento é mais. O movimento...

— A tropa eu não abandono, Tito. Não nessa situação.

— Vosmecê é imprescindível para o movimento. Não pode correr riscos. Tem que ser preservado. Acho que deve seguir o conselho do doutor. Atravesse o Guaíba.

— Vamos atravessar o Gravataí. Todos juntos.

— Atravessar o rio Gravataí? — Onofre levantou o rosto. — O Bento Manuel reforçou a guarda da ponte.

No caminho para a Campanha — da qual estavam separados pelos rios Guaíba, Jacuí, Caí e Gravataí —, o único rio que tinha ponte era o Gravataí.

— Vamos atravessar esta noite.

— Meu querido primo e compadre, acho que esse ferimento le deixou meio ruim da cabeça.

— É isso, Onofre. A cabeça. Vamos usar a cabeça. — Fez uma careta de dor, o médico derramava cachaça na ferida. — E vamos usar as armas dele.

— As armas dele?

Bento Gonçalves passou o indicador no ombro molhado de cachaça e lambeu-o.

— Astúcia, Onofre, astúcia.

Bento Manuel coçou durante muito tempo o nariz achatado. Os olhos claros estavam sombrios. Vinha dormindo pouco. Parado diante dele, estudando-lhe o rosto cansado, seu irmão menor e administrador de suas terras no Jarau, capitão José Ribeiro, esperava com irônica paciência.

— Atacar Porto Alegre, Zé? Tem certeza?

José Ribeiro moveu a cabeça confirmando.

— O bombeiro é de confiança.

— Acho estranho...

De repente, Bento Manuel deu dois rápidos tapas no próprio rosto, um em cada lado da face, dando um susto em seu irmão.

— Vamos nos deslocar, então.

— O quê?

— Vamos cortar a marcha deles nos arredores da cidade.

Nesse frio princípio de noite, os dois exércitos marcharam por caminhos paralelos. Bento Manuel ponderou muito a notícia trazida: Bento Gonçalves preparava-se novamente para atacar Porto Alegre. Havia alguma lógica. Ou seu tocaio deixava-se cercar, ou tentava romper o cerco. E se rompesse o cerco iria procurar terreno melhor para resistir. Esse terreno era Porto Alegre.

Bento Gonçalves marchou em direção à capital, na frente da tropa, ladeado por Antunes e Tito Lívio Zambeccari. Onofre fechava a retaguarda com Cabo Rocha — recentemente promovido a major — e Sebastião do Amaral, também promovido à mesma patente. O orgulhoso major Sebastião do Amaral marchava com o peito estufado de manuscritos. Eram poemas em honra da República e de sua misteriosa amada. Ao lado dele cavalgava o jovem tenente José Egídio. Um estafeta de Bento Gonçalves apareceu e convocou o tenente para apresentar-se ao coronel.

— Vosmecê conhece bem esta região, tenente. Vou confiar uma missão para vosmecê.

O tenente José Egídio endureceu na sela.

— Quando chegarmos à encruzilhada, eu e mais um grupo de cinquenta vamos avançar na direção de Porto Alegre. Vosmecê, tenente, toma o caminho do norte, do rio Gravataí. Vai na frente com um piquete, limpando o caminho. Detrás de vosmecê irá o resto da tropa.

O tenente parecia paralisado.

— Entendeu, tenente?

— Entendi, coronel.

— Chegando à ponte, deve tomá-la e garanti-la até passar toda nossa gente.

Viu o susto nos olhos do tenente.

— Haverá naturalmente piquetes de retaguarda. O coronel Onofre Pires com seu piquete e eu com o meu.

— Sim, senhor.

— Quando nossa gente passar, ponha fogo na ponte. Se o coronel Onofre ou eu mesmo nos atrasarmos, não espere.

O assombro aumentou.

— Não espero?

— Foi o que eu disse, tenente.

— Entendi, coronel.

— Muito bem. Vá tomar as providências.

O tenente José Egídio esporeou o cavalo e sumiu na poeira. O tenente José Egídio estava de aniversário. Completava vinte anos nesse dia.

As lanças foram cobertas com panos escuros para não brilhar. Os cavalos eram acalmados com sussurros. Recomendou-se às mulheres para impedir o choro das crianças. A encruzilhada estava próxima. Macia lua amarela aparecia e desaparecia entre blocos negros de nuvens. Da encruzilhada até a ponte de madeira eram aproximadamente oito quilômetros de estrada estreita, ladeada de barrancos. Aí estariam as patrulhas de Bento Manuel.

Bento Gonçalves já estava informado da marcha de Bento Manuel para Porto Alegre. O ardil – em sua primeira fase – funcionara. O exército inimigo não estava mais entre eles e o rio.

A estrada era dividida por grande angico, retorcido, ameaçador com suas folhas murmurantes. Bento Gonçalves tomou a oeste do angico, com cinquenta homens. Falavam alto, faziam ruído. O tenente José Egídio tomou a norte, desviando carretas e canhões. Cabo Rocha postou seus lanceiros em fila e foi fazendo a escolta da longa caravana.

Já avançavam mais de quatro quilômetros quando o alarma foi dado. Os imperiais galopavam atrás do bosque que circundava a estrada.

– Querem nos cortar o caminho!
– A todo o galope! – gritou José Egídio.

E a corrida começou. Os homens chicoteavam os animais, as rodas gemiam, os canhões balançavam sobre as carretas. Uma delas rolou no barranco. Gritos de pânico, fragor de osso e madeira partindo, relinchos.

– Não parem, não parem! Sigam em frente!

Os imperiais subiram na estrada dando tiros e gritando. O major Cabo Rocha avançou sobre eles de lança em riste, formando um entrevero. A cavalgada passou pelo entrevero levando tudo de roldão. Cavalos e cavaleiros foram arrastados e precipitados no barranco.

– Lá está a ponte! – gritou José Egídio. – Avancem, avancem! Não parem!

Partiu a galope na frente de todos e desmontou com perícia, com o cavalo correndo. Ajudado por dois homens esparramou o conteúdo de um barril de pólvora no chão de tábuas. Espalhou cartuchos de dinamite.

A cavalgada irrompeu pela ponte fazendo-a estremecer. Passaram em ruidosa disparada as grandes carretas com os civis, passaram os pesados canhões. Surgiu Bento Gonçalves a galope. Atrás dele, Onofre e seu piquete. O tenente montou no cavalo. A lua amarela aparecia e desaparecia. E foi ao brilho da lua que irrompeu em furioso tropel Cabo Rocha e os seus cavalarianos perseguidos pelos imperiais. O tenente José Egídio deu um tiro em direção à pólvora. Cabo Rocha entrou na ponte com seus homens. A noite fendeu-se num risco vermelho. Grande explosão abalou a estrutura da ponte. Nova e maior explosão a fez voar em pedaços. Ergueram-se labaredas vermelhas, gritos de júbilo, iluminados rostos triunfantes.

Capítulo 2

Bento Manuel irrompeu pelos corredores do palácio, cercado de oficiais atônitos e guardas sonolentos. Araújo Ribeiro o esperava atando os cordões do robe, olhos furiosos, cabelos em desordem.

– Já sei, já sei – falou antes de Bento Manuel. – O homem escapou! Mas para isso é preciso fazer esse reboliço todo a esta hora da madrugada?

Bento Manuel crispou-se como se o tivessem ameaçado.

– Escapou? – A voz estava turva de ódio. – Está caindo nas nossas mãos! Ele não tem escapatória!

– O que vosmecê quer a esta hora da noite?

– Eu preciso é de carta branca e gente competente. Com uma manobra infantil enganou meia dúzia de vaqueanos experientes!

– Carta branca vosmecê já tem, brigadeiro.

– Quero a Marinha!

– Vosmecê está me saindo muito exigente.

– Barcos. Preciso de barcos.

– Vou falar com Grenfell.

– Preciso já. Quero uma resposta agora.

Araújo Ribeiro ergueu uma sobrancelha. O selvagem tornava-se arrogante. Passou a mão lentamente pelos cabelos, alisando-os.

– Vosmecê terá barcos, brigadeiro.

Bento Manuel pareceu relaxar.

– Os barcos são importantes, presidente.

Um escravo aproximou-se com uma bandeja, garrafa e cálices. Serviu e ofereceu aos dois homens. Bento Manuel provou. Ficou com a bebida na boca, buscando um lugar para cuspir. Era pastosa e doce, daqueles licores para mulheres que o Araújo costumava beber. Engoliu a contragosto e devolveu o copo. Estavam numa saleta pequena, mal iluminada pela lamparina com banha de porco. A luz da madrugada, cada vez mais insinuante, acossava as cortinas, tornando-as douradas.

– Vosmecê veja, presidente – disse Bento Manuel, adoçando a voz, tentando mostrar-se grato. – Logo que soube da notícia voei para cá, com todos os meus homens. Com todos, infantaria e cavalaria. Eu sei o que passa na cabeça dele. Estive matutando toda a noite, enquanto cavalgava para cá. Procurava pensar como ele pensaria nessa situação.

Senta num sofá, procura na guaiaca fumo picado e palha.

— Eu estive com ele no Passo do Rosário, vosmecê sabe. Ele é melhor nos momentos de maior aperto. Aí é que usa os miolos de verdade. Mas, agora... ele não tem saída.

Inclina o corpo, encosta o indicador no tapete.

— Ele está aqui, perto de São Leopoldo. Talvez vá a São Leopoldo, lá poderá descansar, conseguir gente. Mas não pode ficar, sabe que acabará cercado. O que vai fazer, então? Atravessar o rio Jacuí? Não pode.

O dedo corre no tapete.

— Ele vai é avançar até Triunfo, e daí ganhar a Campanha.

Torna a recostar-se. Começa a enrolar o cigarro, sombriamente, apanhado numa rede de emoções contraditórias. Araújo o observa, cálice na mão, fascinado. Desejaria saber por que ele se mede com o outro, o que os atrai, o que os separa.

— Só que tem uma coisa que ele não sabe, cego que está pela arrogância...

Ergueu-se, enorme no poncho embarrado.

— Ele me subestima.

Acendeu o palheiro.

— Por isso que eu preciso desses malditos barcos! Assim posso mandar metade das tropas atravessar o Guaíba agora, antes que amanheça. São quatrocentos e cinquenta homens com cavalos. Meu irmão Zé no comando. Eles descem na picada de Dona Rita e daí avançam até o Jacuí.

Tomou ar, abrandou a voz.

— A outra metade fica comigo. Seiscentos infantes e mais artilharia. Descemos o rio e tomamos a frente dele, descansados. Ele vai cair na ratoeira.

Olhou para Araújo com fria, assustadora determinação.

— Preciso dos barcos, presidente.

— Vosmecê terá os barcos, brigadeiro.

Capítulo 3

Onofre parou de revolver a erva do chimarrão e olhou para o tenente.

— Que dia é hoje, tenente Egídio?

— Vinte de setembro, coronel. Faz um ano que a revolução começou.

Onofre raspou o interior da cuia derramando a erva no chão. Os olhos pousaram na ponte fumegante. Bento Gonçalves tinha um pé sobre uma trave queimada.

— O tempo voa.

– Onofre, como é nosso homem em São Leopoldo?
– O Hermann? É um alemão de fé.
– Podemos contar com ele?
– Totalmente. Ele quer ver a caveira do Hillebrand.
– E esse tal de Menino Diabo?
– Não nos serve. É um bandido.
– Dizem que já juntou um tesouro – falou o tenente. – Dizem que enterrou o tesouro perto do cemitério.
– Não nos serve. O Hermann é um republicano de fé.
– Que história é essa? Todo mundo está virando republicano?
– Comenta-se muito no acampamento, coronel – disse o tenente José Egídio –, que a República foi proclamada. São boatos, mas o senhor sabe como são as coisas...

O olhar de Bento caiu na ponte, nas brasas fumegantes, na fumaça escura que se erguia das traves enegrecidas. Pareceu-lhe ver Netto caminhando entre os escombros e estremeceu.

– Onofre, vamos levantar acampamento. Vamos para São Leopoldo.

Hermann Von Salisch, o líder dos farrapos na colônia alemã, era um vigoroso imigrante de trinta anos, voz tonitruante e gestos decididos. Conseguiu para o exército quatro lanchões e uma boa quantidade de tábuas de excelente qualidade, para a construção de dois pontões – balsas de rápida fabricação – que os transportariam para a outra margem do Jacuí e dali para a Campanha.

Acamparam longe da vila, no alto do morro. Bento Gonçalves deu ordens rigorosas de ninguém se aproximar do perímetro urbano.

Com o binóculo ficou observando o lugarejo. Não teria mais de cento e cinquenta casas e mil habitantes. Ficava rente ao rio dos Sinos, comodidade para o escoamento de seus produtos. E como produziam, os alemães! Eram ferreiros, marceneiros, sapateiros, alfaiates, funileiros, magníficos seleiros – tão magníficos que já mudavam os hábitos de montar dos gaúchos com o serigote. O serigote substituía o antigo lombilho. Os comerciantes alemães não se cansavam de elogiar a novidade, exclamando *"Das ist sehr gut!"* Os gaúchos simplificaram a pronúncia chamando o encilho de serigote. E eram ainda melhores agricultores. Olhou os campos ao redor e viu o cuidadoso cultivo, subindo e descendo os morros, os caminhos para carroças, cruzando-se por toda parte e abertos penosamente, as casas cuidadas, rigorosamente asseadas.

A vila também era assim. Casas pintadas, cortinas nas janelas, ruas limpas. Que grande diferença dos hábitos do resto do país!

O conde Zambeccari aproximou-se.

– Admirando os tedescos? É melhor deixar para outra hora.

– Eles estão a menos de um quilômetro – disse Onofre. – São três vezes mais numerosos do que nós.

No acampamento havia uma ponta de alarma. O major Sebastião do Amaral apanhou a rédea do cavalo de Bento Gonçalves. O tenente José Egídio aproximou-se para ajudá-lo a desmontar. O coronel tinha o rosto fatigado.

– Vamos conversar – disse para Onofre. E voltando-se para o Tunico Ribeiro: – Consegue um mate pra gente, compadre.

Enfiou-se na barraca, seguido de Onofre e do conde. Atrás deles entrou Antunes. Começava a entardecer. A brisa aumentava, trazendo um frio mais intenso.

Bento Gonçalves sentou-se na banqueta e tirou o poncho por sobre a cabeça.

– Está frio. E a primavera não chega. – Olhou para Antunes. – Manda fazer um fogo, se me faz favor, capitão.

– Já é primavera – disse Onofre, sentando-se num tronco bem diante de Bento Gonçalves. – Eles estão a menos de um quilômetro, companheiro.

Bento Gonçalves esfregou as mãos.

– Não vamos nos mover. A tropa precisa de descanso. E esse mate que não vem! – gritou para a porta da barraca.

– Menos de um quilômetro.

– Aposto minha fazenda em Camaquã como ele não sobe até aqui. Ele não é bobo, Onofre.

– Eu sei que não é bobo. Mas acho difícil a tropa descansar com o Bento Manuel nos calcanhares.

– Vamos botar guarda dobrada. Não vamos nos mover.

A brisa tornou a ondular a barraca. Onofre ergueu-se sombriamente e saiu.

Tunico Ribeiro entrou com uma chaleira de água quente e cuia de chimarrão. Um soldado fez fogo bem no centro da barraca. A cuia foi passando de mão em mão. A barraca encheu-se de calor. Os rostos tornaram-se rosados. As sombras subiram pelas paredes de lona.

– Parou o vento – anunciou Tunico Ribeiro.

Bento Gonçalves sentiu-se descansado e protegido. O velho diabo estava lá embaixo com suas tropas, vigiando e esperando. Mas, por esta noite, estaria protegido, apesar da fragilidade da barraca, da falta de mantimentos, das armas estragadas, da cavalhada estropiada, do mau humor de Onofre. Estava com seus homens, aquecido e mateando, e falavam em voz baixa, e a lembrança de Caetana era minúscula ferida com bandagem nova.

– Ele nos fez esperar três dias no Caverá – disse Antunes. – Vamos fazer com que nos espere três dias também.

Foi a última noite fria do ano e foi a mais fria de todas. O acampamento tornou-se branco de geada. Quando os fogos apagaram, o frio penetrou nas barracas, nos ponchos esfarrapados, nas carretas onde amontoavam-se corpos maltrapilhos. Toda a noite ouviu-se choro e tosse, queixos tremerem, dentes chocarem-se, vozes imperativas ou suplicantes.

A noite foi gelada também para os soldados de Bento Manuel. Centenas de fogueiras permaneceram acesas a noite toda, na certeza de que o inimigo não atacaria. O sono foi frágil e rente ao fogo.

Perto da meia-noite, Bento Manuel passeou pelo acampamento, soprando as mãos, expelindo vapor pela boca. Araújo Ribeiro cumpriu a palavra. Grenfell fora alertado e a esquadra estava a postos no Taquari, de onde poderia navegar rapidamente para o Jacuí, caso fosse necessário.

Parou junto a uma fogueira e olhou o morro escuro. Pensou em Bento Gonçalves, ladeado pelo conde italiano e pelo cunhado Antunes, oficial que aprendera o ofício numa academia do Rio de Janeiro, embora já tivesse seu batismo de fogo nas cercanias de Rio Grande, onde fora batido por Silva Tavares. Sebastião do Amaral estaria escrevendo poemas com ar sonhador. Cabo Rocha e Onofre conversariam sobre carreiras de cancha reta, cavalos velozes ou degola de inimigos. Bons oficiais, todos valentes. Mas estavam cercados e sabiam muito bem. Pensou com satisfação que eles deveriam ter uma reunião difícil para tomar a decisão acertada. Na verdade, tinha curiosidade – uma curiosidade esportiva, próxima do jogo – de saber como dariam o próximo passo. Não tinham muita escolha. E tudo porque soubera agir rápido, depois que fora logrado no Gravataí. Seu tocaio – com menos homens e armas – duas vezes fora mais hábil. Primeiro em Viamão, ao romper o cerco num golpe de audácia. E agora, ao evitá-lo, numa manobra rápida e inteligente.

Mas já tomara as providências.

Gabriel Gomes aproximou-se. Conhecia no escuro o vulto familiar do oficial. Nomeara-o comandante da 1ª Brigada de Cavalaria. Gabriel Gomes era de família tradicional e oficial de formação. Era sóbrio para falar, mover-se, montar a cavalo e dar ordens.

– Pensando, coronel?

Bento Manuel recebera o posto de brigadeiro, mas Gabriel Gomes parecia que não se acostumava a chamá-lo assim.

– Estou pensando nele – apontou com a cabeça para a massa escura do morro.

– Nele?

– Meu tocaio.

Gabriel Gomes olhou para o morro.

– Ele está cercado. Como pensa um homem cercado?

– Vosmecê estava no Caverá. O que vosmecê pensava?

– De fato, não estávamos cercados. Mas Bento Gonçalves tem bem pouca escolha.

– Está onde eu quero.

Construíra passo a passo esse momento. Desde a entrevista com Araújo Ribeiro, na madrugada de 22 de setembro, seis dias atrás. Saíra dali, sem dormir, para fiscalizar o embarque das tropas do irmão José nas barcaças liberadas por Araújo. Eram quatrocentos e cinquenta cavalarianos que transpuseram o rio Guaíba.

Desembarcaram na picada de Dona Rita. Dali avançaram, sem descansar, até o vale do Jacuí. Seguiram em direção oeste, pela margem direita do rio. Ao final da tarde, o atravessaram. Na margem esquerda, levantaram acampamento, para descansar e aguardar ordens.

Bento Manuel, mal viu as barcaças afastarem-se levando a tropa de seu irmão, tratou de mover as que ficaram sob suas ordens diretas.

Embarcou seiscentos homens de infantaria, os canhões, os artilheiros e o parque de munição.

Desceu o rio.

Queria tomar a frente de Bento Gonçalves. De manhã, chegou à charqueada de José Fernandes Lima. Os bombeiros trouxeram a notícia de que o coronel Crescêncio andava nas redondezas com seiscentos homens e que mostrava o propósito de juntar-se a Bento Gonçalves.

– O Crescêncio não me interessa. Deixem ele se mover como quiser. Quero reunir minha gente – disse. – Mandem mensagens a Silva Fontoura, em Taquari, para não arredar pé de lá. O Melo Manso, em Rio Pardo, deve sair com tudo quanto tem e juntar-se ao Azambuja, em Santo Amaro. E para meu irmão Zé acampar em Arroio dos Ratos, na Barra. Eu quero duas barcaças para que ele possa se mover de lá, quando eu mandar. Quero essas barcaças já. O Zé vai precisar se juntar às tropas em Santo Amaro, quando for conveniente, e não pode ficar esperando. Nosso plano depende de rapidez.

Estavam ao redor de uma fogueira quase extinta e havia uma estranha calma no acampamento, dominado pelo frio. O som de uma guitarra chegava até eles.

– Se fizerem tudo como digo, o Bento Gonçalves vai ficar num beco sem saída.

Capítulo 4

– Só há uma maneira de sairmos daqui.

Olhou para os oficiais sentados ao redor do fogo, enrolados nos ponchos.

– É abrir caminho por terra, de qualquer modo. É romper pelo meio das filas deles, como fizemos em Viamão. Romper pelo meio deles e avançar em direção a Rio Pardo.

O acampamento estava branco de geada. As barracas, cobertas por fina camada de gelo.

– Alguma outra proposta? – disse Bento Gonçalves. – Precisamos pensar.

O major Sebastião do Amaral levantou a mão.

– O coronel Crescêncio está do outro lado do Jacuí com sua cavalaria. Se nos unirmos a ele seria uma vantagem para as duas tropas.

– É mais difícil atravessar o rio do que atravessar as tropas de Bento Manuel – disse Bento Gonçalves.

– Aqui o terreno é cheio de barrancos. Como vamos sair em disparada com todas essas carretas num terreno assim? Acho melhor atravessar o rio e se juntar a Crescêncio – disse Onofre. – Desta vez não teremos a mobilidade que tínhamos em Viamão.

Bento Gonçalves percebeu que a dúvida se instalara na reunião.

– A travessia do rio será demorada – insistiu. – Temos só dois pontões, ainda em construção.

– Em cada um deles cabem no máximo quarenta pessoas – disse Cabo Rocha. – Seria preciso fazer a trajetória de ida e vinda umas...

– Umas vinte vezes, no mínimo – disse Antunes. – Com as mulheres e crianças, somos ao redor de mil e quinhentos, mais artilharia e cavalhada. Precisamos conseguir mais canoas.

– Se nos apanham com fogo cerrado durante a travessia, estamos perdidos – tornou Bento Gonçalves. – E com a travessia acabaremos por nos separar, mesmo momentaneamente. Os senhores sabem: se nos apanham separados, aí sim que não teremos chance.

– Não vejo chance alguma em tentar romper as tropas dele – insistiu Onofre. – Uma batalha campal, por mais bem conduzida que seja nestas circunstâncias, não poderíamos vencer. A diferença de forças é muito grande.

– Não se trata de vencer a batalha, não se trata nem de propor a batalha – disse Bento Gonçalves, sentindo que o cansaço voltava e que a velha dor de cabeça começava a rondá-lo – se trata de criar condições para romper o cerco.

O conde Zambeccari moveu-se, incômodo.

– Para romper o cerco sabemos as condições e os riscos. Sabemos até as perdas que poderíamos ter. Mas a saída pelo rio está confusa, coronel. Acho o encontro com Crescêncio importante, mas antes deveríamos investigar as condições de passagem do rio.

– Exato – anuiu Sebastião do Amaral. – O conde tem toda a razão.

– Uma operação dessas necessita, em primeiro lugar, de reconhecimento do terreno – disse Onofre, enfático.

Às dez da manhã, Onofre, Antunes e o vaqueano Cruz saíram para reconhecer o terreno. Fizeram cautelosa volta, para não encontrar patrulhas de Bento Manuel. A geada evaporara ante o sol da primavera.

Descobriram um caminho no interior do bosque e por ele chegaram à margem do Jacuí. A água escura era profunda e fria. O rio estava caudaloso pelas chuvas. Carregava galhos de árvores, ramos, pedaços de madeira.

Cruz era vaqueano calado. Vinha desde o acampamento de faca na mão, tirando lascas de um pedaço de bambu, enquanto conduzia seu baio com segurança.

– O que é isso? – perguntou Onofre.

– Uma "frauta".

Seguiram pela margem por mais de dois quilômetros, pisando areia e argila endurecida. Não seria fácil marchar com tropa numerosa por ali. A vegetação dificultava muito. Viram uma ilha.

– Poderia ajudar a travessia – disse Onofre. – Que ilha é essa?

Cruz soprou a flauta e o primeiro som dela foi disforme.

– Fanfa. É o nome dela.

– É uma ilha pequena – explicou Antunes. – E está mais perto desta margem do que da outra. É completamente coberta de mato.

– Olhamos de binóculo – disse Onofre. – Ela tem um porto. Está abandonado. Ali poderemos desembarcar.

Os oficiais acompanhavam atentamente.

– O Cruz disse que ali funcionava uma olaria. Ainda tem as ruínas da construção. O único problema é que, da ilha até a outra margem, a distância é grande... Uns quatrocentos metros. Ficaríamos expostos durante a travessia.

A carne assava nas brasas. O conde Zambeccari, sentado num tamborete a seu lado, olhava as mãos.

– É coberta de mato... – Bento Gonçalves dirigiu-se a Antunes. – Isso significa que é fácil de defender?

Antunes pareceu embaraçado.

– Fácil de defender... não posso afirmar isso. Mas em frente a ela fica um morro, o morro do Fanfa, como disse o Cruz, e ali poderemos colocar alguns canhões para nos dar cobertura.

Tunico Ribeiro aproximou-se do grupo de oficiais como quem não está interessado na conversa, e abaixou-se junto às brasas para acender seu palheiro. Bento Gonçalves percebeu sua presença.

– Precisamos chegar a uma decisão, companheiros – disse, remexendo as brasas. – Ou atravessamos o Jacuí, aproveitando a tal ilha, que pode nos ajudar de algum modo, ou tomamos o rumo do Rio Pardo, mais demorado para chegar na Campanha, é verdade, mas, a meu ver, mais seguro.

– Eu discordo – disse Onofre. – A travessia é mais segura. Romper as linhas do Bento Manuel a grito não é coisa possível.

– Já fiz isso uma vez, posso fazer mais uma.

– Na minha terra, dizem que o raio não cai duas vezes no mesmo lugar.

– Na minha terra, Onofre, dizem que a maior pressa é a que se faz devagar.

Pingos de gordura caíam nas brasas provocando chiados. Sebastião do Amaral puxou da faca e tirou um naco gordo que jogou na boca.

– Está no ponto.

Todos começaram a cortar fatias da carne. Bento Gonçalves olhou para cada um dos oficiais reunidos ao redor do fogo. Comiam com voracidade e alegria carnívoras. Temeu que já tivessem optado.

– Senhores, vamos votar. Pela travessia do rio ou pela retirada através das linhas do inimigo. Quem é pela retirada através do rio, levante a mão.

Onofre levantou a mão, rapidamente. Seguiu-o Cabo Rocha, o major Sebastião do Amaral e o tenente-coronel Antônio Marques da Cunha.

Tito Lívio e Antunes não levantaram a mão.

– Muito bem, senhores, está decidido. Mas, antes, precisamos tomar providências. Precisamos mover-nos até a margem do rio, sem despertar suspeita. O Bento Manuel está vigilante. Teremos que dar uma aparência de que vamos ficar por aqui, ainda um bom tempo. Vamos organizar uma saída por etapas, sem desmontar barracas nem apagar fogos. Sairemos ao anoitecer, com o maior silêncio possível. A surpresa ainda é nossa maior arma até sairmos desta situação. Temos a tarde toda para preparar a operação.

Ergueu-se e olhou para Tunico Ribeiro.

– Que dia é hoje, sargento-mor?

– Dia 1º de outubro, coronel.

– Reze para que não haja lua. – E dirigindo-se aos demais: – Às nove da noite iniciaremos a marcha. Quero pisar a tal ilha antes da meia-noite.

Capítulo 5

Havia uma lua, gorda e mansa. Alta no céu estrelado, parecia olhar com indiferença o bando esgarçado de nuvens muito brancas que passavam por ela. Sua palidez caía sobre o exército silencioso, que pisava com cautela, apertado entre a vegetação e a água, a arrastar carretas e canhões.

Os dois pontões de madeira eram sirgados da margem. As embarcações foram amarradas com laços de couro cru trançado. Vinham carregadas de munição, barracas, mantimentos de boca, mulheres e crianças. Estas pareciam compreender a situação. Todos sabiam que era necessário cooperação e disciplina para escapar ao cerco que se apertava.

Chegaram frente à ilha perto da meia-noite. Ficaram olhando para a massa escura no meio do rio como para a salvação. A cavalo, entre Antunes e Tito Lívio, Bento Gonçalves chamou Cabo Rocha.

– Major, vosmecê vai ficar encarregado de nos dar cobertura. Leve cem homens e permaneça de prontidão na retaguarda. No meio do mato, pra não ser visto.

Esperou que Cabo Rocha desaparecesse, dando ordens com o vozeirão fronteiriço.

– Que lhe parece, coronel? – perguntou o conde.

– O que me parece é que esse morro é flor de lugar pra botar umas bocas de fogo. Onde está o Sebastião?

– Aqui, coronel – o major Sebastião do Amaral acicatou seu cavalo e se aproximou do comandante.

— Major, dependure três canhões lá em cima. E defenda o lugar de qualquer maneira. Se se apresentar alguma tropa, varra a canhonaço.

— Muito bem, coronel.

O luar iluminava o rio e os morros, revelando a vegetação abundante. O exército, imobilizado, parecia mais vulnerável do que nunca.

Percebeu que a dor de cabeça o rondava.

A chave do êxito da travessia era a defesa do embarque. Se conseguissem embarcar tudo para Fanfa sem atropelo e divisões em suas filas, já estaria uma boa parte da aventura realizada. O local era bom. Nisso Onofre tinha razão. Era fácil de defender. Precisava ainda colocar um canhão na outra vertente do morro, íngreme, de acesso difícil. Por lá, dificilmente viriam tropas de Bento Manuel.

— Tenente-coronel Cunha.

Antônio Marques da Cunha esporeou o baio e emparelhou com Bento Gonçalves.

— Vosmecê vai instalar um canhão no outro lado do morro, no lugar que for mais favorável. Depois, com seu batalhão, vai ficar garantindo a travessia. Vosmecê e Sebastião serão os últimos a atravessar, entendido?

— Entendido, coronel.

Bento Gonçalves deu um toque de esporas no zaino e aproximou-se da margem. As patas do cavalo tocaram a água.

Os soldados entravam nas barcaças improvisadas, rapidamente e em ordem. Havia no ar a intuição de que deviam agir com presteza, sem vacilações: de um lado estava a salvação, do outro o inimigo mais poderoso.

A um canto, um grupo de mulheres amontoava-se sobre barracas desarmadas, cuidando das crianças para não chorar.

Onofre e o tenente Egídio observavam o embarque. Bento Gonçalves aproximou-se deles.

— Onofre.

O gigante voltou-se.

— Vosmecê vai ter a honra.

Onofre bateu no chapelão negro.

— Então vou já. A primeira leva está pronta.

A primeira leva era somente de soldados. Depois iriam os mantimentos, a cavalhada e por último, as mulheres e crianças. Ademais dos pontões havia quatro barcos a remo.

A embarcação, com quarenta homens, foi impulsionada por longas varas. E começou a mover-se.

A ilha estava a pouco mais de cento e cinquenta metros. Onofre ia em pé, na frente, sentindo o coração, pouco a pouco, ser tomado de uma sensação de alegria e excitamento. O rio transmitia sua força e indiferença silenciosa. Onofre olha a lua. Onofre fecha os olhos.

O pontão bateu na madeira apodrecida do cais. Onofre empunhou numa mão a espada, na outra a pistola. Saltou em terra.

Pisou com cuidado, deixando as botas encontrar resistência e equilíbrio no chão. Começou a avançar. A tapera enluarada atraía-o: a infância fora povoada por causos de assombração, tesouros enterrados, almas penadas...

Um pontapé na porta. Foge um pequeno animal noturno. Desaba sobre seus ombros fuligem espessa. A tapera está vazia.

– Comecem o desembarque.

Durante toda a noite procedeu-se ao transporte de homens e material. A ilha animou-se de ordens, de corpos transportando fardos. Os remadores eram trocados a cada viagem. As famílias – uma centena de mulheres e crianças – foram transportadas já com as primeiras luzes. Havia uma louca no grupo, que falava sozinha, sem parar.

Capítulo 6

O amanhecer foi de pássaros espantados e um sol vigoroso. O dia encontrou todos derreados de fadiga. A maioria da tropa tratava de repousar debaixo das árvores. O pessoal do rancho preparou fogo para esquentar o alimento. Faltava ainda transportar todo o material pesado – canhões, carretas – e a cavalhada.

Bento Gonçalves percebeu a dor de cabeça. Precisava de um amargo bem quente.

– Para usted, coronel.

A mulher de Cruz, com sua barriga e seus dezesseis anos, jaqueta de oficial sobre os ombros, estendia-lhe uma cuia de chimarrão. Sorriu. As coisas não podiam estar tão feias se seus desejos eram tão prontamente satisfeitos.

– Para quando é? – perguntou, apanhando a cuia e indicando a barriga da mulher.

Ela encolheu os ombros.

– No sé, coronel. Para quando Dios lo quisera.

O conde Zambeccari aproximou-se deles.

– Tudo foi bem até agora.

Bento Gonçalves concordou.

– Vamos olhar o outro lado.

Caminharam até a outra margem da ilha. Ali se efetuaria a passagem para o continente. Estiveram parados, olhando a margem oposta, onde o sol faiscava na areia amarela. A água chegava a seus pés: limpa e escura, fria. Crescêncio e seus trezentos cavaleiros estavam por ali, em algum lugar. Se unissem suas forças, seriam imbatíveis diante de Bento Manuel.

Voltaram para o acampamento. Mergulharam no cheiro de assado flutuando no ar.

Onofre aproximou-se. Mostrou o raro sorriso no emaranhado negro da barba.

– A coisa marcha.

– Ainda bem – disse Bento Gonçalves.

– Mais quatro viagens e o transporte termina. Já podemos começar a pensar em tirar os canhões lá do morro.

– É cedo. Vamos deixá-los lá até começarmos o transporte para outra margem. Eles têm que garantir nossa retirada.

– Tem razão. Alguma notícia do Cabo Rocha?

– Não deu sinal de vida. Isso quer dizer que tudo está bem.

Onofre olhou para o céu.

– Nuvens escuras. Se chover vai nos prejudicar.

Brusco deslocamento de ar, ribombo de avalanche descendo sobre o acampamento. A ameaça congelou o sangue de todos durante os segundos em que olharam para o céu desejando que fosse trovoada.

– É canhão – disse Onofre para os rostos pálidos. – Já nos acharam!

Não se moveram, esperando – mas não escutaram mais nenhum tiro.

Desceu sobre eles a ilusão de que fora trovoada. Então, novas descargas se ouviram, altas, fortes, fazendo estremecer os corações.

– São os nossos – disse Bento Gonçalves.

Lívio Zambeccari olhou-o sem entender.

– São os nossos – repetiu. – São os nossos canhões que estão atirando.

Começou a chegar gente correndo. Onofre e Bento Gonçalves trocaram um olhar. Havia o perigo do pânico se propagar. Precisavam fazer alguma coisa. Onofre levantou os braços enormes.

– Tenham calma! Aqui estamos protegidos. Fiquem em seus lugares e não comecem a correr. Fiquem em seus lugares.

Grupos de soldados e civis corriam mato adentro. Os cavalos empinavam as patas e relinchavam. Três conseguiram rebentar a soga e dispararam dando coices com as patas traseiras, abrindo claros entre a multidão.

– Segurem esses cavalos! – berrou Onofre.

Desceu sobre eles o cheiro de pólvora queimada. Bento Gonçalves e seu Estado-Maior dirigiram-se até o ponto mais próximo do morro em frente, onde estavam as bocas de fogo. Puderam ver os canhões disparando: os súbitos clarões, o recuo, os homens amontoados ao redor dos grandes ferros numa atividade frenética.

– São os nossos – repetiu Bento Gonçalves. – Estão resistindo.

– E Cabo Rocha? – perguntou Onofre. – O que será que aconteceu com ele?

Bento Gonçalves passou o dedo indicador na testa – uma ponta fina de dor.

– Vou mandar alguém saber da situação – disse num murmúrio. – É preciso que eles resistam.

Capítulo 7

Quando o tenente José Egídio embarcou no pontão com quatro soldados começou o crepúsculo. Não houve pássaros recolhendo-se para as copas das árvores nem o sol demorou-se no horizonte. A noite veio brusca, leve e quase sem violência. O troar dos canhões tornou-se parte dela; cadenciado, estalando luzes súbitas e escarlates, abafando todos os outros sons e criando atmosfera de tempestade e de sufoco.

As rodas de chimarrão formaram-se. O canhoneio começou a ser encarado como uma batalha alheia, distante. Bem no fundo, atrás do murmúrio das conversas e do choro cansado das crianças, do estalido do fogo e das raras, abafadas risadas de alguém, paira, feito sombra, a lembrança do que aconteceria se os canhões de Bento Manuel começassem a atingir a ilha.

Há mais de uma hora que Bento Manuel resolvera responder ao fogo com fogo e também bombardeava as posições dos farrapos no morro. Todos sabiam que se ele conseguisse posicionar os canhões para atingir a ilha morreriam como ratos numa armadilha.

(O som do duelo de artilharia voava veloz sobre o rio, levado pelo vento, e descia em Porto Alegre, soturno como uma carruagem negra. Araújo Ribeiro depositou o cálice de licor sobre o mármore da mesa. Aproximou-se da janela. A noite estava morna e o céu estrelado. Olhou a cidade deserta.

Viu uma sentinela. Os estrondos continuavam. Fechou a janela. Voltou para a mesa, apanhou a pena, olhou a folha em branco.)

Perto da meia-noite, o pontão regressou. Junto com o tenente Egídio vinha Cabo Rocha. Tinha uma banda sangrenta na testa. O pala leve estava rasgado e com manchas de sangue. Bento Gonçalves aproximou-se para recebê-los.

– Vim para receber ordens – disse do pontão Cabo Rocha. – Tivemos um encontro com um batalhão e recuamos até o morro. Vai ser difícil resistir. A posição é boa mas não temos mais munição. O Sebastião não aguenta mais nem meia hora.

– Vosmecê foi ferido?

– Não é nada. Estamos quase sem munição, coronel.

– Vamos mandar já.

– Eu mesmo levo.

– Vosmecê fica, major Rocha. Vai cuidar desse ferimento. – E para o tenente José Egídio: – Tenente, providencie munição imediatamente e encarregue-se de levar aos homens no morro. A ordem é resistir ao máximo.

– Precisamos fabricar pólvora – disse Onofre. – A tapera vai servir de laboratório.

– Eu quero voltar – disse Cabo Rocha. – Meus homens estão lá. Eu vim só receber ordens.

– Já as recebeu, major.

Cabo Rocha saltou do pontão para a terra, contrariado. A lua brilhou de repente na água. Era meia-noite. Deixou o doutor Duarte fazer o curativo em seu ombro com má vontade. Tinha pequenos estilhaços de bala, quase no mesmo lugar onde Bento Gonçalves fora atingido. A testa estava arranhada por ponta de sabre.

– Foi uma escaramuça rápida. Eles vieram pelo mato abrindo uma picada para arrastar os canhões. Estão decididos a tomar o morro.

– Já sabem que estamos na ilha. E Cunha? Vosmecê o viu?

Cabo Rocha negou com a cabeça.

– Está do outro lado do morro. Ouvi um tiroteio brabo por lá, mas acho que é artimanha do Bento Manuel. Ele não tem interesse naquele lado. Se o Sebastião receber munição não arreda pé de lá do morro. Ele me garantiu isso.

– A munição deve estar chegando.

Afastou-se alguns passos e chamou Onofre com um aceno. Falou em voz baixa.

— Já sabem que estamos na ilha. E a pólvora?
— Está sendo feita. O problema é...
Bento Gonçalves fez uma careta de dor. Onofre interrompeu-se.
— ... é cartucho. Quase não tem mais. Se faltar cartucho, não adianta fazer pólvora.
— Vamos acelerar a partida. Os homens já se alimentaram. — Apanhou o relógio da guaiaca. — Dentro de três horas vamos embarcar. Está subindo uma cerração. Isso é bom para nós.
Onofre olhou o mato desaparecendo sob a fina camada de vapor.
— Pelo menos alguma coisa em nosso favor.
O canhoneio tinha cessado. Caminharam lado a lado, contemplando os corpos que ressonavam. Ouviram um som fino, cabriolante, de flauta de taquara. O vaqueano Cruz soprava seu instrumento ao lado da mulher adormecida.
— Chamando cobra? — perguntou Onofre.
— Com esse barulho todo já não tem mais cobra na ilha, coronel.
Continuaram a caminhada. Encontraram o Zambeccari enrolado na capa de veludo.
— Nevoeiro — disse o conde. — Bom para a travessia.
Uma mulher adormecida começou a falar em voz alta. A fala transformou-se em oração.
O bombardeio recomeçou, nesse exato momento. A mulher estremeceu num arranco e cobriu a cabeça com o poncho.
— O poeta recebeu a munição — disse Onofre.

O nevoeiro cobriu tudo.
— Cinco horas. Vamos começar o embarque para a outra margem.
Vai ser bom ver o Crescêncio.
Meia hora antes, já tinham começado a carregar os pontões e os barcos. Um canhão foi instalado na frente do pontão. Os soldados moviam-se com energia, pressentindo que se aproximava o momento de saírem daquele lugar.
Em fila, disciplinadamente, o pontão foi ocupado. Cabo Rocha foi o último a entrar.
— Pode seguir — comandou Onofre. — Lembranças ao Crescêncio.
Cabo Rocha colocou o indicador nos lábios.
— Silêncio...
Onofre conhecia o faro de rastreador de Cabo Rocha.
— Que foi?
— Silêncio...

O nevoeiro não deixava ver absolutamente nada. Não souberam definir a luz que brilhou, pequenina, na escuridão.

Calaram-se, fascinados, vendo-a crescer, brandamente ameaçadora.

Uma mulher se persignou. Houve um movimento de recuo na soldadesca: outra luz apareceu. Alguns murmúrios, uma voz alarmada.

– Silêncio!

A terceira luz criou um sentimento de pavor sobrenatural. Então, todos viram, ao mesmo tempo, as grandes luzes amarelas e vermelhas, as lentas e assustadoras e grandes luzes amarelas e vermelhas que se deslocavam com majestade na escuridão do rio. Havia dez, doze, quinze, dezenas e dezenas de luzes brilhando no rio.

– Grenfell – gemeu o conde. – Maldito inglês.

– Não podemos mais atravessar – disse Bento Gonçalves num fio de voz. – Major, mande seus homens desembarcar.

Esperaram o dia chegar num silêncio tenso, acentuado pelo troar cada vez mais raro dos canhões. A luz do sol expulsou o nevoeiro e revelou a esquadra imperial postada em linha, diante da ilha: dezoito embarcações de guerra, cortando a retirada para o continente.

Bento Gonçalves admitiu que tinha caído na armadilha de Bento Manuel.

Capítulo 8

Havia um céu esplêndido, esse céu profundo e azul que substitui as madrugadas nevoentas da primavera. A ilha remoçava de pios de pássaros. Uma menina perseguia borboletas.

Lívio Zambeccari percebeu que as mãos pálidas tremiam. Pensou em seu pai, pensou nas grandes asas de seda. Olhou Bento Gonçalves sentado na barranca, Tunico Ribeiro atrás dele, em pé.

Bento Gonçalves tinha homens fiéis. Isso é uma espécie de dom, pensou.

Numa alta barranca postaram três canhões calibre nove contra o novo inimigo. O combate no morro tinha amainado. Várias vezes Bento Gonçalves apontou os binóculos sobre a encosta. Viu os canhões, manejados pelos artilheiros do major Sebastião.

Às onze horas da manhã o sol esquentou. Foi quando cansou de olhar fixamente para os navios postados na sua frente. Percebeu que estava principiando a cometer uma insanidade ou um capricho, mas já não tinha forças para segurar fosse o que fosse, já tinha esperado tempo demais, ficar empacado naquele lugar ignorado dos homens, sob o deboche desse inglês mercenário pirata bucaneiro sem pátria era demais para sua condição de homem livre, e sentindo obscuro prazer sussurrou no ouvido do imberbe alferes chefe dos artilheiros:

– Senhor Figueira, abra fogo.

A bala do canhão atingiu o mastro principal da escuna *Legalidade*, a nau capitânia. A grande madeira partiu-se em dois e desabou com escarcéu, arrastando cordas e rompendo velas.

– Adeus, *Legalidade*! – gritou Onofre.

Ao redor, todos aplaudiram e deram vivas. O navio respondeu ao fogo. A ilha estremeceu. Árvores despedaçaram-se. O cheiro de pólvora encheu a manhã. Os cavalos começaram a eriçar-se de terror.

Dois barcos deslocaram-se e postaram-se ao lado do *Legalidade*. Iniciaram o bombardeio. Desabou sobre eles uma chuva de terra e pedaços de pedra e pau. Árvores transformaram-se em grandes tochas. Um urro de pânico brotou da maioria das bocas. Os disparos caíam cada vez mais próximo dos canhões.

– Aqui estamos a descoberto! – gritou o chefe dos artilheiros. – Precisamos encontrar uma posição mais protegida.

Onofre aproximou-se resfolegante.

– Vamos tirar os canhões daqui! Precisamos escondê-los no mato antes que os acertem.

Quarenta homens empurraram as pesadas armas para dentro do mato cerrado. Após muito esforço, conseguiram postá-los entre as árvores, em posição boa para tiro.

– Não cessem o fogo! – ordenou Bento Gonçalves. – Não podemos deixá-los se aproximar.

A pequena ilha estremecia a cada tiro. A parede principal da antiga olaria desabou de repente, assustando os que trabalhavam lá dentro, fabricando pólvora.

– Precisamos achar outro laboratório – disse o sargento encarregado, coberto de pó. – Fabricar isto a descoberto é um perigo.

Um grupo cavava trincheiras onde as mulheres estiravam-se protegendo as crianças. Os cavalos foram amarrados às árvores. Alguns escaparam mato adentro; outros precipitaram-se pela barranca e foram levados pela forte correnteza. A tarde passava e a troca de fogo continuava inalterável.

O conde tocou o braço de Bento Gonçalves.

— Temos munição para umas quatro ou cinco horas, mais nada. Não podemos fabricar balas porque os cartuchos acabaram.

O rosto do conde sangrava. Onofre aproximou-se.

— Só há uma coisa a fazer — disse Bento Gonçalves com uma ponta de raiva na voz. — É o que eu propus no acampamento dois dias atrás. O que vosmecê diz, Onofre?

Onofre ficou calado. Bento Gonçalves sentiu que a raiva aumentava. Seu rosto estava enegrecido de fumaça.

— Vamos ter que retornar para onde estávamos, e romper as linhas deles de qualquer maneira. Se ficarmos mais tempo aqui, seremos massacrados. Vamos fazer isso esta madrugada.

Ao cair da tarde, Grenfell retirou seus navios para uma ilhota vizinha onde enterrou três mortos.

A enfermaria de bordo encheu-se de feridos, sete em estado grave. A escuna *Liberal* rondou a noite inteira as posições dos farrapos. E estes a observavam, arrogante e fantasmagórica, em meio ao brilho de suas luzes.

Os soldados caíam por toda parte, derreados, lembrando que o dia seguinte traria novas fadigas e novos horrores. Crianças choravam sem parar, com fome e medo. Os feridos gemiam, atendidos precariamente. A louca começou a cantar no meio da noite sob os risos nervosos dos soldados. Enterraram onze mortos.

Aproveitando a escuridão, vários homens deslizaram para a água fria, e nadaram tentando alcançar a outra margem.

Capítulo 9

Enquanto urinava dentro do mato, Bento Gonçalves percebeu o movimento dos barcos inimigos. Recomeçavam a tomar posição como se, ironicamente, procurassem mostrar que o dia anterior não fora um sonho mau que se desfazia com as luzes da manhã.

Voltou para o acampamento. Antunes bebia café sem açúcar. Estendeu a caneca para ele, que recusou. Combinaram iniciar o retorno imediatamente. As dificuldades seriam imensas, mas tudo era melhor do que ser encurralado na ilha.

Nesse momento, ouviram tiros e gritos. Vinham do morro defendido por Sebastião do Amaral. Correram até o pequeno porto. Bento Gonçalves ergueu o binóculo.

Combatia-se na outra margem, na orla do morro. Onde estavam os canhões travava-se feroz corpo a corpo.

Sentiu as pernas fraquejarem. Os canhões já tinham sido tomados pelos imperiais!

Sebastião do Amaral e seu batalhão desciam o morro acossados pela infantaria do coronel Andrade Neves. Na crista do morro surgiu uma dupla de cavaleiros, arrastando um canhão. Era o quarto da linha de defesa. Os dois cavaleiros eram farrapos e tentavam salvar a arma. O canhão ganhou velocidade e desceu morro abaixo, ultrapassando os dois cavaleiros. Irrompeu devastando tudo, esmagando arbustos, rompendo troncos e pedras. Como touro cego entrou pesadamente contra a parede de alvenaria de uma casa construída na barranca do rio. Ali parou, em meio ao pó, tijolos espedaçados e madeira estilhaçada.

Os homens de Sebastião do Amaral recuperaram rapidamente a arma. Apontaram-na para o alto do morro.

Nesse momento, a cavalaria imperial, comandada por Gabriel Gomes, coroou a crista do morro. Gabriel ordenou a carga.

A cavalaria jogou-se, abrindo em leque, buscando o disperso batalhão de Sebastião do Amaral, agitando as espadas, apontando lanças. O tiro disparado pelo canhão farroupilha abriu um claro na hoste que descia e interrompeu o ímpeto da arremetida.

– Precisamos ajudá-los – disse Bento Gonçalves. – Mandem imediatamente um pontão com gente para ajudá-los. É preciso manter essa posição ou estamos definitivamente perdidos. Não teremos por onde sair daqui.

Encheu-se um pontão com quarenta soldados sob o comando do Cabo Rocha. Atrás do seu bigodão negro, bota sobre a trave de madeira da proa do pontão, mordendo o palheiro apagado, observa o desenrolar do combate.

– Mais depressa, mais depressa! – comanda.

A água do Jacuí parece mais verde, mais indiferente. A água enerva-o. A água não é seu elemento.

Na margem um grupo forma um tumulto de gritos, acenos, pulos desesperados. A maioria são civis, mulheres e velhos. Ficaram para ajudar na defesa em tarefas triviais, como cozinha e limpeza. Veem a embarcação e pensam que sua missão é resgatá-los para a ilha. Acenam numa alegria louca. Cabo Rocha não entende.

A casa do canhão começa a ser cercada. Não podem perder aquele último baluarte.

– Mais rápido, mais rápido!

O pontão aproxima-se da margem. A pequena multidão que o espera precipita-se para dentro d'água, ao seu encontro. Agarram-se nas bordas da embarcação.

– Para trás! Para trás!

Há violenta explosão na casa defendida. As paredes voam em pedaços. A fumaça e a poeira se esgarçam. O canhão aparece, tombado. Os canhões conquistados pelos imperiais agora eram apontados contra seus antigos donos.

Os defensores sobreviventes abandonam a posição e precipitam-se barranca abaixo, perseguidos pela cavalaria. Muitos são trespassados pelas lanças ou acutilados pelas espadas, já na praia.

O pontão balança perigosamente.

– Fogo! – ordena Cabo Rocha. – Bala nessa cachorrada!

A fumaça escurece a pequena praia. Cavalos despencam morro abaixo, arrastando os cavaleiros. Dois deles entram pelo rio e são arrastados. Os defensores do canhão chegam ofegantes, já sem armas. Só querem embarcar no pontão salvador. São mais de trinta homens em pânico. Em torno do pontão instala-se súbito fervedouro de braços e vozes e mãos que se empurram e juram e estendem dedos suplicantes.

O pontão balança. Alguns dos soldados já começam a empurrar com os pés os que acometem o barco, outros pisam nas mãos crispadas que se agarram à borda. Cabo Rocha ordena calma aos gritos.

A embarcação vai sendo empurrada para dentro do Jacuí, cercada cada vez mais pelas mãos suplicantes. Começa a adernar. Os soldados são jogados todos para o mesmo lado. O peso é demais. O pontão vira. A carga humana cai sobre os que tentavam subir. É um novelo de mais de noventa criaturas apavoradas que desaparecem em cachões de espuma. A água fecha-se sobre os gritos e os corpos.

Há um estupor nas duas margens. Os corpos reaparecem mais adiante levados pela correnteza e tornam a desaparecer. O rio retoma sua feição natural, silencioso, veloz e profundo.

Bento Gonçalves fecha o binóculo num movimento brusco.

Bento Manuel abre o binóculo com lento prazer. Assentou-o sobre a ilha: lá estava o que sobrara do exército rebelde. Gente maltrapilha, destroços fumegantes, agitação desordenada.

Procurou com paciência. Achou Onofre. O gigante dava ordens, empurrava homens, desapareceu atrás do mato.

Bento Manuel baixou o binóculo. Os mortos ainda não tinham sido recolhidos. Um cavalo de perna quebrada mexia-se numa agonia silenciosa.

Começou a descer o morro, a pé, aproximou-se da casa atingida pelo canhão desgovernado.

– Mande vir o Xavier da Cunha – disse ao ordenança.

O canhão – motivo de tantas mortes – continuava caído, semiencoberto de tijolos e traves de madeira. Remexeu no entulho com a ponta da bota. Um oficial aproximou-se a cavalo.

– Vosmecê e seus homens combateram bem hoje, capitão.

– Obrigado, brigadeiro.

– Continua com a mania de andar escrevendo escondido por aí?

O capitão João Luís Gomes enrubesceu.

– Não escrevo escondido, brigadeiro. São notas. Um dia, serão úteis para contar esta história.

– Bueno. Mande alguém limpar isto aqui. Tirem os mortos. Quero meu bivaque no lugar desta casa. E os canhões aqui, apontados para eles.

O capitão afastou-se a galope. Bento Manuel deixou seus olhos percorrerem a paisagem. De onde estava – uma barranca sobranceira à ilha – tinha privilegiada visão de tudo o que acontecia no campo inimigo, como se estivesse num camarote no teatro.

O sol brilhava na água. O pontão e sua carga humana desapareceram. Pensou no Cabo Rocha. Tinham lutado lado a lado contra os castelhanos, na Cisplatina. Estranho que tivesse esse fim. Sempre o imaginara morrendo numa peleia de bolicho, por discussão em jogo de truco, por uma china.

Os soldados começavam a limpar o local. Tentavam arrastar o canhão e retirar as traves de madeira.

Gabriel desmontou do cavalo. Tinha o rosto afogueado.

– Bom trabalho, major.

– Obrigado.

Ficou num silêncio tenso.

– Vamos lá, Gabriel, desembucha.

– É que... eu queria saber se o senhor vai ordenar o toque de parlamento.

– Toque de parlamento? – Bento Manuel abriu o cantil e tomou um gole de água. – Para quê?

– Eles estão indefesos, brigadeiro.

– Major Gomes, quando eu precisar dos seus conselhos, eu o mandarei chamar. – Bebeu outro gole e limpou a boca com as costas da mão. – Quanto aos anarquistas, se eles quiserem render-se, vão ter que pedir para isso, como manda a lei. Agora, monte nesse pangaré e vá cuidar do que lhe diz respeito.

Gabriel recuou e fez continência. Esporeou o animal em direção à praia.

O ordenança de Bento Manuel chegou com a banqueta de campanha e abriu-a. Bento Manuel tirou um palheiro da guaiaca. Aproximou-se outro oficial.

– Major Xavier, lá em Viamão, vosmecê foi logrado pelo Bento e pelo Onofre.

Todos diziam que o major Xavier da Cunha era orgulhoso e cruel. Bento Manuel se comprazia em lhe dar pequenas estocadas.

– Agora, vosmecê vai dar o bote final nos anarquistas. Me empreste o fogo.

Os olhos de Xavier da Cunha abriram-se de interesse.

– Procure Grenfell. – Fez uma pausa para acender o palheiro no isqueiro do major. – Ele deve levar quatrocentos homens sob seu comando e desembarcar na parte de trás da ilha, onde eles não estão.

– Desembarcar na ilha?

– Depois de desembarcar vosmecê atravessa pelo meio do mato e cai pela retaguarda deles. Tudo tem que ser rápido e sem que eles notem.

– Muito bem, brigadeiro.

– Eu vou dar cobertura. Vou colocar os canhões aqui e bombardear o tempo todo para distrair a atenção deles. Outra coisa: diga ao inglês para mandar buscar em Porto Alegre o presidente Araújo. O presidente vai assistir a um espetáculo único.

Olhou para Xavier, saboreando sua reação.

– Vai assistir ao fim da rebelião.

Depois que o major se afastou, Bento Manuel, pacientemente, saboreando um bom humor que ele mesmo estranhava, esperou que os canhões fossem instalados lado a lado, apontados contra a ilha.

Estavam à distância de um tiro de fuzil. Esmagou na unha do polegar a brasa do palheiro. Consultou o relógio. Nove horas da manhã. Sentou na banqueta, acomodou-se e ergueu o binóculo.

– Comecem o bombardeio.

Capítulo 10

O primeiro disparo terminou de destruir o que restava da velha olaria. As balas caíam no centro do acampamento farrapo, provocando pânico. Grenfell também recomeçou o fogo. Bento Gonçalves sentiu que o desespero se apossava dele. Estava entre dois fogos e não tinham para onde fugir.

– Precisamos responder – gritou. – Eles terão que recuar aqueles canhões.

– Vamos carregar dois canhões para a outra margem. É o único jeito – disse Antunes.

Tornaram a deslocar dois canhões através do matagal. Os soldados empurravam as enormes máquinas atordoadas pelo canhoneio que os atingia de duas direções, entrando em lodaçais, fazendo esforços para desembaraçar as rodas da lama.

Acharam um local favorável. Instalaram os canhões e começaram a responder ao fogo. O canhoneio farrapo teve o dom de surpreender a artilharia imperial, que tornou-se mais cautelosa, espaçando um pouco os disparos.

Uma nuvem negra cobria a ilha. Com exceção dos artilheiros, todos os outros componentes do exército farroupilha colavam-se ao chão ou cavavam buracos para escapar à fúria de fogo e aço que desabava sobre eles.

Os feridos aumentavam. O número de mortos era desconhecido. Os cavalos enlouqueceram e atropelaram-se pelo matagal num estouro incontrolável. Nos breves intervalos dos disparos, ouviam a voz da louca entoando canções.

Lívio Zambeccari sentiu uma coisa pesada no ombro: a mão de Onofre.

– Temos novidades.

Bento Gonçalves deslizou até eles, com Tunico Ribeiro ao lado, rostos enegrecidos de carvão e terra.

– Desembarcaram.

– Onde?

– Na outra extrema. Entre trezentos e quatrocentos. Cruz viu.

Bento Gonçalves sentiu que não tinha mais dor de cabeça.

– Onofre, eles são seus. Reúna gente. Eles precisam retornar. Uma batalha aqui seria desastrosa. Pegue eles de surpresa.

O gigante ergueu-se devagar. O conde Zambeccari também.

– Vou com vosmecê.

Reuniram o maior número possível de homens. Era difícil na confusão.

– Acho que já temos uns duzentos. Vamos em fila de dois. Vosmecê comanda uma, eu a outra. O Cruz nos leva – disse Onofre ao conde.

Ergueu os braços.

– Camaradas! O inimigo vem pela nossa retaguarda. Vamos mostrar a esses filhos de escravos como os homens livres lutam. Vamos em silêncio. Silêncio completo.

Entraram no matagal seguindo Cruz. O vaqueano movia-se rápido. Tinha a flauta atravessada no cinto, ao lado da adaga. Avançavam curvados, pisando com cuidado, perdidos num mundo vegetal e perturbado pelo som de trovoada intermitente e enervante. A maioria eram clavineiros, sem experiência em combate corpo a corpo.

Meia hora de marcha. Cruz fez um sinal com a mão.

No meio da ilha havia um pantanal escuro. Dezenas de jacarés estavam espichados ao sol, inquietos com o ruído do canhoneio. A visão dos jacarés desconcertou os homens. Deram uma volta cautelosa para evitá-los. Avançaram rompendo lianas e folhagens. Tito Lívio começou olhar preocupado para os lados, imaginando uma serpente em cada cipó.

Cruz tornou a fazer um sinal. Onofre gesticulava freneticamente para se abaixarem. A coluna inimiga aproximava-se. Vinha em fila, abrindo uma picada com facões, descuidada de fazer ruído. Onofre reconheceu o comandante.

– Ah, filho da puta... aqui vai ser diferente de Viamão...

O major Xavier da Cunha era um homem muito magro, de rosto cavo. Onofre o conhecia bem. Depois de que Porto Alegre caíra nas mãos dos imperiais, o major notabilizou-se em exercer a repressão. Perseguia sem descanso os republicanos e liberais, enchendo os cárceres. Chicoteara até a morte, pessoalmente, muitos dos soldados aprisionados nas tentativas de retomar Porto Alegre.

– Quando eu mandar – sussurrou.

A descarga foi à queima-roupa. Onofre não deu tempo a que remuniciassem as clavinas. Empunhando uma espada em cada mão, ergueu toda a altura do corpo e comandou numa voz que abafou o troar dos canhoneiros:

– A degolar essa cambada!

A espada de Onofre atravessa de lado a lado o corpo do soldado imperial que estava mais próximo. A surpresa dispersa por instantes a tropa de Xavier da Cunha. Os farroupilhas surgem do matagal, gritando. O combate corpo a corpo se estabelece. Quase não há espaço para mover-se. Os corpos se chocam, se entreveram, se engalfinham, caem, são pisados. As espadas trespassam carne. Os grandes braços de Onofre derrubam imperiais. Os homens se enroscam nos cipós. O combate começa a espalhar-se. Há uma brecha nítida nas linhas de Xavier da Cunha. O conde Zambeccari sente o braço dolorido de tanto movê-lo. Muda a espada de mão.

O corpo a corpo começa a espalhar-se em várias direções. O conde pressente o perigo.

– Não podemos nos espalhar! Não podemos nos separar! Fiquem juntos.

Se o combate tomasse um espaço maior para desenvolver-se, ficariam em desvantagem. Grande dragão dando uma rabanada, o combate tomou a direção onde a vegetação era menos densa. Onofre e o conde perceberam que combatiam num canavial. Começa um som estralejante de cana sendo quebrada por espadas, derrubada por corpos, pisada por botas. O canavial foi sendo devastado pelos grupos envolvidos no torvelinho.

Cruz segura o conde pelo braço.

– Vamos queimar a plantação.

O conde ficou perplexo.

– Não entendo.

– Assim a gente volta pra o matagal. Aqui a vantagem é deles.

E sem dar mais conversa abaixou-se, reuniu um punhado de folhas secas dos pés de cana e acendeu o isqueiro de corda. Uma chama ergueu-se, rápida, lambendo as folhas. Subiu, agarrando-se aos caules que começaram a estalar.

O combate continuava – agora com mais cautela, pois os soldados começavam a buscar espaços e estudar melhor o adversário. Quando deram-se conta, estavam cercados por grandes chamas que devoravam a plantação, estalando com sons de disparo de festim. O calor se apossa do ar. Torna-se difícil respirar. Ninguém ouve mais ordens ou clarins, a fumaça cega a todos.

Xavier da Cunha tenta organizar seus homens de qualquer maneira. Consegue que um grupo importante se refugie na mata e prepare o contra-ataque. Onofre vai atrás dele.

– Vamos! Não os deixem recarregar as armas. É na espada que eu quero ver!

Os imperiais veem os farroupilhas em formação compacta em torno de Onofre avançar contra eles, Onofre com duas espadas tintas de sangue. Uma bala lhe raspou a coxa. Outra cortou-lhe um pedaço do ombro. Ele parece nada sentir, a não ser a compulsão vertiginosa de seguir golpeando sem parar, destroçando, abrindo corpos, pisando membros, avançando e gritando rouco contra os atacantes. Os legalistas recuam: o ânimo dos farrapos cresce, pressentindo a vitória. Avançam com mais vigor.

Xavier da Cunha grita desesperado. Ordena a seus oficiais que obriguem os homens a fincar pé e resistir. O grupo que esboçava um núcleo de resistência desfaz-se com o ataque de Onofre. Espalha-se, numa correria desordenada.

O incêndio aumenta, devastando o canavial.

– Vamos expulsá-los – grita Onofre. – Vamos jogá-los no rio!

A perseguição começa. Os que são alcançados perecem trespassados pelas espadas. Zambeccari vê-se atolado num pântano de areia movediça. Recua, antes que fique preso definitivamente. Os fugitivos em desespero também entram no pântano. Muitos vão longe demais, não podem voltar, começam a afundar, dando gritos de socorro.

O conde arrasta-se para fora. O pavor o invade: está cercado por jacarés, atordoados com o fogo, os gritos e o estrondo dos canhões.

Cola-se a uma árvore – os grandes répteis passam por ele, deslizando os corpos esverdeados, descem uma barranca. São mais de cinquenta.

Vê um homem caído na margem do rio. Usa uniforme de oficial, com o lenço farroupilha. Os jacarés mergulham na água, perto dele. Desce o barranco para ver se está vivo. Vira o corpo do homem. É o major Sebastião do Amaral.

– Conde – geme o major. – Vosmecê... Perdemos os canhões... Consegui atravessar a nado...

Abre o dólmã, derruba um maço de papéis molhados:

– Meus poemas... minhas cartas!

CAPÍTULO 11

Onofre retorna ao acampamento com seus homens. Voltam sujos, suados, roupas em tiras, pela primeira vez sentindo que estão à beira da exaustão total.

O acampamento continua sob o fogo ininterrupto dos canhões de Bento Manuel e Grenfell. A nuvem negra sobre a ilha está imutável. Os pássaros fugiram. As mulheres e crianças, deitadas nas trincheiras desde o amanhecer, estão mudas. Não choram. Não conversam. Não sabem quando o pesadelo terá fim.

Onofre desaba ao lado de Bento Gonçalves, numa trincheira. Está manchado de sangue.

– Está ferido?

– Não. Acho que não. Não é nada... Botamos o carrasco a correr.

– Era o Xavier? Voltaram aos barcos?

Onofre negou com a cabeça.

– Estão acampados na praia. São mais de quatrocentos. Cortamos o avanço, mas não podíamos fazer mais.

– Quantas baixas?

– Não sei ainda. Mais de cinquenta. Perdemos Cruz.

– Por aqui também já perdemos a conta. O canhoneio não para.

Bento Gonçalves apertou a testa com o dedo indicador. Dois corpos entram na trincheira, escorregando até o fundo: o conde Zambeccari e Sebastião do Amaral.

– Pensei que tinha batido as botas, poeta – disse Onofre.

– Quase. Ainda bem que sei nadar.

– Vosmecê estava no pontão? – perguntou Bento Gonçalves.

– Não. Mas eu vi, lá do morro. Cabo Rocha e o resto não se salvaram. Eu estava na casa do canhão. Quando a casa foi atingida escapei do cerco com mais dois soldados. Nos jogamos no rio, mas eles não conseguiram chegar na ilha. A correnteza é muito forte.

– Encontrei nosso poeta na margem. Quase que ia servindo de almoço para os jacarés.

– Vamos todos acabar servindo de almoço para os jacarés – diz Onofre.

Ficam calados. Os canhões estão momentaneamente silenciosos.

– Como estamos de munição, coronel? – pergunta Sebastião do Amaral.

– Boa pergunta. Vamos ver – diz Bento Gonçalves.

Saem da trincheira. Sentem como estão com os músculos doloridos, como as articulações emperram, como lhes é difícil caminhar com agilidade. Há quase três dias não dormem nem comem. O conde sente coceiras por todo o corpo. Aproximam-se da bateria.

O chefe dos artilheiros está morto, entre os escombros. O substituto perfila-se com a aproximação dos oficiais. Antunes está com ele.

– Poeta!

Abraça o major.

– Quem está vivo sempre aparece.

– Como estamos de munição? – pergunta Bento Gonçalves.

– No fim. Uns trinta cartuchos.

– Vinte e oito, major – diz o substituto.

Olham para ele. É um adolescente. Enfrenta os olhares com orgulho juvenil.

– O alferes Figueira agora está no comando dos artilheiros – explica Antunes. – Temos pólvora bastante ainda. Mas acabaram os cartuchos. Só mais vinte e oito disparos. Depois disso, acabou.

Olham para o lado inimigo. Nesse momento reinicia o bombardeio. Um obus cai perto deles, levantando terra e pedaços de galho.

– Responda ao fogo – diz Bento Gonçalves com súbita raiva.

O duelo recomeça. A ilha torna a sacudir, o ar saturado do cheiro de pólvora.

– Coronel – diz Antunes –, estive conversando com os oficiais, e eles pediram-me para transmitir uma inquietação. – É obrigado a gritar para fazer-se ouvir. – Eles perguntam se não seria conveniente hastear uma bandeira de parlamento. Nas atuais condições não seria desonroso.

Antunes viu o sangue fugir do rosto de Bento Gonçalves.

– Não seria. Mas não vamos pedir nada para o traidor.

Antunes está desconcertado.

– Veja, Antunes... – parece buscar palavras. – Se nos entregarmos agora, seria o fim de tudo. Já que o Netto teve a ideia de proclamar uma República, temos que agir diferente.

– Não entendo, coronel.

Bento Gonçalves tornou-se subitamente agressivo. Seus olhos brilharam.

– Isso é tudo que o Bento Manuel quer: me ver seu prisioneiro!

– Mais cedo ou mais tarde isso será inevitável, coronel.

– Será mais tarde.

– Quanto mais cedo, mais vidas serão poupadas.

– Eu não queria me meter nesta ratoeira.

A voz ficou subitamente débil, a palidez aumentou, Antunes percebe o ligeiro tremor no canto do olho direito.

– Estamos todos cansados, Antunes... Mas vamos resistir. Não pedirei arreglo durante o combate. Se eles cessarem fogo, mesmo que seja por instantes, levantaremos uma bandeira.

A dor de cabeça atravessou-o. Caetana rezava num oratório. Pedia à Virgem para abrandar seu orgulho. Era homem orgulhoso. Tinha muitos defeitos: gostava da riqueza e do poder, gostava de adolescentes indiáticas na hora da sesta, gostava de pompa. Mas, acima de tudo, tinha esse orgulho de ferro, que o diabo velho, nessa hora de provação, queria reduzir a pó.

– Coronel, temos só dois cartuchos.

O adolescente chefe dos artilheiros perdera a arrogância juvenil. Bento Gonçalves sempre fora um pai severo. Mas a voz estava cansada.

– Dois cartuchos?

Agora estava longe, agora olhava um ponto no rio, muito longe.

– Temos que nos preparar para um ataque em massa – sussurrou no espesso silêncio.

Pareceu voltar, olhou os rostos tisnados e ansiosos.

– Sem cartuchos não poderemos impedir que se aproximem. Temos que nos preparar para um ataque em massa. – A voz ficou firme. – Cavalheiros, vamos enfrentar uma luta corpo a corpo, de arma branca, três contra um. Peço coragem a todos.

Um peso pairava sobre a ilha: o peso do espesso silêncio.

– Cessaram fogo, coronel – disse Antunes.

Bento Gonçalves ficou imóvel.

– Eu percebi, major. Mande o Tunico vir aqui. Mas vá com calma, não quero ver ninguém correndo.

Antunes imobilizou o corpo.

– Ninguém está correndo, coronel. Ninguém correu. E ninguém vai correr.

Os dois homens encararam-se, surpresos e feridos.

– Está bem, major. Eu sei. Todos se comportaram bem.

Afagou a cabeça do jovem artilheiro, que os olhava espantado.

Junto à barranca, Tunico Ribeiro apoiou o pé num tronco caído, ergueu a corneta e encheu o ar com seu sopro metálico.

Gabriel Gomes, na outra margem, acordou assustado. Dormia à sombra das árvores, cansado das cavalgadas da manhã. Viu o corneteiro e Onofre ao lado dele.

Fez sinal para que atravessassem o rio. Onofre embarcou numa canoa com um remador. Quando chegou à terra, Gabriel Gomes já estava acompanhado de mais cinco oficiais.

– Ainda bem que vosmecê veio.

Apertaram as mãos.

– Não vejo a hora de encerrarmos esta pendência – disse Gabriel.

Seguiram morro acima até Bento Manuel, em seu palanque. Soldados e oficiais acompanharam a subida, olhando Onofre com curiosidade. Bento Manuel não se moveu em sua banqueta.

– O que o traz por estas bandas, Onofre?

– Queremos parlamentar, coronel.

– Eu sou brigadeiro, Onofre. O meu tocaio está vivo?

– Bem vivo.

– Graças a Deus. Macanudo. É com ele que quero falar, Onofre. Não quero saber de mensageiros. Já estou farto de matança, mas não quero saber de mensageiros. Vai lá e diz que eu quero falar com ele pessoalmente.

Capítulo 12

Farda escovada, barbeado, em pé na proa do pontão, sem olhar uma única vez para trás ou para os lados, rígido, enrolado no pala, sentindo a ardência das feridas e a fisgada da dor na cabeça, ignorando o crepúsculo que se desfazia sobre o rio e rabiscava de vermelho as mais recônditas folhas do arvoredo, assim Bento Gonçalves fez a travessia da ilha até o continente, para encontrar seu inimigo vitorioso.

Antunes e o conde Zambeccari o acompanhavam. Pensavam numa maneira de ajudar seu comandante na provação que se aproximava, mas não atinavam como. Era o mais duro momento da vida do coronel Bento Gonçalves da Silva, e ele teria de enfrentá-lo só.

Subiram o morro com dificuldade. Escorregavam no chão precariamente iluminado com fogueiras. Onofre ficara no acampamento. Tinha havido um princípio de discussão entre ele e Bento Gonçalves. Zambeccari interviera, moderador, e a discussão acalmou-se. Agora, subiam o morro, resfolegantes, ouvindo os sons do acampamento inimigo – sons alegres, de guitarras e sanfonas e risadas: som de acampamento vitorioso –, escoltados sem ostentação por dois oficiais.

Gabriel Gomes abriu a porta da barraca e deu espaço para Bento Gonçalves entrar.

O lampião iluminava Bento Manuel, sentado num toco de madeira.

Bento Gonçalves viu o chapéu sobre a mesa, ao lado do binóculo e do sabre. No acanhado ambiente a obesidade de Bento Manuel aumentava, esparramava-se do banco, descia até o chão como sombra, arredondava-se em seus ombros e revelava-o um ser sobrevivente do crepúsculo, tisnado do amarelo que o lampião irradiava.

— Minha mãe era uma índia tapuia. Meu pai, um português borracho. Tudo o que eu fiz, toda minha vida, foi pra ter um pouco de paz, e a certeza dum prato de comida antes de dormir. – Ergueu os olhos cinzas onde Bento Gonçalves não leu a mais leve emoção. – Eu não tenho nada contra ti nem contra ninguém e esta guerra não é assunto particular meu. Por mim, este assunto já acabou. Por mim, eu deixava todos irem embora. Mas eu não posso fazer isso. O presidente está vindo para cá. Ele vai fazer exigências que eu não vou fazer agora. Só quero o que é lógico, tocaio. Vosmecês não têm a mais remota possibilidade de uma alternativa. Assinem a capitulação, entreguem as armas e eu garanto uma anistia.

— Preciso falar com meus oficiais.

O conde Zambeccari e Antunes da Porciúncula foram tratados com cortesia. Gabriel e João Luís fizeram as honras da casa. Instalaram-se ao redor da fogueira, bebendo vagarosamente da guampa que passava de mão em mão. Quando Bento Gonçalves saiu da barraca, um quarto de hora depois, encontrou os companheiros ao redor do fogo, em severo convívio com os inimigos.

Todos levantaram-se à sua aproximação. Foi soturnamente polido. Aceitou a guampa com cachaça, bebeu em pequenos goles. Espargiu os últimos pingos no fogo.

Desceu a lomba escura escoltado pelos oficiais, entrou no pontão. Fez a travessia calado, observando a lua, ora no céu, ora na água, lembrando, num instante de curto horror, o grupo de homens sumindo no rio, as mãos crispadas, os gritos, Cabo Rocha, os cachões de espuma.
No acampamento, ao redor da fogueira, falou para a angústia dos oficiais.
— A exigência é capitulação total. Em troca, anistia para todos que entregarem as armas. Pede para que enviemos ordem a Crescêncio fazer o mesmo. Senhores, todos sabem que eu não dou crédito à palavra de traidores. Esta noite deverá chegar o presidente imposto pela Corte para conferenciar com ele. Araújo Ribeiro também não é digno de confiança. Aceitei a trégua porque não é justo levar nossos homens a um massacre. Mas as ordens ao coronel Crescêncio serão para que se retire para a Campanha, busque o coronel Netto e prossiga a luta.
Os oficiais aplaudiram brevemente.
— O major Antunes levará a mensagem para Crescêncio. Isso é tudo.
Afastou-se em passos inseguros até perto do trapiche. Os oficiais continuaram ao redor do fogo, calados, esticando os dedos para o calor. A louca murmurava preces. Ouviam-se gemidos.
Lívio Zambeccari viu o coronel afastando-se no escuro. Pensou no conde Francesco, seu pai, em seus longos silêncios e em sua solidão. Pensou em ir atrás de Bento Gonçalves, mas desistiu. Buscou o olhar dos outros; todos olhavam o fogo.
Bento Gonçalves cruzou os braços e ficou contemplando a escuridão, escutando o deslizar sussurrante da água, o coaxar dos sapos nos charcos, o cri-cri dos primeiros grilos da primavera e todo o seu corpo se convulsionou ao pressentir e ignorar o mistério da larga, esparramada, ambígua paz que descia fria e acariciante da noite.

Capítulo 13

Recebo como irmãos e afiaço serem livres de perseguições, conforme as ordens do governo do Brasil, todos os indivíduos que se apresentem e reconheçam o governo legal do mesmo Brasil e da Província, os que se acham nesta ilha mesmo, os que estão nas charqueadas dentro de quatro dias, e os

de Jaguarão e Pelotas no prazo de 15 dias, inclusive nestes, todos os chefes que têm acompanhado o Coronel Bento Gonçalves da Silva, e o mesmo coronel, entregando todo parque de artilharia, armamentos e munições, na ocasião de se apresentarem.
Campo no ponto do Fanfa, 4 de outubro de 1836.
Bento Manuel Ribeiro, Comandante de Armas.

Araújo Ribeiro jogou o documento com rispidez sobre a mesa, fazendo a chama do lampião dançar. As sombras nas paredes de lona também dançaram.
— Isso é a coisa mais estúpida que já vi na minha vida.
Bento Manuel estava exausto e com a paciência no final.
— Não compreendo.
— Brigadeiro, eu vim até aqui para ver os rebeldes a ferros. Não para ler essa papelada pomposa e mal-escrita.
— O Bento Gonçalves se comprometeu a –
— O Bento Gonçalves não vai se comprometer a entregar exércitos que não estão sequer sob suas ordens, brigadeiro. Eles proclamaram uma república aqui na Província, já esqueceu? E contra as ideias de Bento Gonçalves.
— Eu sei, mas...
— Eu quero ele a ferros no porão do navio! E que seja levado pra Porto Alegre o quanto antes. É inadmissível que depois de derrotado do jeito que foi ainda fique livre e dando opinião.
— Ele não deu opinião. Sabia que não tinha saída. Aceitou todos os termos.
— Eu quero ele a ferros.
Apanhou a guampa lavrada em cima da mesa, cheirou seu conteúdo.
— Quero Bento Gonçalves, no mais tardar, depois de amanhã em Porto Alegre. É preciso mostrar ao povo a derrota completa dele, para acabar de vez com a lenda. Com ele na cadeia, o resto dos rebeldes fraquejará.
— Ou não – disse Bento Manuel.
— Ou não. – Os dois homens por um momento se olharam e perceberam que eram muito diferentes. – Agora vamos poder aquilatar a força do movimento.

O vapor que levou Araújo Ribeiro de volta a Porto Alegre provocou ondas fortes, que quase viraram a barcaça com o major Antunes, que navegava em direção à outra margem, com as ordens de Bento Gonçalves a Crescêncio.

No acampamento, a madrugada se arrastava. O silêncio causava uma demora no dia e nas coisas, uma ansiedade nos homens e nos animais.

Tunico Ribeiro descobriu a causa do silêncio.

– A passarada – ele disse. – Foi embora da ilha. Não ficou um.

Bento Gonçalves chamou Zambeccari a um canto.

– Temo por sua vida, meu amigo.

O conde pareceu não entender.

– Eles estão preparando qualquer coisa. O Araújo Ribeiro esteve aí, conferenciou com o Bento Manuel e foi embora. Por que não ficou para assinar os acordos, ou para olhar a nossa cara e dar risada? Porque deve ter dado alguma ordem para Bento Manuel, e quer estar longe daqui quando ela for cumprida.

– Vosmecê acha que...

– A mim não vão mandar matar, nem a Onofre... Temos famílias importantes, influência. Mas vosmecê é estrangeiro, não tem ninguém a não ser companheiros de causa. É melhor que tome um barco e tente atravessar também. Busque Crescêncio.

– Prefiro ficar, coronel.

– É uma ordem, amigo Tito. – Bento Gonçalves deu um tapa amigável no braço do conde. – É uma ordem e vosmecê vai cumpri-la imediatamente.

Dirigiu-se até onde estava Onofre. Consultou o relógio.

– Quase seis horas.

– Gostaria de saber o que eles tramaram – disse Onofre.

– Vamos saber em seguida.

Embarcaram num pontão conduzido por quatro soldados. A reunião estava marcada para as seis horas. Bento Gonçalves pressentiu que era a última vez que deixava a ilha onde selara seu destino. Não olhou para trás nem ouviu os comentários nervosos de Onofre a respeito do tempo.

Gabriel aproximou-se de Onofre e Bento Gonçalves. Não parecia à vontade.

– O brigadeiro não poderá recebê-lo agora, coronel.

– Não? E por quê? Foi ele quem marcou o encontro.

Gabriel manteve-se silenciosamente hostil.

– Não entendo – disse Onofre.

– O brigadeiro está dormindo, coronel Pires. Passou a noite toda ocupado. Mas os senhores estão convidados a desfrutar do acampamento como visitantes.

Bento Gonçalves e Onofre entreolharam-se.

— Serão bem-vindos numa roda de mate com os oficiais.

Onofre coçou a cabeça.

— Bueno.

Cheiro de linguiça frita boiava no acampamento. Sentaram numa roda silenciosa, onde a cuia circulava. Onofre sentou bem à frente de Xavier da Cunha. Não se saudaram. O oficial imperial desviava os olhos de Onofre, que o mirava com insistência, quase provocador. João Luís tentou de vários modos puxar conversa, mas havia algo no ar que entravava o convívio.

Bento Manuel apareceu vinte minutos depois, olhos inchados da noite maldormida.

— Tenho notícias para os senhores.

Bento Gonçalves e Onofre ergueram o olhar.

— Estão presos.

Bento Gonçalves levantou-se.

— Firmamos um compromisso ontem. Se vosmecê não é credor de sua palavra...

Bento Manuel fez um gesto. Os soldados que o seguiam empurraram um corpo que caiu no meio da roda de oficiais.

Estava coberto de lama, amarrado por cordas nos braços, nas pernas, no pescoço. Mesmo assim, não foi difícil reconhecer Lívio Zambeccari.

— O conde anarquista! Fugindo numa canoa. É assim que vocês cumprem as promessas?

Onofre e Bento Gonçalves olhavam com assombro o corpo no chão, maneado como um bicho, rosto junto às brasas.

O conde tentou incorporar-se, o soldado tornou a derrubá-lo com um pontapé. Onofre e Bento Gonçalves precipitaram-se contra o soldado. Os outros oficiais os seguraram.

— Não há respeito, não há respeito! — bradava Bento Gonçalves.

Só pararam de lutar, prisioneiros de muitos braços, quando Gabriel Gomes ajudou o conde a incorporar-se.

— A fuga é um direito que o conde tem. Ele não assumiu compromisso nenhum.

— Vosmecê assumiu compromisso por todos os seus homens. O acordo acabou. Vosmecê está preso, tocaio. E vosmecê, Onofre. Metam-nos no porão!

Capítulo 14

O grupo de homens dobrava o corpo para diminuir o impacto do vento. As capas estalavam. Na praia o vento sul soprava com força. Onofre e Bento Gonçalves, entre vários oficiais, observaram a chegada do escaler que os levaria até o navio.

– Os senhores ficarão no *Capitânia*, com o comandante Grenfell – disse Gabriel.

O escaler chegou. Uma mão aferra-se ao braço de Bento Gonçalves, assustando-o.

– Coronel, queremos ir com o senhor. Não queremos anistia. Queremos ir morrer com o senhor.

Alarmado, Bento Gonçalves reconheceu o artilheiro adolescente – Figueira – e seu ordenança Patrício de Azambuja. O adolescente tinha lágrimas nos olhos.

– Compostura, senhores. Estamos diante do inimigo. Não me causem mais pena.

Bento Gonçalves e Onofre foram empurrados para dentro do escaler. O frio entrou pela gola do dólmã quando o escaler tomou impulso. O artilheiro e seu ordenança foram arrastados morro acima. Encontrou o olhar de Onofre. Depois vergou a cabeça e ficou olhando o piso da barca.

– Coronel!

Voz de mulher. Um vulto corria na praia.

– Coronel, veja! Meu filho nasceu!

A mulher de Cruz ergueu o pequeno vulto bem alto.

– Ele vai se chamar Bento como o senhor! Bento Cruz! Não fique triste, coronel! Ele também vai ser soldado! E vai ser revolucionário como nosotros, coronel! Vamos esperar sua volta! Não demore muito, coronel! Não demore muito.

Capítulo 15

– Queira ler a ata, senhor Morais.

O secretário da Câmara de Piratini ergueu-se, lançou um olhar solene à sala repleta de pessoas encasacadas, acariciou a garganta com uma delicadeza afetada e começou a ler.

– *Aos seis dias do mês de novembro de 1836, primeiro da Independência do Estado Rio-Grandense, nesta vila de Piratini, às nove horas do dia, reunidos todos os vereadores com a presidência do senhor Lucas de Oliveira, foi aberta a sessão.*

O silêncio na sala era absoluto.

– *Depois de ouvidos os senhores Antonio de Souza Netto e Domingos José de Almeida, resolveu a Câmara proceder à eleição do presidente, o que se praticou.*
– *Propôs o senhor presidente a nomeação de uma deputação para acompanhar o ofício para Sua Excelência o comandante em chefe do Exército Republicano, General João Manoel de Lima e Silva, e sendo resolvido pela afirmativa foram nomeados os senhores vereadores Silveira, Verde e Morais, os quais, cumprindo esta deliberação, apresentaram à Câmara um ofício de Sua Excelência em que, respondendo ao que lhe foi entregue pela deputação, diz que sobremaneira se congratula com esta Câmara pela deliberação de ser hoje o dia da eleição do Presidente deste Estado; e exige que logo que a pessoa que for eleita preste juramento, se lhe comunique para prestar-lhe devida obediência.*
– *O Presidente, em nome da Câmara, fez saber aos espectadores que nesta sessão se havia de proceder à eleição do Presidente e Vice-Presidente Constitucional da República, cumprindo ao mesmo convocar, logo que o permitam as circunstâncias, uma Assembleia Geral Legislativa Constitucional da República Rio-grandense, para formar a Constituição da República, em cujo seio depositará os poderes que se lhe delegam e governará fielmente este Estado pelas Leis em vigor em tudo aquilo que for compatível com nossas circunstâncias e o estado de revolução em que nos achamos.*

Irromperam aplausos das galerias. O senhor Morais interrompeu-se, esperou e logo continuou.

– *O que, sendo ouvido pelos espectadores, passaram a depositar suas cédulas, e o mesmo praticou a Câmara, a qual, passando a proceder nos termos de apuração das mesmas, publicou que a maioria absoluta de votos recaiu na pessoa do distinto patriota e Excelentíssimo coronel Bento Gonçalves da Silva...*

Novos aplausos, mais calorosos.

– ... *e durante o seu impedimento na do cidadão José Gomes de Vasconcellos Jardim e que para vice-presidente foram eleitos os cidadãos Antonio Paulino de Fontoura, o coronel José Mariano de Matos, o coronel Domingos José de Almeida, e o cidadão Ignácio José de Oliveira Guimarães. Em seguida, foi nomeada uma comissão para convidar o cidadão José Gomes de Vasconcellos Jardim a fim de prestar o juramento, o que foi feito.*
– *Terminada a cerimônia do juramento, foram nomeados, por decreto desta mesma data, os seguintes auxiliares do governo: ministro do Interior e, interinamente, da Fazenda, Domingos José da Almeida; ministro da Justiça e, interinamente, Estrangeiros, José Pinheiro de Ulhoa Cintra; ministro da Guerra e, interinamente, da Marinha, José Mariano de Matos.*

Os aplausos abafaram o final da leitura.

Organizou-se um cortejo pelas ruas de Piratini, da Câmara até a igreja matriz. À frente, com a bandeira da república bem erguida, marchava Teixeira. Um cronista escreveu que o *Te Deum* realizou-se com muita pompa, grandeza e magnificência.
Netto fez curta e enérgica declaração.
– A queda de nosso líder em Fanfa nos enche de tristeza. O revés que sofremos é grande, mas é um só no círculo de tantos triunfos. Redobrai vossos esforços e venceremos!
Depois, os ministros reuniram-se numa sala nos fundos da Câmara.
Domingos de Almeida sabia que não era momento de esconder a realidade e falou com clareza.
– Senhores, montamos uma superestrutura política sobre uma base econômica mais do que precária. Na verdade, tudo está por fazer. A única riqueza da república é a criação e ela está seriamente abalada pelos esforços de guerra. E não temos dúvida, esses esforços continuarão cada vez mais e maiores. Precisaremos enfrentar, daqui para frente, com as arrecadações de impostos, os soldos de oficiais e empregados do governo, o vestuário das tropas, requisição de petrechos bélicos, alimentação e transporte. Estamos sem portos e portanto impossibilitados de comerciar com o exterior gêneros básicos, que os países vizinhos não têm condições de nos prover. Os senhores sabem muito bem que pouco podemos esperar de nossos vizinhos. Nossas relações são dúbias, o exercício político deles

é inconstante. A verdade, senhores, é que estamos isolados do mundo, na prática. Só poderemos contar com nossas forças para enfrentar o Império Brasileiro e garantir a existência de nossa república.

Capítulo 16

– Aqui os senhores estarão bem.

Grenfell aparentava um jeito bonachão, compreensivo, imperceptivelmente afetado.

– Sua palavra de que não tentarão fugir me basta, senhores.

– Não dou minha palavra – rugiu Onofre.

– Naturalmente, naturalmente – abriu a portinhola do armário às suas costas e apanhou uma garrafa. – Isso não impede, entretanto, que possamos conviver como pessoas civilizadas, não é mesmo, cavalheiros?

Tirou a rolha da garrafa com os dentes, num gesto hábil.

– Lamento não ter a bebida preferida dos senhores, mas tenho alguma coisa vinda lá da minha terra que os senhores sem dúvida saberão apreciar.

– Comandante Grenfell, agradeço a cortesia, mas não vou beber com o senhor enquanto nosso camarada de armas, o conde Zambeccari, está a ferros em seu porão – disse Bento Gonçalves.

John Pascoe Grenfell não tinha o braço direito. Perdera-o dez anos atrás em combate naval no Rio do Prata, durante a Guerra da Cisplatina. John Pascoe Grenfell nasceu no condado de Surrey a 30 de setembro de 1801, quarto filho de família de classe média. Embarcou pela primeira vez aos treze anos de idade. Foi grumete durante dois anos. Depois de aborrecer-se o suficiente na marinha mercante, partiu para a América do Sul em busca de glória e fortuna. Participou da Guerra de Independência do Chile servindo sob as ordens de Lorde Cochrane.

Em 1823, Lorde Cochrane foi contratado pelo Império do Brasil para lutar contra os portugueses e trouxe o jovem Grenfell com ele.

Grenfell foi admitido na Marinha de Guerra do Brasil no posto de primeiro-tenente a 21 de março de 1823, com vinte e dois anos de idade. Conseguiu alguma coisa semelhante à glória dos seus sonhos adolescentes; fortuna, não encontrou.

– Como os senhores queiram. – Abriu a porta de sua cabine. – Tenente Thompson, leve esses senhores para o porão.

O porão só causou uma surpresa a Bento Gonçalves: era mais escuro do que imaginava. A umidade, o frio, os ratos, o musgo e a falta de ar eram elementos com os quais contava e que descobriu sem importar-se – de algum modo obscuro desejava-os.

Um vulto se arrastava nas trevas.

– És tu, Tito? – perguntou Bento Gonçalves.

O conde incorporou-se.

– Sou eu.

– Vosmecê está ferido?

– Nada sério... Uma dor nas costelas...

Onofre e Bento Gonçalves curvaram-se sobre o ferido. Bento Gonçalves tateou e encontrou um metal frio, duro. Puxou-o e Zambeccari gemeu.

– Estou acorrentado.

– Infames! – Seus olhos percorreram o escuro, buscando alguém para descarregar a ira. – Viu, Onofre, em que resultou a tua burrice? Se alguma vez eu precisar de conselho, a última voz que quero ouvir é a tua.

– Tu eras o comandante! Tu decidiste atravessar para a maldita ilha.

– Eu! – A voz de Bento Gonçalves parecia a voz de alguém a quem falta o ar. – Se não fosse tua impertinência, tua incapacidade de ouvir, tua teimosa e burra necessidade de se medir comigo!

– Dobre a língua, Bento!

Bento Gonçalves percebeu que perdia definitivamente o controle e percebeu que isso o transbordava de júbilo. Estendeu as mãos no escuro e buscou o pescoço de Onofre. O gigante envolveu-o num abraço feroz. Resvalaram no chão musgoso, caíram sempre agarrados, as mãos de Bento Gonçalves no pescoço de touro de Onofre, Onofre tentando escapar, reconhecendo que Bento Gonçalves era mais forte do que supunha. Chocaram contra arestas duras. Escutaram correria de ratos. Empaparam as roupas em água suja. Lívio Zambeccari sacudiu as correntes em desespero.

– Senhores, senhores! Lembrem-se de quem são!

Um facho de luz caiu nas trevas do porão, iluminando a escada escorregadia, o madeirame apodrecido, a água escura, o vulto acorrentado e seus olhos cheios de terror vendo os dois homens engalfinhados no chão.

O tenente Thompson desceu rapidamente a escada, erguendo um lampião. Atrás dele vinha Grenfell.

– Senhores, parem! – gritou Grenfell. – Já basta.

Onofre e Bento Gonçalves não os ouviam. Em seus músculos cansados havia a enorme energia da frustração e do ressentimento acumulados nos dias de pavor em Fanfa.

Grenfell estendeu o braço e empurrou as costas de Bento Gonçalves, que estavam por cima.

– Basta, senhores! Este é meu navio e estou dando uma ordem.

Os músculos afrouxaram lentamente. Bento Gonçalves largou o pescoço de Onofre. O gigante desfez o abraço terrível. Cada um caiu para um lado, ofegante, começando a perceber a vergonha da cena que representavam. Ficaram de cabeça baixa, procurando controlar a respiração, tratando de amansar o latejar do sangue, buscando esvaziar o cérebro de qualquer pensamento. Ouviram a voz de Grenfell, agora grave e sem a afetação que a marcava.

– Lamento ter visto os senhores nesse estado. Nesses dias de combate eu os admirei. Minha admiração continua. Mas eu preciso ter certeza de que se controlarão, ou serei obrigado a separar os senhores.

– Não será preciso. Eu lamento também, comandante. A culpa foi minha. – Ergueu-se com dificuldade, estendeu a mão para Onofre. – Desculpe, coronel.

Onofre custou a estender a mão. Apertou-a sombriamente. Tito Lívio Zambeccari deixou escapar um suspiro.

– Descíamos para livrá-lo dessas correntes, senhor Zambeccari. Foi providencial nossa vinda. Vamos partir para Porto Alegre dentro de meia hora.

Havia pequena multidão no cais da Alfândega. Um cordão de guardas impedia as pessoas de se aproximarem. Não houve gritos de repúdio nem aplausos. Bento Gonçalves, Onofre e Zambeccari atravessaram a prancha procurando a dignidade, como a um escudo; estavam bêbados de sono, quase cambaleantes, despertando para a dor das feridas e a melancolia do entardecer, ferindo-se nos olhares de comiseração ou escárnio, procurando equilibrar-se na estreita tábua que dançava sobre a água escura do rio Guaíba.

– Os senhores ficarão no *Presiganga*, com outros companheiros – dissera Grenfell.

Outro porão, pensou o conde. Continuava achando que tinha algumas costelas quebradas. Caminharam pelo cais, subiram no *Presiganga*, avançaram pelo convés, vagarosos, cercados pelos guardas. Desceram pela escotilha e mergulharam na escuridão.

Perceberam que havia lá uma multidão apertada, pelo cheiro de gente sem tomar banho nem mudar de roupa há muito tempo.

Os olhos esperaram até as figuras tomarem forma. Eram os companheiros. Foram descobrindo Calvet, Marciano Ribeiro, Pedro Boticário. E foi este que ergueu seu vozeirão no escuro do porão.

– Viva o presidente da República Rio-grandense!

Todos responderam ao viva, enchendo o ar com um reboar de vozes.

– Viva!
– Viva os heróis de Fanfa!

Nova aclamação reverberou no teto baixo e nas paredes musgosas.

Os três homens foram cercados pela multidão, com abraços, tapas nas costas, perguntas. Os que estavam mais atrás começaram a bater palmas, e as palmas foram propagando-se e tornaram-se uníssonas e densas, pairando acima das cabeças, roçando a emoção dos três homens.

– Vosmecê foi eleito presidente da República, em Piratini – disse fervorosamente Marciano Ribeiro, agarrando as mãos de Bento Gonçalves. – A notícia chegou hoje. Parabéns, presidente.

O conde Lívio Zambeccari olhou para o rosto pálido de seu amigo. *Está pensando na sina, no destino ou em qualquer coisa assim. Deve estar pensando na lealdade que deve a estes homens. Deve estar pensando que caiu em outra armadilha, mais sutil e mais cruel do que a que foi armada em Fanfa.*

Capítulo 17

Nessa madrugada de verão, chupando com ruído a bomba do chimarrão, o brigadeiro Bento Manuel Ribeiro sonha: se conseguisse um acordo com Netto, seu nome estaria para sempre assinalado entre os mais proeminentes da Província. O prestígio conseguido em Fanfa seria engrandecido, se pudesse estabelecer uma trégua e firmar a paz. Um dia – quem sabe – poderia pisar nos salões encerados e respirar sob as luzes dos lustres importados, sem aquele sentimento mesquinho e com o ar de prisioneiro impotente que descobrira nos rostos de Bento Gonçalves e Onofre quando, através do binóculo, viu-os pisar o convés do navio de Grenfell. Derrotara o mais prestigiado guerrilheiro dos pampas de forma absoluta e humilhante. Descobria nos olhos dos oficiais inveja e temor. Começou a acariciar a visão de um dia entrar no palácio do governo da Província como seu mais alto mandatário. Estaria cercado pelos oito filhos, já bacharéis e oficiais. A mulher viajaria de Alegrete, numa sege escoltada por elegantes Dragões, e não por charruas de peito nu. Embaixadores apresentariam credenciais. Até o bispo murmuraria fórmulas de etiqueta com respeito e assombro. Sim. Já tinha o respeito de todos como militar e fazendeiro. Faltava mostrar aos grandes da Corte que também era ilustre nas artes mais afinadas da diplomacia. Por isso, receberia Fruto Rivera.

Na véspera chegara um comunicado de Netto. Agora, Netto era o homem forte. Ele enviaria alguém de confiança para parlamentar. Nada menos que don Frutuoso Rivera, o caudilho uruguaio em luta com Oribe pelo poder no país vizinho. Os três homens eram velhos conhecidos, compadres de longa data. Conheciam-se muito bem para não confiar um no outro.

Rivera trazia a proposta de uma reunião com gente de Netto. Bento Manuel viu a realidade aproximar-se do sonho. Prometeu a Rivera que enviaria oficiais para uma reunião preparatória com Netto. Depois, iria pessoalmente celebrar o acordo de paz. Falaram sobre cavalos, guerras antigas, tomaram mate à sombra dum angico e rememoraram sem saudade os tempos em que contrabandeavam charque na fronteira.

No dia seguinte, Rivera partiu para o acampamento de Netto, e junto com ele os coronéis Gabriel Gomes e Manoel Luís Osório. Osório participou das reuniões com bom humor, ao contrário de Gabriel Gomes, cada vez mais calado. Netto não compareceu. Os farrapos estavam representados por Joaquim Pedro e Paulino da Fontoura. Osório propôs outra reunião no acampamento de Bento Manuel, para o dia seguinte. Queria que Bento Manuel ouvisse pessoalmente as propostas dos farrapos. Joaquim Pedro e Paulino da Fontoura deslocaram-se ao acampamento de Bento Manuel.

Não foi um dia feliz para Bento Manuel.

Paulino da Fontoura representava tudo que ele detestava: era um dândi afetado, que recitava versos, que se vestia com extravagância e que se jactava de conquistador. Chegou ao acampamento apresentando um ar fanfarrão de guerrilheiro. Bento Manuel conhecia guerrilheiros. Sua aversão cresceu quando Paulino insistiu, no decurso de suas intervenções, em lembrar sua condição de ser um dos vice-presidentes da República.

Paulino era influente na maçonaria e prestigiado como poeta, mas poucos republicanos o tinham num conceito elevado. Sua eleição para o cargo de secretário da Câmara fora tema de infindáveis discursos entre os farrapos.

Mariano de Matos era defensor de Paulino e seu "irmão" na maçonaria. O ministro da Guerra era um dos principais causadores do sucesso político do poeta.

As conversações não deram em nada. Vendo seu sonho de diplomata esvaziar-se, Bento Manuel escreveu para Araújo Ribeiro.

Ilmo. e Exmo. Sr.
Conforme me havia assegurado o anarquista Netto, e eu participei para V. Exa. em ofício de 30, vieram ontem Joaquim Pedro Soares e Antonio Paulino da Fontoura, que se intitula Presidente da República Rio-Grandense,

tão exorbitantes as proposições que fizeram e todas elas tendentes a um reconhecimento explícito da fantástica República, que tive de desprezar todas e hoje me pus em marcha sobre os rebeldes com o desígnio de os bater.

Eles seguem com direção ao Veleda e acredito que dali farão a mesma volta que da viagem passada, com o fim de nos cansar e estragar a cavalhada, e esta coluna tem necessariamente de seguir na retaguarda deles. Asseguro, porém, a V. Exa. que, conseguindo aproximar-me deles, o menor descuido que tiverem farei aproveitar.

Deus guarde a V. Exa. Sr. José de Araújo Ribeiro.
Campo em marcha no Seival, 1º de janeiro de 1837.
Assinado: Bento Manuel Ribeiro.

Bento Manuel não tinha sorte nas artes da diplomacia. A carta que enviou não encontrou seu destinatário. O homem que a leu, brigadeiro Antero de Brito, era velho inimigo. Seus caminhos se cruzaram em 1821, há mais de quinze anos. Tiveram uma árdua pendência por um lote de terras na fronteira, além de disputas sobre cargos e comissões, nunca resolvidas. Ao brigadeiro Antero de Brito parecia que chegava a hora de ajustar antigas contas. Supõe-se que num momento desses o brigadeiro deveria sorrir. Mas havia uma lenda de que o brigadeiro Antero de Brito nunca sorria.

Capítulo 18

– Licor de jenipapo? Não? Eu gosto. Me ajuda a sonhar.

Encheu mais um cálice, brilho guloso nos olhos febris.

– Meu amigo, hoje o que me sustenta é o sonho, e licor de jenipapo me ajuda a sonhar. Ajuda a aumentar cada vez mais o tempo dos devaneios, depois que abandonei o exaustivo cargo público que exercia. Certa tendência à brusquidão, ao mutismo, ao silêncio e às intermináveis e necessárias meditações desencorajavam-me do exercício da política. Ansiava pela minha chácara no Rio de Janeiro, vislumbrava com carinho as preguiçosas tardes de verão na rede, onde minha fantasia irá tecendo as páginas d'*O fim da criação*, que, segundo espero, com a indispensável modéstia, me habilitará para a eternidade. Essa urgência começou a me levar ao desespero e em dezembro me obriguei a despachar para o regente um ofício patético: *"Ansioso de gozar algum sossego, espero que Vossa Excelência se não terá esquecido de nomear-me quanto antes um sucessor, como por várias vezes tenho requerido." Meu amigo, o sucessor foi nomeado. O sucessor desembarcou no porto do Rio Grande no fogo de um janeiro sem brisa. O sucessor notou, contrariado, que a mui nobre Câmara de Rio Grande – O Sul – não se dignara enviar sequer um representante pra recebê-lo, como manda o bom costume e a obrigação cívica. Não foi por minha vontade, mas meu sucessor não entendeu assim. Quando chegou a Porto Alegre, encharcado de suor e com os ossos doendo da longa viagem pelas estradas esburacadas e poeirentas, já tinha pronto seu primeiro decreto: fechar a Câmara de Rio Grande e nomear um interventor na vila. Tinha, também, pronto, um discurso para a posse. O senhor sabe qual foi o discurso? Este:*

– Ordem! O Estado necessita de ordem para desenvolver-se e crescer. Nossa missão será restabelecer a ordem nesta Província, a ferro e a fogo, já que estas foram as trilhas desejadas pelos rebeldes. O exército imperial terá agora sua missão transformada. Não irá combater homens fora da lei. Irá combater feras, animais selvagens e sem piedade. Esta é a ordem que eu dou e que, apresso frisar, será cumprida à risca. Vamos caçar aos rebeldes e atirar-lhes como às feras indômitas!

– Meu amigo, há um equívoco nesse discurso, típico de uma mente pouco desenvolvida. O equívoco é avisar ao inimigo o que vai fazer. O brigadeiro Antero de Brito tinha bons aliados em Porto Alegre, todos truculentos como ele, que o aplaudiram com entusiasmo. Os portugueses que ainda sonhavam com uma volta ao manto lusitano, os adeptos do Partido Restaurador, e os oportunistas de sempre. Um deles, meu desafeto em especial, o irmão menor do deposto presidente Braga, Pedro Braga, que voltara cheio de ira revanchista do posto onde fora designado, em Montevidéu. A repressão foi violenta e sem critérios científicos. Casas eram invadidas, prisões efetuadas sem fundo legal, o Presiganga *abarrotava-se de homens perplexos, a maioria deles liberais que apoiavam minha política cautelosa, mas firme. Bento Gonçalves não está na cadeia? Os rebeldes não estão desarvorados pelo campo, perseguidos de perto pelas nossas tropas? Mas nem assim fui respeitado. Sem maiores cerimônias, fui jogado dentro de uma carruagem e levado para este porto de Rio Grande, minha terra natal. Aqui mesmo cheguei pouco menos de um ano atrás, cheio de propósitos e sonhos, e posso dizer que volto coberto de triunfos. Mas a inveja e o rancor de meus inimigos são tristes e mesquinhos. Certeza de que não quer provar? Ajuda meus devaneios... Não tenho sequer uma cama neste navio para a longa e melancólica viagem de regresso.*

Capítulo 19

O navio estremece e Bento Gonçalves acorda. Apoia-se no cotovelo e olha ao redor. Todos dormem no porão sem ar. Escuta as respirações difíceis, os roncos, as vozes angustiadas que se elevam do fundo de algum pesadelo. Pensa em fazer algo, em gritar, em acordar os homens e dar o aviso: o *Presiganga* está se movendo!

Mas sabe que será um gesto inútil. Prefere ficar quieto, no escuro, jogando de adivinhar de quem eram os ruídos noturnos, quem gemia, quem suspirava, quem sonhava com a grande planície verde.

Bento Gonçalves da Silva fecha os olhos e se deixa levar pelo navio negro na noite negra.

Capítulo 20

O novo presidente da Província tinha cinquenta anos de vida amarga e turbulenta, quase toda à sombra do poder. Determinado, Antero de Brito sempre ambicionou espaços que suas habilidades limitadas o impediam. Assim, em 1821, quando jovem oficial servindo no Continente, tentou encabeçar um golpe de mão no comandante militar. Foi descoberto por Bento Manuel e preso. Não foi degredado por sua folha de serviços, excelente. Tinha participado das campanhas de 1811, 1816 e 1818. Foi anistiado e ganhou nova oportunidade. Correspondeu amplamente: sufocou, com abundância de sangue, a Confederação do Equador. Impôs métodos draconianos em Pernambuco, Bahia e Rio de Janeiro, onde foi comandante de armas. Agora, essa Província arrogante iria saber com quem estava tratando. Já despachara Araújo Ribeiro. Com relação a Bento Manuel, empregaria métodos mais sutis. A vitória precisava de um sabor especial. Redigiu um ofício desautorizando-o a tratar a paz com os rebeldes. O tom do ofício era estranho para um documento de Estado. Referia-se a Bento Manuel em tons ferinos e humilhantes. Antero de Brito mandou publicar o ofício no jornal *A Sentinela*. E esfregou as mãos, satisfeito como uma caricatura grotesca.

Bento Manuel andava na Campanha, perseguindo o arisco Netto e sua brigada de negros quando recebeu o exemplar de *A Sentinela*. Nesse fim de tarde estranhamente silencioso o antigo ódio contra Antero de Brito reacendeu-se. Seus sonhos de glória tinham um sério entrave pela frente. Sua vitória não tinha mais sustentação política. Sentiu um rancor selvagem contra aqueles homens encasacados, dos quais era uma pobre marionete.

Resolveu escrever um desabafo para Araújo Ribeiro.

Permita V. Exa. que lhe estranhe a debilidade de que se deixou possuir, entregando as rédeas do Poder Provincial para os falsos legalistas, quando em suas mãos estava o continuar.

O novo presidente, de entrada, me brindou com um ofício que terá visto na Sentinela, onde foi impresso, para fazer mais notório o insulto que me dirigia. Fazendo instruções para os Comandos de grandes distritos em que dividiu a Província, tirou, por meio delas, toda a intervenção ao Comando das Armas, e se arrogou a si atribuições ditatoriais.

Semelhante homem sempre foi, e é ignorante, déspota e caprichoso".

Bento Manuel pensou um pouco antes de continuar a escrever. (Como sabia, nem sempre as cartas chegavam ao destino.)

"Trato de me retirar da Província antes que ele me ponha no Presiganga.*"*

Parou de escrever, a pluma ainda molhada da tinta. Pensando bem, continuaria a carta depois. Aqueles políticos de meia-pataca iriam saber quem era o brigadeiro Bento Manuel Ribeiro. Chamou Gabriel Gomes.

– Major, convoque todos os oficiais. Tenho uma novidade importante.

E como Gabriel parecia indagar que novidade seria aquela, acrescentou com sorridente naturalidade:

– As tropas estão licenciadas. Vamos todos para casa.

Capítulo 21

Subindo no banco, pode-se, através da janela gradeada – único local por onde se recebe luz –, ver a pequena área empedrada. Adivinha-se o mar, lá embaixo. Ouve-se o seu fragor. É a única presença viva – às vezes, durante dias. É necessário permanecer sobre os estrados cobertos de palha. A palha é trocada uma vez por semana, mas isso não é uma prática constante. O chão está sempre alagado. Cobre-o uma água suja, que emana das paredes e de frestas no piso. Precisa escrever a Joaquim pedindo tamancos. É a única maneira de caminhar na água imunda, que sobe até os tornozelos. As botas apodreceram. Para escrever cartas (já escreveu dezenas de cartas para amigos e correligionários) é obrigado a forçar muito os olhos. As dores de cabeça voltaram. Escurece cedo. Às seis horas, a escuridão é total dentro da cela. A luz que recebe vem de um archote que fica na área em frente. É rala. Cria enormes sombras nas paredes. Aumenta seu sentimento de desamparo. Regressa a humilhação de ter sido aprisionado pelo desprezível Bento Manuel. Ao chegar ao Rio de Janeiro foi levado para a Fortaleza de Santa Cruz. Ali viu as cores voltarem ao rosto do conde. Durante dias recebeu delicada pressão, feita de promessas, boas refeições e charutos, insinuações de altos cargos e possibilidades de riqueza sem fim. Mas as cartas que enviou para o Sul exigiam a continuação da luta e o fortalecimento da República.

Os imperiais mudaram de tática e o jogaram numa ala da fortaleza, a Casa Forte, junto com Onofre, Boticário, Calvet, Marciano Ribeiro, Zambeccari e Corte Real. Sobre os prisioneiros pairava a ameaça constante da morte. Havia centenas de farroupilhas prisioneiros. Antes da chegada de Bento Gonçalves, vários foram assassinados nas celas. Outros morreram torturados ou devido à deficiência da alimentação.

O comandante da fortaleza era um português experiente em sua profissão. O tenente-coronel João Eduardo Colaço Amado praticamente não servira em nenhum outro local nos seus longos anos de carreira militar, a não ser em prisões e fortalezas transformadas em prisões. Era meticuloso e dava à sua atividade um caráter nobre, de defesa da sociedade, da qual se orgulhava de forma tosca.

Ele mesmo procurou Bento Gonçalves na Casa Forte.

– O senhor vai ser removido hoje.

– Para onde, tenente?

– Onde eu sou comandante, prisioneiros não fazem perguntas.

– O senhor não vai ser comandante de prisões para sempre, tenente.

– Não?

– Lá no Sul meus patrícios estão lutando para que militares como o senhor não mais aviltem o uniforme que vestem, tenente. Estamos formando uma nova sociedade, onde homens como o senhor não terão utilidade, tenente. Dentro de cem anos, gente de sua laia será uma raça extinta, tenente.

– Daqui cem anos, coronel? É uma pena que nós não possamos ver esse milagre, não é mesmo?

Capítulo 22

Sentado no fundo do barco que o transportava, algemado nas mãos e nos pés por grossas cadeias, olhava os morros verdes, o Pão de Açúcar, o Corcovado, a praia, os pássaros marítimos gritando sobre a canoa. A natureza irradiava alegria, luz e calor. Aquele era um dos recantos mais deslumbrantes da Terra. Mas havia aquele ponto negro. Sentiu o coração diminuir. A fortaleza da Laje era uma massa escura e ameaçadora.

Foi jogado numa solitária escura e úmida. Durante as madrugadas, era fria de gelar os ossos. As visitas foram proibidas. Apenas João Congo aparecia uma vez por mês e lhe trazia notícias e dinheiro. Muitas vezes, perdia a noção do tempo. Não tinha nada para ver a não ser as paredes úmidas.

Grande foi sua alegria quando recebeu Pedro Boticário como companheiro de cela.

Pedro era difícil de gênio, mas já desesperava por alguém para conversar. Por ele, inteirou-se das últimas novidades. Passados os primeiros dias, tudo voltou à mesma rotina pesada. Pedro aliviava-a um pouco, improvisando versos satíricos.

A pesada porta abriu-se rangendo nos gonzos e o guarda deixou Bento Gonçalves e Boticário paralisados:

— Visitas.

Estendeu o dedo pra Boticário, que já se levantava do catre.

— Não é para vosmecê.

Bento Gonçalves percorreu o longo e curvo corredor de pedras e saiu para a grande esplanada de onde se via o mar. A luz da manhã caía sobre ele com força e cegava-o. Hauriu o ar puro. Ouviu a força do mar. Sentiu um princípio de tontura.

Dois homens completamente desconhecidos estavam parados junto ao muro de pedra, onde lá embaixo batia a arrebentação. Vestiam-se como marinheiros, com apuro e discrição.

Os dois homens se aproximaram.

— Coronel Bento Gonçalves da Silva? — A voz do que falou, o mais alto, tinha um acento estranho.

— Sou eu, sim.

O homem avançou dois passos e envolveu Bento Gonçalves num repentino abraço, apanhou com as duas mãos seu rosto e deu um beijo sonoro em cada face.

– Trago a saudação e a homenagem dos italianos que vivem no exílio neste país. Somos lutadores da liberdade, como o senhor e seus companheiros. *Io me chiamo* Garibaldi, Giuseppe.

O outro homem deu um passo à frente e estendeu à mão para Bento Gonçalves.

– Sou Rossetti, Luigi.

Era baixo, forte, escuro: mãos pequenas, dedos grossos. Os olhos negros e redondos amenizavam o aspecto soturno.

– Falar com o senhor é uma honra para nós, coronel.

– Encontrar companheiros de luta de outras terras é uma honra para mim, senhores. Mas como conseguiram permissão para vir até aqui?

– Não foi fácil. Tivemos que fazer muitas tentativas. Fomos encorajados pelo nosso compatriota Zambeccari, a quem visitamos já várias vezes na fortaleza de Santa Cruz.

– Tito! O bom e nobre Tito. Como ele está, senhores?

– Graças a Deus, está bem. Ou pelo menos, está tão bem quanto é possível naquele lugar. No momento está com uma pneumonia. Recupera-se com dificuldade.

– Eu tenho grande admiração por ele. Com todos os problemas de saúde, jamais o vi queixar-se. E nunca refugou estar na linha de frente das batalhas, com qualquer tempo. É um homem admirável.

– A admiração dele pelo senhor também é grande, coronel, disse-nos que o senhor é um *capo* de guerra magnífico.

Bento Gonçalves sorriu tristemente.

– Sim. Vejam os senhores onde estou.

– São os ossos do ofício, coronel. Não estará aqui por muito tempo.

– Eu confio nisso.

Olhou para o guarda parado junto ao portão de ferro. Era a primeira vez que ficava tanto tempo naquela área. Ergue os olhos para o céu.

– Sim. Preciso sair daqui.

Rossetti parecia inquieto.

– Coronel, receio que tenhamos pouco tempo, por isso gostaria de falar diretamente do assunto que nos trouxe.

– Antes – Garibaldi, tornando a mostrar o brilho dourado do seu sorriso – queira aceitar estas pequenas ofertas.

Estendeu um pacote com tabaco, um rolo de fumo em corda, erva-mate, açúcar e dois pares de meia.

– Está aberto porque a guarda revisou. É também para o senhor Boticário, naturalmente.

– Eu les agradeço muito, senhores.

– A luta pela liberdade é uma luta de todos os povos. Os homens são os mesmos em toda parte e a luta contra as tiranias é uma só.

– Concordo com o senhor, Dom Rossetti.

– Pois então. Eu tenho um barco de cabotagem que opera na baía, coronel. É pequeno, mas forte. O companheiro Garibaldi é um marinheiro de grande experiência. Desejamos entrar a serviço de vossa República, se nos permitir essa honra.

Livro 2
A República de Anita

PARTE I
AS FORTALEZAS DE PEDRA

Capítulo 1

A residência da família de Bento Gonçalves no Rio de Janeiro ficava no Cosme Velho, uma austera herdade oculta por grandes árvores. João Congo administrava a casa com rigor de exilado, exercendo controle cerrado sobre as tarefas das três escravas trazidas do Sul e particularmente sobre as atividades dos três filhos do general prisioneiro. Os três filhos eram Bento, o mais velho, 24 anos, estudante de Direito; Joaquim, o do meio, 23 anos, estudante de Medicina; e Caetano, o caçula, que tinha dezoito anos e fazia os preparativos para a universidade e vagabundeava pelo Rio.

Joaquim ouviu a leve batida na porta e levantou a cabeça dos livros. João Congo entrou no quarto.

– Um mensageiro do visconde esteve aqui e deixou isto.

Joaquim abriu o envelope. Continha um cartão com o brasão do visconde de Mauá.

– Chama o Bento e o Caetano.

Bento entrou na sala e leu o cartão.

– Convite para tomar chá.

O visconde de Mauá recebeu os três irmãos na sua confortável biblioteca. Os farrapos tinham um aliado no Rio de Janeiro: Irineu Evangelista de Souza, o visconde de Mauá, era uma personalidade curiosa. Não era republicano, mas sabia conciliar a alma romântica que o habitava com os instintos de comerciante abastado. De sua casa em Santa Tereza, na ponta do Curvelo, saía diariamente uma carroça com alimentação para trinta pessoas, que era entregue na fortaleza de Santa Cruz, mediante suborno. Essa prática foi adotada pelos republicanos cariocas após a morte, por inanição, de dois prisioneiros vindos do Continente. Na casa de Mauá chegavam mensageiros do Sul, organizavam-se planos de apoio e remessas de armas. Um convite para o chá era a senha de que seria realizada uma reunião importante.

Junto com Mauá estava um homem alto, de rosto jovem e olhar atento, em roupas civis. Mais atrás, a quem já tinham encontrado antes no mesmo lugar, o alferes Bento Chaves, farroupilha que fazia tarefas clandestinas para o movimento.

– Meus amigos – disse o visconde –, me permitam apresentar este cavalheiro do Sul, nosso conterrâneo, pois. Chegou esta manhã. Capitão Luís Pimenta.

Apertaram-se as mãos.

– Estou lotado no serviço de Inteligência. Isso não é segredo... não sei se estão lembrados, já nos conhecemos de uma festa de batizado na estância do coronel Onofre Pires.

– Me lembro, com certeza, capitão – disse Bento.

– Tomamos chimarrão com meu pai e meu primo.

– Aquela foi uma tarde agradável, uma tarde dos bons tempos, antes da guerra.

O capitão Luís Pimenta falava com um sorriso nos lábios, dando um tom sem importância ao que dizia, mas Joaquim, Bento e Caetano começaram a sentir uma espécie de calafrio enquanto ouviam suas palavras.

– O Estado-Maior me encarregou de uma missão, para a qual convoco vossa colaboração, em nome da República Rio-grandense.

– E que missão é essa, capitão?

– Libertar vosso pai, o presidente da República, da sua prisão na fortaleza da Laje.

Faltar a compromissos, mesmo os mais banais, desagradava Joaquim até a agonia. Faltar à aula de Anatomia o deixava de mau humor, embora soubesse a importância dos motivos.

Às dez horas, quando o calor irrompeu na sala de paredes de mármore e os latidos de um cão no corredor provocaram correrias dos escravos, Joaquim saiu como quem vai beber um copo de água. Enrolou o avental salpicado de sangue e deixou-o sobre uma mesa. Não iria aos vestiários, onde poderia encontrar alguém. Desceu os degraus da ampla escadaria de entrada com energia, olhando para o piso, defendendo os olhos dos reflexos do sol e dos colegas. Na esquina estavam Bento e João Congo, montados. João Congo segurava pela rédea um alazão.

Seguiram a trote pela rua de pedras, onde o sol faiscava. Desviavam de grupos de escravos seminus, carregando cestas cheias de frutos. Passaram por uma patrulha montada. Os soldados transpiravam nos uniformes.

Dirigiram-se para os lados da Lapa. Passaram à sombra dos grandes aquedutos. Aproximaram-se de uma casa escondida por árvores frondosas. Desmontaram. O homem que veio atendê-los já conhecia Bento. As mãos de marceneiro alisaram os cabelos grisalhos onde estavam presas farpas de madeira.

– Estão prontas, *monsieur*. Ficaram *magnifiques*.

Arrastava nos erres e nos ademanes. Os escravos do marceneiro trouxeram duas grandes escadas de madeira.

– Os escravos levarão as escadas, *monsieur*. Aonde quiserem.

– Não precisa – disse Bento. – Nós mesmos as levaremos.

– Mas, *monsieur*...

Bento estendeu um punhado de notas para o homem.

– Aqui está, conforme combinamos.

Trataram de agarrar as escadas. Eram mais pesadas do que imaginavam. Andaram com dificuldade, tratando de equilibrá-las.

– Se eles trouxessem as escadas, ficariam sabendo onde moramos. Esse francês não é de confiança. Na verdade – acrescentou Bento, com ar de conspirador e de irmão mais velho –, ninguém é de confiança. É bom tu ir metendo isso na cabeça.

Os três irmãos levavam uma vida de príncipes no Rio de Janeiro, só assombrada pela lembrança de seu pai prisioneiro e da guerra que devastava a Província do Sul. Seu modo de falar atraía a atenção das pessoas, gerando atritos com os colegas da mesma idade e o interesse das meninas. Tentavam levar uma vida normal, mas era quase impossível. Os três só não estavam na frente de combate, como desejavam, por ordem expressa de Bento Gonçalves. Joaquim tratou de pensar no assunto, porque foi-lhe confiada outra missão, também banal, mas sigilosa. Fazer duas chaves, com moldes exatos das fechaduras das celas onde estavam Onofre e vários companheiros na fortaleza de Santa Cruz, e Bento Gonçalves e Boticário, na fortaleza da Laje.

Os moldes foram conseguidos com um pequeno truque, mas que exigia sangue-frio e confiança. Numa visita a Onofre, o alferes Bento Chaves levou, dentro do chapéu, uma porção de graxa envolvida em papel. Com a graxa conseguiram a exata medida da fechadura. O mesmo fez Caetano, na visita ao pai. Caetano foi minuciosamente revistado, antes de permitirem sua entrada na fortaleza. O chapéu foi apalpado e cheirado. O pequeno envelope dobrado na fita do chapéu não foi percebido.

Joaquim deixou os moldes num artesão na rua do Ouvidor e pagou adiantado. Três dias depois, foi lá apanhar as duas chaves.

No dia em que Joaquim apanhou as chaves e entregou-as para o capitão Pimenta, num café cheio de gente em frente à baía de Copacabana, percebeu que os olhos afáveis do capitão estavam com um brilho endurecido.

— Bento está sendo seguido pela polícia do regente – disse – e deve voltar para o Sul imediatamente, hoje se possível. E deve levar o Caetano com ele.

— Por que o Caetano?

— O Caetano esteve na fortaleza e falou com o presidente. Ele poderá ser preso após nossa ação.

E assim Joaquim ficou só na grande casa de Cosme Velho, acompanhado de João Congo e das três escravas. Nessa noite foi convocado para o chá na casa de Santa Teresa, bem cedo na manhã seguinte.

Quando chegou, já lá estavam o capitão Pimenta e o alferes Bento Chaves. Chegaram em seguida Borges da Fonseca, redator-chefe de *O Republicano*, e o advogado João Barbosa. Este, apesar do calor, estava envolto numa capa escura, chapéu caído sobre os olhos, monóculo brilhando no escuro, inescrutável. Mauá deu as boas-vindas a todos e se retirou da sala.

João Congo ficou num canto, assistindo.

Pimenta colocou as duas chaves sobre a mesa.

— Foi uma operação bem-sucedida. Nosso problema, agora, é passar estas chaves a nossos companheiros. É mais difícil do que esconder um pouco de graxa para os moldes.

— Eu passo uma – disse Joaquim.

— Vosmecê é filho do presidente. Será revistado com muita atenção. É arriscado.

— Eu passo – disse João Congo.

Olharam para ele.

— Já me conhecem. Pensam que sou mudo.

— Vosmecê sabe bem dos riscos, Conguinho? – pergunta Pimenta.

— Eu sei dos riscos.

— Se for descoberto, eles não terão piedade.

— Não vão descobrir.

— Eu passo a chave para Onofre, em Santa Cruz – disse João Barbosa. – Onofre é meu cliente e nunca me revistam.

— Então, fica combinado assim. As chaves devem ser entregues até o meio-dia. Lá pelo meio da tarde, já saberei se tudo correu bem.

Pimenta olhou para suas mãos.

— Já providenciei os barcos. À noite, libertaremos os companheiros.

— Bento e Caetano já regressaram para o Sul, hoje de manhã, capitão, conforme sua ordem.

— Excelente. Dois companheiros foram convocados para a ação desta noite. São atiradores de elite. Têm experiência em missões especiais. Nos darão cobertura.

— Posso saber quem são, capitão?

— Os oficiais Caldeira e Custódio. Após a ação, como combinado, devemos todos desaparecer. Espero que todos tenham providenciado sua retirada da região, como ordenado, e que nenhum saiba para onde o outro vai. A repressão será forte. Até a noite, senhores, às dez horas, na praia em frente à Casa de Pedra. E quanto aos senhores, doutor João Borba e Conguinho, a missão de vosmecês começa agora. O tempo urge.

Capítulo 2

Naquela manhã, estava um oficial de dia novo no portão da fortaleza. João Congo viu-o de longe, ainda no barco. Foi se chegando com maus pressentimentos. A chave pesava cerca de 250 gramas e media um palmo de comprimento. Foi com dificuldade que João Congo dissimulou-a na barra enrolada da calça. Se a descobrissem, estaria automaticamente condenado à morte. E não seria uma morte rápida. João Congo sabia muito bem: como escravo fariam com ele o que bem entendessem. A polícia do imperador não perderia a oportunidade de arrancar-lhe todas as informações possíveis. Para os guardas da fortaleza, João Congo era mudo e meio bobo. João Congo enfiou-se no papel sem consultar ninguém. Bento Gonçalves ficou irritado. Detestava encenações. Tolerou-a para não desmoralizar João Congo diante dos guardas.

O sargento era conhecido. Brincou com ele, examinou a cesta com comida que trazia e deixou-o entrar. O oficial olhou-o com interesse, mas resolveu não intrometer-se. A chave pesava toneladas.

Bento Gonçalves e Pedro Boticário viram-no chegar com o ar idiota. Passou os pãezinhos frescos e a jarra de leite e de café. Em seguida, com naturalidade, colocou a chave debaixo do guardanapo. Bento Gonçalves apanhou o guardanapo e enfiou-o dentro da calça.

João Congo esperou, acocorado num canto, que terminassem a refeição. Depois, recolheu o cesto e os guardanapos. Escutou as recomendações de Bento Gonçalves, sacudindo muito a cabeça e arregalando os olhos como um perfeito imbecil. Havia mesmo em seus lábios um pingo de baba, o que irritava particularmente Bento Gonçalves. Pedro Boticário muito se divertia, sacudindo a pança de tanto rir.

— Esse negro é um portento. Tem a coragem de um elefante.
— É um louco idiota. Se o pegarem vai ser torturado até a morte. E eu vou me obrigar a um banho de sangue pra vingar a morte dele. Vou virar um assassino.
— Calma, general... ele já fez o que tinha de fazer.

Viram-no afastar-se na área de pedras. Ouviram o ruído do portão abrindo. E depois fechando.

Pedro Boticário escutou com atenção na porta.

— A guarda está a mais de vinte metros. Estão no outro lado da área. Podemos experimentar.
— Tem certeza?
— Tenho.

Bento Gonçalves apanhou a chave de dentro das calças e contemplou-a na palma da mão. Pedro Boticário tirou-a das mãos dele.

— Desculpe, general.

Enfiou na fechadura e girou. A chave não acompanhou. Fez mais força. Inútil.

— Falta um jeitinho.

Tentou outra vez. Tentou de várias maneiras. Bento Gonçalves apanhou a chave. Tentou com força, tentou com jeito. Nada. Desesperou-se, forçou o ombro contra a porta: inútil. Ouviram passos da sentinela.

— O Conguinho arriscou a vida por uma chave que não funciona.

Retirou a chave e enfiou-a no bolso. O barco viria às dez horas e não tinham como deixar a cela.

João Barbosa intimidava com sua pose as sentinelas, o sargento da guarda e o tenente de serviço. Jamais lhe pediam para abrir a pasta ou esvaziar os bolsos. Temiam, sem dúvida, aquele olhar que se escondia atrás do brilho do monóculo e da total imobilidade do rosto, branco como o de um cadáver. João Barbosa salpicava o rosto com pó de arroz para diminuir o escuro do seu rosto de mulato e não afastar os clientes, que além do mais não eram muitos pela sua fama de republicano.

Foi escoltado pelos corredores até a cela de Onofre, Corte Real e Zambeccari. Retirou a chave do forro da impecável cartola negra e passou-a para as mãos de Onofre.

O gigante, sem a menor hesitação, dirigiu-se à porta, enfiou a chave na fechadura, girou-a para um lado e para outro e comemorou o triunfo com um solene aperto de mão ao advogado. João Barbosa reservava mais surpresas. Abriu a pasta de couro e retirou duas garrafas de vinho português e um pequeno frasco de vidro.

– Às dez horas, senhores.

Afastou-se, elegante, em passadas largas.

Capítulo 3

A lua permanecia atrás dos morros – mas já se sabia que era lua cheia, enorme, e iluminava com força.

O vulto enrolado na capa negra esgueirou-se rente à parede, evitando a luz dos lampiões. Borges da Fonseca optou pelo traje escuro para melhor ocultar-se nos becos mal iluminados. Chegou frente à Casa de Pedra.

Já havia ali um grupo de cinco homens. Pimenta deu um passo adiante.

– Bem-vindo, doutor. Agora estamos todos – disse o capitão Pimenta, apanhando o relógio da algibeira. – Chegou a hora, senhores. Vamos trabalhar.

Carregaram as escadas para os barcos. João Congo ficaria vigiando e tomando conta dos cavalos. Ajudou a empurrar os dois barcos para o mar. Em um entraram Joaquim, Bento Chaves e Caldeira. No outro, Pimenta, Custódio e Borges da Fonseca. Joaquim estremeceu quando viu o escravo persignar-se e murmurar:

– Seja o que Deus quiser.

Começaram a afastar-se, remando.

Onofre tirou a rolha de uma das garrafas, aspirou o conteúdo e suspirou. Corte Real riu nervosamente. Deixara crescer a barba e parecia mais maduro. Zambeccari, do catre, olhava a comédia sentindo que um vago mal-estar ameaçava apossar-se de suas tripas. Tanto mal como o calabouço fazia-lhe o estilo do companheiro Onofre. O coronel da 1ª Brigada intuía, pelos silêncios amargurados do conde, algumas das razões do seu permanente mal-estar, e então exagerava em maneiras pouco corteses. Agora, mesmo nessa cela sufocante, onde boia uma espécie de neblina pegajosa deixada pelo mormaço do dia, onde respira-se com dificuldade, onde qualquer motivo servia para perder a calma e desafogar em palavrões a impotência, o conde mantinha a ponderação, a sobriedade e a elegância, virtudes que tendiam a detonar inquietações mal-humoradas nos nervos de Onofre. Entretanto, havia a iminência da ação.

Apanhou Corte Real pelo braço.
– Chamo o guarda?
– Que horas são?
– Nove e dez.

Corte Real olhou para Zambeccari. O conde concordou com a cabeça.
– Chama.

Onofre precipitou-se para as grades.
– Espera – falou Corte Real. – Põe o narcótico antes.

Onofre despejou o conteúdo do frasco dentro da garrafa. Depois, sacudiu-a com força.
– Vão dormir duas semanas.

Encostou a cabeça nas grades e começou a gritar:
– Guarda! Guarda!

Os dois botes avançavam em silêncio – manobrados com cautela e imperícia. Joaquim achava que formavam um grupo muito estranho para passear naquele momento pela baía de Guanabara.

Homens de roupas elegantes, armados de pistolas e punhais, com sotaque sulino, não deveriam ter suficientes explicações para alguma patrulha da Marinha. Joaquim maravilha-se com a facilidade com que os participantes da expedição faziam as coisas, sem muita ponderação ou dúvida. Era o mais jovem do grupo: todos os outros eram homens feitos. E, no entanto, só ele parecia ver os perigos e as alternativas da aventura. Pensou em baleias. Durante o dia ouviu muitas conversas sobre baleias. Diziam que a baía estava cheia de baleias que vinham ter seus filhotes ali, por essa época do ano. Tudo conversa fiada para o impressionar. O mar era um mistério. Grandes monstros o habitavam.

– Lá está a fortaleza – avisa Bento Chaves da outra embarcação.
– Vamos nos aproximar com cuidado – sussurrou Borges da Fonseca. – São 8h45. Em quinze minutos o coronel fará sinal da muralha.

Capítulo 4

A fortaleza era uma mancha azulada sobre o mar. O luar a engrandecia. A fortaleza exalava mistério. Contra todos os pareceres, a fortaleza era bela. Joaquim olhou para longe, para as luzes da cidade de São Sebastião do Rio de Janeiro. Tornou a olhar para a fortaleza. Seu pai está lá dentro e essa verdade não a torna menos bela. Está lá dentro, barba crescida, roupas gastas, sem tomar banho, olhos injetados e unhas compridas, está lá o duro coronel aprisionado e ele vem para salvá-lo. Tem vontade de dizer baixinho, para que o escute, pai, sou eu. Bento Gonçalves não escuta. Bento Gonçalves não escuta sequer o mosquito que dá voos rasantes sobre sua cabeça. Não escuta nada. Está imóvel, sobrancelhas franzidas, não ouve nem o grito assustado de uma gaivota nas pedras. Está nessa posição desde as seis da tarde. Não tocou na comida. As horas transcorreram lentas como a mancha de sol na parede gretada. Mais lentas ainda, porque as manchas solares que marcavam o tempo dentro dele estavam paradas e mecanismo algum as punha em marcha. A única verdade é que a chave não servia e os companheiros correriam um risco inútil. Naquele entardecer imóvel pensou – pela primeira vez com desespero – que era presidente de uma república, e pensou com o desespero tocado de ferocidade que não era republicano, que não poderia ser republicano, que não entendia o que era ser republicano, que não queria ser republicano. Percebeu o olhar de Pedro Boticário. Calou-se durante todo o dia. Bem aventuradamente, calou-se. Porque Bento Gonçalves, com a ferocidade assomando cada vez mais, refletiu com rancor nas ponderações civilizadas do conde Zambeccari sobre os escravos. O bom conde queria libertá-los. Bento Gonçalves jamais poderia viver sem um escravo. Quem lustraria suas botas? Quem as descalçaria quando voltava arreado do campo ou das marchas? Quem serviria o mate, encilharia o pingo ou enrolaria o palheiro? Era implausível, era injusto. Intolerável. O conde vivia pontificado com esses modernismos. A revolução foi contra Braga e Sebastião Barreto. Queriam outro presidente e menos impostos. Tinha muita conversa fiada nisso tudo. Boticário era dos mais falantes, dos mais confusos, dos mais envolvidos em politicalha. Boticário notou que os olhos do coronel desciam sobre ele. Olhos duros, injetados de sangue: sentiu-os ferozes, determinados.

– A colher, Pedro, me dá a colher!
– Colher? Que colher?
– A colher, homem! Ora, que colher...

Escondiam uma colher. Bento Gonçalves precipita-se para a janela da porta. Arrasta a banqueta e sobe. Boticário lhe estende a colher.

Começa a raspar a base de uma das barras de ferro. Eram duas barras de polegada e meia. Ele raspa com vigor. A barba de várias semanas e o rosto suado começam a ficar salpicados de cal seco e cimento esfarelado. Pedro Boticário ensaia gestos com as mãos curtas, imagina uma ação que detenha a loucura do coronel, tenta falar mas seu verbo fácil se perde nos acontecimentos que se precipitam. Com a colher, fervorosamente, Bento Gonçalves escarva a base da barra. A colher emite ruídos secos, a colher responde, a colher vai comendo o concreto duro com mais facilidade do que esperavam, Bento Gonçalves trabalha concentrado, gestos rápidos, dores acumulam-se no polegar e no índice, experimenta a barra, permanece insensível, Boticário ajuda-o a empurrar a barra, os dois põem toda sua força na tarefa, a barra permanece imperturbável, os dois dependuram-se nela, pés na parede, músculos estalando, suor pingando no chão.

Corte Real mostra para a sentinela como se dança a chimarrita.
Onofre se intromete e diz que não é assim, são dois passos, depois um, depois dois, Corte Real se desagrada e acusa Onofre de jamais ter pisado num salão de baile em sua vida, brada que o coronel Onofre Pires da Silveira Canto não passa de um pobre campônio, campônio, sim senhor! Jamais frequentou uma sociedade mais fina nem jamais pisou num salão de baile de piso encerado e com lustres de cristal e Onofre diz que apenas queria ensinar para a nobre sentinela a maneira correta de dançar essa dança de sua terra, a República Rio-grandense, tu sabe o que é uma república, amigaço? não sabe, não é mesmo? barbaridade, e depois nós é que somos atrasados, bebeu mais um gole e passou-o para a sentinela no outro lado das grades, temos aqui outra garrafa, amigaço, hoje é aniversário do conde Zambeccari, Tito Lívio ergueu dois olhos surpresos, o coitado do conde está longe de sua terra e ainda por cima na cadeia, não é uma tristeza? e Onofre apanha a garrafa com o narcótico e passa-a através da grade para a sentinela, a chimarrita é uma dança nossa, amigaço, só nossa, não existe em parte nenhuma mais, nem aqui na Corte, e Corte Real dá uma risada e diz essa dança é dos galegos, isso é que é, e Onofre fecha a cara, exageradamente ofendido, isso não é coisa que um republicano diga de sua terra e a sentinela destapa a garrafa e bebe um gole e Onofre ergue sua garrafa e diz um brinde ao conde e a sentinela torna a beber e Onofre pergunta, os olhos brilhantes, que le parece, amigaço?

— São guardas — e passa o binóculo para Caldeira.
— Olha bem — insiste Bento Chaves.
— São guardas — confirma Caldeira com irritação. — Eles não poderiam descer essas muralhas sem as escadas.
— Bueno. Vamos nos afastar. Ainda não são dez horas.
Bento Chaves olha para Joaquim.

— Tu está bem?
— Claro.

Joaquim se perturba. Por que essa pergunta? Deixara transparecer alguma coisa? Deve manter a calma. É o filho do presidente da República Rio-grandense e veio na grave missão de libertá-lo. Esses homens são todos veteranos. Já estiveram em combates, já mataram gente. Precisa ouvi-los, saber o que pensam, imitá-los. Não pode se precipitar e deitar tudo a perder. Torna a olhar os vultos nas rochas. Estão parados, pequeninos, e parecem olhar atentamente para as duas embarcações. Joaquim mira o mar escuro. Aí no fundo – bem no fundo – nadam peixes imensos.

— Mexeu! — exclama Boticário. — A barra mexeu!

Bento Gonçalves está com o rosto branco dos salpicos de cal e cimento. Os olhos ardem. Cava com mais fúria.

— Tem que ser agora ou vamos nos atrasar. Quanto falta?

Boticário apanha o relógio, esfrega num lenço sujo os óculos que retirou de uma bolsinha de couro.

— Faltam oito minutos.
— Já devíamos ter dado o sinal.

Atira-se a cavar com mais ímpeto. Boticário agarra-se à barra, pendura-se nela com todo seu peso, o corpanzil balança, Boticário geme, está tomado pelo êxtase do coronel.

A colher arranca fragmentos de pedra.

Os dedos de Bento Gonçalves sangram. Os dois homens estão molhados de suor. Pedro Boticário força ainda mais a barra, ela se move. Os dois homens têm as cabeças juntas, sentem o cheiro um do outro, seus suores se confundem.

— Sabe o que existe de mais triste do que um farmacêutico, coronel?
— Não.
— Nada.

Pedro Boticário dá um riso fino, quase histérico.

— Não existe nada.

Joga-se para trás, apoia os pés na parede, fica dependurado como um grande gorila, Bento Gonçalves murmura palavrões e cava, cava, cava de olhos fechados e de repente Boticário sente que voa no ar, frio na barriga imensa.

Cai de costas, estatelado.

A barra de ferro está em suas mãos.

Os dois homens – maravilhados – não se mexem. Boticário ergue a barra num silencioso gesto de triunfo. Bento Gonçalves estende o braço e ajuda-o a levantar-se.

– Vou subir.

Bento Gonçalves apoiou a sola do pé descalço na mão em concha de Pedro Boticário e alçou-se até a janela.

Enfiou a cabeça e olhou a pequena área envolta em sombras. Não viu ninguém. Sabia que ali nunca ficavam guardas. Retirou a cabeça, deu a volta no corpo e enfiou uma perna pela abertura.

Deslizou até o chão, tocou com os dois pés no piso úmido. Caminhou rente à parede, tateando. Começou a aumentar a claridade. Ardia um archote na parede. Passou perto dele, a sombra cresceu na parede de pedra. Havia uma porta de madeira. Forçou-a com o ombro. Estava apenas encostada. Um pátio grande, iluminado pela lua.

O ar salgado, a presença do mar, duas sentinelas conversando em voz baixa junto ao muro.

As escadas seriam colocadas do lado em que o paredão desce diretamente sobre o mar. As sentinelas estavam precisamente ali. Não foi possível tentar o truque da bebida – não era permitido entrar aguardente ou qualquer espécie de bebida alcoólica na prisão, ao contrário de Santa Cruz. Não houve tempo para suborná-las. Teriam que cair de surpresa sobre as sentinelas, dominá-las, fazer sinais para os barcos e esperar que colocassem as escadas. Usariam a vantagem da surpresa absoluta. Bastava esgueirar-se nas sombras, sem fazer ruído, e cair sobre elas, barra de ferro em punho.

Avançou mais, pisando macio, começando a dominar as palpitações do sangue.

Precisava transformar essa tensão em algo positivo, como quando em combate investia-se de uma espécie da alegria. Invocava agora essa alegria. Chamava-a. Precisava dela. Começa a voltar, na ponta dos pés. Era necessário ajudar Boticário a transpor a janela. Ele teria dificuldades, era muito gordo e pesado. Passou junto ao archote. Poderia usá-lo como arma. Teria que apagá-lo. Não. Precisaria dele para fazer sinais para os barcos. Descia sobre ele a misteriosa alegria animal.

Entrou na área empedrada. Na penumbra, algo se move na janela da cela. Aproximou-se, o coração acelerado. As pernas curtas e gordas de Pedro Boticário debatiam-se na estreita passagem.

– Estou entalado, não posso passar.

Bento Gonçalves apanhou os dois tornozelos e começou a puxar. Apoiou um pé na parede e jogou-se para trás com toda força. Boticário gemeu.

– Não grite. Há dois guardas lá fora.

– Não vai dar, não vai dar.

A voz abafada ressumava desespero.

– Tem que dar. Os barcos estão lá embaixo. Só esperam nosso sinal.

Puxou com toda força, até sentir os músculos doerem. Parou para respirar e examinar a situação. Era ridícula. Para Boticário passar seria necessário arrancar a outra barra. E a colher estava do lado de dentro da cela. Boticário estava preso pela barriga. Não podia sair nem entrar. Apanhou o archote da parede e apagou-o contra o chão. A chama ardia alimentada pelo azeite depositado em pequena taça de metal. Bento Gonçalves transportou a concha queimando as mãos.

– O que vosmecê vai fazer, coronel?

– Azeitar a grade.

Derramou o azeite na barra, queimando a pele de Boticário, que esperneou, abafando gemidos.

– Aguenta firme, Pedro. Assim tu vais deslizar, entende?

Boticário entendia, mas entendia também que começava a cozinhar em azeite fervente. Percebeu que Bento Gonçalves apanhava outra vez seus tornozelos e recomeçava a puxar.

– Agora tem que dar.

O corpanzil de Pedro Boticário moveu-se. Ele gemeu mais alto.

– Não posso, coronel, não posso. É muito estreito, vai me esmagar as costelas.

Bento Gonçalves parecia não ouvir. Puxava com toda sua força, apoiando o pé na parede.

– Aguenta, aguenta.

O corpo de Boticário parou de deslizar. O esforço de Bento Gonçalves redobrou. A voz do farmacêutico veio rasgada de dor, lancinante. Bento Gonçalves parou de puxar, largou as pernas, que fizeram movimento de pêndulos e depois aquietaram. Bento Gonçalves encostou-se à parede, e começou a deslizar até o chão. Suas forças terminavam. Sentou-se, pernas recolhidas. Olhou as mãos. Estavam negras do azeite. Olhou os pés sujos e rechonchudos de Boticário. Teve um estremecimento de riso. Os dedos gordinhos moviam-se como se sentissem cócegas. Brotou-lhe repentina dor nos intestinos. Esperou, alerta, a lançada no meio da testa. Ela não veio. O silêncio que desceu na área empedrada acentuou a lambada do mar nas pedras lá embaixo. O som clangoroso e solene do oceano ocupou todos os espaços.

Já abriram a porta com a chave contrabandeada por João Barbosa, já avançam pelo corredor mal iluminado, Onofre à frente, Corte Real e o conde atrás, pisam uns nos calcanhares dos outros, as paradas de Onofre jogam-nos uns sobre os outros, já descobriram a primeira sentinela adormecida, o conde toma-lhe o pulso para saber se tem vida e respira aliviado, não se importa com o ronco zombeteiro de Onofre, avançam mais.

Onofre leva na mão a pistola da sentinela, Corte Real a carabina, o conde carrega a imensa massa de lençóis que estiveram afanosamente atando um ao outro e transformando, por intermédio de entrelaçamento e torcidas, numa corda grossa e resistente.

Ouvem passos.

Param, amontoam-se contra o canto mais escuro, ouvem uma risada, os passos se afastam, agora sabem, agora parecem despertar, agora avançam outra vez com mais cautela. Onofre apanha o archote da parede, avança com ele erguido, como numa procissão, pensa que avança com o archote como numa procissão e tem vontade de comentar com os companheiros que não é homem de andar em procissões, nunca deu atenção para religião, coisa de mulher, sempre desconfiou de padre, batina não é coisa de macho, avança lentamente com o archote na mão erguido bem alto como se estivesse numa procissão e tem vontade de rir.

Assomam subitamente numa esplanada. Lá está o mar, escura maravilha.

Onofre espia para os lados. A esplanada está deserta. Luar acaricia o contorno das coisas.

O mar se move. Ouvem seu movimento. Onofre sacode o archote no ar, voltado para os dois escaleres que saltam nas ondas, lá longe. Angustiados, encostam-se uns nos outros, esperam. O escaler não responde. Ficam a olhá-lo, fixamente.

Onofre ergue outra vez o archote, move-o lentamente. Nos escaleres brilha de repente uma luz. A luz move-se de um lado para outro, deixando uma esteira luminosa na escuridão.

– São eles – geme Corte Real.

– Vamos. Não podemos perder tempo.

Bento Gonçalves pensou no barco que os esperava.
– Coronel. Está aí?
– Estou, Pedro. Sossega.
– Coronel, não espere por mim.
Bento Gonçalves viu aquele par de pés gordos que pareciam falar.
– Eu não vou te deixar, Pedro, sossega.
– Não é isso, coronel. Fuja! Faça o sinal para os barcos.
– Eu não vou fugir e te deixar aí, Pedro.
– Coronel, não se trata de mim. É a República. Isso tudo é mais importante do que eu. Não vai me acontecer nada. Noutra oportunidade eu fujo. O senhor é importante demais para ficar aqui. Fuja!
– Sem ti não vou, Pedro.
O silêncio voltou. Bento Gonçalves sabia que Pedro Boticário pensava afanosamente numa maneira de demovê-lo.
– Coronel, eu compreendo sua atitude. Sinto-me honrado. – Pensou um pouco, buscando uma maneira de ser convincente. – Para dizer a verdade, não pensei que o senhor tivesse essa gentileza para comigo. Mas eu insisto. Nossa causa é mais importante. Sua fuga é mais importante. Nenhum dos nossos companheiros vai entender essa atitude, coronel. É humanística, eu entendo, é solidária, é nobre, mas o senhor tem deveres mais altos.

Bento Gonçalves passou a mão no rosto e sentiu a aspereza da barba e dos farelos de cal e cimento. (Bento Manuel, de binóculo, no camarote sobre a ilha de Fanfa.) Deveres. Tinha deveres. Pedro Boticário, entalado nessa janela – o arrogante, o autoritário, o falastrão Pedro Boticário, o grande palhaço entalado nessa janela –, lembrava-o de que tinha deveres mais altos do que o da solidariedade. Talvez tivesse razão. Pedro Boticário e seus cupinchas republicanos, aqueles oficiais de academia, de fala retorcida e maneiras afetadas, sempre com uma frase de efeito na ponta da língua. Bento Gonçalves esfregou o rosto com força e evocou Caetana. Ela era a mulher mais bela de toda a fronteira sul da Província de São Pedro do Rio Grande e da República Oriental do Uruguai e a teve nua em seu leito aos dezesseis anos de idade numa noite de verão em Bella Unión, com a lua cheia assombrando os cemitérios e os cães uivando junto às cercas.
– Pedro, tu és feliz com tua mulher?
Escutou o silêncio alarmado do outro.
– Estava pensando, Pedro, na minha Caetana. Eu acho que preciso dar mais atenção a ela.

— Coronel — havia um tom de súplica na voz de Pedro Boticário. — Coronel... Por favor, vá e dê o sinal para os homens. Fuja, por favor.

— Mulher sente falta desse tipo de coisa. Mas eu não tenho muito jeito nisso...

— É sua obrigação. Podem até pensar em traição. Tome esse barco.

— Barco? Que barco, Pedro?

Pedro Boticário não respondeu.

— Já passou da hora, Pedro. Eles já devem ter ido embora. Além do mais, tem duas sentinelas. Sem armas e sozinho não posso fazer nada.

— Tudo por minha culpa, coronel.

— Tu não tem culpa nenhuma, Pedro. É *mala suerte*. Na guerra a gente tem que ter sorte, Pedro.

— E os outros?

— Os outros? Os que estão em Santa Cruz? Não sei. Como vou saber? Tomara que tenham melhor sorte do que a gente.

— Coronel...

— Cala a boca, Pedro. Estou pensando. Sabe que estou pensando?

— Não.

— Estou pensando na minha Caetana, Pedro. Será que ela imagina que estou aqui, a esta hora, sentado neste lugar e conversando com teus pés, Pedro?

— Coronel.

— Cala, Pedro. Estou pensando.

Atravessam a esplanada agachados, ocultam-se atrás de um canhão, examinam os arredores, ninguém aparece. A muralha tem mais de dez metros de altura. Lá embaixo, grandes pedras duras, lavadas pelos abraços escorregadios e espumosos das ondas. Onofre estende a mão para Zambeccari. Apanha os lençóis e começa a amarrá-los na roda do canhão. Depois de feitos os nós, experimenta com fortes puxadas.

— Acho que aguenta. Desçam vosmecês primeiro. Eu sou mais pesado. Se rebenta comigo estamos todos malparados.

Corte Real estende a carabina para o conde e apanha a pistola de Onofre. Enfia-a na cinta.

— Talvez eu precise dela lá embaixo.

— Vai logo, carajo.

Sobe na amurada. Parece que aumentou, que é mais alta do que pensava, recebe a brisa do mar, joga o lençol para baixo. Agarra-se firmemente e começa a descer. Desconfia da corda improvisada: vai romper, se quebrará nas rochas, vai deslizando sem ruído e com facilidade, seus pés tocam no chão, o mundo torna-se outra vez normal.

Faz sinal para cima. Lívio Zambeccari passa o pé por sobre a amurada, agarra-se ao lençol, desliza até o chão, recebe um tapinha de Corte Real nas costas.

– Perfeito. Monta guarda enquanto o Onofre desce. Eu vou dar uma espiada...

Olham para cima, apreensivos.

Aguentarão os lençóis o peso de Onofre? A grande figura equilibra-se sobre a muralha; parece que vai desabar. Mas desce, chocando-se contra a pedra do muro, atrapalhado com a carabina que pendurou às costas.

Chega ao chão. Agarra os lençóis com ambas as mãos e dá um tirão forte, rebentando-os ao meio. Um pedaço ficou preso à roda do canhão. A brisa marinha brinca com ele. De longe deve parecer um fantasma dançando sobre a fortaleza.

– Vamos andando.

Abaixados, aproximam-se da margem. O escaler deverá encostar num lugar escondido entre as pedras redondas. Avançam com cautela, não querem torcer o pé num buraco ou escorregar no musgo.

– Ó do escaler! Alto lá! Identifique-se ou vai bala!

Param, eletrizados pelo mesmo susto.

A voz partira a menos de cinco metros deles. Encolheram-se atrás de um rochedo, as armas em suas mãos instantaneamente adquirem importância e peso.

Capítulo 5

Os tripulantes dos dois barcos sentiram-se reanimados depois de terem visto os sinais de Onofre. Até então remaram durante mais de meia hora acossados por sombrias previsões, desalentados com o fracasso da libertação de Bento Gonçalves.

Joaquim era o mais deprimido. As palavras de encorajamento do capitão Pimenta e de Borges da Fonseca não eram suficientes para reerguer-lhe o ânimo.

O jornalista sentia também o vazio e o fracasso que estava marcando a aventura. Tudo agora parecia feito às pressas e sem propósito. A aventura nada mais era do que remar sem parar, esfolar as mãos e sentir essa angústia que não sabia que podia caber no peito.

O gesto de Pimenta apontando para a fortaleza deu-lhe ânimo novo. Uma luz cintilava num curto vaivém.

– São eles!

– São eles – confirmou Chaves do outro barco. – Vamos nos aproximar. Agora temos de desembarcar de qualquer jeito.

Começaram a remar com vontade. Tudo mudara num átimo. Estavam, de repente, na iminência de um confronto com os guardas do Império.

Borges da Fonseca enterrou o chapéu na cabeça. Pensou em palavras corajosas. E pensou em sua escrivaninha, em seus livros, em seu alfaiate, na sonhada viagem a Lisboa. Olhou para os dois companheiros. Estavam apenas mais sérios, concentrados. Percebeu o gesto intuitivo com que Pimenta afrouxou o colarinho que detestava e pousou a mão no cabo da adaga.

Borges da Fonseca tinha o rosto salpicado de água. Lambeu os lábios. O sal sabia bem, o cérebro clareou, desejou com fervor que houvesse uma escaramuça, que no momento certo soubesse ser corajoso. E que os companheiros – esses gaúchos de modos nem sempre refinados – descobrissem que – apesar de sua condição de intelectual e homem de letras – era, também, como eles, um combatente da liberdade. Se acontecesse a escaramuça, se fosse obrigado a usar o punhal que machuca a pele de sua cintura (como será que eles usam todos esses apetrechos e não se incomodam?), se derrubasse um dos guardas da fortaleza e enfiasse a arma comprada na rua do Ouvidor até o cabo no peito dele, talvez não sorrissem meio de lado quando falassem e começassem a respeitá-lo mais.

– Alto lá! Ó do escaler! Alto lá ou vai bala!

De entre as grandes pedras arredondadas, nítida ao luar, surge a sentinela, escopeta na mão.

Pequena agitação nos dois barcos.

– Fomos vistos.

– Mantenham a calma. Lembrem o que combinamos. Vamos nos aproximar e dizer que temos um ferido. Mantenham a calma.

As ondas tornavam-se maiores devido à rebentação. As barcaças subiam e desciam, estremecendo. Joaquim observou que Bento Chaves tentava ficar em pé no outro escaler. Possivelmente, ia responder à sentinela. Tinha as mãos em concha.

– O que ele está dizendo? – perguntou Borges da Fonseca.

– Não consigo ouvir.

– Precisamos saber.

A voz do jornalista saiu um pouco trêmula. Joaquim percebera seu nervosismo desde que estavam na praia, preparando-se para embarcar. O capitão Pimenta murmurou com seu jeito calmo e sarcástico.

– Se o compadre não fizer silêncio, não vamos ouvir nada.

No outro barco, Bento Chaves sentou-se. Estavam agora bastante afastados um do outro. Joaquim tocou o braço de Pimenta.

– Vamos nos aproximar?

– Vamos. Se eles apontarem as escopetas, se abaixem e deixem que eu remo.

As ondas tornavam-se maiores, o escaler subia e descia, a água entrava em grandes cachos espumantes e encharcava suas pernas e seus sapatos. Borges da Fonseca mantinha os pés levantados, seus olhos percorriam os rostos tentando descobrir o que pensavam.

– Afastem-se ou vai bala! – gritou a sentinela. – É o último aviso!

– Temos que desembarcar – sussurrou com fervor Borges da Fonseca, agarrado ao punhal.

Os dedos de aço de Onofre fecharam-se em torno do braço magro do conde Zambeccari.

– Vai morrer gente. Se nossos companheiros desembarcarem estarão a descoberto. Serão fuzilados sem defesa.

– O que vamos fazer? – perguntou Corte Real.

– Cair sobre as sentinelas – disse o conde.

– Não. – Onofre emitiu tom de mando. – Vamos entrar na água e nadar em direção a eles.

Corte Real pensou um pouco.

– Tem razão. Vamos.

O conde ficou calado. Concordou com um aceno de cabeça. Afastaram-se das sentinelas, rastejando. Contornaram pedras, viram caranguejos fugirem apressadamente à sua passagem, enterraram os pés na água represada nos buracos formados entre as pedras e chegaram próximo ao mar, no justo momento em que uma onda quebrou com força na rocha e elevou ao ar negro sua renda branca em forma de cauda de pavão.

Entraram na água curvados, ombros para frente, recebendo com regozijo a agressão salgada das ondas. Onofre e Corte Real mergulharam.

Emergiram adiante, reconheceram-se, olharam para trás, viram um vulto parado entre as pedras.

– E Tito? – estranhou Onofre.

Buscaram por todos os lados.

– Parece que ficou.

– Ficou?

Boiavam, subindo e descendo com as grandes ondas, cuidando para não serem levados de encontro às pedras.

– Acho que o nosso conde não sabe nadar – resmungou Onofre. – Vai indo para o barco.

Lutou com uma onda e começou a voltar em direção à praia. A onda levava-o para perto da pedra. Tratou de flutuar no dorso da vaga e livrar-se do choque contra a pedra. Conseguiu contorná-la e chegou à praia, rastejando, pingando água. Procurou no escuro. Enfiou-se entre duas rochas. O conde Zambeccari estava ali, encolhido, os grandes olhos dilatados por uma expressão dolorosa.

– O que há?

Lívio Zambeccari tinha a voz desalentada.

– Ironia do destino, companheiro. Sou um homem que quer transformar o mundo, mas que não sabe nadar.

– Bueno, não importa. Eu te levo.

O conde recuou.

– Não.

– Eu te levo, Tito. Vem, é fácil.

– Não, o mar está muito agitado, seria perigoso para vosmecê também.

– Isso eu que resolvo.

Onofre avançou um passo, mão estendida, o conde recuou em irreprimível estremeção de pânico.

– Desculpe, companheiro, lamento. A verdade é que não tenho preparo para isso. Eu seria um estorvo. Vá e salve-se.

Onofre estava curvado frente a ele, pingando água, o braço estendido. Olhava o rosto emagrecido pelas enfermidades, a palidez que a luz da lua acentuava e tornava mais frágil. Conhecia esse homem. Se ele estava com medo, deveria então ser um medo monstruoso, acima do poder humano. Onofre admirava secretamente a estranha fortaleza do conde e vê-lo assim, vencido, o comovia.

– Adeus – disse o conde.

Grande vaga esparramou-se sobre as pedras, sem estrondo, sussurrante, espalhando a espuma em finas camadas.

– Não resista quando eles chegarem.

– Não vou resistir. Agora, vá.

Onofre afastou-se rastejando em direção ao mar. Parou.

– Nós vamos voltar para tirá-lo daqui.

Sumiu na escuridão.

Encolhido, lutando contra o temor, o conde Lívio Zambeccari abraçou o próprio corpo, buscando uma maneira honrada de acalmar as batidas do coração, que se misturavam ao ruído das vagas caindo sobre as pedras.

Capítulo 6

Aquela estância no passo do Itapevi tinha uma antiga história de assombração que o proprietário gostava de contar a seus visitantes, principalmente quando havia damas presentes. Mas nesse fim de tarde outonal os visitantes são apenas homens, que ouviram sem muita paciência o conto de fantasmas e ficaram calados, incômodos nas cadeiras que estalavam. Havia o princípio de outono – o mês de março escoava de mansinho. Eram quatro visitantes, e o maior deles se ergue pesadamente.

– Eu estou cercado, meus amigos, essa é que é a verdade. De um lado, os farrapos. Do outro, o ignorante do Antero de Brito. O desgraçado me enviou um ofício, para que o encontrasse em Cachoeira. Ele estava em Rio Grande. E eu por perto.

Bento Manuel deu fundo suspiro, quase verdadeiro.

– Me mandei com meus homens para o Moraes. Não queria conversa com ele.

Uma sentinela passa silenciosamente.

– Depois segui viagem. Um mensageiro me alcançou em pleno campo. Era outro ofício. Intimava que eu o encontrasse na beira do Santa Bárbara, aquele afluentezinho do Jacuí.

– É um lugar estratégico. Vosmecês sabem. Fica bem entre a divisa de Caçapava e Cachoeira. Eu pensei: comigo não, violão! Vinha notícia de todo lado. O homem expulsou dos postos e dos empregos todos os meus amigos, todas as pessoas de confiança que eu nomeei. Reuni minha gente e segui viagem.

Dá longa tragada. Os quatro homens esperam.

– Pois não é que ele insiste em mandar um próprio me seguir com outro maldito ofício? Eu estava lá por perto de São Sepé, num lugar chamado Três Passos. Pois aí me alcança, e com uma escolta bem armada. Alguém duvida que ele vinha pra me prender? Mas não me incomodei. Reuni minha gente e segui viagem.

Perto, soldados e peões conversam em voz respeitosa, olhando os cinco homens fumando na varanda da casa.

— Em São Gabriel, outro ofício. Queriam que eu caísse sobre Piratini, dizem que está desguarnecida. Mas com que tropa? A minha, eu dispersei, como todo mundo sabe. E fui vindo para cá. Estou a caminho da estância, quero deixar de correrias por uns tempos. Já fiz o que tinha de fazer pela Província e pela lei. Derrotei e botei na prisão o Bento Gonçalves. — Sacode a cabeça, penalizado, teatral. — Mas ele não vai me deixar em paz.

Larga o palheiro no chão, pisa-o com a bota.

— É por isso que eu pedi para conversar com vosmecês, meus amigos.

Olha vagaroso, um por um, os quatro homens sentados nos tocos, os rostos cobertos pelas sombras da noite. Zé Ribeiro, irmão de Bento Manuel, dá uma risadinha sarcástica.

— Se eu te conheço bem, Manuel, tu não quer conselho coisa nenhuma. Tu já preparou qualquer bandalheira e nós só vamos assistir de camarote.

Bento Manuel fez um ar ofendido.

— Convoquei o doutor Sá Brito, aqui presente, para servir de testemunha. O doutor Sá Brito sempre me valeu nos momentos difíceis. Quando eu vi que a Revolução ia virar em baderna anarquista, pedi os conselhos dele e fiquei com o governo legal.

Sá Brito permanece impassível. Veste roupas de cidade. Fuma charuto fino.

— Bom, agora, o governo legal é que está virando anarquia. Mandaram o doutor Araújo Ribeiro embora, como se fosse um criminoso. Os farroupilhas andam contando vantagens e dizendo que minha hora chegou. O Netto, esse anarquista sem cabeça, disse para darem duro em mim, que estou a expirar. A expirar, ele disse. Usou essas palavras. A expirar! Isso me ofendeu acima de tudo. O Netto é todo metido a cavalheiro. E disse que a galegada está em guerra declarada contra mim. Nisso ele tem razão. — Dá um risinho satisfeito. — Só que eu não estou a expirar não, senhores. Nem estou perto disso. Eles não se dão conta, e o Antero muito menos, que o cavalo do delegado sou eu que tenho. — Seus olhos foram ficando malvados. — Quando vim aqui pra fazenda do compadre Fortes deixei dois charruas seguindo os passos do Antero. Por isso chamei os senhores para esta reunião. O Antero está vindo para cá. Ele quer me prender pessoalmente.

Sebastião Ribeiro inclina a cabeça para a frente.

— Pai — a voz está ligeiramente tensa —, diga o que vosmecê está planejando.

– Mandei prender o Antero.

Sebastião sacode a cabeça com desgosto e assombro.

– Pai, ele é o presidente da Província.

– Cadeia é lugar pra homem. Pra qualquer homem, mesmo presidente da Província. O major Demétrio Ribeiro está esperando por ele aqui mesmo, bem pertinho, no passo do Itapevi. O major está com uma tropa reforçada. O Antero vai ser nosso convidado de honra.

Capítulo 7

"Conhecendo os males desastrosos que o despotismo e iníquas arbitrariedades do brigadeiro Antero J. F. de Brito faziam pesar sobre os mais distintos e leais rio-grandenses, e bem assim os que por sua péssima administração ameaçavam submergir para sempre num pélago de desgraças esta infeliz Província, prendi-o, para evitar, enquanto é tempo, o precipício a que em tão curto espaço de tempo nos ia arrojando.

Posso asseverar a V. Exa. que se extinguirá, com este passo, no Continente, a guerra civil, se V. Exa. o secundar, como me fazem esperar seus serviços e prudência. Tudo se harmonizará: os até agora republicanos desistem de seu projeto, e se submetem ao Governo Imperial, se quanto antes for chamado e colocado na Presidência da Província o vice-presidente mais votado, o patriota Joaquim Vieira da Cunha; e se V. Exa. entregar o comando dessa Guarnição ao brigadeiro Gaspar Menna Barreto.

Eu me comprometo a responder, perante o Governo Imperial, pela detenção do brigadeiro Antero. É ainda necessário que no momento em que V. Exa. receba esta, se conceda ampla faculdade ao general D. Frutuoso Rivera, para vir para o meio dos seus companheiros na certeza de que a vida do brigadeiro Antero, que desde já entrego aos Orientais, será o garante para execução desta cláusula.

Confio que V. Exa. ouvirá a voz da razão e da Pátria e aquiescerá ao desejo de todos os bons patriotas. Deus guarde a V. Exa.

Campo, 24 de março de 1837."

Bento Manuel assinou o documento com um gesto caprichado. O ordenança jogou um punhado de farinha sobre a assinatura para a tinta secar.

– Coronel Gama.

Esperou que o oficial parado junto à porta se perfilasse.

— Este ofício deve ser entregue em mãos do marechal Francisco das Chagas Santos. Bote sua vida nessa missão.

Restava esperar. E esperou, sentado na varanda de seu compadre Feliciano Fortes, olhando a muralha cinzenta das chuvas de março, enrolando com paciência palheiros amarelados e escutando o silêncio rancoroso do filho Sebastião.

Passaram os dias, passou a primeira semana. Nenhuma notícia. O marechal Francisco das Chagas Santos, comandante da Guarnição de Porto Alegre, era antigo companheiro de lutas de Bento Manuel. Se ele o apoiasse, seria, de direito, o senhor da Província. Contava com seu prestígio junto à oficialidade. O triunfo de Fanfa ainda estava em todas as bocas.

Após a vitória sobre Bento Gonçalves, pensou que a paz baixaria não apenas sobre ele, mas também sobre todo o Continente. Nem um nem outro aconteceu. A Província tornou-se um enxame de boatos desencontrados. Com as medidas de Antero, as paixões desataram-se numa onda inesperada de revanchismo. Os portugueses saíam às ruas, desafiantes, apedrejando casas. Os mais exaltados ergueram uma cadeia de difamações contra ele e Araújo Ribeiro, exigindo medidas ferozes contra os rebeldes. A derrota de Bento Gonçalves não lhe trouxe paz. A carta que enviara era a sorte lançada. Estava, mais uma vez, jogando tudo numa cartada só.

Numa manhã, Sebastião montou no cavalo e foi embora sem uma palavra.

Capítulo 8

O outono trouxe dias frescos e de cor delicada. As árvores começaram a perder as folhas. Era hora de fazer alguma coisa.

— Acho que não tenho escolha, amigo Brito. Em tempo de paz, é fácil ficar no meio. As armas são as palavras. Mas estamos em guerra. E se eu já tinha um inimigo acabo de criar outro. Não posso ficar entre dois fogos.

Sá Brito ficou silencioso.

— Talvez eu tenha me precipitado — continuou Bento Manuel. — Talvez eu tenha calculado mal meu prestígio. Agora é tarde. Vosmecê tem influência junto aos revolucionários. Eu preciso acertar um contato com eles.

— Um contato? Com que propósito?

— Estive pensando: vou propor um plano de pacificação. Um plano político.

Ficou olhando para o horizonte.

– Sim. É isso. Um plano político. Um plano para apresentar a Netto, um plano que o convença a abandonar as armas, um plano que contente a todos.

– Isso parece meio difícil, brigadeiro.

– Alguma coisa eu tenho que fazer.

– E se não der certo?

Bento Manuel encolheu os ombros.

– Bueno, então vou ter de pedir uma reunião com João Manoel.

Vislumbrou João Manoel discursando na sala da Corte Marcial, no Rio de Janeiro, ante os juízes militares. Vislumbrou Bento Gonçalves sentado a seu lado, os rostos atentos e severos dos juízes fixos no jovem oficial.

– Estes dois homens prestaram um serviço à nação brasileira que eu testemunhei e declaro aqui, por minha honra de soldado, não conheço nenhum igual ou superior. Desafio os nobres militares presentes a apontarem uma carreira dedicada às armas com a riqueza e o valor das carreiras destes dois homens. O espírito militar destes dois soldados é inatingível pela calúnia e pelo despeito. Estes dois homens são patrimônios do exército e da pátria. Eu confio neles além das ideologias e dos caprichos da política. Eu confio na ética que os conduz e os guia. Eu confio na palavra deles. Eu confio neles, inteiramente, com minha alma de cristão, de soldado e de brasileiro. Em qualquer circunstância, eu sei que o íntimo destes dois homens é puro e dedicado a uma só causa: a nação brasileira.

– O João Manoel não vai recusar um encontro comigo. O que eu não posso é ficar entre dois fogos.

Capítulo 9

"Encarregar o brigadeiro Bento Manuel das operações que se vão realizar agora em Cima da Serra é um passo que eu considero tão político quanto V. S. deve julgar e, por isso, espero que se mostre mui gostoso, manifestando ao mesmo brigadeiro o contentamento que tem com isso."

O coronel João Antônio mastigou o palheiro.

– Mui gostoso. Essa é boa.

"Tomo essa deliberação porque estou bem convencido de que v. s. é Patriota por Excelência de nossa República, e que despreza toda a grandeza e glória, que se não baseia na ventura de sua Pátria; sentimento com o qual também meu coração se acha, o que é de v. s."

João Antônio sentiu a urgente vontade de um amargo. A carta tinha um *postscriptum*:

"É mister comprometê-lo nos nossos trabalhos, para que não jogue com pau de dois bicos."

— A assinatura é do nosso comandante de armas, coronel João Manoel de Lima e Silva.
— Onde o Bento Manuel está? – perguntou Lucas.
— Saiu. Foi dar uma volta. Não sei.
— Foi visitar um conhecido – disse Teixeira.
— Eu me pergunto por que eu devo assumir essa responsabilidade. Se precisamos fincar pé em Cima da Serra, se essa operação é realmente importante, não posso levar como agregado um indivíduo como o Bento Manuel. O Sebastião Barreto anda por perto. Tenho ordens de cortar a marcha dele. Já é problema que chegue.
— Estou pensando no que dirá Bento Gonçalves – disse Lucas.
— Vosmecê foi escolhido, coronel, porque é o oficial com mais influência junto a Bento Manuel – disse Teixeira. – Ele o respeita.
— E o Canabarro? Ele me respeita também?
— Vosmecê serviu junto com os dois na Cisplatina. Eles são seus devedores. É a melhor maneira de eles se ajustarem a nosso exército – disse Lucas.
— O Canabarro é um soldado competente – disse Teixeira.
— Competente, capitão Teixeira? O senhor me surpreende. Minha brigada não é um reformatório para desajustados. Bento Manuel e Canabarro só estão conosco porque não querem saber deles no outro lado. Porque, na verdade, querem ver a caveira deles no outro lado. Eles estão conosco porque aqui têm proteção.

Cuspiu o palheiro com fúria. João Antônio da Silveira era o mais veterano e calejado dos caudilhos da fronteira. Era também o mais ponderado, o mais paciente e um homem generoso e de coração mole. Mas essa missão que lhe impuseram o deixou furioso como nunca antes Teixeira Nunes e Lucas o tinham visto. Os dois jovens oficiais não deixaram de achar graça na situação. Agora Bento Manuel era novamente revolucionário. E estava lotado nas tropas do general João Antônio da Silveira, para que ninguém tivesse dúvidas disso. Como isso iria terminar nenhum dos dois tinha a menor ideia.

Capítulo 10

Bento Manuel estava pensando que poderia comer uma carne gorda, dormir boa sesta e voltar para o acampamento antes do anoitecer, quando viu a patrulha a cavalo sair de entre as toiceiras.

O oficial imperial adiantou-se.

– Alto!

A surpresa foi grande para os dois, mas Bento Manuel estava acompanhado apenas de um ordenança e o tenente Cândido Adolfo Charão estava com quatro soldados bem armados.

– Charãozinho! Este mundo é mesmo pequeno, meu amigo.

– Um de nós dois vai ter que começar a acreditar em Deus, Bento Manuel. E não tente escapar, meu amigo, porque é a última coisa que vai fazer.

– Ninguém está tentando escapar, Charãozinho.

– Dobra a língua, traidor. Tirem as armas deles.

Dois soldados desarmaram Bento Manuel e o ordenança.

– O marechal vai ter uma bela surpresa.

– Sempre servindo o porco, Charãozinho?

Os olhos azuis do tenente Cândido Adolfo brilharam.

– Bento Manuel, vou me dar um prazer que venho esperando há muito tempo.

Muito devagar, apanhou a pistola, engatilhou e apontou em direção à cabeça de Bento Manuel. E Bento Manuel, experiente em ler as emoções dos homens através dos olhos, leu nos olhos azuis do tenente a cintilação de um ódio genuíno. Durante um segundo tentou buscar a razão desse ódio antes que o medo o invadisse de forma devastadora.

– Cândido Adolfo, isso não é coisa que se faça.

Cândido Adolfo apertou o gatilho. Bento Manuel gritou e caiu do cavalo.

O ordenança fugiu a galope, vergado sobre a sela.

Sebastião Barreto andava nas redondezas de Caçapava tentando fazer junção com outra tropa imperial e, somadas as forças, marcharem para Porto Alegre.

João Antônio seguia-lhe no encalço, há vários dias, tentando cortar-lhe a marcha e impor combate.

Sebastião Barreto recusava o encontro em campo aberto. Era mais importante defender a capital. Seu prestígio andava escasso junto aos senhores do Império. Já sussurravam abertamente contra sua pessoa. Os portugueses mais inquietos não hesitavam em chamá-lo de traidor. Pensava, nessa manhã, como enganar os farrapos, quando ouviu um alarido que o irritou. Saiu da tenda.

Cândido Adolfo entrava a galope, arrastando alguém por uma corda.

– Pegamos caça grossa, marechal – disse dando um tirão na corda que segurava com as rédeas. – Veja quem é!

Sangrando, em farrapos, a seus pés, estava o mais odiado dos seus inimigos.

– Onde encontrou essa peste?

– Perto daqui, dando um passeio.

– Está muito ferido?

– Arrastei ele só meia légua. E um tiro no braço. Não é nada.

– Levantem o bruto. E tirem essa corda.

Bento Manuel foi erguido, desamarrado e – pelo tom de voz desaprovador do marechal – um dos soldados chegou a espanar a poeira da farda. Bento Manuel e Sebastião Barreto ficaram frente a frente.

– O mundo é redondo, Bento Manuel, como uma laranja. O que aqui se faz, aqui se paga.

Sabia que Bento Manuel (assim como Bento Gonçalves) jamais o perdoara pelo fato de tê-lo enviado a julgamento na Corte. Agora, aí estava, sangrando, rosto inchado, procurando manter a empáfia.

– Sorte de salteador de estrada.

– Vosmecê está mesmo autorizado para falar em salteador de estrada, Bento Manuel.

– Uma pequena emboscada. Em campo aberto vosmecê nunca teve essa sorte.

– A acusação precisa é: ladrão. Ladrão contra o Estado, ladrão contra a pessoa física. E traidor. Duas vezes traidor. Três vezes traidor. Tirem ele daqui! Guarda dobrada em cima dele.

Capítulo 11

– Marechal, marechal!

Sebastião Barreto despertou sacudido pelo ordenança em pânico.

– O general João Antônio está aí, em posição de combate!

Não esperava que os farroupilhas chegassem com tanta rapidez, mas não se alarmou. Guardava posição favorável. Sobravam condições de sustentar o ataque.

Foi vê-los. Ergueu o binóculo: os esquadrões republicanos estavam dispostos em linha. Já começavam a avançar em passo lento, infantaria na frente. A cavalaria postara-se atrás. O velho truque de João Antônio. A carga se daria num corredor que os infantes deixariam.

– Não vamos aceitar combate – murmurou para o ordenança.

Com o binóculo, viu João Antônio montado no cavalo ao lado do corneteiro. A bandeira republicana tremulava. Viu Joaquim Pedro e Teixeira à frente do Corpo de Lanceiros Negros.

– Vamos preparar a retirada. Vamos segurá-los entre o arroio e a coxilha e impedir que se aproximem do acampamento.

João Antônio levantou a espada.

A corneta comandou: carga! E o Corpo dos Lanceiros Negros irrompeu coxilha abaixo num alarido feroz, entreverando-se com a infantaria imperial.

O combate esparramou-se pela coxilha e pelo capão de mato, a água do arroio foi ficando turva pelo sangue dos que rolavam pelo declive. Sebastião Barreto surpreendeu-se com a facilidade com que suas linhas eram rompidas.

– Eles não podem entrar no acampamento!

Ordenou nova disposição de defesa, fazendo avançar a cavalaria. O encontro foi breve e desigual. Os lanceiros fizeram a coluna montada imperial dispersar como capinchos assustados. Se não tomassem providências urgentes, entrariam no acampamento.

– Tragam os canhões – ordenou.

Atirar contra o combate seria uma carnificina que envolveria seus próprios homens, mas era tudo ou nada. Aproximou-se o capitão Andrade Neves.

– Os homens se recusaram a trazer os canhões, marechal. E muitos estão correndo para o capão, apesar das advertências e dos tiros de aviso.

– A coisa está malparada. Vamos nos retirar. Não temos condições de enfrentá-los por mais tempo.

– E o prisioneiro?

– Cândido Adolfo cuida dele.

Um fio de sangue escorria no rosto de Cândido Adolfo. Caminhou até a tenda onde estava Bento Manuel e chamou-o aos gritos. O brigadeiro saiu da tenda desconfiado, olhando para os lados, tentando adivinhar os rumos do combate. Já tinha os ferimentos pensados. O fragor aumentava. Sentia o tropel, ouvia os gritos, os tiros, a aproximação do exército farroupilha.

– Então, Charãozinho, vieram me buscar mais cedo do que pensavam, hein?

– É tarde pra contar vantagem, traidor.

Bento Manuel percebeu na voz trêmula, no olhar alucinado, que a coisa estava malparada.

– Quais são as ordens, Charãozinho? – disse, jovial.

– Acabar com tua raça, traidor filho duma puta!

Apontou a pistola para Bento Manuel, que vislumbrou no jovem rosto em fúria um anjo vingador, de olhos azuis.

– Eu sou amigo do teu pai, Charãozinho! Não atira!

A cavalaria negra irrompeu estremecendo o chão e levantando uma nuvem de poeira. Cândido Adolfo atirou e Bento Manuel virou o corpo. A bala entrou em suas costelas e derrubou-o. Engoliu golfadas de pó. Arrastou-se, cuspindo. Cândido Adolfo correu e ficou outra vez na frente dele. Apontou a pistola. Bento Manuel rolou e foi atropelado por um cavalo. Cândido Adolfo atirou. A bala entrou no ombro. Bento Manuel ergueu-se e Cândido Adolfo atirou outra vez. A bala entrou no peito. Bento Manuel caiu e saiu de joelhos, meio encoberto pela poeira e pelos cavalos que passavam correndo. Cândido Adolfo agarrou a pistola com as duas mãos. Apontou. Bento Manuel andava sem direção, ajoelhado, cuspindo terra. Um cavalo saltou por cima dele. Cândido Adolfo atirou. Bento Manuel foi envolvido numa nuvem de poeira escura. Vários cavaleiros passavam sobre seu corpo. Um oficial agarrou Cândido Adolfo pelo braço. Livrou-se com um gesto. Aproximou-se de Bento Manuel caído, sem importar-se com os lanceiros farroupilhas que invadiam o acampamento de todas as direções. Encostou o cano da pistola no pescoço de Bento Manuel. Apertou o gatilho. Um estalo seco. Praguejou e começou a procurar balas na guaiaca. Tinha o rosto enegrecido de pó. Fios escuros de suor desciam pela testa. Colocou duas balas na pistola. Foi derrubado por um cavaleiro que passou de raspão. Caiu sentado. Levantou-se e apontou a pistola outra vez. Atirou. Bento Manuel estremeceu, nuvens de pó subiram de seu corpo. Cândido Adolfo saiu correndo e montou num cavalo.

Capítulo 12

Chove forte no Rio de Janeiro. Vergado ao peso do aguaceiro, Rossetti aproxima-se da *Mazzini*. Inclina-se para dentro da escuna, junto ao cais de pedras. Coloca as mãos em concha ao redor da boca:

– Garibaldi! Carniglia!

Um homem abre a porta da pequena cobertura.

– Quem é?

– Sou eu. Luigi.

Rossetti salta para o convés.

– Onde está Garibaldi?

– Na taverna. Que novidades há?

Rossetti retira do interior da capa um envelope pardo. Segura-o com a ponta dos dedos para não molhá-lo.

– A carta.

– A carta!

– Garibaldi precisa saber. Vamos!

Joga uma blusa sobre os ombros e salta para o cais. Carniglia tem a barba negra e selvagem, uma cicatriz na testa, o olho direito vazado. Usa grande brinco dourado na orelha esquerda.

Atravessam as ruas desertas batidas pela chuva. Percorrem ruelas, entram num antro enfumaçado.

A freguesia amontoa-se nas mesas: marinheiros, soldados, prostitutas. Flutua cheiro de comida frita, de pimenta, de bebida forte. Garibaldi está numa mesa, com mulheres e marinheiros. Carniglia aperta seu ombro.

– Vem.

Dirige-se para o fundo da taverna. Há uma sala isolada, longe dos ruídos. O taverneiro aproxima-se, limpando as mãos no avental.

– Vinho – comanda Carniglia. E quando o homem começa a afastar-se, apanha-o pelo braço. – Italiano.

O taverneiro encolhe os ombros.

– Bene.

Rossetti empurra o envelope para diante de Garibaldi. Abre-o com cautela, começa a ler com dificuldade:

– *"O governo Rio-grandense autoriza a sumaca* Farroupilha..."

– Agora se chamará *Farroupilha* – disse Rossetti.

– *"... de 120 toneladas, a cruzar os mares..."*

– Aumentaram cem toneladas – diz Carniglia.

– Silêncio!

– *"... a cruzar os mares e rios por onde trafeguem barcos de guerra ou de comércio do Brasil, podendo apropriar-se deles ou tomá-los por força de suas armas, os quais seriam tidos por boas presas, emanadas de autoridade legítima e competente.*

Ao capitão Giuseppe Garibaldi, comandante do dito corsário, ordena-se, em razão de não haver por enquanto na República porto adequado para ancorar, sirva-se para esse fim dos portos dos Estados vizinhos, em vista das relações ofensivas e defensivas que os mesmos tinham contraído contra o governo do Rio de Janeiro."

O taverneiro aproximou-se trazendo copos e uma garrafa de vinho.

Rossetti encheu os copos.

– Não somos mais pequenos comerciantes do mar. – Ergueu seu copo e olhou para os dois homens. – Agora, somos corsários.

Os copos se chocaram com força.

Junto com os carregamentos que faziam parte do ganha-pão dos proprietários – bebidas, cereais e frutas –, a escuna foi enchendo o estreito porão com armas e munições. Numa manhã, trouxeram a bandeira da República Rio-grandense. Foi estendida sobre a mesa da pequena sala do comando e contemplada em silêncio.

Na primeira semana de maio o *Mazzini* soltou as amarras e rumou para fora do ancoradouro.

– Soltem as velas!

Garibaldi apoiou-se na amurada e olhou para seus homens. Doze. Seis são italianos exilados. Dois são espanhóis. Há dois negros e dois mulatos libertos, que se criaram no porto e discutiam o movimento abolicionista. Partiram rumo ao sul numa manhã sensual e quente do Rio de Janeiro, onde as praias, os morros e o grande mar se abraçavam ao céu com êxtase. Abandonava o Paraíso pelo frio sul.

Capítulo 13

– Vela! – gritou o vigia.

Garibaldi apontou o binóculo.

– É um navio. Bom calado. Abarrotado de carga.

– Abarrotado de carga? – O velho corsário Carniglia, ansioso. – Como sabe?

– Pela pequena diferença entre o convés e a linha do mar. A quilha é coberta de cobre. O tombadilho tem trincheira corrida de popa a proa. Velacho em boas condições. *Luisa*.

– Garanto que a vela grande é nova – assegurou Carniglia – pelo meu olho bom.

No mastro principal do *Luisa* tremulava a bandeira do Império. Garibaldi amarrou um lenço vermelho na cabeça.

– Hasteiem a bandeira rio-grandense. Todos a postos para combate.

A bandeira subiu aos ares.

– Vamos nos aproximar – disse Garibaldi. – Carniglia ao leme! Quero que corte a passagem dele. Todos prontos para a abordagem!

Carniglia fez uma manobra rápida. No barco mercante os tripulantes não sabiam o que acontecia. A escuna cortou seu caminho, quase abalroando-o.

Garibaldi intimou à rendição. O coração de Rossetti disparou. Os homens saltaram para dentro do navio mercante, armas na mão. Os abordados não ofereceram resistência. Era fantástico. Nunca ouviram falar de piratas a três milhas do Rio de Janeiro e nunca tinham visto antes aquela bandeira. Garibaldi foi o primeiro a saltar para o convés do *Luisa*. Empunhava uma pistola. Os tripulantes olhavam-no mais com curiosidade do que medo.

– Quem é o capitão?

Adiantou-se um homem ainda jovem, extremamente confuso.

– Sou eu. Capitão William Grann. Quem é vosmecê?

– Um inglês! Quem é o proprietário do navio?

– Pertence a dona Felisbela Stockmeyer. Quem é vosmecê?

Os outros corsários pulavam para dentro do *Luisa* e iam revistando a tripulação. Quase todos estavam desarmados ou carregavam apenas facas. Da cabine foi empurrado um homem gordo, que reclamava muito.

– Essa é toda a tripulação? – perguntou Garibaldi.

– Sim. São oito tripulantes e seis escravos. E temos um passageiro, o senhor Nuno Maia, comerciante. Quem é vossa graça?

– Muito bem – disse Garibaldi. – Este navio agora fica sendo propriedade da República Rio-grandense, com tudo o que tem dentro. Os senhores não precisam temer, serão colocados em terra firme logo que nos for possível. Se colaborarem nada lhes acontecerá.

Subiu na escada da ponte.

– E que uma coisa fique bem clara em todas as cabeças: neste navio não tem mais escravos.

O comerciante avançou dois passos, enxugando o suor do rosto com o lenço.

– Meus parabéns, um nobre gesto, meu jovem. Eu sou comerciante, não entendo nada de política, mas sou contra a escravidão. Se é resgate que os senhores vão pedir eu...

– Porco burguês, bico calado!
O homem encolheu-se, paralisado. Garibaldi olhou para Carniglia.
– O *Mazzini* é seu.

Dois tiros de canhão no casco, rentes à linha d'água, e o *Mazzini* afundou ante os olhos de todos. Não havia tripulação suficiente para manobrar as duas embarcações, e Garibaldi não queria expor-se a riscos utilizando membros da tripulação do *Luisa*. Deixá-los continuar a rota para o Rio, mesmo no *Mazzini*, era outro risco. Em breve teriam a frota imperial em seu encalço, com navios velozes e bem equipados.

A solução era trazer os prisioneiros para o sul e largá-los no primeiro porto onde isso fosse possível. Foram desembarcados na costa de Santa Catarina, perto de Ipacoraí. Três dos tripulantes do *Luisa* pediram para serem incorporados ao *Farroupilha*. Os seis escravos seguiram viagem até o Uruguai. Foram desembarcados como homens livres no porto de Maldonado, dez dias depois.

Capítulo 14

Maldonado tinha menos de quatro mil habitantes e apenas uma embarcação no cais – uma baleeira francesa. Por isso, causou sensação a chegada daquele navio com o nome pintado de fresco – *Farroupilha* – e bandeira desconhecida tremulando no mastro principal.

Garibaldi, Rossetti e Carniglia sonhavam em vender sem dificuldades a carga. Fora uma presa rica: o antigo *Luisa* carregava 3,6 mil arrobas de café. Garibaldi e Rossetti passaram a manhã e a tarde tratando das burocracias alfandegárias e tentando vender a carga.

Reuniram-se ao anoitecer numa cantina do porto.

– Estamos com dificuldades – foi avisando Garibaldi. – As autoridades uruguaias não reconhecem e não vão reconhecer a República Rio-grandense. Essa bandeira aqui não vale nada.

– A carta do general João Manoel nos dava essa garantia – disse Rossetti.

– Vender a carga também não vai ser fácil. O comerciante com quem tratei parece querer se aproveitar da situação. O café já foi desembarcado e o dinheiro, na hora de pagar, não apareceu.

Beberam calados. Galinhas ciscavam, entrando sem cerimônia na sala com chão de terra batida. Carniglia chegou afobado.

— Recebi uma visita no *Farroupilha*. O homem disse que é nosso aliado. Disse que há uma ordem de prisão do governo uruguaio contra nós. Está vindo para cá uma escuna chamada *La Loba* e um barco brasileiro, o *Imperial Pedro*.

— Vindo para cá?

— Devem chegar aqui pela meia-noite, se tanto. O homem deu a senha corretamente. Acho que é sério.

Fizeram uma reunião de urgência.

— Rossetti irá por terra a Montevidéu procurar o general João Manoel, que está nesse momento lá – disse Garibaldi.

— E nós? – perguntou Carniglia.

— Vamos levantar vela e escapar à prisão. Não podemos ir para Buenos Aires. Lá com certeza vai ser a mesma coisa.

— Tem razão.

— Vamos para o estuário do Prata. Vamos ganhar tempo enquanto Rossetti negocia.

— Nossa senha será *bandera rossa*.

Antes de partir, Garibaldi passou na casa do comerciante que comprara o café. Encostou a pistola no peito do homem e estendeu a mão, esperando o pagamento. Depois caminhou pela rua solitária em direção ao porto, olhando o céu estrangeiro. Excelente. Não havia lua.

Ficou de vigia ao lado de Carniglia, no timão. Às primeiras luzes da madrugada depararam com um perigo iminente. Avançavam contra rochedos que mal emergiam das águas. Desviaram por pouco. Constataram que estavam demasiadamente próximos da costa.

Custaram a descobrir a causa do desvio. Os mosquetões foram guardados no compartimento da bússola, e a agulha, influenciada pelo aço das armas, se desviara para terra.

Quando o dia clareou, viram as barrancas de São Gregório. Diante deles estendia-se o pampa uruguaio. Resolveram fundear no local à espera de notícias de Rossetti.

Numa fazendola da região conseguiram carne. No dia seguinte, próximo do meio-dia, surge uma lancha dos lados de Montevidéu. Vem diretamente em direção a eles.

— Pode ser Rossetti – diz Garibaldi.

— Não tem o sinal combinado – diz Carniglia. – Não tem a bandeira vermelha.

– Estejam alertas.

A lancha está a menos de trinta metros. No convés, apenas três homens fardados. O mastro não tem bandeira. Então, começa a irromper pela escotilha da lancha uma fila de marinheiros, mosquetões em punho. São mais de trinta.

O oficial se adianta.

– *En nombre de la República Oriental del Uruguay, ordeno la rendición de ustedes, caballeros.*

– Aqui ninguém se rende.

A fuzilaria explode. De ambos os lados chove fogo. Eleva-se uma fumaça azulada e espalha-se o cheiro de pólvora. Na manhã outonal erguem-se pássaros em voos assustados. A lancha uruguaia, com mais do dobro de atiradores, começa a aproximar-se para a abordagem. O marinheiro do leme do *Farroupilha* cai atingido. Garibaldi corre para substituí-lo.

– Respondam ao fogo! Vamos manobrar! Vamos sair daqui! Carniglia!

Carniglia olhou e viu o exato momento em que o tiro atingiu o rosto de Garibaldi e em que ele ergueu as duas mãos buscando o local atingido e depois, com terror, contemplou o sangue que as manchava e começou a rodopiar até cair por inteiro no tombadilho.

Capítulo 15

Depois que o barco uruguaio afastou-se com a vela toda perfurada de balas e carregando um morto e três feridos, depois que o *Farroupilha* constatou que tinha também um morto e três feridos, Garibaldi continuava desacordado, o sangue jorrando do ferimento e formando uma poça no piso. A bala atingira entre a orelha e a carótida, aninhando-se ali.

Carniglia ordenou avançar até chegarem ao rio Paraná. Penetravam cada vez mais em território argentino, afastando-se do propósito inicial da aventura.

O batismo de fogo fora trágico. O comandante, Garibaldi, gravemente ferido; Rossetti, longe – quem sabe onde –, e eles subindo esse rio escuro de grandes barrancas vermelhas, onde a tripulação murmurava que habitavam tribos ferozes.

A noite chegou e com ela o medo. Garibaldi começou a delirar. Furtivamente, noite alta, os três marinheiros voluntários do *Luisa* deslizaram para a água e nadaram para margem.

A manhã surgiu: a tripulação estava reduzida à metade. Os homens que desertaram levaram as provisões. No *Farroupilha* só restavam alguns sacos de café do botim. A fome começou.

Carniglia não tinha mais o que prometer. Nem ele sabia qual seu destino. Passava horas à cabeceira de Garibaldi, trocando o pano úmido que lhe amenizava a febre. Finalmente Garibaldi deu sinais de melhora.

– Para onde estamos indo?

– Subimos o Paraná. Mas não temos um lugar certo para ir.

Garibaldi pediu o mapa. Seu dedo caiu sobre uma cidade do litoral. Santa Fé.

– Por quê? – perguntou Carniglia.

– Porque é só isso que nos resta. Fé.

Ao amanhecer encontraram uma galeota de comércio com bandeira argentina, a *Pinturesca*.

O capitão, a princípio, assustou-se com o aspecto do *Farroupilha* e seus poucos tripulantes, sombrios e sinistros. Pensou numa epidemia. Mas logo entendeu a situação.

– Já soubemos da aventura dos senhores. A marinha argentina também os procura.

Estendeu a mão para Carniglia.

– Capitão Tartabull. Sou simpatizante da causa dos rio-grandenses. E não escondo isso de ninguém.

Dividiram seus víveres com o *Farroupilha* e atenderam precariamente a Garibaldi. Ele tornou a ter febre. Dormia um sono agitado.

– Ele precisa de um médico – disse o capitão Tartabull. – Infelizmente eu não tenho um, mas acho que posso ajudá-los.

Deu a Carniglia cartas de recomendação para Dom Pascual Echagüe, governador da província de Entre Rios.

Dom Pascual era um gentil homem da província, estabelecido em Gualeguaí. Recebeu o *Farroupilha* com simpatia e cuidou de que o ferido tivesse tratamento médico. A bala foi extraída; a tripulação, tratada com cortesia. Não se falou em política.

Depois de esvaziar várias garrafas de vinho, Carniglia dormiu dois dias com uma prostituta de 130 quilos.

Dom Pascual começou a receber ofícios de Buenos Aires. Deveria capturar o *Farroupilha* e prender a tripulação. Dom Pascual lia os ofícios, suspirava, e guardava-os na gaveta de sua mesa de trabalho.

Uma manhã chegou uma baleeira. Os oficiais traziam ordens concretas: tomariam posse do barco corsário e o levariam a Buenos Aires com a tripulação.

Dom Pascual ficou impotente. As ordens eram superiores. Insistiu, porém, que Garibaldi não poderia viajar. O ferimento era muito delicado. Combinaram que ele permaneceria preso em Gualeguaí.

Carniglia foi até o quarto despedir-se de Garibaldi. Trocaram um demorado abraço.

Da janela, Garibaldi viu os preparativos para a partida. A prostituta de 130 quilos chorava amparada pelas colegas. Quando o *Farroupilha* começou a mover-se, escoltado pela baleeira argentina, Garibaldi interrogou-se com severidade se sua aventura política nessa terra seria tão fugaz. Caiu em depressão.

Graças aos cuidados da família Echagüe, começou a restabelecer-se.

Principiou dando pequenos passeios pelo porto. Passava longos crepúsculos em amistosa conversação com Dom Pascual: saciava sua curiosidade do Velho Mundo, narrava intrigas políticas venezianas, falava de cardeais e de reis, de Roma, de Paris. Trocavam ideias a respeito dos movimentos de libertação que corriam a Europa, concordavam que viviam a era das revoluções.

Garibaldi também ouvia histórias da região. Fascinado, o italiano escutava o fazendeiro discorrer sobre as lutas de libertação contra os espanhóis e o sonho – acalentado por ele – de uma Grande Federação formada pelo Rio Grande do Sul, Entre Rios, Corrientes e o Uruguai. Que belo e forte país seria! Dom Pascual falava de Bento Gonçalves com fervor. Tinha certeza de que em breve ele voltaria aos pagos.

Garibaldi começou a dar passeios a cavalo nos arredores da aldeia.

Recebia da municipalidade um peso por dia para suas despesas.

Capítulo 16

O oficial abriu a pesada porta da cela. Bento Gonçalves não o conhecia.
– General, por ordem do ministro da Guerra, o senhor será transportado para outra prisão.

A patente de general tinha sido noticiada com atraso. Para surpresa de Bento Gonçalves, fora acatada até pelos imperiais.

— Outra? Onde?

— Não sei, general. De qualquer maneira, não estaria autorizado a dizer-lhe.

— Não podem levar-me sem explicações. Minha família tem o direito de saber onde estou.

— Sua família será devidamente avisada. Por enquanto, autorizamos seu escravo a trazer algumas mudas de roupa para o senhor. Ele está aí fora.

João Congo enfiou o rosto no vão da porta.

— O escravo não poderá acompanhá-lo. O senhor irá só. Sairemos dentro de uma hora.

E para João Congo:

— Quanto a ti, pode parar de fingir que é mudo.

Escutaram os passos afastando-se no corredor. Bento Gonçalves e João Congo entreolharam-se. O escravo riu sem muita vontade, encolheu os ombros. Há muito não se viam. Seguindo as ordens do capitão Pimenta, saíra de circulação após a ação em que deram fuga a Onofre e Corte Real. Viu as unhas negras, a pele esverdeada, a barba há meses sem fazer.

— Trouxe roupas limpas, general.

— Para onde eles vão me levar, Conguinho? Tu sabes?

Negou com a cabeça.

— Em que mês estamos?

— Agosto, general.

— Não recebo mais notícias. As cartas que eu escrevo eles não enviam, nem recebo as cartas que me mandam. Fala, negro! Conta alguma coisa.

— Dona Caetana escreveu para Dom Souto, diz que vai tudo bem, os meninos estão com saúde. A estância vai bem.

— A guerra, João Congo. Notícias da guerra.

— Os farroupilhas estão atacando outra vez Porto Alegre. Está um cerco bravo. Uns dizem que desta vez cai, outros dizem que aguenta.

— Tomaram Rio Grande?

— Nem Rio Grande nem São José do Norte. Nada de porto de mar. E os italianos continuam presos na Argentina.

— Não foram soltos?

João Congo sacudiu a cabeça.

— Ainda não. Nem o presidente Antero de Brito. Apesar de que houve muita conversa de que haveria paz.

— Paz? Que conversa de paz?

— O general Netto andou conversando de paz com os galegos, mas não deu em nada. Foi muita conversa fiada.

— E o Tito?

— O conde continua preso. Eu posso visitá-lo. Continua adoentado, mas sempre muito bem-educado. Essa é uma pessoa com quem se pode falar.

— Sim. Que mais?

— O brigadeiro Bento Manuel já começou a andar a cavalo.

— Pensei que esse não levantava mais.

— Ele mesmo mandou o recado para o senhor: "Tocaio, vaso ruim não quebra". Está fazendo parte da tropa do general João Antônio.

— Vaso ruim não quebra... — E, pensativo: — Foi um mal ter mandado de volta aquele dinheiro para o Souto. Agora, vou não sei para onde, e não tenho um tostão furado. Vai fazer falta.

João Congo olhou cauteloso para a porta entreaberta.

— O dinheiro está todo aqui, general – e bateu na guaiaca.

Bento Gonçalves olhou para ele, surpreendido e animado.

— Me desobedeceste, negro sem-vergonha!

João Congo deu uma risada. Bento Gonçalves contou o dinheiro, rapidamente. Tinha um correspondente para seus negócios no Rio, o farmacêutico Luís da Silva Souto, gaúcho, morador na rua Direita, número 5.

Souto pagava a mesada dos filhos de Bento Gonçalves que estudavam no Rio, e servia de correio para a colônia gaúcha, vigiada de perto pela polícia do regente. Mandava também quantias regulares para Bento Gonçalves, que as tinha devolvido através de João Congo.

— Volta ao Sul, Conguinho. É uma ordem. Eles já descobriram tua palhaçada e não vão te perdoar.

Separou um maço de notas e estendeu para o escravo.

— O visconde é um homem bom. Ele vai me proteger.

— Não podemos abusar da bondade do visconde. Ele também corre perigo. Deves voltar ao Sul, Conguinho. Para a estância. Deves ficar perto de Caetana. Ela vai precisar de ti. Vais levar esta carta para ela – apanhou um envelope. – Pede ao visconde para arrumar um lugar num barco hoje mesmo, se for possível. Para Montevidéu. Depois entra no Continente.

— Está bem, general.

Puxou João Congo para si e deu-lhe um abraço.

— Adeus, meu amigo. Boa sorte. Vá com Deus. E coragem.

— Confie em mim, general.

Capítulo 17

No dia 11 de agosto de 1837, Bento Gonçalves embarcou no *Constança*. Foi conduzido até o brigue cercado por forte escolta. Não havia curiosos. A remoção fora realizada em segredo. O comandante do *Constança* era o primeiro-tenente Joaquim José Inácio, depois visconde de Inhaúma, português de Sintra, homem de humor difícil. O comandante acalentava amargo rancor contra todo e qualquer indício de liberalismo.

– Os republicanos, general, são aliados de Satanás. A Santa Madre Igreja afirma isso. O senhor, um homem culto, um dia vai entender.

Bento Gonçalves ficou certo de que não encontrou destino mais terrível no *Constança* apenas porque o primeiro-tenente Joaquim José era seu irmão de maçonaria. O comandante aborreceu-o até o desespero tentando levá-lo de volta ao rebanho do Senhor. Foi com alívio que viu a cidade de Salvador a 26 de agosto. Atracaram longe do porto.

Bento Gonçalves desconfiou que era aquele o seu destino quando aproximou-se do *Constança* um saveiro com oficiais da marinha e do exército. Também aproximou-se outro saveiro, menor, com paisanos vestindo ternos apesar do calor. Todos subiram a bordo. Os paisanos apresentaram-se, tirando os chapéus e fazendo longas curvaturas. Sem motivo aparente, essas cortesias irritaram Bento Gonçalves. Foi seco e quase descortês.

Um dos visitantes era o advogado Francisco Sabino da Rocha. Fez as honras da casa. Disse dos sentimentos dos baianos para com a ilustre visita, embora lamentasse a circunstância. Afiançou – ante o olhar hostil dos oficiais – que, ali na Bahia, também havia homens livres. Que o general gaúcho contasse com eles como companheiros e como irmãos.

Apesar das palavras calorosas, Bento Gonçalves não modificou sua atitude. Os visitantes retiraram-se desconcertados.

O *Jornal da Bahia* publicou matéria onde o descreve como "de aspecto melancólico e sisudo".

O comandante ordenou a Bento Gonçalves que descesse para o escaler que esperava ao lado do brigue.

Os marinheiros remavam em silêncio, pingando suor. A cidade estava diante dele, com seu perfil de casas brancas. Via as torres das igrejas, as palmeiras verdejantes. Ouviam-se vozes distantes, um martelar, risadas. O oficial apontou para o forte que crescia.

– De lá, ninguém foge.

O forte de São Marcelo – ou forte do Mar, como era chamado – foi construído no século XVII, como defesa contra os holandeses. Era uma construção circular, cinzenta, achatada sobre o mar como gigantesca tartaruga.

Bento Gonçalves, vagamente, percebeu que a dor de cabeça o rondava. Ficaria preso naquele monstro de pedra, em pleno mar, tão longe do Rio Grande quanto jamais imaginara. Ponderou as razões da repulsa pelos homens que o foram visitar. Talvez, porque vislumbrasse neles a inocência da ousadia. Talvez, porque o olharam como herói imaculado e sentia-se apenas um homem solitário e impotente, longe dos afetos e dos companheiros, à mercê dos inimigos. E os prestimosos baianos que o foram receber levavam nos olhos a inocência desse desconhecimento. Bento Gonçalves irritava-se ao intuir naqueles senhores elegantes a marca de futuras prisões, futuras mortes, futuros sofrimentos.

Em todo caso, lhes enviaria uma carta, desculpando-se de seu procedimento.

O escaler atracou. Eram duas horas da tarde. O sol reverberava no alto da escadaria, cegando-o. Maldita luz. Subiu as escadas tropeçando, com o pressentimento de quem caminha para o túmulo. Lembrou as imagens dos faraós na enciclopédia que ganhara de Lívio Zambeccari, no aniversário festejado dois anos atrás, em Jaguarão. Como um antigo cortesão egípcio, entrava numa pirâmide, onde ficaria até morrer. Chegaram ao alto da escada. A grande porta de ferro enegrecido abriu-se. Penetrou num pátio empedrado, com canhões negros e uma visão deslumbrante – quente e murmurante –, o mar.

Esperava-o um oficial gorducho, junto de uma mulher loura, de vestido branco, empunhando sombrinha também branca. Ao lado da mulher, e tomadas pela mão, duas meninas – vestidas de branco. Os cabelos, também louros, desciam em tranças pelas costas. A maior delas segurava um gato preto. Ela correu em direção a Bento Gonçalves e estendeu-lhe uma flor lilás. Desconcertado, apanhou-a. Depois, sem jeito, tentou dizer alguma coisa, procurou sorrir, alisar a cabecinha loura.

Capítulo 18

A Loja Maçônica Virtude recebeu um "prancha" do Irmão Rosa-Cruz Bento Gonçalves da Silva, grau 18, desculpando-se, agradecendo e confessando sua depressão, mas que estava disposto a reagir e colaborar com seus irmãos. Nessa sessão, foram designados três membros para contatar o prisioneiro e participar-lhe que fariam o que estivesse a seu alcance com o propósito de melhorar sua sorte. Mais dois dias e aconteceu idêntica sessão em outra loja – Fidelidade e Beneficência –, onde o Venerável Mestre designou dois irmãos para visitar o prisioneiro. Nessa mesma sessão, recebeu a investidura maçônica o português Antonio Gonçalves Pereira Duarte, brasileiro adotivo, 36 anos, católico romano, negociante, morador no Cais Dourado.

Era o mesmo vice-cônsul hamburguês em Porto Alegre, cujo *exequatur* foi retirado a pedido do então presidente Fernandez Braga e gerou protestos e tumultos. Agora, vivia em Salvador, onde era proprietário dum barco. Transportava mercadorias entre a Bahia e o Rio Grande do Sul.

Bento Gonçalves conhecia todos esses pormenores e aguardava notícias.

O comandante do forte de São Marcelo vivia com a mulher e as duas filhas numa das dependências da ala leste, com vista da cidade de Salvador. O comandante era um português de quarenta anos, sólido, ar ligeiramente infeliz e rosto rechonchudo apertado por suíças negras e bastas. Apreciava ficar sentado numa das amuradas, durante longas horas, jogando pedrinhas na água. Chamava-se Hipólito Sandoval Gama e era casado com dona Isabel Cadeirinha Sandoval Gama, trinta anos, também portuguesa, exímia cozinheira e hábil com os bilros, os quais manejava murmurando ladainhas e canções alentejanas. Gastava as tardes cuidando do jardim e das orquídeas. A terra do jardim fora transportada do continente e instalada em caixões de madeira. A filha menor, sete anos, chamava-se Maria Catarina; a outra, de nove, Maria Isabel.

Os quatro formavam uma família unida por um sentimento comum: odiavam o forte do Mar. Era a primeira vez que o comandante Hipólito tinha responsabilidade de tamanha monta. O nome do general Bento Gonçalves era pronunciado com respeito onde quer que fosse. E, agora, estava em suas mãos. Nos primeiros dias ficara um tanto constrangido de dar-lhe ordens, mas já estava acostumando.

Sabia que o general era dono de imensa fortuna. Era senhor de escravos, gado, terras, um exército. Deveria morar num palácio, lá no Sul. Ele, Hipólito, nada tinha além do soldo e das filhas. Dar ordens a esse potentado silencioso produzia-lhe um prazer dúbio, que saboreava calado.

Foi quase com júbilo que ouviu o general fazer-lhe um pedido:

– Desejo tomar banhos de mar, comandante.

– Banhos de mar, general? Me parece fora do regulamento.

– O calor é muito forte, não estou acostumado. Com a vigilância, não pode oferecer o menor perigo.

Hipólito coçou a suíça aveludada.
— Vou pensar nisso, general.

Pensou durante dois dias. Pensou com furor, pensou sem saber que gozava e sofria a situação de decidir sobre o banho do grande homem. No terceiro dia levantou-se no meio da noite, assustando a mulher.
— O que foi?
— Nada. Dorme.
Cedo, foi falar com Bento Gonçalves.
— O senhor tem licença para tomar banhos de mar, general. Um por dia.
— Obrigado, comandante.

Bento Gonçalves era nadador de rio. Nadava de cabeça erguida, dando braçadas valentes, espadanando muita água, sem elegância mas com eficácia. Sentia que se renovava. Após a fuga frustrada da fortaleza da Laje entrou em estado de depressão. Comia mal, dormia o dia inteiro, não recebeu mais visitas e voltou ao humor soturno que fazia as sentinelas cochicharem às suas costas. Foram quatro meses angustiantes, ouvindo o mar bater na parede de pedra, vendo o brilho viscoso da umidade porejando no teto baixo, sentindo o calor instalar-se na cela como uma presença maligna.

No forte do Mar tornou a tomar sol e respirar ar puro. Recomeçou a ginástica, a escrever cartas, a correr em torno do pátio circular. Uma noite, deu-se conta de que assobiava baixinho.

Recebeu cerimoniosas visitas de seus "irmãos" maçons. Contavam-lhe novidades. A República vai bem, há grandes vitórias, o regente Feijó enfrenta uma oposição terrível. Um dos visitantes, chapéu-coco, luvas brancas, bengala, aproximou um rosto conspirador do ouvido de Bento Gonçalves.
— Soubemos que o general nada todos os dias.

Começou a esmerar-se nos exercícios. Dava braçadas frenéticas, avançava e voltava várias vezes, incansável, sobre o olhar imutável do comandante, sentado na amurada, jogando pedrinhas ao mar.

Sem camisa, queimado, transpirando, Bento Gonçalves corria em círculos, perseguido por um vira-lata, mascote dos soldados. O comandante, na sombra, jogava pedrinhas no mar, consultava o relógio a cada volta dada por Bento Gonçalves como um treinador e seu pupilo.
— Está melhorando, general.

Houve outra visita, mais demorada. Eram quatro e conversaram longamente, sob o olhar discreto do comandante. Despediram-se com mostras de consideração e solenes apertos de mão. O comandante Hipólito passeava à sombra, mãos às costas. Despediu-se com um gesto de cabeça do grupo que embarcou num saveiro de volta à cidade.

Hipólito custou a dormir. Dona Isabel percebeu. Nessa noite, passaram uma longa e angustiosa hora lutando contra os mosquitos. Depois, nu, encostado à parede, ele expeliu o peso que lhe doía nas entranhas.

– Ele vai fugir.

Capítulo 19

A menina estendia-lhe um prato envolto num guardanapo xadrez.

– Para o senhor. Minha mãe manda.

Bento Gonçalves apanhou o prato e retirou o guardanapo. Era um pastelão dourado, ainda quente, recém-saído do forno.

– Diga à sua mamãe que eu fico muito agradecido.

A menina sorriu e saiu correndo, perseguida pelo cãozinho. Bento Gonçalves cheirou o pastelão. Ainda faltava uma hora para trazerem seu almoço, mas resolveu provar. Partiu um pedaço e sentiu imediata frustração. Estava recheado de cebola. Cebolas deixavam-no enjoado. Pensou em dá-lo à sentinela, mas se houvesse comentários chegaria aos ouvidos de dona Isabel. Ela poderia considerar uma desfeita.

O vira-lata voltou, alegre, mexendo o rabo. Bento Gonçalves estendeu-lhe um bocado. O cãozinho apanhou com os dentes, feliz. Jogou-lhe outro.

– Agora, chega.

Pensava em escrever uma carta para Caetana antes do almoço. Depois, dormiria a sesta. A natação seria às quatro da tarde. Apanhou o papel e esteve com o maço sobre os joelhos, pensando. Era sempre difícil escrever para a mulher.

O gato entrou pela porta entreaberta. Seus olhos brilharam na penumbra. Eram assim os olhos de Caetana? Jogou um pedaço do pastelão para o gato. Observou-o comer, rápido, desconfiado. Gostava de gatos. Silenciosos, superiores. Ouviu ganidos aflitos. O gato arrepiou-se todo.

Bento Gonçalves abriu a porta da cela. O cãozinho arrastava-se, língua de fora, olhos em pânico.

Entrou em convulsões, ganindo, jogando-se contra a parede. Despejou uma baba branca pela boca.

Alarmado, voltou à cela e olhou o gato. Tranquilo, lambia a pata. Tornou a olhar o cão. Abaixou-se, tocou-o. Morto!

Pensar rápido, pensar rápido. Ouviu miados agudos na cela. Correu. O gato contorcia-se. Ficou vendo-o rastejar contra a parede, como o vira-lata fizera, colar-se a ela, viu os olhos agrandarem-se de desespero, viu-o dar um salto na sua direção, rolar feito uma bola e depois inteiriçar-se, espichando as quatro patas, ficando de barriga para cima, sem pompa, sem superioridade.

Tocou-o com o pé. Morto.

Saiu da cela. O cão jazia de boca aberta, a baba branca escorrendo. Olhou para os lados. Arrastou o animal pelo rabo e empurrou-o para baixo do catre. Fez o mesmo com o gato.

Receberia visitas no dia seguinte. Viriam os "irmãos" maçons. Talvez recebesse oficiais envolvidos na conspiração que se organizava na Bahia. Já discutira o assunto com o doutor Sabino. Este era um homem correto. Não prometia grandes coisas, apenas pedia paciência. Seus "irmãos" e companheiros estavam fazendo o melhor que podiam para ajudá-lo.

Bento Gonçalves tinha certeza de que na visita do dia seguinte receberia notícias concretas sobre sua fuga. E agora, essa.

Tentativa de assassinato.

Sentiu que gelava ao ouvir a voz do comandante atrás de si.

– General, o senhor sente-se bem?

Respondeu com esforço:

– Pra dizer a verdade... não. Vosmecê compreende, acho que comi muito depressa o pastelão que ganhei de sua senhora e agora me sinto um pouco mal.

– Isso passa. Não há de ser nada.

– Passa, passa...

– Estou indo à missa com minha família, general. O senhor fica aos cuidados do tenente Portela.

– Só queria sua licença para tomar o banho antes do almoço. Estou com o estômago fervendo... Vai me fazer bem um pouco de exercício.

– Deixarei a ordem ao tenente.

Foi vê-los embarcar no saveiro. Era um domingo de sol, 10 de setembro, e a família toda ia à missa na cidade. Acha que notou nos olhos do comandante um misto de curiosidade e tensão.

Retribuiu o aceno da filha menor. Dona Isabel mantinha-se dura, olhando para frente.

Bento Gonçalves esperou que o barco se afastasse. Regressou à cela. Não era a antiga dor nem uma espécie qualquer de enxaqueca o que o invadia. Era uma desordenada marcha de planos e pensamentos que se atropelavam.

Passou pelos soldados que se encaminhavam para o rancho. Chegou à cela. Ficou junto à porta, pensativo. Então, num repente, deu meia-volta e caminhou em direção ao rancho.

A soldadesca reunia-se em torno à mesa, comendo, bebendo grandes goles das moringas de argila, rindo. Era domingo, a comida era melhor. Caminhou rápido pelo pátio circular, pisando sua sombra. Chegou onde estava a buzina que servia de sinalização e alarme. A buzina era acionada por um mecanismo movido a vapor. Nenhum soldado nas imediações. Arrancou os fios.

Tornou à cela. Cumprimentou o soldado que lhe fez continência. Na cela, apanhou um balde e dirigiu-se à bomba de água. Bombeou até saltar a água da bica. Era água do mar, salgada, grossa.

Aproximou-se de um canhão. Apanhou a escorva de socar pólvora e enfiou-a no tubo, fechando-o. Pelo orifício superior despejou meio balde de água. Esse canhão não funcionava mais.

Caminhou até outro, olhou para todos os lados, repetiu a operação. Pátio deserto. Sol a pino. Outra caminhada. Outro canhão.

Um soldado começou a andar em sua direção.

— Deixei seu almoço na cela, general. Estranhei que o senhor não estivesse lá. Vim lhe procurar.

— Vou nadar um pouco antes de comer. Obrigado.

O soldado olhou para o balde, mas não comentou nada. Bento Gonçalves seguiu até o próximo canhão. Esperou o soldado desaparecer na curva. Uma gaivota pousou na amurada. Esperou mais, olhando o lado onde o soldado sumira. Apanhou a escorva e enfiou-a pelo cano da arma. Faltam apenas dois canhões. Quase pisa numa mão. É uma mão negra, aberta, repousando na pedra quente. Um soldado negro dorme à sombra do canhão. Bento Gonçalves para de respirar. O soldado afasta uma mosca, resmunga. Bento Gonçalves arrisca: cautelosamente, derrama o resto do conteúdo do balde no orifício de pólvora. Retira-se, pisando leve. O soldado murmura palavras em dialeto africano.

Faltava um canhão e precisava encher o balde. Aproximou-se da bica e começou a bombear. Por que fazia isso tudo? Não tinha tempo de raciocinar. Instinto, apenas. Caminhou com o balde até o canhão. Repetiu o mesmo procedimento.

Na volta à cela, passou pelo oficial de guarda.

— Bom dia, tenente. Falei com o comandante Hipólito e ele autorizou-me a nadar hoje, antes do almoço.

O tenente parou de mastigar.

— O major me avisou. Vou mandar um praça acompanhá-lo.

— Não há necessidade, tenente, eu posso me cuidar sozinho.

Esse general, sempre espirituoso. Era simpático, apesar de caladão. É preciso ter espírito. O tenente atacou a coxa de galinha ao molho pardo.

Bento Gonçalves começou a descer os degraus que levavam ao mar – o único ponto de abordagem do forte – com a sensação de falta de ar. Talvez estivesse se precipitando. Não. Aquele pastelão mataria uma brigada inteira. Não podia esperar por seus aliados. Se ficasse no forte, não passaria vivo dessa noite.

Olhou o mar; a cidade de Salvador, as igrejas brancas, o fuste delgado das palmeiras longínquas, poucas embarcações. Uma baleeira estava ancorada a uns trezentos metros do forte, pescadores recolhendo seus anzóis.

Bento Gonçalves despiu a camisa e o colete, descalçou os sapatos. Olhou para a sentinela.

— Cuidado com meu colete. No bolso tem uma onça de ouro.

A sentinela riu. Bento Gonçalves sentiu-se melhor. Começou a afastar-se em braçadas firmes.

A sentinela sentou-se. Em pé, o sol dava em sua cabeça. O capacete de feltro com o penacho rosado pesava. E ainda não almoçara. Com certeza só deixariam restos. Era a terceira vez que vigiava o banho do general. Só que em hora mais própria. Hoje, ele nadava em linha reta, ao contrário das outras vezes, em que ficava dando voltas e não se afastava muito, como se temesse perder o fôlego.

Bento Gonçalves começou a aproximar-se da baleeira. Havia três pescadores: dois mulatos, um negro. Observaram-no aproximar-se, levantando pequena esteira de espuma. Não mostravam surpresa – apenas curiosidade. Bento Gonçalves estendeu a mão.

— Ajudem-me.

Foi içado para bordo. Bento Gonçalves recuperou o fôlego.

— Os senhores conhecem o cônsul Pereira Duarte, que tem uma casa em Itaparica? Conhecem?

Os três, com o espanto começando a nascer, examinaram o nadador desconhecido.

— Conhecem Pereira Duarte? Sabem quem ele é?

— Sim – balbuciou um deles –, conhecemos o senhor Duarte. Mas... quem é o senhor?

— Eu sou amigo dele. Preciso falar urgentemente com ele. Recolham os anzóis. Os senhores ganharão muito dinheiro. Conhecem o doutor Sabino? É meu amigo. Os senhores ganharão muito dinheiro, muito, se me ajudarem!

Os três olharam para o forte do Mar.

— Recolham os anzóis – insistiu Bento Gonçalves com calma, com autoridade, conscientemente evitando mostrar desespero. – O senhor Duarte agradecerá para sempre. Ele é um homem muito rico. Os senhores serão bem recompensados, muito bem recompensados, podem ficar certos. Recolham os anzóis. É uma questão de vida ou morte. Os senhores poderão ganhar uma baleeira nova, eu lhes garanto.

Os três pescadores tornaram a olhar para o forte. Nenhum sinal, nenhum alarma. Recolheram os anzóis. O estranho que lhes invadira a embarcação parecia em grande apuro. Falava com afã num sotaque que desconheciam, mas, ao mesmo tempo, tinha autoridade e maneiras de grão-senhor que os desarmavam.

Começaram a remar em direção à ilha de Itaparica. E logo, impulsionados pela energia do estranho, puseram-se a remar com vontade, retesando os músculos e fazendo a baleeira avançar com velocidade, cortando as ondas.

A ilha era uma mancha verdejante.

Bento Gonçalves sentiu o vento do mar no rosto, lambeu o sal em seus lábios.

Capítulo 20

A sentinela custou a raciocinar. Primeiro, pensou que o general subira na embarcação por sentir-se mal. Depois, achou que queria divertir-se, saltando da embarcação para mergulhar bem fundo. Por fim, achou que cansara e estava apenas retomando fôlego. Quando a embarcação começou a tomar o rumo de Itaparica, ergueu-se de um salto.

O general fazia aquilo logo com ele!

Lembrou-se da onça de ouro no colete. Foi verificar. Não tinha onça de ouro nenhuma.

Subiu as escadas correndo, sabendo que não ia perder apenas a hora do rancho.

— O general fugiu, o general fugiu!

O tenente Portela usava um guardanapo branco, enorme, amarrado ao pescoço. À porta da sala do oficial de dia arrancou-o com um gesto brusco. Limpou a boca com as costas da mão. Esse almoço ia cair mal.

— Toquem o alarma!

O tenente Portela correu para dentro e apanhou o binóculo. Voltou em cinco passadas para a amurada. Tentava pôr em foco as lentes do binóculo quando pareceu lembrar-se de algo.

— O alarma! Eu mandei tocar o alarma! Toquem o alarma, eu disse!

Um soldado afogueado enquadrou-se na sua frente.

— Meu tenente, o alarma foi destruído.

— O quê?

— Destruído, meu tenente. Não funciona.

O tenente Portela começou a ver na sua frente os rostos austeros e pouco amigos de oficiais investidos da autoridade que uma Corte Marcial confere.

— Atrás deles, imediatamente. Isso é uma conspiração. Dois escaleres na água atrás deles. Sargento Getúlio!

— Pronto, tenente!

— Atrás deles, imediatamente. Dois escaleres. Alcance-os de qualquer maneira. Cabo Dias! Chamem esse maldito cabo!

— Aqui, tenente. Às ordens.

— Dê três salvas de canhão. Temos que avisar o 29 de Agosto para cortar-lhe a retirada.

— Eu pensei nisso, tenente.

— Eu não perguntei se pensou, idiota. Estou mandando dar as salvas. Obedeça! Não fique aí parado, mexa-se!

— Eu sabia que o senhor ia dar essa ordem, tenente, e fui preparando as peças para dar as salvas.

O cabo Dias viu que o tenente começava a empalidecer.

— Mas as escorvas estão empapadas, tenente, e o recipiente de pólvora está cheio de água. É impossível dar uma salva que seja.

O tenente Portela sentiu o peso do sol em sua cabeça: não, o almoço não ia cair bem.

— É uma conspiração — murmurou.

Apoiou um cotovelo na amurada, esfregou o estômago com a mão.

— Ponha a bandeira a meio pau — balbuciou num fio de voz. — Pode ser que a tripulação do 29 veja e procure saber o que houve.

O sargento Getúlio comandava aos berros a ocupação dos escaleres. O tenente recuperou-se e com o binóculo procurou no mar o fugitivo. A baleeira era um ponto negro que aparecia e desaparecia nas ondas.

Teve valor para esperar o cabo afastar-se e só então vomitou.

O tenente Portela tinha razão na sua visão premonitória duma Corte Marcial. Foi submetido a conselho de guerra, assim como o major Hipólito. O major foi condenado a não exercer comando algum durante dois anos. O tenente foi expulso do exército e condenado a dez anos de prisão. Foi anistiado após cinco anos de pena. Tornou-se beato e andarilho. Foi um pregador santo e pertinaz, mas sem muito êxito. As experiências em levitação que tentou não deram em nada, a não ser na luxação de seu tornozelo direito.

O cãozinho e o gato foram descobertos debaixo da enxerga do general e enterrados na estreita faixa de areia que circundava o forte, na maré baixa. Enquanto fazia as malas, dona Isabel viu o enterro dos dois animais, feito por um praça. Possivelmente, perguntou-se como o general podia ser tão resistente.

Capítulo 21

Bento Gonçalves era um homem resistente. Convenceu os três pescadores a atracar num sítio deserto da praia, para não serem vistos pelos habitantes.

Foi conduzido até a casa de Pereira Duarte. Caminharam calmamente, para não despertar suspeitas. A areia queimava seus pés. Sentia, junto com o desassossego e a insegurança, a sensação jubilosa de estar livre, de caminhar num espaço sem limites imediatos, de retomar as rédeas do seu destino – embora não soubesse que destino seria. Via os coqueirais, estendendo-se ao longo da praia de areia dourada. Via o mar, chegando até a areia em suaves ondas, espalhando a espuma branca e tênue. Via meninos, subindo nos coqueirais, e via mulheres com os seios nus, equilibrando vasos de argila na cabeça. Um dos pescadores apontou para uma casa de alvenaria, branca, entre o coqueiral. A casa tinha muitas janelas e telhado vermelho.

– Aí mora o cônsul.

Chegaram na frente da casa. Bateu palmas.

A porta abriu. Era um escravo.

– Desejo falar com o cônsul – disse Bento Gonçalves.

– O cônsul não está.

– Não está?

– Não, senhor.

– E onde ele está?

– Na casa em Salvador.

Olhou para o lado do mar. Os barcos de seus perseguidores a qualquer momento apareceriam sobre as ondas.

Do interior da casa, por trás do escravo, surgiu um homem sem camisa, esfregando os olhos estremunhados pela sesta. Vestia calça militar. Estava descalço.

— Aconteceu alguma coisa, Dori? – perguntou ao escravo.

— Estes senhores procuram o cônsul.

O homem pousou os olhos em Bento Gonçalves. O general abençoou o costume da ilha de andarem com o tórax nu e pés descalços. Vestido como estava, somente em Itaparica seria olhado com naturalidade. O homem – pela calça que vestia era oficial do exército – imediatamente percebeu que o desconhecido não era pescador nem morador da região. Deu rápida olhada para fora.

— Vamos entrar, senhores.

Entraram no vestíbulo da casa. Bento Gonçalves levou um susto. Estava diante de um espelho do tamanho de um homem, e o homem que ali viu assombrou-o: vasta cabeleira, barba de vários dias, queimado de sol, calça molhada.

— Gostaria de falar a sós com o senhor, se me permite – disse Bento Gonçalves.

O oficial estava vestindo o dólmã. Abotoou-se calmamente, observando o general. Convidou-o à sala contígua. Ofereceu-lhe um copo de água.

— Eu sou o tenente Rocha. O cônsul Duarte é meu amigo. O senhor pode ser franco.

Bento Gonçalves deixou seus olhos percorrerem a sala. Era sala nua, sem móveis nem quadros. A casa parecia abandonada, embora estivesse limpa. Enquanto bebia, pensando o que dizer, o tenente falou:

— O senhor é gaúcho. Eu conheço bem o modo de falar dos gaúchos. Tenho um padrinho gaúcho.

O tenente caminhou até a janela, abriu o postigo. Uma faixa dourada cortou a penumbra da sala.

— O cônsul estava por encontrar-se com um amigo gaúcho que está na Bahia. O amigo do cônsul ficaria alguns dias nesta casa, descansando. O amigo não pode ser visto. Eu lhe daria cobertura, como oficial do exército do Imperador.

Tornou a olhar pela janela e fechou o postigo.

— Se o senhor é o amigo que o cônsul espera é bom tomarmos providências, porque uma patrulha está avançando pela praia e é inevitável que venham bater nesta casa.

— Eu sou o amigo do cônsul.

O tenente Rocha ordenou ao escravo preparar banho e roupas para o hóspede. Falou aos pescadores com rapidez e autoridade. Voltou e pediu para Bento Gonçalves permitir ao escravo cortar-lhe o cabelo e raspar-lhe a barba. Meia hora depois, nem o general se reconhecia no espelho que havia no vestíbulo.

Quando a tropa passou, tomava banho num quartinho dos fundos. Ouviu as vozes. O tenente conversou com o sargento-mor que comandava a expedição de busca, e exortou-o a ser infatigável em sua missão, ofereceu água fresca aos soldados e prometeu que permaneceria alerta e informaria imediatamente qualquer ato ou movimento suspeito que detectasse. O sargento-mor e sua tropa afastaram-se debaixo do sol violento, buscando a sombra dos coqueirais, olhando com cobiça o mar azul e as negras com seios nus carregando filhos escanchados às costas.

A casa não foi incomodada, a não ser quando a tropa passava em mais uma batida, e os soldados, sedentos, pediam água fresca ao atencioso oficial que ali repousava de enfermidade nos pulmões. Mas a situação era delicadíssima. Qualquer descuido poderia causar nova prisão de Bento Gonçalves. Ele sabia disso.

No terceiro dia, o escravo trouxe novidades:

– Chegaram quatro barcos carregados de tropas. São mais de cem soldados. O comandante é um coronel. Vão revistar casa por casa.

A repressão desceu sobre a ilha. As casas eram revisadas cuidadosamente. Um escravo foi vítima de zagaiadas até sangrar. Outro teve os dentes quebrados por uma coronhada. Barcos-patrulha fortemente armados circulavam em torno à ilha. Bento Gonçalves não se aproximava mais das janelas. Uma tarde, ouviu forte disputa no vestíbulo da casa. Reconheceu a voz do tenente Rocha com outra, desconhecida.

Nessa tarde o tenente foi lacônico.

– A casa será revisada, general. Não posso mais impedir. O senhor terá que ir para o porão, quando se aproximar outra patrulha. – Percebeu que Bento Gonçalves reagia. – No porão não há perigo, a entrada está muito bem camuflada, jamais a encontrarão.

Passava os dias lendo *Os lusíadas*. Encontrara o exemplar no único móvel que havia na casa, uma estante de livros, além das camas e do espelho no vestíbulo.

O tenente era atencioso e correto, mas extremamente reticente para conversação. Era paranaense da Lapa. Estava desgostoso com a maneira como seus coestaduanos encaravam a revolução no Sul.

– Há um grupo que quer aproveitar-se com a derrota dos farrapos, ao invés de aproveitar-se da vitória, como querem fazer os baianos. Se a revolução triunfar aqui, o Brasil inteiro vai pegar fogo.

O tenente tinha uma maneira seca de terminar as frases.

– Com duas frentes de guerra, o Império não aguenta, cai.

Vieram as chuvas. Os versos de Camões começaram a tornar-se absurdamente longos. Bento Gonçalves entendeu que os nervos já estavam no limite. Nessa noite sonhou que tomava mate com Onofre: discutiam sobre a quantidade de erva. Onofre avançava para ele e sacudia-lhe o braço, fazendo o chimarrão derramar na roupa. Reagia com fúria.

O tenente Rocha sacudia-o pelo braço.

– O que foi?

– É um bom momento para a travessia, general. – A parede iluminou-se com a luz de um relâmpago que entrou pelas frestas da janela. – Está havendo uma tempestade. A vigilância deve ser afrouxada. Os companheiros estão esperando.

Saíram pelos fundos, fustigados pelo vento e pela chuva. Saltaram cercas, passaram a poucos metros de sentinelas tiritantes, caminharam pela praia onde o mar rugia. Esperava-os uma baleeira de cinco remos.

– Eu fico – disse o tenente. – Como o senhor sabe, general, estou cuidando dos pulmões.

Apertaram as mãos.

– Obrigado por tudo, tenente. Espero encontrá-lo numa ocasião melhor.

– Tenho certeza, general.

O tenente Rocha afastou-se na chuva, e desapareceu.

Capítulo 22

Os cinco remadores lutavam para equilibrar a barca que subia e descia violentamente nas ondas. Uma onda maior quase arrastou Bento Gonçalves. Foi agarrado por um punhado de mãos, caiu no fundo da baleeira.

– Vamos! – comandou alguém. – Agora, força!

A fúria das ondas não era apenas na arrebentação, como pensava. Todo o mar encapelava-se. A travessia foi demorada e difícil. Quase não trocou palavras com os remadores. Bento Gonçalves agarrava-se com toda força ao banco, para não ser arrebatado. Chegaram extenuados a um rincão deserto. A baleeira embicou com dificuldade na areia transformada em lama.

– Pode descer, general. Estão lhe esperando.

Saltou na água e correu para a praia. Não viu ninguém em parte alguma. A chuva não parava.

A baleeira afastava-se, lutando sempre. Ainda a viu subir e descer entre os grandes vagalhões. Depois, não a viu mais. Começou a tiritar.

Estava só na praia deserta e escura. Começava a se preocupar, achando que o desembarcaram em lugar errado, quando das trevas surgia uma sege negra, puxada por quatro cavalos. A portinhola abriu-se. Uma mão enluvada convidou-o a entrar. Entrou. A mão enluvada estendeu-lhe pequeno cantil de metal. Bebeu e sentiu um calor gostoso nas entranhas.

– Bagaço de cana, presidente.

Devolveu o cantil. Quando a sege começou a mover-se, a mesma voz perguntou, com solicitude:

– Fez boa viagem, presidente?

A nova viagem foi demorada, cheia de solavancos, e Bento Gonçalves foi ouvindo a voz macia ponderar sobre constituições, cargos, deveres, maneiras de investimentos na Corte, o cacau da Bahia, as possibilidades do Sul.

Chegaram numa casa baixa, depois da sege parar várias vezes para um dos cocheiros abrir portões. Estavam numa chácara. Havia muita gente. Dentro da casa cercaram-no de vozes, apertos de mão, olhares de simpatia, risos deslumbrados.

– Sua excelência, o presidente da República Rio-grandense chegou.

Explodiu uma salva de palmas. Alguém gritou "viva a República!".

Tramava-se uma conspiração na Bahia e a revolução rio-grandense era o modelo sacrossanto.

Foi obrigado a participar de intermináveis reuniões secretas, onde ouvia, de coração apertado, loas altissonantes à causa da república. Era tratado com a deferência de senhor presidente. Emocionava-o a generosidade dos baianos, seu fervor, a admiração por sua pessoa. Entretanto, sentia esse mal-estar que o acompanhava há tanto tempo – desde os longos diálogos com o aristocrático Zambeccari –, esse esporão que o acicatava por dentro sempre que um orador exaltado ameaçava decapitar o imperador, declarar a abolição da escravatura, formar uma constituinte popular.

Ficou na chácara durante uma semana. Foi apresentado ao tenente-coronel Francisco José da Rosa, com grandes mesuras por parte do doutor Sabino.

– Nosso coronel foi o idealizador e articulador de toda a operação para tirá-lo de Itaparica, presidente.

– Agora, estamos tratando dos preparativos para sua viagem ao Sul, presidente – disse o oficial. – Espero poder dar-lhe boas notícias muito breve. Quem sabe ainda hoje.

Grande alegria sentiu, quando, perto do meio-dia, trouxeram um cavalo. Galopou, fez piruetas, tirou o chapéu em saudação quando os amáveis baianos aplaudiram sua habilidade.

– Eu não sou um grande cavaleiro, senhores. É bondade vossa. Nosso melhor cavaleiro é Netto. O general Netto é inigualável em cima de uma sela.

Após o almoço, o tenente-coronel Francisco José avisou-o que as condições para seu retorno já estavam estabelecidas. O doutor Sabino segredou-lhe que espalharam pela cidade – e para a polícia imperial – que o caudilho rebelde já partira numa corveta de guerra norte-americana que estivera ancorada em Salvador.

– O senhor partirá amanhã, no navio do Duarte.

Capítulo 23

A viagem de Bento Gonçalves para o Sul foi a bordo de um cargueiro abarrotado de sacos de farinha, para os doces finos de Pelotas e as *parrilladas* de Montevidéu.

Antes do embarque, chegou a notícia da queda de Feijó: a fuga fora demais para sustar o alarido da oposição.

Cinco dias depois, Bento Gonçalves desembarcou no porto de Nossa Senhora do Desterro – hoje Florianópolis – num meio-dia de primavera. Houve um momento de tensão, quando os guardas do porto examinaram os documentos falsos que usava, fornecidos pelo tenente-coronel Francisco José. Passaram perfeitamente e ganhou a rua, no passo tranquilo de um comerciante em viagem de negócios.

Caminhou pelo centro, gozando a sensação refrescante de ser um homem livre. Demorou-se nas vitrinas das casas de comércio, examinou sapatos, espiou nos açougues e peixarias, admirou a figueira na praça central. Não foi difícil achar a residência do advogado Antônio Mariante.

O republicano recebeu-o com cortesia e certo nervosismo. Foi brindado pela esposa e as duas filhas do hospedeiro com um recital de canto e poesia. O marido, constrangido, olhava a todo momento para o hóspede, procurando captar-lhe as reações. Foi com alívio que viu as damas encerrarem o recital.

Bento Gonçalves aplaudiu polidamente, beijou a mão às três artistas e depois ficou empertigado, solene, mãos às costas, abafando o tédio e a ansiedade.

À tardinha, recebeu as notícias da guerra e leu os jornais. Havia enorme celeuma nacional com sua fuga. Os republicanos festejavam em toda parte como um grande triunfo.

Fumaram charutos, beberam vinho do Porto.

– Esta ilha é um paraíso, presidente, mas nem por isso seus habitantes deixam de ser súditos de um imperador de brinquedo. Aqui tem homens com que o senhor pode contar em qualquer circunstância.

Partiu de madrugada, com Esperidião, vaqueano de confiança do advogado. Montava um tordilho de dois anos. A madrugada estava silenciosa. A Serra do Mar, vermelha, ameaçadora.

Foi viagem cautelosa e sem pressa. Todo o exército imperial o estava buscando. Procuravam atalhos. Não hesitavam em fazer longas voltas para evitar encontros desnecessários. Dormiam durante o dia e viajavam desde que escurecia até a madrugada.

À medida que se aproximavam do Rio Grande, aumentavam a cautela. Precisavam encontrar os companheiros por seus próprios meios. Sabiam que todas as estradas e caminhos estariam vigiados.

Esperidião era de pouca conversa, mas experiente. Bom cozinheiro e hábil em organizar as pequenas necessidades do dia a dia de uma jornada tão longa. Sabia tratar os cavalos e sabia como andar para não cansá-los desnecessariamente.

No dia 3 de novembro, avistaram os morros da praia de Torres. Uma semana depois, aproximavam-se de Viamão. O dia estava amanhecendo. Atravessavam um riacho com leito escorregadio, quando ouviram vozes. Ocultaram-se no capão. Era um acampamento. Viram a bandeira republicana. Esperidião tocou no braço de Bento Gonçalves e apontou sem dizer nada para a bandeira que tremulava.

– Chegamos, general.

– Eu muito lhe agradeço, Esperidião.

A sentinela deu voz de alto.

– Quem vem lá?

– É o general Bento Gonçalves, companheiro – disse Esperidião.

O soldado estacou. Era índio melenudo, veterano. Recuou dois passos como para olhar melhor.

– É o general Bento Gonçalves – repetiu Esperidião –, o chefe está de volta.

– Neste acampamento tem um amargo pronto pra um homem com sede? – perguntou Bento Gonçalves.

– General! – A sentinela parecia ver uma assombração. Correu em direção a Bento Gonçalves, fez continência, depois agarrou suas mãos e as beijou. – Vou avisar a todos! – E disparou em direção ao acampamento.

– O general voltou! O general Bento Gonçalves está aqui! O general voltou!

Bento Gonçalves foi entrando a trote, sorridente. Começaram a correr soldados, oficiais, escravos, mulheres que acompanhavam a tropa. Bento Gonçalves erguia o chapéu e acenava. Começaram a disparar tiros para o ar, todos estendiam os braços, todos queriam tocar no general que regressara.

Na manhã seguinte, o batalhão acampado formou uma escolta para Bento Gonçalves, que marchou à frente da tropa, cercado de estandartes e bandeiras, em direção a Piratini. A meio caminho, um cavaleiro solitário dirigiu-se ao encontro do cortejo.

O sargento-mor Tunico Ribeiro estacou na frente de Bento Gonçalves e fez continência. Bento Gonçalves estendeu a mão para ele, apertaram as mãos, depois abraçaram-se, depois deram gargalhadas curtas, fortes, acompanhados pela tropa, depois tornaram a ser soldados.

Chegavam carretas cheias de gente, índios vagos solitários, veio um destacamento da Brigada dos Lanceiros Negros que fez uma saudação ruidosa, erguendo as lanças e batendo com elas no peito.

Piratini estava engalanada. As sacadas mostravam tapeçarias coloridas, foguetes espocavam, piquetes a cavalo passavam a galope. Os sinos da igreja matriz badalavam sem parar. Em frente ao Palácio, Caetana e os filhos esperavam. Caetana enxugou uma lágrima e conteve-se. A família abraçou-se demoradamente. Depois, todos dirigiram-se para a Câmara de Vereadores. Perante a assembleia reunida em sessão especial, Bento Gonçalves jurou solenemente a Constituição e tomou posse do cargo de presidente da República Rio-grandense.

Capítulo 24

Na igreja matriz assistiram a solene *Te Deum*, mandado rezar pela Câmara, em ação de graças pelo regresso do primeiro magistrado. A partir do meio-dia, um churrasco empolgou a capital, e houve recitais, trovas, desafios e danças. À tarde, foram permitidas corridas de cancha reta. Bento Gonçalves trocou ideias com vários oficiais e deputados. Recebeu informações demoradas de Gomes Jardim, Domingos de Almeida e de Netto. Apertou mãos e recebeu abraços até o crepúsculo. À noite, um baile no palácio presidencial coroou as festividades. As damas puseram seus mais finos vestidos, os varões suas roupas mais elegantes. Bento Gonçalves cintilava de medalhas. Caetana estava rejuvenescida. Seus olhos brilhavam. Sorrindo sempre, dançou uma valsa sob o olhar de todos, o mais perfeito par do Continente.

Ria-se por qualquer motivo, sucediam-se os brindes. À meia-noite, ouviu-se tropel de cavalo na rua pedregosa. Pouco depois, o vulto enorme invadiu o salão, enfiado num pala em tiras, barba eriçada, chapelão negro, pisando o chão brilhante com botas enlameadas. As damas murmuraram atrás dos leques, os cidadãos engravatados ergueram as sobrancelhas.

Onofre Pires atravessou o salão iluminado e abraçou Bento Gonçalves, de olhos fechados, sem dizer uma palavra.

Mas havia mais problemas. Precisavam falar de um tema delicado, o que por si só já era um paradoxo: Bento Manuel Ribeiro.

Era natural a cautela. Bento Gonçalves, após longa conversa com Domingos de Almeida e Netto, decidiu não fazer comentário algum sobre a adesão do seu inimigo. Apenas disse:

— Mantenham ele longe.

As notícias sobre Bento Manuel, como sempre, eram insólitas: recuperou-se com seu organismo de ferro, e já andava à frente da tropa, atacando seus novos adversários. Em outubro, fizera sua reestreia nas hostes farrapas, batendo os imperiais na coxilha do Espinilho, próximo a São Borja. As outras notícias não eram tão abonadoras. Um ofício ao regente, capturado pelos farrapos, dá conta de algumas das atividades do brigadeiro.

O major Antunes da Porciúncula, secretário da reunião, leu o documento.

"Com incrível afluência me são todos os dias apresentados documentos de fornecedores de gado, para municio das tropas em campanha, rubricados pelo traidor Bento Manuel; exigindo os interessados seus respectivos pagamentos."

Mais adiante:

"É provável que aquele rebelde, para melhor hostilizar a Província e mesmo para haver dinheiro, visto que descaradamente professa o latrocínio, se servisse de tal expediente; e por essa mesma forma ilaqueasse o entendimento do ex-presidente José de Araújo Ribeiro, quando, no penúltimo dia, antes de entregar as rédeas do governo a seu sucessor, lhe expediu ofício, junto por cópia, cujo final autoriza sobremaneira ao supracitado rebelde sacar letras sobre esta presidência."

O ofício capturado estava assinado pelo novo presidente da Província, general Elzeário de Miranda. A Corte não teve outra alternativa a não ser nomear um novo presidente, já que o antecessor, Antero de Brito, estava em poder de um grupo de rebeldes de outro país, graças a Bento Manuel.

No mesmo dia em que Bento Gonçalves entrava em Piratini, havia outra entrada triunfal em outra capital. O marechal Sebastião Barreto Pereira Pinto, novamente guindado ao posto de comandante das Armas pelo novo presidente, entrava em Porto Alegre, à frente de uma tropa de índios guaranis, em meio ao regozijo dos seus partidários. Elzeário de Miranda estava firmemente decidido a ser o responsável pela definitiva derrota dos rebeldes.

Reuniu o Estado-Maior para apresentar suas ideias.

– A avaliação da Corte é de que Antero de Brito foi um fiasco completo. Sua política agressiva e truculenta apenas dividiu os legalistas da Província e jogou o melhor chefe de guerrilhas do exército nos braços dos rebeldes.

Olhou para Sebastião Barreto.

– Tem gente que não pensa assim, mas o tempo dirá quem tem razão. Tenho aqui um estudo da situação do inimigo. Segundo informe da Inteligência, há, no momento, três mil combatentes em toda a Província.

Fez um sinal para o ordenança, que abriu um mapa no quadro sobre cavaletes.

Empunhou um chicote de montaria.

– A maioria, mil homens, aproximadamente, agrupava-se aqui, em torno a Porto Alegre, nesse cerco odioso, sob as ordens de Netto. Há quinhentos homens na região de Cima da Serra, por aqui, com Canabarro e Bento Manuel. Dois homens que, com todos seus defeitos, podiam estar nas nossas filas, segundo avaliação da Inteligência. Em Bagé, aqui, quatrocentos homens, com João Antônio; e no vale do Piratini, seiscentos, com Crescêncio. E inúmeras partidas volantes, difíceis de localizar e precisar.

Fez outro sinal, o ordenança abriu outro mapa. – O exército rebelde está, no momento, dividido em quatro brigadas: a 1ª Brigada, a de Netto,

o Proclamador; a 2ª, de João Antônio; a 3ª, de Mariano de Matos; a 4ª, de Domingos Crescêncio. São praticamente autônomas, mas os quatro são leais a Bento Gonçalves e costumam acatar as decisões.
Deu duas batidas com o rebenque na bota.
– Senhores, as ordens para esta missão são bem diferentes do que pregava meu antecessor. Vamos usar a força, sim, mas com inteligência. Pretendo acabar com a guerra, dispersando os rebeldes, sem derramar sangue em batalha campal. Vamos evitar a todo custo um encontro frente a frente. É isso o que eles querem.

O Estado-Maior dos republicanos sabia dessa pretensão. Ia envidar esforços para que, a todo custo, houvesse um grande encontro frente a frente. Mas, enquanto pensavam uma maneira de mover as peças do tabuleiro, forçando Elzeário de Miranda a aceitar combate, era preciso mostrar aos inimigos seu grande trunfo.
Era preciso mostrar Bento Gonçalves.
E tal foi feito com requintes de cerimonial litúrgico, quando, num crepúsculo de dezembro quente e avermelhado, o presidente da República visitou as forças republicanas que sitiavam a capital.
Bento Gonçalves desfilou nas linhas mais avançadas do cerco, ao lado de Netto, montado num garanhão árabe que ganhara dos oficiais em louvor de seu regresso. Desfilou, lentamente, acenando para os soldados que o aplaudiam.
Depois do desfile, Lucas de Oliveira se aproximou, mais pálido do que de costume.
– Tenho uma notícia trágica, presidente. A República está de luto. Nosso companheiro João Manoel caiu numa tocaia, armada pelo capitão Roque Faustino, quando saía das festividades de um batizado em São Luiz Gonzaga, onde fora na qualidade de padrinho. Isso há três dias. Foi levado para o Passo Geral do Piratini e aí morto a sangue-frio.
– A punhal – acrescentou Netto. – Segundo a informação, Índio Roque ficou com o cavalo, os arreios e o pala de João Manuel.
– João Manoel está morto – disse Lucas.
Levantou-se e abandonou a sala num passo estranho.
– Já não são mais quatro – sussurrou Domingos.

Bento Gonçalves passeou sozinho, olhando as muralhas de Porto Alegre. Olhou de binóculos a cidade sitiada. Depois, foi tomado de melancolia.

Pensou naquele jovem oficial carioca de 36 anos, que rompera com a família, a classe, a casa, a herança, o imperador, e morreu só, na mão dos inimigos, apunhalado numa noite do pampa.

Capítulo 25

Garibaldi olhou o céu escuro, carregado de nuvens. Encostou a cabeça na janela. O vapor da respiração deixou o vidro opaco. Seis meses. O confinamento começava a pesar. Tédio, longas tardes, delírios, desejo de fuga... Ansiava por notícias de Rossetti. A amizade de Dom Pascual confortava, mas nada sabia dos companheiros. Já imaginara diversas maneiras de fugir, mas hesitava para não prejudicar seu benfeitor.

A oportunidade surgiu quando Dom Echagüe viajou a Buenos Aires. Seu substituto no governo era um estancieiro nascido na Itália, mas há muito radicado em Entre Rios, Dom Leonardo Milan. Dom Leonardo já dera várias vezes mostra de antipatizar com ideias liberais. Garibaldi achou que fugir enquanto ele ocupasse o posto de governador não incomodaria sua consciência.

O relógio na parede marcava oito horas. Já anoitecera há duas. (O vaqueano avisou que chegaria ao anoitecer.)

Um simpatizante da Federação Platina lhe conseguiu um cavalo e um vaqueano, que o levariam até a fazenda do misterioso inglês, nas margens do Ibicuí. Garibaldi compreendeu que as nuvens escuras escondiam uma tempestade quando os relâmpagos começaram.

Bateram discretamente na janela. Saiu ao pátio. Montou no cavalo ao lado do guia. Nesse momento a chuva começou. Não poderia dar-se ao luxo de esperar. Partiram debaixo do aguaceiro para uma viagem de mais de cinquenta milhas.

Deixaram a Estrada Real. Cortaram campos desertos, sempre debaixo de chuva pesada. O campo iluminava-se por largos relâmpagos. A planície transformava-se num lago prateado, sobrenatural.

O vaqueano nascera na região e sabia por onde vadear os arroios que transbordavam, mas os cavalos cansavam-se. Um raio caiu perto deles. Os cavalos encheram-se de pânico. A noite era uma ameaça de forças primitivas, mas não procuraram abrigo.

Perto do amanhecer, a chuva parou. Exaustos, chegaram ao topo de uma coxilha. Enxergaram, na distância, uma pequena luz.

– Lá é a casa do inglês – disse o vaqueano.

Foi estabelecer o primeiro contato, por segurança. Garibaldi amarrou o cavalo a uma árvore. Na trouxa de roupa que carregava, apanhou um lenço seco para enxugar-se. Olhou a pequena luz brilhando na escuridão. Aquele contato era importante. O tal inglês o conduziria até o Uruguai. Enrolou-se no poncho e acomodou-se contra a raiz molhada de um umbu.

Despertou com a sola enlameada de uma bota apertando a garganta, tirando-lhe a respiração, e outra bota pisando a mão que buscava a pistola. Sobre ele, a figura alta de Dom Leonardo Milan, cercado por três guardas fardados.
– Pensou que escapava de mim, Dom Garibaldi?
Amarraram suas mãos às costas, subiram-no para o lombo do cavalo.

Chegaram de volta a Gualeguaí por volta do meio-dia. Dom Leonardo Milan atravessou a rua principal da vila puxando pela rédea o cavalo do corsário. A população de Gualeguaí fechou as portas e janelas, num protesto silencioso.
Foi conduzido a um galpão atrás da delegacia.
– Quem lhe ajudou a escapar, Dom Garibaldi?
O sorriso foi cortado por uma chibatada no rosto.
– Dom Garibaldi, seja razoável. Não posso perder meu tempo. – Leonardo Milan era belo, grande, bem-vestido. – Eu sou um homem razoável. Sou um homem muito ocupado. Os negócios me esperam. Seja compreensivo. Fale. Apenas vou cumprir a lei. Nada pessoal.
Garibaldi cuspiu no rosto de Dom Leonardo. Foi suspenso pelos pulsos a uma trave do teto. Dom Leonardo rasgou-lhe a camisa nas costas com um tirão. Havia algo escuro em seus olhos. Dom Leonardo recuou dois passos e lentamente ergueu o chicote no ar, e então desceu-o com violência.
A primeira chibatada estalou nas costas de Garibaldi. O corsário apertou os dentes.
Uma. Duas. Três. Apareciam riscos vermelhos. Quatro. Garibaldi gritou. Cinco. Seis. Dom Leonardo começou a suar. Garibaldi apertava os dentes. Sete. Oito.
– Fala! Quem te ajudou a escapar?
– *Io no parlo, figlio de una gran putana*!
Dom Leonardo Milan atingiu o paroxismo da fúria. Dobrou o rebenque em dois e usou-o como se fosse um porrete, atingindo a nuca de Garibaldi.
O sangue jorrou. Garibaldi parecia morto. Os dois soldados entreolhavam-se, temerosos do que poderia acontecer após a chegada de Dom

Echagüe, tão amigo do gringo... Dom Leonardo encaminhou-se para a porta e bateu-a com fúria.

– Que fique pendurado aí até apodrecer!

O sangue escorria pelas costas de Garibaldi e chegava ao chão, gota após gota, começando a formar um charco. Ficou duas horas naquela posição, semi-inconsciente, a dor crescendo, tendo a impressão de que os braços iriam destroncar.

Quando o soltaram, estava sem forças para ficar de pé. Um soldado jogou-lhe um balde de água. Foi arrastado para fora da cadeia e amarrado a um cepo.

Tinha vizinho de suplício. Um tal Juvêncio Gutierrez, brasileiro, ladrão de gado e degolador. O céu continuava escuro, grandes nuvens negras se moviam lentamente. O chão era um lamaçal gelado.

Pela madrugada, o brasileiro estendeu a mão e agarrou o punho de Garibaldi com desespero.

Morreu olhando Garibaldi nos olhos. Garibaldi encostou a cabeça no cepo.

– Senhor, até quando consentirás no aviltamento das tuas criaturas?

Capítulo 26

A fúria de Dom Leonardo Milan aplacou-se dois dias depois, após esvaziar meia dúzia de garrafas de vinho e dormir sobre a mesa da delegacia. Garibaldi foi retirado do cepo e jogado na cadeia. Botaram sal grosso em suas costas para que não desse bicheira. Sofreu um princípio de pneumonia. Revolveu-se durante dois dias na enxerga dura, com febre e visões do mar de Nizza.

Ofício de Dom Echagüe ordenou que fosse transportado para a capital da Província, Entre Rios. Lá não encontrou Dom Echagüe, mas foi bem tratado. Permaneceu encerrado na delegacia, com liberdade apenas de caminhar no pátio de altos muros.

Dois meses depois, durante a madrugada, foi transportado numa carruagem fechada até o porto. Enrolado numa capa, subiu a prancha de um navio envolto em névoa. O *Madona* era genovês.

O capitão do navio e a tripulação – contratados por Dom Echagüe –, embora não se envolvessem diretamente em política, odiavam os invasores de seu país. Receberam Garibaldi como herói do seu povo. Serviram-lhe uma refeição quente e sentaram-se diante dele, atentos, a escutar sua história.

Giuseppe Maria era o segundo dos muitos filhos de Domenico Garibaldi e Rosa Raimondi Garibaldi. Nasceu no verão de 1807, a 4 de julho, numa casa cujo pátio era o mar de Nizza.

A família, desde os remotos antepassados, operava como pequenos navegantes das costas italianas. O pequeno Giuseppe rompeu com esse destino: aos quinze anos embarcou como grumete num barco de grande calado e sulcou as águas do Mediterrâneo e do mar Negro.

Aos vinte anos, era um marinheiro calejado. As viagens, a camaradagem nos cafés dos portos, os encontros com exilados políticos, aventureiros e fugitivos de toda espécie abriram-lhe os olhos para o mundo.

Fez amizade com um grupo de franceses emigrados ao emirado de Tunes. Eram saint-simonistas. O jovem marujo escutou com atenção as ideias daquele sábio manso e meio louco, Saint-Simon, a respeito de uma sociedade feliz, onde reinasse a justiça. No Estado dos Sábios não haveria privilégios. Apenas três ministérios administrariam a nação: o das Invenções, o do Controle e o da Executiva. Quando voltou para Nizza, Garibaldi pensava em sua pátria ocupada pelos austríacos. Havia um homem que se preocupava com a injustiça e sonhava com uma Itália unida e livre: Mazzini. Garibaldi encontrou seus seguidores. Sua organização era a Jovem Itália, e não lutavam apenas contra os invasores. Lutavam contra todas as formas de opressão, entre elas a velha monarquia italiana. Queriam a unificação e queriam a república.

Começa a organizar-se um exército. O novo militante tem um nome de guerra: Borel. Está marcada uma insurreição e será em Gênova. Mas o plano se faz público, as prisões iniciam, o próprio Mazzini escapa, doente e deprimido, para a Suíça. Borel, o imprudente, alheio a conselhos, vai para Gênova de qualquer modo. Ali encontra-o o estado de sítio. Vaga pelas ruas. Encontra um companheiro, Eduardo Matru:

– Borel, teu nome está na lista dos condenados à morte. Foge!

Garibaldi estava com 27 anos. Era hora de voltar para o mar. Vai a pé para a França. Chega a Marselha em fevereiro de 1834. Serve novamente na marinha mercante, mas aborrece-se e entra a serviço de Hussein, bei de Tunes, a bordo de uma fragata de guerra. As questões do bei de Tunes não lhe dizem respeito e volta a Marselha.

Sabia que Rossetti, Carniglia, Cuneo, Eduardo e outros companheiros estavam vivendo na América do Sul, no outro lado do mundo, em cidades com nomes curiosos como Rio de Janeiro, Montevidéu ou Buenos Aires. Toma um barco rumo ao Novo Mundo.

No Rio, encontrou Rossetti e Carniglia – e encontrou o conde Lívio Zambeccari, exilado de outras conspirações.

Já tinha aprendido a virtude da prudência. Em Montevidéu, depois de desembarcar do *Madona*, esperou vários dias até poder abraçar Rossetti, num porão do porto. Continuavam sendo perseguidos: o combate do *Farroupilha* com o barco uruguaio não fora esquecido.

Rossetti transbordava de novidades:

— Quando cheguei a Montevidéu, vindo de Maldonado, fui perseguido pela polícia. Corri como um coelho. Fiquei escondido na casa de um patrício, por pura sorte.

— A sorte entra demais em nossas histórias.

— É vero. Depois, li nos jornais a batalha do *Farroupilha* com o barco uruguaio e a morte de um tripulante. Fiquei escondido semanas. Quando soube que estavas preso em Entre Rios, resolvi ir ao Rio Grande do Sul.

Rossetti transforma-se.

— Resolvi ir ao Rio Grande – repete.

Pronuncia Rio Grande enchendo a boca, saboreando a palavra como a uma laranja suculenta.

— Esse Rio Grande é um lugar de loucos, Giuseppe! Eles esperam por nós, Giuseppe! Eles contam conosco! A república deles existe! Uma república louca, uma república maravilhosa, uma coisa romana, com imperadores, centuriões, escravos, senadores. Eu os vi! São loucos, são santos, são ingênuos, são cruéis! Tu vais amá-los, Giuseppe! E eles precisam de nós! Precisam de navios, de ideias, de gente que escreva, que pense, que discuta! Têm um grupo de oficiais republicanos brilhante, avançado! Eles estão em luta silenciosa com os fazendeiros. Precisam de nós, Giuseppe!

Partiram três dias depois, a cavalo, para a nova aventura. Carniglia ficou em Montevidéu, encarregado de resolver problemas burocráticos. Entraram em território gaúcho num entardecer do princípio do outono. Era o fim de um dia de céu azul e muito alto.

Luigi Rossetti e Giuseppe Garibaldi pararam no alto de uma coxilha. Ficaram olhando a vastidão, sentindo o pulsar do sangue: ali estava o pampa.

— Estamos vivos – murmurou Rossetti.

Soprava uma brisa fria. O ar era puro. Longa fila de patos voava para o norte.

— Fomos os escolhidos, Luigi. Agora temos uma pátria.

Apontou os campos ondulados.

— Esta é a juventude da Criação! Aqui está o alvorecer da humanidade.

PARTE II
A IRMANDADE DA COSTA

Capítulo 1

À luz da vela que dourava o lado esquerdo do rosto, contou que há muitos anos o preocupavam os assuntos concernentes à Lagoa dos Patos e ao tráfego nas águas interiores do Continente. Contou-lhes, olhos brilhando, que, muito antes de estalar a revolução, construíra, no estaleiro do arroio Santa Bárbara, o primeiro barco a vapor da província. O motor viera dos Estados Unidos. Foi batizado no rio São Gonçalo, com o nome de *Liberal*.

— Hoje está nas mãos dos imperiais.

A viagem de inauguração do *Liberal* foi do estaleiro até o porto do Rio Grande. Causou grande admiração a velocidade com que rompia contra o vento e a correnteza.

— A travessia se fez em três horas e meia! — Domingos de Almeida parecia levemente sonhador.

Os dois italianos começaram a gostar do brasileiro nesse momento.

— Um porto, senhores! Sem um porto a República morrerá estrangulada. Precisamos de marinheiros e não temos marinheiros. Os senhores são uma bênção dos céus.

Estavam no gabinete de Domingos, e lá fora a vila de Piratini estava imersa numa densa e escura noite de outono.

— A República precisa de um jornal. Já sabemos das qualidades do senhor Rossetti e de sua grande experiência no ramo.

Rossetti baixou os olhos.

— Precisamos tanto do jornal como dos barcos, senhores. Porto Alegre é o entreposto de distribuição dos produtos dos nossos inimigos. Por terra é quase impossível para os monarquistas atingi-la, devido ao cerco que estabelecemos. Mas eles dominam as águas interiores. Precisamos levar a guerra até lá também.

Fez um leve gesto em direção a um mapa na parede, atrás dele.

— Temos que dificultar de todos os modos o intercâmbio entre o litoral, as lagoas e os rios que formam o delta do Guaíba. Para isso, a República expediu a Lei do Corso. Para isso, os senhores receberam a Carta de Corsários.

A vela diminuía lentamente.

– Nós não temos barcos, mas temos um pequeno estaleiro. Fica numa estância de propriedade da família Gonçalves, e os senhores saberão onde quando o momento chegar. Por enquanto, é segredo militar. Na minha opinião, o senhor, capitão Garibaldi, deverá permanecer no estaleiro até que os barcos que estão sendo construídos lá fiquem prontos. Enquanto isso, equipa uma tripulação e treina-a para os afazeres marítimos, já que temos muitos bons cavaleiros, mas poucos ou nenhum marinheiro.

– Será uma honra formar parte da Marinha de Guerra da República Rio-grandense, ministro. Eu estou aqui como soldado da liberdade.

O tom de Garibaldi tornara-se solene e os outros dois começaram a retesar-se nas cadeiras.

– O capitão Garibaldi partirá amanhã bem cedo ao encontro do presidente para concertar estes planos. Sei que o presidente está de acordo, mas é importante conversar com ele os detalhes antes de entrarmos em ação. O presidente está acampado na margem esquerda do São Gonçalo, com um grande contingente. Anda à espreita dos movimentos de um chefe dos caramurus, que era nosso prisioneiro e escapou, o coronel Silva Tavares. Os senhores tornarão a ouvir falar nele. É um soldado incompetente, mas teimoso. Será proveitoso para o senhor conviver uns dias com nossos homens e nosso exército para ir se habituando.

As paredes encheram-se de grandes sombras dos três homens.

– Estamos vivendo dias críticos. O grosso de nossas tropas está nesse momento empenhado em retomar a vila de Rio Pardo, um reduto estratégico importante. É a grande missão do general Netto no momento.

– E nosso compatriota, o conde Zambeccari? – perguntou Rossetti.

Domingos de Almeida tornou-se sombrio.

– Infelizmente não tenho boas notícias. Enviamos por outro compatriota dos senhores grande soma em dinheiro para subornar os guardas e tentarmos uma fuga, mas o homem desapareceu com o dinheiro. Estamos fazendo gestões no Vaticano para que intervenha junto ao Imperador. Não esquecemos nosso companheiro Tito. Não descansaremos enquanto ele permanecer preso.

Os três ficaram calados.

– Muito bem, os senhores precisam descansar – disse, levantando-se.

Garibaldi e Rossetti levantaram-se

– Tenho os ossos moídos – disse Garibaldi. – E estou ansioso para encontrar o presidente.

Capítulo 2

Garibaldi chegou à casa das sete mulheres, na Estância do Brejo, um dia antes da primavera e na hora exata do crepúsculo, com a carta de apresentação de Bento Gonçalves, lida por dona Ana junto ao lume imóvel de um candeeiro. Depois de ler – ante o silêncio atento das outras mulheres – a recomendação do presidente para receberem o estrangeiro com fidalguia por tratar-se de um bravo defensor da causa, dona Ana examinou-o com frios olhos por cima do aro dos óculos.

No jantar dessa noite foi servido vinho. Depois dos demorados meses do inverno um homem ocupou a cabeceira da mesa.

Era o homem mais belo que elas jamais tinham visto e todas o temeram, embora de maneira diferente. Ele narrou com simplicidade as novidades da guerra, os feitos dos republicanos, as malvadezas dos imperiais, e, com uma voz que as sobressaltou intimamente, falou sobre a grande solidão do mar. Já na sobremesa (as velas pingando grossas lágrimas de cera) falou ao silêncio das sete mulheres da saudade que sentia da bela Itália, da bondade do Sumo Pontífice, dos canais de Veneza, dos segredos de Verona e da capela santificada onde Romeu Montecchio e Julieta Capuleto juraram amor eterno.

Sua voz grave, de acento estrangeiro, sabia como o vinho caseiro que beberam com moderação, e fez cada uma delas sonhar com um desejo secreto, que jamais poderia alcançar.

De madrugada, um peão acompanhou Garibaldi até o estaleiro, distante um dia de viagem. Fora instalado nos galpões de uma charqueada abandonada, na margem do Camaquã. A superintendência dos serviços estava a cargo de um norte-americano de 27 anos, um certo John Griggs.

Antes da guerra, Griggs entrou no escritório da firma comercial de Domingos de Almeida e apresentou-se como técnico em embarcações a vapor. Domingos empregou-o. Griggs não falava português e mal articulava palavras em espanhol. Foi, sem dúvida, o indivíduo mais alto que apareceu em Pelotas naquela época. Media dois metros e dois centímetros e andava um pouco curvado, sempre calado, olhando o horizonte durante horas como se esperasse inimigos ou remoesse alguma culpa. Quando a guerra estourou, Griggs tornou ao gabinete de Domingos, e murmurou em sua algaravia confusa que desejava lutar ao lado dos farroupilhas. Domingos de Almeida perguntou por quê.

– Por amor a Cristo e à Liberdade.

Foi mandado para a Estância do Brejo organizar a frota farroupilha. Quando Garibaldi lá chegou encontrou dois lanchões em fase de acabamento. A madeira para a construção dos barcos era apanhada nas matas próximas e falquejadas por quatro carpinteiros da região. O ferro era forjado ali mesmo, por um mulato ferreiro, destro em ferraduras para animais de carga. Com habilidade, moldou o cavilhame e as pregaduras necessárias à armação dos lanchões, segundo os desenhos de Griggs em enormes folhas de papel quadriculado. A cordoalha foi feita de couro trançado pelos escravos da estância. O velame, da sacaria de algodão ou aniagem que abastecia a estância e o acampamento de provisões de boca. O coração de Garibaldi cresceu: teria seus barcos. Levaria a guerrilha a todas as águas do delta e à Lagoa. A bandeira farroupilha encheria de pavor os comerciantes da região. Os portugueses teriam receio do próprio sotaque. O terror assombraria as águas do delta.

O rio Camaquã nasce nas coxilhas do Tabuleiro e de São Sebastião, avança através do verdejante vale formado pelas serras de Herval, Babecoroá e Tapes e deságua na Lagoa dos Patos. A trajetória do rio é sinuosa. Em seu percurso recebe numerosos afluentes. As margens são cobertas de bosques semitropicais. Lança suas águas na Lagoa através de várias barras, escondidas por cerrado matagal.

Depois de reconhecer minuciosamente a região, acompanhado de vaqueanos experientes, Garibaldi chegou à conclusão de que com hábeis práticos do Camaquã, entrar na Lagoa através das barras seria fácil. Atacariam as embarcações imperiais e recuariam novamente para o rio. Não poderiam ser perseguidos. Nenhum barco de grande calado atravessaria as barras sem ficar encalhado. O estaleiro da Estância do Brejo era uma fortaleza natural. Garibaldi examinou, durante longas noites solitárias, os mapas da região desenhados por Tito Lívio. Enquanto aprendia o gosto pelo chimarrão, discutiu com Griggs as possibilidades de assenhorear-se pela guerrilha das águas em seu entorno. O americano estava entusiasmado. Garibaldi sentiu que estava pronto para levar a guerra às águas da Lagoa.

Precisava de uma tripulação e do velho pirata Carniglia.

Capítulo 3

Na viagem de volta a Piratini, Garibaldi tornou a passar na casa das sete mulheres.

Foi recebido com a costumeira cerimônia, que era um ritual da casa, mas durante o jantar houve uma descontração quase mágica. Talvez, nessa noite, tenha bebido um cálice de vinho além do prudente, porque cantou canções do mar de Nizza e recordou, estremecendo, que não apertava uma mulher branca em seus braços há demasiado tempo; os olhos azuis como dos arcanjos no oratório incendiaram-se de paixão quando sua mão queimada de sol roçou sobre o linho branco da toalha a suave mão pálida de Manuela.

Manuela tinha quinze anos. Os olhos doces, do negror do carvão, turvaram-se. Pediu licença e deixou a mesa impassível, sem a pressa da adolescência, já com a intuição da espera e da impossibilidade.

Ficou no quarto a ouvir a voz do estrangeiro narrar sua estada na corte de Hussein, o Cruel, bei de Tunes e de travessias de desertos em lombos de dromedários, e de Mazzini, um homem admirável que lutava pela libertação de todos os outros homens.

E ouviu o silêncio das irmãs e das tias. (E das grossas lágrimas de cera das velas.)

No pátio, Garibaldi ficou olhando as estrelas.

A família de Bento Gonçalves era proprietária da grande maioria das terras da região. A Capela de São João Velho fora situada por lei eclesiástica em terreno do velho Joaquim Gonçalves, que sabiamente acolheu a ordem como uma honra.

As mulheres moravam na mesma casa por segurança. Os azares da guerra ameaçavam continuamente as posições republicanas ao longo do São Gonçalo. As mulheres da família Gonçalves viviam ora na Estância da Barra, ora na Estância do Brejo. Amenizavam a solidão escrevendo cartas para os parentes, bordando, rezando o terço e cuidando da casa.

Giuseppe Garibaldi conhecia a vida dessas mulheres. Em Nizza, a solidão era idêntica: olhavam o horizonte do mar como estas olhavam o horizonte do pampa. Eram o mesmo oratório, as mesmas tardes arrastadas, a mesma longa espera, os mesmos suspiros.

Na viagem a Piratini, Garibaldi recordava o toque da suave mão pálida sobre a toalha de linho branco.

Ansiava por chegar à capital e descobrir uma dama de coração compassivo e carne mais compassiva ainda. Ou então um bordel. Sabia que não poderia contar com a colaboração de Rossetti para este fim. A cabeça e o coração de Rossetti eram ocupados unicamente pela causa e a causa era uma coisa nebulosa chamada humanidade.

Rossetti andava atarefadíssimo, às voltas com os planos do jornal. Levou Garibaldi até o quartinho onde morava e mostrou com orgulho os livros. Eram obras de ensino do português: gramática e literatura.

– Posso dizer que já escrevo perfeitamente.

Tiveram longa reunião com Domingos e Bento Gonçalves. Precisavam tomar providências para a tripulação das barcaças. O ideal seria contratá-la em Montevidéu, onde estava Carniglia.

Rossetti foi o enviado.

Garibaldi não disse nada, mas amargou certa frustração.

Desejava rever Montevidéu, o cais, as tascas, os prostíbulos, o sabor do vinho na boca das castelhanas. Com despeito verificou que, para certas tarefas, Rossetti inspirava mais confiança ao austero presidente e ao afável – posto que enérgico – ministro de Finanças.

Um mês depois, Rossetti chegou com os homens. Chegaram formando um pequeno e estranhamente colorido grupo de cavaleiros. Cada homem usava indumentária diferente, de lugares remotos. O primeiro a desmontar foi Carniglia, com sua cicatriz e o tapa-olho negro.

Ao lado do velho pirata estava um homem ainda jovem, muito magro e de sorriso extremo, com quem Garibaldi trocou demorado abraço e no ombro de quem chorou, para gáudio e surpresa de todos. Era Eduardo Matru, amigo da infância em Nizza, cujo nome abria a lista dos condenados à morte pela intentona de Gênova. Não tinha notícias dele desde que se tornara um clandestino. Conhecia outros, dos bares do porto de Montevidéu: seu compatriota Variligini e o catalão Manoel Rodriguez. Os demais, ao redor de vinte, eram marujos do Pacífico, do Atlântico, das Caraíbas, do mar de Java, aventureiros sem pátria, brincos nas orelhas, tatuagens nos braços; negreiros, flibusteiros, piratas, homens com o pescoço a soldo, agora a serviço da nova República sob promessa de farto butim. Garibaldi os reconheceria onde quer que estivesse.

Eram a Irmandade da Costa.

Capítulo 4

A notícia do aprisionamento de uma sumaca – a *Mineira* – e de seu capitão, Antônio Martins Bastos, com toda a tripulação, por corsários, em plena Lagoa dos Patos, colocou em alerta o Comando das Operações Navais na Província. Grenfell estava com o prestígio levemente abalado. Ele havia assegurado que as águas interiores eram totalmente do Império. As medidas foram imediatas: quatro embarcações de guerra de grande calado apareceram no Camaquã. Vigiaram semanas na esperança de localizar os corsários. Mas a linha escura de juncais que guarnece as praias rasas da Lagoa não se abria para dar passagem a nenhum barco. E, no entanto, pequenas embarcações eram atacadas, estâncias solitárias à beira da Lagoa eram saqueadas, o terror começou a se espalhar pela costa do Camaquã e da Lagoa dos Patos.

Garibaldi instalara a guerrilha nas águas.

Com as velas encolhidas, deslizavam entre os juncais, fora das vistas dos navios do imperador e faziam-se ao largo da Lagoa.

Muitas vezes, levavam cavalos nos lanchões para atacar as estâncias dos caramurus. E voltavam em segurança à Estância do Brejo. Os dois lanchões correspondiam. Foram batizados de *Seival*, em homenagem à memorável vitória, e de *Farroupilha*. Garibaldi comandava o *Farroupilha*; Griggs, o *Seival*.

Nas poucas vezes em que foram perseguidos por barcos menores do inimigo, escaparam entre os juncais. Próximo ao delta do Camaquã, há um grande número de bancos arenosos que emergiram das águas. Quando perseguidos, tomavam sua direção.

Ali, Garibaldi fazia ouvir sua voz:

– À água, patos!

Todos saltavam na água, que lhes dava pela cintura, e empurravam os lanchões, através dos baixios, até onde a profundidade permitia navegar. As barcaças inimigas ficavam presas nos pontais.

As sortidas na Lagoa e no Camaquã quebravam a rotina tediosa do dia a dia de Garibaldi na Estância do Brejo. A rotina consistia em consertar as avarias das embarcações, ensinar aos homens recrutados nas redondezas os segredos da arte de navegar, exercitá-los nas operações de guerra, fugir para longe da vista dos curiosos com alguma das escravas que cozinhava ou lavava roupa para os homens do estaleiro, escrever cartas amáveis e plenas de consideração e estima para dona Ana, a matriarca da casa das sete mulheres, tomar mate na varanda e sonhar longamente, sonhar fundo, sonhar até a pele vibrar de febre com as doces mãos, os meigos olhos, a maneira de lírio e a promessa de qualquer noite remota e violenta que havia no silêncio de lago de Manuela.

Por qualquer motivo buscava a proximidade da casa. Acompanhava-o Eduardo, que trocava perdidos olhares com Rosário, a irmã mais velha de

Manuela. Garibaldi sabia de memória o caminho de pedras da porteira à varanda, a bergamoteira do pátio e as dálias plantadas rente à parede em toda a volta da casa. Interessava-se pelos bordados, pelas rosas, desvelava-se em favores e contos deslumbrantes, mas sentia que pairava algo entre eles que os dividia, que o afastava do amor que lia no olhar da moça.

Na estância recebiam o jornal *O Povo*. Por ele, acompanhavam as novidades. Garibaldi mostrava com orgulho a influência de Rossetti na publicação. O cabeçalho do jornal tinha o seguinte dístico:

"O poder que dirige a Revolução tem que preparar os ânimos dos cidadãos aos sentimentos de fraternidade, de modéstia, de igualdade e desinteressado amor à Pátria." (Jovem Itália, vol. V).

Manuela lia o exemplar na varanda em voz alta, pausada e solene, e por ela sabiam os rumos da guerra.

Bento Gonçalves tinha reassumido o comando do exército. Bento Manuel batera Chico Pedro, o Moringue. O Império nomeara um novo comandante para as operações navais.

Grenfell perdera a batalha das águas interiores.

– A queda de Grenfell, capitão, não foi consequência apenas do crescente clamor dos comerciantes da região. A lenda dos piratas está começando a desmoralizar a Marinha. Urge tomar providências. – Elzeário de Miranda era o novo presidente nomeado para a Província. Sabia que procurava impressionar o capitão Mariath.

– Piratas?

– Piratas, capitão.

Elzeário observava com sua desconfiança crônica o novo ministro da Marinha enviado pela Corte. Ali estava na sua frente, apertado no uniforme cheio de botões dourados, o capitão de Mar e Guerra Frederico Mariath, português de nascimento, veterano do Prata, da Guerra da Independência e da Campanha do Pará.

– Nestas águas?

– Temos informações precisas. Um pirata italiano.

– Piratas são ingleses ou espanhóis. Não existem piratas italianos.

– Guarde seu humor para quando encontrar o italiano, capitão, seja ele o que for. Este homem tem a cabeça a prêmio na Europa. É um agitador político internacional. Um homem com ideias. São os mais perigosos. Foi contratado pelos anarquistas.

– Muito bem. Vamos ver de perto esse pirata italiano.

– Isso é que é o difícil, capitão. Chegar perto dele. Ele ataca e desaparece no mato que cobre as barras dos rios que deságuam na lagoa. É simples mas eficaz.

– Guerrilha se combate com guerrilha. Nossos navios não servem de nada nesses rios. Precisamos atacá-los lá no covil em que vivem.

Mariath ficou pensativo, brincando com o peso para papel que apanhara na mesa de Elzeário.

– Presidente, preciso do Moringue.

Capítulo 5

A notícia chegou à casa das sete mulheres com o outono: o estaleiro tinha sido atacado e havia muitos mortos. O escravo que trouxe a notícia não sabia detalhes. Ele ouviu os tiros e viu os imperiais invadindo o local. Comandava-os o coronel Francisco Pedro de Abreu, o Moringue. O escravo viu-o com sua cabeça disforme, montado num garanhão malhado, incitando seus homens com os olhos brilhantes.

Eram mais de 150. Cada cavalo trazia o cavaleiro e mais outro na garupa, e os infantes corriam a pé, agarrados às crinas dos animais. No estaleiro estavam apenas Garibaldi e o cozinheiro, que responderam ao fogo. Os restantes estavam no mato, cortando lenha. Mais não sabia.

A casa fechou portas e janelas para proteger-se da umidade e do hipotético vento que vem da Patagônia. Manuela não saiu do quarto. Ao redor de seus olhos nasceram escuras sombras. As mulheres reuniam-se no oratório e rezavam o terço durante horas a fio. O Moringue era um nome temido. Suas façanhas corriam os fogos dos galpões, invadiam os serões das estâncias e eram sussurradas nos bolichos e jogos de truco, com admiração e ódio. Só Chico Pedro, o Moringue, poderia chegar de surpresa na fortaleza natural que era a Estância do Brejo. A angústia e o medo tomaram conta da casa.

Moringue tinha a cabeça descomunal, pontuda, com grandes orelhas transparentes, origem do apelido. Exímio guerrilheiro, atacava de surpresa os farroupilhas, pilhava e saqueava fazendas republicanas. Ninguém sabia seu paradeiro, ninguém sabia quantos homens comandava e ninguém sabia quando e onde ia atacar. Já fizera surpresas a Netto, a Teixeira e a Bento Manuel.

A casa das sete mulheres silenciou ao peso do nome do guerrilheiro imperial.

À meia-noite chegou um emissário a galope. Os cães latiam sem parar. Dona Ana, lampião numa mão, pistola na outra, silenciou as mulheres e mandou abrir a porta.

– O capitão Garibaldi está vivo – anunciou o homem. – Enfrentou a tropa do Moringue com apenas um companheiro e conseguiu resistir até chegarem reforços. Estou indo a Caçapava levar a notícia ao presidente! O estaleiro está salvo.

Nos dias que se seguiram a saúde de Manuela definhou a ponto de inquietar a mãe e as tias. Pensaram que talvez fosse a umidade da região nessa época do ano, mas dona Ana sabia que a pequena Manuela, frágil e calada, tornara-se mulher. O italiano de cabelos leoninos e olhos azuis, que cantava canções desse país distante, era a causa de sua melancolia.

Bento Gonçalves veio passar uns dias na fazenda, para dirigir os trabalhos do aparte de gado e tratar da venda de uma ponta para portugueses da capital. Ouviu calado as novidades.

– Ela está disposta a casar com o italiano – confirmou dona Ana.
– E ele?
– Entusiasmado. Passam horas conversando na varanda.

Bento Gonçalves ficou olhando a planura.
– Vou falar com ele.

Bento Gonçalves compreendia a situação: Garibaldi era um homem jovem, ao redor dos trinta anos, longe de casa e da família. Era natural enamorar-se de uma jovem como Manuela. Além do mais, ela correspondia aos seus sentimentos. Mas, eram descendentes dos Meirelles, fundadores do Continente. Gente de tradição. E ele – para o bem ou para o mal – era o mais alto mandatário da Província. Era o presidente de uma república. Garibaldi, um aventureiro sem eira nem beira. Era valente, tinha lá seus ideais, mas no fundo era um extremista, que *a lo largo* lhe causaria problemas, como Rossetti já estava causando com seus artigos inflamados no jornal.

Fez longos passeios a cavalo com Garibaldi. Num deles, com polidez, pediu-lhe que deixasse de fazer a corte a Manuela.

O corsário ergueu os dois olhos azuis.
– Posso perguntar por que, senhor presidente?
– Não é segredo nenhum, amigo Garibaldi. Eu le garanto que o senhor tem a minha maior simpatia. Mas Manuela já está há muito prometida para meu filho Joaquim. A família espera com ansiedade essa união. Esperamos que

o senhor, como homem de honra e de princípios, sabendo que Joaquim, por seus deveres de soldado, não pode estar junto à sua noiva, saberá afastar-se.

Garibaldi assentiu com a cabeça, sombriamente.

– Ademais, meu amigo, tenho planos para vosmecê. Brevemente vou tirá-lo deste fim de mundo.

– Sim?

– Espero notícias de Rio Pardo. Só depois disso poderei revelar os planos.

– O que há com Rio Pardo?

– Netto vai atacar Rio Pardo.

Capítulo 6

O cavaleiro gritou a senha de longe e entrou no acampamento farroupilha a galope. A sentinela reconheceu o tenente José Egídio. O tenente desmontou diante da barraca de Netto, que estava ao lado de Bento Manuel.

O tenente estava com pressa.

– São uns mil e setecentos homens, general. Só na cavalaria, quinhentos. Infantaria, uns setecentos. Artilharia, quinhentos. A artilharia, oito peças pesadas.

– Tome um pouco de ar, tenente. E entre na tenda.

O tenente entrou na tenda, um tanto melindrado. Fizera papel de nervoso e afobado e o grupo de oficiais parecia divertir-se com sua pressa.

– No rio Jacuí está uma esquadrilha de canhoneiras, comandadas pessoalmente pelo capitão Grenfell. O brigadeiro Xavier da Cunha é o comandante da Infantaria.

– Meu velho amigo... – e Bento Manuel mostrou um sorriso misterioso.

– O brigadeiro Bonifácio Calderón é o comandante da Cavalaria. Há várias tropas espalhadas pela região. A mais importante está em Triunfo, o 8º Batalhão de Caçadores.

– O Sebastião está como gosta – disse Bento Manuel.

– O comandante em chefe é o marechal Sebastião Barreto – continuou o tenente, ignorando Bento Manuel. – Neste momento, está com seu Estado-Maior em Rio Pardo.

Bento Manuel bateu as mãos com alvoroço e ficou esfregando-as.

– Isso é tudo, tenente? – perguntou Netto.

– É tudo, general.

– Está dispensado. Bom trabalho.

O tenente fez continência e saiu da tenda.

— Vosmecê parece muito alegre. Essa guerra não é um caso pessoal, brigadeiro.

— Aí que vosmecê se engana. Se existe uma coisa que vai alegrar minha porca vida é entrar em Rio Pardo, agarrar o Sebastião pelo pescoço e fazer ele vomitar as tripas.

Netto amolgou o palheiro demoradamente entre os dedos.

— Ainda pensa no tenente Cândido?

— Fiquei três meses cagando sangue e vou puxar esta perna pela vida inteira. Não morri porque sou bicho ruim mesmo. Mas ele vai me pagar. E bem pago. Quando vamos atacar?

— Quando o João Antônio chegar.

João Antônio chegou nessa noite, acompanhado de David Canabarro. Comandava uma tropa de oitocentos homens. Netto mandou chamar os coronéis Domingos Crescêncio e Marcelino do Carmo, acampados a meia légua. O acampamento tornou-se imenso. O clima era de festa e não de véspera de batalha. Ouviam-se vozes, risadas, uma guitarra.

Os oficiais mais graduados reuniram-se ao redor de uma fogueira.

— Somos mais de três mil homens – disse João Antônio. – Nunca houve um exército assim por estas bandas. Nem no tempo das guerras com os castelhanos.

— Com um pouco de sorte tomaremos a vila sem derramar muito sangue – disse Marcelino.

— Sempre otimista, meu coronel.

Teixeira aproximou-se do fogo para acender o palheiro. Seus bigodes negros estavam finos e espetados.

— Essa gente tem tradição. Não vai ser fácil.

— Tradição – roncou Bento Manuel, e cuspiu no fogo.

— O major tem razão, brigadeiro. Rio Pardo tem tradição. A Tranqueira Invicta. Nunca foi derrotada – disse João Antônio, com sua autoridade de general.

— Rio Pardo constou pela primeira vez num mapa em 1637, pela mão do padre Vicente Carafa, com o nome de Jequi – disse Teixeira. – Em 1751, foi criado no arraial um depósito de munição e víveres, para abastecer os moradores no inverno. No ano seguinte, iniciaram a construção de um forte no local, pelo capitão Pinto Bandeira.

— Já vi que o moço é estudado – disse Canabarro, brilho nos olhinhos apertados.

– Continue, por favor, major – disse João Antônio.

– São textos que me caíram nas mãos, senhores. Conhecer o passado não me parece mal. *Bueno*. Mais um ano e aquartelou-se em suas muralhas o Regimento dos Dragões. E, desde então, durante um século, o forte resistiu aos índios, aos castelhanos, aos missioneiros dos Sete Povos e aos contrabandistas. E a vila cresceu.

– E hoje está nela o Sebastião Barreto – disse João Manuel.

– Esta é a maior concentração de tropas republicanas desde o começo da revolução – disse Netto. – Vamos travar um encontro fundamental. Ao contrário do que apregoa Elzeário, vamos medir forças.

– Netto tem razão, mas isso se eles não refugarem o combate.

– Eles não vão refugar. Não têm por onde sair.

– Mas, antes, precisamos preparar o terreno. General, explique sua missão – pediu Netto.

João Antônio terminou o mate e passou a cuia adiante.

– Rio Pardo tem uma muralha natural pela retaguarda, que é o pântano. Pois vamos começar por ali, abrindo uma picada para o exército passar.

Todos se concentraram.

– Uma brigada de sapadores vai abrir essa picada através do pântano. Quero quatrocentos homens, aterrando os banhados com estivas, preparando o trajeto para o resto do exército.

– Entre o pântano e Rio Pardo fica o posto do Rincão d'El Rei – disse Crescêncio. – No comando do posto está o major Andrade Neves.

– Promovido após Fanfa – lembrou Bento Manuel.

– É preciso varrer esses obstáculos do caminho – disse Netto.

Capítulo 7

O major Teixeira Nunes deu um curto galope na frente do Corpo de Lanceiros Negros, em formação no Pantanal, olhando firme nos rostos dos soldados.

– Meus bravos! O Corpo, amanhã, entra em combate. O lugar do comandante é aqui, onde estou. Sendo o ataque em linha, o comandante atacará na frente do primeiro esquadrão. O estandarte segue o comandante e o Corpo segue o estandarte. Precisamos abrir caminho para o combate de amanhã. Eu estarei na frente, atrás de mim estará o estandarte. Se o Corpo seguir o estandarte, amanhã arde Troia!

Do alto da elevação que dominava toda a paisagem, o marechal Sebastião Barreto – protegido da garoa por grosso sobretudo militar – viu o ataque da Brigada dos Lanceiros Negros e a expulsão das tropas de Andrade Neves do Rincão d'El Rei. Não fora a rápida intervenção dos infantes de Xavier da Cunha, Andrade Neves teria a retirada cortada. Vendo as tropas atravessarem a galope o estreito arroio, Sebastião Barreto intuiu que o combate seria inevitável.

Convocou uma reunião urgente de todos os oficiais.

– O melhor local para propor o combate é no Barro Vermelho. É um terreno alto e parelho, a meia légua de Rio Pardo – apontou no mapa preso a um cavalete, com sua fina bengala de vime. – É flanqueado, à direita, por um bosque dividido em dois pelo arroio do Pontão e, à esquerda, pelo arroio do Couto. É um terreno cortado pelas cercas dos currais que abastecem a charqueada que há próxima ao bosque: uma grande construção de madeira. Há outra construção, de alvenaria – um açougue –, e, margeando o arroio do Couto, uma aldeia indígena de vinte palhoças. Terá que ser evacuada.

Cândido Adolfo estava em pé, ao lado do mapa.

– No Barro Vermelho poderemos estender nossas linhas como bem nos aprouver. Poderemos cavar trincheiras, fortalecer defesas no emaranhado de cercas dos potreiros. Teremos, ainda, grandes espaços – caso for necessário – para recuar até os muros de Rio Pardo.

O aguaceiro, caindo no toldo de lona, adormecia e irritava ao mesmo tempo.

Andrade Neves, ainda sentindo a comoção do entrevero, foi o primeiro a falar, olhando para Sebastião Barreto.

– O Bento Manuel está com eles.

– Eu sei. Isso não muda nada.

Calderón sorriu. Limpava as unhas com a ponta da adaga. Disse com brandura:

– *Por supuesto*. Quiçá o tenente Cândido Adolfo possa terminar o serviço.

Sebastião Barreto vergou com as mãos a bengala de vime. Descobrira uma ironia nas palavras do uruguaio?

– Brigadeiro, devagar nas pedras. Se por lá tem potro, por aqui domador não falta.

Bateu no mapa duas vezes com a bengala.

– No Barro Vermelho é que vamos esperar a corja. Se eles querem combater, vão combater onde nós quisermos. Vamos defender o centro do terreno com três peças de artilharia. Para proteger a artilharia, quero cinquenta praças do 2º Corpo de Caçadores.

– É pouco – disse Xavier da Cunha.

– Eles não chegarão até os canhões. Não tem como. É impossível. O combate será na orla do capão. Eles não avançarão mais de cem metros. A posição toda nos favorece. Serão varridos pelos canhonaços.

Os rostos dos oficiais não pareciam convencidos.

– Vamos dispor as tropas em linha, defendendo os flancos, deixando espaço suficiente para a artilharia agir. O lado direito será defendido por duas companhias do 1º Corpo de Caçadores. Elas ficarão atrás da vala que começa no capão e vai quase até o outro capão, o lado esquerdo, onde estará a cavalaria de Calderón.

O uruguaio concordou com a cabeça.

– O 3º Corpo e o 4º estarão aí, na esquerda, na frente da cavalaria. E vamos iniciar já o trabalho de cavar mais trincheiras. Essa vala que já existe deve ser aprofundada. Quero ver eles caindo ali.

– Se a chuva não parar, acho que eles não vêm. A posição é toda nossa – disse Xavier da Cunha.

– E a reserva, marechal? – perguntou Andrade Neves. – Me parece que...

– A reserva serão cinco companhias do Corpo de Caçadores. Ficarão ali no capão, aguardando ordens. Se for necessário, intervirão no combate.

– Cinco companhias... – murmurou Xavier da Cunha, pensativo. – É pouco.

– Brigadeiro – disse Sebastião Barreto –, parece que o fato de ter servido com o traidor tanto tempo le confundiu os miolos. Não costumo discutir minhas ordens. – Depois de sustentar um duro olhar com Xavier da Cunha olhou em torno. – A reunião terminou.

Cândido Adolfo tirou o mapa do cavalete e o enrolou cuidadosamente.

– *Bueno* – disse Netto, escutando a chuva no teto de lona. – Vamos confiar que São Pedro seja republicano. – Olhou para os oficiais sentados a sua volta.

– Vamos fazer as coisas simples, senhores. Coronel Marcelino do Carmo: vosmecê instala a artilharia no centro. General João Antonio, a ala esquerda é sua: o 1º e o 3º Batalhões de Caçadores, mais a 1ª Divisão de Cavalaria. Coronel Crescêncio: vosmecê fica com a ala direita: 2º Batalhão de Caçadores mais 2ª Divisão de Cavalaria. A reserva será a Brigada dos Lanceiros e a 3ª Divisão de Cavalaria. Se for preciso modificar as coisas na hora, vamos modificar. Mas, por enquanto, é isso.

Olhou para João Antônio, tomando chimarrão.

– General, a honra do primeiro ataque é sua. Alguma pergunta?

Os oficiais permaneceram em silêncio.

– Às cinco horas quero dar a ordem de ataque. O brigadeiro Bento Manuel e o coronel Canabarro ficam comigo no Estado-Maior. Isso é tudo.

Os oficiais levantaram-se e começaram a sair em direção a seus postos. Bento Manuel ficou no fundo da tenda.

– Não vai ser fácil.

Netto olhou para ele.

– Não. Não vai ser.

– Nunca é.

Netto sentiu que ele desejava algo. Apanhou da guaiaca um palheiro já feito.

– Como foi lá em Triunfo? – perguntou Bento Manuel.

– Como foi o quê?

– O Gabriel.

Bento Manuel tinha o rosto metade na sombra. Não parecia ansioso. Sorria, olhando o punho fechado.

– O Gabriel Gomes?

– É.

Netto acendeu o isqueiro. Aproximou a chama.

– Morreu como homem.

– Isso eu sei. Mas como?

A parte visível do rosto estava impassível.

– Pegamos eles de surpresa. Resistiram bem, mas éramos em maioria. Podiam muito bem se render. Eu gritei que se rendessem, seriam tratados como camaradas de armas. Ele não quis. Ficou na frente dum quadrado, enrolado na bandeira. Mandei carregar de lança. Ele aguentou duas cargas. Tornei a gritar que se rendesse. Mandou eu carregar.

Bento Manuel estava agora com todo o rosto na sombra.

– Carreguei. Foi trespassado por sete lanças. Quando examinei o corpo, vi que tinha as duas pernas quebradas.

Netto ficou olhando aquele homem sentado no escuro e começou, pouco a pouco, a encher-se dum ódio fino.

– Ele não traiu.

Bento Manuel levantou-se sem fazer ruído e mergulhou na noite chuvosa.

Durante toda a noite os imperiais ouviram os tambores e o canto de guerra dos Lanceiros Negros. De madrugada, a ponte de madeira do arroio do Couto estremeceu. Grande massa de cavaleiros a atravessava.

As sentinelas deram o alarme.

– Os farrapos! Os farrapos!

Dos bosques espessos que circundam o Barro Vermelho, em formação rigorosa, começaram a sair os esquadrões de infantes do exército republicano. Marchavam lentamente, com as bandeiras úmidas, os tamborileiros marcando o soturno compasso da marcha. Durante mais de uma hora foram surgindo, lentos e imperturbáveis, estendendo as linhas em formação de combate. Por fim, apareceram as pesadas carretas com as bocas de fogo, apontadas em direção ao exército imperial.

Capítulo 8

Às cinco horas da manhã, Venâncio encilhou Fascínio e trouxe-o para frente da tenda de Netto. Às 5h10, Netto montou e postou-se à frente das tropas. A chuva tinha parado. A madrugada era escura. Bento Manuel bocejou e emparelhou seu cavalo ao lado esquerdo de Netto. Canabarro colocou-se ao lado direito. Netto estacou junto ao porta-estandarte e ao corneteiro.

– Quero ouvir esse clarim bem alto hoje – disse ao sargento.

Crescêncio aproximou-se num galope curto.

– Como estão os infantes, coronel Crescêncio?

– Esperando a ordem de avançar.

– *Bueno*, já vão avançar.

Crescêncio olhou com desprezo para Bento Manuel e se retirou a galope.

Netto ergueu a espada bem alto, esperando um pouco para que todos a vissem. O campo estava imerso num silêncio bruto. Os quero-queros tinham fugido.

– Camaradas republicanos! Já recebestes as ordens de seus comandantes. Hoje, o exército dos livres vai enfrentar o exército dos escravos, para varrê-los da sua frente e da História.

O tordilho sobe e desce a cabeça inquieta. Netto deu um curto galope na frente da tropa.

– Batalhões da glória! Hoje eu quero ver vossa coragem!

Baixou a espada. O corneteiro soprou o metal. A grande massa começou a avançar, lentamente, na direção da arena, sob a cadência dos taróis e dos pífaros. Os oficiais e sargentos incitam com gritos e esconjuros a coragem dos assaltantes. A ala de João Antônio, o 1º e o 3º Batalhões de Caçadores mais a 1ª Divisão de Cavalaria, avança em acelerado. Passam pela aldeia indígena abandonada e silenciosa. O ataque cairá sobre a ala esquerda imperial. Comanda a defesa o coronel Guilherme Parker.

As duas filas de Infantaria começam a correr.

– Cuidado, atiradores emboscados na charqueada!

Partem tiros da charqueada. Caem os primeiros infantes. A gritaria do ataque aumenta, aumenta a velocidade da corrida. O ataque parece incontível. O sangue dos defensores começa a gelar. O coronel Parker comanda.

– Dois tiros de granada!

Os obuses explodem nas filas farrapas, que se desmancham mas não perdem o ímpeto.

João Antônio atropela o cavalo do corneteiro.

– Agora: carga!

O som assustador irrompe na madrugada. Os infantes farrapos, num movimento instantâneo, separam suas filas, dando espaço para a cavalaria passar. E ela irrompe, lanças apontadas, bandeirolas esvoaçantes, fazendo saltar postas de barro.

O ataque bate em cheio com a linha de defesa imperial.

Montarias e cavaleiros precipitam-se no pântano das trincheiras. Lanças quebram-se. Corpos são atravessados por espadas. Rostos espedaçam-se em sangue. Uivos. Estrondos. O chão começa a cobrir-se de mortos. A linha de defesa de Sebastião Barreto parece que vai quebrar-se. Xavier da Cunha, do centro, esperando o ataque, viu as dificuldades do jovem coronel Parker. Expediu, rápido, duas companhias para ajudá-lo. Mas, passado o primeiro choque, a linha manteve-se. O coronel, à frente da defesa, gritava sem parar, espada na mão direita, pistola já descarregada na esquerda. O auxílio que recebeu definiu o primeiro encontro.

João Antônio faz sinal para a tropa recuar. Em galope curto, a cavalaria retorna, ganhando distância da linha de defesa. Os infantes correram, buscando a proteção da charqueada, de onde expulsaram os atiradores.

João Antônio segurou a rédea do cavalo.

– Xôôô! Vamos recompor as filas. Vamos atacar outra vez!

Os cavalos são esporeados novamente, as lanças são outra vez apontadas, os gritos sobem outra vez para a manhã de outono. O general João Antônio segura firme a pesada espada ganha na guerra da Cisplatina. Vê o jovem coronel imperial em pé, sem capacete, a face tisnada de pólvora, o cabelo negro agitado pelo vento.

– O frangote é macho, mas eu sou galo velho e ele não sabe tudo o que eu sei.
Olha para o menino imberbe a seu lado.
– Corneteiro! Carga!

Do alto da coxilha, com o binóculo, Netto viu João Antônio comandar o novo ataque.
Depois, procurou pela artilharia. Viu que Marcelino do Carmo estava pronto. Tinha marchado à retaguarda dos homens de João Antônio e estacionado na povoação indígena. Ali, desatrelou os armões, ordenou que retirassem os cavalos de carga e postou as peças numa elevação. Quando João Antônio arremeteu a segunda vez, Marcelino do Carmo deu voz de fogo. Mosquetes e três canhões, apontados para o reduto imperial, despejaram mortal carga que esparramou dezenas de corpos no chão.
A ala de Crescêncio, 2º Batalhão de Caçadores mais 2ª Divisão de Cavalaria, avançava a descoberto pela várzea, procurando postura para intervir no combate. Marcharam durante vários minutos pela Estrada Real, ordenados, assistindo ao combate como se nada tivessem a ver com ele. Em seguida, já próximo da vala que servia de trincheira para a linha de defesa legal, sabendo que desfilariam debaixo de fogo muito próximo, aceleraram o passo e tomaram a direção dos potreiros.
O lugar era perigoso. As inúmeras cercas dificultavam o avanço e facilitavam as emboscadas. O primeiro tiro da artilharia inimiga caiu sobre suas linhas, derrubando dois infantes e levantando terra molhada. A ala de defesa, comandada por Calderón, estava, agora, a menos de cinquenta metros. Já se distiguiam os rostos dos inimigos, já se podia ouvir os insultos que lançavam.
Crescêncio ergueu a espada. Os tambores começaram a rufar. A uma ordem dos oficiais, a massa de infantes bipartiu-se: um grupo correu para a esquerda, outro para a direita. E do meio deles investiu, ululando, a 2ª Divisão de Cavalaria, compacta, ginetes dobrados sobre o pescoço das montarias, lanças apontadas.
Calderón recebeu o choque bem postado. As lanças partiram-se. Cavalos e cavaleiros rolaram no chão embarrado. O primeiro esquadrão refluía quando Crescêncio levantou novamente a espada. Um dos dois esquadrões de cavalaria que aguardava jogou-se no tumulto. Calderón percebeu e também chamou para o combate mais um esquadrão de cavalaria.
O entrevero formou-se, corpo contra corpo. Crescêncio segurava o 3º Batalhão de Cavalaria. Só o empregaria para resolver a disputa. Ainda era

cedo para acioná-lo. Notava o olhar ansioso dos oficiais e dos soldados. Era difícil contê-los. Estavam todos possuídos da febre do combate. Respiravam o imaginário sangue que impregnava o ar, junto com o cheiro de pólvora, os gritos, os relinchos dos cavalos, os estrondos dos obuses, o céu de chumbo escuro e pesado.

Súbito, o entrevero abriu-se como laranja em vários gomos frágeis e as tropas voltaram às suas posições. No chão, dezenas de corpos, uns sobre os outros. Um soldado, de joelhos, tinha uma lança atravessada no peito. Tentou pôr-se de pé, cambaleante, e conseguiu. Deu alguns passos indecisos, agarrando a imensa haste que o atravessava. Caminhou sem direção certa, balbuciando uma reza. Um clavineiro apontou sua cabeça e derrubou-o.

Calderón resolveu tomar a iniciativa.

– Não vamos esperar que Crescêncio nos visite outra vez. Recomponham as filas!

Rapidamente sua cavalaria se reorganizou.

– Ordene o toque de carga! – gritou para o ordenança.

Ao som do clarim, investiram num galope decidido contra os farrapos de Crescêncio.

– Eles vêm mesmo – disse Crescêncio –, mas não vamos esperar. À carga!

As duas cavalarias jogaram-se uma contra a outra. Separava-as um terreno de menos de trinta metros. O resto do combate silenciou: todos os olhares voltaram-se para o encontro.

De ambos os lados, as lanças estavam apontadas para baixo, os palas estalavam como bandeiras, os chapéus se dobravam à força do vento, os olhos dos cavalos esbugalhavam-se, as patas faziam respingar postas de barro, os homens começaram a gritar com fúria e desespero e o terreno entre eles diminuiu e já estavam frente a frente: cavalos, homens, armas, bandeiras. Frente a frente: imagens num espelho, iguais na fúria, nos gritos, nos rostos, nas lanças. Chocaram-se. Rasgaram caminho abrindo fontes de sangue e dor, cavalos disparavam sem cavaleiros.

Na elevação, Netto empunhou o binóculo e observou com atenção o choque. A ala direita e a ala esquerda combatiam duramente, os defensores respondiam do mesmo modo. O combate não pendia para nenhum lado. Netto endereçou o binóculo para o centro da defesa.

– Já sei.

– Sabe o quê? – grunhiu Bento Manuel.

– Como desequilibrar essa briga. É um golpe arriscado, mas se der certo...

— Arriscado? — disse Canabarro.
— Vou mandar um batalhão da reserva atropelar pelo centro, direto na artilharia deles. Estão mal protegidos, veja. Não têm mais de cinquenta homens.
— Se abrir uma brecha ali eles estão perdidos!
— Chegar lá não vai ser fácil — disse Bento Manuel. — São mais de duzentos metros totalmente descobertos.
— O brigadeiro não gosta nada de estar fazendo um papel secundário em palco tão grande — disse Canabarro, com aquele brilho no olho.
— Não seja idiota, Tatu. Ficarão à mercê do fogo dos canhões. Quem é o louco que vai atravessar esse terreno?
— Eu tenho esse louco — disse Netto.
— É impossível chegar lá. Depois daquela casota — Bento Manuel apontou o açougue — é um descampado sem defesa. Vão ser varridos pelos canhões e pela metralha. Ali é uma zona de morte.
— O Netto tem razão. O Sebastião colocou as tropas como a cara que tem. Estão sem continuidade, longe uns dos outros. Se o centro for rompido, nenhuma das alas vai poder intervir a tempo. Quem é esse louco? — perguntou Canabarro.
— O Teixeira.
— Ah, o moço letrado.

Teixeira ouviu as instruções de Netto com a expressão inalterada. Bento Manuel inclinou-se para ele.
— Ali é uma zona de morte.
— A morte não chega na véspera, brigadeiro.
Canabarro deu uma risada curta.
— Também nenhuma batalha foi ganha na véspera, major. — Bento Manuel olhou para Netto. — O comando é seu. Eu só dei uma opinião.
Netto tocou na aba do chapéu, Teixeira fez continência, esporeou o cavalo e dirigiu-se a galope para a reserva.

— Batalhão da glória! Ontem destes o primeiro passo para a derrubada de Troia. Hoje fostes escolhido para pisar nos seus destroços.
Abrira-se um rasgo no escuro das nuvens. O sol desceu sobre o combate.
— Camaradas do Corpo de Lanceiros, vamos atacar com três esquadrões! Vosso major comandará o ataque à frente do primeiro esquadrão, o estandarte se colocará na retaguarda do segundo esquadrão, cobrindo a fila esquerda.

Trocou um olhar com o sargento Caldeira, que carregava o estandarte do Corpo.

– Camaradas! Vosso comandante não vai se deter por nada. O estandarte deve seguir o comandante e o Corpo de Lanceiros seguir o estandarte. – Arrancou a espada. – Pela república e pela liberdade, em frente!

Como numa parada de dia de festa, estandarte desfraldado, o Corpo de Lanceiros Negros começou a avançar num passo vagaroso, indiferente ao tumulto e ao fragor. Netto ergue o binóculo. O combate entre as forças de João Antônio e do coronel Parker, na direita, não se definia. E na esquerda, os golpes e contragolpes entre Calderón e Crescêncio já deixavam centenas de mortos e feridos. O duelo de baterias, ao centro, era incessante. O cheiro de pólvora ardia no ar. O tênue sol que iluminou as coxilhas erigiu sombras de fumaça sobre o tumulto.

O coração de Netto diminuiu.

O Corpo de Lanceiros Negros atingia a zona da morte. Estavam já à mercê dos canhões e da metralha. Menos de cem metros separava-o do grosso da artilharia imperial. E esse louco do Teixeira que não dá a ordem de galopar! O coração de Netto começa a desfazer-se em pedacinhos doloridos.

– Meu Deus, faça ele dar a ordem – rezou. Teixeira ergue a espada que paira acima da fumaça.

– Carga!

O clarim incendeia as almas. O Corpo de Lanceiros Negros precipita-se. As lanças ensebadas estendem-se para a frente. As filas farrapas que ainda não entraram na luta prorrompem em intenso clamor. Os defensores da artilharia veem com susto – onde começa a mesclar-se o pânico – aquela horda precipitando-se na direção deles. Apontam o grande canhão, começam a enchê-lo com pólvora, com a bala, disparam. O centro do ataque do Corpo de Lanceiros Negros explode, mas os sobreviventes saltam sobre os mortos e precipitam-se na valeta que defende a artilharia, engalfinham-se corpo a corpo com os infantes. Netto vê o Corpo de Lanceiros Negros trepar as grimpas da trincheira, vê a luta corpo a corpo se espalhar. Baque no coração, vê Teixeira derrubado do cavalo por um tiro. Vê-o arrastando-se na lama, vê-o dando gritos, segurando o ombro ferido, vê-o fazendo gestos para que avancem, para que escalem a trincheira.

Teixeira percebeu o braço imobilizado, mas não sentia dor.

– Bravos filhos da África! Meus guerreiros! Sigam-me! Eu vos prometo a liberdade!

Pairava acima da fumaça, enlouquecido de grandeza. Tentou avançar, desarmado, tropeçando, mas sumiu num buraco e afundou no lamaçal em torno à trincheira. O porta-estandarte, sargento Manuel Alves da Silva Caldeira, repetiu as palavras do major:

– O Corpo segue o estandarte!

Picou as esporas e jogou-se com o cavalo na trincheira, segurando o estandarte. Sempre esporeando, obrigou-o a subir a grimpa. Saltou do outro lado, frente a frente com a artilharia imperial, e ergueu bem alto o estandarte.

O Corpo seguia o estandarte.

Dando gritos, tomando as clavinas com baionetas caladas dos inimigos, transpondo com montaria e tudo as traves de madeira, o arame farpado e as pontas de ferro, o Corpo dos Lanceiros Negros já combatia dentro da defesa do Império. Aterrados, os defensores da artilharia começaram a debandar para todos os lados.

Capítulo 9

Ao ser rompido o centro da linha de defesa, a luta na ala esquerda, entre as forças de Crescêncio e de Calderón, até então parelha e de final imprevisível, tomou outro rumo. Os comandados do uruguaio começaram a recuar, cedendo terreno. Esse instante de indecisão precipitou as coisas. Crescêncio deu ordem para o 3º Batalhão intervir no combate. Caíram sobre os lutadores com fúria, aproveitando a surpresa e a indecisão, dispersando-os em desordem.

O combate na ala direita entre o general João Antônio e o coronel Guilherme Parker também continuava sem solução. Foi desequilibrado pela chegada em pânico dos artilheiros defensores do centro da linha. Ante a investida do Corpo de Lanceiros, fugiram no rumo da direita. A chegada daquele grupo desmoralizado, ferido, acossado e largando as armas pelo caminho abalou o ânimo dos combatentes, mantido alto pela presença do jovem coronel.

Atrás deles veio o Corpo dos Lanceiros Negros – dando gritos, brandindo as lanças, atropelando com as montadas, espalhando a desordem.

– Firmes! – gritou o coronel Parker. – Quero todos firmes! Nenhum passo atrás!

Em vão. Os soldados largavam as armas e procuravam abrigo no bosque. Guilherme Parker voltou a espada e a pistola para seus comandados.

Os fugitivos pararam. A linha começou a recompor-se. O ímpeto do Corpo esmoreceu.

João Antônio aproximou-se dos oficiais do Corpo.

– Onde está o Teixeira?

O sargento Caldeira adiantou-se.

– O major foi ferido no ataque ao centro, general. Estou reunindo um grupo para resgatar o major.

– Não é necessário, sargento – disse João Antônio.

Montado num cavalo com os arreios do Império, o major Teixeira Nunes abria caminho entre os Lanceiros. Um lenço fora amarrado em sua cabeça. O Corpo ergueu um urro de aclamação. Crescêncio, bigodes descendo pelo rosto, ergueu o chapéu.

– Brioso Corpo de Lanceiros! Eu vim de Rio Grande para conhecer vosso valor! Calderón fugiu! Minha tropa está atrás dele dentro de Rio Pardo. O inimigo está vencido em todos os pontos onde foi atacado!

Nova aclamação sobe aos ares. As lanças são agitadas.

– Vamos impedir a fuga dos chefes dos escravos! – tornou Crescêncio. – Eles querem chegar ao porto e tomar os barcos. Precisamos impedir.

– Eu preciso resolver uma pendência por aqui – disse João Antônio. – O frangote não quer se entregar.

Crescêncio tornou a erguer o chapéu.

– Nos encontraremos depois, para o amargo. *Suerte!*

Esporeou e afastou-se, seguido por seus homens e pelo Corpo de Lanceiros. Tiros esporádicos cruzavam os ares. Cavalos davam galopes assustados.

O céu se abria de todo. O sol – outonal – já dourava a manhã.

O general João Antônio amarrou um lenço branco na ponta da lança e pessoalmente galopou até diante da defesa comandada pelo coronel Parker.

– Coronel, vim para le render homenagem. O combate está terminado! Entregue a espada! Sua vida e as dos seus homens serão poupadas.

O coronel Parker apareceu na barricada, subiu numa trave calcinada e fumegante. João Antônio reviu o jovem rosto chamuscado, os cabelos negros.

– Meu caro senhor – sua voz era elegante –, minha espada não se entrega a rebeldes.

João Antônio lembrou o antigo orgulho, a antiga força. Tocou na aba do chapéu.

– *Hasta la vista, mi coronel.*

Voltou para a frente da tropa.

— Corneteiro: carga.

O som da morte novamente feriu a manhã. Os batalhões de Caçadores, baionetas apontadas, começaram a avançar, lentamente, sobre o destroçado batalhão de defesa. O coronel imperial Guilherme Parker aperta o cabo da espada.

Antônio de Souza Netto, pala esvoaçando, entrou em Rio Pardo como conquistador, à frente de Domingos Crescêncio e de sua tropa – reforçada pelo Corpo de Lanceiros Negros – e ladeado por Bento Manuel e David Canabarro.

Atiradores solitários disparam dos telhados.

— Para o porto, para o porto!

O tenente José Egídio aproximou-se a galope.

— Sebastião Barreto, Andrade Neves e Xavier da Cunha abandonaram a vila. Embarcaram em lanchas e conseguiram escapar, apesar do fogo da margem. E prendemos uma banda de música.

— Então vamos festejar o triunfo com música.

— Ele escapou de novo... – murmurou Bento Manuel.

A tropa do general João Antônio aproximou-se levantando poeira, dando gritos e vivas. João Antônio carregava a bandeira do Império.

— E o frangote? – perguntou Netto.

— Não quis se entregar.

Capítulo 10

— Falei com o italiano.

— Falou tudo?

— Falei o que era necessário falar. Disse que a guerrilha no delta não estava servindo para nada. Há quase meio ano ele está lá e não temos nenhum resultado prático com isso.

— A culpa não é dele.

— Eu sei. Eu disse isso a ele. Enquanto os imperiais dominarem a barra do Rio Grande não teremos acesso para o Atlântico e não dominaremos também as águas interiores. E qualquer dia teremos fechado Montevidéu.

— E sem porto de mar ninguém vai nos reconhecer como Estado soberano.

Netto começou a enrolar um cigarro.

— Houve troca no comando deles.

— Troca?

— O Elzeário não se entende com o Mariath. Pediu a cabeça dele. Quer o Grenfell de volta.

Netto sacudiu a cabeça.

— Essa guerra vai mal.

— As guerras sempre vão mal.

— Estamos parados. Não avançamos em nada. O cerco de Porto Alegre mais uma vez foi por água abaixo. A capital em Caçapava é insegura.

— Lá eu durmo com a garrucha engatilhada. Eu não confio no Paulino. Acho que foi ele quem soltou o Silva Tavares.

A porta da tenda é levantada. Entra Domingos, com seu eterno traje escuro.

— Boas tardes, senhores, por que essas caras?

— Porque falávamos no Paulino... — diz Bento Gonçalves.

— Tenho um assunto bem melhor do que ele. Os companheiros com quem me reuni aprovaram a ideia. Falei com o Lucas, com os deputados todos. Se se confirma o apoio de Lages, todos concordam que não nos resta outra alternativa. E vosmecês, como foram?

Bento Gonçalves fez um sinal afirmativo com a cabeça.

— João Antônio concorda.

Domingos de Almeida olhou para Netto.

— Pelas minhas bandas não há problema. Todos os oficiais concordam.

— Então, está resolvido.

— Não é assim tão fácil, Domingos — disse Netto acendendo o cigarro. — Precisamos saber qual é a situação real em Lages.

— A República Lageana é uma realidade. Já nos mandaram um documento onde formalizam sua incorporação à República Rio-grandense.

— E nós já respondemos a Gomes Portinho que estamos prontos a devolver-lhes o juramento e a permitir que se reincorporem a Santa Catarina desde o momento em que ela fique independente — disse Bento Gonçalves. — Mas não se trata disso, Domingos. O problema é: temos nós condições e forças para abrir uma segunda frente de guerra? Temos nós apoio suficiente da população catarinense para nos arvorarmos de seus libertadores? Temos nós gente para levar adiante essas tarefas? Esse é o problema.

— O problema não é só esse, presidente. O problema é que a república está lentamente se estrangulando. Se não achar uma saída para o mar a situação ficará crítica.

Netto soprou a fumaça para o alto.

— Se tivéssemos um porto, depois da vitória de Rio Pardo, estaríamos consolidados como nação. Precisamos de um porto. E esse porto é Laguna.

— Temos que pensar com objetividade — disse Bento Gonçalves. — E temos que escolher a solução mais viável.

– Temos que pensar politicamente. Se conseguirmos do povo catarinense a adesão à nossa causa, estaremos definitivamente vitoriosos. E temos que confiar em nossa causa. E temos que confiar nos povos.

A barraca ficou silenciosa.

– Precisamos dum homem para organizar isso – disse Netto. – Um homem que não faça falta em outro lugar. Que tal o Onofre?

– É muito louco – disse Bento Gonçalves.

– Eu pensava no Teixeira – disse Almeida.

– Muito jovem – disse Bento Gonçalves.

– Mas tem experiência – disse Netto.

– Eu também gosto dele – disse Bento Gonçalves –, mas ele radicaliza as posições. Nossos companheiros mais conservadores não aprovarão. Precisamos de alguém eficiente e politicamente neutro.

Fez uma pausa.

– Nosso homem é Canabarro.

Capítulo 11

Canabarro terminou de fazer o desenho com a ponta da adaga no chão arenoso e ergueu os pequenos olhos escuros para Garibaldi, abaixado a seu lado.

– Entendeu?

– É a coisa mais louca que já ouvi na minha vida.

– Também acho.

Ergueu-se, limpando a ponta da adaga na barra do pala. Garibaldi também ergueu-se.

– Deixe-me ver se entendi. A ordem é deslocar-me com os barcos aqui do estaleiro, pela Lagoa, até o rio Capivari.

– Isso.

– Do Capivari, transportaremos os barcos por terra até a lagoa Tomás José, em Tramandaí. A lagoa Tomás José se liga com o rio Tramandaí. Pela barra do rio alcançaremos o oceano.

– Entendeu. Pelo oceano, chegará a Laguna.

– E vosmecê chegará por terra, com infantaria e cavalaria.

– Perfeito.

– A barra é impraticável para barcos com o calado dos nossos.

– Daremos um jeito.

– Depois dessa travessia toda, ficar encalhado na barra...

– Não ficaremos.

– Nossos práticos dizem que a profundidade é de três a quatro palmos. Os barcos não passarão.

– Eu tenho mais do que tratar, senhor Garibaldi. – Garibaldi olhou com cuidado para a maciça figura que começou a mover-se em direção aos edifícios do estaleiro, onde estava seu cavalo. Antes de montar voltou-se para o italiano. – Comece hoje mesmo os preparativos para a missão. Quanto mais depressa chegar ao Capivari melhor. Aqui já não somos invulneráveis.

Nessa noite, Garibaldi reuniu seus homens.

– Vamos abandonar o estaleiro. Vamos para *il mare*.

Os olhos de Carniglia se arregalaram.

– Conseguiram navios!

– Iremos com os barcos que temos aqui.

– Impossível – disse Manoel Rodriguez.

– Só com um milagre – disse Griggs.

– É um milagre que nos pediram.

– Eu sabia que as preces do companheiro John um dia nos serviriam – disse Eduardo.

– Amanhã bem cedo partiremos com tudo que temos – disse Garibaldi. – Vamos atravessar a Lagoa dos Patos até o rio Capivari.

Despertaram cedo e começaram os preparativos para navegar. Partiram quando o sol raiou. O *Farroupilha*, de dezoito toneladas, o *Seival*, de doze, seis lanchas e dois iates. Era o que os republicanos chamavam de sua esquadra.

A meio caminho foram descobertos por Grenfell, novamente nas águas da Lagoa, após seis meses afastado.

– Os piratas! Desta vez não vamos perdê-los.

Seguiu no encalço deles, com três pesadas canhoneiras.

– Querem apostar corrida – gritou Garibaldi. – Icem todas as velas.

A perseguição durou uma hora. Grenfell viu os dois barcos maiores enfiarem-se resolutamente na barra do Capivari, enquanto os outros seguiam marcha rumo a Itapoã, onde havia uma fortaleza republicana.

O *Farroupilha* e o *Seival* entraram no matagal e sumiram. A barra do Capivari fechou-se e tornou a mostrar a muralha verde de sempre. Era como se nada a houvesse trespassado minutos antes. Apesar de ter visto várias vezes o fenômeno, era sempre com assombro que o almirante contemplava os barcos desaparecerem como por mágica de sua vista.

Fechou os óculos de alcance e comandou ao imediato.

– Não se preocupe com esses, senhor Fisher. Persiga os outros!

O Capivari é um rio pequeno e sinuoso que desemboca na lagoa dos Patos, um pouco acima do rio Itapoã. Sua barra é parecida com a do Camaquã, obstruída por bancos de areia e encoberta por cerrado matagal. A largura do rio não excede quatro metros na parte mais larga. A profundidade é pequena – barcos com mais de vinte toneladas ficariam encalhados no fundo arenoso.

Grenfell tornou a abrir os óculos de alcance com um gesto hábil da única mão. Olhou para a mata cerrada da costa.

– Ou muito me engano, ou eles caíram numa ratoeira.

Inclinou-se para o imediato com um sorriso.

– Vamos montar guarda na barra do rio, senhor Fisher, e impedir que saiam. Eu vou a Porto Alegre buscar reforços. Jogo meu braço direito como naqueles barcos estava o italiano.

– Eles não têm barcos maiores, senhor – disse o imediato. – Acho que estamos muito perto de acabar de vez com eles!

– Deus o ouça, senhor Fisher.

O *Farroupilha* e o *Seival* passaram a barra com dificuldade. Os tripulantes tiveram que jogar-se dentro da água para aliviar o peso dos barcos e também para empurrá-los. Quando transpuseram a barra, entraram nas águas verdes do Capivari.

Ali foi mais fácil manejar. A vegetação exuberante das margens criava uma espécie de cobertura verde sobre o rio. Navegaram à sombra do arvoredo, vendo os pássaros e os numerosos macacos que vinham espiar com curiosidade os navegantes.

Garibaldi entrou o mais que pôde rio adentro; quanto mais entrava mais adensava-se a vegetação, mais sombrias e silenciosas ficavam as águas. Ao anoitecer fundearam numa curva. Garibaldi mandou cortar galhos de árvores para camuflar os mastros muito altos, que apareciam à distância.

Capítulo 12

Longa fila de patos cortava o azul em direção ao norte. O inverno aproximava-se e tudo indicava que seria um inverno duro. Os pássaros começaram a fazer seus ninhos mais cedo. As casas de joão-de-barro há muito já tinham recebido os últimos retoques. O inverno que vinha seria longo, frio e chuvoso. Exatamente o contrário do que necessitavam.

Teixeira Nunes desmontou diante da tenda de Canabarro e entrou.

– Às suas ordens, coronel.

Canabarro examinou disfarçadamente o jovem coronel, recém-promovido, do Corpo dos Lanceiros Negros. Seus bigodes em ponta, seus olhos penetrantes, os modos cordiais com que tratava os negros... E a sua coragem. Desconfiava dela. Parecia-lhe que Teixeira estava querendo provar alguma coisa a alguém.

– Coronel, quero que tenha tudo pronto para partir dentro de três dias. O Corpo de Lanceiros será a vanguarda da coluna. Deverá esperar por nós em Araranguá e garantir caminho desimpedido para o resto da tropa. Feche as estradas.

– Muito bem, coronel.

– Eu irei a Tramandaí. Fecharei as estradas que vêm de São José do Norte. É fundamental que a região fique fechada aos imperiais até terminada a primeira etapa do plano. Outra coisa... – Seus pequenos olhos de suíno apertaram-se. – Vou convocar esse italiano, o Rossetti, para meu adjunto. Vamos precisar de alguém letrado por perto depois de tomarmos Laguna.

– Me parece uma boa escolha, coronel.

– Esse italiano já causou confusão em Piratini com seus artigos. Faz-me lembrar de Artigas com suas ideias... Enfim, não temos outro. – Levantou-se da banqueta. – Nas próximas duas semanas quero a área limpa, não esqueça. Isso é fundamental.

Nessa tarde, Canabarro rumou para a vila de Tramandaí com pequena escolta. Mais uma vez, meticuloso e incansável, examinou a lagoa Tomás José e a barra do rio, os arredores, conversou com moradores e olhou demoradamente o mar. Todos os pescadores foram unânimes. Era época de mar brabo. A barra, nessa temporada, era um perigo.

De volta ao acampamento, ordenou que se preparasse a Guarda Nacional. Cada homem deveria dispor de três cavalos.

Dois dias depois, com cem homens montados, partiu rumo ao acampamento de Garibaldi, nas margens do Capivari. No caminho foi requisitando o gado disponível na região. Chegou ao acampamento com uma boiada de quinhentas cabeças. De todo aquele gado deveriam escolher duzentos bois, dos mais possantes, para o serviço de tração.

Garibaldi aproximou-se de Canabarro, quando este desmontava.

– Bom dia, coronel. Vejo que cumpriu os prazos.

– É o meu costume, senhor Garibaldi. Espero que tenha cumprido os seus.

– É bom saber que temos costumes parecidos, coronel. Se tiver a bondade de me acompanhar, poderá ver nossos progressos.

Caminharam em direção às barrancas do rio, onde estavam fundeados o *Farroupilha* e o *Seival*.

– Para a retirada dos barcos foi preciso nivelar o terreno. Trabalhamos sem parar, mas já está terminado. Foi preciso também derrubar árvores e fazer um roçado em toda a área.

Canabarro olhou aprovadoramente.

– Temos um pequeno problema – Garibaldi tornou a sorrir. – Nosso bom amigo Grenfell continua vigiando a foz do rio. Espera que voltemos por lá. Os ingleses são de teorias simples: eles acham que quem entra por um lugar tem necessariamente de sair pelo mesmo lugar.

– Qual é o problema?

– Nosso receio é que ele resolva investigar. Temos patrulhas ao longo de todo o rio para evitar surpresas.

"Este italiano fala demais", pensou Canabarro. Ficaram olhando os homens limpar os últimos entulhos do terreno, onde as abruptas barrancas foram cortadas e formaram um plano inclinado.

– Agora, vamos fazer um pequeno passeio. O senhor verá o resto – disse Garibaldi.

Cavalgaram durante quinze minutos. Aproximaram-se de uma fazendola em ruínas. Canabarro começou a ouvir batidas de martelos, sentiu cheiro de cola, de madeira trabalhada, de ferro quente. Desmontaram frente à larga porta do galpão. Canabarro já esperava mas, mesmo assim, seus olhos se apertaram. Dentro do galpão, roçados por sua luz palustre, todas as pessoas pareciam ter diminuído de tamanho. O grupo de operários dava o retoque final nas rodas. As rodas – doze – subiam mais de metro acima da cabeça dos homens. Estavam largadas no chão, encostadas aos pilares. Crianças corriam sobre elas, escondiam-se em seus raios de madeira grossa. Canabarro viu uma vaca lamber o sal derramado num canto do galpão e sentiu como se mão invisível o tivesse levado traiçoeiramente à infância desprotegida, como se essa mesma mão lhe houve arrancado as defesas e ele pudesse chorar de medo diante dessa porta, desses homens desconhecidos.

A madeira para as rodas fora conseguida nas matas da região e endurecida a fogo. O grande círculo era constringido por aros de aço. Os raios eram toras de madeira. Mateus, o homem mais forte da região, não conseguiu movê-las. Transportar as rodas do galpão até onde os barcos estavam fundeados foi uma festa. Atreladas à juntas de bois, foram arrastadas pelo campo, ante o olhar alvoroçado dos soldados.

As rodas estavam ligadas aos pares por vigas de madeira. Cada barco deslizaria sobre três pares de rodas. A tarefa mais difícil se aproximava: apoiar os barcos nas vigas que uniam as rodas. Erguer os barcos de dezoito e doze toneladas era impossível. Teriam que entrar no gelado Capivari e atrelar, debaixo da água, os eixos das rodas às quilhas do *Farroupilha* e do *Seival*.

Vários botes ajudaram na tarefa. Garibaldi, Carniglia e Eduardo acompanhavam da margem, dando ordens e fiscalizando. Depois de cansativas horas de trabalho, os três pares de rodas estavam firmemente amarrados, por cabos, aos cascos dos barcos. Os mergulhadores tiritavam. Foram enrolados em ponchos de lã. Carniglia passou-lhes uma garrafa de canha.

Trouxeram dezesseis juntas de bois. Atrelaram ao *Farroupilha*. O barco tinha aparência insólita, com as rodas saindo da água.

– Agora! – gritou Garibaldi. – Chegou o momento.

Os cavaleiros munidos de aguilhões cutucaram o flanco dos bois. E as grandes bestas retesaram os músculos. Os gritos começaram. Os cabos distenderam-se. Os eixos gemeram. As traves estalaram. Os bois baixaram as cabeças e avançaram. O *Farroupilha* moveu-se!

Uma aclamação subiu dos homens. Mas um dos cabos rompeu e estalou como chicote. E logo outro. E, simultaneamente, diversos cabos romperam-se, gerando palavrões e gritos de lamentação.

– *Il centro di gravitá* – exclama Eduardo – *ecco!*

– Sim – concorda Garibaldi. – O centro de gravidade está mal calculado. É preciso colocar as rodas em harmonia com o centro de gravidade para que todos os cabos sofram a mesma tensão.

Foi preciso outro dia inteiro de trabalho para a correta colocação dos cabos. Aproveitou-se para refazer o declive com galhos, moirões e folhagem. As rodas estavam encravadas no fundo lodoso do Capivari. Colocou-se sob elas pedra miúda e pedaços de galho.

No dia seguinte, cedo, recomeçou o trabalho. Desta vez, contavam com a experiência da véspera. O dia continuava sem sol. Soprava uma brisa gelada. A qualquer momento começaria a chover. Garibaldi ergueu a mão.

– *Atenzzione!* – Todos olhavam para ele. O silêncio era nervoso. Garibaldi baixou a mão. – Agora!

Os cavaleiros aguilhoaram os bois. Os grandes animais começaram a mover as pesadas patas. Os cabos esticaram ao máximo. Os gritos são nervosos. Estala uma viga. O *Farroupilha* começa a sair da água.

– Força, força!

Os dezesseis pares de bois avançam. Silenciosamente, o barco vai saindo da água, vai surgindo o casco esverdeado pelo musgo, vai surgindo a grande curva respingando água, vai crescendo de tamanho, vai espalhando temperatura própria, de criatura submersa. As rodas resistem. Os eixos resistem. O equilíbrio é perfeito. O *Farroupilha* começa a subir o declive. Os homens abraçam-se, jogam os chapéus para o ar, gritam como crianças.

Nessa noite, ao redor do fogo, Garibaldi contemplava o perfil dos dois barcos, acentuados pelo fulgor avermelhado das fogueiras. Retirar o *Seival* foi mais fácil: era menor e pesava menos. O *Seival* parecia um estranho animal adormecido. Garibaldi não conseguia tirar os olhos dele.

Manoel Rodriguez, o catalão, aproximou-se com Quincas, o carpinteiro que dirigia a construção das rodas.

– Capitão – disse o mestre carpinteiro –, acho que vou me alistar no seu exército, se o senhor me aceitar

– Amigo Quincas, é uma honra para mim. Seja bem-vindo ao exército dos livres.

Manoel Rodriguez mostrou os dentes.

– Vamos partir cedo. Precisa avisar tua mulher.

– Vamos partir antes do dia clarear – disse Carniglia.

Eduardo aproximou-se enrolado num poncho. Sentou ao lado de Quincas.

– Amanhã é o dia 5 de julho de 1839 – disse com grave ironia, como era seu costume. – Tomem nota disso.

– E por que, amigo Eduardo? – perguntou Quincas.

– No século XV, mestre carpinteiro, o sultão Mohamed II transportou seus barcos de Corégia ao Bósforo, numa extensão de dez milhas. Acham esse feito imortal. Amanhã cedo, amigo Quincas, nós vamos iniciar o transporte de dois barcos por terra num percurso de cinquenta milhas! Amanhã começa uma aventura sem igual na História.

Capítulo 13

Trinta e duas parelhas de bois puxavam o fantástico conjunto, que nem mesmo em pesadelos os moradores da região pensaram encontrar: dois barcos, de altos mastros, sacolejando no pampa sobre carretas que deslizavam sobre imensas rodas. Na frente, uma brigada de cavalaria carregava a bandeira da república. Atrás, o resto da boiada, tocada por vaqueanos experientes.

Garibaldi guardava a preocupação de ter sempre parelhas descansadas e em condições de serem trocadas. Havia uma brigada de sapadores, armados de pás, picaretas e enxadas, que cuidavam do caminho. Atulhavam os buracos, faziam canais para desviar a água quando excessiva, construíam com rapidez pontilhões. E havia piquetes de guarda, vigilantes, que percorriam as áreas próximas ao trajeto do comboio, para evitar um ataque de surpresa, o que seria fatal para os planos.

Fina garoa caía sobre eles. A planície que atravessavam era plana, coberta de vegetação rasa. Às vezes, uma aroeira ou um pequeno capão com pitangueiras e butiás animava a paisagem.

A operação tinha sido planejada no segredo mais absoluto. Não encontraram vestígio de tropas imperiais. A travessia foi tranquila, com a exceção das vezes em que as rodas atolavam. No quarto dia duas rodas partiram, mas foram consertadas sem grande prejuízo do tempo calculado para o percurso.

No sexto dia, aproximaram-se de um capão de mato verdejante. O vaqueano da região que tinha ido na frente aproximou-se a galope de Garibaldi.

– Capitão, a lagoa Tomás José!

Canabarro já estava em Tramandaí há vários dias. Inspecionou a descida dos lanchões à lagoa. Os barcos deslizaram para a água através de pranchas de madeira e deitaram ferros próximo à margem.

As peças de artilharia, munição e víveres, que vinham em outras carretas, foram carregadas para bordo por batelões e canoas. Durante dois dias trabalhou-se com energia para deixar os barcos em condições de combater.

Na véspera da partida, Garibaldi convidou Canabarro a bordo do *Farroupilha*. Garibaldi, comandante marítimo da expedição, iria no *Farroupilha*, cujo capitão era Eduardo. O imediato era o calejado Carniglia. O gigante americano Griggs comandava o *Seival*. Todos se reuniram na apertada cabine, com certa cerimônia. Jantaram guisado de abóbora com chuchu e beberam cachaça da região. O soturno Canabarro surpreendeu a todos. Comeu com apetite e luxúria e bebeu com prazer, vagaroso, os estranhos olhos brilhando.

– Amanhã bem cedo levantaremos ferro, coronel – disse Garibaldi. – Em uma hora estaremos no rio Tramandaí. Antes do meio-dia, com a ajuda de *Dio*, alcançaremos o mar.

– Mas, antes, temos que passar a barra – disse suavemente Eduardo.

– Passarão – rosnou Canabarro. – Nem que seja a muque.

Um relâmpago iluminou a pequena cabine. Canabarro interrompeu o gole que levava à boca e esperou pelo trovão.

– O perigo não é a barra – disse, ouvindo o longo ruído escorregar pelo céu.
– Não? – interessou-se Griggs.
– Não. O perigo é o Carpinteiro.
– Carpinteiro? – perguntou Carniglia. – Que carpinteiro?
– O vento.
Os marinheiros fizeram cara de que não entenderam.
– O vento que sopra por estas bandas.
– Não me falaram dele – disse Garibaldi.
– Sopra nesta época do ano. Sabe por que os pescadores o chamam assim?
Nenhum dos quatro homens respondeu.
– Porque destroça os barcos. Os transforma em picadinho. – Observou com simpatia o silêncio dos marujos e bebeu um gole da caneca. – Depois que sopra durante a noite inteira a praia amanhece cheia de destroços de barcos que não servem pra nada. Só mesmo para os carpinteiros.
Estalou com grosseria a língua.
– Esta canha está uma beleza.

– Içar âncoras! – gritou Eduardo. – Soltem as velas!
O vento sul agitava a bandeira farroupilha. Os canhões tinham sido amarrados. Os barcos começaram a mover-se.
– Atenção! Vamos passar a barra!
Canabarro acompanhava a operação da costa, com um piquete. Os cascos dos barcos batiam no fundo do canal. O vento aumentava, criando ondas enormes. Os barcos estremeciam.
O *Farroupilha* distanciou-se do *Seival*. O *Farroupilha* entrou num turbilhão de ondas que rebentavam de várias direções, até que, de repente, pareceu mais leve, subindo e descendo nos grandes vagalhões com harmonia.
– Conseguimos – exultou Eduardo –, conseguimos! Já estamos no mar.
Da costa, o piquete de Canabarro aplaudiu e deu tiros para o ar. O *Seival* também passou. Responderam às saudações da costa gastando mais munição e fizeram-se ao largo, singrando para o Norte.

CAPÍTULO 14

Carniglia apontou as grandes nuvens escuras.
– Será o Carpinteiro do nosso amigo Canabarro?
Garibaldi olhou sem mostrar interesse.

— Sabe em quem eu pensava? Em... Grenfell... O meticuloso marechal inglês ainda está na foz do Capivari, esperando pela gente.

Carniglia deu uma gargalhada. Eduardo, ao leme, olhou para ele e chamou-o.

— Fique no meu lugar. Está escurecendo muito rápido.

Começou a tomar providências para a tempestade que se aproximava. O *Seival* estava longe, aparecendo e desaparecendo nas ondas. O vento começou a soprar mais forte. Já era difícil manter o equilíbrio. Para se entenderem foi preciso começar a falar aos gritos.

As ondas tornavam-se cada vez maiores.

— Vamos para a costa – gritou Garibaldi. – Estamos perto do rio Araranguá. Vamos buscar proteção na sua barra.

Coriscos percorriam o horizonte. As ondas começaram a invadir o convés. Um marujo foi envolvido pela avalanche de água, rolou e chocou-se contra a amurada.

Garibaldi subiu no mastro de traquete para ver melhor a costa. Não viu nada. São três horas da tarde, mas uma escuridão ameaçadora cobre o mundo. Relâmpagos estalam, riscos cor de fogo disparam no céu.

— Vejam!

— *Dio!*

Avançando, subindo, rugente, clamorosa, montanha brotando das águas escuras, gigantesca onda elevou-se em direção ao *Farroupilha*, deixando-os estarrecidos de surpresa e terror. A onda desaba sobre eles. O barco inclina-se para estibordo.

Garibaldi cai do mastro, afunda na água gelada. Deixa-se afundar, sem perder a calma. É bom nadador. Quando vem à tona, dá um grito. O *Farroupilha* está submergindo. Os vagalhões dobraram o mastro em dois. As velas esvoaçam e estalam. Vê os homens em pânico, saltando na água ou agarrando-se desesperados à popa, que ainda não submergira de todo. Uma tábua flutua perto dele, agarra-se a ela.

Então vê Eduardo preso às enxárcias do barco, como um peixe numa rede. Debate-se desesperadamente, mas não pode soltar-se. Nada até ele, arranca a faca e começa a cortar as cordas. Eduardo livra-se. Flutua perto deles uma porta de estiva. Agarram-se a ela.

— Giuseppe! Giuseppe!

É a voz de Carniglia. O marujo esforçava-se para manter-se à tona. Nadava muito bem, mas num ápice Garibaldi entendeu seu problema. Vestira pesado casacão de calmuco, que lhe tolhia completamente os movimentos.

Garibaldi joga-se em direção a ele e arrasta-o para a popa, agora plana à superfície das ondas. Enfia a faca na pele do casacão e rompe-o de alto a baixo. Carniglia abre os braços, livre, quando outro vagalhão se abate sobre a popa, enrosca-se nela como dragão vindo das profundas e para as profundas volta, arrastando o *Farroupilha*.

Garibaldi sentiu-se arrebatado. Percebeu que era levado para o fundo do redemoinho. Trancou a respiração e esperou. Ali havia silêncio, gélida harmonia e o grande barco descendo em espirais, levando tripulação, canhões, víveres, mapas, armas, esperanças... Conseguiu afastar-se dele e ficou de olhos abertos, olhando-o até que desaparecesse. Então, voltou lentamente à superfície. As ondas pareciam coxilhas movediças. Nadou aproveitando as ondas. Sabia que estava perto da praia. Pouco depois alcançou pé. Em breve estava estirado na areia molhada.

Outro vulto sai do mar, arrastando-se. Corre até ele.

– Manuel!

O catalão responde com esforço:

– *Capitán*... Estou bem... estou bem.

Garibaldi olha ao redor. O mar começa a trazer destroços para a praia: pedaços de barricas, tábuas, cordas. É o Carpinteiro, o vento assassino, o vento de Canabarro. Levanta-se e olha para o mar.

Um nadador exausto luta com as águas.

– Eduardo!

Joga-se às ondas. Manuel Rodriguez vem atrás dele. O nadador desaparece. Procuram, gritam, não conseguem resposta.

Retornam à praia. O catalão cai. Garibaldi olha com desespero o mar.

– Eduardo!

Caminha de um lado para outro, agarrando a cabeça.

– Eduardo!

E súbito começa a correr. Manuel o acompanha. Os dois homens correm na praia sombria; o mar ruge, o vento sopra, o céu estala em relâmpagos cor de fogo.

Capítulo 15

Ao redor da grande mesa de mogno, onde a luz da vidraça caía em cheio, os quatro homens se encaravam. Bento Gonçalves, Netto, Domingos de Almeida e o ministro da Guerra, Mariano de Matos.

— A primeira parte do plano parece que foi perfeita. Chegou esta madrugada um mensageiro de Canabarro. Os barcos chegaram a Tramandaí e já estão rumando para Laguna, general — disse Mariano.

— Então por que essa cara? — Bento Gonçalves, mal-humorado.

— O problema não é com a operação — disse Domingos. — O problema é o seu tocaio.

Bento Gonçalves riu com desgosto.

— O que é, desta vez?

Mariano de Matos estendeu-lhe um papel.

— Demissão.

A carta era dirigida a Mariano de Matos, ministro da Guerra. Era uma carta longa e tortuosa. Bento Gonçalves foi lendo, saltando trechos.

"Ilustríssimo e excelentíssimo senhor.
Depois de haver feito sacrifícios quase superiores ao esforço humano na defesa da integridade do Brasil, em cujo serviço havia encanecido, me vi forçado a abandoná-lo pela ingratidão que se usou comigo, e sobretudo por não suportar um desaire que a estupidez do brigadeiro Antero de Brito e a perversidade de seus conselheiros me destinavam por galardão. Sabe-o a Província inteira e sabem-no até os vizinhos Estados."

Os quatro homens entreolham-se e sorriem.

— *"Entretanto"* — continua Bento Gonçalves —, *"minha posição social não tolerava eu ficasse então neutro"*... — pulou algumas linhas — ... *"além disso, meus bens e a conservação deles a bem de minha numerosa família... dediquei-me pois a ajudar os republicanos, porém foi o meu intento servi-los na classe de simples cidadão, sem exercer cargo algum. Viram-me todos prestar meus serviços ao lado do general João Antônio e de outros dignos rio-grandenses, expondo-me assim às sátiras amargas dos meus inimigos..."*

— Quem não compra bulha, não ata porongo nos tentos — disse Netto.

— *"Por fim"* — continua Bento Gonçalves a leitura —, *"havendo regressado de seu exílio o excelentíssimo senhor presidente da República, nos encontramos em Rio Pardo, marchamos até a serra do Padre Eterno e retrocedemos juntos para a vila do Triunfo. No decurso dessa jornada ocupei-me somente em eximir-me do comando das divisões para que sua excelência me havia nomeado: já o coração pressago me anunciava futuros dissabores... afinal sacrifiquei minha opinião e meus princípios a uma pura condescendência com aquele excelentíssimo senhor."*

Bento Gonçalves suspirou.

– *"Eis que sem distar muito tempo vejo já realizados meus pressentimentos, notando com estranheza no n° 79 do* Povo, *jornal da República, publicado um decreto referendado por vossa excelência onde nomeia para tenente-coronel e Comandante do 2° Batalhão de Caçadores Francisco José da Rosa, desairando-me destarte aos olhos de todo o país, pois é geralmente sabido que repreendi asperamente esse insubordinado baiano, indigno até de cingir a banda que desdoura... Hoje, já próximo à sepultura e cheio de cãs ganhadas em árduos serviços à pátria prestados, não posso nem devo tolerar que, por um obscuro baiano, vossa excelência e o excelentíssimo Governo firam minha honra e pundonor militar. Pelo que levo ao conhecimento de vossa excelência para sua inteligência, que desde a data desta me reputo demitido da graduação que tenho na República e exonerado do serviço militar etc. etc. Cachoeira, 18 de julho de 1839."*

Bento Gonçalves depositou o papel sobre a mesa.
– E essa agora?
– O que houve entre ele e o baiano? – perguntou Netto.
Mariano de Matos encolheu os ombros.
– Não sei. Mas não tem importância. O fato é que ele andava buscando um motivo para se demitir e achou um.
– Ele sabe que nós temos uma dívida de honra com o coronel Rosa, depois que ele me ajudou a fugir da Bahia. E sabe das fraquezas de caráter do coronel pelo jogo. Não adianta: cachorro ovelheiro só morto endireita.
– De qualquer modo – interveio Domingos –, é uma perda importante. Vai repercutir mal. Nossas tropas vão dizer que nós não nos entendemos e os inimigos vão aproveitar-se para fazer propaganda.
– Eu não me amofinaria por tão pouco – disse Netto. – Todo mundo conhece Bento Manuel. O Mariano tem razão. Ele andava buscando um motivo.
– Ficou conosco mais de dois anos – disse Bento Gonçalves. – E ele faz falta, infelizmente. É militar como poucos.
– Mas é ovelheiro, como vosmecê disse.

Bento Gonçalves ficou subitamente irritado.
— Está bem, está bem. Mas preciso procurá-lo. É minha obrigação.

Bento Gonçalves olhou as "cãs ganhas em árduos serviços".
— Vosmecê está com os cabelos brancos, tocaio.
Bento Manuel deu-lhe um olhar rápido, desconfiado.
— Minha vida não é fácil.
— Vosmecê está magro. Não é o que era.
— Ninguém é o que era. E gordura é bom pra cevado.
Bento Gonçalves estendeu-lhe a carta de demissão.
— Pra le ser franco, não entendi isto aqui.
— Pra mim está claro.
— Bento, vosmecê sabe que temos uma dívida com o homem. Ninguém pretendia ofendê-lo com a nomeação. Era um compromisso de honra do governo. Não tínhamos como não cumpri-lo.

Ouviam a chuva miúda caindo parelha sobre as telhas. Estavam na casa de um republicano em São Gabriel, onde decidiram encontrar-se.

— Compromissos de honra... Estou farto desse tipo de conversa, tocaio. Por toda parte a opinião é uma só: o Bento Manuel não tem palavra, o Bento Manuel é um traidor. Esse baiano me ofendeu. Se meteu a insubordinado. A amigo e salvador do presidente da República! Isso le dava algum direito? Ele me desacatou! E só está vivo porque é militar. Eu não quero ir a uma corte marcial por acabar com a raça dum traste desses. Mas, por muito menos, já despachei gente pro outro mundo. E agora vosmecês ainda le dão um prêmio!

— Essas coisas não são pessoais, Bento. Estamos em guerra contra o Império. E vosmecê entenda ou não, é uma guerra política. Fundamos aqui uma república. Isso é sério. São ideias que estão em jogo.

— Tocaio, eu sou zorro velho para querer me engambelar com essa conversa.

— Não estou engambelando, Bento.

— Vosmecê começou essa guerra porque o Sebastião Barreto o perseguia, tanto quanto a mim, e porque o infame do Braga não cumpriu os acordos que assumiu quando vosmecê o indicou para presidente.

— Eu não fiz acordo nenhum!

— Ora, tocaio... Vosmecê queria a chefia da polícia pra um parente seu!

— Queria porque o José Porciúncula era o homem indicado. Era competente.

— Tocaio, o cargo garantia quantas eleições houvesse no interior. Era o chefe de polícia que organizava a votação. O Braga deu o cargo para o irmão dele, o outro infame, o tal Pedro. Aí vosmecê rompeu com ele.

Bento Gonçalves levantou-se da cadeira lentamente. Chegou na janela e olhou a chuva que caía sobre a rua de pedras.

— Vosmecê reduz tudo à dimensão mesquinha e utilitária que tem das coisas – disse Bento Gonçalves. – Eu não espero mesmo que entenda fatos que têm origem em interesses que não sejam meramente o pecúlio.

— Tocaio, eu respeitava vosmecê quando era contrabandista em Bella Unión. Respeitava quando era bolicheiro em Bella Unión. Respeitava até quando servia de espião na Banda Oriental, morando lá e casando lá e sendo benquisto pelas pessoas de lá.

— Alto lá!

— Eu o respeitei como soldado na Cisplatina e o respeitei em Fanfa. Mas... – a voz de Bento Manuel foi tornando-se perigosa – eu começo a perder esse respeito quando vejo vosmecê se esforçando por fazer um papel em que não acredita, quando vejo vosmecê servindo a homens e a ideias por que não dá um tostão furado só para manter as aparências, só para parecer sempre bom, sempre digno, só porque tem um cargo que nunca quis e em que não acredita.

— Eu dei minha palavra. Tu deu a tua palavra!

— Eu dei minha palavra para o João Manoel! Não dei à república de vocês, não dei ao exército, não dei a ninguém! Dei a João Manoel! Ele está morto e enterrado.

— Pelos teus amigos.

— Por soldados numa guerra.

Ficaram crispados ouvindo a chuva cair no telhado, o lampião erguendo as duas sombras nas paredes amarelas. Bento Gonçalves caminhou até a porta, abriu-a e voltou-se para Bento Manuel.

— Vosmecê está enganado comigo.

Fechou a porta e saiu para a chuva.

Capítulo 16

Impassível, lustroso, imperceptivelmente irônico, Canabarro ouviu, sentado num tronco fendido por um raio, amolgando vagaroso o fumo picado na palma da mão, o relato de Garibaldi, trêmulo de febre.

Encontrara-o – e o catalão Manuel Rodriguez – dois dias após o naufrágio. Garibaldi e Rodriguez tinham sido socorridos por moradores da região. Outros tripulantes do *Farroupilha* foram aparecendo pouco a pouco, até um total de quatorze. Dezesseis continuavam desaparecidos. O *Seival* – assim como Griggs e os tripulantes – parecia definitivamente tragado pelas águas.

A expedição a Laguna perdera seu braço marítimo. Agora, era preciso reformular os planos. Enquanto ouvia a voz nervosa de Garibaldi narrar os horrores por que passara, Canabarro pensava na reunião que teria essa tarde com os revolucionários de Laguna.

A vila estava atravessada por um frêmito de paixão libertária. Dias atrás, amanhecera coberta de boletins conclamando o povo a rebelar-se contra a tirania imperial. Foi marcado um levante para o dia do Senhor dos Passos. Faziam-se manifestações nas ruas. O povo aclamava o nome de Bento Gonçalves, o Pai dos Pobres. O comandante da guarnição botou as tropas na rua. O levante foi abortado, mas a tensão continuou.

Os pensamentos de todos se voltavam para o Sul, para as tropas que marchavam pelo litoral e que viriam incendiar os corações lagunenses e transformar em pó a velha ordem. De toda região afluíam voluntários para o exército libertador. De Lages, desceu a serra um destacamento. Barra Velha e Ararangá foram ocupadas. As guardas de Camacho e Carniça bateram em retirada. Em Campo Bom uma tropa armada esperava Canabarro para unir-se a ele. Perto do meio-dia, a coluna de Canabarro chegou às margens da lagoa de Garopaba. As verdes montanhas do litoral catarinense cintilavam de luz. Pacientemente, começaram a percorrer seu contorno. E então, numa curva menor e mais brusca, o morro descendo perpendicularmente às águas e refletindo-se inteiramente nelas, doce susto percorreu a epiderme de Garibaldi. O *Seival* estava ancorado na lagoa, tranquilo e sólido, iluminado pelo sol.

— Tivemos sorte – disse Griggs, estendendo o copo de canha para Garibaldi, no camarote do barco. – O *Seival* é menor, mais compacto. Resistiu bem e conseguimos abrigo numa enseada.

Como tinham chegado à lagoa era obra do acaso.

— Havia barcos imperiais patrulhando a costa. Um dos marinheiros disse que conhecia uma barra impraticável, nunca usada. É essa que queremos, eu disse.

— Vamos virar práticos de barras impraticáveis – disse Garibaldi.

— Estou aqui há três dias – disse Griggs.

A cor voltava ao rosto de Garibaldi.

– Vosmecê sabe do mais importante? – perguntou Griggs. – Esta lagoa liga com o porto da vila de Laguna.

Saboreou a surpresa no rosto do italiano.

– O plano continua o mesmo.

Garibaldi agarrou o rosto de Griggs e deu um beijo em cada face.

– Mas é claro! O plano continua o mesmo. Vamos atacar por terra e por mar.

– Precisamos é de um prático para nos guiar através dos canaletes – disse Manoel Rodriguez.

– Eu tenho esse prático – disse Griggs.

Garibaldi ergueu os braços.

– Esta noite vamos aparecer nas águas de Laguna!

A vila de Laguna não tinha mais de cinco mil habitantes. Foi edificada frente a uma baía espremida entre a lagoa de Santo Antônio dos Anjos da Laguna e a montanha. Comunicam-se suas águas com o mar pela barra da Laguna, estreita e fortemente vigiada.

A lagoa de Garopaba entra na da Laguna através de canaletes rasos, nunca antes tentados por ninguém. Esses canaletes foram atravessados nessa noite pelo *Seival*, guiados pelo prático João Henrique Gonçalves, filho da região. Ao amanhecer o barco farroupilha ancorou numa enseada da Laguna, oculto à vigilância da marinha imperial.

Na baía estavam ancoradas sete naves de guerra. A bordo das canhoneiras *Itaparica* e *Lagunense*, os vigias viram a longa coluna de homens montados tomando posição nas praias do sul da baía. A coluna era a Brigada dos Lanceiros Negros de Teixeira. Abriram fogo. A Brigada estacou. Surgiram infantes e começaram a instalar bocas de fogo na areia. A batalha dos canhões teve início. Foi então que os oficiais do *Itaparica* e do *Lagunense* tiveram uma surpresa: um barco com a bandeira tricolor da República Rio-grandense avançava pelas águas da baía.

Os oficiais alvoroçam-se, assentam os binóculos, interrogam-se. Que barco é esse? Como pôde entrar na baía se a barra está vigiada?

O barco avança para eles, velas infladas. Os oficiais estão pasmos: haverá outros barcos? Como ousa atacá-los dessa maneira? Os marinheiros persignam-se: bem lhes avisavam que os farrapos são pagãos, têm pacto com o demônio.

O barco singra as águas, os canhões reluzem, o primeiro tiro é disparado, levanta um cacho de água a poucos metros do *Itaparica*.

Uma aclamação parte da praia, das tropas farroupilhas. Mas, logo, a aclamação cessa. O intrépido barco parou de repente. A aclamação sobe agora dos barcos imperiais. O *Seival* estava encalhado num banco de areia. Os marinheiros olham-se atônitos. Se não saírem dali, serão massacrados pelo ataque maciço dos imperiais.

— À água! — grita Garibaldi. E salta pela amurada até o banco de areia. Tem água à altura dos tornozelos. — Venham! Saltem!

Todos começam a saltar do barco. Em pouco, dezenas de mãos empurram o costado do lanchão. O lanchão não se mexe.

— Força! Todos juntos, agora!

Ombros, braços, cabeças, tudo serve para empurrar.

O *Itaparica* começa a navegar em direção ao *Seival*. De bordo, longas varas ajudam. O *Seival* resvala na areia, chiando. Os rostos dos homens se contraem no esforço.

— Força! Outra vez!

A quilha avança. Emperra. Avança outra vez. E subitamente torna-se leve: o *Seival* flutua. Gritos de alegria escapam de todas as gargantas. Sobem rapidamente para o convés. O *Itaparica* está perto, já aponta os canhões. O primeiro tiro é muito curto. Cai diante do *Seival*, levantado água.

— Içar as velas! — comanda Griggs.

O *Seival* começa a tomar velocidade. Mais leve que o *Itaparica*, começa a distanciar-se. Entra na foz do Tubarão. Ali o *Itaparica* não poderá persegui-lo.

Capítulo 17

Nessa noite, Canabarro reuniu os comandantes das tropas para uma última reunião antes do ataque à vila. Garibaldi recebeu ordem de assumir o comando de um destacamento, a duas léguas dali. Teixeira e os tenentes Joaquim Henrique e Teodoro Ferreira cairiam sobre a vila ao amanhecer, vindos de pontos diferentes. Canabarro ficaria com as tropas de reserva e interviria em caso de necessidade. Mas as coisas desencadearam-se antes do previsto.

No meio da noite, as canhoneiras *Imperial* e *Lagunense* prepararam uma armadilha para o *Seival*. A *Imperial* avançaria até a foz do Tubarão e atacaria o barco republicano. Logo, bateria em retirada. O *Seival*, hipoteticamente, deveria persegui-lo e então seria atacado de flanco, pela *Lagunense*, que o esperava na desembocadura do rio. O plano falhou: uma patrulha farrapa viu o silencioso *Imperial* avançando pelo Tubarão, próximo à margem. Começou a disparar contra o navio. Alertados, os republicanos acorrem em massa ao local. O *Seival* manobra, procurando cortar a retirada do navio inimigo. Começa a disparar com os canhões. O ruído da metralha e dos canhões se esparrama na noite.

Garibaldi ouve e desperta o destacamento. Em marcha acelerada, ruma para o local. A aventura da *Imperial* está por terminar.

O capitão é um marinheiro experimentado, José de Jesus. Pensa rápido. Manobra para a margem oposta, abre com machados um rombo no casco e põe fogo no navio. Salta para a margem e some com seus marujos no matagal. As grandes chamas iluminam o *Seival*, que passa perto do navio derrotado. Griggs está entusiasmado: a sorte começa a mudar. Na foz, vê o *Lagunense*, iluminado pela lua.

– Preparar para a abordagem!

Os marujos do *Seival* apertam-se contra a amurada. Têm as armas engatilhadas. Alguns carregam punhais presos aos dentes, outros empunham machadinhas. O *Seival* está a poucos metros do *Lagunense*. Então, para sua surpresa, vê a marujada imperial saltando para a água. Os que ficam erguem os braços, mostrando que se rendem.

Griggs toma posse do *Lagunense*.

Os primeiros raios do sol iluminam no mastro do *Lagunense* a bandeira tricolor dos farrapos.

A vila de Laguna entrou em pânico. As forças de terra ainda estavam intatas. No porto, restavam a canhoneira *Santana*, a escuna *Itaparica* e o brigue *Cometa*, além de dois lanchões armados de bocas de fogo. Mas a imaginação criara uma fantástica armada republicana e um exército de milhares de homens que, em breve, cercariam e destroçariam a vila. Nesse entardecer as tropas imperiais retiraram-se de Laguna. Os navios receberam ordem de abandonar o porto. A pressa e a confusão foram fatais para a *Santana* e a *Itaparica*. Encalharam nos baixios. Só o *Cometa* ganhou mar alto. Os farroupilhas desfecharam o ataque geral nas primeiras horas da manhã. A coluna de Teixeira aproximou-se da vila sem saber da retirada dos imperiais. Os barcos republicanos aparecem nas águas da lagoa. A *Santana* e a *Itaparica* – encalhadas – não se movem. Garibaldi, no comando da *Lagunense*, e Griggs, no *Seival*, aproximam-se. A *Santana* abre fogo. Há um tiroteio rápido e infrutífero. Alçam bandeira branca. Garibaldi ordena ao *Itaparica* render-se. Aparece na proa um tenente muito jovem e extremamente pálido.

– Tenente Muniz Barreto, da Armada de sua majestade Imperial.
– Peço que se renda, tenente.
– Me rendo a vosmecê não por covardia, mas por achar-me só, desobedecido pela tripulação e encalhado.

Quebrou a espada e jogou-a às águas de Laguna.

PARTE III
APARADOS DA SERRA

Capítulo 1

General! Canabarro olha-se no espelho, tesoura na mão. General! Que diria Bento Gonçalves? Os lagunenses o fizeram general! Encomendou ao alfaiate da vila uma jaqueta com botões de cobre e dragonas douradas e uma faixa de seda nas cores da República. Precisará de calças novas. Precisará de botas novas. O padre Vilela presenteou-o com luvas de pelica que pertenceram a seu avô, juiz de paz respeitado. Canabarro, tesoura na mão, olha-se no espelho e sonha. A bacia com água morna na sua frente está atulhada de fios de cabelos grisalhos, picados com atenção minuciosa e infinito cuidado. Canabarro é zeloso da barba. Apara-a em toques curtos. Detesta cortar demais e estragar o trabalho. A barba deve ser aparada como quem come pirão quente, pelas bordas. Não usa bigode. Raspa-o com a navalha diariamente, mesmo em marcha. Sabe que fica com o aspecto diferente de seus companheiros, quase todos usando grossos bigodes e barbas hirsutas. Com barba emoldurando o rosto redondo sente-se europeu. Gosta de recordar as reproduções dos quadros de um pintor que viu numa fazenda em Paissandu. A barba aparada – emoldurando o rosto como um babado – incute-lhe força ao ânimo, distingue-o dos demais, adoça sua figura de Tatu a Cavalo. Canabarro aproxima o rosto do pequeno espelho. A luz que entra na peça chega com dificuldade, como se esgueirando através da estreita janela e forçando o vidro fosco de sujeira. Amanhece. Os galos há pouco pararam de cantar. Há mugido de vacas. Uma carroça passa na esquina. A mulher, na cama, vira-se de lado, fala qualquer coisa em seu sotaque catarina, puxa as cobertas para a cabeça. Suas roupas estão jogadas no chão. Canabarro esteve em pé, no quarto ainda escuro, sobre as roupas no chão. Esteve de olhos fechados, saboreando o dia que crescia lá fora. Seria um dia de festa. Bem cedo teria que assistir à missa rezada pelo vigário, o padre Vilela. Depois, a Câmara Municipal realizaria eleições para o presidente da nova república. Os eleitores seriam apenas 22 vereadores. E estes, em sua maioria, eram suplentes dos que abandonaram em pânico a vila. Canabarro encosta a tesoura no rosto. O aço está frio. Aperta-a contra o rosto. A pressão deixa um fio pálido na pele queimada. Dentro em pouco, Rossetti vai bater na porta. Sua face imperscrutável denotará a reprovação de ter visto o general dando risadas à noite com uma mulher de má vida. Ficará mais fechado e carrancudo quando a perceber no quarto. Rossetti é um bom secretário. Seria um excelente padre. Vai ser um dia sem sol. Ouve o mugido ansioso da vaca. Esses catarinas preguiçosos! Será que ninguém vai tirar o leite da bichinha? General! Bento Gonçalves não vai gostar. Ele, um pelo--duro, um analfabeto, um sargentão, um sem nome certo, com o posto mais alto da República! Terá que trabalhar muito para honrar o posto. Por sorte, tem o Rossetti. A vila não ajuda. Não se encontra pessoa capaz de escrever ofícios, elaborar planos, executar qualquer tarefa prosaica e objetiva. São todos pescadores, comerciantes ou políticos de conversa rápida e oca. Não encontram um tipógrafo, um amanuense capaz. A construção da República vai ser dura. Já teve um choque com esse coronelzinho, o Teixeira. Teve o peito de aconselhá-lo a tratar com mais delicadeza os "filhos da terra" – como disse. Precisou ser áspero na resposta. O coronel não gostou. Conhece o tipo. Desde Rio Pardo está com ele atravessado na garganta. Não há de ser nada. Filho de arisco nasce matreiro. Sabe como ir levando o coronelzinho. Coloca a tesoura sobre a cômoda. Consulta o relógio. Sete horas. Ainda está escuro. Não sente frio, mas a umidade é de varar os ossos. Seria bom voltar para baixo da coberta, enroscar suas pernas peludas com as pernas lisas da mulher. Sabe que todos se preparam, nas outras casas da vila. Será um dia solene. Possivelmente, neste momento, estão escovando as casacas, limpando as polainas, passando graxa nas bengalas. O padre Vilela, olho azulado e servil, estará beijando o Novo Testamento e pensando se o general se dignará em pôr as luvas com que o presenteou. Os vereadores estarão nervosos, lembrando que darão um voto que entrará na história da nova pátria. Os mais sensíveis estarão sujeitos a uma diarreia – às dez horas da manhã, depois do café com leite e dos discursos, desafiarão definitivamente o poderoso Império Brasileiro. Como uma lança enfeitada, júbilo e controlado pavor trespassam a vila de Laguna. Se os farroupilhas não trouxerem as tropas que prometeram, a república que fundaram e para a qual escolherão dirigentes, não valerá um tostão furado. Canabarro veste com parcimoniosa lentidão a jaqueta nova. Fica apertada nos ombros, acentua seu aspecto truculento e curvo. Está satisfeito. Será um dia de glória. Pisa com a bota as roupas da mulher no chão. Poderia despertá-la. Está nua sobre as cobertas. Amor de china, fogo em faxina, dizem nos seus pagos. Apanha as luvas de pelica, oferta carinhosa do padre Vilela. Servem-lhe perfeitamente. O tal juiz de paz tinha mãos de camponês.

Batem na porta.

É Rossetti, sabe, pontual como sempre.

Capítulo 2

O presidente da nova república foi eleito com dezessete votos. Era o tenente-coronel Joaquim Xavier das Neves. O vice – que recebeu quatro votos – foi o padre Vicente Ferreira dos Santos Cordeiro. Com a ajuda destes homens a República se consolidaria e avançaria. O passo principal a ser dado era ocupar a capital da Província, na ilha de Santa Catarina, a vila de Nossa Senhora do Desterro. Os dois altos mandatários eram fundamentais para o bom prosseguimento dos planos. O tenente-coronel Xavier das Neves era filho de São José e bem-falante, bem-apessoado, bem-vestido e principalmente bem-perfumado. Fora dos mais veementes propagandistas da revolução. Mas, agora que a revolução chegava, o coronel enfiava-se em seu burgo e cruzava os braços. Fora eleito presidente, certo, mas não sabia quando poderia assumir. Que, por enquanto, o padre Cordeiro assumisse.

Canabarro e Rossetti olharam-se estarrecidos. Bem lhes haviam sussurrado que Xavier das Neves só era republicano porque o Império não o honrara com nenhum cargo importante. Não houve outra alternativa – o padre Cordeiro assumiu. Era um homem austero. Na verdade, sussurrava-se na vila, era um homem santo. Pele alvíssima, olheiras carregadas de padecimentos noturnos e silêncios abissais criavam-lhe uma aura de profundo respeito por parte dos fiéis. Além do mais, um homem culto! Tais notícias, os panegiristas do padre derramavam ante o desconfiado Canabarro. Culto! O padre Cordeiro lia durante horas a fio livros em idiomas estranhos. Daí, talvez, as sofridas sombras debaixo dos olhos. Era enamorado do sistema parlamentar inglês. Tão enamorado que na vila as pessoas referiam-se ao "sistema do padre Cordeiro". E religioso reto. Jamais se falou na vila ou arredores de uma aventura – uma só que fosse – do padre Cordeiro com beatas ou cozinheiras que frequentavam sua casa humilde. Na verdade, o padre Cordeiro afastava-se o mais que podia das mulheres. O padre Cordeiro carregava a convicção indestrutível de que o mal da humanidade provinha do sexo feminino. Foi Eva quem aceitou a maçã, foi Eva quem seduziu Adão com caprichos e dengues. O padre Cordeiro devotava horror sagrado às mulheres. Por isso, ao entrar na fria manhã de segunda-feira no gabinete do general Canabarro, aquecido com fumegantes braseiros e exalando o cheiro forte de picumã e malva, o padre Cordeiro pensou, no súbito calor daquela peça, que havia penetrado numa dependência do inferno.

O general da República deitara sobre sua mesa de trabalho uma mulher das mais desregradas da vila, abria o corpete de onde afloravam duas peras douradas, que as grandes mãos cabeludas do general pareciam esmagar. Na mesa havia uma jarra de vinho, bergamotas macias com promessas de sucos ácidos e saborosos, laranjas aturdidas da luz que as feriam vinda da janela embaciada e queijos brancos, leitosos, esparramados sobre os papéis solenes da República. E o general, curvado sobre a mulher, com sua corcunda aumentada pela luz que reluzia nela como cristal, tinha os pequenos olhos dilatados de prazer infernal, e seus dentes, que nunca se abriam num sorriso, deixavam escapar um fio de baba de pura delícia.

O padre Cordeiro fechou os olhos, recuou e bateu com a porta. Rossetti, na antessala, viu-o passar furibundo, cabeça baixa, segurando o chapéu e esconjurando em latim.

A barra fora cercada por forte armada. Os navios de Garibaldi eram inúteis. O presidente da República, o elegante tenente-coronel Xavier das Neves, recebia com evasivas as mais estranhas ponderações e pedidos que vinham de Laguna. Numa daquelas manhãs, correu a notícia de que tinha sido convidado pelos imperiais para um alto cargo.

Rossetti olhou para Canabarro e viu que ele se transformava pouco a pouco. O general era de índole violenta. Se se desmandasse, poderia acontecer uma tragédia na pequena vila. Sentiu medo. Agora, Rossetti entendia que a vocação principal da vila era a conversa ao pé da porta, de preferência falar mal do governo. Tomado o poder, postos os problemas ao vivo, a vila recuava e preferia jogar o jogo suave e mais seguro de não intrometer-se. As tropas de Teixeira estavam paralisadas. Não podiam avançar sobre Desterro enquanto os contatos na capital não dessem o aval para o ataque. O elegante tenente-coronel cruzava os braços, respondia dubiedades, prometia sem convicção e, sorrateiramente, escutava as promessas saborosas dos homens do Império.

Garibaldi caminhava como tigre enjaulado no convés do *Rio Pardo*. Fazia mil planos. Sua cabeça estourava. Precisava romper o bloqueio.

Outras vezes, ficava horas inteiras apoiado na amurada, o binóculo apontado para a paisagem. Os navios da República estavam ancorados defronte ao morro da Barra, arrabalde situado entre a foz da lagoa e a vila.

Seu binóculo subia pelos morros verdejantes, detinha-se nas carretas puxadas por bois, acompanhava o voo de uma gaivota.

Numa daquelas manhãs de tédio, viu a mulher.

Capítulo 3

A notícia correu pela vila em sussurros assombrados. Garibaldi furara o bloqueio! Garibaldi fizera-se ao mar com seus navios, burlando com um truque simples a vigilância da armada imperial. Enviou uma sumaca, na frente, com destino aos portos do Norte. Os navios da armada sob o comando do inglês Broom saíram em perseguição do barquinho. Garibaldi, no comando do *Rio Pardo*, Griggs, no comando do *Caçapava,* e Valerigini, no comando do *Seival,* transpuseram a barra sem serem incomodados.

Iam iniciar uma temporada de caça.

O corso estava outra vez solto nos mares do Atlântico. Mas a notícia que correu pelas ruas e invadiu as salas, as cozinhas, os bares, os armazéns, os quartéis e a sacristia do vice-presidente padre Cordeiro, no justo momento em que desvestia a estola e a beijava, após realizar o sacrifício da Santa Missa, foi a de que o corsário italiano – presumivelmente um ateu ou protestante – levara em seu navio uma mulher de Laguna.

– E pior – as beatas baixavam os olhos –, uma mulher *casada*, padre.

O padre Cordeiro olha as três mulheres com olhos cheios de terror. Ele bem sabia! Essa República só traria desgraças à vila. Não era como o parlamentarismo na Inglaterra. Esse Canabarro, que em má hora foram transformar em general, mal sabia escrever. Não comportava-se dignamente à mesa, dando arrotos constrangedores, no que era saudado por gargalhadas de seus lugares-tenentes – uns bugres malcheirosos, que cuspiam no chão, diziam palavrões e nunca iam à Santa Missa.

Rossetti começou muito cedo a temer pela sorte da República Catarinense. Canabarro e o padre Cordeiro praticamente não mais se falavam. Canabarro começou a ironizar o puritanismo do padre na frente de outras pessoas e o padre começou a demonstrar publicamente seu desprezo ao truculento general vindo do Sul. Rossetti agoniava-se. As notícias eram alarmantes.

Fora nomeado um novo governador para a Província.

Capítulo 4

Soares de Andreia pisou o tacão de sua bota no porto da ilha de Santa Catarina e começou a despejar ordens.

Tinha chegado para botar ordem na casa e era isso que ia fazer. O marechal de exército José de Souza Soares de Andreia, português de nascimento, deputado geral, tinha talento para acalmar os ânimos de massas insurretas, como demonstrou no Pará.

Mandou jogar numa grande vala com cal viva mais de trezentos prisioneiros que pereceram com dores atrozes. Soares de Andreia sabia do desprezo que lhe votavam, e isso o fazia mais cruel.

Sua primeira atitude política foi fatal: desmoralizou publicamente o escolhido pelos lagunenses para seu primeiro presidente. Chamou o tenente-coronel Xavier das Neves para um posto burocrático no Desterro, e humilhava-o diariamente, chamando-o de colega.

As novas chegavam a Laguna e espalhavam-se de porta em porta, de janela em janela. O padre Cordeiro começou a perder sua aura de santo invulnerável. As pessoas viam nele – agora – um homem abatido, enrolado nas milhares de voltas de uma burocracia enervante e que sofria fisicamente ao tomar a decisão mais banal. Para o padre Cordeiro era atroz dilema nomear um porteiro para o palácio do governo. E precisava tratar da defesa da vila, de aparelhar o fortim da barra, encomendar munição (que escasseava), redigir cartas pedindo empréstimo polpudo à República irmã dos gaúchos, providenciar mantimentos e cavalos para as tropas de Teixeira. O bom padre tinha pesadelos à noite com a figura lasciva de Canabarro, que, a cada dia que passava, mais e mais tomava a forma de Satanás.

Canabarro ficava dias inteiros metido em seu gabinete, tomando mate, olhando os braseiros fumegantes e recebendo visitas de mulheres furtivas. Seus oficiais tratavam de abrir os ouvidos e detectar rumores de subversão.

Um capitão estendeu para Canabarro uma lista de suspeitos.

– São mais de setenta nomes.

Canabarro passou a mão sobre o papel. Sentados ao redor da mesa, iluminados pelo lampião de luz amarelada, os rostos sérios voltaram-se para a reação do general. Rossetti percebeu um sentimento pesado crescendo no peito. O dedo grosso de Canabarro deslizava pelo papel. Deteve-se.

– O padre Vilela – disse com acento irônico.

Rossetti via o grosso dedo de unha amarelada deslizando no papel e sentia a coisa crescendo no peito.

– O padre Vilela não – ouviu-se dizer.

– Por quê?

– É um bom homem, e querido na vila... não será político. Ele é inofensivo. E os padres são assim mesmo. Ficam sempre do lado do poder.

– Mande prender todos esta noite – interrompeu Canabarro dirigindo-se ao capitão e estendendo-lhe o papel. – Quero todo mundo na cadeia.

Começou a vestir as luvas de pelica que ganhara do padre Vilela.

– Especialmente esse padre. Agora, se me dão licença, tenho mais que fazer.

Capítulo 5

A expedição de Garibaldi retornou num daqueles dias do fim do inverno. Rossetti, no cais, sentiu que a volta do amigo aumentava sua angústia. As velas dos navios estavam em tiras. Os cascos avariados. E a tripulação, apesar da satisfação do regresso, mostrava, no corpo e nos olhos, a provação dos dias de luta no mar.

Rossetti subiu a bordo.

– A expedição foi um fracasso – confessou Garibaldi, sem meios-termos. – Aprisionamos dois barcos do Império e depois tivemos que os largar. Enfrentamos um duro combate em Imbituba, com naves superiores às nossas, e nos saímos bem. Mas alguma coisa aprendemos: precisamos de barcos maiores e apoio em localidades do litoral para abastecimento e reparos. A tripulação foi magnífica, mas sem isso nada poderemos fazer.

Rossetti viu surgir na boca da escotilha a mulher. Sem dúvida demorara-se tratando de melhorar a aparência. Estava com o cabelo preso por grampos formando um coque, as pequenas mãos empunhavam sem jeito a sombrinha. Rossetti nunca a vira de perto e, agora, espantava-se com sua juventude.

Tímida, não sabendo como proceder, ficou ali, parada, o rosto jovem e redondo, de olhos brilhantes e negros, atravessados pela luz marinha.

Garibaldi olhou para ela e não disse nada.

Ana Maria de Jesus Ribeiro estava casada há pouco mais de um ano com Manuel Duarte, sapateiro. Quando os farrapos se aproximavam de Laguna, o sapateiro unira-se às tropas imperiais em retirada.

Rossetti não olhou mais para ela, estava possuído pela necessidade de uma avaliação das perdas do navio, só depois pensou que estava tentando se afastar daquele jovem animal enérgico, com dois grandes olhos neutros a examinar o mundo sem emoção, carregados de segredos como essas conchas marinhas que se acham nas praias e carregam em si o som dos oceanos.

Inadvertidamente, e contra sua vontade, descobriu a sensualidade na boca úmida de Ana Maria de Jesus e com horror e volúpia compreendeu como também era vulnerável, e deixando-se levar por um momento de densa loucura a imaginou nua, branca e nua, abraçada ao corpo nu de Garibaldi, iluminados pelo luar, no chão de tábuas do convés.

Capítulo 6

Canabarro ouviu, taciturno e sem comentários, o relato da expedição. Houve um momento em que bocejou e esmagou com a mão cabeluda uma bergamota sobre a mesa, interrompendo Garibaldi.

— Está bem, capitão, está bem... — Agarrou um papel sobre a mesa. — Recebi isto. Os reacionários estão se movendo. Receberam tropas. Nesse momento já devem ser várias vezes mais numerosos do que nós. Que lhes parece?

— Má notícia. Onde estão?

— Estão vindo por Imaruí, uma freguesia ao norte daqui.

Empurrou o papel para Garibaldi.

— É um comunicado do juiz de paz do lugar. Diz que a reação se prepara para receber as tropas. Mais de cem homens estão dispostos a tomar a guarnição. Se isso acontecer, vai acontecer em cadeia. Vamos perder todos nossos pontos de apoio. — Sua voz tornou-se vagarosa. — É preciso ir para lá com quantos barcos seja preciso e submeter a vila.

Rossetti mexeu-se inquieto.

— A situação é extremamente preocupante, Giuseppe.

— Urge, senhor Garibaldi, dar uma lição nos reacionários para que não levantem a cabeça durante muito tempo. Uma lição para que eles não esqueçam, entendeu?

Garibaldi franziu a testa.

— Uma lição, general? Que tipo de lição?

Canabarro tinha os olhos cintilando, como se tivesse bebido.

— Senhor Garibaldi, o senhor não é um corsário?

Imaruí não tinha mais de dois mil habitantes naquele úmido princípio de verão. Garibaldi desembarcou a leste, a três milhas da vila, contornou o morro e caiu de surpresa sobre ela. A guarnição fugiu aos primeiros tiros. Garibaldi sentiu que a posse da vila se faria sem dificuldades. Foi quando um pirata alemão caiu morto a seus pés, por um tiro disparado de uma das casas. A Irmandade da Costa se reuniu em torno ao corpo. Outro pirata, dos mais amigos do morto, chorou com ódio e pediu vingança. Abraçaram-se em torno ao corpo caído e juraram vingança atroz. Já conheciam as ordens. Era para dar uma lição.

E Garibaldi, coração opresso, viu que nada poderia deter a sanha da soldadesca. Eram uma mistura da confraria dos Irmãos da Costa e recrutas desorientados e sem instrução, que chegaram nas primeiras casas já embrutecidos pela iminência do saque.

A primeira porta derrubada a pontapés e coronhadas foi saudada com aclamações. E os gritos de pânico que saíram da casa incendiaram o ânimo da tropa. Mulheres histéricas foram arrastadas para o meio da rua. Cadeiras, lampiões, quadros, roupas, almofadas começaram a ser despejadas pelas janelas e portas. Descobriam-se garrafões de aguardente. Sacos com feijão e arroz e batatas eram arrastados. Homens engalfinhavam-se por pedaços de panos coloridos. Um incêndio irrompeu na Casa da Câmara. Passavam grupos a galope, rindo e sacudindo as espadas, perseguindo pessoas aterrorizadas. Mulheres com as roupas em tiras fugiam para o mato. Alguns homens caíam. Já não se sabia mais quem era cadáver, quem era bêbado.

Garibaldi perdeu a noção das horas. Cansou de gritar, cansou de impedir assassinatos e violações. Apanhou um garrafão de cachaça e emborcou-o. A ilusão de que poderia controlar os homens talvez fosse apenas o pretexto para cumprir a missão.

Uma parede da Câmara ruiu. Garibaldi tornou a beber: crescia dentro de si um animal de olhos sanguinolentos.

Capítulo 7

O presidente da Província, marechal Soares de Andreia, apontou o binóculo para o fortim, cravado no morro à entrada da barra.

– Esse é o obstáculo.

Mariath concordou com a cabeça.

– A avaliação não pode ser melhor – continuou Andreia. – Estamos estendendo o cerco. Nos meses de setembro e outubro os republicanos não avançaram em suas posições. Agora, começam a sentir as primeiras manifestações do laço que estamos estendendo. Teixeira Nunes e suas tropas recuam. Têm a cavalhada estragada e estão sem munição.

– Não pode enfrentar os dois mil homens do brigadeiro José Fernandez.

– Não pode. Se forçarmos a barra, se entrarmos em Laguna com os navios, a derrota deles será definitiva. – O marechal Andreia olhou para Mariath. – É a sua missão, comandante.

O capitão do mar e guerra Frederico Mariath concordou com a cabeça, silencioso. Desprezava aquele português de maneiras afetadas, conversa fina de deputado, que se jactava de ter pessoalmente mandado jogar numa cova cheia de cal viva trezentos prisioneiros.

– Amanhã a maré será favorável.

O dia 14 de novembro de 1839 surgiu azul e quente. As águas de Laguna, serenas, recolhiam a imagem invertida dos grandes morros. A vila parecia deserta. Durante a noite, famílias inteiras retiraram-se em carretas carregadas com seus pertences.

Mariath cercava a barra com 22 barcos de guerra. Em sua cabine na *Bela Americana*, ficou um instante de olhos fechados, rezando. Depois, durante sete segundos, fixamente, pensou em Giuseppe Garibaldi. Fechou o diário de bordo e levantou-se energicamente. Era meio-dia, os comandantes dos demais navios esperavam por ele.

Reuniram-se na cabine da capitânia, ao redor da grande mesa, com suas fardas impecáveis e as barbas escovadas cuidadosamente.

– Senhores, o imperador e o presidente da Província mandaram uma mensagem para nossa armada, confiando que está em nossas mãos o fim da aventura anarquista e a paz da nação brasileira.

Olhou os capitães calmamente.

– Para isso, vamos travar combate nas águas da Laguna. Isso significa transpor a barra. As águas não dão mais de dez palmos, todos sabemos. Navios de grande calado, como o *Bela Americana*, podem ficar encalhados e à mercê dos tiros disparados do fortim. São seis canhões que disparam quase à queima-roupa.

O silêncio era absoluto.

– Mas, se transpusermos a barra, a batalha estará ganha. Somos uma armada de 22 navios contra seis, mais algumas barcaças e baleeiras. Nosso inimigo é o fortim, na rocha que vigia a entrada do canal. É construído em pedra. Vamos bombardeá-lo com tudo que temos.

Ficou olhando o voo de uma gaivota através da escotilha.

– O comandante da armada anarquista é um pirata estrangeiro, o capitão Garibaldi, com quem já tive encontros anteriores. Isso não importa. Águas passadas não movem moinhos. Hoje é que importa.

– Senhores oficiais, vou propor um pacto.

Retirou a espada da bainha, colocou-a sobre a mesa.

– Por esta espada. Pelas espadas que os senhores honram em carregar.

Olhou um a um.

– Quem não quiser participar pode retirar-se agora, sem desonra. – Esperou. – Mas quem jurar estará jurado de morte. Hoje, todos vamos olhar a morte nos olhos.

Ninguém se moveu. Então estendeu a mão sobre o aço e disse numa voz tensa:

– Juro sucumbir com honra se a sorte for adversa, a fazer a mais leve ação em desdouro das armas imperiais.

Todos disseram:

– Juro!

Mariath desanuviou o rosto, aproximou-se de um armário e apanhou uma garrafa de rum. Foi passando os copos aos oficiais e enchendo-os um a um, com elegância.

Ergueu o seu.

– Ao triunfo, senhores! Quando o vento mudar, atacaremos.

Capítulo 8

O vigia no alto do morro deu o sinal. Garibaldi subiu no mastro do *Rio Pardo* e apontou o binóculo.

Eles vinham!

A esquadra imperial, velas sopradas pelo vento leste, em formação de aríete, avançava. Garibaldi custou a entender.

– Eles vão forçar a barra! – gritou para seus homens no tombadilho. – Acho que ficaram loucos.

— O canal está cheio — respondeu o contramestre. — Mais de catorze palmos. Eles passarão. Agora tudo é com os canhões do forte.

A artilharia no forte estava sob o comando de Souza Leão, filho da terra, conhecido como Capote. Capote encostou-se à amurada e assentou o binóculo para a armada imperial

— Nunca em minha vida vi tantos navios de guerra juntos.

Aproximavam-se com lentidão, como se fossem indestrutíveis. Capote olhava os cascos de madeira com água na boca.

— Vamos colocar ali, no capitânia, cinco bolas de fogo. Se ele for a pique, impede a passagem de outros.

Afastou-se dando ordens, esfregando as mãos. Longo muro de pedra acompanhava a costa. Ali postara, de longe em longe, os seis canhões. Entre eles, em fila, mais de 150 atiradores, escolhidos entre os melhores.

Capote chega junto ao primeiro canhão da fila. Os barcos parecem ao alcance da mão. Jamais imaginou que pudessem chegar tão perto.

Capote põe a mão no ombro do artilheiro.

— Fogo! — grita, e tapa os ouvidos.

A bala dispara, o canhão dá um recuo brusco, o barco inimigo é sacudido por comoção violenta. Capote vê a correria no tombadilho, o grande mastro partindo-se e desabando sobre os marujos apavorados. O navio abre fogo com várias bocas simultaneamente. O fortim estremece. Espedaçam-se pedras, a fumaça cega. Há um sanguinolento bolo de cadáveres. O canhão nº 1 está virado. O tiro fora certeiro.

Capote tosse, engasgado. Sente o sangue escorrendo pelo corpo. O braço está quebrado.

O combate será terrível para os dois lados. O fogo à queima-roupa será recíproco. Os demais canhões começam a atirar, os navios respondem. O cheiro de pólvora desce sobre o morro e o mar.

Os navios avançam, começam a transpor o canal. A bateria da costa despeja fogo. As velas dos navios são grandes tochas. Os marinheiros as põem abaixo e apagam o incêndio com as mãos, os pés, baldes de água. O tombadilho é um matadouro.

Já são dezenas de corpos horrivelmente mutilados pelo chão. Pisa-se em membros partidos, em mãos, em cabeças.

Garibaldi, no mastro do *Rio Pardo*, binóculo em punho, vê o massacre. Sabe que Mariath está jogando todo seu prestígio na luta. Ele vê o marechal em pé, no meio do furacão de fogo e chumbo, assistindo ao combate, desafiando os fados com uma indiferença insana.

O navio aríete, embora gravemente avariado, já transpôs a barra. Os canhões do forte não foram suficientes para mandá-lo a pique. O navio avança, vitorioso, pela água verde da Laguna. E aponta a proa para o *Itaparica*. O comandante do navio republicano era o lagunense João Henriques. Sente que o momento chegou.

– Preparar para abordagem!

Os ganchos são lançados sobre a amurada do *Itaparica*. As machadinhas entram em ação. Os marujos de ambos os lados já se olham nos olhos, já sentem os cheiros uns dos outros, já estão ao alcance dos fios duros e cortantes.

Com gritos ululantes o corpo a corpo começa. Corpos engalfinhados despencam na água. Espadas trespassam corpos. Machados decepam braços. O sangue jorra pelo tombadilho, infiltra-se pelas frestas do madeirame e escorre pelo casco até a água. O tumulto parece um grande novelo vivo.

Garibaldi aponta os canhões do *Rio Pardo* contra os novos barcos que ultrapassam a barra. O combate estende-se agora por toda a lagoa. O *Caçapava*, de Griggs, avança para ajudar o *Itaparica*, mas é obrigado a enfrentar duas canhoneiras que se dirigem contra ele.

Um canhonaço atinge o *Rio Pardo*. Saltam astilhas de madeira. Garibaldi sente qualquer coisa trespassar seu braço. Vê o sangue brotar. Anita acorre, pálida.

– Não é nada – Garibaldi tem as feições transtornadas. Agarra Anita pelo braço. – Toma um barco e vai à terra! Diz para o general Canabarro mandar reforços com urgência ou não poderemos resistir. E vosmecê, fique lá!

Um escaler é descido à água. Anita carrega a carabina a tiracolo e a espada à cintura. Calça botas e veste calças de homem por baixo do vestido. Começa a remar, afastando-se.

Todos os barcos imperiais já transpuseram a barra. Dois encalharam no areal e ardem. Os demais estão na lagoa, abrindo fogo contra os barcos farroupilhas.

A luta no *Itaparica* continua feroz. Garibaldi percebe que os republicanos começam a levar vantagem. Os imperiais, mesmo em maioria, abandonam o corpo a corpo e saltam na água. João Henriques, no alto da popa, manda fazer uma manobra audaciosa. O *Itaparica* começa a escapar.

Garibaldi aponta o binóculo para o *Seival* e a *Santana*. Os dois estão caindo num cerco de seis naves inimigas. Os mastros da *Santana* já foram destruídos. Há grande rombo no casco. A *Bela Americana* aponta os canhões e varre o convés do *Seival*. Chamas sobem, consumindo as velas caídas. O *Seival* e a *Santana* atiram as quilhas sobre os baixios próximos à costa. Os marujos saltam para a água, que lhes dá pela cintura. Correm para a margem, perseguidos pela fuzilaria cerrada que os vai dizimando. Quem chega na praia some na mata em frente.

Garibaldi leva um susto: Anita vem remando na água convulsionada, vem remando entre os destroços que boiam e a fumaça negra que se espalha na baía, vem remando sem importar-se com os estrondos e sem cuidar das balas que assobiam a seu redor.

O escaler choca-se contra o casco do *Rio Pardo*. Jogam uma corda para ela. É içada. Agarra-se ao cordame das enxárcias, salta para dentro do barco.

Garibaldi sacode-a pelos ombros.

– Eu disse para ficar lá!

– O general não pode mandar reforços. Os caramurus estão atacando a vila também por terra. Ele manda queimar os barcos!

Garibaldi acaricia o rosto de Ana Maria de Jesus.

– Eu mandei ficar lá, Anita.

Um canhonaço atinge o casco do *Rio Pardo*, saltam pedaços de madeira e ferro. Garibaldi e Anita jogam-se ao chão. Caem lascas fumegantes sobre eles.

– O que vamos fazer? – pergunta Anita.

Garibaldi tem o rosto enegrecido de fumaça e carvão.

– Vosmecê junta todas as armas que puder e coloca no escaler. Vamos salvar tudo o que for útil. Rápido! – Virou-se para os marujos. – Mexam-se!

Apanha um pedaço de madeira e encosta-o às chamas que começam a consumir o casco do *Rio Pardo*.

– Eu vou cumprir as ordens do general!

Ergue bem alto a tocha.

– Em direção ao *Itaparica*! – grita para o marujo no leme.

Os dois barcos aproximam-se um do outro. Garibaldi equilibra-se na amurada, agarrado às cordas do mastro.

O tombadilho do *Itaparica* é um cenário de horror.

Dezenas de marinheiros estão caídos uns sobre os outros, retorcendo-se e gemendo. Só então Garibaldi vê, esquecido do ferimento no braço: o barco sangrava! Saindo das frestas e dos buracos de balas, o sangue escorria pelo casco e tingia a água da lagoa.

O *Itaparica*, com as velas em tiras e o cordame balançando como serpentes, parece um barco-fantasma, saído de um conto gótico.

O comandante João Henriques está caído junto ao leme. Um marinheiro arrasta-se pelo tombadilho, deixando longo rasto rubro no chão. Não tem a perna direita.

Garibaldi volta-se para seus comandados.

– Ajudem os feridos! Vamos, rápido! Vou pôr fogo no *Itaparica*!

O escaler com Anita é baixado. Está pesado de armas e marujos. Começa a afastar-se, com vários remando. Garibaldi espera que os feridos do *Itaparica* sejam removidos para os botes. Quando o navio está vazio, joga o facho em direção à escotilha. Espera um pouco e vê o incêndio lavrando. Escura fumaça sobe da abertura.

– Vamos nos afastar! O paiol vai explodir!

Dois barcos imperiais começam a cercar o *Itaparica*. Sabiam que a tripulação ali estava dizimada pela metade. Estão prestes à segunda abordagem quando o *Itaparica* explode.

A menos de dois metros dos navios imperiais, o *Itaparica* abre-se em pedaços que saltam longe como se um gigante dentro dele houvesse se espreguiçado, simultaneamente a um estrondo formidável que levanta muralhas de água transparente. As chamas sobem pelos mastros, alcançam o velame.

Todos voltam-se para ver o *Itaparica* esparramar-se na lagoa em milhares de pedaços.

Garibaldi está agora próximo do *Caçapava*. Outra vez empunha um archote. O *Caçapava* está à deriva. Tem um grande rombo junto à linha d'água. Os marujos escaparam em botes ou a nado. Um ferido arrasta-se no tombadilho, entre corpos inertes. Garibaldi dá ordem de recolhê-lo. Seus olhos percorrem o barco.

A cabeça de Griggs estava junto à escada da popa. Tinha os olhos abertos, a boca retorcida. Notavam-se as sardas, respingos de sangue, a cabeleira ruiva necessitando ser aparada. O corpo estava a dois metros de distância, partido em pedaços.

Esperou que os feridos fossem transportados para os botes e começassem a afastar-se.

Jogou a tocha contra a vela mestra, enrolada no centro do convés. E enquanto o *Rio Pardo* se afastava, Garibaldi acompanhou com o olhar o *Caçapava* em chamas, indo ao fundo com seu capitão.

– Vamos sair daqui – diz para o marujo no leme. – Vá em direção à costa.

Restavam no *Rio Pardo* apenas o timoneiro e mais seis marujos. O fogo farroupilha só era acionado do fortim, onde Capote continuava a disparar seus canhões.

O incêndio que grassara no *Rio Pardo* tinha sido apagado pela tripulação, mas agora Garibaldi se impõe a tarefa contrária. Apanha pedaços de madeira, as amontoa ao redor de um punhado de pólvora que espalha no convés e atira com sua pistola. As chamas brotam.

Quando está para jogar-se na água, vê um bote vindo na sua direção. Salta na água e nada até ele.

Anita estende a pequena mão e ajuda-o a subir no bote. Garibaldi tem o rosto transtornado.

— Vosmecê desobedeceu!

Anita rema, calada. Garibaldi olha com desolação ao redor. Os navios ardem. Baixa a cabeça. Fica escutando a respiração cadenciada de Anita, o ruído ritmado dos remos na água.

Capítulo 9

O Corpo de Lanceiros Negros entrou a galope em Laguna. Já não havia ninguém para defendê-la. As portas e janelas das casas estavam fechadas. Escutavam os disparos dos canhões do fortim e a resposta da armada imperial. Avançaram pelas ruas desertas, encontraram um corpo nu, caído nas pedras da calçada.

Teixeira desmontou. Abaixou-se e virou o corpo. Uma cólera surda subiu pelo seu sangue.

O homem fora castrado e tivera os olhos arrancados. Custou a reconhecer o padre Vilela.

Encontrou Canabarro muitos quilômetros adiante, ao cair da noite. Com ele já estavam Garibaldi e Rossetti. Juntos, bateram em retirada, num rumor confuso, até a madrugada.

Quando pararam para descansar, Teixeira aproximou-se de Canabarro.
— E agora, general?

Canabarro estranhou o tom da voz. Ergueu os olhos.
— E agora o quê?
— O que vamos fazer?
— Estamos voltando. Acabou por aqui.
— Eu não vou voltar.

Canabarro passou com vagar a mão na barba.
— Não vai?
— Vou subir a serra. E ainda não terminamos em Santa Catarina. Eu não vim para torturar nem matar padres indefesos.
— Vosmecê me acusa, coronel?
— Haverá quem o faça, general. Eu não tenho tempo. Vou levar meus homens. Vou retomar Lages.

Deu acintosamente as costas para Canabarro. Garibaldi e Rossetti esporearam seus cavalos atrás dele.

– Coronel Teixeira, queremos ir com vosmecê.

– Isso me enche de orgulho, meus amigos. Vamos!

Teixeira Nunes fez um sinal para o sargento Caldeira. O sargento gritou as ordens e o Corpo afastou-se a galope, deixando Canabarro envolto em poeira, sentindo um ódio amargo contra o maldito coronelzinho.

Capítulo 10

Para chegar a Lages é preciso galgar mais de 1.500 metros de áspera subida. O planalto, que se estende liso por todo o interior, próximo ao litoral rompe-se violentamente em paredões talhados a prumo. Algumas vezes desce até o mar e fica ali, rocha e água se chocando. Noutras, desce mais longe da costa. O paredão é enganosamente revestido de florestas verdes. Quem buscar uma via para grimpar o penedo não achará.

Apenas os vaqueanos da região conhecem os estreitos, os escorregadios e sinuosos caminhos que levam até o cimo e ao planalto.

É a Boca da Serra.

Muitos que tentaram sua subida jamais chegaram até o alto – e jamais foram encontrados. Boiadas inteiras desapareceram sem deixar vestígio. A subida da serra é um mundo úmido, hostil, vegetal e rochoso. Há súbitos filetes de água que escorrem pelas pedras. Há cascatas de água pura e gelada. Há bandos de cervos com soberba galharia a descer precipitadamente a lombada. Há onças furtivas. Há pumas espreitando. Pássaros inocentes, que olham os homens suados subindo com esforço. Macacos sacodem-se nos galhos e jogam pedaços de frutas. Há cascavéis, cruzeiras, escorpiões, tarântulas do tamanho de um chapéu. Há repentinas descidas, de vários metros – o chão é laje escorregadia onde o exército todo é obrigado a deslizar cautelosamente. A menor vacilação – um descuido de segundos – poderá ser fatal. Ali ao lado está o abismo: são centenas de metros em descida vertical, são escuras paredes rochosas e vivas onde medra musgo e crescem fetos arborescentes, xaxins, cipó e grandes folhas de intenso verdor.

Os homens olham com pavor o abismo.

Lá embaixo brilha um fio prateado de água. Os cavalos tremem. As mulas empacam. Grudam as patas nas pedras e nada as faz avançar. É preciso arrastá-las, empurrá-las, chicoteá-las. Os gritos enervam os homens e os animais. Muitas vezes representam uma dança, homem e besta rente ao precipício. À medida que sobem, começa a esfriar.

A subida começou no início de dezembro. O verão ameaçava ser enérgico. Depois de inverno rigoroso e primavera ventosa à beira da lagoa e do mar, os duzentos homens ansiavam pelo calor. Na subida, lentamente, foram descobrindo esse mundo vegetal musgoso, cada vez mais frio. E no terceiro dia, aquecida pelo sol, a expedição já se habituava a ter ante seus olhos a visão grandiosa de extensões sem fim. Longe, entre duas grandes pedras pontiagudas como torres, a cintilação do mar. Para o alto, até onde podiam ver, estavam maciços pinheirais cujas copas escuras, de desenhos rígidos, semelham escadarias, malhas primitivas ou delicadas taças de luz. No meio da manhã, apareceu uma brisa vertical, vinda do alto. Começou a brotar, do mato e da pedra, tênue vapor esbranquiçado. Poucos deram importância, mas em breve o vapor tornava-se mais denso e, vagarosamente, em silêncio, envolvia os homens.

Com espanto, Teixeira percebeu que já não podia mais distinguir a retaguarda da expedição.

O vaqueano que ia a seu lado foi categórico:

– É a viração. Vamos ter que parar.

Para Teixeira "viração" é a brisa que desliza rente ao chão e se transforma num vento forte, quente, principalmente na primavera. Ali, a viração era o nevoeiro. Mais alguns minutos e já não se via quase nada. O mundo metamorfoseava-se em algo pastoso, disforme e frio. Não podiam dar um passo. Mesmo as pessoas mais próximas eram vultos disformes. Avançar seria temerário.

A ordem foi transmitida: todos ficassem imóveis em seus lugares até a cerração passar. Silêncio de beira de abismo, silêncio amarrado em mistério e medo caiu no exército de homens acostumados com as extensões do pampa. Ali, o exército republicano estava prensado contra a rocha, rente a um despenhadeiro de centenas de metros e sem poder ver o rosto do companheiro ao lado. O silêncio era uma grande pedra imobilizando o exército. Às vezes, ouviam relinchos, tosses, uma pata impaciente escarvando o chão duro. O tempo começa a passar. O frio penetra as roupas. O exército imobilizado treme de frio. Vultos escuros passam no ar, perto deles. Gritos de pássaros atravessam a paisagem petrificada.

Capítulo 11

Uma semana depois, a coluna chegou ao altiplano. Foi feito contato com um grupo de revolucionários lageanos.

– Antônio Inácio, o Fundador, está acossado nos matos pelos imperiais – informou o lageano.

– Não importa – disse Antunes –, vamos procurá-lo. Mandem mensageiros para que nos encontrem.

– Existem também dois grupos liderados por Marianito Aranha e José Gomes Portinho que resistem.

– Onde eles estão?

O lageano encolheu os ombros.

– Por aí. – Apontou com um gesto de cabeça os pinheirais, os bosques, os penedos. – Não se sabe.

Cinco dias depois, os três grupos estavam reunidos. Não chegavam a quinhentos homens. José Gomes Portinho tinha novidades.

– O Xavier da Cunha transpôs o rio Pelotas. Ele agora é brigadeiro e comanda dois mil homens. É a Divisão da Serra. Vem espalhando proclamações por todo o lado e mandando cartas aos chefes republicanos para que se passem aos monarquistas. Eu mesmo recebi uma.

– O carrasco! – diz Teixeira. – Meu velho conhecido. Ele estava em Fanfa. Depois nós nos vingamos dele em Rio Pardo. Em Porto Alegre matou muito preso a rebencaço.

– Já atravessou o rio Pelotas – disse Gomes Portinho com ar casual.

– Está acampado na Chapada Bonita, a meia légua de Santa Vitória. Um dia de viagem daqui – disse Marianito. – Aliás, ele não vem fazendo outra coisa a não ser cantar vitória. Prometeu acabar conosco em uma semana. Amanhã devemos topar com a vanguarda dele. Foi bom que vosmecês apareceram.

– Vamos dar um susto neles – disse Teixeira. – Estou cansado de correr.

Na manhã seguinte, a vanguarda imperial, toda de paulistas, trocou tiros e perseguiu durante léguas a avançada dos republicanos, comandada pelo fundador Antônio Inácio, que se reunira a eles pela madrugada. Antônio Inácio meteu-se no pinheiral, onde esperava o grosso das tropas republicanas, como combinara Teixeira.

O Corpo de Lanceiros Negros circundou o bosque e apareceu atrás das tropas de Xavier da Cunha.

O brigadeiro não se impressionou. Tinha dois mil homens contra quinhentos. Onde estava, Santa Vitória, havia um muro de pedras, formando espaçoso curral, local de seleção de gado e cavalhada para levar a São Paulo.

Atrás desse muro Xavier da Cunha postou seus homens e esperou. Fechou bem a porteira. Estava como em uma fortaleza. O único problema é que seus homens não tinham mobilidade. Devido ao grande número ficavam amontoados, uns impedindo o movimento dos outros.

Teixeira compreendeu a situação e não hesitou.

– À carga!

A cavalaria farrapa desabou como tempestade sobre o reduto imperial. A fuzilaria foi feroz. Os cavalos, abatidos, rodopiavam e caíam, arrastando os cavaleiros. Os gritos encheram os ares. Os paulistas não acreditavam na ferocidade do ataque. Apesar de caírem um após outro, os republicanos aproximavam-se do muro e tentavam abrir a porteira. Ali a mortandade foi terrível. Havia uma pilha de cadáveres de homens e cavalos.

Enquanto a cavalaria chamava a atenção, um grupo de homens desmontou e correu até o muro. Caíram de golpe sobre os defensores e conseguiram abrir a porteira.

A cavalaria precipitou-se pela abertura como uma onda imparável, esmagando corpos contra as paredes de pedra. Formou-se o entrevero. As armas de fogo não mais serviam. O pânico dos imperiais ao se verem imobilizados naquela armadilha aumentou quando chegou a infantaria de Garibaldi. Eram 150 homens armados de facas, machados, puas, lanças, pedras, que sobem o muro e jogam-se gritando sobre o tumulto. Os cavalos rodopiam nas patas traseiras, disparam aos corcoveios atropelando corpos, são mortos à queima-roupa por descargas disparadas por moribundos. Luta-se a faca, a baioneta, a punho e dentada. É quase impossível mexer-se. Há súbitos clarões – quando se vê o pasto pisado e vermelho de sangue – que logo se fecham no burburinho letal. Teixeira usa a espada como uma foice. Imprensado contra o muro, vê o ar de estupor de Xavier da Cunha. O brigadeiro, com sua pera pontiaguda e os bigodes torcidos para cima não acreditava na catástrofe a que foi levado. Ali ninguém o obedece mais. É impossível dar ordens. A lei é manter-se vivo, conseguir um espaço para ficar em pé. Quem cai é esmagado. E só se consegue espaço derrubando quem está próximo, amigo ou inimigo. O entrevero chega a seu ponto máximo de resistência e cede – a Divisão da Serra, como se ouvisse uma ordem expressa, começa a pular a cerca e ganhar a proteção do bosque.

É uma correria enlouquecida.

Abandonam as armas, abandonam tudo e correm. Muitos são caçados no alto do muro e derrubados. A espada de Xavier da Cunha está quebrada. Os oficiais que o cercam empurram-no muro acima. O brigadeiro corre para salvar a vida.

A orgulhosa Divisão da Serra não existia mais.

Capítulo 12

Nessa noite dormiria numa cama com lençóis limpos. Não sabia há quanto tempo deixara de desfrutar de prazer tão simples. O banho quente que tomara pela tarde foi um bálsamo para seu corpo, ferido de bala, cortes de faca, arranhões de lança, lacerações de galhos e pedras e estilhaços. Era como se fosse outro corpo.

Teixeira pensou em Luzia e sentou-se à mesa do gabinete do presidente da Câmara Municipal de Lages, à luz de um candelabro de cinco velas, para escrever uma carta narrando as últimas novidades. A entrada triunfal, à frente do exército republicano, ladeado por Antônio Inácio e Gomes Portinho, conseguiu devolver-lhe a alegria e a esperança.

Não acalentava ilusões quanto ao modelo de república que tinham no momento. Os tempos eram de guerra. A economia estava arrasada. Os interesses dos grandes fazendeiros pela revolução tinham bem pouco a ver com os ideais republicanos. Sabia que a aliança era frágil e no momento propício os interesses falariam mais alto. Sabia que as transformações sociais dependem de fatores intrincados, muitas vezes contraditórios. Gastara longas horas em conversas com Rossetti. Estimava e admirava o italiano baixote, forte e silencioso. Ao contrário de Garibaldi, Rossetti era ponderado e reflexivo. Teixeira intuía que ele possuía convicções bem mais profundas e arraigadas do que seu fogoso compatriota.

Terminou a carta tarde da noite. O jovem oficial de bigodes encerados, que no início do movimento, cinco anos atrás, era um simples tenente, estava um homem amadurecido e de corpo curtido pela dura vida de andanças e cavalgadas.

Acostumara-se com o lombo do cavalo. Os abundantes poetas revolucionários exorbitavam em comparar os farroupilhas com centauros. Os grandes peitos musculosos, o corpo gracioso e longo, as pernas poderosas. Era um centauro – nos sonhos da infância fugia do touro que o perseguia em Canguçu. Agora, enfrentava o touro com seu corpo mitológico e poderoso – o mais belo dos animais e o mais valente. Sabia que delirava.

Nas noites de insônia, imaginava a suave Luzia tocando piano, a luz entrando pela janela, esperando-o. E ele surgia de repente na sala, derrubando os vasos e cristais, imenso, barbudo, os braços crescidos, arrastando aquele corpo de cavalo, sorrindo para não assustá-la e vendo-a erguer-se com os olhos em pânico.

Crepitava uma chama junto a sua mão. Saltou, assustado. Era de manhã. O sol batia sobre a mesa onde adormecera.

Começava a tentar organizar os sonhos noturnos, quando Rossetti entrou na sala.

– Más notícias – disse.

O exército que se aproximava era bem menor do que o do brigadeiro Xavier da Cunha, que morrera afogado ao tentar cruzar o rio Pelotas, após a fuga em Santa Vitória.

Eram seiscentos homens bem armados, comandados pelo coronel Antônio de Melo Albuquerque, monarquista convicto, conhecido como Melo Manso, para diferenciar de seu irmão Agostinho, Melo Brabo, republicano convicto. Marchava pelo caminho de Curitibanos e estava acampado junto ao rio Marombas, com uma boiada gorda de trezentas cabeças.

Capítulo 13

Nesse mesmo dia, Teixeira aproximou-se do inimigo. Levara quinhentos homens armados, entre eles cento e cinquenta infantes comandados por Garibaldi.

Ao cair da noite, a infantaria manteve o primeiro contato com a tropa avançada dos imperiais. Foi um tiroteio às cegas, curto e feroz, que serviu para pôr em alerta os dois exércitos. Estiveram de prontidão toda a noite. Quando a madrugada de verão dourou as grimpas dos pinheirais, encontraram-se frente a frente, em posição de combate.

Os monarquistas ocuparam o alto de uma elevação. Ao redor deles, havia socavões, furnas, declives bruscos. A posição era excelente.

– A vantagem é deles – admitiu Teixeira.

– Se não atacarmos agora, eles terão oportunidade de receber reforços – opinou Rossetti.

Era verdade. Corria a notícia – não confirmada – de que uma divisão de paulistas marchava já perto de Curitibanos. Se as duas forças se unissem, formariam maioria esmagadora.

– Não vamos esperar.

Teixeira Nunes ergueu a espada na manhã de sol.

– À carga!

O clarim ressoou nos ares. Os cavalos saltaram para frente. As bandeiras estalaram. Grande clamor começou a povoar a manhã. Pássaros assustados fugiam.

Teixeira crava as esporas nas ilhargas da montaria. Mais uma vez tem oportunidade de atacar como gostava – com o Corpo de Lanceiros formado em linha, apesar do terreno impróprio. Sente o vento no rosto, sente a alegria furiosa que o acomete, começa a gritar, a acicatar sem descanso o cavalo, a aumentar a intensidade dos gritos de avançar, avançar, avançar!

Nada pode detê-lo. Não pensa nas balas, não pensa na possibilidade de ser atingido, não pensa no fio dos sabres que o esperam, nas lanças brilhantes que emergem das trincheiras improvisadas.

Seus olhos percorrem ao redor – aí vai a cavalaria, as roupas estiradas pelo vento, as abas dos chapelões dobradas, as melenas sacudindo, as bandeiras tricolores – esfarrapadas – tremulando com furor. Todos se curvam para frente sobre as crinas esvoaçantes, todos têm o mesmo pensamento e a mesma vontade. A divisão de cavalaria é um só corpo e uma só vontade. Esse corpo e essa vontade se chocam violentamente contra a primeira linha de defesa de Melo Manso e arromba-a como se fora feita de papel. Há um pânico instantâneo e geral. O ataque fora feito com tal fé e intensidade que se propagou nas hostes monárquicas um irreprimível sentimento da derrota.

Seria impossível opor resistência a esse tropel exterminador. O recuo começa a transformar-se em debandada. Os soldados começaram a correr para seus cavalos e galopar de volta ao rio Marombas. A boiada que tocavam estoura e dispara loucamente. O chão treme. Teixeira exulta de júbilo brutal.

– Atrás deles, atrás deles!

Sua espada faísca, suas esporas tiram sangue, sua voz enrouquece e ele bebe o vinho forte da vitória: atrás deles, atrás deles!

Começa a distanciar-se da infantaria de Garibaldi, que não pode acompanhar a velocidade da perseguição. Animais dispersos da boiada em pânico chocam-se com os cavaleiros. Teixeira vai dobrado sobre o pingo. É um centauro. De repente descobre que tem os nervos tensos de uma energia incomum: é um animal mitológico, meio homem, meio cavalo, bebendo o ar do planalto, gritando obscenidades, entregue totalmente à luxúria, ao desvario, ao desatino, ao embriagante delírio daquela perseguição em alta velocidade através de barrancos, riachos, pinheirais, subidas e descidas. Passa por estandartes, canhões, cavalos de perna quebrada. Atrás deles!, grita o centauro, atrás deles! Atrás deles, atrás deles! Já vê o rio Marombas, já vê os inimigos na ânsia de atravessá-lo, já antecipa o prazer da vitória total.

E então uma poderosa descarga de fuzilaria do bosque próximo dizima metade da primeira fila da avançada. Outra saraivada de balas impiedosas e inesperadas prosta por terra outra dezena.

Caíram numa emboscada!

Tenta retornar à lucidez, tenta pôr uma ordem nos pensamentos e atinar no que fazer quando a terceira descarga – mais poderosa – faz agir o instinto. E correm às cegas, no meio do pó e da fumaça e do cheiro de pólvora, em direção ao arvoredo à sua direita. Quando se aproximam das árvores explode uma tempestade de fogo. Os ginetes despencam dos cavalos. Os animais relincham, rodopiam, chocam-se uns nos outros. Entre dois fogos, tontos, os cavaleiros dão às rédeas e retornam em disparada sob o furacão de balas. A perseguição se estendera por várias milhas. A infantaria estava longe. Agora, são os perseguidos. A cavalaria de Melo Manso sai atrás deles.

No alto de uma elevação, Garibaldi aparece com os cento e cinquenta infantes. Jogam-se ao chão, apoiam as carabinas ao ombro e disparam à voz de "fogo!" de Garibaldi. A perseguição arrefece. Teixeira chega até a elevação e ganha a cobertura do terreno. Os monarquistas diminuem a marcha, mas organizam-se para retomar o ataque.

Teixeira dá-se conta da catástrofe. Dos quinhentos homens de uma hora atrás, restam menos de cem. Um soldado aproxima-se rastejando de Garibaldi.

– Anita caiu prisioneira!

O italiano estremece. Teixeira agarra seu braço.

– Como?

– Eu a deixei com alguns homens atrás, para cuidar da munição – diz o italiano.

Olham com aflição para os lados. Começam a ser cercados por um número de homens cinco vezes maior. A única chance é escapar para a floresta a quinhentos metros dali. Precisam ser rápidos ou serão completamente cercados.

Garibaldi comanda a retirada. Forma um quadrado e vão abaixados, aproveitando os socavões do terreno. Os monarquistas investem contra eles, mas são recebidos com fogo cerrado. A retirada é feita em ordem.

Conseguem alcançar a orla da mata. Estão protegidos. Os imperiais não se atreveriam a persegui-los naquela mata densa. Infiltram-se nela, às cegas, e avançam durante horas. Encontram uma clareira e param.

O coronel Teixeira Nunes desaba contra uma árvore. Tapa o rosto com as mãos.

O sargento Caldeira olha para ele.

Capítulo 14

– Garibaldi está morto. Levou um tiro quando fugia para o mato com seu bando de anarquistas. Vosmecê está viúva, Ana Maria de Jesus. E é pela segunda vez, se não me engano. Meus pêsames.

O sargento-mor Gonçalves Padilha, chamado por toda gente, há muitos anos, de Padilha Rico, por se dar fumos de opulência, deu a notícia a Anita sabendo que aquilo era um ato de mesquinha vingança.

Anita estava parada em frente ao sargento-mor. Ele descansava sobre um tamborete, ocupado em limpar as unhas com a ponta do punhal, mastigando longo pedaço de capim e olhando-a com sorna e desejo.

Agora, Anita tinha dezoito anos. Quatro anos atrás o sargento-mor batera à porta da casa de seus pais no Campo da Carniça e pedira sua mão em casamento. O humilde Bento da Silva não compreendeu a reação da filha. Negou-se terminantemente a casar com o sargento-mor, por mais rico que fosse. Era homem imenso, desagradável, sempre a mascar coisas, e que a olhava com uma expressão que a repugnava. Esse olhar caía agora outra vez sobre Anita.

Ela estava vestida como homem, de calças de riscado e botas, e usava uma blusa vermelha em tiras amarrada na cintura. O chapéu de couro estava furado de bala. As pesadas cartucheiras tinham-lhe sido confiscadas e ela parecia menor e mais leve. Duas lágrimas negras desciam pelo rosto sujo de terra.

– Quero ver o corpo.

O sargento-mor negou vagarosamente com a cabeça.

– Impossível, Ana Maria de Jesus.

Anita insistiu. O desespero começou a crescer dentro dela. Em breve estaria gritando. Sua presença no acampamento já causara sensação. Todos queriam ver a mulher do famoso italiano. Pediu para falar com o comandante.

Melo Manso era homem às antigas. Mulheres para ele eram seres sagrados.

– A morte de seu marido, senhora, é apenas um boato. Não temos o corpo. Alguns soldados dizem que ele foi ferido e caiu perto do bosque. Ainda não tivemos tempo de enterrar os mortos. Por enquanto tratamos dos feridos. Quando formos enterrar os mortos, saberemos.

– Deixe-me procurá-lo – disse Anita.

Melo Manso mediu a ansiedade da jovem.

– São muitos mortos, minha senhora. Centenas. E estão espalhados por léguas de campo. Não será agradável.

– Não importa, comandante. É pior a dúvida. Por favor.

Melo Manso estalou os dedos da mão pensativo. Olhou para o campo de batalha sem o sentimento de vitória.

– Desculpe a pergunta, mas quantos anos a senhora tem?

Uns estavam sentados e pareciam esperar alguém. Outros, de bruços. Muitos, de olhos abertos, olhando o último dia de vida. As caras revelavam pavor, ódio, desespero, dor. Poucos denotavam conformidade. Não havia o menor vestígio de vida. Não havia insetos, formigas, pequenos pássaros. A brisa que soprava agitava coisas mortas. Um cavalo de perna quebrada se movia, tentando erguer-se. O cabo aproximou-se dele e desferiu-lhe um tiro. Elevou-se do arvoredo voejar escuro de urubus. Outro soldado recolhia bandeirolas, estandartes, fuzis. O sargento-mor olhava de longe. Os mortos eram revirados. A cada novo rosto que aparecia, já endurecido e distante, os quatro soldados voltavam os olhares ansiosos para Anita. Ela sacudia a cabeça. Não. Ainda não. Avançavam até outro corpo. Pisavam sangue. Um cavalo pastava. Ao vê-los aproximar-se encheu-se de súbito pânico e galopou desvairado pelo campo, dando coices com as patas traseiras. Os três soldados e o cabo eram muito jovens, pouco mais que adolescentes, da mesma idade de Anita, mas acompanhavam-na com respeitosa servidão. Ela era uma espécie de oficial, de autoridade. Corriam na frente a seu menor olhar. Um deles entrou num córrego e destramou de entre ramas um corpo de oficial. Ergueu o rosto barbudo onde a água escorria. Não. Desceram lombas, entraram em furnas onde os farroupilhas se defenderam. Havia sempre um morto em algum lugar, furado de lanças, atravessado por sabre ou bala. Numa furna, encontraram, amontoados, com as pernas entrecruzadas, cinco soldados, fuzilados no momento da fuga. Os soldados começaram a desfazer o bolo sinistro, desprendendo uma perna, puxando um braço, quando ergueu-se de entre a confusão de membros uma súbita cabeça de cascavel, de olhos amarelos e língua sibilante. Encarou os invasores, o chocalho tinindo ameaçador. Depois, deslizou, rápida, entre as pernas trançadas e sumiu no escuro da furna. Os soldados recuaram, pálidos do susto, sem ânimo de atirar no réptil.

Começava o crepúsculo. O horizonte estava vermelho. Os urubus já desciam sobre os cadáveres.

Anita tinha as lágrimas secas no rosto empoeirado. Procuraram até a noite cair, até não poderem ver mais nada.

Tinha uma certeza. Giuseppe estava vivo. Precisava fugir.

Capítulo 15

Olhos fechados, escuta. Há um vento suave agitando os pinheiros. Essa coruja que pia sem parar. Esse cavalo no potreiro, agitado, sonhando com a carga. Ressonar pesado de corpos exaustos. Os passos da sentinela.

Abre o olho. A escuridão dentro da tenda é absoluta. Levanta a lona.

Não vê nada nítido – vultos ao luar. As tendas são blocos escuros. Tem que acostumar os olhos. A sentinela está longe. Rasteja para fora da tenda. Os outros prisioneiros estão na extremidade oposta do acampamento, em um quadrado de sentinelas. Por elegância de Melo Manso, Anita ganhou a tenda só para ela.

Tem que agir com frieza, sem respirar, sem bater em nada, sem arrastar as botas. Tem que ser silenciosa e perfeita, integrada à noite e seus ruídos.

Começa a deslizar.

Avança com os cotovelos, impulsada pelos joelhos e pés. Passa uma tenda, passa outra. Há roncos estranhos, um choro abafado, uma voz explicando. A coruja pia. A sentinela se aproxima. Anita se imobiliza. Encosta a testa no chão frio e reza. A sentinela se afasta. Avança, começa a sentir o coração. Colado à terra, ele bate. Não o percebera antes, mas agora ele bate forte e compassado, como se a terra o acalmasse. Bate como o tambor dos soldados negros de Teixeira. Bate sem medo, apenas cauteloso. É a última tenda. Adiante, um descampado de cem metros onde terá que rastejar ao clarão da lua até o bosque de pinheiros. Avança sabendo que o momento decisivo se aproxima. Chegou ao limite do acampamento. Há apenas uma sentinela neste lado. Vê seu perfil cortado pelo luar. A sentinela caminha, vagarosa, na direção contrária à dela. Aproveita as macegas altas, as moitas de guanxumas, as pequenas elevações, as pedras redondas onde cintila a lua. Vai avançando, já empapada de orvalho, vai avançando espantando grilos, vai avançando sinuosa e firme, sentindo subir dentro de si força que lhe dá exatidão aos movimentos, sincronia e silêncio. Aproxima-se da grande mancha escura do bosque. Sente o farfalhar fresco dos pinheirais. Avança com mais rapidez. Alcança o primeiro tronco, toca-o com a mão trêmula, acaricia a casca, sente o prazer de esmigalhar a resina em sua palma. Avança vários metros ainda abaixada. Ergue-se só depois que sente que não poderá ser vista do acampamento.

E então, corre!

Por entre os grandes troncos sólidos, tropeçando nos galhos caídos, levantando-se, arranhando as mãos, Anita corre. Corre sentindo as pernas doerem, os pulmões estourarem, os cabelos prenderem-se em ramas agudas como garras. O chapéu ficou para trás. A blusa abriu em duas. Um galho chicoteou seu rosto, mas Anita corre. Corre sem olhar para trás, corre sem saber para onde, corre para longe do acampamento inimigo e para algum lugar do planalto onde encontrará Giuseppe.

Não poderia mais viver sem Giuseppe.

Achará Giuseppe em algum canto do planalto – e vivo. Por isso, corre na escura floresta iluminada a rasgos de luar. Corre molhando as botas em arroios repentinos, corre dominando o fogo nos pulmões e o cansaço das pernas. E, súbito, a floresta termina.

Está exposta ao luar em uma trilha solitária. Recua. Tem medo. Precisa pensar. Começa a caminhar rente à floresta, margeando a estrada, atenta.

Então, ouve ruídos. Para. Escuta. Aproxima-se.

É um garanhão branco, um belo animal imóvel ao luar da trilha. Vê a marca na anca. Deve ter pertencido a um oficial. Aproxima-se dele. O animal se assusta. Afasta-se. Anita fala com ele, calma, cavalinho, aproxima-se cautelosa, calma, bichinho, calma. O animal treme. Acalma-se. Parece gostar da companhia. Também estava solitário nesse desolado fim de mundo. Anita acaricia seu pescoço, alisa as crinas. Está sem arreios, em pelo. Anita aperta as crinas, puxa-as experimentando a reação. O cavalo é dócil. Anita alisa o lombo e de repente salta para cima dele, agarrada às crinas. O animal estremece.

– Calma, cavalinho, calma.

Experimenta tocar com os calcanhares em seus flancos. Ele obedece. Anita exulta.

– Agora, vamos!

Sai em disparada, levantando poeira, pela trilha de carretas. Corre ao luar, os cabelos esparramados, montada no grande animal branco, ao brilho da enorme lua redonda.

Corre, corre!

Corre na direção do Sul, a blusa aberta. O tropel ecoa na noite. Longe, ela vê o clarão de um rio. É o Canoas. Começa a orientar-se. Ruma para o clarão, curvada sobre o animal, cutucando-o com os calcanhares.

Do mato surgem dois soldados, fuzis apontados.

Anita passa por eles como raio e desaba nas águas imóveis, despedaçando-as em milhares de minúsculas cintilações de prata.

Capítulo 16

A segunda vez que os farroupilhas entraram em Lages foi debaixo de um aguaceiro medonho. Desta vez não vinham em triunfo, montados nos seus cavalos, acenando para a multidão alegre como heróis libertadores.

Entraram a pé, amparando-se uns aos outros, famintos, trêmulos de frio, seminus. A derrota fora completa. E era mais esmagadora quanto inesperada. Teixeira envelhecera. Inconsolável tristeza abatia sua fisionomia. Sua pequena vaidade sumiu. Os bigodes caíam. Os dias no bosque foram de pavor e sentia-se o responsável.

Alimentaram-se de raízes. Abriram picadas através de matas densas e virgens. Deram voltas inúteis. Sofreram com chuvas intermináveis sem encontrar abrigo.

Em Lages, após dois dias restaurando as forças, discutiram o que fazer.

– É inútil ficar aqui – opinou Garibaldi. – Labatut está se aproximando com um exército maior do que o do Melo Manso. Eles entrarão em Lages no momento que bem entenderem. E seremos todos mortos ou presos.

– Vosmecê tem razão – murmurou Rossetti.

Ambos olharam para Teixeira.

– Eu gostaria de esperar. Eu quero esperar. Se o general Bento Gonçalves mandar reforços, poderemos...

Calou-se.

– Vamos esperar alguns dias para pensar melhor.

Os dias que se seguiram foram dias de silêncios longos, dias de olhar pela janela a rua deserta onde a chuva batia, dias de pensamentos sombrios.

Garibaldi pensava em Anita. Fez mil e um planos fantasiosos para resgatá-la. Mas como? Não sabia onde ela poderia estar. O acampamento de Melo Manso era móvel. Um dia acampava aqui, outro ali. E como penetrá-lo, como arrancar Anita de seu interior, como organizar uma expedição sem saber com que meios contaria, antes de chegarem as ordens do Sul?

Um mensageiro tirou-os da angustiosa espera. Teixeira leu a carta de Bento Gonçalves.

– Não haverá reforços, senhores. Devemos descer a serra imediatamente. O general prepara uma operação de grande envergadura e precisa de todas as forças com que puder contar. Devemos partir imediatamente.

Capítulo 17

Patrulhas volantes do inimigo assediavam o exército em retirada, contornando os abismos dos Aparados. Gritos reboavam no silêncio da serra repetindo-se em ecos pelas quebradas. Uma onça surgiu de repente, numa picada, espantando as mulas que por pouco não se precipitaram no abismo. A fome chegou. Os víveres tinham acabado e a caça não era suficiente para alimentar os 150 homens que restaram da aventura catarinense. Alternavam-se dias de calor feroz com súbitos e intensos frios. Havia febre e disenteria.

Para minorar o desespero, a expedição dividiu-se. Garibaldi seguiu na frente – um dia de vantagem – com sessenta homens a pé. Teixeira, com a cavalaria, vinha depois, imerso em sua angústia. Ansiava por encontrar os companheiros, ouvir os novos planos de Bento Gonçalves, dar um outro rumo à guerra que já se tornava mais longa do que um dia imaginaram.

Os dois grupos reuniram-se novamente em Vacaria. No vilarejo serrano descansaram, alimentaram-se e recuperaram as forças. Estavam acampados fora da vila, mas foram bem recebidos pelos habitantes do lugar. Teixeira admirava-se do modo como os montanheses os tratavam, com a consideração e o respeito a grandes personagens. Receberam novas mensagens do Estado-Maior, agora com acentos otimistas: preparava-se de fato uma grande operação e era necessária a presença de todos. Urgia retomar a marcha.

No dia em que retomariam a marcha, levantaram de madrugada. O inverno forçava a entrada com sua tristeza. O frio era forte e o céu parecia de chumbo. Moviam-se com lentidão, lembrando que ainda tinham pela frente léguas e léguas de caminhos ínvios, de rios, de longas voltas contornando os abismos.

Foi quando ouviram o tropel.

Aproximava-se ritmado e era um cavalo só. Todos estenderam o olhar para a direção do ruído. E então, para pasmo das sentinelas, fantasmagórico garanhão branco invadiu o acampamento cavalgado em pelo pela mulher de longos cabelos negros, a mulher com blusa vermelha em tiras, a mulher com os grandes olhos escuros despejando alegria.

– É Anita!

O grito ecoou pelo acampamento. Garibaldi saiu da tenda e viu Anita sobre o cavalo branco, cercada pelos soldados que a aclamavam, mais formosa do que nunca, juvenil e selvagem. Os primeiros flocos de neve começaram a cair.

Livro 3
A CARGA DOS LANCEIROS

PARTE I
MARCHA NA TEMPESTADE

Capítulo 1

Bento Gonçalves apanhou a adaga, abaixou-se e estudou a terra escura na sua frente. Fez um risco no chão.

– Este é o rio Caí.

Fez outro risco.

– Este é o rio Taquari.

Ao lado do Taquari fez um pequeno círculo.

– E isto é o morro da Fortaleza.

Netto começou a enrolar um palheiro, tênue sorriso nos lábios.

– Aqui no morro da Fortaleza está o novo comandante de Armas do Império, o general Manoel Jorge, com mais de três mil homens. Está descansado. Faz mais de uma semana que acampou por lá.

– Deve ser pra curar o reumatismo – disse Corte Real.

Todos riram, menos Bento Gonçalves.

– A situação alterou-se completamente, senhores. O mercenário Calderón fez o que nós tínhamos pensado que ele faria, mas o nosso bom camarada de armas Bento Manuel, antes de desertar, não se dignou seguir nossas ordens e assim o mercenário entrou livre em Caçapava, obrigando nossos ministros a saírem com os arquivos e documentos da República a toda pressa numa carreta, para São Gabriel. Uma vergonha.

Bento Gonçalves observou a reação dos membros do Estado-Maior. Era uma manhã de fim de outono, fria. Da coxilha onde estavam podia-se observar as torres da igreja de Viamão.

Ali, acocorados em torno aos riscos no chão, estavam os quatro generais da república: Bento, Netto, David Canabarro e João Antônio da Silveira; e mais os coronéis Domingos Crescêncio, Corte Real e Antunes da Porciúncula. Nenhum comentou nada sobre o que Bento Gonçalves considerava uma vergonha.

– E como a situação se alterou, ela está assim, agora.

Bento Gonçalves fez outro risco, cortando os dois rios.

– Por aqui vem o mercenário. O uruguaio vem mui campante, já que o nosso ex-camarada de armas Bento Manuel não se dignou cortar-lhe a marcha, conforme as ordens. O mercenário vem vindo. Deve juntar-se a Manuel Jorge em quatro dias.

Corte Real, pensativo:

– O que pretende o velho português Dom Manuel Jorge? Quando juntar-se a Calderón serão mais de seis mil homens.

– Cada soldado do Calderón tem três cavalos – disse João Antônio. – Ele sabe o que faz.

– Em Rio Pardo não soube – disse Crescêncio.

– Não é hora de contar vantagem, senhores – disse Bento Gonçalves.

Netto soltou uma fumarada para o alto.

– Eu não pensei que eles iam se juntar. Pensei que nos atacariam em duas alas. Uma avançando do sul, outra vindo do Caí.

– Eu também pensei nisso – disse Bento Gonçalves. – Mas eles vão se juntar, não há dúvida. Seis mil homens é um exército que eles pensam imbatível. Marcharão contra nós em campo aberto.

– Seis mil homens é o maior exército que já se formou no Continente – disse Corte Real.

– Meu plano é o seguinte – indicou com a ponta da adaga o risco que era o rio Taquari. – Temos perto de dois mil homens acampados ali na margem direita. Eles devem atravessar o rio e postar-se aqui, na vizinhança do morro. – Assinalou o círculo com a adaga. – Proponho que o Netto vá para lá tomar conta deles, reunir mais gente pela redondeza. Quanto mais melhor. O Onofre está em Mostardas. Que fique lá, fechando a passagem do sul. Eu vou com a tropa que está aqui em Viamão forçar a passagem pelo Caí. – Espetou a adaga no risco que era o rio Caí. – Atravessando o rio, farei junção com Netto no morro da Fortaleza. Seremos ao redor de quatro mil. Pegaremos o Manuel Jorge pela retaguarda.

Olhou os outros com expressão interrogativa.

– Que les parece?

Crescêncio coçou pensativo os bigodes cada vez maiores.

– Não vai ser fácil cruzar o Caí. Eles estão fortes ali.

– Não nos esperam. Esse é o segredo. Ali na margem do Taquari vai estar toda a força que eles têm na Província. Se os destroçarmos será o fim. No meu entender, esta é a última batalha.

Olhavam os riscos feitos por Bento Gonçalves no chão. Netto ergueu-se.

– Quando devo partir?

– Agora. Deve atravessar o Guaíba quando anoitecer e depois a cavalo até o acampamento. Eu partirei amanhã, depois de organizar a marcha.

– O Crescêncio tem razão – disse Netto. – Não vai ser fácil atravessar o Caí.

– Vou fazer o caminho em cinco dias. Se eu não estiver no morro da Fortaleza no dia 25, é porque fui derrotado. Vosmecê tome as providências para atravessar o Guaíba. Isso também não vai ser fácil.

– Vou num bote pequeno. Quanto menos gente melhor.

– Esta será a última batalha, senhores. Eu tenho fé que será a última.

Capítulo 2

À uma da tarde, Netto, acompanhado de Garibaldi e de Teixeira, deixou o acampamento em Viamão. A travessia do rio seria feita na fazenda Boa Vista. Chegaram lá próximo do crepúsculo. O estancieiro mandou carnear uma ovelha.

Soprava um vento forte. Garibaldi esteve na margem, examinando o bote. Era leve. Foi de opinião que esperassem o vento amainar. Ficaram mateando na varanda. Conversaram sobre a guerra, o preço do boi, o tempo. O estancieiro mandou trazerem um exemplar de *O Povo* e estendeu-o para Netto.

– Que novidade é esta, general?

Netto olhou a notícia. Era uma convocação para a eleição de deputados.

– Eleições, companheiro. A gente se moderniza aqui pelos pagos.

– Está marcada para o dia 30. Acho que não sai.

Netto chupou o chimarrão até o fim.

– E por que não, compadre?

– Essas cosas são muito complicadas.

Teixeira apanhou o jornal. As discussões sobre a eleição para Constituinte tinham-se dado em dezembro, quando andava em Santa Catarina. Estava descontente com o decreto. Passou os olhos nele.

Sendo necessário que se instale a Assembleia Constituinte e Legislativa deste Estado, e bem assim que se nomeiem os vereadores das Câmaras Municipais e juízes de paz dos diversos termos e distritos do mesmo, como em consulta do Conselho de Procuradores Gerais se resolveu a 21 de dezembro próximo passado; o vice-presidente da República há por bem que se proceda à eleição dos Deputados que devem compor a referida Assembleia, e assim a de vereadores e juízes de paz, pelo método estabelecido nas instruções desta data, que com o presente baixam assinadas por Domingos José de Almeida, ministro e secretário de Estado dos Negócios do Interior e Fazenda, marcando o dia 30 de abril próximo vindouro para a instalação nesta capital da precitada Assembleia e posse dos vereadores e juízes de paz.

Assinavam o decreto Mariano de Matos e Domingos de Almeida. O que, entretanto, irritava Teixeira e os italianos era referente ao artigo 11 das instruções.

Podem ser deputados todos quantos podem votar nas Assembleias primárias, exceutuando-se os seguintes:
§ 1º – Os que não tiverem de renda líquida anual a quantia de trezentos mil réis, comércio, indústria ou emprego;
§ 2º – Os libertos;
§ 3º – Os estrangeiros ainda que naturalizados sejam;
§ 4º – Os criminosos pronunciados em querela ou devassa;
§ 5º – Os que não professarem a Religião Católica, Apostólica, Romana.

Teixeira largou o jornal com desgosto. Renda líquida anual de trezentos mil réis só tinham os grandes estancieiros. A massa do exército era de civis de profissões modestas, como pequenos artesãos, empregados do comércio, peões, escravos fugidos e índios. Eles lutavam pelas palavras que ouviam. E essas palavras eram Liberdade, Igualdade e Humanidade.

Que significado teria para eles?

Netto, Teixeira e Garibaldi chegaram à margem do rio perto da meia-noite. O vento diminuíra, mas mesmo assim o bote balançava perigosamente. Garibaldi achou melhor esperar ainda mais.

Sentaram-se à orla da barranca, protegidos do vento, enrolados nos ponchos. Estavam com eles três remadores, barqueiros da região. Teixeira olhou demoradamente para eles, até senti-los incômodos.

– O que vosmecês acham da nossa república, companheiros?

Os homens riram, constrangidos.

– Parece cosa pra não se botar defeito.

– Que les parece Liberdade, Igualdade, Humanidade?

Os sorrisos começam a murchar.

– Vosmecê nos perdoe, coronel, mas a gente é barranqueiro.
– Que le parece, general?
Os cabelos de Netto estavam longos, aparecendo sob o chapéu.
– Eu sou um homem do campo, coronel Teixeira. Vosmecê é mais letrado. Anda sempre por aí, citando Homero.
– Liberdade é uma palavra abstrata. Igualdade só vai haver quando as terras forem de todos. E Humanidade... – Teixeira desceu a voz a quase um fio. Netto percebeu que ele parecia arrependido de ter falado.
– E Humanidade, coronel?
– É como dizia Artigas. Chamavam o homem de ditador, mas ele tinha razão. *Gauchos, pobres, perros y cimarrones.*
– Então vosmecê acha que a República vai arreglar tudo?
– Não.
– Então por que está lutando?
– Vosmecê sabe há quanto tempo existe a escravidão?
– Não.
– Cinco mil anos.
– Tudo isso?
– Tudo isso, quem sabe mais. Não é porque a escravidão é injusta que vai terminar. E existe, apesar de lutar contra ela, em toda parte, gente honrada e valente. Nossa república vai ser um passo, um passo pequeno, no processo universal.

Garibaldi tocou no ombro dele.
– O vento diminui.

Capítulo 3

Durante dois dias – os dias que passaram pelo Vale do Rio dos Sinos –, o exército de dois mil homens de Bento Gonçalves não encontrou o que comer. A guerra empobrecera a região. Cavalgavam juntos Canabarro, João Antônio, Lucas de Oliveira, Corte Real e Marcelino do Carmo.

A travessia do rio Caí, onde esperavam forte resistência, foi feita sem maiores dificuldades. Havia aí apenas uma força com pouco mais de setenta praças, comandada interinamente pelo agora tenente-coronel Caldwell. Eram quase todos imigrantes alemães, recrutados à força pelo governo imperial.

Transposto o Caí, Bento Gonçalves dirigiu-se para a fazenda de Azeredo. Era o dia 25 de abril.

De lá despachou um mensageiro para Netto.

Netto, depois de atravessar o Guaíba com sobressaltos, devido à proximidade de barcos-patrulha, mandou Garibaldi de volta. Cavalgou com Teixeira, sem parar, até onde estavam os dois mil homens esperando-os. Sua chegada causou comoção na tropa. Ali se encontrava boa parte dos trezentos veteranos do combate do Seival, chefiados por Joaquim Pedro.

A primeira medida de Netto foi despachar mensagem às tropas espalhadas na região, para reunirem-se a ele até o dia 23. Quando começaram a chegar, Netto foi percebendo o alcance da operação que estavam montando. Eram milhares de homens bem armados que se aproximavam de todos os quadrantes. Suas forças já somavam quase três mil cavalarianos. No dia 24, um mensageiro entrou a galope no acampamento.

— O general Bento Gonçalves rompeu a defesa e atravessou o rio Caí!

Ao lado de Joaquim Pedro, Netto deu a informação para a tropa, que elevou um hurra para os céus — um ruído colossal de três mil vozes, jamais ouvido na região, que espantou os quero-queros e despertou os jacarés que dormitavam nas sangas.

— Nosso presidente marcha em direção ao Taquari. Vamos a seu encontro!

Começaram a marcha no dia 24. No dia 26, às quatro horas da tarde — com um dia de atraso —, chegou ao acampamento de Bento Gonçalves, no morro da Fortaleza.

Os dois exércitos saudaram-se com vivas, tiros para o ar, chapéus voando e uma confusão de abraços, de risadas, de tapas nas costas. Eram quase seis mil homens. O maior exército que a República Rio-grandense jamais reunira.

— Essa carreira eu ganhei — disse Bento Gonçalves recebendo Netto.

— Eu sou bom é em cancha reta.

Nessa noite os fogos do acampamento iluminaram a noite fria do outono.

O rumor das vozes ouvia-se a léguas de distância. Os Lanceiros Negros — outra vez sob o comando de Teixeira Nunes — fizeram ouvir seu canto alegre e o batuque ágil de festança.

Os chefes reuniram-se em torno de uma grande fogueira. Garibaldi e Teixeira trocaram longo e apertado abraço.

— Os maus dias passaram, camarada. A República é forte.

João Antônio cuspiu no fogo.

— Corre o boato que o Calderón morreu ontem à tarde. O acampamento deles está em polvorosa.

– Morreu de envenenamento – disse Corte Real. – A notícia foi confirmada.

– Envenenamento? E quem o envenenaria? – perguntou Crescêncio. – Era um castelhano decente.

– Qualquer um de nós – disse Canabarro.

Bento Gonçalves ficou sério.

– Nós não usamos esses métodos. Quando eu estava preso na Bahia comprovei que os monarquistas usam qualquer método a seu alcance. Mas nós não envenenamos. Eles largaram o boato para que a gente fique mal com o povo da região.

– Inimigo é inimigo – disse Canabarro. – Pra mim não importa como morre.

– A guerra também tem ética, general Canabarro – disse Bento Gonçalves.

– Sim. Cortar primeiro o pescoço do outro.

– *Bueno,* vamos ao que interessa – disse Bento Gonçalves elevando a voz. – O inimigo está a poucas léguas daqui. Possivelmente já nos localizou, mas agora é tarde. Nossa manobra foi um êxito. Ele não tem ideia do que vamos fazer. E o que vamos fazer é cair sobre ele. Ganhando esta batalha está ganha a guerra.

O batuque dos lanceiros rolava sobre o acampamento.

– Eles têm o dobro de nossa infantaria, dois mil homens. E têm dois corpos de artilharia bem munidos, coisa que não temos em absoluto. Mas nós temos a vantagem da iniciativa. Senhores, se for essa a sina, amanhã será o maior dia da República.

Capítulo 4

Netto lavou o rosto na água cantante do regato próximo à tenda, ouvindo o alvoroço do passaredo no capão. Venâncio, a seu lado, segurava uma toalha. Bento Gonçalves, sentado numa banqueta, toalha branca atada na nuca e caída sobre o peito, empunhava o espelho e observava a barba que João Congo raspava, navalha em punho.

Tunico Ribeiro foi se chegando com uma cuia de chimarrão, arrastando a perna.

– Dá licença, general?

Bento Gonçalves aceitou o mate.

– Hoje quero ouvir essa corneta bem alto, negro. Tu tá ficando velho.

Netto aproximou-se, parou ao lado deles, olhou longamente para o morro da Fortaleza.

– Eles vão ficar com o sol na cara – disse. E sumiu na tenda.

João Congo terminou a barba. Bento Gonçalves arrancou a toalha.

– Sargento, toque de reunir, dentro de dez minutos.

Às oito horas da manhã, o exército estava formado para o combate: ala direita, cavalaria; centro, infantaria; ala esquerda, cavalaria.

Os sete mil homens do exército imperial estavam frente a eles e avançavam cautelosamente, pelo leito pedregoso e quase seco do riacho.

Atrás dos farroupilhas avultava grande bosque verdejante; mais atrás ainda, o morro, redondo, expondo nervuras de terra vermelha.

O exército imperial estacou. Eram as melhores tropas do Império. Começou rapidamente e em ordem a tomar posição de combate. Avançaram dois batalhões de infantes e postaram-se ao centro; atrás deles, estava a cavalaria: três mil homens.

A ala esquerda toma posição num terreno plano. É formada por dois batalhões de infantaria, protegidos por duas boca de fogo. A ala esquerda também é formada por dois batalhões: um toma posição em linha, o outro, em quadrado. Estão posicionados junto a um capão de arvoredo cerrado, onde instalam um canhão, coberto pela vegetação.

Manoel Jorge está no centro, atrás da infantaria e logo à frente da cavalaria. Parece dormitar. Tem os olhos semicerrados. Manoel Jorge tem setenta anos. Sentou praça em São Joãozinho do Além-Tejo, em 1785. Seu batismo de fogo foi aos dezesseis anos. Combateu em toda a Península Ibérica e entrou na França com Wellington, onde participou do cerco e da queda de Toulouse. No Brasil, fez, do princípio ao fim, a campanha da Cisplatina.

– Sabe mais por *viejo* que por *diablo* – disse dele Netto.

Bento Gonçalves sabe disso. Cavalgou a seu lado na Cisplatina, e, mais de uma vez, viu-o dormitar sobre a sela do cavalo, palheiro grudado no grosso lábio inferior. Não dá pra facilitar com o velho português. Quando ele parece dormitar é quando está pensando mais concentradamente.

Bento Gonçalves está na frente das tropas, montado num garanhão negro. O sol faísca nos arreios de prata.

A posição de centro está confiada a Marcelino do Carmo. São quatro batalhões de Caçadores, um batalhão de Artilharia e um da Marinha, todos a pé. Garibaldi comanda o batalhão da Marinha.

A ala esquerda está sob o comando de David Canabarro. São dois mil homens montados: a Brigada da Guarda Nacional, o 1º Corpo de Carabineiros e o 1º Corpo de Cavalaria – o Corpo dos Lanceiros Negros.

A ala direita, comandada por Netto, é formada de dois grupos: os corpos mobilizados durante a marcha, comandados por Joaquim Pedro, e voluntários em geral, comandados por Domingos Crescêncio; e as Brigadas de Lucas de Oliveira e de Corte Real. A ala direita tinha um pouco menos do que os dois mil cavalarianos da ala esquerda.

Bento Gonçalves passa as tropas em formatura. De um lado, Antunes da Porciúncula. Do outro, Tunico Ribeiro, pronto para dar a ordem de atacar.

As tropas não esperam outra coisa. As espadas estão desembainhadas. Bento Gonçalves exulta. O garanhão negro escarva o chão.

– Camaradas! Hoje, cada um de nós combaterá por quatro!

Ao som do clarim, caberá a Teixeira a honra de iniciar o combate. Com seus lanceiros africanos se lançará contra a ala direita imperial, apoiado por um troço de infantaria oculto no capão.

Bento Gonçalves ergueu a espada. O sargento-mor Tunico Ribeiro encheu de ar os pulmões, levou o clarim aos lábios.

– Ainda não!

Crescêncio aproximou-se a galope.

– Estamos muito longe deles – gritou Crescêncio. – Devemos nos aproximar mais para a carga, general. Senão vamos nos espalhar e perder a força.

Bento Gonçalves mordeu o lábio.

– Manda o Teixeira avançar mais. E o Netto também. Que se movam!

A coluna de Teixeira, em linha sobre uma colina, começou a descê-la a trote. As bandeirolas esvoaçavam na ponta das lanças. Sentindo a ameaça da força imponente que se aproximava – mais ameaçadora na sua placidez e indiferença –, a ala direita imperial começou a recuar, mantendo a distância entre ela e a cavalaria africana. Teixeira deu voz de alto.

Canabarro esporeou o cavalo e galopou até Teixeira.

– Avance mais, avance mais!

– Vamos nos separar do resto da cavalaria, general!

– É uma ordem, coronel. Avance!

Teixeira ergueu o braço. O Corpo de Lanceiros começou a avançar, agora mais nervoso, já segurando com dificuldade o arremesso dos cavalos.

A ala esquerda imperial começa a recuar mais rápido, já entraram na região do arroio onde há abundância de água, os cavalos atropelam-se, há um princípio de desordem, há um torvelinho e embaraço de corpos assustados, um animal resvala numa laje e cai estrepitosamente, outros arrancam numa súbita disparada. Os oficiais imperiais acorrem decididos sobre o tumulto e seguram os mais afoitos. A ordem é conseguida. As linhas formam-se e o recuo começa a ordenar-se.

Canabarro sente que o Corpo de Lanceiros está ficando cada vez mais isolado e manda ordem de deter o avanço.

– Eles não vão aceitar o combate por ali – disse para Teixeira. – Volte à colina e guarde posição.

Bento Gonçalves aproximou-se.

– Que aconteceu?

– Eles recuaram.

– Então vamos começar com Netto. A ala esquerda deles é mais forte, não vai recuar. Vosmecê entre em ação assim que Netto iniciar o combate.

Tunico Ribeiro soprou o clarim. Netto esporeou o alazão.

– À carga!

A grande massa de cavalaria despegou-se com um arranco estremecendo o chão. Ao mesmo instante, a ala esquerda imperial começou a recuar, ordenada, segura.

Netto aproximava-se cada vez mais.

Sentiu um estranho gosto na boca ao ver suas filas se desmancharem. Já havia claros entre elas, uns avançavam mais que os outros, um cavalo galopou na frente em disparada obrigando o cavaleiro a segurar com firmeza a rédea até o animal dar uma rodada levantando água da beira do arroio. A ala esquerda imperial estava compacta, firme, mantendo a distância.

Bento Gonçalves emparelha com Netto.

– Mande os homens parar. Assim não vai dar.

A ala direita farroupilha retorna a sua posição. Os exércitos ficam se contemplando à distância.

Bento Gonçalves é cercado pelos chefes.

– No primeiro momento tivemos oportunidade com Teixeira! – disse Corte Real. – Por que ele não atacou?

– O coronel Crescêncio achou prudente aproximar-se mais para a carga – disse Bento Gonçalves. – Eu já ia dar a ordem.

– Seria uma barbaridade – disse Crescêncio. – A vantagem é nossa. Não podemos perder estas posições sem estar certos de que vamos vencer a arremetida.

– Precisamos começar de qualquer modo! – exclamou mal-humorado Canabarro. – Eles estão se reorganizando.

— Eu sou de opinião que devemos tomar a iniciativa, general — disse Netto. — Devemos atraí-los até aqui de algum modo.

A pontada no meio da testa volta de repente. Bento Gonçalves começa a sentir calor de febre.

— Eles vêm vindo — avisou Antunes. — Parece que vão se arriscar.

Bento Gonçalves ergueu o braço.

— Preparem-se! Preparem-se!

Os sete mil homens do exército imperial começam a manchar com seus uniformes azuis-marinhos a região entre o bosque e o morro. O córrego desaparece sob as patas da cavalaria. Os infantes estão bem à frente.

Manoel Jorge, em seu cavalo, morde o palheiro e fecha os olhos.

Os farroupilhas recuam cada vez mais para suas posições. A ala esquerda reocupa a colina. A ala direita aproxima-se do bosque que protege sua retaguarda.

— Se eles atacarem, é agora — diz, num sussurro, Netto.

Há um silêncio no teatro da batalha. É como se todos esperassem a ordem de atacar do exército imperial. Agora, é ele que ameaça: sobre ele cintila o sol de maio. Brilham as pontas das lanças, brilham os sabres e os arreios.

O exército republicano espera.

O general Manuel Jorge examina o palheiro que pende de seu beiço úmido.

— Pois — diz ele, olhos semicerrados — a infantaria fica onde está. O 1º Batalhão de Infantes e o 4º atravessem e recuem em direção ao Taquari.

Os farroupilhas assistem às manobras das tropas imperiais e não as entendem.

Lucas chega a galope.

— O que está acontecendo? Por que não atacamos?

— Volte para seu posto imediatamente, coronel! — ordenou Bento Gonçalves, furioso.

Há um princípio de perplexidade no alto comando.

— Estão se retirando! — exclama Antunes.

— Pode ser uma manobra para nos enganar — diz Bento Gonçalves. — Isso é coisa do português. Eu o conheço bem.

— Estão se retirando, sim! — diz Corte Real, agitado. — Temos que fazer alguma coisa, general!

Os olhos de Bento Gonçalves fuzilam.

— Quando precisar de seus conselhos saberei pedi-los. Controle-se, coronel! — Olhou para os demais. — Aqui onde estamos somos imbatíveis.

Se eles aceitassem a batalha no terreno inicial, a vantagem era nossa. Mas, agora, com eles em retirada, abrindo espaço da batalha em várias direções, não tenho mais certeza. General Netto, o que diz?

– Vosmecê pensou bem, mas acho que devemos atacar. É tudo ou nada.

Bento Gonçalves olhou para Canabarro.

– E vosmecê, general?

– Concordo com Netto. O momento é agora.

Bento Gonçalves voltou-se para João Antônio.

– General?

– Não podemos jogar tudo ou nada, como diz Netto. Isto não é uma aposta. Trata-se da decisão sobre a vida da República. Não podemos correr o risco de cair numa armadilha. Não me parece seguro atacar. Devemos esperar.

– Essa é minha opinião também – disse Bento Gonçalves.

Voltaram os olhos para o exército inimigo. Seus batalhões recuavam tranquilamente, enquanto o centro fazia a cobertura.

– Vamos reunir um conselho à tarde – disse Bento Gonçalves.

Netto olhou para os soldados.

– O moral das tropas vai sofrer com isso.

Capítulo 5

O conselho foi nervoso. Houve troca de ironias, uma altercação mais acalorada entre Crescêncio e Corte Real. Por fim, chegou-se a um acordo: era fundamental impedir que o exército de Manuel Jorge atravessasse o rio Taquari. E essa parecia ser sua intenção. A velha raposa parecia decidida a não aceitar o combate. Sabia que uma derrota abalaria definitivamente o Império. Os republicanos entrariam a passo de marcha em Porto Alegre e a República seria fato consumado. Mas se o combate não acontecesse, o impasse continuaria – e, continuando o impasse, o desgaste maior sempre era dos revoltosos.

– Vamos meter uma força na retaguarda deles e impedir que passem o rio. Pela madrugada, Crescêncio dará a volta por trás do capão e esperará por eles.

Com essa ordem Bento Gonçalves encerrou a reunião.

A euforia da véspera dera lugar a uma tensão silenciosa, que se esparramou com a noite sobre o acampamento e sentou-se com os homens nas rodas dos fogões.

Nessa noite houve fome. Não havia animais suficientes para suprir as necessidades da tropa toda. O grande acampamento foi atravessado por estremeções de mal-estar. Uma sentinela foi declarada sob prisão, pois causou um alarma desnecessário, entrando aos gritos no acampamento sob a alegação de que vira o boitatá.

Às dez horas todos se recolheram. Crescêncio começaria sua missão às cinco horas. O frio foi se tornando intenso. À meia-noite começou a invadir o acampamento uma cerração branca. De madrugada nada mais se via. As sentinelas eram vultos enregelados, saltitando para não congelar os pés.

Crescêncio saiu com mil homens mal-humorados e famintos para fazer a volta ao capão. O aviso de que o boitatá andava nas proximidades mantinha todos de olhos arregalados. Esperaram calados, dormitando, que o dia raiasse e a tropa dos caramurus iniciasse a retirada para o rio. Mas a manhã demorava a chegar. A noite se eternizava.

Crescêncio consultava o céu coberto pelos gases flutuantes, compactos e alvos, e se desesperava. Às sete horas a situação não mudara. Às oito estava claro, mas a visibilidade era imperfeita. A trinta passos de distância nada se via. Somente às dez horas da manhã a cerração dissipou-se.

Crescêncio mandou dois batedores espreitarem os movimentos do inimigo. Eles voltaram em menos de dez minutos, num galope louco. Os sete mil homens do exército imperial, com seus oito mil cavalos e artilharia pesada, tinham desaparecido!

Crescêncio foi olhar o local, com o coração pesado. Os imperiais aproveitaram a cerração para a retirada, possivelmente logo após a meia-noite. O sítio onde estivera o exército ficou atulhado de objetos deixados na pressa da partida.

Crescêncio passeou um pouco sobre os restos do inimigo, mordendo o bigode e amaldiçoando. Estava com maus presságios. Sabia que já o culpavam pelas hesitações do dia anterior. Agora, seria o alvo principal.

Capítulo 6

— Senhores, isto a que assistimos toma forma de verdadeira calamidade. — Canabarro, dedo estendido para Crescêncio. — Se não fosse o coronel Crescêncio, se fosse outro, não duvidaríamos em chamar isto de traição.

— Não repita essa palavra, Tatu, se gosta de viver!

— Não vamos perder a noção da disciplina e muito menos vamos perder a cabeça, senhores. — Bento Gonçalves ergueu a mão. — É momento para ter tino.

Crescêncio sentou-se no seu canto, mas ficou com a mão no cabo da faca. O Estado-Maior estava reunido na tenda de Bento Gonçalves. Sentava-se sobre tamboretes e tocos de árvore, rachados pelos soldados para fazer os fogos.

– Por muito menos temos uma sentinela presa – disse Canabarro, cuidando o tom da voz, mas continuando a olhar firme para Crescêncio. – Eles estavam nas nossas mãos e agora estão escapando por pura falta de competência, por pura apatia.

– Não foi bem assim, general Canabarro – disse Bento Gonçalves com voz dura. – Houve falhas, mas não houve apatia.

– O ataque não foi feito ontem por ordem de vosmecê, general. Todos nós estávamos de acordo que o ataque devesse ser feito.

– Vosmecê, general Canabarro, sabe muito bem que o general João Antônio e eu estávamos de acordo. Somente vosmecê, general, e o general Netto eram a favor. A decisão foi minha, sim, porque havia um impasse entre os generais. Eu não fujo à responsabilidade, mas não gosto de ver as coisas torcidas.

– As coisas estão torcidas é agora, general – insistiu Canabarro. – Lá fora temos um exército faminto e começando a se desmoralizar e temos aqui um comando indeciso. Precisamos tomar uma medida urgente!

– Vosmecê, general Canabarro, não tem muita autoridade para falar em apatia ou indecisões de comando. Vosmecê vai a Santa Catarina, volta com a metade do exército com que foi e com um título de general e quer se dar o direito de vir cobrar atitudes de seus superiores? Gostaria que vosmecê não esquecesse que eu sou o chefe do Estado-Maior e comandante do Exército e neste exército que eu comando exijo disciplina em todos os escalões. Principalmente dos generais!

– Meu título foi dado pelo povo, livremente. Eu não o pedi.

Netto tinha um rebenque nas mãos. Falou olhando para ele.

– *Bueno*, companheiros, vamos parar de dar voltas como gajeta em boca de veia desdentada. O inimigo quer atravessar o rio, não é isso? Pôs temos que tratar de impedir, mais nada.

As palavras mudaram um pouco o ânimo do grupo.

– O Grenfell está dando cobertura para eles – disse João Antônio. – É um montão de barcos, todos com canhões.

– Podemos avançar com infantaria pelo bosque – disse Lucas. – Cairemos de surpresa. Isso dará tempo para a cavalaria passar diante da linha de fogo.

– As baixas seriam muitas – disse Joaquim Pedro.

– As baixas não importam agora – interveio Canabarro. – Os senhores não compreendem que este é um momento decisivo? Nisso eu concordo com o general Bento Gonçalves. Mas parece que não estamos compreendendo o momento.

– Desculpe, general, mas as nossas baixas sempre devem importar – disse com calma Lucas.

Os jovens coronéis do exército tinham uma animosidade latente com Canabarro. Estavam no movimento desde o início. Fizeram a propaganda da República, correram os riscos dentro da caserna, organizaram as redes de discussões em toda a Província. E agora, Canabarro, entrando na guerra dois anos depois, num posto inferior, era general e eles não passavam de coronéis. Canabarro sabia disso.

– A guerra se ganha no momento certo. Ou não se ganha mais.

– Vamos organizar o plano – interveio Bento Gonçalves.

Capítulo 7

Não comeu durante todo o dia. Com esforço dominou o ímpeto de esbofetear a cara redonda de Canabarro, fazer aqueles pequenos olhos de suíno mostrarem medo ou dor. Caminhou pelo acampamento examinando as armas dos soldados, acompanhado à distância pela preocupação silenciosa de Antunes, detendo-se a tomar entre as mãos a pata de um cavalo manco, cheirar a sopa rala que fervia num caldeirão, olhar com os olhos demasiadamente doces a aplacada luz do outono que criava faixas translúcidas a descerem verticalmente de entre o basto teto verde do bosque. Tunico Ribeiro andou atrás dele com o prato de lata na mão, onde boiava um arroz misturado com charque. Sentiu um acesso de fúria contra a fidelidade servil do corneteiro, agarrou o prato num impulso cego e jogou-o contra o fogão onde Teixeira e Garibaldi esquentavam água para o chimarrão. Saiu num passo acelerado, sentindo como ferro de marcar encostado à testa a dor que voltava e sufocando a pena de ver a humilhação repentina nos olhos do sargento-mor. Teixeira e Garibaldi entreolharam-se. Tunico Ribeiro recolheu com muda dignidade o prato de lata do chão. Antunes saiu no passo rápido, tentando acompanhar o general que resmungava coisas. Pensou em deter-se e vociferar contra Antunes, mostrar o quanto estava farto de seus bons modos, de sua competência, de seu jeito sempre sério e de sua falta de humor. De como, bem no íntimo, desprezava esse ricto de bom-mocismo do seu ajudante de ordens, da sua cinza e pesada e austera e melancólica presença. Resoluto a não pensar noutra coisa, a acariciar o ódio e o veneno como a casca de uma ferida a quem já se toma carinho, sabendo que Antunes o seguia – era seu dever –, encontrou Canabarro e seu âmbito ferino, feito dos olhos sem cor, escondidos, imutáveis, que não piscavam, não olhavam, não mediam. Passou por ele num arranco. Nada tinham a falar, não precisava ser cordial – era um pé-rapado ambicioso, um vulgar sargentão sem procedência que enriquecera como o Bento Manuel, sem herdar nada, um das macegas, um pelo duro. As ordens estavam dadas. Não precisava falar com ninguém. Precisava ficar só. Essa pontada no meio da testa. Já cansa cavalgar o dia inteiro. Acorda à noite com a pontada dura de uma lança entrando pelo rim. A bala que recebeu na retirada de Porto Alegre deixou uma marca funda no ombro, que em outros tempos teria desaparecido completamente. Sente dores ao urinar. Sente dores ao defecar. As articulações dos dedos estalam, emperram, tem dificuldades de escrever cartas, a pena treme em sua mão. Mais fácil empunhar a espada – ela pesa e o tremor não aparece. A voz começa a mudar. Engasga, faltam as palavras, sai em silvos como vindo de um interior a desmoronar. Olha a paisagem como se tivesse a obrigação de decifrá-la. Há essa luz sem violência dessa estação morna. É sua estação, agora. Na juventude adorava o verão, os banhos de sanga, as noites palmilhadas até a boca fresca da madrugada. A partir dos trinta apaixonou-se pelo inverno, pelo que ele proporcionava de luxúria e preguiça, pelas sestas demoradas, as pequenas delícias e os pequenos pecados, a chuva demorada vista da janela. Agora, sua estação é o outono. Essa luz paciente. Esse frio moderado. Essa doce armadilha e essa submissão ao destino. As estações da glória acabaram. Está no período de espera, vive a entressafra de seus sonhos, o verão não promete mais dias dourados escorrendo mel, mas calor sufocante, impaciência, falta de ar. Tem pouco tempo. Nunca pensou na morte, mas ela é essa pontada aguda na cabeça. Ignora-a. Precisa pensar nos cavalos, nas marchas, nos canhões, mas está essa dor aguda e fina, construindo seu ninho sem pressa como joão-de-barro. Fará uma casa sólida e quando chegar a hora virá habitá-la e sua posse será violenta. Pensa sem prazer que será sacudido por uma dor inacreditável, que o corpo se cobrirá de suor, que os olhos rolarão nas órbitas e que estará completamente só. Os sete filhos não produzirão amor suficiente para seu deserto e as carícias de Caetana serão ineficazes como flores num enterro. Atravessará coxilhas de solidão trespassado pela lança que fabricou nesses anos intermináveis em que buscava alguma coisa que sempre fugia quando estava certo de que a tinha entre as mãos, como esse facho de luz amarelada e macia que desce das folhas dos cinamomos e fica na palma das mãos estendidas, como um brinquedo frágil ao qual não se pode tocar. Talvez Antunes o esteja vendo, parado à entrada do bosque, as mãos estendidas recebendo o facho de luz. É o único momento do dia que o humor retorna: sente ganas de chamar o sisudo ordenança e ordenar-lhe que estenda também as mãos, que deixe ao menos uma vez na vida as palmas viradas para cima, recebendo a carícia da luz ambarina do outono filtrada pelas folhas amargas do cinamomo.

Capítulo 8

As notícias chegavam de hora em hora. Sabia o que seria relatado pelos mensageiros e, sem sobressaltos, enrolado no poncho, sentado no tamborete, examinando a sombra de Antunes na parede, ouvia que Netto entrara na vila debaixo de fogo terrível. Podia ver Netto, sempre elegante no lombo de um cavalo, sempre procurando mostrar que as coisas não o aborreciam em absoluto e sempre as executando com um humor calculado para esconder sabe-se lá que fraqueza ou defeito, começando a ocupar rua por rua com paciência e essa coragem sem arrogância mas deliberadamente teatral que o caracteriza. Podia vê-lo oculto numa esquina qualquer de uma casa de alvenaria, observando os soldados rastejar junto às paredes, correr abaixados, procurar os lugares mais escuros enquanto balas invisíveis abriam buracos e faziam saltar caliça e pó dos muros. E Netto montado no alazão – por motivo nenhum deste planeta desmontaria e prosseguiria a pé –, alisando o pescoço e dizendo em sua orelha palavras de conforto, acalmando-o com o dom de sua voz pagã, a grande mão macia transmitindo sua energia pesada, autossuficiente, solidária, ao animal trêmulo. Podia ver os primeiros albores afastando a noite e rasgando uma fímbria avermelhada no horizonte do fim da rua, e pode ver os rostos macerados e insones dos soldados, a débil luz a mostrar olheiras profundas e fadiga acumulada nos rostos escaveirados, pode ver as cores esbranquiçadas das casas abandonadas começarem a tomar solidez à medida que a luz avança transparente. O general Bento Gonçalves da Silva olha as mãos. Procura descobrir um resto daquela luz do fim da tarde que descia dos cinamomos. Não sobrou nada como não sobrou migalha de carícia, nem de fúria ou tédio ou os delírios da juventude na fronteira onde uma energia incomum o assinalava entre todos os varões do Continente para acumular bens, dominar os seres e ser amado sem o incômodo da resposta. Há manchas nessas mãos. Manchas escuras. Manchas que aparecem sem aviso, sem dor, sem surpresa. É a velhice que se instala nelas – e estão vazias, sem migalhas de nada. Bento Gonçalves boceja. Esfrega as mãos. Estão frias. Tunico Ribeiro já vai chegar para o mate. Precisará dizer qualquer coisa para desculpar-se. Um gesto. Meio sorriso basta. João Congo, curvado sobre o fogo, parece um demônio. Antunes está imóvel – sua sombra é um perfil longo e seco. Há vinte anos toma mate com Tunico Ribeiro quando não está na estância. Acostumou-se a esperar o amanhecer com esses dois negros – um é escravo, o outro livre, um serve o mate, o outro toma – e os três ficam em silêncio, não trocam palavras, escutam a manhã crescendo, adivinham o sol pouco a pouco surgindo na última coxilha, não olham para nada em especial, um cusco enrolado a seus pés, voos súbitos de perdizes, um relógio que tiquetaqueia – depende do lugar, da estação, do tempo –, o único estável nesses amanheceres é a comunhão silenciosa, a nunca citada fraternidade, a implícita lealdade e o consolo tácito. Tropel de cavalo. Outro mensageiro. Os imperiais preparam-se para passar o rio. Netto fez prisioneiros no povoado, mas há ainda focos de resistência. O poder de fogo deles é maior do que imaginaram. Marcelino do Carmo já marcha com a infantaria pelo bosque. Deverá atacar perto do meio-dia. Bento Gonçalves prevê os movimentos de Marcelino, pensa nele avançando com seus homens no bosque, as costas de todos manchadas por aquela luz tão doce, pensa em Garibaldi pisando com cuidado para não tropeçar num tronco ou molhar os pés numa poça, pensa no felino coronel Teixeira Nunes, o inflexível coronel Teixeira Nunes, o impávido coronel Teixeira Nunes e o incorruptível coronel Teixeira Nunes que voltara da expedição a Santa Catarina com melancólicas madeixas grisalhas e olhos sem o brilho desafiador que o distinguia e vislumbra no silêncio estarrecedor dos pássaros e na ameaça do inverno que perderam a oportunidade que a sina empurrara para suas mãos, que o ataque era uma farsa inútil e que os homens morreriam em vão, que Grenfell daria com perfeição a cobertura desde o rio e as tropas do Manuel Jorge, mesmo sob o fogo cerrado, passariam para a outra margem, que o bosque estalaria e crepitaria debaixo do vendaval de fogo desferido dos navios e se transformaria num açougue humano e sabia que se não os mandasse ao sacrifício inútil seria pior, a retirada não teria o sabor do fogo devorando madeira e carne, não sibilariam balas sobre suas cabeças, não haveria gritos de feridos e pedidos de água em delírio nem pressa em trazer bandagens e curativos e assim não estariam cumpridos os ritos obrigatórios. Amanhã, tudo terá passado. Contarão e enterrarão os mortos que serão centenas. Recolherão as armas abandonadas e o cartuchame. Reunirão o conselho. Da batalha decisiva ficará esse travo amargo e esse silêncio da manhã avançando. Mas Bento Gonçalves sabe que deve prosseguir. Para o conselho levará um novo plano. Eles esperam isso dele e esse é o seu dever.

Capítulo 9

São mil cavaleiros e dois canhões marchando sob o vento e a chuva. Marcham vergados sobre o pescoço dos cavalos. Os chapéus desabam, dobrados pela força da água. Os ponchos estão encharcados e pesam. Colam-se ao corpo dos homens e às ancas dos animais. Avançam pesadamente. As patas afundam na água, prendem-se ao terreno arenoso, os animais tropeçam. Avançam sem pausa, escolhendo o caminho entre tremedais e charcos. Na frente, os estandartes pendem, vergados como os homens. Bento Gonçalves sufoca a tosse. Tem uma manta enrolada ao pescoço e uma banda de lã vermelha atada na cabeça. O chapéu está descido até os olhos, sobre a banda de lã. Ela protege-lhe a nuca do vento. O vento é o minuano. Assobia, faz a chuva mudar de direção, torna-a horizontal, penetra entre as dobras do abrigo, enregela o nariz e os dedos dos que não têm luvas – a maioria. Ao lado direito de Bento Gonçalves vai Crescêncio. Quase não se vê seu rosto de índio, seu bigode negro amarrado nas pontas debaixo do queixo, as sobrancelhas que se unem num torvelinho escuro acima do nariz, os pequenos olhos negros que não se espantam nunca e parecem adormecidos. Crescêncio não tem luvas. Crescêncio nunca usou luvas e devota inconsciente desprezo a quem as usa, como Bento Gonçalves e os italianos. Logo atrás deles vão Garibaldi e Rossetti, lado a lado. Garibaldi usa um gorro de pelo de ovelha que pediu para Anita fazer, sob sua orientação. E também um colete feito por ela, amarrado na frente por tentos de couro cru. Sobre isto veste um poncho pesado, com franjas, presente de Teixeira. O poncho é de lã, grosso, sólido, quente, mas a água contínua e as rajadas de vento que os acometem desde o dia da partida já os trespassaram e ele sente as costelas enregeladas e os dedos endurecidos, apesar das luvas de couro. Vai de cabeça baixa, abrigando os olhos do vento cortante e da água fria. Vê o pasto queimado pelo frio e devastado pela água, os sulcos das patas dos cavalos que vão na dianteira. Quando ergue os olhos, apenas vê uma paisagem cinzenta e árida, um céu invisível e uma vegetação moribunda, descolorida, sem pássaros nem animais, como se o mundo estivesse acabando e eles fossem uma raça de retirantes escapando a um flagelo universal. É impossível fumar e Bento Gonçalves foi rigoroso quanto a levar bebidas alcoólicas. Não têm vontade sequer de falar. Rossetti, a seu lado, também marcha de cabeça baixa, protegendo-se. Rossetti não articulou frase nenhuma desde que saíram. Garibaldi desconfia de que o metódico Luigi está guardando as preciosas energias para as duras tarefas que os esperam ao fim da marcha. Esta marcha é uma das suas obsessões. Ele instigou Domingos, argumentou com Netto, persuadiu Gonçalves, insistiu com todo o Estado-Maior. Rossetti marcha com as duas mãos escondidas dentro do poncho, curvado sobre o cavalo, e de olhos cerrados, permitindo-se apenas ver sombras a seu redor. Talvez a única coluna dorsal ereta em todo o contingente seja a de Teixeira. Recuperou um pouco de seu *panache*, os ombros voltaram a endurecer-se, o rosto tomou cores, mas a água impiedosa que cai fez seus bigodes – novamente encerados – murcharem e colarem-se ao rosto emagrecido. A seu lado, Antunes, manta cobrindo o rosto, chapéu descido sobre os olhos. Apenas se veem os olhos, semicerrados. Sua parte vulnerável ao frio é o nariz – esse nariz fino, pontudo, de aletas largas, que lhe dá melancólica aura de profundidade e incita a imaginação das mocinhas a considerá-lo poeta. Antunes anda sempre anotando em um pequeno diário de capa de couro que guarda dentro do dólmã, num bolso que pediu para sua mulher costurar. Antunes usa luvas de lã, inúteis. Estão encharcadas e não impedem que as mãos estejam tão molhadas como a testa estrelada do cavalo. Às vezes, olha para os lados e estremece. A paisagem é escorregadia, nebulosa, vegetal, bicho cinzento muito grande, invertebrado, sobre o dorso do qual aquele fantasmagórico grupo de homens cavalga curvado em silêncio, com uma vontade estranha, destinado a um sortilégio infernal. A chuva desaba sobre eles, desaba sobre o lombo recurvo e pantanoso do bicho: Antunes pensa que está se desfazendo, que a paisagem – o bicho lancinante e movediço – está se desfazendo sob a chuva e o vento, o bicho os obriga – insetos – a caminhar no dorso que se desfaz; e eles caminham. As patas cansadas dos cavalos afundam na pele do bicho, enredam-se nos pelos do bicho, encharcam-se no líquido gelado que segrega da pele do bicho.

Capítulo 10

Mil cavaleiros marcham sobre o lombo da paisagem viva que se desfaz e os engolirá adiante, onde está a cabeça do bicho e suas fauces abertas, a língua ofegante. Garibaldi cochila. Abre o olho, sentindo coceira na mão. Examina-a. Dá um grito que faz Rossetti voltar para ele a cabeça. Garibaldi não diz nada. Rossetti torna a baixar a cabeça. Pensa que ouviu Garibaldi gritar. É impossível saber. O vento zune. Na Itália não existe esse vento. Esse vento só existe aqui. Os continentinos demonstram um orgulho meio tolo em relação a ele – ao Minuano –, como se fosse alguma vantagem suportar tal flagelo. É vento perverso, insidioso, que arremete como obedecendo a impulsos preestabelecidos, que investiga a vítima e joga-se sobre ela como puma, buscando a parte vital. O minuano é vento polar: vem do sul mais fundo, das geleiras da Patagônia, atravessando as vastidões do pampa argentino onde não encontra obstáculo algum e vem semeando devastações, minúsculas mortes, assobiando sua música lúgubre, arrancando lágrimas dos olhos mais duros, inchando, crescendo, aumentando a força com os lamentos e gemidos recolhidos no caminho, chegando ao pampa rio-grandense gordo, pesado, mau. Outras vezes o minuano é andino: desprende-se das alturas geladas da cordilheira, desce rodopiando entre avalanches de neve, joga-se vertiginosamente através de abismos de rocha e penhascos molhados, fustigando condores e tribos guerreiras, precipita-se feroz, com um uivo mais agudo, mais humano, mais dolorido e instala-se no pampa e o percorre faminto, deslizante, fazendo estremecer os rebanhos, tiritar as choupanas, vacilar os fogos nos galpões, vergar os angicos e cambarás, encrespar o lombo das sangas. Na tarde cinzenta o minuano cerca a expedição. O minuano torna-a encolhida, desmoralizada, indefesa. A expedição luta contra um inimigo invisível, que zomba, que ri, que dá gargalhadas desvairadas e que não se cansa, não recua, não dá folga, não esgota seus recursos. Um inimigo que tem aliado poderoso: a chuva ininterrupta desde a partida, a chuva metódica, que cai numa harmonia hipnotizadora e que obedece aos caprichos do minuano, mudando a direção em arremetidas inesperadas, vindo de flanco, de frente, vertical, às vezes redemoinhando diante de seus olhos como alucinação. Rossetti olha as bandeirolas tricolores na ponta das lanças. Estão em tiras e se agitam para todos os lados, como possuídas. Eram bandeirolas novas, feitas pelas mulheres dos republicanos, com muito sacrifício e certo desperdício, já que era mais importante nesse inverno maldito roupas mais grossas para a tropa. A metade dos mil homens não usa botas. Enrolam os pés em mantas, em pedaços de pelego, improvisam sapatos de couro. Alguns, para espanto de Rossetti, não usam nada nos pés e parecem não sentir o calamitoso frio que o vento aumenta.

Na terceira noite não comeram nada. Foi servido um caldo quente, água fervida com ossos, que beberam com sofreguidão, protegendo os pratos de lata da chuva. Fizeram alto de quatro horas. Dois homens não levantaram na hora de partir. Garibaldi sacudiu-os com energia, mas Crescêncio segurou o braço do italiano. Podia deixá-los. Estavam mortos. O frio já fizera as primeiras baixas da batalha e tinham ainda cinco dias pela frente. O destino era o sonho acalentado por Domingos e Rossetti, o ponto luminoso no fim do horrendo caminho – para Antunes e seus devaneios as fauces sanguinolentas do longo e tortuoso monstro que palmilhavam com suicida paciência.

Capítulo 11

Mil cavaleiros e dois canhões marcham sob vento e chuva para sitiar, submeter e ocupar São José do Norte. É preciso esse porto: é a vida. Bento Gonçalves quase não disse palavra. Sua boca, demasiado suave, vai quieta, fechada, sonhando a saliva, acariciando almoços de vinte anos atrás, saboreando tardes de verão de trinta anos atrás, rastreando gostos de outras salivas quarenta anos atrás. A boca rósea e de traçado acadêmico do general apenas se abre para ordens curtas, rápidas, sem ênfase. No entanto, ele tem certa forma estranha de coragem que entusiasma os homens, certo modo não entendido de liderança que os induz a obedecer, certa energia não delimitada que o instaura no ponto mais alto do poder e o deixa ali, solitário e soberano. A chuva já dobrou completamente a aba do seu chapéu. Sente a água escorrendo, a centímetros do nariz. Está encharcado. Os ossos doem. A carne dói. Doem os olhos. E dor profunda atravessa o centro do cérebro como se tivesse uma adaga cravada no meio da testa. Esteve sempre rente ao sonho. Tanta vez o tocou com a mão. Mas não o reteve, não foi seu nem com ele ficou tempo suficiente para conservar o gosto, o tato, o cheiro. Agora, talvez esteja no fim dessa jornada sombria. A marcha é acelerada. Sabe: chegando a São José, não terá tempo para recompor as forças da tropa e dos cavalos. Atacará imediatamente ou todo o esforço para conseguir a surpresa terá sido inútil. Os homens foram escolhidos a dedo. Os voluntários foram advertidos da característica da jornada. O general não ouviu uma queixa. É um exército silencioso. Bento Gonçalves sufoca a tosse. A tosse o ronda com persistência. Ele se defende bem, com astúcia. Enrola a manta no pescoço, aperta mais a banda ao redor da testa, estica os dedos dentro das luvas. Mas a tosse o espreita. Ela é aliada do vento e da chuva. À noite, morreu um missionário tossindo. Foi um acesso angustiante que roubou-lhe o ar e dobrou-o em dois – a chuva caindo impiedosa nas costas curvas – até fazê-lo espirrar jatos de sangue cada vez mais densos. Morreu numa brancura atroz, murmurando orações em guarani e latim. O rosto parecia uma caveira. Os homens, estarrecidos, fizeram uma barraca com seus ponchos para que a chuva não o incomodasse. O último estertor foi grotesco, fazendo rodar a cabeça, cobrindo o rosto com o cabelo selvagem. Foi enterrado por três soldados, enquanto o resto já iniciava a marcha, vergado pelo vento e pela chuva, incitando as montadas, arrastando as duas enormes bocas de fogo que atolavam seguidamente. Marchavam na escuridão absoluta, espreitados por animais selvagens e tímidos, na direção do sul. Marchavam cada vez mais encolhidos, cada vez mais molhados, cada vez mais tiritantes e soturnos e escuros. Bento Gonçalves marchava pelejando com meditado ódio contra a tosse que se infiltrava em sua garganta como pena de galinha, que o cutucava e o convidava a tossir, que raspava seus nervos com a ponta de garfo e o torturava mais que o vento que já vencera as botas de camurça e começava a endurecer os dedos dos pés. Lutava contra a tosse com uma força e um ódio tão poderosos que já a dominava, que acalentava esse domínio com prazer tão pessoal como se alisasse a pele de Caetana quando ela tinha dezessete anos e o luar a deixava macia e prateada. Sufocava a tosse com o orgulho primitivo que o dominou no momento em que venceu o duelo a facão com o mulato Tibério, 35 anos atrás. Fecha os olhos, lembra de Manuel Jorge, o Ancião, o malogro que aplicara em seus planos, e cutuca as ancas do cavalo, é preciso avançar. E avançam na escuridão absoluta, indefesos ao vento e à chuva e ao frio, avançam cabisbaixos e calados, avançam encharcados e avançam pensando no cotidiano, cada indivíduo tendo uma tarde para lembrar, um cavalo único e glorioso, um pasto de gordura superior, um guaipeca de fidelidade exemplar, um rio com sombras movediças, uma mesa com riscos de faca, um bolicho, um rebenque, umas esporas, uma mulher. O exército avança curvado e resfolegante, chapinhando na lama, acossado pelo universo enegrecido, e sobre ele flutuam sombras de casa, coxilhas, umbus, sóis e madrugadas que passaram de roldão com rostos de mulheres, de meninos, de velhos, de amigos, de inimigos e de irmãos e desconhecidos em canchas de osso e mesas de truco. O exército vai acompanhado por esse cortejo tão silencioso como ele próprio e é um cortejo compacto e disforme: multidão. É como outro exército marchando – invulnerável ao vento e à chuva, com as cores do passado; as manhãs serenas, as tardes deslumbrantes, os lentos crepúsculos flutuam sobre as cabeças curvadas, e flutuam os dias de doma e rodeio, as invernadas, uma tarde de churrasco à sombra de cinamomos, faina de curar bicheira de rês, horas arrastadas em balcão de venda, interminável tarde em escritório contábil, antigas esperanças de melhorar de vida e pescoço prensado ao tronco, açoite no lombo, a sombra do feitor no chão e ódio espumando na boca e igrejas maciças com altares dourados e cheiro a incenso e cantochão e a Virgem Maria de olhos azuis e roupa alvíssima com filigranas de ouro. O exército de sonho esmaga o exército de carne e osso. É um tropel silencioso de vidas esparsas reunidas ali no dia que já começa a clarear, o quarto dia da marcha, e esmaga com doçura e dor.

Capítulo 12

Teixeira aproxima-se de Bento Gonçalves: o general vai concentrado numa tarefa íntima, lívido, barba por fazer. Teixeira olha para trás e vê os chapéus, não vê os rostos. Vê os negros chapéus brilhantes açoitados pelo vento e pela água, os ponchos grudados nos corpos, as mãos que empunham as lanças. Quem são esses homens? De onde vieram? Por que estão ali? Eles não discutem, não falam, não participam, não sabem. Organizam-se numa força silenciosa que é a intuição, no instinto animal que os impulsiona e indica caminhos, que os seduz a partilhar esses sofrimentos. Avançam, cabeças baixas, na manhã escura e cinza, vaporosa, povoada pelo exército paralelo de sonhos e lembranças e desejos, e avançam produzindo esse som mole que se impregnou em seus ouvidos e é a única coisa viva em toda a região. É um som de milhares de patas de cavalos pisando com esforço no chão transformado em lama. É som sem ritmo e sem pureza, oco, opaco, fluido, que se mistura ao som da chuva e se entrelaça com ela formando cortina de ruídos adormecedora e constante e que pouco a pouco vai se tornando inaudível como a paisagem vai se tornando invisível sem que o exército sinta que está marchando no vácuo, adormecido, indo para lugar nenhum através dum cenário desaparecido. Um canhão atola. Aos gritos, tornam ao real. E para Antunes o real é a pele macia e cancerosa do monstro que respira suavemente e sobre o qual avançam sem parar, em direção a sua fauce expectante. No quinto dia a chuva parou. Puderam então admirar o antagonismo absurdo do céu; as pesadas massas de nuvens negras que se acumulavam sobre suas cabeças, guiadas pelo vento que também diminuía; contemplaram, com horror calado, a mortal depredação das copas do arvoredo; avançavam com pressentimentos sinistros sobre charcos que se transformaram em lagoas com quilômetros de extensão; encontraram centenas de animais mortos pelas torrentes caudalosas em que a chuva transformou regatos; perceberam a cor morta, decrépita, musgosa, fria que a natureza tomara. Ao anoitecer, o frio aumentou. O exército juntou-se como pôde, num grupo compacto e tiritante, lutando para acender fogos. Bento Gonçalves deu ordem de marcha. Assim, pelo menos, os homens se esquentariam um pouco. Pela madrugada a chuva voltou e entraram no sexto dia debaixo de aguaceiro pesado, pouco a pouco transformado em granizo a estalar em suas cabeças como infernal horda de íncubos chocalhando dentes ou batendo panelas e latas. Quando o granizo se transformou outra vez em chuva gelada, o exército parecia ter passado por uma surra geral que o deixou abatido e sem moral, cabisbaixo, mais calado do que nunca e temeroso de algum sortilégio lançado contra eles. E o sexto dia e o sétimo confundiram-se na cor, no gosto, na temperatura, nos ruídos enlouquecidos que animais em fuga despejavam sobre o exército estoico que marchava transfigurado, raivoso, arrancando forças dos nervos e dos ossos. Ao crepúsculo, o canhão atolou definitivamente. Tentaram conseguir juntas de bois na vizinhança mas não conseguiram. Num esforço supremo de centenas de homens, as rodas cingidas por círculos de aço se desmancharam, em pedaços. Agora, não tinham como levar as peças. Era impossível arrastá-las sem as rodas. Consertá-las naquelas condições, nem pensar. Ficaram todos ao redor dos canhões, contemplando-os, inúteis e lisos e negros, molhados. A chuva caía no círculo cinza e abatido. Bento Gonçalves mandou enterrá-los. Sem canhões será mais difícil. Todos sabem. E a hora se aproxima. Domingos Crescêncio acaricia o nó de bigodes sob seu queixo. Garibaldi passa a mão no rosto e afasta a água como se fosse mosquito. Bento Gonçalves monta em seu cavalo. A marcha recomeça. Agora, marcham sobre areia molhada. A vegetação diminui cada vez mais. Avançam sobre dunas intermináveis. É uma sucessão de ondulações suaves que a longa fila montada percorre, deixando a marca funda das patas como rasto que a chuva onipresente custa a apagar. O crepúsculo mostra-se na forma caprichosa de um arco-íris. A chuva torna-se rala. Ouvem rumor tenso, controlado, como respiração. Antunes lembra do bicho – sabe que estão chegando à sua boca devoradora. Chegam ao cimo de outra duna. Ante eles surge o mar escuro.

Capítulo 13

Descem lentamente e começam a marchar paralelo a ele. Respiram o ar marinho como alimento. A chuva cessa. O arco-íris começa a desfazer-se. Vão encontrando despojos: troncos petrificados, pedaços de embarcações, peixes, algas, pássaros marinhos. O exército avança pela praia, olhando sem espanto os danos do mar. Deparam com pinguins estirados, rígidos. Examinam com estranheza as formas daquele ser raro, alguns se detêm, um deles ergue um bicho pelas patas. Anoitece. É uma noite brusca, sem adornos. Um cavalo cai, estrebuchando. Ninguém para. É preciso chegar, começar logo o combate. São José do Norte está bem defendida por uma muralha de pedras. É uma vila de pouco mais de quinhentas casas, com ruas de paralelepípedos, debruçada sobre o mar, onde atracam grandes barcos. Tem três bastiões bem armados, cada um com seis peças calibre 16. Para vencer a barreira é necessário a audácia e a rapidez. O comandante da guarnição é um tal coronel Paiva. Pouco sabem sobre o homem. São José do Norte fica em frente à vila do Rio Grande – O Sul –, o alvo imediato dos farroupilhas após a conquista do Norte. Rio Grande é maior e melhor fortificada. Vendo o combate, suas forças poderão alcançar o local em menos de uma hora, estando o mar calmo. Com o vento aumentando e o céu prenunciando tempestade, é bem possível que não se atrevam a atravessar o canal. De qualquer modo, é mister tomar o porto sem demora. O exército afasta-se da margem e interna-se na escuridão macia das dunas. No alto de uma delas, Bento Gonçalves avista as luzes do seu destino. Permanecem silenciosos, contemplando as trêmulas cintilações ao longe, procurando imaginar que tesouros pode conter aquele minúsculo lugar perdido neste deserto confim do Continente, para vir até aqui, nessa jornada. Crescêncio acaricia o bigode atado sob o queixo e interroga Bento Gonçalves com o olhar. Crescêncio comandará o ataque. Bento Gonçalves ficará com a reserva. O primeiro encontro será nas muralhas de pedra. Crescêncio toca o braço de Garibaldi, aponta os muros onde a chuva bate. Uma sentinela encharcada passa lá no alto, fuzil ao ombro. Estão deitados no areal que cerca a vila. O mundo é feito de desconforto, chuva, areia, escuridão.

CAPÍTULO 14

Cem homens rastejam na areia. (Depois de tomada a muralha, os portões serão abertos e a cavalaria entrará a galope.) Cem homens rastejam na areia molhada. Cem homens chegam à alta muralha: três metros, talvez mais. Garibaldi encosta-se a ela, abre a mão em concha, Rossetti pisa na mão, sobe para seus ombros. Um terceiro sobe pela mão de Garibaldi, depois sobre Rossetti e chega ao alto. Recebe no rosto chuva, vento e o ruído do mar. Tem uma faca nos dentes. Escorrega para dentro da muralha, deita-se no chão de pedra. Um segundo homem sobe. E logo outro. Fazem-se mais escadas dessa forma, de braços e ombros. Já sobem e deitam-se na pedra fria mais de doze homens, perfeitamente encobertos pela escuridão. A sentinela aproxima-se. Três vultos rápidos caem sobre ela e abafam seus gritos. Adagas cintilam no escuro. O silêncio, em seguida. Os vultos ficam imóveis, esperando alguma reação. Não acontece nada. A chuva, o escuro, um grito de gaivota vindo do porto. Descem, rente ao muro, para o primeiro bastião. Espiam pela janela. Três oficiais jogam cartas. Um lampião sobre a mesa: garrafa, copos, fumaça de cigarro. Os farroupilhas entreolham-se: a fome terrível. Não há nada à vista que possa ser comido, mas o calor da peça, as garrafas sobre a mesa fazem a fome erguer-se em seus estômagos. Arrombam a porta, invadem a sala, punhais em punho, caem sobre os três homens antes que possam empunhar as armas. As punhaladas se sucedem. Param, ofegantes. A garrafa passa de mão em mão. Abrir os portões, agora. Ainda há sentinelas no caminho. Esgueiram-se junto à muralha. Lampiões derramam círculos de luz amarelada no pátio empedrado. O mar bate na muralha, o ruído rola, onipresente. Um pássaro noturno passa voando. Os portões são de madeira, com traves grossas. Pesam. Duas sentinelas. São engolfadas numa sucessão de golpes de arma branca. Os portões estão fechados à chave, além de tramelas de ferro para maior segurança. Procuram as chaves com as sentinelas. Não encontram. Voltam ao bastião, revistam os oficiais, apanham um molho de chaves. Uma serve. Os portões começam a abrir, enormes: não fazem ruídos. Garibaldi e Rossetti chegam com o resto dos homens. É preciso tomar o segundo bastião antes de dar o sinal para Crescêncio enviar Teixeira com o Corpo de Lanceiros. Espalham-se pelas laterais das galerias, sobem rapidamente as escadas de pedra, postam-se ao longo do pátio ocupando os espaços. No segundo bastião estão as peças de artilharia. Três voltadas para o mar, três para o areal. Deve haver pelo menos uns vinte homens de prontidão em seu interior. Agora, certamente, todos os que dormem despertarão. A ordem passa sussurrada: arma de fogo só em último caso. Invadem de supetão a sala iluminada, onde soldados e cabos dormitam em cadeiras e bebem café. Há terror nos olhos ao verem a brusca invasão daqueles homens esfarrapados, escaveirados, barbudos. É um corpo a corpo instantâneo: o entrevero se arma na sala apertada, os lampiões balançam fazendo as enormes sombras grotescas dançarem nas paredes, o primeiro tiro soa estilhaçando uma janela e jogando vidro até o centro do pátio. Seguem-se mais três tiros abafados num turbilhão de facadas. Um soldado atravessa a janela saltando contra a vidraça e caindo no pátio interno. É perseguido por uma horda de esfarrapados – corre de um lado para o outro até que é cercado num canto escuro. Seus gritos varam a noite. Luzes começam a acender-se nas janelas. O som abafado de patas de cavalos chega até Garibaldi: aí vêm, pela areia, Teixeira e o Corpo de Lanceiros. Irrompem portão adentro e os cascos dos cavalos na pedra estalam e faíscam. A cavalaria não se detém no pátio do bastião. Arremete pela primeira rua de pedras que encontra e adentra a vila, gritando, sacudindo as lanças debaixo da chuva que não para. O vento aumenta. Um relâmpago corta o céu e revela o amontoado gigantesco de nuvens negras que se movem diabolicamente, como preparando-se também para participar da batalha. Teixeira corre em direção ao porto: a tarefa é tomá-lo. Já o alarma foi dado. Sai a seu encontro uma tropa de infantaria que embosca-o numa esquina. Os infantes têm ainda os corpos quentes da cama de onde foram arrancados. O cavalo de Teixeira empina no lajeado, escorrega e cai. Ele sente dor aguda do pé torcido mas consegue levantar-se. Jorra sobre eles uma saraivada de balas disparadas à queima-roupa, das esquinas, das janelas, dos desvãos escuros das casas. Lutam com sombras. Braços erguem Teixeira. Monta o cavalo, a espada na mão. Adiante! Avançam pela rua, surge um canhão iluminado por um relâmpago, apontado para eles. Abrem-se em dois instintivamente, a bala passa diante deles, jato de fogo que explode contra uma parede. Aproxima-se do terceiro bastião: a defesa é mais acirrada. O tiroteio é mais contínuo, surgem defensores de todo lado. Crescêncio aparece ao lado dele. É preciso gritar para se fazer ouvir. O mar brame, o vento uiva com mais força e os trovões e os relâmpagos sucedem-se com mais frequência. Crescêncio toma o rumo do porto, Teixeira tomará o terceiro bastião. A cavalhada de Crescêncio chega ao porto sob o impacto de uma resistência feroz. Caem cavalos e homens dizimados pela metralha que despeja fogo das construções e das muralhas onde batem ondas enormes. O mar invade as ruas. O rosto de Crescêncio é salpicado pela água do mar. Lambe os beiços e sente o gosto salgado. Gaivotas giram enlouquecidas no ar escuro. Há uma sequência rápida de relâmpagos que iluminam todo o horizonte e eles veem o *Andorinha* e seus canhões balançando enormes e escuros, sem poder aproximar-se, assim como as barcaças de guerra. Os relâmpagos revelam também o grande mar revolto, prometendo qualquer coisa de terrível. E, como se obedecessem a uma ordem, o vento, a chuva e os trovões aumentam ao mesmo tempo de intensidade. A chuva é uma cataduna pesada que esmaga seus chapéus e trespassa seus ponchos, o vento quase os arrasta com cavalos e tudo, os raios que caem com ruído devastador deixam os animais em pânico. O mar salta sobre a amurada e avança até a assustada cavalaria. Que inimigo é esse? É impossível atravessar o paço e chegar às construções defendidas. O som dos tiros e do vento e dos trovões e das espadas que se entrechocam formam uma malha arrepiante. Crescêncio deixa um major mantendo o sítio do porto e volta a galope pelas ruas fustigadas de vento e chuva para ver o que aconteceu no terceiro bastião. Estava tomado. Havia grande número de prisioneiros e mortos. Garibaldi mexia nos papéis do Império.

Capítulo 15

Bento Gonçalves foi convidado a entrar com a força de reserva. Acenderam um fogo na lareira; os dedos de todos estavam enregelados. Bento Gonçalves chegou. Estendeu as mãos para o fogo. Examinaram a situação. O porto estava sitiado. Os três bastiões principais foram tomados. O grosso das tropas e seu comandante alojaram-se num casarão no fim da vila, onde resistiam. Bento Gonçalves pensou nesse homem, Paiva. Não o conhecia. Não tinha ideia de como era e se poderia fazer um acordo com ele. Chamou Teixeira. Era preciso levar-lhe um ultimato, era tempo de saber com quem estavam tratando. O ultimato foi seco: que se rendesse à discrição; os republicanos recambiariam às suas províncias todos os praças que fossem alheios ao Rio Grande; os demais seriam tratados como camaradas de armas, como era o costume dos homens livres; caso contrário, arrasariam a povoação. Teixeira percorreu as ruas atormentadas pelo vento e pela chuva com um trapo branco atado à ponta da lança. Atravessou barricadas, olhares hostis e de admiração, foi levado até uma sala aquecida onde deixou o piso de madeira manchado com a água que escorregava de suas roupas. O coronel Soares de Paiva era um homem jovem, de bigode negro parecido ao de Teixeira. Estava sentado numa cadeira de palha, com a perna estendida sobre uma banqueta. A calça militar estava rasgada e sobre a perna debruçava-se um cirurgião. Pingava sangue com abundância. O coronel estava pálido, mas foi enérgico. Agradecia a proposta do general Bento Gonçalves, mas tinha a obrigação de defender a praça e o faria, até não ter mais forças. Teixeira Nunes bateu continência e voltou. Teve a impressão de que aumentava ainda mais a tempestade. Na porta, foi obrigado a agarrar-se ao marco para não ser arrebatado. O chapéu estava bem amarrado na cabeça. Montou e voltou dobrado sobre o cavalo, lembrando de repente do pé torcido ao sentir a dor quando apoiou-o no chão para montar. Aproximou-se a galope do terceiro fortim – agora sabia que o chamavam de Imperial –, quando ante seus olhos desenhou-se a mais horrenda cena que seus olhos haviam contemplado. O fortim explodiu. O fortim abriu-se em mil pedaços vermelhos e alaranjados, envoltos em fumaça lilás e cinza, elevando-se dezenas de metros para o ar com pedras, madeira e corpos. Teixeira os viu, nítidos, ao resplendor dourado da explosão, serem erguidos pela força imensa e desfeitos em pedaços. Estava a mais de cem metros dele mas foi jogado longe pelo deslocamento do ar e teve o rosto chamuscado pelo sopro queimante que despejou. Sentiu que todo seu corpo tremia quando tentava levantar-se; lá dentro estavam Bento Gonçalves, Crescêncio, Rossetti, Garibaldi, Antunes. Colocou as duas mãos no rosto e gemeu com desespero. Correu em direção ao fortim, que parecia ter aumentado de tamanho com as enormes labaredas que se levantaram de seu interior. A grande fogueira iluminava tudo num raio de centenas de metros. Bruscamente, outra explosão agita o mesmo lugar, erguendo outra vez uma catapulta de pedras, traves e corpos humanos e triturando-os em seu centro vertiginoso. O coração de Teixeira parecia partido em dois: tinha sangue na boca; as pernas afrouxavam. A fogueira iluminava o bastião destruído, exibindo o ventre magro e retorcido, as paredes em ruínas, os móveis incendiando, as grandes pedras espalhadas pela rua. A tempestade sacudia as chamas e as fazia gemer. A água impiedosa que caía não era suficiente para sufocar o fogo. Teixeira esqueceu o combate. Onde os homens do comando? Onde Luigi? Onde Garibaldi? Percebe que as mãos tremem violentamente, que as tripas se enroscam numa cólica medonha, as pernas não resistem mais e ele cai de joelhos no chão. Se Bento Gonçalves pereceu, pode ser o fim de tudo. Mas surge um grupo correndo na boca da rua. O clarão do fogo os ilumina: Rossetti, Antunes, Crescêncio, logo atrás Bento Gonçalves. Carregam espadas e pistolas. Teixeira ergueu-se comovido, as forças instantaneamente recuperadas. Abraça Rossetti. Contemplam, assombrados, a enorme fogueira. Tinham resolvido transferir o comando para uma casa próxima, sabiam que o bastião seria um alvo fundamental caso a resistência da vila se fortalecesse. E tiveram razão. Por passagem secreta, um grupo entrara no subterrâneo do bastião, onde estava o paiol, e tocara fogo na pólvora. Escaparam por pouco, mas dezenas de camaradas foram mortos. Ocuparam a cantina de oficiais. O fogão estava aceso e havia reconfortante calor. Amontoaram-se ao redor do fogo, sacudindo as roupas molhadas, estendendo as mãos, dando pulos. Se o tal Paiva não se render até o amanhecer, as coisas ficarão feias. A tempestade pode diminuir e tornar possível chegar reforços de Rio Grande. Crescêncio sai e vai pessoalmente comandar o sítio ao porto. Teixeira e Garibaldi partem para submeter o casarão onde se entrincheirou o comandante da guarnição da vila. Muitos soldados abandonam as filas, metem-se por vielas embarradas, arrombam as portas das casas e invadem salas e quartos de dormir onde se imobilizam de terror famílias inteiras. Querem comida, não querem fazer mal a ninguém se não for necessário, mas querem comida. Servem-lhes pão, leite, pedaços de linguiça, queijo. Os esfarrapados comem truculentamente, com fome de lobo, ante os olhares de terror. Lá fora explodem o mar e os céus, estalam tiros, ouvem-se gritos obscenos e de dor, passam cavalos em disparada, passam homens em disparada, um súbito tiro de canhão estremece as prateleiras e as louças, incita o choro em pânico dos menores, faz a mocinha empalidecer e desmaiar. Os esfarrapados comem, olho nos donos da casa, o cabo das pistolas ao alcance da mão. Depois de comerem, retiram-se carregando linguiças e pães e queijos, metendo-os dentro das roupas, amarrando-as nas dobras do poncho. Retiram-se aliviados, outra vez suportando a chuva no rosto e o vento que entra pelas roupas. Alguns juntam-se no assédio ao porto, outros ao casarão. Quem chega ao porto vê uma manobra temerária: o *Andorinha* aproxima-se, parece que vai tentar desembarcar gente. Um escaler sobe e desce nas ondas enormes com um punhado de marinheiros. Crescêncio observa, olhos apertados. É uma audácia inacreditável daqueles homens. Sente que no porto começam a elevar-se vozes de estímulo. As aclamações sobem varando o estrondo da chuva, dos trovões, e dos tiros. Crescêncio sente que o moral deles cresce. Monta no cavalo e dá a ordem. É avançar de qualquer maneira e dar combate lá nas muralhas onde eles estão escondidos. A cavalaria irrompe no grande paço de pedras deserto debaixo dum fogo cerrado de metralha. Há barricadas de sacos de farinha e trigo, de alfafa e centeio. Os cavalos deslizam nas pedras escorregadias, entrechocam-se, os trovões estalam iluminando o mar, aproximam-se da barricada, alguns já a saltaram e começaram a lutar com homens que saem da sombra dos galpões do depósito, sentem com o medo supersticioso de habitantes do pampa a presença próxima daquela entidade enraivecida, sentem a força das ondas estalando contra o paredão de pedra e fazendo estremecer todo o chão, veem a branca espuma que escorrega durante intermináveis metros e se gruda aos cascos dos cavalos como se fosse flocos de paineira. Crescêncio avança até perto da estacada onde bate o mar. Ali está o escaler, subindo e descendo nas ondas enormes. Aponta contra ele. Alguns homens caem ao mar. Um cavalo com seu cavaleiro entra a toda velocidade no grande galpão, como contaminado por algum pavor incontrolável, e se precipita contra a estaca, sobe por ela e é engolido por uma onda que o atrai num torvelinho de espuma branca. O escaler vira com o impacto da metralha. Uma onda o cobre, o atrai, na escuridão desaparece. O cais está tomado. Uma barra vermelha irrompe no pesado cinza do céu junto ao horizonte. Amanhece. O vento diminui muito. A chuva, agora, é uma garoa ininterrupta. O cerco ao casarão é inútil – ele resiste. Foi arrastado um canhão sob as ordens de Antunes e foram desferidos dois tiros contra a porta, transformando o interior num escombro de paredes e vigas e pó. Mas o canhão foi contra-atacado com tal violência de artilharia pesada que Antunes foi obrigado a rastejar para trás de uma bica d'água com os artilheiros. O tal Paiva é touro. Chega Rossetti. O bastião dois está sendo atacado. É preciso ir reforçá-lo. É preciso dividir os homens do cerco. A ordem é para Teixeira manter o casarão sob vigilância mas liberar homens para ajudar na defesa do fortim ameaçado. Antunes rasteja até seu cavalo. A luz começa a descer sobre a vila de São José do Norte – parece carregar uma maldição que acabrunha os telhados, mortifica as paredes, reduz as pedras e faz a vila revelar-se nua e constrangida como alguém que se agitou em febre toda a noite e tenta agora, esgotado, rememorar os horrores e saber se foram verdadeiros ou fruto de pesadelo. O bastião dois está transformado numa nova frente de batalha. E agora os inimigos podem se ver uns aos outros; agora os céus amainaram suas fúrias; somente o mar se agita, se encapela, ainda escuro e assustador. O fortim está sendo atingido pelas baterias dos imperiais: as balas ribombam nas paredes, arrancam lascas, abrem rombos. Lá dentro os homens correm de um lado para outro: Garibaldi está no comando. Os imperiais trazem escadas para grimpar a muralha. São derrubadas pelas lanças, mas surgem mais e mais, o fogo de artilharia começa a atirar por elevação, o teto desaba com um ruído de vigas e telhas esmagando soldados. Alguns imperiais já conseguem infiltrar-se no fortim e já começa o entrechoque de aço contra aço. Vem uma arremetida mais forte dos imperiais, estão fortalecidos pelo progresso do primeiro arranco, a luta começa a travar-se nas muralhas. Garibaldi maneja a espada sem parar, o braço dói, troca-a de mão com a pistola, tem a lâmina ensanguentada, cortes no rosto e no peito, sente o poncho pesando desmesuradamente e pressente que num esforço supremo dos inimigos perderão a posição. Das muralhas do mar surgem centenas de imperiais descansados, com as fardas novas. Reforço! Os navios conseguiram passar o canal e estão desembarcando tropas na praia. Os farrapos começam a recuar ante a nova arremetida. E de repente o fio da resistência se parte: eles dão as costas e correm a bom correr, largando armas e deixando o horror acumulado nesses oito dias explodir em suas gargantas em gritos desesperados. Garibaldi também corre. Sobe uma escada de pedra, defronta-se com um oficial imperial, dribla-o com um movimento de corpo e trespassa-o com cutelada certeira. Sobe para a muralha e salta para a areia, três metros abaixo. E cai em outro fervedouro humano. Trava-se uma batalha feroz nas areias da praia – a cavalaria de Crescêncio tenta de qualquer maneira impedir o desembarque das tropas que vieram de Rio Grande. Os cavalos passam em disparada, já sem forças. Guerreiros lívidos e famintos enfrentam com força e fúria os recém-chegados, descansados e dormidos. Garibaldi dá a volta ao fortim, corre para a cantina dos oficiais. Bento Gonçalves vem vindo com Antunes. Discutem com furor. Garibaldi conta a novidade. Anuncia que vai recuperar o fortim, só precisa reunir homens. Bento Gonçalves diz que também participará do ataque. Garibaldi corre procurando Rossetti. Precisa reunir os homens. Precisa conseguir canhões. Precisa retomar o bastião ou estará perdida a vila e o esforço de tantos dias. Organizam-se, olhos e ouvidos no combate da praia. Crescêncio surge de repente, agitando um estandarte imperial. A praia estava mais uma vez sobre mandato republicano. Bento Gonçalves, Antunes e Garibaldi erguem um urro de alegria.

Agora, é preciso de qualquer modo avançar sobre o maldito fortim e retomá-lo aos imperiais. Bento Gonçalves arranca a espada. Das muralhas começam a disparar. Antunes mete-se na frente do presidente. A discussão era para que ele não se metesse no fogo cerrado. Era o presidente da República e tinha mais responsabilidade do que os demais. Bento Gonçalves, irritado, vai direto para as muralhas, cercado por Antunes, Garibaldi e Rossetti. Começam a escalada quando chove bala, pedra, lança. Antunes delira. Estão nos dentes do bicho, finalmente. Estão na sua língua esponjosa, os grandes dentes vão se fechar sobre eles. Há oito dias dorme apenas duas ou três horas. Viajou sem parar à chuva, ao frio e ao vento. Olha com assombro esses homens. Pode ver seus rostos destruídos pela fadiga à luz azulada e estranha que se abate sobre a vila e então percebe a força que os move, aperta a espada na mão e marcha para a boca do monstro. O segundo encontro nas muralhas foi mais sangrento: os farroupilhas avançaram para ela com os cinquenta homens que ficaram na reserva à frente. Estavam descansados, mas tomados pelo desespero que atravessou a noite e enraizou-se em seus nervos. Foi um corpo a corpo curto, que arrastou os surpresos soldados do imperador como se outro tufão se abatesse sobre a vila. Garibaldi tinha os olhos injetados de sangue. Perdera a voz. Tremia sem parar. Seus braços se moviam como hélices devastadoras. Bento Gonçalves usava a habilidade no manejo da espada. Protegia as costas na muralha e ia abrindo caminho com tão absoluta determinação que os inimigos já se arredavam quando ele se aproximava. Olhavam com assombro para aquele homem de chapéu enterrado até os olhos – olhos que brilhavam com um fogo intenso e assustador – como se ele tivesse poderes sobrenaturais. Rossetti colava-se a Bento Gonçalves – tinha a intuição cega de que urgia defender o presidente. Antunes defendia-lhe as costas, vigiando a muralha para evitar ataque por ali. O portão abre-se de repente e a cavalaria de Crescêncio invade o pátio do bastião dando gritos e urros. Cria-se um torvelinho confuso, corpos começam a amontoar-se onde há pouco tinham sido recolhidos e estendidos em fila ao longo das muralhas. Os cavaleiros de Crescêncio desferem golpes em todas as direções, cabeças são decepadas, membros voam separados do tronco. Os imperiais não resistem. Começam a debandar numa correria desenfreada, chocando-se uns com os outros, saltando da amurada para a praia. Eleva-se um grito de triunfo dos farroupilhas – é um grito rouco, selvagem, que vem de gargantas ressequidas e inchadas e que exprime alegria insana e fatigada. Quando o grito cessa, o silêncio desce sobre a vila de São José do Norte. Não chove. Não venta. O mar moderou sua fúria. A vila respira aquele silêncio como após longa noite de vigília se respira o ar puro, abrindo a janela e olhando o azul – mas o azul que cerca a paisagem é um azul doente, machucado, que desce daquelas nuvens enormes que cobrem todo o céu e ameaçam com cataclismas ainda mais terríveis. O silêncio serve para os homens se olharem e se reconhecerem – aí estão debaixo dessa cor malsã, como algo se desfazendo, e olham seus olhos no fundo, as faces chupadas, as roupas em tiras e encharcadas, os tiques nervosos que ninguém mais segura, as mãos que começam a tremer e aceitar a garrafa de canha que alguém encontrou e começa a passar, as tosses que iniciam, o soldado em pé que de repente desaba sem um suspiro sobre as lajes e dorme. Nesse curto instante ninguém se mexe e ninguém se olha – sobre a amarga luz azul são bonecos grotescos cuidando cada um de si e desse corpo de repente estranho que os sustenta e então o mar bate com sua solene e imperturbável força na muralha e todos estremecem. Começam a mover-se, ocupar posições, correr pelas escadas, recolher as armas dos mortos, confabular. Já são nove horas da manhã. Combatem desde a uma da madrugada. Essa é a primeira trégua que obtém. É necessário pensar a situação e saber como tirar partido dela. Eles mantêm este bastião. Teixeira cerca o Estado-Maior deles no casarão. O porto está ocupado por parte da cavalaria de Crescêncio e da infantaria.

Em compensação, chegaram reforços da vila de Rio Grande e ainda chegarão mais. Um novo ataque está sendo preparado contra o bastião, todos veem o oficial erguer a espada. Os infantes imperiais começam a avançar pela areia em formação. Seus uniformes são limpos. Brilham as dragonas na luz diabólica. Marcham em passo compassado pelo som ritmado dos taróis e dos pífaros. As bandeiras do Império estão erguidas bem alto. O vento salgado as faz drapejar, dar voltas, enroscar-se nos mastros levados pelo adolescente de olhos cheios de lágrimas: talvez seja o frio, talvez o medo. Avançam, o oficial à frente. O ponderado Rossetti começa a segurar um acesso de riso que pode transformar-se numa cólica dolorosa. Parece-lhe extremamente cômico esse novo ar civilizado que o combate assume. De repente, a selvagem batalha noturna transforma-se num encontro com taróis e uniformes limpos, como num campo de batalha europeu. Tem vontade de dizer para alguém como é cômico o espetáculo, mas se dá conta que sua testa arde. Tem febre. Apesar do frio, transpira. Sente calafrios subirem por seu corpo. Antunes aponta os canhões contra o contingente em formação que se aproxima. Não tem mais voz para comandar fogo. Baixa o braço, a bala parte com seu ruído mortal. Explode na areia, saltam corpos, a civilização durou pouco: a infantaria inimiga precipita-se contra a muralha urrando, os farroupilhas começam a responder ao fogo, abrem fendas na linha de uniformes azuis-marinhos. A fuzilaria se estabelece, cerrada. Os imperiais não conseguem aproximar-se o suficiente para grimpar a muralha. À luz do dia essa ação é mais temerária. O tiroteio se prolonga. Na areia, três grandes canhões negros são arrastados.

 Domingos Crescêncio agarra o braço de Bento Gonçalves.

– Vamos pôr fogo na vila.

Bento Gonçalves parece que não entendeu.

– Vamos incendiar a vila.

– Incendiar a vila?

– Casa por casa. Enquanto apagam o fogo, nós tomamos conta. Não há outro modo.

– E os moradores?

– Não há outro modo.

Olha para Crescêncio como se fosse atacá-lo.

– Se não há outra solução, vamos nos retirar.

Os dois homens agora parecem dois inimigos.

– Viemos de muito longe.

– Mas não para queimar casas de civis.

– Se tomarmos este porto vamos encurtar a guerra e poupar vidas.

– É uma lógica desumana, Crescêncio!

A muralha estremece com o choque da bala. Caem sobre eles uma nuvem de pó, estilhaços de pedra. Bento Gonçalves chama Antunes e Rossetti.

– Organizem a retirada.

– O comando é meu – articula surdamente Crescêncio.

– Então, organize-a, coronel.

Capítulo 16

Formaram um quadrado e foram recuando, em ordem, trazendo os feridos e prisioneiros. Teixeira teve mais dificuldade em desfazer o cerco ao casarão, mas conseguiu reunir-se ao resto da tropa sem muitas baixas. Dos mil homens que marcharam sem parar para submeter São José do Norte, voltavam 750, com mais de 180 feridos.

Avançaram pelas dunas, arrastando-se, respondendo ao fogo dos infantes imperiais e mantendo organizadamente o quadrado. À uma da tarde começou outra vez a chuva. Os imperiais desistiram da perseguição. Livres do assédio, os farroupilhas pararam para pensar suas feridas. Os soldados deixavam-se cair na areia, não se importando com a chuva nas costas.

Bento Gonçalves chamou Teixeira.

– Estamos sem remédio para atendermos os feridos. Vosmecê fez contato com o comandante da guarnição. Como le pareceu ele?

– Um homem de bem, general.

– Monte o cavalo e vá até lá, com bandeira branca. Peça remédios. Diga que é para pensar também os feridos deles.

Paiva recebeu Teixeira na mesma sala e na mesma cadeira de palha, a perna enfaixada sobre a mesma banqueta.

– Em que le posso servir, coronel?

Tinha uma caneca de café na mão.

– Perdemos nossas caixas de remédios na batalha, coronel. Os feridos são muitos. Inclusive feridos do seu partido, nossos prisioneiros. – Teixeira ergueu o queixo. – Vim pedir a vosmecê, em nome do nosso comandante, que nos conceda linimentos, iodo e ataduras. Esse serviço será pago tão logo nossa guarnição saia deste apuro.

O coronel Paiva depositou a caneca no chão, depois olhou para o ordenança.

– Atenda o pedido do coronel.

Fechou os olhos. Continuava pálido. Talvez tivesse perdido muito sangue. Não viu Teixeira bater continência.

Durante a longa tarde, os feridos foram cuidados debaixo da chuva e do vento que aumentava. Vários tremiam de febre. Crescêncio ficou sentado num toco enterrado na areia, indiferente a tudo. Rossetti (escreveram) chorou. Bento Gonçalves mandou libertar os prisioneiros, em agradecimento ao gesto do coronel Paiva. Ficou depois em silêncio, isolado, no alto de uma duna, deixando a chuva cair sobre ele, alheio ao vento, escutando o rumor do mar.

Ao anoitecer, acenderam fogos e prepararam uma refeição magra.

Dormiram à chuva.

Pela madrugada iniciaram o retorno, envoltos pela neblina, pelo frio, pelo silêncio, pela estranha, amarga luz que cobria o mundo.

Capítulo 17

O cavaleiro irrompeu na rua principal da vila e avançou num trote rápido, chapéu negro caído sobre os olhos, poncho escuro cobrindo as ancas do tordilho, dobrado para proteger-se do vento gelado. Desmontou frente à Intendência e amarrou o tordilho num poste. Uma sentinela perfilou-se. O vento erguia redemoinhos de pó e folhas.

O cavaleiro abriu a porta com dificuldade, lutando com o vento. Era Onofre. Entrou e fechou a porta atrás de si. Olhou para o grupo de oficiais do Estado-Maior, sentado em torno à mesa, com a atitude hostil que sabia todos esperavam dele. Mas não deixou de se congratular com o calor da sala e o cheiro de fumo que impregnava o ar.

– Que conversa é essa que ouvi por aí?

– Que conversa, Onofre? – perguntou Bento Gonçalves.

– Sobre o Bento Manuel. Ele recebeu mesmo anistia?

– É o que dizem.

– É o que dizem! Ele está rindo de nós a esta hora. Tá lá na estância dele em Alegrete coçando a barriga e dando risada de nós.

– Ele sempre esteve dando risada de nós, Onofre.

Onofre voltou-se para o lado de onde vinha a voz. Netto estava sentado perto da janela, picando fumo na palma da mão.

– Se sabia que ele sempre esteve dando risada de nós por que não acabou com a raça dele duma vez? O Charãozinho é que tinha razão. Alemão é que sabe fazer as coisas.

– Pelo jeito, não – disse Bento Gonçalves. – O Charãozinho descarregou a arma nele e não adiantou muito.

– Nós o tivemos à mão durante esse tempo todo e deixamos ir como se nada! Qualquer soldado porque dorme na guarda é fuzilado. – Encarou Bento Gonçalves com insistência: – Não le parece que nosso alto comando facilitou trazendo um indivíduo dessa laia pra dentro de nossas forças, deixando fazer o que bem entendia, dando regalias pra ele enquanto oficiais leais nunca foram promovidos nem receberam benesse de espécie alguma?

Bento Gonçalves juntou os papéis na sua frente.

– Coronel Onofre Pires, o exército da República não distribui benesses a seus membros. O Bento Manuel era um mercenário. É um homem sem ideais, que foi preciso utilizar enquanto estava disponível. Agora, não está mais. Mas não vamos fazer disso um caso particular entre nossa república e esse indivíduo.

Onofre foi sentar-se num canto, perto de Netto. Ficou olhando-o esfacelar o fumo com o polegar na palma da mão. O silêncio desceu na sala.

– O cerco de Porto Alegre continua sem solução – disse Netto. – A cidade recebe víveres através do rio, único ponto que não podemos cercar. E os caminhos estão intransitáveis, os rios transbordaram.

As forças republicanas, com base em Viamão, mantinham a capital sob constante assédio, mas já não tentavam nenhuma ação de envergadura. Depois do fracasso de São José do Norte, as ações tiveram uma pausa.

A porta abriu-se, súbita golfada de vento gelado, o general João Antônio da Silveira entra enrolado no poncho.

– Tá um frio de renguear cusco.

Ficou esfregando as mãos, assoprando-as, olhando um pouco surpreendido para os rostos taciturnos.

– Vão enterrar alguém?

Puxou uma cadeira para perto de Bento Gonçalves.

– Não há mate nesta casa?

– João Congo está fazendo. Já vem por aí.

– E a reunião? – perguntou João Antônio.

– Estamos esperando o Lucas.

– Vosmecê falou com o homem?

– O deputado deles? O tal Álvarez?

– Esse.

– Falar, falei. Mas não gostei. Não me parece de confiança. O Rossetti não é de minha opinião.

Rossetti levantou os olhos dos papéis e sorriu.

– Acho que o deputado Álvarez é uma pessoa séria, general.

– Eu sou zorro velho, amigo Rossetti. Esse deputado não me cheira bem. Quer se promover. Em todo caso, vamos discutir as propostas dele. A paz sempre tem que ser levada em consideração.

– O Lucas é contra – disse Onofre olhando pela janela.

– E como vosmecê sabe? – perguntou Bento Gonçalves.

– Ora! Então não conhecemos o Lucas? E agora, com esse conto da maioridade do imperador, as coisas vão ficar mais difíceis.

– Como que um guri de doze anos pode ser considerado maior de idade? – disse João Antônio. – Nossa nobreza gosta de criar novidades.

Lucas de Oliveira abriu a porta. Outra lufada de vento frio. Tirou a capa, sentou-se imediatamente.

– Desculpem o atraso, senhores.

Agora estavam todos ao redor da mesa. Rossetti era o secretário da reunião. Bento Gonçalves apanhou uma folha de papel.

– A proposta do deputado Álvarez é a seguinte: ampla e irrestrita anistia a todos os envolvidos no movimento; os oficiais do exército e os empregados públicos ficarão em seus postos e cargos, com direito aos respectivos soldos e estipêndios; aos que quiserem deixar a Província, o Império do Brasil garante transporte, mesmo para os familiares; os escravos libertos pela República não voltariam aos antigos senhores, mas continuariam escravos.

– Vamos pelos atalhos – disse Netto. – Como assim?

– Serão comprados pelo Império. Terão emprego nos arsenais e oficinas do Estado, com ração diária, diz aqui, conforme no exército, e terão trinta réis por dia, para vestuário; quem quiser voltar para a costa da África tem toda a liberdade.

– Eles seriam levados até lá? – perguntou Netto.

– Isso não ficou claro.

– Então, como um indivíduo desses pode voltar? A nado? De onde vai tirar dinheiro para uma passagem? É absurdo esse item. Demagogia pura!

– É evidente que é demagógico – reforçou Lucas. – Nós temos uma dívida de honra com quem lutou conosco. Já não temos uma república democrática como convém, mantemos escravos como na antiga Roma, mas... calma, calma! – Ergueu os braços vendo que se armava uma tempestade de reclamações. – Está bem, eu concordo, não é o momento para tornar a discutirmos isso. Mas se trata de um ponto de honra. Sei que não aprofundamos todas as questões da República devido à guerra, mas precisamos voltar a esses temas com urgência, quando tivermos eleito uma Constituinte.

– Pelas palavras do companheiro Lucas podemos ver perfeitamente que a discussão de paz com o deputado Álvarez já é letra morta – disse Onofre.

– Eu não disse isso.

– Não disse mas deixou escapar, Lucas. Fala de elegermos uma Constituinte como fato consumado, quando estamos aqui reunidos para tratarmos uma proposta de paz, que, correta ou não, é importante para nosso país.

Bento Gonçalves fez um gesto impaciente.

– O deputado ainda está aqui em Viamão. Deve ficar até amanhã pela tarde. Evidentemente, ele não levará uma resposta definitiva de nossa parte, mas precisa ter uma ideia generalizada do que pensamos. Nosso companheiro Rossetti tem opinião formada sobre o assunto.

Rossetti tinha o cabelo cortado rente. O pescoço era curto e forte. Usava óculos pequenos, redondos. Aqueles estancieiros militares o respeitavam.

– Eu sou um soldado da liberdade. Os senhores sabem que não medi sacrifícios de ordem pessoal por essa causa, que não é só vossa, é universal. Eu sonho com uma república democrática, longe desta que temos aqui, nunca escondi isso, mas a que temos é a possível nas condições atuais. Eu sou realista e não peço reformas impossíveis. Da mesma maneira quanto à paz. Estou pronto a continuar a guerra se estiver disso convencido. Mas, senhores, basta ver nossos recursos e os do Império para se ter ideia da luta.

Lucas tentou falar, Rossetti ergueu a voz.

– As causas justas não triunfam só porque são justas. Sonhamos com uma república livre e justa, mas ela só será possível quando uma soma de fatores o determinar. Chegará um dia em que todo o planeta terá um governo justo e democrático. Nossa luta atual faz parte dessa luta geral.

Mexeu com certo nervosismo nos papéis diante de si.

– Com sinceridade, sou a favor de um tratado de paz honroso com o Império. O Império será devorado pela Federação. É melhor, por isso, marcharmos junto com todos os brasileiros para o mesmo caminho. É um caminho mais lento, mas também mais seguro. E assim poupamos sofrimentos e miséria para nosso povo.

Bento Gonçalves olhou para João Antônio.

– E vosmecê, general?

– Ainda não tenho opinião sobre a paz. Quanto à guerra, o senhor Rossetti tem razão. Podemos manter uma guerra de guerrilha durante muitos anos ainda, mas vencer é outra história. O povo está cansado da guerra.

– Capitão Lucas – disse o presidente. – O que vosmecê diz?

– O meu querido amigo Luigi me surpreende. Temos toda a Campanha e a Serra nas mãos. O povo desta região nos apoia. Fraquejar agora me parece traição.

Rossetti tirou os óculos com calma.

– Perdão?

No silêncio, ouviram o vento sibilar nas ruas desertas da vila.

Capítulo 18

– Logo ele compreendeu que fora longe demais. A reação dos outros foi fulminante, principalmente de João Antônio, que dissera que concordava comigo sobre o destino da guerra.

Garibaldi estava rente ao candeeiro e a chama dourada fazia seu rosto resplandecer.

– Esse Lucas me deixa desconfiado... É sempre o mais radical, o mais extremado. Não gosto disso. Temos um homem infiltrado no movimento. Às vezes, fico pensando se não será ele.

– Ele não. – Rossetti colocou as xícaras na mesa. – A água está fervendo. Logo teremos um chá de marcela que vai derrubar esse teu resfriado. O Lucas é um homem honesto. Um militante. Mas a cabeça dele é como a do Alessandro, lembra? O baixote. Era um alarmista. Em tudo via uma conspiração, um complô, uma tentativa de derrubar o governo. A discussão prosseguiu durante quase toda a tarde. Há uma cisão, mas eles ainda não perceberam. Os interesses são confusos. Os estancieiros têm em mente as propriedades deles, claro, e as propriedades, com raras exceções, estão progredindo com a guerra. Nunca se vendeu ou se comprou tanto cavalo como agora. Em compensação, os comerciantes estão quase todos indo à falência. A aliança vai se desfazer. E homens como Lucas, Teixeira, o falecido Corte Real, verdadeiros republicanos, veem no fim da guerra o fim dos seus ideais. Não entendem que nesta guerra o povo só participa como carne de canhão. São imediatistas, Giuseppe!

– Como nós o fomos, muitas vezes.

– Depois da reunião Lucas me procurou. Tivemos uma longa conversa. Aliás, eu me correspondo com ele. Antes que vosmecê chegasse, escrevi esta carta para o presidente que parte amanhã e não terá tempo de falar comigo.

Garibaldi apanhou a carta, aproximou-se do candeeiro.

Ilmo. e exmo. sr.

A fim de cortar intrigas e para que ninguém faça ausências de mim, que não haja merecido, lhe remeto por cópia a carta que escrevi ao sr. tenente--coronel Lucas, juntamente à resposta com a qual ele me honrou.

Escrevendo ao sr. Lucas, me dirigi a um amigo com quem mais vezes me entretive a respeito da coisa pública; e quis, ao mesmo tempo, servir V. Exa. no pensamento da paz, tão determinantemente emitido, assim como o servi, com todos os meios ao meu alcance, na guerra. Expus minha opinião porque debaixo do governo de V. Exa. e da República não pode haver lei que mo proíba, mas o hei feito com boa intenção. Disse verdades talvez de difícil digestão ao paladar de muitos, mas as confiei a um amigo, ainda que seja máxima minha que quando se trata dos interesses de um povo, se haja dizer a verdade tal qual é sentida e a todos. A mentira, a adulação, as bravatas, e todo seu cortejo de infames artimanhas são indignas do republicano, nem eu as sei usar. Agora, se me mostram que minha opinião é falsa ou malfundada, que a paz nem é útil nem necessária, que a união do país ao Império não convém, que tudo quanto digo na carta anexa não rege, que há elementos republicanos e meios para pô-los em ação, muito estimarei.

Quando me lisonjeava disso, sacrifiquei vida e interesses de patrícios e amigos meus, e talvez minha própria honra; me sujeitei, por quatro anos, a uma existência penosa, de provações e trabalhos, e nela estou pronto a permanecer se houver quem me mostre, com sólidas e boas razões, que, continuando-se a luta, triunfará por fim a República.

Convencido, porém, do contrário, pela experiência de cinco anos, depois de que V. Exa. mesmo, escrevendo ao regente, sr. Antônio Carlos, tem-se declarado a favor da minha convicção; deveria dizer a este povo, para cuja felicidade estou pronto a dar a vida: que teime, que continue a despedaçar-se?

Eu nada espero do Império, porque nada esperava da República, da qual também nada queria, mas é em nome dela e do povo que confiou a V. Exa. os seus destinos, que eu lhe peço anuir à paz; porque só essa poderá um dia lhe dar a liberdade verdadeira, que anelava; porque é à sombra da paz que espero ainda ver triunfar os princípios que professo e a cujo espalhamento me tenho imolado.

Se falei em mim, a isso fui constrangido. Devia presumir a maledicência. Desprezo-a, sempre; porém, acreditei que justificando-me poderia render um serviço ao país.

Garibaldi largou a carta na mesa vagarosamente.
– Vim dizer adeus.
Rossetti parou com o bule de água quente na mão e olhou para Garibaldi. Garibaldi olhava a rua escura através da vidraça.
– Esta guerra, nesta terra de bárbaros, não vai ter fim, Luigi. Os republicanos verdadeiros estão isolados. Que nos chamassem de traidores era um passo.
– O Lucas não me feriu, Giuseppe. Ele, não.
Garibaldi ponderou as palavras de Rossetti, depois voltou o olhar pela janela. O quartinho ocupado por Rossetti era quente. Podia manter umas brasas acesas e aquecer todo o ambiente. Apesar da noite escura, estava protegido, com seus livros.
– A criaturinha tem menos de um mês, Luigi.
Rossetti ficou calado.
– Eu sou um homem do mar.
Rossetti serviu o chá.
– Às vezes, fecho os olhos e vejo o mar. Tu não amas o mar como nós, gente de Nizza, amamos. No mar há liberdade, Luigi. Não essa fantasia das discussões políticas. Um marinheiro sente o mar diferente, Luigi.
– Tu não vais ser marinheiro novamente, Giuseppe.
– É a minha profissão. É só o que sei fazer.
– Giuseppe: tu tens a cabeça a prêmio na Europa. Não há monarca na Europa que não deseje ver essa cabeça pendurada num poste para exemplo das multidões. Tu és procurado na América. Todo o Brasil te conhece. Todos sabem quem é o corsário italiano. No Uruguai, tu és perseguido. E na Argentina não podes pôr os pés.
Garibaldi tomou um gole do chá.
– Quando entraste na organização, Giuseppe, fizeste uma escolha para o resto da vida. O mundo ficou estreito para nós, amigo Giuseppe. Somos uma raça maldita.
– Não é por mim que eu me inquieto, Luigi. É por Anita, é pelo bambino. Às vezes, eu penso nisso tudo e me dá um desespero. Não sei o que vai ser de nós. A guerra foi perdida em São José do Norte. E em Taquari. Era preciso ganhar pelo menos uma daquelas batalhas.

– Enquanto esta guerra der lucro, não vai terminar. Mas, eu concordo contigo. A última oportunidade foi em São José do Norte. Não temos mais forças para montar outro exército e tentar outra vez tomar o porto. Não pelo menos dentro de um ano. A República está na miséria. Como ter exército se não pode pagar sequer o uniforme dos soldados?

– Então, Luigi? – disse Garibaldi com súbito fervor. – Então? Por que não vens agora? Por que ficar lutando por uma causa perdida? Como escreveste aqui na carta para Bento Gonçalves. Veja, aqui está: "Deveria dizer a este povo, para cuja felicidade estou pronto a dar a vida: que teime, que continue a despedaçar-se?". Eu te digo o mesmo.

Rossetti sacudiu a cabeça.

– Não é a mesma coisa. Nós temos responsabilidades. O sacrifício nos cabe.

– Os anos de seminário deixaram marcas fundas em ti, Luigi. O sacrifício é para ovelhas. Nós somos doutra estirpe. Somos marcados, como tu disse, mas não para sofrer como bichos. Somos marcados para triunfar, para vencer, não para chafurdar num charco que não tem saída.

– Pensei que tínhamos encontrado uma pátria, Giuseppe.

Garibaldi voltou o olhar para a janela.

– Orgulho.

Rossetti sacode a cabeça, olhos fechados.

– Debaixo dessa capa de militante existe é um orgulho de ferro que quer mostrar ao mundo: aqui tem um homem de princípios! Neste homem se pode confiar!

– Está bem, Giuseppe, está bem.

Lágrimas apareceram nos olhos de Garibaldi.

– Quando eu me lembro daquele lugarejo maldito, das mulheres...

– Está bem, Giuseppe. Não tem importância. Bebe esse chá.

Capítulo 19

Bento Gonçalves examinou o envelope, depois rompeu o lacre do Império. Estendeu a carta para Rossetti.

– Leia vosmecê.

Rossetti colocou os óculos.

– *"Recuso as propostas de vossa excelência por inadmissíveis e porque sua majestade imperial, que não costuma aceitar condições nem mesmo de estrangeiros, não pode e não deve aceitá-las de súditos desviados da estrada da lei. As conferências só poderão ser encetadas depois que os rebeldes tiverem deposto as armas".*

Largou o papel na mesa, retirou os óculos,
– Então?
– A guerra continua – e mostrou um sorriso destituído da mais tênue esperança.

Capítulo 20

Como eram belos os cavalos nas madrugadas de inverno, quando a luz descia sobre o campo e a cerração subia da terra, o vapor era soprado das bocas e das narinas e havia uma inquietação alegre e nervosa, e todos tinham fome e vontade de agitar os braços, e se corria atrás dos cavalos pelo puro prazer de correr e vê-los correr.
– Pensando, general?
– Quantos mortos?
– Cento e oitenta e oito.
– E do nosso lado?
– Dois. Por enquanto.
– É preciso mandar avisar o presidente.
– Vou mandar um estafeta já. É só confirmar o número de baixas. Ele vai gostar.
– Só dois? Tem certeza?
– Por enquanto.
– Foi uma boa surpresa.
– Foi.
Tinha sido uma boa surpresa. Netto desencravou a lança do chão com a bandeirola da República e juntou-a ao estandarte imperial que carregava. Abaixou-se e verificou o colar que o soldado morto usava. Era um colar feito de dentes de jaguar. O soldado era negro.
Netto arrancou o colar.
– Vosmecê o conhecia? – perguntou Lucas.
– Não me é estranho. Acho que esteve comigo no Seival. É um dos negros do Caldeira.
Examinou o colar entre suas mãos.

— Era um caçador.

Sobre o campo da emboscada, agora silencioso, corria uma brisa que remexia os cabelos dos mortos, as roupas, as bandeirolas. Netto começou a caminhar, Lucas acompanhou-o. Havia centenas de mortos estendidos no campo.

A surpresa fora total. A coluna imperial, com mais de mil homens, há várias semanas internava-se na Campanha. Comandava-a o coronel Santos Loureiro. Netto perseguiu-a, sorrateiro, junto com João Antônio.

No arroio São Filipe caíram de duas direções sobre ela. Foi o ataque mais fulminante já feito pelas forças farroupilhas e sua vitória mais completa.

— É triste — disse Netto. — Essa vitória não será suficiente para mudar a marcha dos acontecimentos.

— Seria preciso recomeçar a montar um exército praticamente novo.

— Não temos mais fardamento nem armas. A disciplina está frouxa. Somente na Campanha o moral está alto. Onde é necessário fortaleza, batemos em retirada.

Nessa noite, Netto foi até o curral. Ficou longo tempo apoiado no moirão da cerca. Havia no curral um recolhimento irracional, bruto e pesado, que o acalmou. Os músculos relaxaram.

Uma sombra perto dele.

— Seis anos de guerra — diz João Antônio.

— Quase sete.

— Cavalos... Tem gente enriquecendo com a desgraça geral, vendendo cavalo para os imperiais.

— É pior do que vender armas.

— E dizem que são farroupilhas.

Ficaram calados, olhando os cavalos.

— A estância em Bagé está ao deus-dará — disse Netto.

— Chegou um estafeta. Devemos marchar para Viamão.

Capítulo 21

A reunião do Estado-Maior, naquele princípio de verão, decidiu levantar o cerco de Porto Alegre.

Urgia encarar a realidade, por pior que fosse. As deserções começavam a fazer-se em massa. Era preciso recuar, buscar um desafogo e traçar novos planos para fortalecer o exército republicano. Do modo como as coisas iam, o fim estava próximo.

– A marcha para a Campanha, onde somos fortes, está bloqueada – avisou Canabarro. – A única saída é pela Serra. Lá nos aguarda a coluna de Labatut.

Labatut já tinha ocupado Lages. Sua vanguarda acampara em São Francisco da Serra. O mercenário francês a soldo do Império era soldado experiente. Servira diretamente sob as ordens de Napoleão. Resolveram também que a capital da República deveria deslocar-se de Caçapava para São Gabriel, onde convergiriam as tropas. Canabarro abriria a marcha. Bento Gonçalves iria na retaguarda.

Onofre, na Campanha, espalharia a guerrilha pelas estâncias e charqueadas para atrair a atenção e dividir os imperiais.

Netto partiu da reunião diretamente para onde estavam suas tropas – os lados do Caminho Novo, próximo a Porto Alegre.

Netto ia taciturno. Quando se retirasse com as tropas, buscando junção com o exército no caminho da Serra, o cerco a Porto Alegre, que já durava quatro anos, estaria finalmente levantado.

Canabarro iniciou a marcha de madrugada. Sabia que teriam de enfrentar dias duros pela frente. Era necessário ser rígido com a disciplina. Os homens, pouco a pouco, abandonavam a conduta de soldados.

Rossetti foi morto no primeiro dia da marcha. Houve um ataque relâmpago do Moringue. O italiano, surpreendido, não pôde recuar. Foi atravessado por uma lança e arrastado pelo cavalo.

Quando Teixeira Nunes, David Canabarro, João Antônio e Bento Gonçalves chegaram, o corpo estava deitado sobre uma grande pedra redonda.

Teixeira deu um grito e cobriu o rosto com as mãos. Luigi Rossetti jazia de braços abertos, queimado de sol.

Um missioneiro estendeu para Bento Gonçalves os óculos redondos, com os vidros partidos.

Crescêncio foi morto no oitavo dia da marcha. Atiradores de tocaia acertaram sua cabeça e ele rolou do cavalo sem gritar.

Foi enterrado sem discurso e sem reza. Tunico Ribeiro tocou o Toque de Silêncio.

Era hora do crepúsculo. O coronel Domingos Crescêncio tinha sete filhas mulheres e um único varão de dezessete anos, que o acompanhava na marcha.

O jovem Crescêncio assistiu ao funeral ereto e de olhos secos.

Capítulo 22

Não encontraram Labatut no caminho. De qualquer modo, a marcha foi penosa. Quando atingiram São Gabriel estavam em frangalhos. Eram obrigados a acampar longe das vilas, para não ofender o decoro e também para que não se percebesse a real situação do exército em retirada.

Em São Gabriel providenciaram a confecção de uniformes – precários e malfeitos – com o único propósito mais imediato de cobrir a nudez dos homens.

Num entardecer abafado, Bento Gonçalves reuniu os oficiais na mesa em frente a sua tenda. Enquanto João Congo distribuía taças, abriu uma garrafa de champanhe.

Colocou-se na ponta da mesa.

– Hoje é o natalício de sua majestade, o imperador Dom Pedro II. – Ergueu a taça. – Senhores, um brinde em homenagem ao aniversariante e votos de uma longa e feliz vida.

Precisava decifrar os sinos. Era um dobrar de finados, soturno, melancólico, distante, que o assombrava nas horas da sesta, quando o silêncio reinava e havia apenas o som da chuva nos telhados. Às vezes, surgiam numa marcha, quando dormitava no lombo do cavalo. Eram fugazes, até o primeiro cabecear, quando abria os olhos no princípio do susto. Pensou no guarda-costas charrua. O imenso índio – com a cabeleira negra amarrada por um pano vermelho e a pesada lança de guajuvira na mão – que um dia ajoelhou-se na sua frente, em lágrimas, jurando que tinha visto Nossa Senhora. Deixou seu serviço e foi ser acólito do padre Chagas. Não ficou muito tempo. Afastou-se, escandalizado com os costumes impuros do estranho homem de Deus. Andou alguns dias pelo acampamento, delirando, murmurando frases em latim e guarani. Um dia, roubou um cavalo e nunca mais foi visto.

Doem as costas. Dói – principalmente – o centro da cabeça, onde há essa lasca de som perdido no tempo e que não decifra. Associa-a vagamente àquele índio calado e musculoso e à crise mística que o devorou. No dia em que o índio sumiu, o acampamento foi sacudido pelo dobrar dos sinos – a morte de Corte Real. Mas, talvez, esse som súplice e misterioso venha de mais longe; da remota tarde de seus dezessete anos quando enfrentou o mulato Tibério e a faca entrou sem ruído logo abaixo do coração, cortando as costelas como se fossem manteiga. A sensação de triunfo não saiu quando lavou o sangue no balde do poço, mas, na manhã seguinte, quando acordou com a dor de cabeça que o acompanharia pelo resto da vida e sentou na cama ouvindo os sinos da capela chamando para o enterro do mulato.

Bento Gonçalves senta na enxerga. Doem os músculos do pescoço. Escuta os ruídos do acampamento. Um cão late. Uma vaca muge. Há vidas lá fora, além dessa fronteira de pano grosso. Pode pensar essa vida lá fora, criar premonições, projetar seus passos e adequar-lhes um sentido. Mas não pode voltar atrás a não ser para vasculhar, meter-se nessa névoa e procurar decifrar o sentido das coisas que o assombram. Estará louco? Dedos trêmulos buscam os pés magros e os massageiam. Tateia em busca das meias. Está frio. Mais um inverno. Calça as botas com um gemido. A porta de lona se abre, João Congo mete a cabeça.

– Bom dia, general.

Sai às apalpadelas, a manhã ainda está escura, brilham trêmulas estrelas. Os sons dos pássaros, dos roedores, dos animais no curral ainda são preguiçosos, ainda não assumiram totalmente as responsabilidades de um novo dia. Voltou arrastando os pés para junto do fogo. Mais um inverno. Não consegue dar uma orientação ao pensamento. Ele foge, vagueia, confunde-se com o sono e o sino da madrugada que repicou em seu cérebro, a estranha região. Estará louco?

Senta junto ao fogo. Tunico Ribeiro estende a cuia de chimarrão. O líquido oferece-lhe o esperado prazer.

– Vai ser um dia bonito – diz Tunico Ribeiro.

Garibaldi senta a seu lado. A juba de leão parece mal aparada; a cor dourada que fulgurava ao sol desbotou.

– Gostaria de um particular com vosmecê, general.

Procura compreender o segredo dos olhos azuis, a insatisfação da boca, a energia adormecida nas mãos grandes e nodosas, mãos de filho de pescador. Entrega a cuia para Tunico Ribeiro.

– Vamos caminhar.

Afastam-se, pisando o orvalho, percebendo o crescimento da manhã e a luz branca e silenciosa.

– Quero partir, general. Quero que vosmecê me desobrigue do meu compromisso com a República.

Partiu duas semanas depois, de madrugada. Tangia uma boiada de quinhentas cabeças, em paga de seus serviços à revolução. Anita e o pequeno Menotti iam numa carreta com toldo. Vários peões ajudavam na tarefa de tocar a boiada. Pretendia vendê-la na fronteira e instalar-se em Montevidéu, provisoriamente. Havia uma espécie de clima festivo no acampamento. Peões passavam a galope. A guaipecada latia, eriçada, correndo para todos os lados.

Bento Gonçalves montou a cavalo e distanciou-se um pouco do tumulto. Ficou no alto duma coxilha, olhando a boiada desfilar ante seus olhos, vendo a azáfama dos vaqueanos, o porte de Garibaldi novamente aprumado. Nos últimos dias andara soturno, os olhos sumindo em covas escuras. Falava pouco, foi ríspido algumas vezes. Conversou longamente com Teixeira, debaixo de uma figueira, arrancando pedaços da casca. Na madrugada que procurou Bento Gonçalves para comunicar sua decisão passou a noite em claro. Já discutira a questão com Anita, várias vezes. Ela também ansiava pela partida. Sonhava com outras terras menos selvagens, onde pudesse ter uma sala de visitas, um quarto de dormir e um berço para Menotti. Sonhava com a longínqua Itália; via-a nas palavras plásticas com que Garibaldi descrevia as cidades, os campos cultivados, as estações ordenadas. Instou com ele, arrancou-o das dúvidas, fornecendo-lhe a coragem necessária.

Bento Gonçalves, naquela manhã, vendo a branca luz do dia pousar sobre as árvores, foi lentamente se deixando possuir de uma paz branda, despojada de rancor.

Escutou o italiano falar como se estivesse muito longe, viu-o sofrer com os argumentos que desfiava, percebeu-o lutar para convencer-se a si mesmo mais do que a ele – o presidente – e se deixou possuir por essa paz que invade outra vez, agora, olhando a boiada passar, pisando o pasto orvalhado. O corsário sofria. Tinha suas razões e as expunha com paixão. Mas desertava. Bento Gonçalves compreendeu, examinando o botão dourado que caía do dólmã gasto, que essa paz era um fino desprezo, ainda esgarçado. A paz que o envolvia desatava-se da voz angustiada de Garibaldi, da necessidade de equilibrar a frágil dignidade. Sentiu que crescia, que era puro e imaculado e sem compaixão quando pousou sua mão no ombro de Garibaldi e disse numa voz neutra:

– Senhor Garibaldi, sua vontade, seja qual for, será acatada pela República. Nós somos seus devedores.

Agora, olhando a boiada passar, Bento Gonçalves sabe que as duas lágrimas que viu descer pela face de Garibaldi eram lágrimas de ódio e os dois o souberam ao mesmo tempo. O italiano não queria piedade nem agradecimento nem boa vontade. Queria que o compreendessem. A superioridade de Bento Gonçalves era pequena e mesquinha.

– Obrigado, presidente.

Afastou-se. Bento Gonçalves aconchegou-se ao poncho. Olhou as mãos. A mão que matou o mulato Tibério não tinha essas rugas nem essas veias inchadas nem essas manchas escuras.

A boiada passa. Para desertar também era preciso coragem. Começa a levantar uma poeira úmida que o sol, emergindo da coxilha, atravessa de longos raios translúcidos. A boiada avança unida, mugindo, cabeça baixa. O tropel morno que ela cria torna-se cada vez menor. Começa a diminuir, descendo a curva suave da coxilha e logo vai surgindo adiante, subindo a próxima.

Bento Gonçalves, no cavalo, aperta o botão dourado. Fica olhando a boiada, a carreta, o perfil de Garibaldi irem esfumando-se, tornando-se menores, sem som, ínfimos, até serem uma pequena poeira luminosa no horizonte.

Capítulo 23

Domingos de Almeida olhou o mapa do Rio Grande do Sul estendido na sua frente e apontou o dedo para o fio azul do rio Uruguai, no ponto onde ele faz uma curva abrupta.

– Aqui vamos fazer um porto.

O engenheiro, major José Maria, aprovou.

– Aí existe um vilarejo. O Capão do Tigre. Pode ser a base para iniciarmos o projeto.

– Será a base, tem razão. Mas não apenas para um porto. Vamos fazer aí uma cidade, major. Uma cidade, com ruas, praças, hospitais. Uma grande cidade na margem do rio.

(Dizem que um jaguar habitava o capão junto ao rio e espalhava o terror entre os pequenos animais – cervos, pacas, emas, capinchos – que vinham beber. Nas noites de lua, o jaguar passeava com seu passo de príncipe. Os charruas tentaram caçá-lo e fazer troféu de sua pele mosqueada. O jaguar, porém, era tão hábil em cair sobre a presa como em escapar ao caçador. Os charruas admiravam todas as formas da natureza capaz de desafiá-los num duelo justo. Começaram a respeitar o jaguar. Começaram a falar dele nas noites ao redor do fogo. Os guerreiros começaram a evitar aquela orla de mato, que macacos e aves plumadas avivavam de sons e cores. Quando as pirogas desciam a corrente do Uruguai, alguém apontava. Ali é o capão do tigre. Vieram os brancos, derrubaram árvores, abriram clareiras, ergueram casebres. Talvez o jaguar já não habitasse mais aquele capão. Talvez tivesse passado demasiado tempo e tivesse morrido. Ou, quem sabe, emigrara para a serra do Jarau ou buscara o refúgio em uma das ilhas do rio. Mas deixou o nome. Os portugueses continuaram a chamar o lugar de Capão do Tigre, mesmo depois que suas casotas rudes já eram mais de quinze e, nos feriados, faziam bailes e corridas e bebiam aguardente e sonhavam com as grandes cidades onde gente feliz vestia roupas elegantes e passeava entre grandes edifícios solenes. O Capão do Tigre era o posto mais avançado da fronteira oeste do Continente de São Pedro. Ali perto, na mesma beira do rio Uruguai, havia a guarnição de Santa Ana, antigo posto de guarda do tempo da guerra das Missões e da Cisplatina. Pouco mais acima, a vila de Itaqui e a de São Borja. Quando veio a república, a antiga guarda lusitana foi promovida a segundo distrito do município de Alegrete e ficou sendo a coletoria de Santa Ana. Coletoria porque colhia os impostos do tráfego fluvial entre Corrientes, Entre Rios e a República Rio-grandense.)

– A primeira cidade farroupilha – disse o major.

– A primeira cidade farroupilha! Sim. Não vamos fazer um entreposto comercial para coletar impostos. Vamos fazer realmente uma cidade – uma grande cidade – que cresça, que seja nosso orgulho. Vamos mandar uma expedição imediatamente para lá, para que tome as medidas necessárias. Engenheiros, técnicos. Vamos fazer um traçado, rua por rua.

– Capão do Tigre vai ser uma cidade.

– Capão do Tigre é o nome velho. Somos progressistas, major. Vamos mudar o nome. Vamos olhar para frente. Não tem ali perto o vilarejo de Santa Ana? E se juntarmos o rio com o vilarejo? Uruguai e Ana?

– Uruguaiana.

– Um bom nome para uma boa cidade.

O major José Maria Pereira do Campo recebeu a 18 de novembro de 1841 o ofício que o autorizava a partir para a fronteira e iniciar a fundação da cidade.

Capítulo 24

– Isso vai desencadear uma onda de protestos contra o governo. É exatamente o que a oposição está esperando. Esse decreto é duro demais, Domingos! Não posso assinar.

– Presidente, esse decreto exige nada mais nada menos o que é de direito da República. Se não cobrarmos nossos devedores, não vamos poder pagar a quem devemos. É um círculo vicioso.

— Não podemos exigir mais sacrifícios do que estamos exigindo dos nossos concidadãos. A situação é muito tensa. Esse decreto vai ser a gota d'água para começar um movimento contra nós!

— Desculpe, presidente, mas esse movimento já existe. Por toda parte fala-se mal da situação da República. Já existe uma facção conspirando, querendo tumultuar a atividade do governo, procurando meios para nos desferir um golpe e desequilibrar nossas posições.

— Esse decreto é a arma para que eles desfiram o golpe.

Domingos fez um ar paciente.

— Presidente, nós atravessamos a maior crise desde o começo da revolução. Nas coletorias não existe um só vintém disponível. A dívida pública sobe de ponto a cada dia. A carência do exército sobe em relação ao aumento.

— Do exército entendo eu, Domingos. Vosmecê trate dos negócios.

— Eu sou major do exército, presidente, e nesta guerra tomei as armas como qualquer outro soldado.

— Eu sei, eu sei.

— E sou tão bom como outro qualquer num campo de batalha. Estou nestas funções porque conheço a matéria e não porque recuse servir nas armas.

— Domingos!

— Meu cargo está à disposição de vossa excelência. E estou às ordens da República para servi-la em qualquer campo que me considere útil.

Bento Gonçalves moveu os papéis na sua frente.

— Sente, Domingos. Vosmecê me entendeu mal. Vosmecê sabe como eu o aprecio. Mas esse decreto vai trazer muitos incômodos. Eu preciso de tempo para pensar.

— Esse decreto pode nos trazer incômodos, presidente, mas serão incômodos que teremos poder de enfrentar. Agora, se não o pusermos em prática, a República não se sustentará. Será como se a assassinássemos.

Nessa noite, Bento Gonçalves escreveu demorada carta a Lucas. Para seu espanto, a carta foi esta:

Bagé, 11 de novembro de 1841.
Meu bom amigo e camarada.
De posse de vossa carta de 8 do corrente faço regressar o Guarda Nacional Afonso Francisco, munido de uma portaria na forma que haveis pedido.
Muito estimo que tenhais experimentado melhoras em vossos males, e que chegueis a vigorizar de todo, para poderes continuar na gostosa tarefa

de salvar a pátria, que tanto necessita de seus bons filhos! Minha saúde está bastante deteriorada; minha paciência cansada de sofrer ingratidões e calúnias; nada me faz, e nem me fará, afastar da carreira encetada, isto é, libertar a pátria e não abandonar meus patrícios, mas já não posso com a carga que pesa sobre meus ombros, e só espero o meio legal para entregar o timão do Estado a quem melhor o dirija: do mesmo modo o mando do Exército, contentando-me com correr para a frente do inimigo a comandar a vanguarda que for destinada a fazer-lhe frente. Ali darei o exemplo de obediência; ali mostrareis aos ambiciosos e sicofantas, qual é o dever de um verdadeiro republicano.

Ah, meu amigo, eu ando tão desgostoso que, a não ser o amor da pátria e liberdade que me domina todo, preferia a morte a ocupar o cargo que tenho! Tal é a desesperação em que me têm posto certos homens que se dizem republicanos e que estão tão longe de o ser como está a noite escura do claro dia!

Adeus, meu amigo, dispense cansá-lo com minhas queixas; mas elas servem de desabafo ao vosso amigo e camarada.

Bento Gonçalves da Silva.

Algumas semanas depois, no princípio de dezembro, o presidente interino, Mariano de Mattos, recebeu o seguinte ofício.

Ilmo. sr.
O amor que consagro à causa rio-grandense exige imperiosamente que deixe desde já o emprego de ministro secretário de Estado dos Negócios do Interior e Fazenda, que exerço, e o bem dessa mesma causa me aconselha que conserve em silêncio os motivos que me compelem a este passo. Queira, pois, comunicá-lo a S.Exa. o sr. presidente e asseverar-lhe que meus serviços, em outro qualquer destino, estarão à disposição dele, sempre que os considere de utilidade pública.
Domingos José de Almeida.

– Vicente?
Havia um tom de alarma na voz.
– Vicente. Por que não?
– Não é ele quem manda recados e levanta falsidades e faz correr intrigas? Ele e o truão do primo, o Paulino. Bem me havia jurado o João Manoel que ele era traidor e eu não dei ouvidos.

– Isso nunca ficou provado, presidente. Mas eu tenho boas razões para dar o meu cargo para ele.

– Não vejo nenhuma boa razão em trazer uma serpente para dentro de casa.

– Ela fica ao alcance da vista. Nós poderemos vigiar seus passos. E ele se sentirá também responsável. É fácil fazer oposição. Vamos dar-lhe a chance de participar e eles se calarão. Se eu estiver enganado, serei o primeiro a reconhecer e pedirei o cargo dele.

Bento Gonçalves demorou a falar.

– *Bueno*. Mas le pedirei um último favor. Antes de escrever para ele, venha comigo ao encontro de Rivera. Não quero ir a tal reunião acompanhado do Vicente. É uma reunião complicada. Dom Fruto quer invadir Entre Rios e eu não vou entrar nessa aventura. Mas podemos chegar a um acordo. Ele precisa de homens e eu preciso de cavalos.

– E eu de um substituto.

– Vosmecê o terá. Quisera eu ter um.

Capítulo 25

Antonio Vicente da Fontoura, major de segunda linha, fora dos mais ativos militantes da República em sua comarca de Rio Pardo.

Quando estourou a revolução, articulou o necessário para que Rio Pardo caísse nas mãos rebeldes sem muito derramamento de sangue. Era jovem – no começo da revolução tinha trinta anos – e agora, aos 37, parecia ter dez anos mais.

Fornido, passo lento, taciturno, vestia-se com apuro mas sem alegria. Casou cedo com uma mulher absurdamente gorda chamada Clarinda, a quem devotou toda a vida uma paixão solene e ritual. Teve com ela três filhas.

Vicente serviu à revolução na comarca de Rio Pardo como delegado de polícia. Foi um atento e feroz cão de guarda. Sob seu olhar, Rio Pardo foi um burgo ordeiro e limpo de reacionários, portugueses e imperiais em geral. Seu zelo pela causa pública chegou a tais extremos de dedicação que o medo entrou na cidade e se instalou em todas as casas. Onde surgia o guardião da nova ordem os cidadãos calavam-se. Odiar o imperador e os imperiais era uma profissão de fé dos rio-pardenses.

Vicente da Fontoura administrava seu pequeno império com poderes absolutos.

Os gritos de dor que varavam as noites, os corpos encontrados fora dos muros e dos descontentes que desapareciam sem deixar rastro eram comentados em murmúrios amedrontados. A população perguntava-se que espécie de revolução era essa, que trazia um despotismo maior do que o exercido pelos antigos senhores.

Vicente orgulhava-se de ser um intelectual. A luz da janela de seu escritório ficava acesa até altas horas. Quem passasse pela modesta casa da esquina veria o homem obeso curvado sobre os livros, óculos sobre o nariz guloso, as bochechas flácidas iluminadas pela tênue lâmpada, as mãos macias empunhando uma pena.

Sabia de cor trechos de *Os lusíadas* e recitava o padre Vieira com unção, pomposamente, mão enfiada no colete, como Napoleão.

Sua voz era densa, e os lábios de onde jorrava eram finos, largos, rasgando o gordo e espaçoso rosto como uma fenda ou a boca de um lagarto.

Vicente orgulhava-se mais ainda de ser um poeta. A luz de sua janela rasgava a escura noite de Rio Pardo: ele estava à escrivaninha, olhos semicerrados, grande e atento, buscando o longínquo país das musas. Escrevia sonetos. Eram declarações de amor à enorme Clarinda, *patéticas, vultosas, derramadas, fazendo versos que se agarravam uns aos outros, que se dependuravam como equilibristas, que escorregavam e se amparavam como cegos ou leprosos,* conforme crítica assinada sob o pseudônimo de Alfonse no *Almanaque Literário*, que durou dois números. À tênue luz, debruçado sobre a mesa, solitário na imensa noite rio-pardense, Vicente viajava entre terrores de calabouços e versos com arco-íris, regatos e borboletas.

Farejou perigo na carta de Domingos. Requisitavam-no para o cargo com que sonhava. Não hesitou. Escreveu para o ministro demissionário que *até 6 de janeiro de 1842 caminharia para o precipício.*

Para Bento Gonçalves escreveu em outro tom, levemente frívolo, dizendo que *aceitava o cargo para o qual fora nomeado, quando mais não fosse, para satisfazer a um público sempre ansioso de novidades.*

Capítulo 26

Viu seu pai deixar a tenda com uma bacia de água na mão e dirigir-se ao capão, na orla do acampamento. Ali, jogou fora a água usada e ficou olhando a copa das árvores, onde zuniam cigarras. Joaquim cochilava estendido sobre o pala, debaixo do cinamomo, e pressentira o vulto conhecido passar; percebeu que o pai começava a ter dificuldades com a perna direita e acentuar a curvatura da coluna.

Duas horas e o sol queimava duro. O acampamento modorrava. O céu estava completamente sem nuvens e de um azul desbotado, como a caneca de louça que o Bento Gonçalves usava para beber café. Naquela manhã, perto da hora do rancho, chegara um mensageiro. Bento Gonçalves leu a carta com estremeção de fúria. Antunes buscou o olhar de Joaquim. O general estava pálido.

– É do Vicente.

A carta era concisa, mas adjetivada. Assumira o cargo em Alegrete há três dias. Sua primeira medida fora abolir um decreto de Domingos, de dois meses atrás, onde o Estado assumia a direção dos curtumes do país. Vicente – na carta – escreveu que revogava a *antieconômica, imoral e arbitrária medida tomada pela repartição da Fazenda, autorizando as coureações por conta do Estado.*

Antunes ficou olhando para Bento Gonçalves.

– Era a melhor fonte de renda da República. O Domingos lutou muito por essa medida. Não sei como vai ficar agora. De onde vamos tirar recursos?

Os ombros de Bento Gonçalves erguiam-se e a cabeça afundava, deixando-o com aspecto de ave encharcada.

– Se ele resolveu acabar com isso é porque tem alguma coisa para pôr no lugar – disse, sentindo-se covarde, a voz cansada.

Nesse dia não comeu. Dormiu a sesta agitado. Joaquim o viu quando deixou a tenda com a bacia na mão e jogou a água fora. Ficou cuidando seus movimentos, mas o general apenas olhava para o alto dos cinamomos, para as copas verdes e compactas onde a brisa penetrava agitando as folhas e onde corria um murmúrio claro de gorriões. Depois, com surpresa, viu que seu pai contemplava as mãos com evidente fascínio.

O verão arrastou-se como carreta com carga pesada. Sutil mal-estar grassava inconsciente no acampamento.

Em fevereiro apareceu Netto para uma visita, mas não ficou mais de dois dias. Conversaram interminavelmente à sombra do capão, Netto gesticulando muito, o presidente com a cabeça metida nos ombros e a testa franzida. Joaquim viu-o dormitar quando Netto partiu – calado, sem despedidas de alarde como era seu feitio –, e aproximou-se para examinar o sono cansado de seu pai.

A boca, um pouco entreaberta, não tinha mais aquele desenho delicado de gravura; a antiga boca miúda, vermelha, sempre sensual, era, agora, esboço enrugado e pálido. Havia grande sulco amargo no meio da testa. Bento

Gonçalves da Silva fora, na infância, o deus que vinha a cavalo de longe, trazendo cheiro de campo e vastidão. Era quem, nas longas noites de inverno, junto ao fogão, improvisava versos e contava histórias que provocavam sensação gostosa de medo enquanto o minuano acossava as janelas e as portas.

Agora, é esse velho contra essa árvore nesse fim de tarde.

Joaquim aproxima a mão para tocar o rosto enrugado. O general abre um olho. Joaquim retira a mão.

– Eu ia acordar o senhor. Está anoitecendo e vai começar o sereno.

Capítulo 27

O outono chegou. Naqueles dias, Vicente divulgou novo ofício que acirrou as discussões. Foi abolida mais uma medida de Domingos que visava obter fundos para a República. Tratava-se do Cinquinho, uma taxa de cinco por cento sobre o preço da carne verde. Quando Domingos publicou o decreto, evidentemente os fazendeiros revoltaram-se e protestaram, mas acabaram pagando. A República pôde comprar uniformes e pagar dívidas. Agora, Vicente aceitava a pressão e revogava o decreto.

Em fins de março, Bento Gonçalves recebeu uma carta de Domingos. É um lamento em surdina, como suas maneiras de gato.

Meu respeitável compadre, amigo e senhor.
Faz hoje 21 anos que saí do meu país. (O país das Minas Gerais, pensa Bento Gonçalves. O país das montanhas e das igrejas barrocas.) *O atual ministro da Fazenda, sem atenção à crise por que atravessamos, mandou suspender nas coletorias o pagamento de todas as ordens e autorizações anteriores. Duvido que exista hoje entre nós um só homem que não veja a tormenta que se levanta sobre nossas cabeças e que não estremeça.*

O crepúsculo paira sobre o fim do dia como um grande corpo agonizante. Bento Gonçalves pensou na morte quando viu o cavaleiro surgir na linha do horizonte. Patos em longa fila voavam em direção ao norte. O cavaleiro aproximava-se. *Vem me buscar.* Um cavaleiro solitário vestido de negro, montando um garanhão negro, vem atravessando as coxilhas num trote descansado.

O capão ao longe expeliu súbito relâmpago esverdeado. O poço em frente à casa tem água salobra. É hora de tomar mate. Sentará com o cavaleiro negro na varanda, olhando o poço e a primeira estrela. Quando o cavaleiro passar a sentinela na porteira será noite. Os ombros do cavaleiro talvez estejam úmidos de orvalho. Bento Gonçalves apoia a mão no mourão que sustenta a varanda. A morte está perto – não a cheirou nem sentiu em Itaizangó, em Durazno, em Fanfa, em São José do Norte. Ela vem nesse cavaleiro vestido de negro: seu cheiro se espalha. Não é cheiro podre nem perfume de rosas. É cheiro de baú aberto de repente; roupas coloridas, vidrilhos faiscantes e o maço de cartas atado com fita azul, onde pousa doce camada de pó. Ali está a morte, no baú. As cartas são escritas por mão de mulher. E há um odor de lençol onde corpos nus se procuraram. Há uma velha espora. Um pião. Uma aliança. O cavaleiro negro já transpôs o portão do pátio e avança em direção ao poço, grande carabina dançando na anca do garanhão, chapéu negro caído sobre os olhos, o poncho escuro cobrindo a sela. Para diante de Bento Gonçalves.

– *Buenas*, compadre.

Onofre desmonta: vê o movimento lento da enorme perna, o vulto do poncho, as fímbrias. A espora cintila. Onofre. Pesado, alto, largo, grande, a barba como fiapos negros e duros, as sobrancelhas como tufos de lã tingida e o nariz curvo, grande, inseguro. As mãos se apertam. Os tapas no ombro.

– Estou sozinho. O Joaquim e o Antunes voltam amanhã.

– Melhor. Eu queria mesmo conversar tranquilo.

– Parece que o assunto é sério.

O ar está escuro, mas a tira dourada no horizonte faz pensar no boitatá espalhando seus olhos luminosos, sua luz fria e azul.

– É o Almeida.

– O que tem?

– É um ladrão.

Não se enganara: a morte está perto com sua fragrância de baú. Está sentada na beira do poço. Esparrama o olhar sobre o pátio.

– O Domingos é um homem de bem, Onofre.

– Há provas.

– Provas, Onofre? Que provas são essas?

– A estância do Rincão da Música, Bento. O suborno é evidente. Moojen, o inglês. Contrabandista mais do que conhecido. E negociando com a República. Será que só o honesto Almeida não via, não sabia, não recebia? Esse homem faz e desfaz fortunas de aventureiros enquanto nós arriscamos a vida por uma república que não é república, compadre.

– Já convoquei a Constituinte, Onofre.

– Convocou tarde. Esperou demais. Estamos em março. A reunião é daqui seis ou sete meses. Precisamos punir os ladrões. Todos os ladrões.

Bento Gonçalves apanhou a gola do poncho grosso de Onofre e puxou-o para perto de si, com lentidão.

– Vosmecê está velho, primo, e cansado. Entra. Vou mandar preparar um banho quente.

PARTE II
DUELO DE FARRAPOS

Capítulo 1

O dorso da mão é salpicado de manchas circulares, pequeninas, como sardas. É mão de tamanho médio: não transparece força. Mostra, entretanto, uma contração determinada, como alguém investido de vontade. A mão pousa sobre o copo da espada.

O barão de Caxias tem 39 anos e a mão pousada no copo da espada.

– Senhores, há dezessete anos eu tive a honra de combater nestas terras. Cavalguei lado a lado com os grandes soldados desta Província heroica. Não é de admirar que esta guerra fratricida se estenda já por mais de sete anos. Cavalguei ao lado dos filhos mais ilustres desta Província, e que hoje estão rebelados. Ao lado deles, combatemos os castelhanos e mostramos o valor do brasileiro. Ao lado deles, ganhei minhas primeiras honras. Por lutar ao lado deles, recebi a comenda da Ordem de São Bento de Aviz. Eu sei, portanto, quem são estes homens. Se aceitei, hoje, o cargo de presidente desta Província e o de comandante de Armas, não o foi por vaidade ou por desejo de poder. Foi porque, como soldado, sei o que posso oferecer à minha pátria. Estou ao serviço dela.

Os olhos opacos caíram nos homens que o escutavam, em pé, formando um círculo no Salão Nobre do Palácio.

– Hoje, 9 de novembro de 1842, é o dia em que começa a contagem dos dias finais deste malfadado episódio. Não digo isso com empáfia nem confiando em poderes secretos. Já tivemos doze presidentes e outros tantos comandantes de Armas nestes sete anos. Não me considero melhor do que eles nem melhor do que os homens de quem recebi a incumbência de combater. Mas trago a vantagem da experiência que esses largos anos de luta nos legaram, e pretendo utilizá-la. Esta guerra, senhores, é uma guerra de cavalaria. Onde há espaços para cavalhadas, onde podem atacar em campo aberto e escapar em campo aberto, onde os cavalos podem mover-se com naturalidade e alimentar-se com naturalidade, aí os rebeldes são senhores.

Seus efetivos são 3 mil e 500 homens e seu território é a Campanha gaúcha. Que temos nós a opor-lhes? 11 mil e 600 praças! Três vezes mais do que o inimigo. E mesmo assim nunca os cercamos, nunca os surpreendemos, nunca os isolamos em um rincão para poder desfechar o golpe de misericórdia. Por quê? Porque, senhores, dos 11 mil e 600 praças de nossas três armas, apenas 2 mil e 500 são da cavalaria! Menos, portanto, do que a cavalaria do inimigo. Esse é um erro fundamental, e tem de ser sanado imediatamente. Precisamos de cavalos. Vamos conseguir cavalos. Vamos treinar um exército de cavalaria. E vamos dar combate ao inimigo em seu próprio reduto: a Campanha.

Nenhum homem se move.

Os olhos opacos passearam lentamente sobre os rostos.

– Nosso efetivo está dividido. Uma parte em Porto Alegre e Rio Pardo, outra no São Gonçalo, a maioria no passo de São Lourenço, à margem esquerda do rio Jacuí, conforme as informações dos senhores. Vamos alterar esse quadro. Vamos fazer uma coluna principal, sólida, unida. Vamos discutir o ponto mais adequado para base de operações. E dessa coluna, vamos destacar brigadas ligeiras para operar quando for necessário. Porto Alegre, Rio Pardo, Rio Grande serão defendidas por efetivos importantes, mas não vamos mais imobilizar nossas forças em locais onde o inimigo já desistiu de atuar. Ele recuou para a Campanha. Pois bem, vamos para a Campanha! Vamos nos preparar para dar o combate que ele prefere. Para os senhores não prometo nada, a não ser trabalho e mais trabalho. E a certeza de que sua majestade o imperador sabe olhar com generosidade seus filhos leais. O caos, a desordem, a licenciosidade, a falta de religião campeiam livremente nesta Província heroica e trabalhadora. Vamos pôr um fim a isso, estabelecer o poder de sua majestade, que é a vontade do Criador. Essa tarefa está em nossas mãos. Vamos ser dignos dela.

Desceu os olhos, ficou olhando o piso de tábuas enceradas, como pensando. Depois, olhou os oficiais.

– Para dar combate ao inimigo em seu próprio reduto, precisamos de homens que conheçam seu território, conheçam seus métodos de luta e conheçam sua idiossincrasia. O brigadeiro Bento Manuel Ribeiro será convocado à ativa novamente e será incorporado a meu Estado-Maior.

Os oficiais entreolharam-se.

– Todas as desavenças pessoais, políticas ou de qualquer ordem com o brigadeiro deverão ser esquecidas. O brigadeiro foi anistiado por sua majestade, o imperador Dom Pedro II, e a vontade do imperador é soberana. Um mensageiro já foi enviado ao brigadeiro Bento Manuel com ordem para apresentar-se a este comando, ao qual ficará subordinado.

Esperou que a notícia fosse inteiramente assimilada e então concluiu:
– Esta noite nos reuniremos para um conselho. Quero estar na Campanha dentro de três dias.

Capítulo 2

A Câmara Municipal desta cidade de Alegrete faz saber a todos seus habitantes que no dia 1º do mês de dezembro próximo futuro se vai reunir a Assembleia Constituinte deste Estado, e por tão plausível motivo lhes pede queiram dar uma prova de regozijo, iluminando suas casas nas noites dos dias 30 deste mês, 1º e 2º do entrante, podendo cada um ou parte dos cidadãos festejar esta época tão solene e memorável com divertimentos públicos adibitum.

Dado e passado nesta Capital de Alegrete aos 22 de novembro de 1842. Eu, João Damasceno Góis, secretário, o escrevi. – O vereador presidente José Inácio Santos Menezes.

O povo de Alegrete, orgulhoso de ser a capital republicana, aceitou o convite e iluminou a cidade, mas a Assembleia Constituinte foi instalada com austera solenidade.

Os deputados estavam ansiosos para estrear os debates. Foram eleitos em setembro, em eleição realizada em seis cidades, e havia muito para fazer.

Bento Gonçalves foi introduzido no recinto da Assembleia por uma comissão de sete deputados – entre eles o primo Onofre – e dirigiu-se à mesa, onde tomou posição ao lado do presidente da Casa, eleito em sessão no dia anterior.

Apanhou do bolso da casaca duas folhas de papel dobradas. Ergueu os olhos para a plateia.

Ali estavam todos os principais homens da República. Foram eleitos deputados o general Antônio de Souza Netto, Domingos de Almeida, Onofre Pires, o padre Chagas, Ulhoa Cintra, Sá Brito e outros, num total de 36.

Não conseguiram eleger-se, para grande surpresa, o general David Canabarro, Paulino da Fontoura e Joaquim, o filho de Bento Gonçalves, que ficaram de suplentes.

O calor esmagava a manhã. Bento Gonçalves olhou para os papéis em sua mão e começou a ler.

— Senhores representantes da nação rio-grandense!

Depois da heroica revolução que operamos contra os opressores de nossa pátria, depois de uma luta obstinada que por espaço de sete anos absorve os nossos cuidados, chegou finalmente a época em que, com grande risco, se verifica a reunião exigida altamente pelo voto público.

Meu coração palpita de prazer, vendo hoje assentados neste venerando recinto os escolhidos do povo, em que estão fundadas as mais belas esperanças de nosso País. Eu me congratulo convosco.

Por decreto de 10 de fevereiro de 1840 convoquei uma Assembleia Constituinte do Estado, mas acontecimentos imprevistos originados pela guerra em que estamos empenhados, cuja história não vos é estranha, privaram que se fizesse a última apuração dos votos.

Um manifesto fiz publicar em 29 de agosto de 1838, expondo amplamente os motivos de nossa resistência ao governo de sua majestade, o imperador do Brasil, motivos imperiosos que nos obrigaram a separar da família brasileira.

Apanhou um lenço do bolso e deu pancadinhas na testa úmida.

— Senhores: se me não é dado anunciar-vos o solene reconhecimento da nossa independência política, gozo ao menos a satisfação de poder afiançar-vos que, não só as repúblicas vizinhas como grande parte dos brasileiros, simpatizam com a nossa causa.

Mui doloroso me é o ter de manifestar-vos que o governo imperial nutre ainda a pertinaz pretensão de reduzir-nos pela força; porém, meu profundo pesar diminui com a grata recordação de que a tirania acintosa exercida por ele nas outras províncias tem despertado o inato brio dos brasileiros que já fizeram retumbar o grito de resistência em alguns pontos do Império. É assim que seu poder se debilita e se aproxima o dia em que, banida a realeza da Terra de Santa Cruz, nos havemos de reunir para estreitar os laços federais à magnânima nação brasileira, a cujo grêmio nos chama a natureza e nossos mais caros interesses.

Todavia, o que deve inspirar-nos mais confiança, o que deve convencer-nos de que alfim triunfarão nossos princípios políticos, é o valor e constância de nossos compatriotas; é alfim a resolução em que se acham de sustentar a todo o custo a independência do país.

Debaixo de tão lisonjeiros auspícios começam vossos trabalhos; cessa desde já o poder discricionário de que fui investido pelas atas de minha *nomeação; cumprindo, pois, as condições com que fui eleito, eu o deponho em vossas mãos.*

Tornou a passar o lenço na testa.

– A primeira necessidade do Estado é uma Constituição política baseada sobre princípios proclamados no memorável dia 6 de novembro de 1836. A estabilidade política interior está ligada com este grande ato, que há de necessariamente aumentar nossa força moral.

Bem penetrados da importância de nossa missão, e das circunstâncias excepcionais em que nos achamos, a vós cumpre decretar os meios, recursos e elementos com que deve contar o governo para o bom desempenho de suas funções. Se julgardes conveniente legislar sobre outros objetos, lembrai-vos de que a moral pública, a segurança individual e de propriedade exigem pronta reforma nas leis que provisoriamente adotamos, pouco adequadas às nossas atuais circunstâncias.

Senhores representantes da nação rio-grandense! A felicidade e a sorte da República estão hoje em vossas mãos. A prudência, a sabedoria, a moderação com que vos conduzirdes durante vossa missão acreditará sem dúvida a nobre confiança que têm em vós depositada os nossos concidadãos.

Pelas diferentes secretarias de Estado se vos darão todos aqueles esclarecimentos que tiverdes a bem exigir.

Fez uma pausa.
– Declaro aberta a sessão.

Capítulo 3

Na segunda sessão da Assembleia Constituinte, compareceram 21 deputados. Foi nomeada a comissão encarregada de apresentar o projeto de Constituição. Outra comissão foi encarregada de apresentar o regimento interno da Assembleia.

No dia seguinte, 3 de dezembro, realizou-se a terceira sessão. Foram nomeadas doze comissões permanentes: a de Poderes; a de Orçamento e Fazenda; a de Câmaras Municipais; a de Força Policial; a de Comércio, Agricultura, Indústria, Canais, Estradas e Colonização; a de Justiça Civil e Criminal e Guarda da Constituição e das Leis; a de Instrução Pública,

Associações e Estabelecimentos Públicos e Civis e Religiosos, Negócios Eclesiásticos e Divisão Eclesiástica; a de Estatística e Divisão Civil e Judiciária; a de Saúde Pública, Catequese e Civilização dos Índios; a de Redação de Leis e a de Polícia da Casa.

Na quarta sessão, dia 5, foram debatidos os artigos do regimento interno da Assembleia.

Na madrugada de 6 de dezembro, Bento Gonçalves chamou um grupo de deputados até a casa alugada, onde estava morando. Recebeu-os no pátio, acompanhado por Joaquim e Antunes da Porciúncula. Estava em mangas de camisa, calçando chinelas de couro, a cuia de mate amargo na mão.

Havia um lampião aceso na casa, e a luz amarelada escorria numa faixa do jardim. Mas Bento Gonçalves estava em pé no escuro.

– Senhores, eu não os convocaria a esta hora se não fosse por um motivo de extrema gravidade.

Ali estavam Domingos de Almeida, Sá Brito, Ulhôa Cintra e Mariano de Matos.

– Descobrimos uma conspiração, aqui na capital. Objetivo: assassinar o vosso presidente.

– Presidente – disse Mariano de Matos, alarmado –, quando chegaram essas notícias?

– Os agentes da Inteligência nos informaram poucas horas atrás. Precisamos tomar medidas urgentes. A situação, como eu disse, é de extrema gravidade.

Estendeu a cuia para João Congo.

– Estamos em estado de guerra, senhores. E enfrentamos uma conspiração interna. Como não podia deixar de ser, essa conspiração é urdida pelo nosso maior inimigo, o bifronte, o Satanás: Bento Manuel. Há sinais também de que o barão de Caxias se aproxima. Ele busca cavalos e possivelmente pensa cair sobre Alegrete.

– Qualquer um pode ser aliado do traidor, aqui no Alegrete – disse Joaquim.

– É necessário que a Assembleia suspenda as garantias civis – disse Antunes.

Os deputados entreolharam-se.

– Sei que não será fácil – disse Bento Gonçalves. – Sei que seremos incompreendidos pelos ambiciosos. Mas teremos que enfrentar mais este contratempo. Chamei o senhor Fontoura, ministro da Fazenda e da Guerra, para passar-lhe essas informações. O ministro não veio. Muito bem, irei eu até o ministro.

– É uma medida séria – disse Domingos.

– Precisamos nos prevenir – insistiu Antunes.

– Espero que os senhores cumpram o seu dever e apresentem o projeto de suspensão das garantias – tornou Bento Gonçalves. – Eu gostaria de ouvir o que pensam. Estou disposto a dar todas as informações que me foram passadas por nossos agentes.

Capítulo 4

– Esse projeto envergonha esta Casa! Só monstros podem desejar semelhante lei aos rio-grandenses – disse o deputado Silveira Lemos olhando firme em direção a Bento Gonçalves.

Todos pediam a palavra, atropeladamente. O coronel Ourique, deputado por Caçapava, trovejou sua voz:

– Bento Gonçalves quer armar-se em ditador!

O clamor cresceu. O presidente da Assembleia sacudia a sineta com vigor. Não conseguiu impor ordem. A sessão foi suspensa.

Bento Gonçalves, subitamente transtornado, atravessou a massa de deputados em direção a Silveira Lemos:

– Cachorro vagabundo, vou rebentar tua cara a rebencaço!

Foi agarrado por um punhado de mãos. O deputado Silveira Lemos, pálido, manteve a dignidade.

Bento Gonçalves foi retirado por Joaquim e Antunes para uma sala ao lado do auditório. Parecia febril. Seus olhos negros ardiam.

– São todos uns canalhas.

– Calma, pai, calma.

Caminhou até seu cavalo, controlado, sorrindo sem olhar ninguém. Montou sem pressa.

De repente cravou as esporas, o animal arrancou sobre as pessoas que se espalharam, torceu a rédea e subiu a calçada. Olhou pela janela para dentro da Assembleia.

– Coronel Ourique! Vosmecê não passa dum canalha e dum patife.

O coronel apareceu na porta.

– Repita isso se for macho!

– Canalha e patife!

O coronel Ouriques arrancou a espada e investiu contra Bento Gonçalves. Foi seguro por dezenas de mãos. Bento Gonçalves saiu a galope, reboleando o rebenque na mão direita.

Nesse dia não almoçou. Não falou com ninguém até o entardecer. Saiu para o pátio, chamou Antunes.

— Não se publica mais nada no jornal sem eu ler antes.

Antunes ficou silencioso.

— Quero os infantes do Trem de Guerra bem municiados. Quero eles acampados no terreno ao lado do cemitério.

— Lá não tem água, presidente. E nem sombra.

— Quero eles acampados no cemitério, Antunes.

— Eles ficarão a duzentos metros da Assembleia, presidente. Os deputados...

— Cumpra minhas ordens.

Ficou debaixo da figueira, sentado no tamborete, olhando o chão entre seus pés. Um cão estava estirado ao lado dele, curioso com a imobilidade do general.

O crepúsculo foi pesado. O céu cobriu-se de nuvens. Ameaçava um aguaceiro. Joaquim aproximou-se.

— O Vicente está aí. Ele e o primo, o Paulino.

— Mande o Vicente entrar. Quanto ao Paulino, que espere na rua.

— Pai...

— Se esse canalha botar os pés na minha casa eu quebro todos os ossos dele.

Vicente entrou pisando com cuidado.

— Boa noite, presidente.

— Vosmecê é o ministro da Guerra, major. Que medidas tomou para acabar com a subversão na capital?

— A capital está em ordem, presidente. Se o projeto de suspensão das garantias passar, aí sim teremos problemas. Os cidadãos não aceitarão.

— Não aceitarão? Mas eu posso aceitar que conspirem contra mim de braços cruzados? E que a conspiração parta das pessoas que deviam zelar pela segurança do Estado e do presidente?

— Não se deve confundir a causa pública com interesses pessoais, presidente.

Bento Gonçalves moveu-se como um puma preparando o salto. Vicente viu os olhos brilharem no escuro.

— Major, vosmecê vem envenenando a República, vosmecê vem fomentando o ódio, vosmecê vem espalhando intrigas. O general João Antônio me contou as cartas caluniosas que vosmecê lhe enviou, difamando meus colaboradores.

– Fiz um relatório ao general das atividades do ex-ministro da Fazenda.

– Manipulação! Vosmecê sabe muito bem que tudo foi manipulado e colocado de maneira a ser visto como vosmecê queria. Sabe muito bem que o Domingos é um homem honesto. Ele teve a ingenuidade de confiar em vosmecê.

Um relâmpago iluminou o pátio.

– Se o senhor quiser satisfazer a essas pessoas, presidente, pode honrar-me com uma carta de demissão.

– Pode ficar certo de que a receberá, major. E fique avisado: eu sei que a conspiração para me assassinar não vem apenas de Bento Manuel. Há outros instrumentos. E mais covardes.

– Definitivamente não sei a quem o senhor se refere, presidente.

Capítulo 5

A tempestade desabou de madrugada, mas o dia amanheceu com o céu lavado. Em frente da Assembleia apertava-se pequena multidão. O sol batia em cheio nos chapéus e nas casacas. Os deputados reuniam-se em grupos. O projeto de suspensão das garantias civis estava em todas as bocas. A reunião foi tensa.

Domingos pediu para ser rediscutido o regimento interno. Os deputados oposicionistas retiraram-se. Nos dias que se seguiram não houve quórum para reuniões.

Bento Gonçalves nomeou novo ministro da Fazenda e da Guerra, o major Luís José Barreto. Demitiram-se, no decorrer dos dias, os ministros da Justiça, coronel José Pedroso de Albuquerque, e do Exterior, o padre Chagas.

Quando recebeu a carta, Bento Gonçalves levantou-se da mesa, ganhou a rua e caminhou até a casa do padre.

Joaquim e Antunes foram atrás dele. Bateu na porta. Ninguém atendeu. Os três homens transpiravam. Tornou a bater.

– Padre maldito! Renegado do inferno!

Voltou pela rua mormacenta, seguido por Joaquim e Antunes, constrangidos e cabisbaixos.

Capítulo 6

No dia de Natal, Bento Gonçalves organizou um churrasco para seus aliados. Não falou durante toda a comemoração. Na hora dos brindes, mal encostou seu copo aos lábios.

Alegrete afundou num torpor enervante. O verão pesava sobre a cidade como uma grande mão. Os deputados oposicionistas reuniam-se na casa de Onofre, ao cair da tarde, para tomar a fresca.

Na véspera de Ano-Novo, Onofre tentou falar com Bento Gonçalves. Em vão. Não quis recebê-lo. Onofre era a ferida que mais sangrava. Não admitia que seu primo – Onofre, o alegre Onofre, companheiro de infância, de adolescência e de guerra – estivesse agora mancomunado com seus piores adversários.

As sestas eram longas. Chegavam notícias do barão de Caxias, que preparava com paciência um exército, auxiliado por Bento Manuel.

Patrulhas do Trem de Guerra passavam com olhares ameaçadores. O calor aumentava. Mesmo à hora do crepúsculo, quando as famílias buscavam a sombra para tomar a fresca, havia no ar um coágulo de pesado sopor.

Há duas semanas a Assembleia não se reunia por falta de quórum. Os deputados da oposição davam parte de doentes à mesa e ficavam em casa. A inação aumentou o clima de hostilidade e intrigas. Foram chamados deputados suplentes.

O dia 1º de janeiro de 1843 foi sombrio e tenso. Houve corridas de cancha reta num bolicho das proximidades que terminaram em conflito. E um fandango – feito sem o consentimento das autoridades – terminou com um homem esparramando as tripas no chão de terra do salão, depois de ter o ventre aberto por um golpe de faca.

Capítulo 7

No dia 2, as sessões recomeçaram. O projeto de suspensão de garantias políticas foi aprovado. No dia 4, o decreto foi promulgado: durante seis meses os direitos políticos estavam suspensos.

A constituição adotada então ainda era a do Império. Seis parágrafos ficaram suspensos, entre eles, os cinco seguintes:

VII – Todo cidadão tem em sua casa um asilo inviolável. De noite não se poderá entrar nela, senão por seu consentimento, ou para o defender de incêndio ou inundação; e de dia só será franqueada a sua entrada nos casos e pela maneira que a Lei determinar.

VIII – Ninguém poderá ser preso sem culpa formada.

IX – Ainda com culpa formada, ninguém será conduzido à prisão, ou nela conservado estando já preso, se prestar fiança idônea, nos casos que a Lei o admite.

X – À exceção de flagrante delito, a prisão não pode ser executada senão por ordem escrita de Autoridade Legítima.

XII – É garantido o direito de propriedade em toda sua plenitude.

Na mesma reunião o exército conseguiu permissão de lançar mão de todo recurso de que necessitasse – mesmo quando negado –, passando recibo.

Quase não havia reuniões; quando se conseguia quórum, tratava-se de assuntos burocráticos, como o regimento interno, a situação dos funcionários, a distribuição das porcentagens da loteria de cinquenta contos, o ordenado dos ministros e presidentes.

O único a protestar contra a suspensão de garantias foi o deputado Francisco Ferreira Jardim Brasão. Os demais deputados oposicionistas não apareciam.

Bento Gonçalves não saía mais de casa. As notícias do barão chegavam esporádicas e contraditórias: aumentava o número de seus cavalos, Bento Manuel tinha dificuldades de integrar-se ao comando – o barão fora obrigado a ameaçar com corte marcial um bom número de oficiais que se recusava a receber ordens do brigadeiro. Chico Pedro – o Moringue – atacava as tropas de Netto e Canabarro com sortidas relâmpago e desaparecia nas coxilhas.

A 16 de janeiro, Onofre sentou em sua cadeira, na Assembleia. Vestia roupas civis, folgadas, e tinha a barba e o cabelo aparados. Nos grandes dedos segurava um palheiro fumegante. Pediu a palavra.

– Senhor presidente, exijo que conste na ata do malfadado dia em que aprovaram essa lei iníqua que nos envergonha, de que eu, Onofre Pires da Silveira Canto, não aceitei, como não aceito, essa tal suspensão.

– Nobre deputado – respondeu o presidente da mesa –, a ata do dia ao que o senhor alude não pode ser alterada. Se era contra o projeto e queria impedir sua aprovação, deveria estar aqui nesta casa no dia de sua discussão. Agora é tarde.

Onofre levantou-se em todo o seu tamanho.

– Pelegada!

Saiu dando passadas poderosas, derrubando as cadeiras que estavam no caminho.

Capítulo 8

No dia seguinte, a situação, através de Mariano de Matos, apresentou um projeto que abolia o cativeiro. O modelo era o adotado pelo Uruguai. Para surpresa de Bento Gonçalves e Domingos de Almeida, o grupo de Vicente da Fontoura se opôs.

Teixeira Nunes apareceu para acompanhar a votação do projeto. Procurou Lucas de Oliveira.

— Meu amigo, eu estou longe e vejo melhor: as paixões pessoais estão cegando nossos companheiros, estão interferindo nas ações políticas.

— Esse projeto não visa à abolição. Tem um fim determinado: reforçar a infantaria. Não vê que os escravos libertos entram compulsoriamente no exército para engrossar nossa infantaria?

— Estamos em guerra, Lucas. Precisamos de soldados. E os africanos vão lutar pela própria liberdade.

— Demagogia. Quem é livre tem o direito de escolher o próprio destino, e não entrar para o exército.

— Lucas, Lucas.

— Os gaúchos se recusam a servir na infantaria, como se recusam a montar em égua. Os africanos não têm esses pruridos. Esse projeto é oportunista, Teixeira. Nós queremos as coisas claras.

— Nós, Lucas? Nós, quem? Nós, os quatro heróis revolucionários, os quatro jovens oficiais sonhadores?

— Não somos mais quatro, meu amigo, há muito tempo.

— Nem jovens. Nem sonhadores.

— Mesmo quando sonhadores, sabíamos quem era o Bento.

— Lucas, meu irmão, quem está apostando no cavalo errado?

O mês de janeiro esfumou-se. A cidade de Alegrete continuava envolvida por uma atmosfera sufocante, de reuniões secretas, ameaças abertas e veladas, descontentamento e irritação.

Teixeira Nunes, num fim de tarde, conversou longamente com Bento Gonçalves, no pátio, sorvendo vagaroso uma canha paraguaia, enquanto Antunes e Joaquim fumavam em silêncio.

Teixeira trouxe notícias do principal acampamento rebelde, sob o comando de Canabarro. Lá também havia um torvelinho de reuniões alucinadas, bate-bocas delirantes. Teixeira colocou as mãos na cabeça.

– Onde vamos chegar? Essa discussão toda não encerra ideologia! É uma luta por poder, e o poder como coisa vulgar!

– Não reconheço mais o Lucas, o Fontoura, o Onofre – disse Joaquim.

– O general Canabarro está abertamente do lado da minoria – disse Teixeira. – Ele e Netto discutiram muito. Foi uma discussão feia. Quase não se falam mais.

Olhou ao redor, procurando o grilo que não parava de cantar.

– Devo partir. Só lamento não levar boas notícias. Se esse dissídio continuar, vamos ficar enfraquecidos exatamente como o barão quer.

– Exatamente como o barão quer... – sussurrou Bento Gonçalves, parecendo acordar. – Eis aí uma frase que encerra a verdade, mesmo que vosmecê, coronel, não tenha percebido.

– Não entendo, presidente.

– É difícil provar, mas o Vicente manobrou e manobra com um plano predeterminado. O primo dele – o Paulino – é um traidor comprovado. Em 1837, o finado João Manoel pediu para que ele fosse executado. Executado. Vosmecê não sabe disso. Quase ninguém sabe. E João Manoel, notem bem, era casado com uma sobrinha do Paulino. O Mariano e o João Antônio saíram em defesa dele. O Paulino tinha dado fuga ao Silva Tavares, tinha entregado informações à legação imperial em Montevidéu, e tinha recebido dinheiro por tudo isso. Todos sabemos. Mas o que aconteceu? A velha história. O Paulino é dessas pessoas que falam muito e não dizem nada. Quando é preciso ser moderado ele é o mais exaltado, quando é preciso ser exaltado ele recomenda moderação. Agora está aqui, com o primo Vicente, mais o Lucas, que parece que enlouqueceu, e mais o Onofre, que confunde tudo, até as desavenças pessoais comigo, e não para de conspirar, de caluniar, de meter lenha na fogueira. Já faz um ano que o Vicente manobra e manobra por baixo, na sombra, desmoralizado meus colaboradores e a mim mesmo. Ficou claro o plano: eu caía e eles apoiavam o João Antônio, que entrou no plano como boi de piranha. O João Antônio ficaria de presidente e eles teriam o poder. Não deu certo. Agora, acho que mudaram de tática. Agora, acho que estão a serviço direto do barão.

Teixeira ficou silencioso.

– Homens como o Lucas e o Onofre...

— O Lucas, o Onofre, o próprio padre Chagas são inocentes úteis, coronel. O traidor é um só. Ou dois, no máximo. Os outros são instrumentos.

Capítulo 9

Paulino da Fontoura chegou em casa e bateu à porta, porque se esquecera da chave. Era 3 de fevereiro, perto da meia-noite.

Um homem surgiu do escuro e desfechou-lhe um tiro de clavina à queima-roupa. A bala atingiu o braço, quebrando-o. Mais dois homens apareceram das sombras: estavam embuçados. Ao mesmo tempo que atiravam, Paulino conseguiu empunhar a espada e brandiu-a num gesto de defesa. Foi atingido mais duas vezes. Os três embuçados correram e desapareceram na escuridão.

A porta da casa abriu-se, o lampião iluminou Paulino caído na calçada, esvaindo-se em sangue.

Mais luzes acenderam-se nas casas vizinhas. Gritos de angústia e desespero começaram a estilhaçar a noite, dominada por um luar imóvel e transparente.

A agonia de Paulino da Fontoura durou dez dias. Nesses dez dias, a banda municipal ensaiou com aplicação todas as noites. E todas as noites desfilou diante da casa do agonizante, o maestro à frente, ereto, queixo erguido, manejando a batuta, enquanto a pequena e pobre banda seguia atrás, tocando com força seus metais e tambores, levantando poeira da terra seca da rua e seguida por um bando de meninos e cães vadios.

No dia do enterro de Paulino – acompanhado por poucas pessoas e feito em silêncio e sem alarde, debaixo de um céu exasperantemente azul – um cavaleiro entrou a galope em Alegrete e dirigiu-se ao Trem de Guerra.

– Bento Manuel se aproxima com mais de mil homens!

Capítulo 10

A Assembleia dissolveu-se. Todos procuraram suas armas e suas divisões. A proximidade do inimigo susteve momentaneamente o conflito.

Onofre, o mais abalado com o crime, andava de um lado para outro fazendo investigações para descobrir o assassino de Paulino. As acusações da minoria caíram obviamente sobre Bento Gonçalves.

— Se eu quiser matar alguém, não preciso de capanga. Mato eu mesmo.

Havia versões desencontradas. Falou-se muito em marido traído, já que Paulino, além de versejador, era dado a Don Juan. A hipótese de marido traído era frágil. Dificilmente um marido traído contrataria três homens para um crime, num lugar tão pequeno como Alegrete.

Bento Gonçalves, com Antunes da Porciúncula e os filhos Bento e Joaquim, rumou para o acampamento do general Netto.

Descobriu-se logo a intenção de Bento Manuel. Não era atacar Alegrete. Era a invernada dos farroupilhas. Entre o Ibirapuitã e o Paipasso havia uma extensão de pampa verde que resistiu ao forte verão. Ali estavam quatorze mil cavalos cuidados por charruas e vaqueanos desligados dos contingentes regulares. Esses animais eram a grande arma que mantinha viva a guerrilha de Netto e Canabarro. Ali, os dois generais chegavam com sua cavalhada esgotada e emagrecida e trocavam por cavalos gordos e descansados.

Bento Manuel conhecia essa região desde seus tempos de peão na estância do alemão Charão e depois, quando se estabeleceu por conta própria, como contrabandista de charque e gado. Instou com Caxias para apoderar-se desse valioso depósito de montarias. O barão notou que precisava ganhar a confiança do brigadeiro e assentiu.

O plano de Bento Manuel não resultou. Os farroupilhas agiram rápido.

Uma divisão de cavalaria foi destacada para fazer a guarda dos animais, enquanto eram levados para lugar mais seguro na fronteira com o Uruguai. O perigo mais imediato foi afastado.

Restava, agora, examinar a situação à luz da nova realidade. E essa realidade era o dissídio que entrava no Partido Republicano como uma lança numa melancia.

Num daqueles dias, saiu um manifesto assinado pelos deputados da minoria. O manifesto abria um abismo praticamente intransponível.

Iniciava chamando o grupo de Bento Gonçalves de *mascarados, que fariam à peste pomposos elogios, se ela lhes pudesse dar honra e empregos lucrativos.*

Mais adiante, refere-se a Bento Gonçalves diretamente:

Não é de agora que uma opinião fortíssima se tem declarado contra o presidente da República. A maioria do nosso exército o considera um general que traz a desgraça a par de si; e convém confessar com sinceridade que, ou fosse efeito dos caprichos da volúvel Fortuna, ou meramente o resultado natural das disposições do mesmo general, a infelicidade acompanhou sempre este senhor e marcou todos os seus passos e operações, como comandante em chefe do exército.

Investe contra Domingos de Almeida, Mariano de Matos e Ulhoa Cintra:

S. Exa. chamou para seus ministros, com exclusão de rio-grandenses honrados e beneméritos, um fluminense, geralmente aborrecido por sua filáucia desmedida, e gênio intrigante; e um ministro desconceituado do público por seu gênio colérico, arrebatamento despótico, crassa ignorância e má nota em confundir com os seus os bens do Estado, e para seu principal diretor, já no exército, já na presidência, outro mineiro, igualmente desconsiderado por sua falta de caráter, imoralidade, língua ferina, maledicência, covardia e até por apanhar pancadas em todos os lugares onde se demora algum tempo.

Capítulo 11

Bento Manuel levantou o braço. A coluna fez alto. O batedor charrua aproximava-se a galope.

– O coronel Guedes está meio dia de marcha na frente.
– Que rumo?

O índio apontou com o braço.

– Para o fim do dia.
– Uruguai... – murmurou, coçando o nariz achatado. – Quer escapar de nós. Quer se meter no Uruguai. Lá não poderemos persegui-lo.

Andrade Neves descansou o corpo sobre o cavalo.

– Por que o Guedes? Vale a pena se cansar tanto por ele?
– O Guedes é compadre do Canabarro. Aqui na Campanha ninguém é mais vaqueano do que ele. É o melhor conhecedor destas bandas, junto com o Canabarro e, se me permitem, comigo.
– Sim, mas, brigadeiro...
– Se liquidarmos com o Guedes, podemos dedicar toda atenção ao Tatu. Os outros não são da região. Aqui é terra deles dois. E minha.

Bento Gonçalves examinou o soldado. Era um negro alto, ex-escravo de Bento Manuel.

– Então?

– O brigadeiro continua atrás do coronel Guedes. Não vai descansar enquanto não botar a mão nele.

– É uma briga velha e ele quer resolver. – Olhou ao redor, deteve o olhar em Antunes. – Acho que vou meter minha colher torta nessa pendenga. Talvez seja a batalha que eu esperei toda a minha vida, Antunes. Pegue três cavalos e corra até onde está o Netto. Rebente os cavalos no caminho, mas chegue o mais rápido que puder. Que ele se una a mim com toda a tropa. E de lá que mande um chasque para o João Antônio. Esteja onde estiver que venha com tudo.

– E o Canabarro?

Bento Gonçalves tirou o chapéu da cabeça e passou a mão pelos cabelos. Ajeitou a aba do chapéu, deu umas batidas para tirar o pó. Depois, colocou-o na cabeça.

– O Canabarro, por enquanto não. Vamos primeiro ver se cercamos o traidor. Mas temos que ser rápidos, Antunes. A ordem para Netto e João Antônio é rapidez. Rapidez! Ele não desconfia que estamos perto dele.

Os olhos brilharam como há muito tempo Antunes não via: o brilho ansioso do caçador fatigado, que espreita a presa há longo tempo.

– Talvez seja a batalha, Antunes. Vai. Voa!

– O Guedes acampou!

O batedor charrua sofreou o cavalo levantando uma nuvem de poeira.

– É menos de meio dia de marcha, brigadeiro. Pelo jeito, não sabe que nos aproximamos.

– Ele sabe muito bem.

– Então, por que acampou? – perguntou Andrade Neves. – Talvez não saiba.

Bento Manuel olhou as coxilhas desertas.

– Talvez não saiba. Talvez saiba. Talvez esteja preparando alguma. Com o Guedes só tem um jeito de saber.

Andrade Neves esperava. Bento Manuel completou, olhando a ilha do horizonte:

– É ir ver de perto.

Os soldados do coronel Jacinto Guedes tinham um dito orgulhoso:

– Eu sou do Guedes!

Esse dito espalhava terror. Os homens do Guedes eram degoladores. Junto com Canabarro, ele colocou em xeque o poder de Bento Manuel na fronteira oeste do Continente. Sabia, logicamente, das proximidades do brigadeiro. Tratava de evitar o combate. Estava em minoria. Era inútil um confronto. Buscava a fronteira do Uruguai – em caso de aperto, estaria a salvo do outro lado.

O coronel Jacinto Guedes, como o general David Canabarro e o brigadeiro Bento Manuel, desde os doze anos andava percorrendo aquelas vastidões.

A Campanha da fronteira oeste do Continente de São Pedro é o pampa. Ali, na sela dum cavalo, no alto de uma coxilha, o olhar percorre os quatro pontos cardeais e não encontra obstáculo. Para onde quer que se olhe, desenrola-se a vastidão verde. Não há nada maior e nada mais imóvel. O mar se move, o mar cresce, o mar se desdobra. Ali, é um mar petrificado. Ali é um silêncio vazio. Ali, é um verdor severo: infindável. Sobre as ondas paradas corre um vento frio. Sobre as ondulações imóveis esvoaçam bandos de quero-queros emitindo gritos pontiagudos, que ferem em léguas a solidão. Sobre o grande silêncio e o grande tapete verde há um céu mutante – feito de azul escancarado, matizado de nuvens enormes e brancas algumas vezes, escuro e atormentado outras, enigmático e eterno. No pampa não há cercas, não há casas, não há pousadas. São léguas e léguas de deserto e solidão verde. Às vezes, a majestosa indiferença de um umbu. Às vezes, uma aguada transparente. Às vezes, um bando de emas, inquieto, atento, espichando os pescoços, arregalando os olhos pontudos. Cortando o capinzal o dorso mosqueado de um jaguar, no seu passo de caçador. Uma sanga com jacarés nas margens, e saracuras, marrecos, periquitos. Capinchos espiam com focinhos úmidos, somem nos capões e mergulham nas sangas. A vida no pampa é esquiva, sutil, perigosa. No pampa, tribos de charruas enfrentaram os portugueses e os espanhóis e sobreviveram. Para o pampa fogem os desertores, os perseguidos da lei, os contrabandistas, os párias. O pampa é livre. O pampa não foi domado. O pampa – em 1843 – ainda era um território que desafiava a vontade humana.

Nos longos anos da guerra o coronel Jacinto Guedes não se afastou do pampa. Em outro lugar, talvez, não soubesse guerrear – não poderia transpor léguas de solidão ventosa e cair de madrugada pela retaguarda do inimigo, destroçá-lo num ataque fulminante e retirar-se depressa, antes que se organizasse. A guerra do coronel Jacinto Guedes era uma guerra de guerrilhas, e Bento Manuel sabia que a tendência dos farrapos era adotá-la daí para frente. Urgia, pois, exterminar com seu comandante mais eficaz. Que, além de tudo, era antigo rival pela hegemonia da região.

Bento Gonçalves sabia disso. Chamou Joaquim.

— Vosmecê precisa chegar ao acampamento do Guedes. É vital.

Joaquim ouvia atento.

— Eu posso mandar qualquer um, entendeu? Um peão, um negro. Mas eu quero que vá vosmecê que é meu filho e quero que fale com o Guedes em pessoa. Quero que ele fique perto de Bento Manuel. Que ele não se afaste muito. Que vá dando corda. Que atraia o Bento pra perto dele, mas que nunca dê combate. Diga que vá fazendo isso, que nós vamos nos aproximar. Agora vá. Leve muitos cavalos. Quero que corra como nunca.

Capítulo 12

Antunes da Porciúncula voltou na madrugada do dia seguinte.

— Netto estava em Cachoeira. Vem vindo pra cá. Gostou da ideia. Ele também quer pegar o seu tocaio, presidente.

— Quanto homens?

— Menos de quinhentos.

— Infantes?

— Nenhum. Só cavalaria. E arrasta um canhão velho, que achou abandonado.

— E o João Antônio?

— Netto mandou um próprio até o general João Antônio. Não esperei a resposta, mas as ordens eram claras. Amanhã, no mais tardar, eles estarão chegando.

Bento Gonçalves esfregou as mãos. Tunico Ribeiro acocorou-se ao lado deles.

— Hay notícias de que o general Canabarro está rondando Alegrete. Os caramurus entraram em Alegrete depois que nós saímos e ele não gosta de dar vantagem pra inimigo dentro do chão dele.

— Acho que está na hora de chamar o Tatu – disse Bento Gonçalves. – Se tudo der certo, vamos pegar o traidor por todos os lados.

— Bento Manuel não tem dois mil homens. É o que dizem.

— Se vier Canabarro, com quinhentos, o João Antônio com quinhentos, o Netto com quinhentos e eu com quinhentos, cercamos o Bento com maior número. Quantos homens tem o Guedes?

— Perto de quinhentos, também.

Bento Gonçalves ficou olhando o fogo.

— Sim. Vou mandar avisar o Canabarro. João Congo!

O escravo aproximou-se.

– Manda acordar o Bento. Diz pra esse preguiçoso que ele vai fazer uma viagem importante. Que lave a cara e venha falar comigo.

O general Antonio de Souza Netto apareceu na orla de uma coxilha, à frente de seus quinhentos homens, na madrugada seguinte. Era uma longa fila recortada contra o horizonte do amanhecer.

O grupo foi aproximando-se num passo demorado, emoldurado pelo sol nascente.

Bento Gonçalves apertou a mão de Netto.

– Desta vez ele não escapa.

Netto olhou-o com prudência. Bento Gonçalves envelhecia. O tempo atacava nas faces emagrecidas e no passo vacilante, mas, principalmente, nas mãos inchadas, nos dedos que se alongaram, cheios de nós, na textura amarela das unhas curvas e na pequena, aflita, inalterável angústia que deformava seus lábios.

– Ele é ladino – respondeu Netto.

– Mas não escapa.

Netto concordou com a cabeça, cansado.

O general João Antônio da Silveira chegou perto do meio-dia, com quinhentos homens montados e oitenta a pé. Jogaram-se no chão, largando armas e bagagens. Os infantes eram todos negros. Ficaram estirados, calados, olhando o céu nu e pensando na fome.

O general David Canabarro chegou ao crepúsculo.

Tocava uma boiada de trezentas cabeças. Entrou na tenda de Bento Gonçalves, olhou os presentes sem simpatia. Ali estavam os quatro generais da República.

– Querem pegar o traidor?

Os três homens o olharam sem expressão.

– E vosmecê? – perguntou Bento Gonçalves.

Canabarro encolheu os ombros.

– Mais dia menos dia, eu boto a mão nele. Eu conheço a laia dele.

– Amanhã de manhã ele estará cercado – disse Bento Gonçalves –, e então vosmecê não precisará esperar ou deixar ao acaso.

– Amanhã é um dia como outro qualquer.

– Não é bem assim. O traidor atravessou esta tarde o banhado de Ponche Verde e está ali perto, acampado. O Guedes está ao alcance dele. O traidor não vai perder essa oportunidade.

– E daí?

– E daí vamos atravessar o banhado amanhã de manhã, quando ele estiver por cair sobre o Guedes. Ele não desconfia de nossa presença. Todas as informações são que estamos longe. Com o Guedes, somos cinco. Vamos fechar sobre ele como cinco dedos de uma mão.

Olhou a própria mão, fascinado. Foi fechando-a lentamente.

– Vamos esmagar o traidor como se fosse uma folha seca.

Capítulo 13

Despertou mais cedo do que costumava. Tivera um sono ligeiro, sempre interrompido por pequenos ruídos suspeitos, uma coruja num galho próximo, relinchos de cavalos no potreiro, a tosse de alguém.

Saiu da barraca enrolado no poncho.

Esfriava cada vez mais. A madrugada estava límpida. O silêncio era um peso suspenso a algo frágil, prestes a desabar.

Bento Manuel afastou-se e urinou contra uma árvore, sentindo dores. Esteve quieto, atento, pronto para o diagnóstico, forte e prevenido. Examinou a unha escura do polegar, onde apagava seus palheiros. Incomodava-o algo físico, algo maciço e duro, algo como gretas numa pedra, que impedia o sono, a tranquilidade.

Voltou para a barraca, arrastando as botas e as esporas, produzindo um ruído que lhe deu calafrios e que acolheu com mórbido prazer.

Todos dormem.

Sentou no toco de madeira e tornou a examinar a unha, com cautela, curioso. O barão não confiava nele, claro. Ninguém confiava nele. Não tinha motivos para queixar-se disso, mas remordia-o um travo de injustiça. Por que só ele era desprezado e enxotado? Por que só a ele os oficiais torciam o nariz, desfeiteavam, falavam pelas costas ou arrogantemente insinuavam o desprezo?

O filho se afastara.

O filho, a quem ensinara tudo, o filho que se laureou bacharel na Corte, o filho que luzia nos salões como grão-senhor e pavoneava-se nos saraus literários lendo artigos de fino lavor. Cachorro comedor de ovelhas – dissera dele

Bento Gonçalves. Não se arrependia de nada. Só tinha raiva dos fracassos e da fama injusta que lhe atribuíam, como se todos os outros fossem exemplos de virtudes. Ninguém confiava nele. O barão colocara em seu destacamento dois parentes: um irmão e o cunhado. Obviamente para vigiá-lo, para passar informações de sua conduta. Sentia-se ofendido. Sentia-se como um leproso, que todos contemplam com horror, esquecendo a pena. Não precisava de pena. Não queria pena. Queria a confiança do barão. Quando ele deixar a Província, já pacificada, precisará indicar alguém para o cargo de presidente e comandante de Armas. Amanhã, cairá sobre Guedes. Amanhã, esmagará Guedes. Amanhã, começará a mostrar ao tal barão quem é o brigadeiro Bento Manuel Ribeiro.

Capítulo 14

A tropa sobe a coxilha lambida pelo sol de maio. Esvoaça no ar a poeira sexual do pólen, invade as ventas dos cavalos, dorme na testa, no nariz, no bigode dos homens.

Bento Manuel está à frente da tropa.

É o primeiro a ver o inimigo. Sobe pela sua carne frêmito de susto e horror. Apanha o binóculo. Lá está o exército farroupilha, ordenado para o combate, e não é apenas o coronel Jacinto Guedes.

Bento Manuel estende o binóculo para Andrade Neves.

– Aí está a República inteira.

Eles o esperavam. Eles o procuravam. Eles pensavam nele, nesses dias inteiros – e correram léguas em silêncio, trocaram mensagens, discutiram e montaram um plano guerreiro para alcançá-lo e cercá-lo no banhado de Ponche Verde.

Muito bem. Eles terão um combate como nunca tiveram. Eles esperaram a vida toda por este dia. Eles terão o seu dia. Eu, brigadeiro Bento Manuel Ribeiro, vos ofereço esta batalha. Aos doze anos vim a pé de São Paulo até o Continente de São Pedro do Rio Grande. Mulheres, filhos, gado, terras, títulos, honras, glórias, poder. Tudo isso agora não vale nada. Foram pequenos tijolos erguidos um a um para sustentar o deslumbrante palácio que será essa batalha que eu vos ofereço nessa manhã de maio. Meu filho disse que nem a água do Ibirapuitã lavará a honra da família. Saiba, filho, que o sangue que será derramado nesta batalha é para ti. Para sentares sem humilhação nas Assembleias que tanto idolatras, para que rastejes por salões perfumados sem remorso do pai, para que leias tortuosos discursos com citações em latim. Mesmo o sangue mais espesso atende a pequenas reivindicações. Ilustríssimo senhor general Bento Gonçalves da Silva: prezado tocaio e amigo, esta batalha que tão ardilosamente preparastes será a batalha que viestes preparando toda a vida, como eu. Estava decidido. Dá para recuar, dá para retornar com a tropa, ainda dá tempo de atravessar esse fio d'água que é o Santa Maria e meter-se entre as árvores do capão. Mas eu vos devo esta batalha. Eu vos oferecerei um banquete tão grandioso que a morte será um prazer e matar será um ato de piedade. General Bento Gonçalves da Silva, eu não vou recuar. Eu vou mandar meus infantes formarem um quadrado e cerrarem armas e vamos esperar o vosso ataque. Só vos prometo arredar pé quando não pise mais chão, mas cadáveres de homens e de cavalos.

Capítulo 15

É o dia que eu esperei toda a minha vida. Examina os rostos de Netto, de João Antônio, de Canabarro. Para Netto não significa mais do que cercar o traidor, talvez eliminá-lo. Para João Antônio, o mesmo. Para Canabarro é acabar com o rival de sua região. Derrotar Bento Manuel será para ele assegurar para sempre o prestígio no Alegrete.

Não vamos lutar a mesma batalha.

Esta é minha última batalha – é contra o Diabo: Anhã de suíças e uniforme imperial, Anhã de olhos frios onde navegam sombras. Por isso fui contrabandista, espião, biscateiro, vendedor de canha, domador: para cercar o Diabo, para cair sobre o bifronte nesta manhã de maio onde esvoaçam borboletas coloridas entre as orelhas dos cavalos e onde as flores amarelas de malva dão um toque de rondó às coxilhas sinfônicas. Agora, o bifronte está lá, bem ancorado no coxilhão, mas ao alcance do relhaço. Desta vez, não vai desaparecer como nas furnas do Caverá; não vai ficar de camarote como em Fanfa.

Volta-se para os oficiais que o cercam.

– O plano não muda em nada. Vamos cair sobre eles como quem cai a paulada em cima de cobra cruzeira.

Olha para Tunico Ribeiro. O corneteiro está tenso.

– A única vantagem dele é a infantaria. A infantaria pode se fechar num quadrado e aguentar a carga. Mas não por muito tempo. Vamos atacar todos juntos e por todos os lados. Só fica aqui o batalhão do general Netto, para a reserva necessária.

A infantaria de Bento Gonçalves era de apenas 150 homens, todos ex--escravos. Estavam sentados no chão, com ar displicente, mais preocupados com os pequenos seres que pulavam a seu redor – borboletas, mosquitos, filas de formigas.

Bento Gonçalves ordenou a Tunico.

– Toque de sentido.

O som do clarim incorporou-se à manhã, como se sempre fizesse parte dela. Os africanos continuaram deitados, sonolentos, sorrisos mansos.

– Carga – sussurrou Bento Gonçalves.

A corneta vibrou. A grande massa de cavaleiros começou a mover-se. Grito escuro foi nascendo de cada uma das gargantas, quando a carga começou a tomar velocidade. Como se as coxilhas adquirissem subitamente uma forma de vida, o tropel precipitou-se pesadamente, ensurdecedoramente, empurrado por vontade que não era individual e que o transformava num só dragão despejando aço e fogo, movendo com brusquidão a longa cauda poderosa, tumultuoso, sonoro.

Bento Manuel esperava o bicho. Fechou os infantes num quadrado de ferro em torno da bagagem – carretas que transportavam barracas, munição, víveres, remédios – e montou ali uma fortaleza, de dentes cerrados e vontade cega.

As sucessivas massas de ataque dos farrapos bateram no centro da defesa como martelo numa rocha. Estalava fogo e som, mas a fortaleza improvisada não se movia.

A ala direita farroupilha avançava sob o comando de João Antônio. Levou de roldão a cavalaria imperial e atropelou as carretas onde se apoiava Bento Manuel. Os infantes resistiam. Como se a vontade de Bento Manuel os transformasse, como se o desejo de Bento Manuel incorporasse cada um dos combatentes e os atraísse para dentro do verdadeiro combate que ali se travava. Bento Manuel irradiava fulgor de tormenta – do seu olhar saíam raios, pássaros da morte voavam do seu peito, cada gesto da mão derrubava filas de guerreiros, os olhos azuis estavam vermelhos como sangue e baba límpida de animal sadio emplastava a suíça grisalha.

Bento Manuel era um dos polos do combate – um dos eixos em torno do qual giravam som e fúria.

O outro era Bento Gonçalves – ereto, calado, pálido, imóvel, limpo, seco. A fúria nele transbordava como faca recém-afiada, cuja lâmina recebeu o polimento carinhoso da mão do dono. Sua fúria acendia relâmpagos que percorriam um céu carregado de tropilhas fantasmas, manadas de outro mundo, mortos acusadores, remorsos escuros e intrincados. Sua fúria era invernal e contida. Sua fúria gerava outras fúrias menores que se entrelaçavam e cresciam, sua fúria tinha braços múltiplos que buscavam o centro do tumulto onde se aninhava Bento Manuel. Sua fúria buscava Bento Manuel. E o combate ia de um para outro, da vontade de um para a vontade do outro, do gesto de um para o gesto do outro.

Bento Gonçalves acionou David Canabarro: o ataque pelo flanco esquerdo levantou uma nuvem de pó; a cavalaria passou raspando a orla de um barranco, levantando água, barro e musgo e explodiu contra a defesa.

A cavalaria imperial estava comandada pelo major Andrade Neves. Ele avançou contra Lucas de Oliveira.

Os dois ficaram frente a frente.

A lança de Lucas buscou o corpo de Andrade, que negaceou. A lança passou raspando e o movimento deixou a descoberto o peito de Lucas. A espada de Andrade Neves estendeu-se e raspou as costelas de Lucas.

Os dois passaram um pelo outro, distanciando-se, e ao mesmo tempo deram um tirão nas rédeas, fizeram meia-volta e tornaram a encarar-se.

Andrade Neves era cavaleiro soberbo: campeão de equitação em quanto torneio participasse. Lucas de Oliveira era cavaleiro crioulo, veterano de carreiras e campereadas.

Jogaram-se um contra o outro, lança contra espada.

Lucas deita-se sobre o pescoço do animal e espicha a lança; Andrade Neves desfere golpe de espada, Lucas apara o golpe com outro golpe de lança e procura o corpo de Andrade, Andrade dobra o corpo, escapa ao golpe, mas a ponta engancha no chapéu.

Lucas dispara a galope, erguendo a lança com o chapéu de Andrade Neves.

Aclamação ruidosa levanta-se da cavalaria farroupilha, Lucas dá um trote debochado, erguendo bem alto o chapéu, recebendo o aplauso dos soldados.

Andrade Neves, humilhado, levanta-se nos estribos e grita desafios, faz gestos, chama Lucas para continuar o combate singular; mas sabe que já o perdeu. Recolhe-se, irritado, mal-humorado, recebendo o consolo do irmão do barão de Caxias.

Netto olha para Bento Gonçalves.

— Eles estão firmes — diz. — Vai ser difícil romper o quadrado.

— Recém começamos — diz Bento Gonçalves.

— Eu sei. Mas acho a coisa malparada.

Bento Gonçalves avalia o centro da defesa dos imperiais.

— Aguenta aqui que eu vou lá fazer uma visita pra ele.
Netto mostrou dois olhos incrédulos.
— Vosmecê não pode fazer isso!
— Posso! – disse Bento Gonçalves, e esporeou o cavalo.
Arremeteu em direção à ala direita, comandada por João Antônio. Colocou-se a seu lado.
— Eu vou junto!
João Antônio não gostou.
— E quem fica no comando?
— Netto!
— Vosmecê deve ficar!
— João, ele está me esperando.
Colocou-se à frente dos oficiais. João Antônio fez sinal para o corneteiro.
— Toque de carga.
Quando os sons da corneta desenharam filigranas prateadas no ar, o general João Antônio olhou para o general Bento Gonçalves da Silva.
O que viu o assustou: o homem velho que ele era nos últimos tempos dava lugar agora a um ser fremente, ansioso. Parecia que seus membros e órgãos se tinham renovado. Era um espécime mutante e a luz do fim da manhã, a pique, refulgia sobre sua figura estranha.
A carga precipitou-se pela subida em direção à defesa de Bento Manuel. Os quinhentos infantes imperiais cerraram-se e deixaram à mostra a agudeza das baionetas e lanças e sabres. O choque se deu entre gritos e relinchos, estrondos de tiros e quedas de cavalos, quebrar de lanças e cintilar de espadas.
Bento Gonçalves brandia o sabre manchado de sangue.
— Em frente! Em frente!
Os infantes começam a ceder. O quadrado abre espaço por onde entra um galope furioso.
— Em frente, em frente!
Tunico Ribeiro arrebata um estandarte imperial. A infantaria tão bem ordenada começa a abrir-se em vários pontos. Bento Manuel, no centro do redemoinho, sente o perigo.
— A reserva! Quero a reserva entrando em ação! Vamos!
As fissuras da construção são recompostas. O quadrado torna a fechar-se. É outra vez uma parede humana irredutível, transformada numa só vontade pela vontade de Bento Manuel. A batalha é a batalha que prometeu. Já é mais de uma hora de carga e contracarga, já chamou toda a reserva para tapar os rombos da defesa, já colocou de prontidão para intervir no

combate o pessoal do serviço de hospital e impedimento, já serve o prometido banquete de sangue e pólvora para seus convivas.

João Antônio começa a ser possuído pelo sortilégio da batalha. Penetra-o uma sensação absurda de ódio contra Bento Manuel. Lembra-se dele em sua barraca, mateando, enrolando palheiros, contando causos de contrabando, e não deixa de ser atacado por esse ódio novo que deseja sangue, não repele esse desejo insensato de avançar até o brigadeiro, derrubar suas defesas e empurrar uma lança fina e dura em direção ao corpanzil instalado à sombra das carretas.

O cheiro de pólvora invade seus pulmões. É sua vez de erguer a espada, é sua vez de assumir o comando.

– Agora, ao meu sinal, vamos outra vez!

O clarim de Tunico Ribeiro espalha a música contagiante. Todas as mãos agarram as rédeas com firmeza, as esporas procuram os flancos dos cavalos e de repente homens e animais são um só animal mitológico em disparada.

– À carga!

O general João Antônio está transportado por um ódio devastador. Está à frente das tropas, isolado, e avança como se o combate fosse apenas dele. Abre um sulco na muralha de corpos dos infantes e avança, as patas pisando pernas e braços e cabeças, avança brandindo a espada com unção, avança sentindo o pala romper-se, o chapéu voar, o cavalo enlouquecer. Agora é ele – é o general João Antônio da Silveira que espalha o dom das fúrias, é do seu peito que voam raios e coriscos, de suas mãos que se estendem dádivas infernais, ele agora convida a entrar no deslumbrante palácio da morte.

A arremetida é a mais feroz de todas.

Uma cunha de cavaleiros entrou profundamente na defesa e aproxima-se do centro onde está Bento Manuel.

Um cavaleiro africano galga com a montada as barreiras, salta sacas de mantimentos, salta uma cava improvisada, transpõe carretas e aproxima-se – visão assustadora e lenta e armada – do brigadeiro Bento Manuel, aproxima-se com a lança em riste – invulnerável –, contra ele não podem as balas, as facas, os gritos, a muralha que se forma para impedir seu avanço – ele aproxima-se, destroça a tudo, a todos e se aproxima de Bento Manuel, alto, solene, aproxima-se com a lança erguida, aproxima-se pisando sangue, aproxima-se indiferente ao fragor.

O braço desfere o golpe. A lança penetra Bento Manuel. Bento Manuel se curva. Seus olhos são pássaros assombrados.

Eu também sou mortal.

A lança entrou nas costelas e cravou-se na madeira da carreta, prendendo-o a ela. O cavaleiro empunhou um punhal de prata, buscou o pescoço de veias grossas do brigadeiro.

Bento Manuel disparou a pistola contra ele. O cavaleiro, atingido no rosto, caiu para trás, deslizando sobre a anca do cavalo. Bento Manuel foi cercado pelos seus oficiais. Num gesto de desesperada fúria, deteve-os com o olhar. Depois, olhando com desprezo a haste de madeira atravessando seu tórax, colocou um braço por baixo dela e com o outro deu forte pancada, partindo a arma endurecida em fogo lento.

Caiu para diante, entontecido, e só então deixou os oficiais ampararem-no. Dobrado de dor, mordeu os lábios e ergueu vagaroso o tronco.

– Não fiquem aí parados! Nunca viram alguém levar um lançaço? A defender o centro!

Foi agarrado por quatro mãos. Um cirurgião tirou seu pala pela cabeça. Arrancaram-lhe o dólmã, rasgaram a camisa branca. Começaram a enrolar seu tronco com faixas de pano branco, que se iam tingindo de vermelho. O ordenança estendeu-lhe uma garrafa de cachaça que bebeu com sofreguidão, derramando lágrimas e dando risinhos apertados.

– Negro safado! Como é que ele chegou até aqui?

– Aí vêm eles de novo!

João Antônio parecia inteiramente possuído. O ar bonachão e tranquilo fora metamorfoseado numa máscara de ódio. O fardamento se esfarrapara. Perdera o chapéu. O rosto estava salpicado de sangue. A boca arreganhada deixava ver dentes ferozes. Bento Gonçalves aproximou-se dele.

– Eu quero o traidor aprisionado! Vamos cercá-lo com calma, para que não escape!

– Ele não escapa desta – disse João Antônio. – É o último baile dele.

Cravou as esporas no cavalo, avançou sacudindo a espada acima da cabeça.

– Se o ataque do João Antônio não for coordenado, pode ocorrer um erro de cálculo muito sério.

A ideia era derrotar os infantes e expulsá-los para o bosque, cortando sua retirada para o centro da defesa de Bento Manuel. Do jeito que avançavam, João Antônio impediria a fuga dos infantes, obrigando-os a refluir para o centro e continuar no combate, engrossando o quadrado de Bento Manuel.

E foi assim que as coisas aconteceram. A carga de João Antônio foi tão violenta e fechada, tão compacta e devastadora que abriu ao meio a larga fila da infantaria imperial, fazendo com que metade corresse em direção ao quadrado. O resto fugiu para o bosque, mas o quadrado de Bento Manuel fortaleceu-se e ganhou novo ânimo para resistir.

Bento Manuel foi sentado num tamborete. Coçou o nariz achatado. A garrafa de canha estava em sua mão. Dava longos tragos, cuspia no chão, o tronco todo enfaixado. O cirurgião jogava desinfetante sobre a ferida.

Bento Manuel viu o tropel da infantaria chegando, derrubando estandartes, furando tambores, arrastando feridos.

Já tiveram o banquete deles. Vou deixá-los sem sobremesa. É hora de retirar. Em Bento Manuel eles não botam a mão.

– Major Andrade!

Andrade Neves curvou o busto.

– Major, vamos organizar a retirada. Quero um quadrado bem fechado. Vamos sair a passo, como quem passeia. Vamos subir o coxilhão e buscar abrigo no bosque.

Quando Bento Gonçalves viu que os imperiais começavam um movimento de retirada, e que esse movimento estava rigorosamente organizado, que abrir um claro em suas linhas só com bocas de fogo e infantaria – coisas que não tinha –, pensou que havia realmente deuses a manejar o destino dos homens, e que esses deuses o tinham escolhido para servir de bufão. Era essa a batalha que esperara toda a vida! Esse o dia anunciado em que lavaria para sempre as frustrações e o ódio acumulado nesses anos de sangue! E terminava assim – com o Demônio escapando de entre suas mãos, sorrateiro, folha que se esmaga mas não se destrói.

Começou a tremer: tremiam as pernas, os braços, o queixo. Frio letal invadiu seu corpo e tudo escureceu na sua frente, como se estivesse à beira da morte. A dor no centro da testa voltou com a força duma carga de cavalaria e abriu os olhos: foi cegado pela luz.

Via corpos movendo-se, uma poeira azulada, o cheiro acre da pólvora e a suavidade das bostas dos cavalos, onde borboletas vinham pousar. Viu uma borboleta branca – gorda e veludosa – flutuar sobre o esterco, viu-a pairar lépida e festiva, batendo as grandes asas frágeis, e depois viu-a elevar-se, passar perto do seu braço, sumir no pó e nos corpos. O tremor convulsionou-o com força e pensou que iria cair do cavalo. Tremendo sem parar, os dentes chocando-se, a febre fazendo-o ver a borboleta voltar da poeira dourada – maior – com as asas do tamanho de perdizes, crescendo pouco a pouco e tornando-se mais lenta e monstruosa, o general principiou a gritar. O ataque tomou mais força e ele acicatou o cavalo, deixando escapar o grito de derrota contra o inimigo que fugia, vendo os homens seguirem-no na arremetida alucinada, golpeando inutilmente contra a muralha humana organizada por Bento Manuel, tremendo e gritando e vendo borboletas e engolindo o suor da batalha que esperara toda a vida e que não pôde vencer, embora triunfando.

Capítulo 16

Rio-grandenses! A Monarquia brasileira toca a meta de sua precária existência! A liberdade está salva, e a nossa independência pública formada!

O espírito público em nosso país pode ter sido algumas vez comprimido; porém, animado como se acha por inspirações divinas, jamais será extinto.

Minhas enfermidades que com o tempo mais se agravam não permitem que eu continue a ter sobre meus ombros a responsabilidade inerente à primeira magistratura do Estado, de que hoje faço entregar ao benemérito e ínclito rio-grandense, o cidadão José Gomes de Vasconcelos Jardim; a esse mesmo patriota que já vos presidiu nas crises mais arriscadas por que tem atravessado a nossa Revolução; é ele, pois, o vosso legítimo presidente, segundo a ata da emancipação política de nossa Pátria.

Rio-grandenses! Reuni-vos em torno de tão virtuoso patriota, desse nosso Fábio, que pela segunda vez deixa o arado para dirigir a nau do Estado ao porto em que nos aguarda a imortal glória, e por felicidade para nós e para nossos vindouros um laço fraterno ligue a todos os Continentinos, e a salvação da Pátria seja seu Norte. E não cuideis que exortando-os para que façais ao país os serviços que ele está reclamando de vós, me retiro à vida privada ou me entrego a um repreensível ócio; pelo contrário, na qualidade de soldado me vereis combater ao vosso lado contra esses mercenários que ousam talar os nossos campos, e compartilhar vossas fadigas todas enquanto minhas forças o consentirem, e até o último alento de minha vida.

Viva o soberano povo rio-grandense!
Viva o Exmo. presidente da República!
Viva todos os americanos livres!

Estância do Contrato, 4 de agosto de 1843.
Ass. Bento Gonçalves da Silva.

Joaquim olhava fixamente o pai. Antunes, encostado à janela, detinha o olhar sobre o braseiro. Bento Gonçalves revirava o papel nas mãos, vagamente apalermado.

– Não sei... acho que falta alguma coisa.

Joaquim impacientava-se.

– Está bem assim, pai. Não adianta dar muitas explicações. O principal é sair de cabeça erguida.

Bento Gonçalves baixava a cabeça.

– Eu sei, eu sei...

– Acho a carta perfeita, presidente – disse Antunes. – Eles ainda virão pedir-lhe que considere, vai ver só.

Bento Gonçalves sorri, sacode a cabeça:

– Não, não... Agora, não tem mais volta.

O sorriso vai se apagando.

– Um general pode perder todas as batalhas, menos a última.

– Nós não perdemos em Ponche Verde, pai.

– Os republicanos não perderam. Em Ponche Verde só eu perdi.

– O Bento Manuel perdeu – disse Antunes.

Seus lábios ligados pela saliva mal se moveram:

– Não.

Levantou os olhos que há muito perderam a dureza amável da carapaça dos besouros.

– Ele ganhou.

Estendeu o papel para Antunes.

– Despacha isto. Assim ou de outro jeito. Não tem importância.

Antunes apanhou a carta. Parecia não saber o que fazer com ela. Bento Gonçalves falou olhando sempre para o chão.

– Tirem cópias e mandem para todos os chefes. Mandem primeiramente para o Jardim. Ele está em Piratini. Que é do Netto?

– Está acampado perto daqui. Andou por Alegrete com Canabarro, tentando retomá-la. Mas já voltou.

– Quero falar com ele, o quanto antes melhor.

Ficou encolhido, como que dobrado, as rugas do pescoço mais profundas, os olhos semicerrados, os braços cruzados sobre a barriga, escondendo as mãos, mergulhando no poço que se escancarava para devorá-lo.

Joaquim ainda perguntou se ele não queria dar um passeio lá fora – "está fazendo um solzito de primeira" –, mas Bento Gonçalves não respondeu nem se moveu, como um grande corvo sobre um galho, olhando desconfiado para as vergastadas de frio que entravam por debaixo da porta e acometiam seus pés metidos em chinelos de couro.

Capítulo 17

Nessa noite, Netto leu a carta de renúncia sem comentários, diante do olhar de Bento Gonçalves.

– *Bueno*, só me resta escrever uma carta também.

– Vosmecê não deve renunciar – disse Bento Gonçalves.

– Não posso ficar num posto que é de confiança do presidente. Tenho que deixar o campo livre para o Gomes Jardim.

– Agora, eles vão tomar conta de tudo – disse Antunes.

Bento Gonçalves não tirava os olhos do braseiro, fumegando num canto da sala. Suas mãos moveram-se num gesto inútil, voltaram ao regaço.

Tomaram mate em silêncio. Netto despediu-se e saiu. Atravessou o pátio olhando as estrelas. A lua minguante atravessava as nuvens claras. A sentinela fechou a porteira.

Cavalgou pensando na carta que escreveria ao chegar, quando ouviu um ruído rouco, de gente chorando. Procurou no escuro e não viu nada. O cavalo começou a assustar-se.

O choro vinha próximo de uma figueira. Aproximou-se dela.

Dobrado sobre o cavalo morto, estava o espectro do coronel Domingos Crescêncio.

O coronel Domingos Crescêncio será nome de rua na cidade de Porto Alegre. Com o tempo, seu nome vai soar estranho, vago, perdido na distância. Os cidadãos do futuro não saberão quem foi, o que fez, o que pensou o coronel Domingos Crescêncio, mas, agora, o fantasma dele está ali, ante os olhos de Netto, na noite de lua minguante com perfume a malva, dobrado sobre o cavalo morto, e chorando.

Capítulo 18

José Gomes de Vasconcelos Jardim tinha 75 anos quando reassumiu o cargo de presidente da República Rio-grandense, no mesmo lugar onde fora investido pela primeira vez, Piratini.

Era um ancião solene. Os ruídos do dissídio não o atingiram. Olhava de longe, cenho franzido, com preocupação de pai que assiste a discussão entre filhos. Não tomou partido. Manteve-se neutro, aconselhando de modo igual todos os que o buscavam para ouvir sua opinião.

A "Mazorca de Alegrete", como ficou conhecida a tumultuada reunião da Constituinte, era um episódio que desejava sepultar para sempre. A divisão fora profunda. A morte de Paulino ainda pairava sobre todas as reuniões.

O novo presidente dificilmente organizaria um ministério de coalizão. Ou continuava como estava – com os mesmos ministros – e portanto receberia a mesma oposição dirigida a Bento Gonçalves, ou mudava os ministros, e a Minoria – a ativa oposição comandada por Vicente – assumiria o poder.

Gomes Jardim convidou Lucas de Oliveira para ministro da Guerra.

Os estancieiros o achavam radical. Temiam a sua visão de uma república plena de justiça social, sem trabalho escravo e com ensino amplo e obrigatório.

O transcorrer da guerra tinha determinado o isolamento do grupo de Lucas, principalmente após o assassinato de João Manoel, e ele esteve muito tempo atônito, acompanhando as discussões, procurando influenciar sem conseguir ter uma base mais ampla de apoio.

Mariano de Matos chegara-se demais ao poder. Teixeira Nunes chegara-se demais às armas. Corte Real pagara tributo à sua ingenuidade. O grupo republicano de oficiais do exército – jovem, unido, forte – fora desarticulado pelo tempo, pela guerra, pelo azar e pela morte.

Lucas tornou-se amargurado – como a maioria das pessoas que sustentam quase oito anos de guerra ininterrupta – e inconscientemente descrente dos seus princípios. Ele não sabia, mas já não acreditava com a convicção de antes, no porvir de uma ordem social capaz de espalhar a justiça e o progresso. Seus pares buscavam bons negócios; os fazendeiros tratavam de aumentar seus rebanhos; cada um buscava o emprego mais rendoso ou a colocação mais importante.

Lucas acreditara piamente nas acusações de Vicente da Fontoura contra Domingos de Almeida. Em seu entender, e para sua consternação, o governo de Bento Gonçalves chafurdava na mais odiosa corrupção. Ele admirava Bento Gonçalves. Nunca se enganara com as posições pessoais do general e não ignorava seu passado de aventureiro da fronteira, mas sabia que naquelas circunstâncias não tinham escolha. Bento Gonçalves era o líder do movimento, pela capacidade pessoal de canalizar a emoção e a energia das pessoas. Esperava que, com a paz e a possibilidade de organizar a República, os verdadeiros republicanos encontrassem seu lugar no processo de construção do país e influenciassem o suficiente para dar-lhe a direção que julgavam correta. Mas os anos passaram e a paz não veio. Era praticamente impossível falar de outra coisa que não fosse material bélico, marchas, contramarchas, espionagem e uniformes.

Era quase impossível lembrar que – ao menos para o seu grupo de republicanos – tudo aquilo tinha o fim de organizar um Estado que fosse o orgulho da civilização, um Estado onde os homens fossem livres, a riqueza estivesse ao alcance de todos e a injustiça fosse uma vaga lembrança do passado.

Gomes Jardim perguntou a Lucas quem deveria ser, em sua opinião, o novo comandante das Armas.

Lucas voltou-se vagarosamente. Os cabelos estavam grisalhos.

– O comandante de Armas? Davi. É a vez dele.

Capítulo 19

O dia em que Canabarro recebeu o posto de comandante das Armas da República foi o dia em que ficou viúvo.

A falecida era sua tia pelo lado materno e dezessete anos mais velha. Logo que o mensageiro se afastou, para deixá-lo só com sua dor, o recém-nomeado comandante começou a pensar em arrumar uma nova esposa. E nada melhor para ocupar o lugar da que se fora do que a cunhada, mulher de seu irmão mais novo, falecido há dois anos.

Canabarro era um homem prático. Esse assunto de casamento envolve fortuna e negócios e é bom ficar em família mesmo. Escreveria uma carta para ela ao anoitecer, quando o acampamento dormisse. Pediria a Maria Francisca para redigi-la. Redigir uma carta – e tratando de assuntos familiares importantes – era um bom e inocente motivo para ver Maria Francisca, embora ninguém mais no acampamento achasse que eles precisavam de um motivo lógico para se encontrar. Quando o mensageiro se afastou – respeitando os sentimentos do general –, Canabarro pensou que as coisas estavam andando bem, mesmo não sendo exigente.

Quando entrou na guerra, não sabendo direito o que estava acontecendo, como deixou claro para quem quisesse perguntar, era apenas um capitão com o prestígio de ter conseguido alguns êxitos marcantes na Cisplatina. Tinha faro para golpes de surpresa – e soube usar bem esse faro. Passara a major. Depois a coronel. Voltara de Santa Catarina como general.

Os jovens oficiais o desprezavam. Esse desprezo era o aval do seu triunfo. Nunca entrara numa academia militar, mal sabia escrever e não dava um tostão furado pelo sistema republicano ou por um outro qualquer, mas era general porque os tempos eram de guerra e isso não se ensina em academias nem em livros de sociologia e política, por mais pesados que sejam.

E, agora, tinha Maria Francisca. Maria Francisca das pestanas que pareciam falsas de tão longas e um cabelo preto tão comprido que chegava abaixo da cintura. Maria Francisca dos meneios lascivos ao caminhar e Maria Francisca do lunar sobre o pômulo direito. Maria Francisca das gargalhadas inesperadas, revelando os dentes perfeitos e a língua apetitosa, gorda, a língua feliz. Maria Francisca das pacientes horas pintando as unhas de vermelho e das demoradas lavagens de cabelo atrás da tenda que servia de hospital, mas, principalmente, Maria Francisca da boca flor grande e dúctil, voraz e vermelha.

Maria Francisca tinha 35 anos e era casada há quinze com o farmacêutico João Duarte, bom homem, mas mal servido pela natureza.

João Duarte exercia tarefas de cirurgião, já que a falta deles era grande e a necessidade maior. Ninguém sabia, no acampamento, se João Duarte era realmente cego e não via as liberdades de sua esposa, ou se via e fazia que não via. O certo é que Canabarro, para escândalo dos espíritos mais acadêmicos, começou a ter demoradas conversas com Maria Francisca ao pé de sua tenda, começou a acompanhá-la gentilmente a recolher flores ou cogumelos ou folhas de malva, começou a falar macio e olhar como carneirinho desmamado até que uma noite de lua foram buscar água para os feridos na sanga próxima e a respiração de Canabarro se tornou mais rápida.

As mãos de bicho do pampa caíram sobre os ombros redondos.

A boca sensual e amarga buscou a flor carnívora. As roupas abriram-se, os seios mornos irromperam, trêmulos de gozo.

Capítulo 20

Todo o acampamento soube da aventura de Canabarro à beira da sanga – menos o farmacêutico João Duarte, aparentemente.

Precavido, Canabarro dava missões urgentes ao santo homem, mandando-o a lugares longínquos onde se necessitava de seus nobres conhecimentos. Nessa noite, João Duarte estava longe. Canabarro entrou na tenda de Maria Francisca, cauteloso. Ficou observando-a, ao espelho. Ela organizava o lento ritual das tranças, enquanto namorava a própria imagem. Canabarro apoiou o braço no moirão que sustentava a lona, colocou o palheiro apagado nos lábios e ficou imerso no ritual que era olhar o ritual da mulher. Estiveram cuidando cada um de si, navegando em águas paradas, o acampamento lá fora, morno, familiar.

– Eu tive um sonho esta tarde.

Ela continuou a enrolar com lentidão os cabelos.

– Sonhei com um rinoceronte.

Começou a tomar-se de depressão.

– Vosmecê sabe o que é um rinoceronte? Sonhei com um. Ele estava parado numa planície deserta e tudo era amarelo. O bicho estava de cabeça baixa, pingando baba, com aquele corno enorme, duro. Tinha uma sombra escura na borda do corno e uma cintilação na ponta afiada. Olhava para baixo, para o chão, mas era como se estivesse olhando para longe. Eu vi a cor do couro dele. Era uma cor velha, uma cor cinza, uma cor de coisa morta, mas ainda vivendo. Era um couro seco, duro. A lança dum negro não entra nele. O bicho não se mexia. Estava ali, parado, completamente sozinho. Não tinha sombra. Mas o sol amarelava tudo. E não ventava. Não havia ruído algum. Nada se movia. O bicho estava ali, parado. Só a baba caía dos beiços dele, uma baba fina, comprida, brilhante, como uma gosma. Ia caindo, num fio comprido, formando uma calda luminosa no chão.

– Daqui pra frente não vamos arriscar nada. A guerra vai ser de guerrilha. Atacar, só de surpresa; golpear rapidamente e recuar. Essa vai ser nossa tática. Que fique bem claro para todos.

Os oficiais concordaram com as cabeças.

– Daqui pra frente, vamos nos reunir cada vez menos, como agora. Vamos nos espalhar. Vamos ficar em marcha, constante, de preferência na Campanha e beirando a fronteira. Quando a cosa estiver malparada, a gente se bandeia pro lado dos castelhanos.

Os oficiais sorriram.

– O tal barão tem o Bento Manuel com ele, mal das pernas, mas ele é zorro velho e dorme com um olho só. O tal barão sabe como nós lutamos porque o Bento Manuel sabe como nós lutamos. Por isso, o que vamos fazer é uma cosa que nem o Bento Manuel desconfia.

Os oficiais se entreolharam.

– Não vamos parar. Não vamos parar nunca. Não vamos parar nem pra trocar de cavalhada. As invernadas deverão ficar do outro lado da fronteira. Lá a gente troca de cavalo. Deste lado, nunca.

Cuspiu o palheiro apagado.

– Se tem uma cosa que não pode acontecer é o que aconteceu com o Bento Manuel em Ponche Verde. É se deixar pegar. Essa foi a maior vergonha da carreira de Bento Manuel. Disso eu tenho certeza. E só não vamos nos deixar pegar se estivermos sempre em movimento. Vamos deixar o tal barão louco – mostrou o raro sorriso sem alegria. – Porque, até agora, quem tem nos deixado louco é ele... Faz quatro meses que eu assumi o posto de comandante e praticamente só tivemos uma vitória em Alegrete, onde por sinal bateu as botas o irmão do Bento Manuel, o Zé. Um índio de lei, diga-se de passagem.

Afasta uma sombra com a mão pesada.

– Fomos batidos em Camaquã, pelo Mena Barreto. Fomos batidos em Canguçu, pelo Moringue, esse desgraçado. E bateu o Netto e o Bento Gonçalves juntos!

– Eles foram à forra, general – disse o capitão José Egídio.

– À forra? Um tiroteio inútil. Aconteceu alguma coisa ao Moringue? Não aconteceu nada! Ele anda por aí cantando vantagem, dizendo que bateu todos os generais da República.

Voltou a mostrar o indesejável sorriso.

– Disse que bateu a todos, menos a mim. Fomos batidos no Jaguari Oriental, onde perdemos trezentos cavalos. Fomos batidos em Santa Rosa, onde perdemos 178 homens. Os chefes: o general João Antônio da Silveira e o coronel Onofre Pires. E por fim, fomos batidos em São Xavier, nas Missões, por um coronelete metido a sebo. Faz quatro meses que eu assumi o comando das Armas. Vai fazer cinco, o mês está chegando ao fim, o ano está chegando ao fim. Precisamos dar um fim a isso.

Torna-se feroz, corcunda.

– E só tem um jeito. É fazer uma guerrilha que nem o Bento Manuel tenha conhecimento. Que guerrilha é essa?

Os olhos de Canabarro percorreram o círculo dos oficiais.

– Eu não li todos manuais de tática e estratégia que andam por aí, nas vossas mochilas, mas acho que cada um sabe onde lhe aperta o calo. Na nossa guerrilha ninguém para. Ninguém para. É atacar, golpear e seguir em frente. Quem dormir no mesmo acampamento por duas noites seguidas estará desobedecendo minhas ordens. Não vamos parar nunca. Vamos andar em círculo. Vamos subir e descer a Serra. Vamos cruzar a Campanha em toda direção. É isso que ele está fazendo, o tal barão. Nos deixando sem espaço. Pois vamos nós ocupar os espaços – mas só os espaços onde eles não estejam. Esse vai ser nosso segredo. A arma principal: cavalos. Que as tropilhas fiquem do lado dos castelhanos. Não me importa o que digam os políticos e os deputados. Os cavalos ficam do outro lado. Assim não caem nas mãos do tal barão. Ele é moço fino e o imperador não quer saber de encrenca com os castelhanos. Já tiveram demais. Além disso, não sabem o que o Rosas está preparando, e se o tal barão está preocupado com a gente, podem ter certeza de que também está preocupado com o Rosas.

Fez uma pausa.

– Vamos acertar esses detalhes de como proceder. Do modo como está, não dá mais. Eu expedi mensagens, mas parece que não fui ouvido. O que não podemos é continuar a ser surpreendidos em vez de surpreender. Afinal, o chão é nosso. Aqui, quem tem de cantar de galo somos nós e não o tal barão. Só o Bento Manuel e o Moringue não chegam pra nos deixar nesse estado.

Apruma o corpo, a corcunda desaparece. Torna-se jovial, otimista.

– Despachei uns próprios convocando os generais João Antônio, Netto e Bento Gonçalves para uma reunião depois do Ano-Novo. Dentro de trinta dias.

Esfrega as mãos.

– Quando eles chegarem, vamos entrar num acordo. E nos preparar pra mais oito anos de guerra, se for preciso.

Capítulo 21

O ano de 1843 terminou no centro de um verão seco, sem chuvas – o segundo consecutivo –, tostando os pastos, emagrecendo o gado, produzindo tardes de canícula ardente, onde o mormaço flutuava como alma penada, distorcendo a paisagem.

A primeira semana de 1844 trouxe notícias alentadoras, embora esparsas, ao Estado-Maior de David Canabarro. Os três generais conseguiam reorganizar suas tropas; Teixeira Nunes realizara um raid exitoso sobre Jaguarão; Bento Gonçalves tinha recuperado a saúde e estava à frente das tropas, pessoalmente.

Os bombeiros de David Canabarro – no final de janeiro – trouxeram a notícia de que se aproximava um grupo de cavaleiros.

Eram Netto e João Antônio com pequena escolta. Chegaram ao acampamento perto do meio-dia, cobertos de pó, acabrunhados pelo calor.

O acampamento ficava num lugar relativamente fresco, perto do rio Sarandi, protegido por um capão de mato bem fechado, diante de uma ampla várzea chamada Várzea de Santana. O rio estava baixo. As barrancas vermelhas apareciam, secas, inóspitas.

Numa daquelas tardes as sentinelas perseguiram um jaguar que se enfurnou no capão.

A sombra do capão e a aragem do rio proporcionavam entardeceres frescos e sossegados ao acampamento. Mas, ao meio-dia, mesmo sob a proteção das sombras dos angicos, o acampamento fervia e a melhor coisa a fazer era um banho no rio.

Os recém-chegados – Netto, João Antônio e um grupo de oficiais –, antes de comer qualquer coisa, jogaram-se na água e ali ficaram, batendo os pés, mergulhando, recuperando as forças.

Depois do almoço o acampamento modorrava numa sesta pesada, interrompida apenas pelo silvo das cigarras. Lagartos fugiam para o mato ante qualquer ruído suspeito. A boiada dormitava entre as árvores. Os guaipecas enrolavam-se, mordiscavam as pulgas, sonhavam. David Canabarro deslizava de barriga cheia para a tenda de Maria Francisca.

Capítulo 22

Bento Gonçalves chegou dois dias depois, acompanhado dos filhos e de Antunes da Porciúncula. Veio com toda sua tropa, mais de quinhentos homens e quase mil cavalos. Acampou a duzentos metros de Canabarro.

Nessa mesma noite, realizaram a primeira reunião do conselho. Estavam o ministro da Guerra, Lucas, os olhos escuros tristes; Vicente, calado, anotando numa caderneta de capa preta; Onofre, consumido por um rancor que o agoniava.

Netto e João Antônio sentaram um de cada lado de Canabarro.

O conselho estendeu-se até perto da meia-noite, com falas pausadas. Parecia que todos procuravam amenizar a situação e evitar uma discussão mais acalorada. Fazia um ano desde que se reuniram em Alegrete: as feridas estavam abertas.

O ano fora duro. Um ano de pequenas derrotas, de fugas constantes, de entreveros sem expressão. Não era mais o mesmo exército. Havia um cansaço pela guerra. Precisavam chegar a um acordo sobre como agir. As propostas de Canabarro eram sensatas, mas todos sabiam que não decidiriam a guerra, apenas a prolongariam indefinidamente. Era necessário vencer de uma vez ou chegar a um acordo. Não se falou disso claramente, mas estava em todas as cabeças.

Nos dias que se seguiram, as conversações se aprofundaram nesse sentido. Falou-se abertamente na possibilidade de um acordo de paz. Falou-se abertamente – mas com parcimônia. Era como se falassem de chegar na lua ou nas estrelas. Nunca tratavam do assunto como de algo concreto, tocados por enigmático pudor.

À medida que os dias passavam, o acampamento começou a povoar-se de mal-estar sub-reptício, como veneno no fundo de um copo emergindo lentamente.

Estavam divididos. Sabiam disso. O grupo de Vicente começou a provocar sutilmente o grupo de Bento Gonçalves. As conversas começavam a trazer à memória o verão passado.

As desoladas tardes paradas de mormaço de Alegrete voltaram, e ajustaram-se às desoladas tardes paradas de mormaço do Sarandi. O fantasma de Paulino da Fontoura começou a rondar os fogos. Os acampamentos vizinhos, a cada dia que passava, começaram a encarar-se como acampamentos inimigos.

Pequenas rusgas surgiam entre os homens.

O jovem oficial apresentou-se diante da tenda de Bento Gonçalves.
— Licença, general?
Bento Gonçalves conhecia-o vagamente.
— À vontade, tenente.
— General, me traz aqui uma missão difícil. Eu sou filho do capitão Barros.
— Barros?
— O senhor salvou a vida dele em Touro Passo. Eu tenho uma dívida com o senhor.
— Não tem dívida nenhuma comigo, tenente.
— Obrigado, general. Entendo pouco de política, general, mas...
— Fale sem constrangimento, tenente.
— Quando vinha em marcha, hoje, sob o comando do coronel Onofre Pires, ele falava em voz alta, para quem quisesse ouvir, que vosmecê era desonesto.
— Continue.
— Na verdade, ele usou a palavra ladrão. Eu achei que devia intervir, mas o coronel é meu superior, então resolvi contar-lhe o fato. Estou disposto a testemunhar, se for necessário.

Capítulo 23

Bento Gonçalves passara os últimos meses numa calma relativa. Largar a presidência foi um golpe para seu orgulho. Joaquim e Antunes temeram que a renúncia abalasse definitivamente sua saúde. No princípio, defendeu-se numa mudez de pedra. Deixou de ver Caetana. Não comia quase nada e não recebia ninguém. Não recebia nem os outros filhos. Pouco a pouco, foi fazendo longos passeios a cavalo. Foi interessando-se pelos trabalhos de marcação do gado. Começou a consultar Antunes pelas notícias da guerra. A notícia que mais o abalou foi a de que Sebastião da Fontoura, irmão de Paulino, tornara-se dos mais influentes ministros do novo gabinete. O irmão de Paulino assumira o ministério da Fazenda – e, nas andanças de Lucas, era o ministro da Guerra interino. O poder estava com seus inimigos.

Juntou-se à tropa de Netto e esteve andando de um lado para outro, já restabelecido, mais gordo e corado, embora melancólico.

Nesse fim de noite, quando o jovem tenente afastou-se, Antunes e Joaquim perceberam que ele ficou remoendo qualquer coisa má.

Levantou-se pesadamente.

– Vou falar com o Tatu. Esperem aqui.

Montou no cavalo e atravessou o acampamento a trote. Venceu a distância entre os dois acampamentos num galope rápido.

Desmontou em frente à tenda de Canabarro. A tenda de Vicente da Fontoura era vizinha à de Canabarro. Vicente estava sentado na frente dela, em conversa com Lucas. Trocaram continências.

Bento Gonçalves abriu a porta de lona.

– Dá licença.

David Canabarro estava sentado num tamborete, com os pés dentro de um balde com água. Um escravo segurava um espelho. O comandante das Armas da República tinha uma tesoura na mão.

– Interrompo alguma coisa?

– Esteja à vontade. A casa é sua.

– Trata-se de assunto disciplinar.

– Estou cuidando da fachada. Sente.

Canabarro olhava atentamente o espelho, dava pequenos cortes com a tesoura.

– Disciplinar. Sim?

– O Onofre anda espalhando boatos contra minha honra pessoal. Não quero levar essa pendência adiante, mas não posso ficar quieto enquanto me desmoralizam.

– O que vosmecê quer que eu faça?

– Que abra um processo contra ele.

– Acho difícil.

– É uma questão de honra.

– Abrir um processo por difamação, neste momento, abriria uma crise que está quase sepultada. Além do mais, o Onofre é deputado. Vosmecê sabe muito bem que não se pode processar um deputado. Olhe, vosmecê quer um conselho?

– Enfia teus conselhos no rabo, Tatu.

Deu meia-volta devagar, os ouvidos atentos para a reação de Canabarro. Escutou apenas um ronco irônico. Ergueu a porta de lona e saiu para os ruídos e cheiros do acampamento.

Encarou Vicente e Lucas durante um instante de fúria. Procurou Onofre com os olhos. Depois montou no cavalo.

Voltou a trote, esmagado por um confuso emaranhado de fúria, humilhação e amargura. Chegou no acampamento e dirigiu-se à tenda sem falar com ninguém.

Joaquim e Antunes estavam dentro, debruçados sobre um mapa.

– Gostaria de ficar só.

Os dois entreolharam-se e saíram, levando o mapa. Sentou diante da mesa e afastou as mariposas que revoluteavam em torno do lampião.

Apanhou papel, uma caneta de pau e o tinteiro.

Ilmo. sr. coronel Onofre Pires da Silveira Canto.
Prezado senhor.
Tendo chegado a meu conhecimento que, em presença de vários indivíduos do exército, quando vinha em marcha, V. S. avançara proposições ofensivas à minha honra, e ousara até chamar-me de ladrão; eu, sufocando os impulsos do meu coração e aquele brio que em minha longa carreira militar guiara sempre minhas ações por amor de minha posição, e, mais que tudo, pela crise em que se acha este país, que me é tão caro; sufocando, repito, aquele ardor com que em todos os tempos busquei o desagravo da minha honra, recorri aos meios legais, únicos exequíveis nas presentes circunstâncias; como, porém, sua posição de deputado o põe a coberto desse meio, e deva eu em tal caso lançar mão do que me resta como homem de honra, quisera que com a honra que dá esse caráter a um homem na posição de V. S. houvesse de dizer-me com urgência, por escrito, se é verdade ou falso o que a respeito se me informou.

Deixo de fazer a V. S. qualquer outra reflexão a respeito porque V. S. as deve perfeitamente compreender.

Campo, 26 de fevereiro de 1844.
Ass. Bento Gonçalves da Silva.

Dobrou a carta meticulosamente e procurou um envelope entre os papéis da mesa. Encontrou um, colocou a carta dentro e escreveu o nome completo de Onofre.

Capítulo 24

– Para o Onofre? O que é isto, pai?

– Assunto meu.

Joaquim pulou para o lombo de um cavalo, em pelo, e cutucou-o com os calcanhares. Estava de pés descalços, a calça do uniforme enrolada até as canelas.

Parou diante da tenda de Onofre. Gritou do alto do cavalo.

– Coronel Onofre!

A cabeça de Onofre apareceu.

– Eu trouxe isto para o senhor, coronel. – Joaquim estendeu a carta para Onofre do alto do cavalo. – Meu pai mandou.

– Isso são modos de falar com seu tio, guri? Desce daí e vem falar como gente.

Joaquim desceu do cavalo. Estendeu a carta para Onofre.

– Uma carta. Muito bem. Como está teu pai?

– Está bem, coronel, obrigado.

Onofre olhou para o rapaz queimado de sol que um dia o ajudou a escapar da fortaleza da Laje.

– Quer um amargo?

– Não, coronel, obrigado. Preciso voltar.

– Se não quiser me chamar de tio não é obrigação. Mas não é por isso que eu deixo de ser teu tio. E a tua mãe?

– Faz tempo que não vejo ela.

Joaquim montou no cavalo, executou um arremedo de continência e bateu com os calcanhares nos flancos do animal, afastando-se a trote.

Onofre ficou olhando o perfil de Joaquim movendo-se entre o fulgor vermelho das fogueiras do acampamento, onde queimavam bosta seca para afastar os mosquitos.

Capítulo 25

O cavaleiro é um misto de paisano e milico, e desmonta respeitosamente a dois metros de Bento Gonçalves, sentado no tronco dum angico.

– Com licença, general. Carta para vosmecê. Da parte do coronel Onofre.
– *Gracias*.

Apanhou a carta e esperou que o homem se afastasse. Não o conhecia. Devia ser homem de confiança de Onofre, lá do litoral.

Abriu a carta.

Cidadão Bento Gonçalves da Silva.
Prezado senhor.
Ladrão da fortuna, ladrão da vida, ladrão da honra e ladrão da liberdade é o brado ingente que contra vós levanta a nação rio-grandense, ao qual já sabeis que junto a minha convicção, não pela geral execração de que sois credor, o que lamento, mas sim pelos documentos justificativos que conservo. Não deveis, sr. general, ter em dúvida a conversa que a respeito tive, e da qual vos informou tão prontamente esse correio tão vosso... Deixai de afligir-vos por haverdes esgotado os meios legais em desafronta dessa honra, como dizeis: minha posição não tolhe que façais a escolha do mais conveniente, para o que sempre me encontrareis.
Fica assim contestada a vossa carta de ontem.
Campo, 27 de fevereiro de 1844.
O vosso admirador Onofre Pires da Silveira Canto.

Guardou a carta dentro da camisa, sentiu-a contra a pele úmida de suor.

A temperatura do seu corpo baixava. Uma espécie nova de terror o invadia ao recordar a visita de Onofre, o pressentimento que teve ao vê-lo, todo de negro, passar no cavalo junto ao poço de água salobra.

Era Onofre quem estava assinalado em seu destino. Não era Bento Manuel.

Agradeceu ao estranho deus dos homens esse frio de terror que o invadira. Ainda não travara a última batalha.

Caminhou até as árvores do capão para urinar. As estrelas brilhavam. Uma coruja piava. Nessa hora da madrugada o cheiro da seiva é mais forte. Agarrou instintivamente os músculos dos braços e apalpou-se.

Ainda estavam rijos. Ainda tinha força suficiente para um combate final. Voltou lentamente para a barraca.

A sentinela aproximava-se.
– Bom dia, general. Madrugou hoje?
– Bom dia.
– Quer que eu chame o Conguinho, general?
– Deixa estar. *Gracias*.

Apanhou o balde com água e lavou o rosto. Desde que recebera a carta de Onofre, ao meio-dia, distanciara-se dos outros.

Sentou-se num cepo frente às brasas. Cruzou os braços, como se sentisse frio, mas foi apenas para abraçar o próprio corpo, para poder senti-lo, para inconscientemente transmitir-lhe a vontade que ardia em sua cabeça.

Ainda era cedo. Apenas agora começava a luzir no horizonte uma fímbria prateada.

– Vai um amargo?

O Anjo da Guarda estava na sua frente: o sargento-mor corneteiro Tunico Ribeiro.

Sentou-se ao lado dele e colocou a chaleira sobre as brasas.
– Com licença. A água já está quente.

Estendeu a cuia para Bento Gonçalves e começou a atiçar os carvões.
– Tá falante hoje, general.
– Me faz um favor. Manda encilhar o picaço. Mas não manda o João Congo. Deixa ele dormir.

Tunico afastou-se. Bento Gonçalves mexeu nas brasas, avivou-as. Encheu a cuia e esperou que o Tunico voltasse. Quando voltou, estendeu-a. Tunico chupou a bomba. Gostava do acampamento assim silencioso, gostava da presença daquele negro nobre e de humor sutil.
– Aliás, tá falante desde ontem, ao meio-dia, quando leu aquela carta ali no tronco do angico.

Bento Gonçalves ficou olhando as mãos.
– Vou chamar o Onofre pra um mano a mano.

Apanhou a cuia.
– Se eu não voltar, o caso está encerrado. Não quero revide. Segura o Joaquim, mas principalmente o Bento, que é mais esquentado. E segura a ti também, negro sem-vergonha. É assunto particular. É entre mim e o Onofre e mais ninguém.

Tunico concordou com a cabeça.
– Se eu não voltar, avisa primeiro o Antunes.

Um soldado apareceu.
– O picaço está encilhado, sargento.

Uma luz avermelhada começava a se espalhar.

Levantou-se, devolveu a cuia para Tunico, entrou na tenda. Saiu de lá atando o lenço.

Examinou o cavalo, experimentou os arreios. Prendeu a espada atravessada debaixo da sobrecincha.

Era uma albanesa, fundida em pessoa pelo coronel imperial Albano de Oliveira Bueno, com quem servira na guerra da Cisplatina. Era uma arma de sensibilidade, mas escura, pesada, de copo fechado e folha grande.

Montou. (O dia se dilata como um ventre. A luz rola silenciosa. As árvores começam a se inquietar.)

Tunico Ribeiro perfilou-se e fez continência. Bento Gonçalves tocou na aba do chapéu. Deu de leve com as esporas. O picaço foi saindo a trote, meio de lado, faceiro, gozando o ar novo.

Um dia dourado e ruidoso começava a despencar sobre a Terra.

Capítulo 26

O acampamento de Canabarro despertava. O toque de alvorada era às cinco e meia, mas já havia muitos soldados cuidando das fainas mais imediatas. Passou pela sentinela, que respondeu-lhe à saudação militar com um aceno.

Parou em frente à tenda de Onofre.

– Onofre!

Escutou dentro da tenda um movimento, o estalar da enxerga. Talvez Onofre apenas mudasse de lado, pensasse que ouviu seu nome em sonho.

– Onofre!

A porta de lona abriu-se e surgiu a grande cabeça peluda. Olhou para Bento Gonçalves como se não entendesse a presença dele ali, àquela hora.

– Sabe por que eu vim?

– Vou encilhar o colorado.

Vestia apenas umas calças de algodão claras. Procurou um soldado e mandou-o preparar o colorado. Regressou e passou perto de Bento Gonçalves.

– Vou me vestir.

Entrou na tenda. O picaço escarvava o chão. Pouco depois Onofre saiu, amarrando o lenço. Vestia uma camisa branca.

O soldado aproximou-se, trazendo o colorado pela rédea. Onofre tornou a entrar na tenda. Saiu com a espada na mão. Apresilhou-a aos arreios.

Depois, afastou-se até o arroio entre as árvores. Voltou com o rosto lavado, escorrendo água. Colocou o chapéu na cabeça, apertou o barbicacho.

Montou e emparelhou com Bento Gonçalves. Saíram lado a lado, sem pressa. Atravessaram o acampamento respondendo às saudações dos soldados.

O sol estava rente ao horizonte. A luz deslizava pelas coxilhas e dourava cada gota de orvalho e cada talo de grama.

– Espada ou arma de fogo?
– Qualquer prazer me diverte.
– Espada.

Bento Gonçalves apontou as árvores com o queixo.

– Do outro lado do capão.

Fizeram a longa volta do capão.

Bento Gonçalves pensou que talvez fosse uma vantagem de sua parte, chegar de repente, tirar o outro da cama e levá-lo para um duelo. Mas sabia que Onofre o estaria esperando. Agora que estava ao lado dele, agora que cavalgavam respirando o ar da manhã nascendo, descobria que toda a ânsia, toda a inquietação, todo o desejo de vingança e destruição cediam. Monstruoso terçar armas num dia como esse.

Chegaram a uma restinga. O sol atravessava a água rasa. Havia uma grande clareira.

– Aqui está bem?
– Está – respondeu Onofre.

Desmontaram. Dois patos levantaram voo. Bento Gonçalves amarrou o picaço num espinilho. Onofre num pé de limoeiro.

Bento Gonçalves desabotoou o dólmã, tirou-o e jogou-o no chão. Desamarrou o lenço e enrolou-o numa folhagem. Onofre amarrou o lenço no arção da sela.

Desembainharam as espadas. Deram alguns golpes no ar, esquentando os músculos. Os aços assobiaram. Os cavalos, inquietos, escarvavam o chão.

Bento Gonçalves parou e virou-se para Onofre.

– Está pronto?
– Estou.
– Não tem nada a dizer?
– Agora é tarde, Bento.
– Isto é pelo Paulino?
– Não dou tostão furado pelo Paulino. Também já mandei matar. Cada um sabe seu motivo, Bento.

Estenderam as espadas para a frente. Os aços se tocaram.

Capítulo 27

Onofre atacou primeiro: foi um golpe leve, experimental, como para testar a disposição do outro. Bento Gonçalves aparou, sem recuar, e contra-atacou. Onofre defendeu.

Os dois moveram-se num semicírculo, levemente curvados, as espadas à altura do peito, Bento Gonçalves com a mão livre apoiada na cintura.

O som do primeiro choque dos aços fez elevar-se uma revoada de periquitos do arvoredo. Os cavalos mexeram-se, desconfiados. O picaço escarvou o chão com mais força.

Onofre arremeteu com velocidade, dando golpes sobre golpes. Bento Gonçalves recuou, desviando-os um a um, lembrando que não conhecia o terreno e poderia tropeçar. Deu uma volta, fincou pé, resistiu, o ataque de Onofre cedeu, Bento Gonçalves avançou dando cutiladas rápidas, uma após outra, obrigando Onofre a recuar com precipitação, pisar na margem da restinga, molhar as botas, desviar o rumo em direção ao capão, sempre defendendo, não conseguindo inverter as posições. Onofre deu dois saltos para o lado, conseguiu distância suficiente para Bento Gonçalves não atacar. O general já não tinha a mão livre pousada com displicência na cintura. O coronel já estava com a testa coberta de suor.

Onofre encheu os pulmões de ar e investiu. Desfechava golpes sobre golpes, às cegas, aproveitando a força descomunal e o peso da arremetida. Bento Gonçalves foi recuando, empurrado para dentro do capão, entrando num território fresco e sombrio de onde fugiam pássaros espantados. Tropeçou numa raiz, desequilibrou-se, Onofre empurrou um golpe longo, Bento Gonçalves desviou e os dois aproximaram os rostos. Ambos transpiravam. Grandes gotas escorriam pela face de Onofre. Estiveram olhando-se nos olhos, de muito perto, sentindo os cheiros um do outro, e enquanto estiveram assim, imóveis, quase não se reconheceram: eram dois estranhos naquele bosque perdido. Bento Gonçalves pensou que a luta tinha abafado toda a sensação de ajuste de contas, para transformar-se numa disputa esportiva, onde o único indispensável era não se deixar atingir, e o resultado não tinha mais importância nenhuma. Onofre desceu sobre ele o peso do corpo, deu-lhe um encontrão e jogou-o para trás. Não atacou imediatamente. Respirou com força, enchendo os pulmões. Agora, o suor alagava seu corpo. Grandes manchas escuras marcavam a camisa debaixo de seus braços. Bento Gonçalves recuou vários passos, escolhendo o terreno. Entravam mais e mais no bosque. Ali ficava difícil lutar; as espadas poderiam enredar-se na folhagem ou nos cipós que pendiam dos galhos. Onofre tornou a investir. Bento Gonçalves recuou mais. Os golpes de Onofre não chegaram perto. Bento Gonçalves examinou bem o terreno, estavam em outra pequena clareira cercada de árvores. Avançou de repente, um golpe inesperado, vencendo a guarda de Onofre. A ponta da espada roçou a camisa do coronel, ele defendeu-se como pôde, correu para o lado procurando espaço, Bento Gonçalves avançou mais, apertou brandindo golpe atrás de golpe, rápidos, curtos, diretos; Onofre recuava cada vez mais, aflito, mal podendo aparar um golpe após outro, foi saindo do bosque, retornaram à clareira onde estavam os cavalos, sentiram o sol sobre eles, as espadas cintilaram à luz. Bento Gonçalves deteve o ataque. O braço começou a doer. Tinha a respiração controlada, sabia dosar as energias. Onofre respirava fazendo ruído, o rosto estava vermelho, o cabelo se grudava à testa. Onofre resolveu avançar: dando largas passadas, o grande braço estendido, desferindo cutiladas diretas, obrigou Bento Gonçalves a recuar. Avançaram sobre os cavalos que relincharam, assustados com a fúria dos homens que se precipitavam sobre eles. O picaço de Bento Gonçalves ergueu as patas, sacudiu com desespero a cabeça. Onofre desferiu um golpe atrás do outro até sentir o braço formigar de dor, e, numa fração de segundo de descuido, viu que a espada de Bento Gonçalves avançava para seu corpo sem possibilidade de defesa, escorregou e caiu, arrastou-se debaixo do corpo do colorado, percebeu a pata do animal em sua perna, mas ergueu-se do outro lado, sentindo que perdia o apoio do pé direito. Bento Gonçalves tinha feito a volta e avançava, dentes cerrados, sacudindo a espada com calma. Deu dois golpes violentos, de lado, arrancando faíscas quando encontraram o aço de Onofre, que recomeçou a recuar, cada vez mais sem fôlego. Tornou a entrar na restinga, de costas, aparando os golpes que não cessavam. A água clara agitou-se, tornou-se barrenta, chegou até os joelhos dos dois, voltaram à margem, sempre trocando golpes, Bento Gonçalves cada vez mais encurralando Onofre, Onofre já percebendo que tinha de usar algum recurso extremo ou acabaria sendo atingido. Bento Gonçalves estava rijo; Onofre sentia as pernas moles, o coração estourava, a respiração ficava difícil. O braço não obedecia mais à vontade. Bento Gonçalves deu dois toques leves, como a avisar do golpe, e então estendeu-se para a frente, curvado: a lâmina desviou a espada de Onofre e entrou em seu antebraço, com um estalo seco de osso quebrado.

Onofre gritou.

A espada caiu de sua mão.

Bento Gonçalves recuou um passo. Onofre, máscara de dor, segurava o antebraço com a mão esquerda. Seu rosto foi ficando pálido. Dobrou os joelhos. Desabou de cabeça.

Bento Gonçalves aproximou-se. Afastou a espada com a bota. Curvou-se sobre o corpo de Onofre. O homenzarrão abriu os olhos.

Apoiou o cotovelo no chão, tentou erguer-se.

– Calma.

Bento Gonçalves cravou a espada no chão, curvou-se sobre Onofre. Examinou a ferida. O sangue jorrava, espalhando-se na terra.

– Isso está feio.

Onofre balbuciou palavras sem sentido. Deixou a cabeça no chão, fechou os olhos.

– Acho que desmaiei.

– Vou te levar até o cavalo.

Tentou levantá-lo, mas não conseguiu. Onofre era pesado. Tentou mais uma vez, e foi acometido de densa vertigem, que o fez cambalear sobre Onofre.

Afastou-se, custou a ficar em pé. Percebeu que tremia. As pernas, as mãos, o queixo. O desempenho no duelo foi uma contração nervosa, uma acumulação de energia, que agora se desfazia e o deixava outra vez o que era, um homem de idade, doente e amargurado. Aproximou-se do picaço, encostou a testa nos arreios, ficou de olhos fechados, escutando os pássaros que se aquietavam nos galhos. Montou com dificuldade.

Onofre tentava erguer-se. O sangue espalhava-se cada vez mais.

– Fica quieto, não te mexe. Vou chamar gente.

Galopou até o acampamento. O vento no rosto reanimou-o. Parou com estrépito na frente da tenda de Vicente e Lucas, onde ambos esperavam com rostos angustiados. Vários oficiais esperavam com eles.

– Onofre está do outro lado do capão, na beira da restinga. Levem um médico.

O picaço deu uma volta, nervoso. Bento Gonçalves olhou duro para Vicente.

– Vosmecê fez do Onofre um instrumento para ferir-me.

O olhar caiu sobre Lucas, que o enfrentou serenamente.

– Vou deixar um aviso: se alguém tiver a ousadia de me insultar outra vez, eu não vou usar mais a espada, mas o rebenque!

Esporeou o cavalo e partiu a galope.

Capítulo 28

O farmacêutico João Duarte limpou o talho profundo, tentou consertar o osso que se estilhaçara em farpas agudas e amarrou firmemente o braço de Onofre contra o peito. Isso não era de todo necessário, porque o feixe nervoso fora partido em dois pelo golpe, e o braço não obedecia a comando algum. Deram água para Onofre beber, depois canha paraguaia.

Ficaram tomando chimarrão com ele, dentro da tenda. Onofre sorria amarelo, a cor voltava lentamente. Contou sobre o duelo com secura, e depois ficaram calados. Antes de sair, o farmacêutico avisou que levaria um mês para usar o braço novamente, mas que deveria repousar pelo menos três dias. A perda de sangue fora excessiva.

Onofre mastigou uma linguiça com farinha, tomou mais alguns mates e adormeceu. Deixaram-no só. Despertou ao meio-dia, em pânico, uma mão apertava com força seu peito, procurava paralisar seu coração.

Custou a recordar o que acontecera. Tentou mover-se mas percebeu que não podia. O lado direito estava paralisado. Procurou ver a quantidade de ataduras que o envolvia. Praguejou com desgosto. Todo o seu corpo transpirava. O suor entrava nos olhos. Tinha a boca seca. Achou o cantil. Bebeu-o, sôfrego, sem parar, até esvaziá-lo. Deixou-o cair com um suspiro. Olhou para o teto. O sol do verão batia ali, criava uma transparência ocre sobre o toldo cinzento. Havia um cheiro de arreio, de suor acumulado, de pelo de cavalo. Os livros de Vicente estavam esparramados sobre o baú de folha. Havia uma lança – era de Lucas – talhada em marfim, encostada a um canto, formando um sulco na lona. Fechou os olhos. Tivera azar. Sempre teve azar. Sabia que Bento Gonçalves era espadachim mais exímio, mas contava com sua força, com seu fôlego, com sua energia. Enganara-se. Bento Gonçalves estava inteiro. Agora, isso, no braço. Talvez seja grave. Eles não disseram muito. Esse corno manso não entende nada de anatomia. Talvez tenha rompido algum tendão importante. Não sente o braço. A dor que o atormenta é exterior, como que se aproximando do local do ferimento. Ali, onde a espada entrou, não sente nada. Já levou tiro, lançaço, paulada, corte de facão, punhal e uma vez, no costilhar, um golpe de adaga. Sempre doía. Agora, ali, nesse talho, uma sensação morna, de coisa pulsando, mas sem a mordida viva da dor. Se doesse, ficaria descansado. Assim, não consegue tirar o pensamento dali. Ouve ruídos lá fora. Tropel de cavalos. É melhor levantar-se. Não pode ficar deitado o dia inteiro só por causa dum talhinho desse tamanho. Os outros devem estar rindo dele no acampamento. O Canabarro não apareceu. O duelo vai causar um processo, talvez. O Canabarro não é disso. O mais provável é que ninguém comente nada. Precisa levantar-se. Afastar essa sensação abafada. Afastar o sentimento de derrota. Afastar o desânimo, a visão de Bento Gonçalves montado no cavalo, olhando-o de cima, vou chamar gente, fica quieto, não te mexe.

Sentou na cama. A cama pareceu virar, o chão aproximou-se do rosto, a tenda ficou de pernas para o ar. O cérebro flutua num limbo fresco, esverdeado. Arrasta-se pelo chão. A mão toca objetos que não reconhece. A porta da tenda se abre. Vê botas, a espora de Lucas, várias mãos o agarram.

– Está com febre.
– Chamem o Duarte.
– É preciso molhar a testa dele. Parece em fogo.

Percebe o corpo outra vez acomodando-se à enxerga, o mal-estar acomodando-se ao corpo. Alguém abre um frasco com remédio, sente um cheiro familiar, reconhece-o mas não o identifica, está acumulado em um rincão do cérebro, junto com a colher de prata que a mãe usava para dar-lhe óleo de rícino. Fecha os olhos: as vozes entram em seu ouvido e não significam nada, os sons sucedem-se, amontoam-se, sobem uns nos outros e não significam nada, as cores que se movem no escuro dos olhos fechados se mesclam, se afastam, se olfateiam e não significam nada. Alguma coisa tem de ter sentido. Desliza lentamente para um quarto sem móveis e para as paredes onde se encrespa fria umidade. Toca nessas paredes com a testa ardente, alívio de carícia no verão. Abre os olhos: tem um pano molhado sobre a testa. Sabe agora que está com febre, que talvez o ferimento tenha infeccionado. Tornou a fechar os olhos e deixou-se levar a esse quarto sem móveis, ficou encostado em suas paredes frescas, tentou lembrar-se de que lugar de sua memória ele brotou, mas foi docemente deixando que tudo se esvaísse, se tornasse farelo e pó e nada.

A mão terrível apertando seu peito, o coração dando saltos, procurando gritar, escapar da mão pesada, ninguém o acudia, há um assassino na tenda, há um assassino na tenda! Chegou gente correndo, agarraram-no, tentou livrar-se das mãos, todo o seu corpo tremia, trouxeram ponchos pesados e jogaram sobre ele. Percebeu que era de madrugada – dormira todo o dia e toda a noite. Tinha fome e sede. Bebeu água fresca duma guampa. Acalmou-se, os membros estavam débeis, todo o corpo estava débil. Alguém colocou em sua frente outro pano molhado. Adormeceu. O sono transportou-o para o indefinido quarto sem móveis, para a frescura acariciante de suas paredes. E no tórrido dia de verão que se seguiu, o acampamento, silencioso, assistiu à agonia de Onofre Pires da Silveira Canto. O ferimento infeccionou de vez, a gangrena iniciara sua ação. João Duarte, trêmulo, anunciou que seria necessário amputar o braço. Decidiram fazê-lo à noite, quando estivesse mais fresco. Às onze da noite, Onofre abriu os olhos. Ficou escutando os ruídos noturnos. Apanhou o facão e cortou os panos que imobilizavam seu braço. Sentiu o cheiro de podre e a dor. Levantou-se e saiu da tenda.

Estava uma noite clara. Havia pequenas nuvens redondas, imóveis. Ao redor delas, estrelas, estrelas.

Começou a caminhar em direção ao capão. Vozes na tenda de Canabarro. Vicente e Lucas deveriam estar lá, metidos numa discussão infindável. Estava farto. Começou a caminhar, pés descalços, agradecendo reconhecido o conforto do orvalho na pele. Foi contornado o fechado arvoredo, tropeçando em guanxumas, pisando em bostas de vaca, aspirando as pitangueiras-bravas, o mel dos troncos, as guabirobas, os açoita-cavalos, os chorões. Conhecia pelo faro capim gordo, capim-limão, capim que estala debaixo de pata, capim que dobra, surdo. E sentiu o cheiro da restinga: água leve. Pelo cheiro sabia se era salobra ou barrenta ou com limo. Ouviu o pio de coruja. *Mala suerte.*

Chegou à clareira e viu a lua de fevereiro. Sua luz pantanosa transformava a clareira num charco de silêncio. Onofre Pires da Silveira Canto curvou as pernas até encostar os joelhos no chão. Ficou olhando a lua de fevereiro. Depois, foi estendendo o tronco para a frente, encostando a mão no chão, foi se curvando até encostar o rosto na terra. Fechou os olhos. Descansou o corpo sobre a terra. Aquele quarto sem móveis. O capitão sem cabeça. O colorado. Relaxou o corpo. A terra é uma mulher. Talvez a morte esteja perto, misturada ao luar. A mão agarra pasto, mastiga-o, mastiga terra. Deita a cabeça na terra. No outro lado da restinga aparece um cavalo branco. Agarra mais um punhado de pasto, esfrega-o no rosto. Está bom assim. Não precisa de nada agora. Tudo está tão longe. A água sussurra. A sombra do cavalo branco entra na água. Onofre Pires da Silveira Canto torna-se secreto, intangível. Sua mão se abre e se fecha.

Quero entrar em Porto Alegre contigo a meu lado.

PARTE III
PONCHE VERDE

Capítulo 1

Lucas assistiu ao enterro de Onofre afastado dos demais, abraçado ao próprio corpo, com a cabeça baixa e inteiramente imóvel. Muitos comentaram que não era a postura adequada para um soldado da República, mas Lucas não se julgava um soldado.

O enterro de Onofre marcou o início do último ano da guerra. Foi enterro sem pompa, ao meio-dia do dia mais quente daquele verão. O vento seco levantava redemoinhos de poeira. Os cães estavam nervosos. Os cavalos mordiam-se no potreiro, relinchavam como se pumas rondassem nas árvores. Os oficiais acompanharam o cortejo calados. À beira do túmulo, Tunico Ribeiro tocou o Silêncio.

Bento Gonçalves escutou-o sentado numa barranca do Sarandi, vendo as águas correrem na direção do mar, lembrando o dia em que Onofre Pires da Silveira Canto chegou a cavalo na sua estância em Triunfo, depois de viajar dois dias, e o convidou para padrinho do seu casamento, em nome dos velhos tempos.

O ano começou a rolar, trazendo o outono, depois o inverno. Os republicanos andavam de um lado para outro. A capital da República era o lombo dos cavalos.

A última sede onde instalou-se o governo foi Piratini – que também tinha sido a primeira.

O esquivo Moringue atacou de surpresa uma noite sem lua e prendeu o vice-presidente Mariano de Matos e o coronel Joaquim Pedro Soares, que foram imediatamente mandados para os calabouços e sofrimentos do Rio de Janeiro. Foi um momento de amargura, especialmente para Netto.

O ciclo fechava-se. Desde então – já era junho – os farroupilhas não tomaram nem mais uma cidade ou vila. Andavam espalhados em dois grupos – um sob Canabarro, outro sob Netto. Caxias comandava a perseguição aos dois. Em tudo, seguia os conselhos de Bento Manuel.

O brigadeiro, refeito dos ferimentos, voltara à ativa. Podiam ver seu perfil pesado à frente das tropas, indestrutível, vergado sob uma tristeza que era o último a compreender. O inverno chuvoso prostrou Bento Manuel com dores e achaques com os quais tampouco se conformava.

Passou uma tarde inteira afiando a faca e olhando o barão com o sorriso parado. O barão de Caxias, prudentemente, mandou-o para sua estância em Alegrete, para descansar uns dias.

No primeiro dia da primavera, Bento Manuel ficou sentado na varanda, olhando o dia luminoso. Tirou do estojo de veludo vermelho o par de pistolas enviadas pelo imperador quando foi recebido novamente no exército imperial, e carregou-as com prazer demorado, quase com delicadeza.

Desceu os degraus da varanda e caminhou vagaroso pelo amplo pátio em direção ao curral, uma pistola em cada mão. Abriu a porteira do curral e entrou. Procurou o garanhão negro que mais amava. Atraiu-o com a voz. Alisou a cabeça estrelada do animal. Enfiou a pistola na boca dele. Apertou o gatilho.

Os peões seguraram Bento Manuel quando apontava a outra pistola contra a própria testa.

Lutou com os peões, foi derrubado. Os olhos claros escureceram de terror.

Ficou amarrado durante três dias à cama. No quarto dia, pálido, emagrecido, olhar vago, ladeado por dois tenentes e cinco charruas, voltou ao acampamento do barão de Caxias.

Capítulo 2

Houve uma grande reunião entre os farroupilhas, organizada pelo presidente Gomes Jardim. Lá estavam os quatro generais: Antônio de Souza Netto, David Canabarro, João Antônio da Silveira e Bento Gonçalves. O ministério completo compareceu.

Num ponto estavam de acordo: *a paz deveria ser negociada com honra.*

Bento Gonçalves foi enviado para conversações preliminares com o barão de Caxias. Quem deveria ir era Canabarro, mas no último momento recusou.

Marcaram o encontro para as proximidades de Bagé, numa estância de amigos do barão.

Bento Gonçalves chegou acompanhado por três filhos, por Antunes da Porciúncula e pelo capitão Dionísio Amaro da Silveira.

A reunião durou quatro horas.

Bento Gonçalves reconheceu intimamente que a presença do barão mexia com seus anseios mais íntimos.

Ali estava um homem da Corte, um bem-amado do imperador! Bento Gonçalves tratou-o com secura, distância, civilidade, uma inveja não admitida. Tinha ele o apoio dos seus pares; Bento Gonçalves sabia da precariedade dos acordos que acertasse. Canabarro não os aceitaria, com Vicente soprando em seu ouvido o costumeiro veneno.

O barão era objetivo. Não quis saber da famosa Federação, foi claro que não podia cessar as operações sem que a paz fosse feita e colocou, como se fosse algo de consenso entre ambos, que o perigo maior da região era o tirano Rosas.

Às cinco da tarde a reunião terminou com vigoroso aperto de mão.

Bento Gonçalves foi saindo, acompanhado pelos três filhos. O barão acompanhou-os à porta.

– Vou relatar nossa entrevista ao general Canabarro. Ele resolverá o próximo passo.

Caminhava pelo corredor, o sol inundava as vidraças da porta. Avançou para eles uma figura pesada.

Ofuscado pelo sol, Bento Gonçalves custou a reconhecê-lo.

O barão de Caxias sorriu, aparentemente deliciado.

– Creio que os cavalheiros já se conhecem.

Bento Gonçalves tocou na aba do chapéu com os dedos.

Bento Manuel fez o mesmo.

Deram-se passagem: Bento Manuel entrou casa adentro, Bento Gonçalves saiu.

Capítulo 3

O barão de Caxias observava a cerimônia de troca de prisioneiros, com Moringue a seu lado. Aproximaram-se Antunes da Porciúncula e o capitão Dionísio Amaro.

– Está terminado, senhor barão.

– Os senhores já assinaram os ofícios?

– Está tudo oficializado. Vamos voltar.

O barão olhou Antunes com certa provocação amável.

– Não lhe dizia, coronel, que a conversa com o general Bento Gonçalves seria inútil? Já correm as notícias de que o falado na reunião não tem valor algum. São notícias confirmadas.

– O general age com sinceridade, barão. Infelizmente, estamos vivendo dias de confusão nos nossos arraiais. O general Bento Gonçalves falou com vosmecê como enviado oficial. Se depois mudaram de ideia, não é culpa dele.

– Para ser sincero, senhor barão – interveio o capitão Dionísio –, todos os itens conversados entre vosmecê e o general são de comum acordo entre os nossos chefes. Na verdade, todos querem a paz. Mas o grupo que está no poder agora deu-se conta de que a glória do acordo de paz passaria para o general Bento Gonçalves e então inventou motivos fúteis para discordar. Se vosmecê enviar um salvo-conduto para outro mensageiro tratar das novas negociações, tenho certeza de que nos aproximaremos da paz.

– Eu já enviei outro salvo-conduto para o general, para mais um encontro.

– O general Bento Gonçalves não busca glórias pessoais, barão – disse Antunes da Porciúncula. – Se sentir que sua pessoa atrasa as negociações, sairá do caminho. Tenho certeza de que vosmecê receberá o salvo-conduto de volta.

Afastaram-se levando o grupo de republicanos libertos; o barão deixou escapar um suspiro acumulado.

– Estamos lutando contra um fantasma, coronel Francisco. A República Rio-grandense não existe mais. Não tem capital, não tem cidades, não tem quase exército. Eles lutam com mais vontade entre si do que contra nós. Não há mais governo, essa é a verdade. Há a vontade individual dos chefes, e é impossível fazer um acordo de paz isolado com cada um.

– O que vosmecê pensa fazer?

– Vou tornar a convidar Canabarro para um encontro. Oficialmente, ele é o comandante das Armas. Na verdade, ele é quem está respondendo por tudo. O presidente Gomes Jardim é um ancião sem forças. Está muito doente.

– O Canabarro já se atravessou duas vezes no meu caminho.

– E nas duas vezes não se saiu de todo mal, segundo consta.

– Já bati os dois Bentos. Já bati o Proclamador da tal República. Já bati o João Antônio. Já bati o Teixeira. Mas o Canabarro me escapa sempre.

– Precisamos apertar mais o laço, coronel.

– Estou vendo o senhor negociando com eles, barão. Apertar mais o laço, pra mim, é diferente.

– Vamos negociar. E vamos perseguir o Canabarro. Sem descanso.

– O Tatu é arisco.

– Há de enfraquecer em algum momento. E esse momento não pode ser perdido.

Capítulo 4

Nessa noite, o Moringue chamou em sua tenda um prisioneiro, o oficial republicano capitão Félix Tourinho.

O oficial ficou olhando com preocupação a cabeçorra do Moringue, formando uma sombra grotesca na parede da barraca.

— Capitão, hoje trocamos quinze prisioneiros com seus camaradas, e vosmecê, como pode ver, não foi relacionado para troca. Por quê?

O capitão encolheu os ombros com indiferença.

— Veja, eu tenho aqui um documento. Vosmecê não ficará prisioneiro em Porto Alegre, como os outros oficiais. Será enviado para a Corte, possivelmente para a fortaleza da Laje.

O capitão permaneceu em sua pose.

— Com certeza o senhor conhece a fama da fortaleza da Laje. O senhor teve desavenças com seus superiores?

O capitão negou com a cabeça.

— Por que a Corte, então, capitão?

— Não sei, coronel.

— Veja a lista. O senhor vai para a Corte.

— Desconheço o motivo.

— Talvez o senhor seja um homem importante.

O capitão sorriu.

— Talvez o senhor seja do serviço secreto.

O Moringue estendeu a lista para perto dos olhos do capitão. Ali estava seu nome na lista.

— O senhor pode ser poupado desses trabalhos, capitão.

O capitão Félix passou a mão na testa.

— Poupado?

— Na verdade, o senhor pode voltar para o seio dos seus camaradas, hoje mesmo, se desejar.

— Não entendo, coronel.

— Esta guerra está no fim, capitão. Não há mais dúvida disso. O senhor tem dúvida disso?

O capitão ficou calado.

— O senhor sabe que é dever do soldado apressar o fim da guerra. O que vou lhe dizer vou dizer porque sei que as coisas não acontecem por pura casualidade. Se o deixaram ir preso para a Corte, é quase como um sinal, capitão. Entendeu? Então, eu lhe digo, sob minha palavra de honra: a infantaria de Canabarro está toda do nosso lado. No momento em que iniciarmos um combate, ela estará do nosso lado. Temos um oficial que já preparou o terreno para nós. Os praças estão conosco.

O capitão olhava para o lado.

– O senhor pode ir para lá e unir-se a esse oficial. Será reconhecido pelo governo imperial, com amplas benesses. E fará um serviço para sua pátria, ajudando a terminar a guerra.

– Quem é esse oficial, coronel?

O Moringue sorriu pela primeira vez.

– Está aí a chave do segredo. Mas se vosmecê trabalhar bem, o encontrará.

O Moringue ficou largo espaço absorto, olhando sua sombra na parede. Ergueu-se com dificuldade e saiu da tenda. Caminhou pelo acampamento, olhando os grupos ao redor dos fogos, esfregando as mãos numa ansiedade inadvertida, ouvindo sem perceber as canções que faziam troça dos republicanos.

O Moringue penava um caminhar desengonçado, movendo com excesso os ombros, curvado para a frente. Costumava falar sozinho. Agitava os braços, pontuando as palavras nas discussões consigo mesmo, indiferente aos risos dos soldados. Detestava desleixo com o uniforme e a aparência.

Nesse mesmo dia, ditara ofício ao seu ordenança, endereçado ao barão:

Tendo o soldado Domingos Vicente, do esquadrão, sob meu comando, apresentado-se à formação de bigode raspado, e considerando o procedimento deste soldado não só um ato de insubordinação como alguma sedição de pessoa oculta, o prendi e o mandei recolher à prisão, por ordem de V. Exa., e espero receber a graça de V. Exa. de o manter preso até crescer o bigode, não só porque não quero ver no esquadrão de meu comando derramada a insubordinação, como por ser este o primeiro que, no mesmo Corpo, se arrojou a um procedimento tão estranho à disciplina militar.

Chegou à tenda do major João Machado de Morais. O major era homem de habilidade para o desenho, e até manejava os pincéis com certo requinte, ante a notória desaprovação de Chico Pedro. Tais atividades – como raspar o bigode – denegriam a profissão. Entretanto, nessa noite, olhando a sombra pontuda de sua cabeça na parede, descobriu uma atividade útil para o dom do major Morais.

– Major, vosmecê pode me dar um minuto do seu tempo?

– Pois não, coronel.

– É um assunto de segurança militar.

Tirou uma folha do bolso do dólmã e mostrou-a ao sobressaltado major.

– Reconhece esta letra?

– Bem... é um ofício do barão, me parece.

– Exato. Agora, me diga uma coisa: vosmecê é capaz de imitar essa letra, com perfeição, de modo que quem leia pense que é o próprio barão?

O major cultivava suíças veludosas. Quando estava nervoso ou embaraçado, as cofiava sem dar por isso.

– Não se enerve, major – rosnou o Moringue. – O barão será informado de tudo, obviamente. Então, é capaz ou não?

– Bem... posso tentar, coronel. Posso tentar e vamos ver como fica.

Capítulo 5

– Ele me deixou fugir, general, com a condição de que convencesse o pessoal da Infantaria a virar a casaca. E diz que tem gente infiltrada no nosso meio, um oficial.

– Conversa do Moringue.

– Eu também acho, general, mas por que me deixou escapar? Algo *hay*. É melhor prevenir do que remediar.

– Vamos falar com o Canabarro. O comando é dele.

Canabarro ficou repuxando a barba.

– Um infiltrado?

Netto olhou para o capitão. O capitão encolheu os ombros.

– É o que ele diz. Diz que quando houver tiroteio a infantaria vai virar as armas contra nós.

Canabarro deu um ronco surdo.

– Entre os meus infantes não tem traidores! Esse truque do Moringue é velho. Eu não vou cair nessa.

Olhou para o capitão.

– Vosmecê está dispensado. Faça um relatório por escrito, contando tudo.

O capitão fez continência e retirou-se.

Canabarro falou primeiro.

– Que le parece?

Netto enfiou o dedo na guaiaca, remexeu até encontrar um palheiro já feito.

– O Chico Pedro quer nos vender gato por lebre. Em todo caso, é melhor ficar com um olho aberto.

– Está faltando conta nesse rosário...

Capítulo 6

– Realmente, parece a minha letra, mas eu não escrevi esse ofício. Não estou entendendo.

– Não. Não foi vosmecê que o escreveu.

Os olhos do barão de Caxias se apertaram. Tornou a olhar o papel.

– Vosmecê que ter a bondade de lê-lo, barão?

A voz do Moringue irradiava astúcia.

Reservado

Sr. cel. Francisco Pedro de Abreu, com. da 8ª Brigada do Exército.

Regule V. S. suas marchas de maneira que no dia 14, às duas horas da madrugada, possa atacar as forças ao mando de Canabarro, que estará nesse dia no Cerro dos Porongos. Não se descuide de mandar bombear o lugar do acampamento de dia, devendo ficar bem certo de que ele há de passar a noite nesse mesmo acampamento. Suas marchas devem ser o mais ocultas que possível seja, inclinando-se sempre sobre sua direita, pois posso afiançar-lhe que Canabarro e Lucas ajustaram ter as suas observações sobre o lado oposto. No conflito poupe o sangue brasileiro o quanto puder, e particularmente da gente branca da Província ou índios, pois bem sabe que essa pobre gente ainda nos pode ser útil no futuro. A relação junta é das pessoas a quem deve dar escapula, se por casualidade caírem prisioneiras. Não receie a infantaria inimiga, pois ela há de receber ordens de um ministro de seu general em chefe para entregar o cartuchame sob pretexto de desconfiarem dela. Se Canabarro ou Lucas forem prisioneiros, deve dar-lhes escapula de maneira que ninguém possa nem levemente desconfiar, nem mesmo os outros que eles pedem, que não sejam presos, pois V. S. bem deve conhecer a gravidade deste secreto negócio, que nos levará em poucos dias ao fim da revolta desta Província. Se por acaso cair prisioneiro um cirurgião ou um boticário de Santa Catarina, casado, não lhe registre a sua bagagem nem consinta que ninguém lhe toque, pois com ela deve estar a de Canabarro. Se, por fatalidade, não puder alcançar o lugar que lhe indico, no dia 14, às horas marcadas, deverá desferir o ataque para o dia 15 às mesmas horas, ficando certo de que, neste caso, o acampamento estará mudado um quarto de légua, mais ou menos por essas imediações em que estiverem no dia 14. Se o portador chegar a tempo de que esta importante empresa se possa efetuar, V. S. lhe dará seis onças, pois ele prometeu-me entregar em suas mãos este ofício até as quatro horas da tarde do dia 11 do corrente. Além de tudo quanto lhe digo nesta ocasião, já V. S. deverá estar bem ao fato do estado das coisas pelo meu ofício de 28 de outubro e, por isso, julgo, o bote será aproveitado desta vez. Todo o segredo e circunspecção é indispensável nesta ocasião, e eu confio no seu zelo e discernimento que não abusará neste importante segredo. Deus guarde V. S.

Quartel-General da Província e Com. em Chefe do Exército, em marcha nas imediações de Bagé, 9 de novembro de 1844.

Barão de Caxias.

O barão demorou a erguer os olhos para o Moringue.

– O que significa isto, coronel Francisco?

– Isso é uma tentativa, senhor barão, de desmoralizar o inimigo. Vamos dizer, um movimento de guerra psicológica, barão.

– Guerra psicológica? De onde vosmecê arranjou essa palavra?

O barão estendeu-lhe o papel.

– Isso não é guerra psicológica, coronel. Isso é uma infâmia barata.

– O Canabarro é um general barato.

O Moringue não apanhou o papel de volta.

– O último chefe forte é o Canabarro. Todos os outros já se desmoralizaram. É só um empurrãozinho e o Canabarro também desliza na barranca. Eu não tenho nada particular contra ele. O fato de que não o bati é um detalhe que não me preocupa. É esta guerra que tem que acabar. O Rosas está aí mesmo, na fronteira. Desmoralizando o Canabarro, ficamos a um passo dum acordo.

O barão insinuou um sorriso.

– Quer dizer que suas intenções são nobres, coronel Francisco?

– Senhor barão... dizem que meu pai foi o homem mais feio já nascido na região do Camaquã. Na Cisplatina era conhecido como o Anjo da Vitória. Foi enterrado na Banda Oriental, com um buraco no peito aberto por uma lança castelhana. Eu sou o filho do Anjo da Vitória. Não sou homem que engole ironia, fingindo que não entendeu.

– Basta, coronel.

O barão ficou olhando o papel.

– Quem mais sabe disto?

– O major Morais.

– O senhor confia nele?

– Não vai abrir a boca.

– O que o senhor pretende?

– Aqui perto mora um republicano dos antigos, o Barbosa. É influente. Eu penso em mostrar a carta para ele.

O barão manteve a expressão inalterada.

– Faça como lhe parecer, coronel Francisco. Mas, em qualquer circunstância, eu não tomei conhecimento dessa carta.

– Naturalmente, senhor barão.

O Moringue sabia: sua admiração não era um equívoco.

Capítulo 7

Ilmo. sr. Barão de Caxias
Prezado senhor

Venho por meio desta devolver o salvo-conduto que me foi oferecido para participar de conferência com V. S. porque, apesar do meu empenho, e dos meus amigos, de levar a efeito uma conciliação que ponha termo aos males que afligem este belo país, não poderia fazer uso do mesmo nos termos em que está regido, já que não satisfaz plenamente meus desejos.

Ardentemente ambicioso o termo da guerra civil, porém, jamais me desviarei dos princípios que segundo minha opinião individual a V. Exa. verbalmente manifestei; e posto não fossem então aceitos por parte de meus companheiros, com que se neutralizaram meus esforços, tenho hoje dados positivos para acreditar que são adotados. Se, Exmo. Sr., escutado por meus amigos ouso afirmar a V. Exa. que se ainda, como espero, está penetrado dos desejos que me manifestou e na resolução de conceder as vantagens que ultimamente lembrei para salvar a dignidade do Rio Grande do Sul, a paz entre nós vai ser selada, a despeito da má vontade de um ou outro exaltado.

Pelo portador espero que V. Exa. se digne mandar-me uma resposta categórica, para ulteriores passos que devo dar se, como espero, for afirmativa, mui pronto estará com V. Exa., pessoa devidamente habilitada para regular as bases da conciliação.

Acredite V. Exa. que não há um instante a perder-se à vista da atitude imponente do Tirano Rosas de quem será presa o Continente se continuam a dilacerar-se os seus filhos, destruindo os poucos elementos que restam para disputar o passo ao Déspota audaz que nos ameaça com aguerridas hostes; esta consideração que sobre mim pesa deve convencer a V. Exa. da urgente necessidade de levar a efeito o que proponho, no que fará transcendente serviço ao país que o viu nascer, desviando-o dos males que lhe acarreta a prolongação desta luta, e mais que tudo impondo respeito ao feroz inimigo que nos ameaça, para o que, apesar de velho e cansado, prestarei gostoso meus débeis serviços à paz dos meus irmãos brasileiros.

De V. Exa. Antigo camarada, amigo e criado.
Bento Gonçalves da Silva.
Campo, 13 de outubro de 1844.

Exmo. sr. general Bento Gonçalves da Silva
Mui estimado senhor

Foi-me entregue hoje sua carta que me fez honra de escrever com data de 13 do corrente, devolvendo-me o salvo-conduto que me havia sido pedido em seu nome pelo capitão Ismael, por isso que julga que ele não satisfaz plenamente seus desejos.

Se são sinceros seus desejos de ver concluída a guerra que nos devora e tem confiança em que serei capaz de empenhar todos os meus esforços para que ela se conclua de uma maneira digna para o Governo de quem sou delegado nesta Província e dos rio-grandenses que são comprometidos na revolução, pode mandar ao meu campo a pessoa em que me fala, para disso tratar.

Devendo ficar na inteligência de qualquer arranjo de que tenha a levar efeito, nunca terá por base a suspensão das armas.

Seu amigo e camarada
Barão de Caxias
Ponta do Piraizinho, 22 de outubro de 1844.

Meu patrício e antigo amigo general Bento Gonçalves da Silva.
Campo junto às pontas do Candiota, 11 de novembro de 1844.

Cumpro o dever dirigindo-me a vos cientificar que, desejando concluir o assunto de nossa sagrada causa, aproveitei a resposta do Barão de Caxias à vossa carta e enviei junto dele o ministro Chagas Martins com o objeto de conferenciar sobre a paz decorosa que tanto almejo e a maioria dos meus patrícios republicanos; em resultado, ele anuiu que mandássemos à Corte um homem de nosso seio a tratar das condições do grande objeto, e que *recomendaria não só particular como oficialmente para que não ficassem infrutuosos esses passos. E como sei de ciência certa que vossos princípios concordam com os da grande maioria, por não demorar, acordamos em Conselho de ministros e dos três generais que seguisse à Corte o major Antônio Vicente da Fontoura com as condições precisas a esta missão cujos artigos depois vos enviarei e o não faço já por não estarem prontos.*

Espero aproveis quanto se acha feito na esfera da dignidade e que continueis a confiar na amizade e sentimentos de vosso Patrício, Amigo e fiel afetuoso, por José Gomes Jardim, assina Lucas de Oliveira.

NB – Dispensai não assinar por minha mão, por estar a direita mui doente da gota. Saudades a todos os nossos amigos e companheiros.

Ilmo. sr. Barão de Caxias
Comandante do Exército Imperial
Os chefes abaixo assinados do povo rio-grandense em armas contra o governo imperial, desejosos de terminar a guerra civil que há nove anos devasta este belo país, e a que foram forçados pelas sucessivas violações de seus direitos, durante a tormentosa Menoridade de sua Majestade Imperial e Constitucional, resolvem autorizar Antônio Vicente da Fontoura, havendo antes acordado com o Ilmo. e Exmo. Barão de Caxias, para que siga à Corte do Rio de Janeiro, a fim de expor não só os justos motivos que forçaram a essa guerra, como os bem fundados receios de vê-la tornar-se mais sanguinolenta e devastadora pelas atuais ocorrências dos Estados vizinhos e obter do Governo Imperial a paz, porém uma paz que, não manchando de ignomínia esta distinta porção da grande Família Brasileira, nem o sábio Governo de Sua Majestade Imperial e Constitucional, imponha um dique formidável ao estrangeiro audaz, que pretende fulminar e arruinar esta terra e o Brasil inteiro.
Acampamento nos Porongos, 13 de novembro de 1844.
José Gomes de Vasconcelos Jardim
David Canabarro
João Antônio da Silveira
Antônio de Souza Netto.

Capítulo 8

– Partirei ao clarear do dia – disse Vicente da Fontoura. – Vou preparar meus resuelos.

– Providencie uma escolta – disse Canabarro.

– Acho que não será preciso. O barão é um homem honrado. Sabe que estou indo a seu acampamento para uma missão de paz. Além disso, foi ele que nos chamou.

– Não gosto desse tal barão.

– O barão de Caxias é um homem de bem. Ele quer a paz. Acha que me daria um salvo-conduto para a Corte se não estivesse certo de que a paz se resolveria?

– Ele tem cara de quem joga com pau de dois bicos.

Netto abriu a porta da tenda.

– Ele quem?

– O tal barão.

Netto sentou numa banqueta.

– Pos ele está chegando.

Canabarro e Vicente se entreolharam.

– O barão?

– O homem do barão. Está acampado na beira dum arroio a meia légua daqui. O Moringue.

– Não pode ser.

Netto inclinou-se e abriu a porta da barraca.

– Seu Pereira, entre.

Entrou um vaqueano de chapéu na mão.

– Repita o recado que minha irmã mandou.

– *Bueno*. Pos eu estava recolhendo uns animais quando vi uma tropa acampada. Falei com os cavalariços. Confirmaram que eram da tropa do coronel Chico Pedro. Mais de dois mil. Estavam na beira esquerda dum galho do arroio Candiotinha, terras de Dona Manuela, irmã aqui do general Netto.

– Mais de dois mil! – exclamou Vicente.

– Vosmecê viu Chico Pedro? – perguntou Canabarro.

– Não, senhor.

– Então como tem certeza de que é ele? Vosmecê não está mentindo?

O vaqueano rodou o chapéu na mão, olhou para Netto de relance.

– Não sou homem de inventar histórias, general.

– O Pereira nunca mentiu na vida – disse secamente Netto.

— Foi brincadeira de minha parte. Não se preocupe, seu Pereira. O Moringue sentindo a minha catinga aqui não vem. Marche para sua casa e não espalhe essa notícia no acampamento. Já temos problemas demais.

Quando o vaqueano saiu os três homens se olharam.

— Como fica? — disse Netto.

— Essa história não muda nada. Aqui em Porongos estamos seguros.

— Eu vou mudar minha posição — disse Netto. — E ficar de prontidão. Acho bom dar aviso ao João Antônio.

— A melhor posição é dele — retorquiu Canabarro. — Está no lado esquerdo do arroio. Ali está bem protegido.

Netto sacudiu a cabeça e saiu da tenda. Vicente ficou um instante confuso, sem saber o que fazer, e olhou para Canabarro, como a pedir ajuda. Mas Canabarro estava com o pensamento longe dali.

— Parto de madrugada — disse Vicente.

Canabarro ficou sozinho, olhando as mãos. Depois enrolou um palheiro. Fumou demoradamente. Tomou um trago de canha. Saiu e caminhou em direção à tenda de Maria Francisca.

Abriu a porta. O boticário João Duarte estava sentado em um baú, comendo arroz de carreteiro num prato de lata. Olhou Canabarro com surpresa; logo, foi acomodando em seu rosto um sorriso frio.

— Boa noite, general, tenha a bondade de entrar.

Canabarro ficou imóvel na porta. Maria Francisca estava sentada frente ao espelho, de costas para ele, alisando o cabelo com um pente de osso. João Duarte largou o prato em cima do baú e ergueu-se.

— Eu precisava mesmo sair — terminou de mastigar, limpou a boca com um pano. — É hora de ver meus doentes.

Saiu fazendo reverências. Canabarro apanhou o prato e cheirou-o. Maria Francisca alisava o cabelo. Seus olhos encontraram-se no espelho. Canabarro largou o prato no chão e pisou-o. Passou a língua grossa nos lábios.

— Tira toda a roupa.

Capítulo 9

O Moringue caiu de madrugada sobre o acampamento de Canabarro.

A infantaria aproximou-se rastejando. As sentinelas, atacadas pelas costas, foram silenciosamente degoladas. Quando foi passada a ordem de atacar para a cavalaria, os infantes, já dentro do acampamento, esperavam que os farroupilhas saíssem das tendas para fuzilá-los à queima-roupa.

Os preparativos tinham sido meticulosos. Mandara preparar rações cozidas para cinco dias de marcha, evitando paradas para o rancho. Os estribos, freios, tudo que era de metal e pudesse brilhar ou fazer ruído foi envolvido em pano, assim como, na véspera do ataque, as patas dos animais.

O Moringue tinha consciência da grandeza da sua façanha, e não deixaria que nada prejudicasse a ação. Adotou uma disciplina de ferro, recebendo dos homens uma obediência de cães. As tropas estavam sedentas de sangue. Cairiam sobre o acampamento de Canabarro com a fúria dos exterminadores.

– Um banho de sangue pela paz – disse Moringue a seus oficiais. – A nação exige.

A chegada da cavalaria espalhou o pânico no acampamento.

Os fuzis republicanos estavam descarregados. A munição fechada nos baús de Canabarro. O massacre foi curto, objetivo e impiedoso, desenrolado na mais completa escuridão.

Canabarro roncava enrolado nas pernas de Maria Francisca. Ergueu-se num meio sonho diabólico: um rinoceronte feroz avançava para ele. Saiu da tenda com a pistola na mão, sentindo a grandeza do acontecimento.

Maria Francisca agarrou-se ao braço dele. Afastou-a com um safanão, enfiou o pala de seda, procurou um cavalo com desespero. Ouvia os gritos, os tiros, sabia que era um massacre.

Meteu-se no matagal, atravessou um banhado, foi ferindo os pés em seixos pontudos e rosetas, espumando pelos cantos da boca.

Nos acampamentos de Antônio de Souza Netto e João Antônio foi dado o alarma, mas nada podiam fazer. Era uma diferença de três para um, com o agravante de que não tinham munição para recarregar as armas. A debandada foi geral. Fugiu-se a pé, a cavalo, como foi possível.

Mas o Corpo de Lanceiros Negros não fugiu. Dormiam ao lado do acampamento de Canabarro e não foram atacados. Despertaram com a gritaria.

Teixeira chamou-os para o combate. Apanharam suas armas e correram na escuridão em direção ao fragor. E a luta foi a pé, de arma branca, no escuro. Os soldados regulares de Canabarro estavam sendo exterminados. A intervenção do Corpo de Lanceiros obrigou os imperiais a recuar, ante a surpresa da arremetida. A matança foi sustada. Dessa maneira, foi possível aos que estavam cercados escapar para o mato.

Passado o efeito da surpresa, as filas imperiais se reorganizaram e voltaram à carga.

O Corpo de Lanceiros ficou cercado: trezentos lanceiros a pé, confinados num círculo de ferro de mais de dois mil homens.

Eram veteranos do Seival e de Rio Pardo; estiveram em Laguna, subiram a Serra até Lages, combateram em São José do Norte. Mas aquele era o maior apuro em que jamais estiveram.

Aguentaram a primeira carga quase sem baixas, armando uma paliçada de lanças. Os imperiais recuaram, os oficiais organizaram as filas sem pressa.

Foram acesos dezenas de archotes que iluminaram a arena: ali estavam os lanceiros, na armadilha.

Quando ficaram outra vez ordenados, lentamente os imperiais recomeçaram a avançar. Era uma força esmagadora, alimentada pela fúria santa do Moringue. Os Lanceiros entenderam que era o fim.

– Coronel Teixeira, vosmecê nos prometeu a liberdade.

Olhou para o negro encostado a ele, ombro contra ombro. Era estranho, mas não havia acusação no tom da voz do sargento Caldeira. Sentiu um vazio. Sentiu as pernas afrouxarem. Sentiu o ódio crescer contra aquele negro e contra aquelas palavras, quando o Corpo começou a cantar.

Era um canto fúnebre, pesado, rouco, um canto áspero e sem palavras: negro. E logo, num movimento curto, principiaram a bater com as lanças no peito, produzindo um som assombroso, que espantou o próprio Teixeira. Então, os pés descalços começaram a bater no chão, acompanhando os golpes das lanças nos peitos; e assim foram avançando, compactos, batendo as lanças, batendo os pés, terríveis.

Teixeira foi apanhado pela vertigem e de sua boca começou também a sair a canção negra, invocando os longínquos deuses, prometendo sabia lá que dádiva e pedindo que milagre, sua espada começou a bater no peito, a bota a acompanhar a cadência da canção.

Os imperiais arremeteram. Os Lanceiros arremeteram. Na espiral sangrenta que se seguiu, sua espada abria fendas miraculosas, seu braço varria pesos impossíveis, tinha em si toda a virtude e a sapiência, sabia que a consumação de tudo estava se fazendo e ele era um dos escolhidos.

Uma lança roçou sua perna, outra o ombro. A espada quebrou. Pisava cabeças, membros, mãos. Escorregava em sangue. De sua boca saía a canção africana, saíam as palavras mágicas, acudiam os deuses escuros.

A muralha dos imperiais cedeu. A passagem foi aberta e por ela penetraram em torrentes os derradeiros soldados da República.

Teixeira Nunes agitou no ar denso de pó e sangue o pedaço de espada.

– Vamos! Agora! Para o capão!

Correram, livres do cerco. Voavam balas e lanças, desviou do ataque de um cavalo, correu tudo que pôde, vendo que os outros o acompanhavam. Entrou no arvoredo sabendo que os deuses lhes davam uma nova oportunidade, que não entendia para que serviria.

A República estava ferida de morte. A reação do Corpo de Lanceiros apenas retardara a agonia.

Capítulo 10

Abriu os olhos lentamente. Estava cercado de soldados negros que o olhavam em silêncio. Tudo era dor. As costas estavam apoiadas contra um tronco.

– Quantos somos, sargento?

– Quarenta e cinco, coronel.

Tinham corrido toda a noite e boa parte da manhã. Teixeira arrastava a perna direita. A maioria dos lanceiros tinha algum ferimento e em muitos deles eram feridas graves.

Quando o sol começou a queimar, buscaram a sombra dum capão. Então dormiu.

– Coronel.

O sargento Caldeira, em pé diante dele.

– Diga, sargento.

Outros soldados se aproximaram. Ele os conhecia um a um, ao longo desses dez anos.

Os uniformes dos soldados – a orgulhosa jaqueta vermelha e as calças escuras, que Garibaldi adotaria para sua brigada nas campanhas da Itália – estavam em farrapos.

O sargento Caldeira mostrou os homens ao redor.

– Queremos fazer uma pergunta, coronel Teixeira, se nos der licença.

– Pergunte, sargento.

– Perdemos a guerra, coronel Teixeira?

Teixeira acomodou-se, a dor se espalhou pelo corpo.

– A guerra não está perdida, sargento.

– Me perdoe, mas a guerra está perdida, coronel Teixeira.

– Se repetir isso, sargento Caldeira, o mando prender.

– Eu sei, coronel Teixeira. Mas... e se a guerra for perdida, nós vamos tornar a ser escravos?

— A guerra não está perdida, sargento, e vosmecês não voltarão a ser escravos.

— Se houver acordo de paz, coronel Teixeira, os homens negros voltarão a ser escravos.

— Isso não acontecerá.

— Isso é uma promessa, coronel Teixeira?

Aqui estou, aos 37 anos de idade, com uma lança na perna, cercado por quarenta negros esfarrapados a quem prometi a liberdade.

— Se houver acordo de paz, os homens negros não voltarão a ser escravos.

Ergueu os olhos.

— Mas não posso prometer, sargento Caldeira. Só posso lutar por isso.

— Homens negros são como pássaros, coronel Teixeira. São caçados, são mortos, são metidos em jaulas.

O sargento olhou para os soldados.

— Homens negros não querem a paz, não querem a derrota. Querem lutar até o fim, até a vitória.

O coronel Teixeira Nunes vergou a cabeça dolorosamente.

— Eu sempre quis assim, sargento.

— Homens negros sabem. Vosmecê também é um pássaro, coronel Teixeira. Vosmecê é o que voa mais alto. Vosmecê é o Gavião.

Capítulo 11

Nos dias que se seguiram, o Gavião tentou por todos os meios fazer contato com o restante do exército disperso. Andavam com cuidado, evitando os caminhos, atravessando os campos rasos somente à noite, ocultando-se de dia nos capões de mato.

Numa fazenda conseguiram cavalos, mas nada souberam do destino dos republicanos. Foram, pouco a pouco, engrossando o contingente, recolhendo fugitivos de Porongos que ainda vagavam nos matos.

O Gavião pensava amargamente se não houvera uma traição. Sussurravam, nos últimos dias, que boa parte da infantaria já estava infiltrada. Fora impossível comprovar isso durante o ataque. A escuridão, a rapidez dos acontecimentos, o tumulto impediram saber o que se passara exatamente.

Mas, se a suspeita de traição de Canabarro fosse confirmada, seus dias estavam contados.

O Gavião tinha jurado.

Joaquim Gonçalves da Silva entrou a galope no acampamento farroupilha. Era um arremedo de acampamento, sem barracas, sem rancho, sem potreiro. Canabarro alojara-se debaixo de uma carreta. Saiu precipitadamente ao reconhecer o filho de Bento Gonçalves.

Joaquim sofreou o cavalo, que grudou os cascos no chão endurecido, levantando poeira. Atirou uma luva no chão, diante de Canabarro.

— General, meu pai manda le dizer que vosmecê é traidor e covarde!

Canabarro deu uma risada curta, amarga.

— E manda le dizer que se ainda le resta um pingo de honra que marque o lugar e a hora e escolha as armas.

Vários oficiais aproximaram-se. Joaquim esperava, desafiador.

— Diga ao general seu pai que eu estou às ordens dele, mas não antes de provar minha inocência. Eu já sei essa história da carta. Todo mundo me fala nela. Isso é arreglo do Moringue, ele devia saber.

— É essa a resposta?

— É essa a resposta. Eu vou provar minha inocência no campo de batalha. Diga ao general seu pai que eu estou em marcha para Porto Alegre. Vou começar tudo outra vez, se for preciso. Se quando o major Vicente voltar da Corte não trouxer sinais concretos de paz, recomeço por minha conta e risco outra guerra, por mais dez anos.

Joaquim deu com as esporas e partiu a galope. Canabarro afastou-se para evitar a poeira.

Lucas abaixou-se e apanhou a luva.

Capítulo 12

A armadilha fora perfeita. O maldito Moringue não só o arrasara militarmente, como jogara contra si todos os republicanos. Depois do ataque em Porongos, correra como doido e tivera a sorte de encontrar um cavalo. Os homens foram reunindo-se pouco a pouco, e em breve tinha a seu redor perto de duzentos. Roubaram cavalos e puderam afastar-se para encontrar segurança. Marcharam dois dias sem parar, sabendo da necessidade de estabelecer uma boa distância entre eles e os imperiais. Se fossem surpreendidos no caminho seriam definitivamente batidos. Seria o fim de qualquer acordo no futuro.

Vicente da Fontoura conseguira escapar ao cerco e já estava, em Rio Grande, a caminho da Corte, acompanhado do coronel Manoel Marques de Souza e do irmão do barão de Caxias.

Canabarro sentiu uma pontada no coração. Olhou para aquele negro enorme, coberto de cicatrizes, com jaqueta vermelha e o chapéu alto brilhante: conhecia muito bem o sargento Caldeira.

– Quem morreu?

– O Gavião. Reuniu mais de cem guerreiros e marchava para cá. A tropa imperial saiu detrás de um capão. Morreram muitos. Mais de légua e meia de mortos.

– Gavião?

– Morreu pela lança de Manduca Rodriguez.

O sargento Caldeira olhou para Canabarro com ódio.

– Ele não conseguia morrer.

Esporeou o cavalo por cima de Canabarro, que saltou para não ser atropelado.

– Três dias no chão, perdendo sangue.

O sargento Caldeira sumiu a galope, com o desespero nos olhos.

Canabarro apoiou a cabeça na carreta. (Os bigodes encerados. A coragem portentosa.)

Cigarras zuniam. Moscardos pousavam perto de sua mão, ameaçadores. O pampa é um bicho hostil.

Maldito coronelzinho.

Que Vicente voltasse logo, que trouxesse notícias alvissareiras ou o Continente ia se consumir num fogo impossível de apagar.

Capítulo 14

Acompanhado pelo coronel Manuel Marquês de Souza, Vicente chegou de volta ao Continente de São Pedro a 27 de dezembro, a bordo do *Paranapitanga*, desembarcando em Rio Grande.

Silencioso, ruminando argúcias, pesando as forças que se organizavam em torno de sua vontade, Vicente começou a preparar-se para viver seus dias de glórias. Subia por todo seu corpo um calor alheio ao verão que começava. Era ambicioso e sabia disso. Desprezava o dinheiro. Sua ambição queria beber sumo mais delicioso. Estava em pleno poder de suas energias e com uma disposição mais vibrante do que quando fora chefe de polícia em Rio Pardo. Sua missão agora era mais alta: fazer a paz.

Fazer a paz era organizar a derrota da revolução. Precisava dobrar os caudilhos. Os grandes – os Nettos, os João Antônio, os Bentos – agora beberiam de sua mão.

Na carruagem que o levava ao acampamento de Caxias, sacolejando no mormaço das duas da tarde, vendo o campo esturricado, amarfanhando o lenço de seda na mão úmida, Vicente vai prevendo a forma, o sabor, as consequências do seu sombrio triunfo.

Começou a escrever o diário com mais fervor, com mais soltura, com a cumplicidade com que se fala a um amigo. Tornou-se pomposo – mais do que já era – e no primeiro pôr do sol no acampamento imperial sentiu-se ungido para cumprir um destino superior ao dos mortais que o cercavam.

Contemplou o sol imóvel no horizonte e comoveu-se. Tinha em suas mãos a vida e a morte. Enquanto os quero-queros gritavam enlouquecidos, descobrindo ninhos de cascavéis, Vicente lambia as lágrimas salgadas que rolavam no rosto. A imensa amargura que o dobrou durante toda a vida concedia fugaz trégua, e ficou parado na orla do acampamento, cercado pelos pássaros, contemplando o sol descer no horizonte, exaltado com o conhecimento de sua grandeza.

Nessa noite, ao falar com o barão de Caxias, foi ponderado e distante. Narrou as reuniões na Corte com moderação e falsa modéstia, não evitando um sorriso de desdém a certos apartes do barão, fazendo pequenos gestos escolhidos, sugerindo intimidades com os duques e viscondes com quem se entrevistou, comentando com ar pungido os desregramentos da vida na capital.

Saiu da tenda acariciando seu novo poder, mas pouco a pouco foi deixando-se tomar por fina depressão que encontrou uma fresta na muralha recém-erguida, e depois entrou nele o fel da humilhação e lembrou os olhos do barão, os olhos aristocráticos, que tanto o distanciavam, os olhos de pedra, frios, superiores. Começou a perceber a debilidade de sua loucura e não dormiu, movendo-se na enxerga, estalando os dedos, sentindo subir o antigo ódio, a antiga mágoa – mofada, única companheira de sua solidão –, o sentimento esquivo e mesquinho que o atormentou toda a vida, o ressentimento contra os que eram admirados e aplaudidos, a convicção de injustiçado pela vida, a sensação de inferioridade perante os demais.

O momento diante do crepúsculo fora uma alucinação. Dormiu mal, sonhou com Clarinda e as filhas, acordou dolorido, sentou na enxerga, ficou olhando os pés inchados.

Tinha uma longa viagem pela frente, precisava partir, cumprir o destino de organizar ao mesmo tempo sua vitória e sua derrota.

Capítulo 15

— Ministro, o major Vicente da Fontoura chegou.

Lucas de Oliveira fez a volta na mesa de campanha e aproximou-se com a mão estendida para o homem obeso, metido em roupas apertadas.

— Seja bem-vindo.

Apertaram-se as mãos.

— Como le foi de viagem?

— Melhor que esperava. A paz está ao alcance. — Tirou um maço de papéis do bolso.

— Precisamos agora de bom senso. Este é um esboço do que pode ser o documento final de paz. Um esboço feito em parte com os fidalgos da Corte, em parte na última reunião com o barão. Doze itens. A intenção é contentar os dois lados e sairmos de cabeça erguida.

Lucas apanhou os papéis, colocou os óculos sobre o nariz.

— Vamos ver.

Leu em voz baixa, sem entusiasmo:

Item um. — O indivíduo que for pelos republicanos indicado presidente da Província é aprovado pelo Governo Imperial e passará a administrar a Província.

Dois. — A dívida nacional é paga pelo Governo Imperial, devendo apresentar-se ao Barão a relação dos créditos para ele entregar à pessoa, ou pessoas para isto nomeadas, a importância a que montar a dita dívida.

Três. — Os oficiais republicanos que, por nosso comandante em chefe, forem indicados, passarão a pertencer ao Exército do Brasil no mesmo posto, e os que quiserem suas demissões ou não quiserem pertencer ao Exército não serão obrigados a servir, tanto em Guarda Nacional como em 1ª linha.

Quatro. — São livres, e como tais reconhecidos, todos os cativos que servirem na República.

Cinco. — As causas civis, não tendo nulidades escandalosas, são válidas, bem como todas as licenças e dispensas eclesiásticas.

Seis. — É garantida a segurança individual e de propriedade, em toda sua plenitude.

Sete. – Tendo o Barão de organizar um Corpo de Linha, receberá para ele todos os oficiais dos republicanos, sempre que assim voluntariamente queiram.

Oito. – Nossos prisioneiros de guerra serão logo soltos, e aqueles que estão fora da Província serão reconduzidos a ela.

Nove. – Não serão reconhecidos em suas patentes os nossos generais; porém, gozam das imunidades dos demais oficiais.

Lucas parou de ler e ficou silencioso. Vicente esperava.
– Este item vai nos trazer problemas.
– Não vejo por quê.
– Nossos generais não vão aceitar.
– O general Canabarro já aceitou. Ele sabe desse item desde que descobriu as Instruções Reservadas recebidas pelo barão. Entre este documento e as Instruções do barão há um abismo, Lucas. Este documento é uma vitória.
– Uma vitória amarga. Humilha nossos generais.
– Homens públicos não podem ter orgulho.
– Não se trata de orgulho, Vicente. Trata-se de dignidade.

Em seu íntimo, Vicente da Fontoura acreditava que Lucas de Oliveira era louco. Ele o tinha visto no ataque a Porto Alegre, escalando a muralha. Na sua maneira de ver, aquele olhar era o olhar de um louco. Desde aquele dia Vicente tinha medo de Lucas.

– O Canabarro é general. É o comandante de Armas. E aceita. Ele também é um homem orgulhoso. Não vejo por que os outros não poderão aceitar. Leia o resto.

Dez. – O Governo Imperial vai tratar definitivamente da linha divisória com o Estado Oriental.

Lucas sorriu.
– Mais problemas...
– O barão me prometeu que na comissão que tratará disso estarão oficiais e políticos republicanos. Deu a palavra.
– Vicente, prefiro a assinatura do barão, sem desrespeito ao sobrinho de João Manoel.

Onze. – Os soldados da República, pelos respectivos comandantes relacionados, ficam isentos de recrutamento de 1ª linha.

E doze. – Oficiais e soldados que pertencerem ao Exército Imperial, e se apresentaram ao nosso serviço, serão plenamente garantidos como os demais republicanos.

– Isso é tudo.
Lucas ficou olhando para os papéis em sua mão.
– Vosmecê tem razão. Isto é um grande passo para a paz.
– O problema agora é convencer a todos para assinar o documento. Eu parto ainda hoje para o acampamento de Canabarro. Quero levar sua opinião.
– Eu concordo em princípio com os termos do documento, mas acho que precisamos de garantias no que concerne ao destino dos escravos, às negociações sobre nossos limites e ao pagamento da dívida. Quanto ao caso dos generais... eu preciso saber primeiro a opinião deles, mas já aviso que sou solidário com o que eles opinarem.
Vicente recolheu os documentos com mau humor.
– Estou vento que terei dificuldades. Se vosmecê começa com todo esse tipo de entraves, imagine os outros.
– Especifique os outros.
– O Bento, o Netto. Eles não vão admitir que a glória da paz tenha sido feita por nós, Lucas. Eles sempre comandaram tudo e agora estão fora. Vão sabotar. Precisamos estar de acordo.
– Major Vicente, em primeiro lugar, Bento Gonçalves e Netto são homens que não cultivam a mesquinhez. Em segundo, a paz deve ser feita, essa é minha opinião, mas devemos ponderar com vagar. Esperamos dez anos. Não há necessidade de correr.
– O barão deu prazo para resposta até o dia 20 de janeiro.
– O barão não nos dá ordens, Vicente.
Vicente dobrou os papéis com meticulosidade e guardou-os no bolso interno da jaqueta.
– Vosmecê interpreta minhas palavras de forma desabonadora, ministro. Vosmecê me ofende.
Lucas tirou os óculos. Vicente o irritava. Lutava contra a tendência de desprezar Vicente, mas o sentimento era maior.
– Estamos sensíveis, Vicente. Desculpe. É um momento mau para todos. Eu tenho a maior confiança no seu trabalho. E sei que não é um trabalho fácil.
Vicente inchou, as roupas lustrosas aderiam ao perfil obeso. O anel no dedo mínimo parecia uma mosca pousada.
– O Bento já desceu a crista. Falta o Netto – murmurou sombriamente.

– Esse não é um tratado de paz – disse Netto. – É uma rendição.

– Parece que só vosmecê pensa assim, general – disse Vicente.

– É uma visão pessimista, Netto – disse Canabarro. – Lutamos durante dez anos para terminarmos discutindo patentes?

– Não estou discutindo a minha patente. E vosmecê está enganado, major. Há muitos camaradas que pensam como eu, sabemos bem. Estou discutindo os resultados desse tratado perante a opinião pública. Se formos desmoralizados diante de nossos concidadãos não teremos mais autoridade para tentarmos qualquer voz de comando no futuro.

– Eu quero saber o que vai acontecer dentro de três, cinco meses. Quero saber quais as garantias, se largarmos as armas, de que não começarão perseguições e revanches.

– Quero saber se poderei receber meus camaradas que venham a mim reivindicar justiça.

– Precisamos confiar no barão – disse Vicente.

– O senhor é um homem confiante, major Fontoura – disse Netto. – Eu não tenho essa virtude, lamento muito. Além disso, o item sobre as negociações dos limites é insultuoso ao povo rio-grandense.

– O barão deu sua palavra de que a comissão terá continentinos, general.

– Eu respeito a palavra do barão, mas isso é assunto que não diz respeito a indivíduos, mas a povos. Exige um documento.

João Antônio moveu-se mal acomodado.

– O Netto tem alguma razão, senhores. Precisamos de tempo para discutir esse documento. O barão poderia dar alguma mostra de boa vontade mais concreta. Ele sabe muito bem que, se quisermos, poderemos prosseguir a guerra por vários anos.

– Acho que ele não pensa assim, general – disse Vicente com afetação.

– Acho que pensa, major Fontoura.

E João Antônio estendeu um papel.

– Um ofício do barão à Corte, interceptado por meus homens. Leia a parte sublinhada.

Canabarro apanhou o papel, examinou-o e passou-o a Vicente.

– *... estamos no princípio da estação propícia para continuarmos a campanha, quando nossos inimigos se acham abatidos com a última derrota...*

– Porongos – disse João Antonio.

– ... e exaustos de tudo quanto é preciso para continuar a guerra; porém, pela natureza do terreno, nem por isso ela deixará de continuar por um ano ou mais, se algum pequeno favor não for concedido aos principais chefes que a sustentam.

– Está fora de questão querermos algum favor. O que está em questão é que eles reconhecem o nosso poder, e é em cima disso que deveremos manter as discussões – disse Netto.

– Eu tenho um encontro com o barão, dentro de três dias, no Quebracho – disse Vicente. – Os senhores sugerem alguma coisa?

– Mudanças dos itens nove e dez desse documento – falou prontamente Netto. – E suspensão formal das armas, até haver ou não um acordo.

– O Lucas no fundo pensa como eles – disse Vicente. – O Lucas sempre pensou como eles. E o Lucas fala por Gomes Jardim. O Lucas soube das Instruções Reservadas do barão.

– Soube como? – estranhou Canabarro.

– Eu falei para ele.

Os dois homens ficaram recolhidos em silêncio, diferentes, isolados.

– Não devia.

– Ele saberia de um modo ou outro. É o ministro da Guerra. Perderia a confiança em nós.

– Se o Netto resolver continuar a guerra...

– Ele não tem nem mil homens. Junto com os do Bento, não juntam dois mil. Os imperiais têm dezesseis batalhões, doze regimentos de cavalaria e todos os canhões que desejarem.

– Mesmo assim, vamos falar com o barão sobre esses itens.

CAPÍTULO 16

A carruagem corta a planície abrasada. Vicente, aos solavancos, acalenta seus fantasmas. A mão branda jaz sobre a barriga, presa pelo polegar ao bolso do colete. Versos felpudos voam nas paredes do cérebro, as felpas se desprendem e flutuam.

Vicente abre os olhos, respira a poeira, olha o mormaço fazendo o campo reverberar de ilusões.

Tudo se encaminhava!

O barão fora magnânimo, justo e receptivo. Expediu ordens para Bento Manuel não avançar nem fazer força alguma além de Santana do Livramento, e fazer alto na estância de Alexandre Ribeiro.

Assim, Canabarro parava de se preocupar. Poderia tratar de convencer os mais recalcitrantes a acertar a paz. Os mais duros ainda eram Netto e João Antônio.

Vicente abriu a pasta de couro e retirou de lá a caderneta de capa escura. Começou a escrever, a letra escorregando a cada solavanco:

Canabarro tem-se visto na precisão de ir desprendendo para a retaguarda e flanco direito do inimigo algumas forças, por não comprometer o todo delas, visto que vai muito a pé, levando sempre o inimigo em seguimento. Assim é que João Antônio, Carvalho e Frutuoso tomaram na direção dos Ibicuís com forças; o Portinho e Valença também foram, e como os creio na estância da Música nesta minha volta em demanda de Netto, hei de ali tocar a fim de destruir algum neto-pensamento que porventura possam haver eles adotado.

Ah! Muito e dobrado trabalho me têm dado os meus patrícios aqui do que esses venais espertalhões da Corte!

Sentaram à sombra de um cinamomo, ouvindo as cigarras riscarem a manhã com seus gritos. Vicente conseguira reunir Canabarro e Lucas, depois de duas semanas de troca de mensagens.

– Que história é essa sobre os escravos? – Lucas, numa voz amarga.

– Precisamos tratar desse assunto com realismo – Vicente, na defensiva.

– Vosmecê, general, já acertou com o barão que eles serão remetidos para a Corte logo que se fizer a paz. É o que se diz. Isso é verdade?

– Nada está acertado – rosnou Canabarro.

– A Corte não aceita a liberdade deles por motivos que nada têm a ver com falta de humanidade, Lucas; mas por um elementar direito de propriedade – disse Vicente.

– São principalmente nossos patrícios, os grandes proprietários, que se sentem atingidos com a medida.

– Os africanos serão levados para o Rio de Janeiro e tratados como soldados – disse Canabarro. – Se ficarem aqui, continuaremos a ter problemas. O barão me deu sua palavra que eles não voltarão ao cativeiro.

– E no acordo final, como fica? Na redação do documento?

– Fica que se dará plena liberdade aos escravos que tenham pegado em armas, o que no fundo é verdade – disse Fontoura.

— Mas não sai escrito que eles serão enviados para fora do Continente?
— Não.
— E quem sabe disso?
— Apenas nós. E o barão.

Lucas ficou escutando as cigarras.

— O João Antônio não está gostando nada de perder o posto de general.
— Deixa o João Antônio por minha conta — disse Canabarro. — Eu falo com ele. O Netto já está amolecendo.
— E quanto aos acertos da linha divisória com o Uruguai?
— Esse item não constará da redação final. A ideia é fazer uma comissão de rio-grandenses e brasileiros para tratar do assunto em Montevidéu.

Vicente tornou doce a voz.

— Será uma paz honrosa, Lucas. O barão nos respeita. Ele cedeu quanto à data-limite. Temos prazo até 22 de fevereiro para chegarmos a um acordo.

Lucas partiu nessa madrugada para levar os resultados da reunião para o presidente Gomes Jardim.

Canabarro e Vicente foram vê-lo partir. Quando o ministro da Guerra passou com sua escolta pela última sentinela, Canabarro tirou o palheiro detrás da orelha.

— Acho que ele está convencido.
— Não sei... O Lucas é estranho.
— Eu conheço o Lucas. Agora estamos mais fortes. A opinião do Netto não importa mais.
— Resta o João Antônio.
— O João Antônio é por minha conta. Amanhã vou fazer uma viagem.

Vicente apontou em seu diário:

Será crível? Poder-se-á acreditar que João Antônio é também um desses entes corrompidos que não querem a paz? João Antônio? E não a quer só porque não lhe confirmou o governo imperial a patente de general? Quem, quem o podia imaginar?

Fechava os olhos e poemas felpudos começavam a mexer-se no escuro, como um punhado de vermes entrelaçados. Abria os olhos e via o acampamento assoleado, cavalos magros e sedentos.

A viagem de Canabarro até o acampamento de João Antônio foi um ardil para ocultar o verdadeiro destino: o quartel-general dos imperiais.

Reuniu-se com o barão de Caxias, do crepúsculo até noite escura.

O barão mandou servir mate e depois cachaça, mas não os provou. Escutou, distante, polido, e argumentou com persuasão, movendo a mão ante os olhos pequeninos de Canabarro.

O barão não acompanhou Canabarro à porta.

Antes de montar, Canabarro deu uma onça de ouro à sentinela, a quem encarregara de fazer cigarros de palha.

Dois dias depois, o comandante de Armas da República Rio-grandense, general David Canabarro, enviou circular a todos os oficiais da ativa para uma reunião com o governo da República.

Ordenava que:

... marchassem com boa guarda ou piquete para o local designado, a fim de tratar definitivamente dos negócios da paz, consultando antes os oficiais superiores a respeito.

O local fica entre os Moreiras de Ponche Verde até os Cunhas.

O Barão havia determinado às forças imperiais que não passassem além do Piraí e quando muito até o Alonso, e nem além do Alexandre Ribeiro, enquanto se tratar da questão da paz; mas previne que nossas forças destacadas do exército marchem acauteladamente porque em seu trânsito podem ser batidas. Por isso, em vossa marcha, guardareis as cautelas necessárias a fim de repelirdes qualquer agressão.

Nenhuma demora deveis ter em vir ao ponto indicado, onde eu marcharei o mais tardar no 1º de fevereiro próximo futuro.

Capítulo 17

O local da última reunião foi uma coxilha elevada, próxima às ruínas de uma capela.

Vivia ali uma família de negros libertos, num rancho entre cinamomos. Sustentavam-se de uma pequena roça que a mulher e os filhos plantavam. O homem cuidava do gado do estancieiro. No potreiro, mordiam-se cinco cavalos xucros. Galinhas ciscavam no grande pátio tomado pela presença imponente de uma figueira.

Os grupos foram chegando e engrossando o acampamento.

Netto chegou à noitinha, cercado de um piquete de doze homens. João Antônio na madrugada seguinte, acompanhado apenas de três oficiais. Lucas surgiu no meio da manhã, solitário.

– O presidente Gomes Jardim não pôde vir. Ele manda saudações especiais ao senhor, general, e lamenta muito não poder participar deste assunto tão importante. Ele está muito adoentado. Mas eu trago o voto dele.

No meio-dia seguinte surgiram Antunes da Porciúncula, Joaquim Gonçalves e o capitão José Egídio.

– O general Bento Gonçalves está acamado. Manda uma carta que pede para ser lida na reunião. E manda também o seu voto quanto ao assunto da paz.

– Então já estamos todos – disse Canabarro.

Improvisaram uma mesa debaixo da figueira, onde ficaram protegidos do sol.

À mesa sentaram-se David Canabarro, Lucas de Oliveira, Vicente da Fontoura, Antônio de Souza Netto e João Antônio da Silveira.

Os oficiais, mais de setenta, fizeram um círculo em volta. Estavam com os uniformes escovados, as armas brilhando.

Netto olhou o céu. Nuvens acumulavam-se, lentamente. Amanhã vai chover. Sentiu uma sensação amarga no peito.

Canabarro levantou-se.

– Senhores, todos têm inteligência dos motivos por que estamos reunidos. Estão presentes aqui todos os oficiais do exército republicano, menos os que não puderam comparecer por doença ou porque tiveram de ficar em seus postos, para que nossas tropas não carecessem de comando superior em alguma emergência.

Um negrinho, descalço e sem camisa, foi chegando-se cada vez mais perto do círculo de homens.

– Quem deveria estar dirigindo este importante trabalho é o nosso mui estimado presidente José Gomes de Vasconcelos Jardim, mas que não pôde comparecer por estar padecendo de grave enfermidade. O presidente mandou um ofício onde comissioneia o ministro da Guerra, coronel Lucas de Oliveira, e a mim para representá-lo neste ato.

Olhou para o céu. Um gavião voava, lento, sobre a reunião.

– Outro ausente, o general Bento Gonçalves da Silva, manda uma carta onde dá sua opinião sobre o assunto de que vamos tratar. Peço que a carta seja lida pelo oficial portador.

O capitão José Egídio adiantou-se. Tinha perdido um braço. Canabarro estendeu-lhe o papel.

— *Ilustríssimo senhor general David Canabarro*
Comandante em chefe do Exército Republicano

Reuni em conselho os oficiais superiores da força sob meu comando para emitirem suas opiniões sob a transcendente negociação entabulada com o Barão de Caxias, comandante em chefe do exército imperial, e pela ata que junto envio, vereis o unânime acordo dos mesmos.

No dia 13 do corrente, marchei do Cristal no empenho de cumprir vossa ordem, depois de haver tomado as precisas medidas para a segurança daquela força e chegando a Jaguarão no dia 19. Uma inopinada constipação me privou de prosseguir a marcha a esse campo e resolvi mandar o capitão Ismael Soares da Silva, seguindo para o exército imperial, a fim de ser informado do ponto que ocupais e o estado da negociação pendente; ele acaba de regressar voltando do campo deste por saber que aguardáveis minha chegada, e ser esta impossível segundo meu mau estado de saúde.

É pois meu dever dirigir-vos este para anunciar-vos quanto venho de expender, e habilitar-vos com um voto para conclusão de tão apetecido arranjo.

Minha opinião, senhor general, é e será aquela que adotar a maioria dos meus irmãos de armas, sempre que esteja nas raias do justo e do honesto, e ainda mesmo quando no caso vertente estes sagrados objetos deixam de ser observados, nem por isso serei capaz de a ela opor-me, tendo outros meios em semelhante caso para deixar ilesa minha honra e consciência. A paz é indispensável fazer-se. O país altamente a reclama; pois infelizmente, vítima de nossos desacertos, nada tem a lucrar com os azares da guerra; eu vejo, mau grado meu, que hoje não podendo conseguir vantagens que estejam em harmonia com nossos sacrifícios, digo conselhos, perdida a melhor quadra de negociar-se uma reconciliação honrosa.

Nada sei das condições com que se tenha a paz baseado, e menos das instruções que conduziu o comissionado à Corte do Brasil, e sendo tudo para mim misterioso, me abalanço lembrar-vos que uma das primeiras condições deve ser o pleno esquecimento de todos os atos que individual ou coletivamente tenham praticado os republicanos durante a luta, não sendo em nenhum caso permitida a instauração de processo algum contra estes nem ainda para reivindicação de interesses privados.

Tendo, pois, emitido minha opinião, resta-me repetir-vos que a paz é absolutamente necessária, que os meios de se prosseguir na guerra se escasseiam, o espírito público clama contra qualquer ideia que tenda a prolongar seus sofrimentos, classificando de guerra caprichosa a continuação da atual; uma conciliação é sempre preferível aos azares de uma derrota. A

História antiga e moderna nos oferece mil exemplos que não devemos desprezar. Compenetrai-vos nesta verdade e evitai quanto puderdes os funestos sucessos que vão aparecer se prevalecem as bravatas contra os conselhos da sã razão; lembrai-vos que muitos a propalam mas vos abandonarão no momento do perigo.
22 de fevereiro de 1845, em marcha.
Assinado: general Bento Gonçalves da Silva.

José Egídio devolveu a carta a Canabarro, voltando a seu lugar. Começou um murmúrio entre os homens. Canabarro ergueu a mão, o silêncio voltou.

– Com a palavra o ministro da Guerra, coronel Lucas de Oliveira.

O olhar de Lucas encontrou o olhar do negrinho metido entre os oficiais e fez uma rápida continência para ele. O negrinho se encolheu, tímido; alguns sorriram.

– Senhores, a carta que acabamos de ouvir, vinda de quem vem, é um estímulo à inteligência e à boa vontade. A carta do general Bento Gonçalves da Silva encontra perfeitamente a opinião do presidente Gomes Jardim, referente a este assunto. Como ministro da Guerra, endosso as opiniões nela emitidas e, falando em nome do presidente, afirmo que também estamos dispostos a firmar a paz honrosa com o Império, atendendo às reivindicações crescentes do nosso povo.

Canabarro olhou para Netto.

– Vosmecê quer a palavra, general?

Negou com a cabeça. João Antônio fez sinal de que também não desejava falar. Netto olhou para o céu, viu o gavião voando em círculos.

– Os termos da proposta de paz são amplamente conhecidos – disse Canabarro. – Foram distribuídas cópias aos oficiais em comando para que as discutissem em suas unidades. É inútil tornar a repeti-las. Como comandante de Armas deste exército, estou, entretanto, disposto a dar os esclarecimentos necessários a quem interessar sobre as condições que temos de continuar ou não a luta. É o momento de esclarecermos este ponto importante. Quem quiser fazer uso da palavra, para fazer perguntas ou colocar questões, é este o momento. A palavra está à disposição.

Seus olhos apertados percorreram os rostos. Ninguém se mexia. Netto olhava a ponta dos dedos.

– Se não há nenhuma questão, vamos proceder à votação do tratado de paz. Já conhecemos os votos do presidente da República, que é favorável à paz, e o do general Bento Gonçalves, igualmente favorável. Quem estiver a favor do tratado de paz com o Império do Brasil, de acordo com os dez itens recatados nos ofícios que lestes esta manhã, levante o braço.

Canabarro ergueu o braço.

Vicente ergueu o braço.

Lucas, pálido, ergueu o braço.

Os oficiais todos, um a um, foram erguendo o braço.

Netto ficou impassível.

O gavião deu um voo elegante e afastou-se. *Teixeira atravessado por uma lança, arrastando-se no chão. Chega de orgulho. Chega de mortos.*

Netto ergue o braço.

Canabarro esperou um pouco, e disse sem emoção na voz:

— Senhores oficiais, por unanimidade deste conselho, foi aprovado o tratado de paz entre a República Rio-grandense e o Império do Brasil. Ficaremos reunidos neste lugar até a assinatura e a formalização legal do acordo. A guerra civil acabou.

Capítulo 18

Nessa noite não houve cantos no acampamento. As fogueiras reuniram grupos silenciosos. João Antônio aprontou sua escolta. Despediu-se de Netto do alto do cavalo.

— Prefiro viajar à noite. Pela madrugadita vou estar chegando na minha querência. E vosmecê, general? Agora vai cuidar dos parelheiros?

— *A los blancos me voy.*

— E vai fazer o que na Banda Oriental, ou não se pode saber?

— Dar um jeito de ganhar a vida. Virar tropeiro. Sei lá. Pelo menos não vou tirar o chapéu a monarcas.

— O que é de gosto regala a vida, general.

Tocou no chapéu, esporeou o cavalo. Netto ficou fumando. João Antônio desapareceu no escuro com os três oficiais.

Assim estavam as coisas. Cada um, agora, por seu lado, também vai desaparecer no escuro. Chamou o ordenança.

— Manda buscar uma china pra mim.

Viu a surpresa no rosto do veterano. Na verdade, nessa noite sem estrelas, desejo por mulher não era sua principal inquietação. Tinha era medo de ficar só. De fechar os olhos e ver os mortos.

Netto levantou cedo e tomou mate sozinho. O horizonte se iluminava de relâmpagos silenciosos.

Canabarro aproximou-se e ficou olhando para ele sem encontrar nada amável para dizer.

– É verdade que vosmecê atravessa a fronteira?

– É verdade.

Canabarro tirou um palheiro detrás da orelha.

– Cuidado com os castelhanos.

Afastou-se sem um gesto de despedida. Com assombro, Netto foi reconhecendo nele certo jeito de caminhar, de bater com o fuste do rebenque na bota, foi reconhecendo seu próprio desejo tortuoso e não entendido de poder, a sensualidade reprimida, a ferocidade primária, a alegria truculenta, a ânsia e a solidão.

Caminhou em direção ao seu grupo, observando o voo agitado dos quero-queros. Eram doze homens bem aperados, cada um com dois cavalos de reserva.

Levavam três carretas repletas de víveres.

– Tudo pronto?

– É só querer e a gente vai embora, patrão.

Custou a entender que Venâncio não o chamara de general.

– Vamos pegar chuva de qualquer modo – disse. – Agora não temos pressa pra mais nada.

Lucas atravessava o pátio em largas passadas.

– Permite um aparte?

Afastaram-se um pouco.

– Não posso acreditar na notícia que me deram.

– Já está tudo pronto.

– Não faz sentido vosmecê partir assim.

– Não? E por que não?

– Nossos sonhos!

– Lucas...

– Nossos sonhos, Netto! Nós pertencemos a uma causa.

– Lucas...

– Nós ainda vamos fazer deste país uma república. Uma grande federação de repúblicas. Essa luta agora é que vai começar.

– A luta vai começar? – Os olhos cinzas não foram traídos pelo menor sinal de ironia. – Lucas, eu acabo de assinar um tratado de paz.

– Todos nós assinamos.

— A minha assinatura tem valor. Se eu quisesse continuar a guerra, não teria assinado aquele papel.

— Nossas ideias não terminam porque assinamos um tratado de paz.

— É verdade. Elas acabam devagarinho. Vão se desgastando com o tempo, como adaga de aço ruim.

— Minhas ideias não terminaram. Minhas ideias continuam as mesmas de quando iniciamos o movimento.

— Não duvido. Lucas, eu me lembro dum jovem capitão que dez anos atrás entrou na minha tenda, depois de ter atravessado a noite a galope, com a cabeça cheia de ideias. Um jovem capitão cheio de ideias.

Passou perto deles o negrinho caçula da casa, olhando com admiração os dois homens. O menino corria atrás de um guaipeca, mas observava os dois homens.

— Eu disse, naquela noite, que depois de proclamarmos a República não tinha mais arreglo.

Olharam para o horizonte escuro, para aquela noite tão longe.

— Os tempos mudaram. Nós temos que mudar também.

— Acredito, coronel. Eu é que sou diferente.

Fez o gesto de afastar-se. Lucas segurou-o pelo braço.

— Netto, nós temos que nos adaptar às circunstâncias. Assim é a política. No momento não temos outra saída. Ou fazíamos a paz ou seríamos derrotados de qualquer maneira. E a república é algo que vem, não há poder que a impeça de vir e se estabelecer no país. É questão de tempo.

— O finado Rossetti disse essas mesmas palavras, três anos atrás. Foi chamado de traidor, Lucas.

— Tínhamos condições de continuar a luta e buscar a vitória.

— Pontos de vista, coronel. Lucas, Lucas, Lucas... se vosmecê acha que a guerra é a solução, não há argumento que o convença do contrário. E se acha que é a paz que deve ser feita, traidor é quem pensa diferente.

— Vosmecê está sendo injusto com um camarada.

— Vosmecê comandou com a mesma certeza a cerimônia da proclamação da República e a do fim da República.

O menino deixou o guaipeca e sentou perto deles.

— O dever me obrigou, general.

— Fui criado guaxo. Essas coisas eu não compreendo.

— A política é tortuosa. Nos obriga a fazer coisas que não desejamos. O que importa são as ideias, o sonho.

— Me desculpe mais uma vez, mas de conversa fiada eu já estou farto.

— Estamos todos amargurados, estamos descrentes, mas precisamos pensar nos companheiros. Tem gente nossa que vai passar necessidade.

— Todos meus companheiros e amigos sabem que podem bater na minha porta. Na Banda Oriental.

— Vosmecê está agindo por orgulho.

— É melhor do que nada.

— Nós temos um dever. Não podemos abandonar tudo que construímos. Nós fizemos uma revolução!

As lágrimas brotaram subitamente nos olhos de Lucas.

— Nós somos revolucionários, general!

Netto ouviu latidos e um relincho impaciente.

— A maioria dos revolucionários que eu conheci só foram revolucionários quando as coisas iam bem. Mas talvez vosmecê tenha razão. Talvez vosmecê seja revolucionário.

Deu dois passos até o cavalo e montou-o.

— Adeus, Lucas.

Lucas limpou as lágrimas com raiva.

— Vosmecê está enganado comigo.

Netto viu as lágrimas que escorriam pelo rosto outrora formoso de Lucas, vincado pela derrota e pelos anos, e ficou subitamente triste.

— Eu sei, eu sei. Não se aborreça com o que digo. Seja feliz, Lucas.

Olhou para os homens que já esperavam montados. Executou curto sinal com o braço.

— *Adelante*.

Fizeram uma curva majestosa para desviar da figueira no centro do pátio.

— O exílio é uma punição, general!

A voz de Lucas cortou alguma coisa dentro dele – um corte fundo e dolorido e que (ele já sabia) custaria muito a cicatrizar –, mas o general Antônio de Souza Netto não se voltou.

O menino correu na frente e abriu a porteira. Os guaipecas latiram. Netto passou pela porteira à frente do grupo.

— Adeus! – gritou o menino.

Os cavaleiros foram passando num trote parelho, arrastando as carretas. O menino fechou a porteira. Quero-queros faziam curvas no céu de gigantescas nuvens escuras, dando gritos espaçados. O grupo foi se afastando, começou a descer a lomba da primeira coxilha e pouco a pouco desapareceu dos olhos do menino. Quando reapareceu, fino relâmpago atravessou as nuvens. A chuva começou a cair. Cresceu um cheiro forte de terra molhada. Uma voz feminina chamou o menino, e quando ele se moveu para voltar à casa deparou com o oficial. Era aquele que lhe fizera continência na tarde anterior. Agora, entretanto, havia algo imponente e triste nele, ali, em pé, deixando a chuva cair no rosto. O menino foi tocado pela ideia de que aquele homem estava muito só e que era seu dever ficar junto dele. E assim, indiferentes aos chamados e à chuva que aumentava, Lucas e o menino permaneceram imóveis, sem tirar os olhos do grupo de cavaleiros que se afastava cada vez mais, cada vez mais, até se tornar uma miragem escura no horizonte do pampa.

lepmeditores
www.lpm.com.br
o site que conta tudo

Impresso na Gráfica COAN
Tubarão, SC, Brasil
2023